Pendo

Gail Sheehy

Sex
und Frauen über 50

Noch einmal leidenschaftlich leben

Aus dem Amerikanischen
von Ulrike Bischoff, Ruth Niel und Jana Rave

Pendo München und Zürich

Für meine Schwester Trish, eine reife Frau

Wage ich es, einen Pfirsich zu essen?

T. S. Eliot,
»The Love Song of J. Alfred Prufrock«

Inhalt

Teil III

Teil IV

Teil V

Teil VI

Teil I

Und was jetzt?

Die Idee zu diesem Buch kam mir, als ich eines Morgens neben meinem Ehemann in den umbrischen Bergen erwachte. Wenige Tage zuvor hatte ich ein schwieriges Buch über die Hinterbliebenen der Opfer des elften September beendet, und nun befanden wir uns mitten in dieser atemberaubenden Landschaft im Herzen Italiens. Von unserem Fenster aus blickten wir auf eine nebelverhangene Schlucht gleich unterhalb eines Schlosses, in dem im fünfzehnten Jahrhundert Lucrezia Borgia, Tochter eines Papstes und im sechsten Monat schwanger, unter der Anschuldigung der Promiskuität gefangen gehalten wurde. Ihr Liebhaber, so heißt es, gesellte sich schließlich zu ihr, um der Geburt des gemeinsamen Kindes beizuwohnen. Diese Geschichte erschien mir mehr als merkwürdig: Diese bildschöne, anziehende Frau war tatsächlich die Tochter eines Papstes. Kurz nach der Geburt des Kindes ernannte der Papst Lucrezia sogar zur Statthalterin eines der wichtigsten Gebiete Italiens, das sie von diesem Schloss aus umsichtig regierte. Doch der für mich faszinierendste Punkt an dieser Geschichte war, dass Lucrezia Borgia zur Zeit ihrer Gefangenschaft alles andere als jung war.

»Ich weiß jetzt, wovon mein nächstes Buch handeln wird«, murmelte ich. »Von der Sexualität der reifen Frau!«

»Was ist eine reife Frau?«, fragte mein Mann.

»Du liegst neben einer.«

In diesem Augenblick machte es bei mir »Klick«, und ich wusste, dass ich mich unbewusst schon lange mit diesem Thema beschäftigt hatte. Bevor es die weltweit erfolgreiche

Fernsehserie *Sex and the City* gab, galt das Buch *Sex und ledige Mädchen* als die Mutter aller Sexualratgeber. Das Buch wurde im Jahre 1962 zu einem Bestseller und gilt noch heute als Klassiker. Die Autorin, Helen Gurley Brown, die zweiunddreißig Jahre lang Chefredakteurin der Zeitschrift *Cosmopolitan* war, beschrieb in ihrem bahnbrechenden Buch Frauen erstmals als sexuelle Wesen, die sowohl körperliche Bedürfnisse haben als auch Karrierepläne. Helen definierte den Begriff »Sexualratgeber« damit völlig neu und sorgte dafür, dass die *Cosmopolitan* Sextipps als feste Rubrik aufnahm. Als ich Anfang zwanzig war, stellte mich Helen als Mitarbeiterin für *Cosmo* ein, und ich muss sagen, sie ist wirklich eine beeindruckende Erscheinung – außerdem trägt sie ihre Röcke noch immer einige Zentimeter zu kurz.

Ihr Buch *Sex und ledige Mädchen* löste in den sechziger Jahren eine hitzige Debatte über die Rechte der Frauen auf ihre Sexualität aus. Viele Frauen, die in dieser Zeit der geburtenstarken Jahrgänge jung waren, sind heute gereifte Frauen, die noch immer Lust auf Sex haben.

Im Jahr 2004 jährte sich die Veröffentlichung des kontroversen zweiten Buches von Alfred C. Kinsey, *Das sexuelle Verhalten der Frau,* zum fünfzigsten Male. Es war dieses zweite Buch von Kinsey, und nicht sein erstes zum Thema »Männliche Sexualität«, das eine nachhaltige Gegenbewegung und Antistimmung gegen genau jene Dinge verursachte, die Kinsey in seinem Buch verständlich zu machen suchte.

Die Wörter »Sex« und »ältere Frauen« galten bisher als Widerspruch und wurden selten in einem Atemzug genannt. Doch 1996 fand eine große nationale Untersuchung des Sexualverhaltens der Bevölkerung statt – die größte seit dem Kinsey-Report –, bei der auch Menschen jenseits der Neunundfünfzig befragt wurden. Offenbar war man bis dahin davon ausgegangen, dass die sexuellen Bedürfnisse einer Frau nach den Wechseljahren einfach verschwinden und ältere Frauen damit zufrieden sind, in die Rolle einer sexlosen Großmutter zu schlüpfen, die sich aufopfernd um die kümmert, die am lautesten jammern. Obgleich es konkrete Hinweise darauf gibt, dass sich langsam eine Gegenbewegung formiert, wird Frauen selbst heutzutage noch vorgemacht, nach dem fünfundvierzigsten Geburtstag sei nichts weiter zu erwarten als graues Haar, Falten, brüchige Knochen, schrumpelnde Sexualorgane und ein Freizeitleben, in dem das Kartenspielen mit den Freundinnen den Höhepunkt der Woche darstellt und Sexualität sich darauf reduziert, einem exotischen Stripper auf dem runden Geburtstag einer Nachbarin einen Dollarschein in den Stringtanga zu stecken.

Wieso geht man davon aus, dass ältere Frauen die Freuden einer sexuellen Berührung gegen stundenlanges Stricken am Samstagabend eintauschen wollen?

Irgendeine tief verwurzelte Abneigung scheint uns davon abzuhalten, uns unsere Eltern – oder gar unsere Großeltern! – im Bett vor dem Einschlafen vorzustellen. »Ich finde es bemerkenswert, dass sich ältere Menschen genauso verlieben und Sex miteinander haben wie jüngere«, sagt die Anthropologin Dr. Helen Fisher, Autorin des Buches *Warum wir lieben – Die Chemie der Leidenschaft*. »Bezeichnend ist auch, dass der Großteil der Bevölkerung keine Ahnung davon hat.« Dr. Fisher, die die Themen Sex und Liebe in mehr als achtundfünfzig verschiedenen Kulturen untersucht hat, vertritt die Meinung, dass moderne Frauen dadurch, dass sie an wirtschaftlicher Macht gewonnen haben, auch soziale und sexuelle Macht erlangen. »Frauen suchen sich ihre Männer nun aus einem breiteren Spektrum aus«, sagt Dr. Fisher, »einfach deshalb, *weil sie es können*.«

Bevor ich mit den Recherchen für dieses Buch begann, hatte

ich, wie die meisten verheirateten Frauen in meinem Alter, keine Ahnung, was allein stehende Frauen ab einem gewissen Alter tun, um sexuelle Befriedigung zu erlangen. Die Antwort darauf erhielt ich eines Tages in New York. Mein Mann war dreitausend Meilen weit weg, und nach dem Besuch eines Theaterstückes hatte ich großen Hunger. Es war ein Samstagabend, nach zehn Uhr, und in dem Café gegenüber dem Theater, der *White Horse Tavern,* war kein Tisch mehr frei. Notgedrungen setzte ich mich ans Ende der Bar, bestellte das Tagesgericht und kramte mein Notizbuch hervor, um erste Ideen für mein neues Buch festzuhalten. Ich war tief in Gedanken versunken, als mich ein junger Mann ansprach.

»Schreiben Sie ein Buch?«, fragte er.

»Schon möglich«, antwortete ich.

»In Ordnung, dann will ich Sie nicht stören.« Doch nach einer Weile trat ein zweiter junger Mann an mich heran, der offenbar mit dem ersten befreundet war. »Warum schreiben Sie nicht ein Buch über mich?«

Ich sah irritiert auf und ließ meinen Blick durch das Café schweifen. Hier saßen zahllose hübsche junge Frauen mit tief ausgeschnittenen Dekolletés und Wonderbras, die ihre Reize freizügig zur Geltung brachten – und diese Frauen waren offensichtlich alle Singles. Deshalb fragte ich den jungen Mann, warum er und sein Freund ihre Zeit mit mir verschwendeten. Die beiden Männer dachten darüber nach. An meinem Dekolleté konnte es nicht liegen, denn ich trug ein hochgeschlossenes schwarzes T-Shirt. Ebenso wenig an meinen Schuhen – schwarzen Pumps mit niedrigem Absatz (damit ich einen ganzen Tag auf den Beinen überstand), denn sie waren unter meinem Stuhl versteckt.

Schließlich antwortete der größere und attraktivere der beiden Männer: »Sie sehen … interessant aus.«

Ich unterhielt mich ein wenig mit den beiden und erzählte ihnen, dass ich meinen ersten Ehemann in der *White Horse Tavern* kennen gelernt hatte.

»Ihren ersten Ehemann?«, fragten sie.

»Ja, ich bin zum zweiten Mal verheiratet.«

Die beiden grinsten verschmitzt. »Dann sind Sie dem Gedanken an ein oder zwei weitere Ehemänner vielleicht nicht abgeneigt?«

»Dazu reicht die Zeit vermutlich nicht. Mein jetziger Mann und ich haben erst nach einer stürmischen Romanze von siebzehn Jahren geheiratet.«

Die beiden lachten, erzählten mir von sich und berichteten mir, was fünfundzwanzigjährige Männer am Samstagabend gewöhnlich so tun. Gleichzeitig versuchten sie, mich davon zu überzeugen, ein Buch über sie zu schreiben.

»Sie haben mir bisher leider noch nichts erzählt, was für ein Buch interessant genug wäre!«, neckte ich sie. Dann hörte ich ihnen weiter zu, sehr aufmerksam – was fünfundzwanzigjährige Frauen offenbar manchmal vernachlässigen. Als ich das Café verließ, notierten die beiden Männer ihre Namen und Telefonnummern in meinem Notizbuch und baten mich, sie anzurufen. Ich habe das Glück, eine äußerst harmonische Ehe zu führen, und hatte kein Interesse daran, die beiden tatsächlich anzurufen. Doch als ich an diesem Abend die annähernd dreißig Blocks zu Fuß nach Hause lief, hatte ich das Gefühl, wie auf Wolken zu gehen.

Ich erzähle Ihnen diese kleine Anekdote nicht, um mich damit zu brüsten (na ja, vielleicht ein wenig), sondern um Ihnen eine ganz wunderbare Veränderung in der Gesellschaft vor Augen zu führen. Die Selbstverständlichkeit, mit der die beiden jungen Männer mich ansprachen, und meine ungezwungenen Antworten hatten mir die Augen geöffnet. Je intensiver ich mich im Folgenden mit der Situation der reifen Frau beschäftigte, desto mehr war ich überzeugt, dass sich die starren Altersnormen, die in Bezug auf Liebesbeziehungen in unseren Köpfen lange Zeit geherrscht haben, allmählich lockern. Ältere Frauen befreien sich endlich von dem Stigma, das so lange an ihnen gehaftet hat, und jüngere, in einer post-feministischen Atmosphäre aufgewachsene Männer entdecken den Zauber der unabhängigen, reifen Frau.

Zahllose ältere Frauen empfinden Sexualität in den späteren Jahren als weitaus befriedigender als Sex mit dreißig oder vierzig, denn in den »besten Jahren« ist eine Frau vornehmlich damit beschäftigt, Beruf, Mutterschaft und Haushalt unter einen Hut zu bringen, und zum genüsslichen Sex sind sie meist viel zu erschöpft. Einige dieser Frauen bleiben bei ihren Ehemännern, andere heiraten ein zweites Mal, doch wenn die Bürden der Mutterschaft von ihnen abfallen, stellen die meisten Frauen fest, wie wunderbar es ist, wenn es endlich wieder nur um sie und den Mann geht.

2003 veröffentlichte Jane Juska, Englischlehrerin aus Berkeley, ein sehr aufschlussreiches Buch zum Thema »Sex und ältere Frauen«. In ihrem Buch *Bevor ich – nächsten März – 67 werde …* erzählt sie von unzähligen Begegnungen mit Männern. Diese Männer hatten auf ihre Annonce in der Zeitschrift *The New York Review of Books* geantwortet, die wie folgt lautete: »Bevor ich – nächsten März – siebenundsechzig werde, hätte ich gern noch viel Sex mit einem Mann, den ich mag. Falls Sie sich zuvor mit mir unterhalten möchten, wäre es schön, wenn Sie sich für Trollope interessieren.« Jane Juska erhielt auf ihre Anzeige ganze Wäschekörbe voll Antwortschreiben und hatte im folgenden Jahr zahlreiche sexuelle Abenteuer. Sie war seit dreißig Jahren geschieden und hatte seither keinen Sex mehr gehabt, doch in ihrem siebenundsechzigsten Lebensjahr machte sie die vorangegangenen dreißig Jahre wieder wett.

Leider kosten viel zu wenige Frauen ihr Sexleben wirklich aus. Eine 1999 vom *Journal of the American Medical Association (JAMA)* veröffentlichte Studie belegt, dass 43 % aller Frauen im Alter von achtzehn bis neunundfünfzig Jahren unter sexueller Unlust, Schmerzen beim Geschlechtsverkehr und Angst vor Sex leiden oder keinen Orgasmus bekommen können. Das sind vierzig Millionen Frauen, allein in den USA! (31 % der Männer gaben allerdings ebenfalls an, sexuelle Schwierigkeiten zu haben.) Überraschend war, dass die Probleme offenbar an keine bestimmte Altersgruppe geknüpft sind, denn eine zweite Studie ergab, dass 36 % aller sexuell unzufriedenen Frauen jünger als vierzig Jahre alt sind. 32 % der Unzufriedenen befinden sich in den Wechseljahren, und 31 % sind Frauen nach der Menopause.

Demnach hat sexuelle Unlust nichts mit dem Alter einer Frau zu tun. Im Gegenteil! Die reifere Frau weiß sogar am besten über ihre eigene Sexualität Bescheid. Heutzutage sind Frauen mit Mitte vierzig, fünfzig und sechzig in den »besten Jahren«. Immer wieder erzählen diese Frauen mir – und anderen Forschern –, dass sie glücklicher und produktiver sind als je zuvor in ihrem Leben. Woran liegt das? Zum einen daran, dass bei uns Frauen ein universeller Weckruf eingebaut ist – die Menopause. Dieser natürliche Meilenstein in unserem Leben gibt uns die Möglichkeit, womöglich sogar einen Vorwand, unsere Kräfte noch einmal zusammenzunehmen, jeden Tag auszukosten und zu sagen: »Jetzt ist es an der Zeit, Dinge zu verändern.«

Bei unseren Tagesausflügen in die zahlreichen Hügelstädte Umbriens fanden mein Mann und ich immer wieder Restaurants mit schönen Außenterrassen, wo wir ein kühles Getränk zu uns nehmen, Händchen halten und uns in der Magie des Augenblicks verlieren konnten. Ich bemerkte viele andere Paare mittleren Alters, Ehefrauen und Ehemänner – oder Liebhaber und Liebhaberinnen? –, die ebenfalls ihren Urlaub genossen. Dort wurde mir klar, dass zwischen Männern und Frauen über fünfundvierzig weitaus mehr heiße Stunden und Experimente stattfinden, als unsere jugendfixierte Gesellschaft auch nur ahnt – oder zuzugeben bereit ist. Es war ganz offensichtlich Zeit, meine Erforschung des zweiten Erwachsenenlebens fortzuführen.

1. Wann kommt meine Zeit?

Meine erste zufällige Begegnung mit einer reifen Frau fand in einem Restaurant in Oakland statt. Am Tisch neben uns saß eine bekannte Unterhaltungskünstlerin, die das Gespräch zwischen meinem Mann und mir über mein neues Buch mit anhörte. Schließlich lehnte sie sich zu mir herüber und fragte, wovon mein Buch denn handle. »Es geht um Sex, Liebe und Verabredungen von Frauen über fünfzig«, antwortete ich.

Die Begleiterin der Unterhaltungskünstlerin verdrehte die Augen. »Sie macht Werbung für Sex über fünfzig!«

Die Künstlerin, die wir, um ihre Anonymität zu wahren, Bebe nennen wollen, war sogleich von dem Thema fasziniert und erzählte mir freimütig von sich und ihrem Leben. Bebe wuchs im Süden der USA auf und wurde von Eltern großgezogen, die bis zu ihrem Tod ineinander verliebt gewesen waren. Sie selbst war davon ausgegangen, dass sie, genau wie ihre Eltern, bis zu ihrem Lebensende mit ihrem Partner zusammenbleiben würde. Zwischen zwanzig und dreißig war sie zwar sehr glücklich mit ihrem Mann und hatte großartigen Sex mit ihm, doch ab vierzig musste sie sich eingestehen, dass ihre Ehe unter einigen Problemen litt. »Aber es war, als sähe man einen feinen Riss in der Wand seines kalifornischen Hauses und sagte sich: ›Halb so schlimm.‹ Ein paar Jahre später bemerkt man, dass der Riss inzwischen fast zehn Zentimeter breit ist, und man sagt sich: ›Nur keine Panik, das bekommt der Maurer wieder hin.‹ Doch dann gibt es ein kleines Erdbeben, und das ganze Haus bricht zusammen. Da fragt man sich: ›Huch, wie konnte das denn passieren?‹«

Im Nachhinein erkannte Bebe, was in ihrer Ehe schief gelaufen war. Bevor der Feminismus aufkam, beschwerten sich viele Ehemänner um die vierzig über ihre Frauen: »Ich bin reifer geworden, aber sie leider nicht.« In Bebes Ehe, wie in unzähligen anderen modernen Ehen, war es jedoch der Mann, der kein Risiko eingehen und sich nicht weiterentwickeln wollte. Es dauerte fünf Jahre, bis Bebe den Mut aufbrachte, sich von ihm scheiden zu lassen – und zu diesem Zeitpunkt war sie schon fast fünfzig.

»Du musst verrückt geworden sein!«, sagte sie sich damals. »Du wirst für den Rest deines Lebens allein zu Hause vor dem Fernseher hocken.« Doch es kam ganz anders: Nach ihrer Scheidung begann für sie das größte Abenteuer ihres Lebens.

Die Soziologin in mir suchte während des Gesprächs mit Bebe nach einem größeren Zusammenhang, um ihre Geschichte einzuordnen, und dieser war mehr als offensichtlich: Immer mehr Menschen mittleren Alters sind heute Singles, und das bedeutet, dass eine ganze Welle frisch Geschiedener auf immer zahlreichere Ledige im neuen »besten Alter« trifft. Die alten Regeln müssen umgeschrieben werden. *Aber wie sieht es auf dem Singlemarkt über fünfzig eigentlich aus?*, fragte ich mich.

In den ersten zwei Jahren nach ihrer Scheidung sei sie wie gelähmt gewesen, erzählte Bebe. »Ich musste zuerst einmal lernen, über die Lücke, die mein Mann hinterlassen hatte, hinwegzukommen und allein zu leben. Doch mit der Zeit lernte ich neue Leute kennen. Ich traf viele nette Männer, und das überall – am Flughafen, im Supermarkt, in der Kirche. Sobald ich die Augen einmal geöffnet hatte, wurde mir klar, dass die ganze Welt voller lediger Männer war! Sie flirteten mit mir, sprachen mich an, luden mich auf einen Kaffee ein.« Bebes

Therapeutin erklärte ihr damals, woran das lag: »Auf Ihrer Stirn steht in dicken Buchstaben ›Wieder zu haben!‹ geschrieben.«

»Ich habe mich immer viel zu sehr von jungen Frauen mit straffen Körpern einschüchtern lassen«, gestand Bebe. »Doch irgendwann begriff ich, dass ich mich nicht in Konkurrenz zu diesen jungen Dingern sehen durfte. Die Männer, die nach den gestählten Körpern Zwanzig- oder Dreißigjähriger suchten, waren sowieso nicht die Männer, die mich interessierten. Das sind zwei völlig verschiedene Welten!«

Bebes erstes Rendezvous nach ihrer Scheidung warf ihre sämtlichen bisherigen Vorstellungen über den Haufen. Der Mann, mit dem sie sich traf, war fünfzehn Jahre jünger als sie, und sie hatte ihn in der Kirche kennen gelernt. »Als er mich fragte, ob ich mit ihm ausgehen wolle, war ich völlig verblüfft«, erzählte Bebe. »Ich konnte kaum fassen, dass sich dieser gut aussehende junge Mann für mich interessierte!« Sie nahm sich ein Herz und fragte ihn: »Wissen Sie eigentlich, wie alt ich bin?« Doch der Mann antwortete achselzuckend, das sei ihm gleich. Bebe sagte es ihm dennoch: Sie war fünfzig Jahre alt. Das ließ den Mann jedoch offenbar kalt. Er sagte, er fände sie eben interessant und er unterhalte sich gern mit ihr. Deshalb wolle er gern ein wenig Zeit mit ihr verbringen.

Ich fragte Bebe geradeheraus, wie es für sie gewesen sei, mit einem solch jungen Mann zu schlafen, nachdem sie lange Jahre mit ihrem Ehemann verheiratet gewesen war. Da leuchteten Bebes Augen auf und ihre Stimme klang gleich um eine Oktave höher.

»O ja. Es war wundervoll, das können Sie mir glauben! Ich habe diesen Mann aber nie als jemanden betrachtet, mit dem ich den Rest meines Lebens verbringen wollte, und er sah in mir ebenfalls nicht seine große Liebe. Wir blieben insgesamt sechs Monate lang zusammen und hatten in dieser Zeit eine Menge Spaß. Wissen Sie, ich glaube daran, dass jeder Mensch, den ich kennen lerne, aus einem bestimmten Grund in mein Leben tritt, und dieser Mann brachte mir bei, dass ich ein Recht auf Spaß habe.«

Unsere Großmütter hätten über eine Unterhaltung wie diese wohl nur den Kopf geschüttelt. Vor einem halben Jahrhundert hatten Frauen nur in Ausnahmefällen jüngere Liebhaber, und nur sehr wenige Sechzig- oder Siebzigjährige führten ein erfülltes Sexleben. Da wir Menschen jedoch immer älter werden, ändern sich auch die sozialen Definitionen von Altersnormen und Sexualität.

Natürlich sind nicht alle Frauen so schrill und mutig wie Bebe und wollen es auch nicht sein, doch sie verkörpert einen neuen Trend. Sie gibt offen zu, dass sie in ihrer langjährigen Ehe gewisse Dinge vermisst hat. »Als noch alles glatt lief, haben mein Mann und ich uns einander sehr nahe gefühlt.« Doch wie alle Frauen über fünfzig, denen es gelingt, sich aus einer Ehe zu befreien, die nicht viel mehr ist als eine sichere, aber leere Hülle, schätzt Bebe mittlerweile nichts mehr als ihre Unabhängigkeit. Auf ihrer Stirn mag »Wieder zu haben« stehen, doch dort steht nicht »Neuer Ehemann gesucht«. Bebe sucht Spaß, Zweisamkeit, Intimität und vor allem befriedigenden Sex, aber nicht eine neue Ehe.

Sex und Frauen über 50 ist ein Buch über eine neue Welt lebenslustiger, freiheitsliebender Frauen – manche von ihnen verheiratet, andere nicht –, die sich nicht damit zufrieden geben, die stereotype Rolle einer Frau mittleren Alters zu spielen. In den mittleren Jahren entdecken wir wieder, wer wir waren, bevor wir uns in unser erstes Erwachsenenleben verstrickten, in dem es vornehmlich darum ging, uns um unsere Kinder, Ehemänner und eventuell um unsere Karrieren zu kümmern.

Millionen von Frauen haben die üblichen Krisen der experimentellen Zwanziger, turbulenten Dreißiger und einsamen Vierziger durchlebt und wollen von diesem Punkt aus neue Wege beschreiten und neues Terrain erkunden. Männer im Alter von fünfzig oder sechzig Jahren, die vor der Rente stehen, fragen sich oft ängstlich: »Wer werde ich sein, wenn ich meine Position als Berufstätiger aufgebe?« Frauen hingegen müssen ihre Rolle während ihres Lebens so oft neu definieren, dass sie viel eher bereit sind, sich auf etwas Neues einzulassen. Sie freuen sich über ihre neue Unabhängigkeit, neue Möglichkeiten und all die Dinge, die noch vor ihnen liegen.

Was macht eine reife Frau aus?

Zeit.

Eine reife Frau hat Würze. Lebenserfahrung ist ihre Marinade. Wie ein guter, vielschichtiger Wein kann sie zugleich lieblich, herb, schäumend und weich sein. Sie ist mütterlich und verspielt wie ein Kind. Selbstsicher, verführerisch und einfallsreich. Anders als jüngere Frauen verfolgt eine reife Frau nicht so häufig geheime Ziele – neben dem Bett ihres Liebhabers tickt keine biologische Uhr, sie will ihn nicht vor den Traualtar zerren und auch nicht von ihm gerettet werden. Die reife Frau weiß, wer sie ist. Sie könnte jede von uns sein – vorausgesetzt, wir sind entschlossen, die zweite Hälfte unseres Lebens trotz aller Misserfolge und Fehlstarts in vollen Zügen und mit Leidenschaft zu genießen.

Singlefrauen in Bebes Alter sind aber nicht die Einzigen, die aktiv – teilweise sogar aggressiv – nach Romantik und neuen Erfahrungen suchen, ihr Recht auf sexuelle Befriedigung erklären und neue Träume träumen. Ihr Mut hat auch die Generation der Frauen vor ihnen inspiriert, denen noch beigebracht wurde, sie müssten ihrem Mann gehorchen und sich zuerst um das Wohl ihrer Kinder kümmern, bevor sie an sich selbst denken dürften.

Margaret, eine alte Freundin und frühere Radikale aus New Hampshire, die seit vielen Jahren mit ihrem Ehemann verheiratet ist, gestand mir, wie sehr sie die Geschichten von Freundinnen schockierten, die sich im Alter von sechzig oder siebzig Jahren scheiden ließen. »Diese Frauen vergnügen sich mit jungen Kerlen und erzählen freimütig von ihren erotischen Abenteuern! Einige haben sich sogar neu verliebt, aber sie wollen Beziehungen, die gänzlich anders sind als die Ehen, die sie jahrzehntelang geführt haben.« Margaret sah sich selbst noch immer als die Freidenkerin, die in den sechziger Jahren an zahllosen Demonstrationen teilgenommen hatte. »Ich war damals die Rebellin, und die Frauen der Generation vor mir waren die versauerten Spießerinnen. Jetzt kommt es mir vor, als sei ich die Spießerin!«

Man muss sich jedoch nicht scheiden lassen, um sein Leben zu ändern. Auch Frauen, die schon viele Jahre lang verheiratet sind, können neue Wege finden, um frischen Wind in ihre Partnerschaft zu bringen und ihre kreativen Energien zu entfalten. Ich habe zum Beispiel ein interessantes Ehepaar kennen gelernt, bei dem der Mann seinen anstrengenden Beruf als Rechtsanwalt aufgegeben hat, um seine Frau bei der Verwirklichung ihres Traums zu unterstützen, der darin bestand, eine eigene Buchhandlung zu eröffnen. Lebenspartner, die sich gegenseitig animieren, ihre Leidenschaften auszuleben, können auch nach vielen gemeinsamen Jahren noch ein glückliches, erfülltes Leben führen.

Rückwärts zählen

Doch wie alt ist eine reife Frau eigentlich? An dieser Stelle möchte ich Auntie Mames Freundin Vera zitieren, die, nach ihrem Alter gefragt, antwortete: »Irgendwo zwischen fünfundvierzig und mausetot.«

Wenn Sie fünfundvierzig werden, ist es noch lange nicht vorbei, und »es« steht hier für Sex, Intimität und das Entdecken ganz neuer Seiten und Leidenschaften an Ihnen selbst! Im Gegenteil, alles beginnt noch mal von vorn, denn heutzutage fängt mit fünfzig Jahren ein ganz neuer Lebensabschnitt an. Hinter Ihnen liegt bereits ein komplettes Erwachsenenleben, und nun beginnt ein neues – eine Zeit, die ich 1995 in meinem Buch *Die neuen Lebensphasen* als »zweites Erwachsenenleben« definiert habe.

Frauen leben gewöhnlich länger als Männer, und ihr Leben beinhaltet viele verschiedene Jahreszeiten. Eine moderne Frau wird zudem – vorausgesetzt, sie ist gesund – höchstwahrscheinlich einige Jahre länger leben als ihre Mutter. Wie ich in meinem Buch *Die neuen Lebensphasen* bereits erwähnt habe, kann eine Frau, die das fünfzigste Lebensjahr erreicht und weder an Herzkrankheiten noch an Krebs leidet, laut Epidemiologen damit rechnen, ihren zweiundneunzigsten Geburtstag noch zu erleben.

In unserem ersten Erwachsenenleben sind wir vornehmlich damit beschäftigt, von A nach B nach C zu gelangen – wir lösen uns von unseren Eltern, probieren uns selbst als provisorische Erwachsene aus, entwickeln die Fähigkeit, Intimität zuzulassen, lernen, für uns selbst zu sorgen, und schlagen langsam Wurzeln. Wenn man davon ausgeht, dass an die Pubertät eine Phase der Postadoleszenz anschließt, die gewöhnlich erst mit Ende zwanzig vorüber ist, findet unser erstes Erwachsenenleben meist zwischen dreißig und fünfzig Jahren statt. Doch die Jahre von fünfzig bis achtzig oder neunzig umfassen eine weitaus längere Spanne! Was fangen wir mit all dieser Zeit an? Diejenigen, die den Lebensumständen ihres ersten Erwachsenenlebens nachtrauern – dem taufrischen Aussehen, dem anstrengenden Job, dem wilden Sex – können sich selbst zum ärgsten Feind werden. Um das zweite Erwachsenenleben zu genießen, ist es wichtig, loszulassen, keine Angst vor Veränderungen zu haben und flexibel zu sein.

Eine reife Frau definiert sich nicht allein über ihr Alter. Ihr Selbstverständnis ist genauso wichtig – einschließlich der Fähigkeit, viele der Rollen abzulegen, die ihre Persönlichkeit bis dahin bestimmt und eingeschränkt haben.

Wenn man fünfzig Jahre alt wird, kennt man sich selbst gewöhnlich recht gut, und es fällt einem leichter, Möglichkeiten von Illusionen zu unterscheiden. Mit fünfzig kann man ohne weiteres noch den Pilotenschein machen, ein Studium beginnen oder eine Fernsehshow auf die Beine stellen – wir lesen immer wieder von Frauen, die genau das getan haben –, doch es wäre illusorisch anzunehmen, man könnte noch jede Flugshow gewinnen, Kinder bekommen oder im Fernsehen genauso verführerisch aussehen wie die jüngeren Konkurrentinnen. Die meisten Fünfzigjährigen entschließen sich übrigens dazu, eher als »Lehrerin« tätig zu werden, Erfahrungen weiterzugeben.

Menschen über fünfzig nehmen Zeit anders wahr als jüngere. Sie beginnen ab einem gewissen Zeitpunkt, die Jahre, die ihnen vermutlich noch bleiben, abzuschätzen und rückwärts zu zählen. Doch in den meisten Fällen bleiben uns noch vierzig Jahre oder mehr, und es liegt nur an uns, etwas ganz Besonderes daraus zu machen. In diesem Zusammenhang spreche ich auch gern vom Recht auf ein leidenschaftliches, erfülltes Leben und dem Weg dorthin.

Wenn Sie einmal darüber nachdenken, fällt Ihnen sicherlich eine reife Frau ein, die nach ihrem fünfzigsten Geburtstag noch einmal ein völlig neues Leben begonnen hat. Vielleicht eine alte Freundin, oder sogar Ihre eigene Mutter, über deren Verhalten Sie schon des Öfteren den Kopf geschüttelt und gedacht haben: »Jetzt dreht sie völlig durch!« Ich habe zahllose (frustrierte) verheiratete Frauen um die fünfzig interviewt und weiß, dass sich diese Frauen oftmals mit dem Gedanken »Sich scheiden lassen oder nicht, das ist hier die Frage« beschäftigen. Ist es nobler, in einer unbefriedigenden Ehe zu verharren, oder sollte man den Schritt ins Ungewisse wagen? Viele Frauen sind bereits geschieden oder verwitwet, hatten bisher jedoch nicht den Mut, einen wirklichen Neuanfang zu riskieren, und fragen sich, wie es »dort draußen« wohl sein mag.

Die Jahre des Ausrastens

Eine Witwe, die den Neustart gewagt hat, ist Peggy, Politikprofessorin an einem angesehenen College. Ihre Geschichte habe ich bereits in *Die neuen Lebensphasen* erzählt. Die kesse Rothaarige mit dem ansteckenden Lachen hatte ihrem Mann Chuck fünf Jahre lang im Kampf gegen den Prostatakrebs beigestanden. Als Chuck starb, musste Peggy lernen, allein zurechtzukommen, doch es fiel ihr leichter als gedacht. Ihren ersten Singleurlaub verbrachte sie auf den kanadischen Gulf Islands, wo sie jeden Morgen mit dem ersten Hahnenschrei aufstand, in die eiskalte See sprang und sich wie neu belebt fühlte. »Ich hatte plötzlich das Gefühl, ich könne noch einmal ganz von vorn anfangen«, erzählte Peggy mir. »Es ist schon komisch – erst, wenn dir etwas Schreckliches passiert, merkst du, wie stark du eigentlich wirklich bist. Seit Chuck tot ist, kann ich zum ersten Mal wieder darüber nachdenken, wer ich bin und wer ich eigentlich sein möchte. Ich bin mutiger als früher. Meine erste Frage lautet nun häufig: ›Warum eigentlich nicht?‹ Ich nenne das ›Ausraster-Momente‹. Wenn ich einen Ausraster-Moment habe, bin ich regelrecht in Hochstimmung und könnte Bäume ausreißen!«

Nach ihrem sechsundfünfzigsten Geburtstag lernte Peggy auf einer politischen Kundgebung einen interessanten Mann kennen. Sie trafen sich einige Male zum Abendessen, obwohl Peggy nichts ferner lag, als eine Romanze zu beginnen. »Doch eines Tages griff die lebenshungrige Peggy in mir spontan zum Telefonhörer und lud diesen Mann zu einem Wochenendausflug ein«, vertraute Peggy mir an. »Ich dachte: ›Warum eigentlich nicht?‹«

Als Jack in seinem schnittigen schwarzen Lexus bei Peggy vorfuhr, stand sie gerade in Jeans an der Spüle und wusch das Geschirr ab. In diesem Moment hörte sie im Geiste plötzlich die Stimme ihrer Mutter, die sie davor warnte, irgendwelche Dummheiten zu machen. Peggy vergrub die Hände tief im Spülwasser, und als Jack hereinkam, murmelte sie: »Ich kann das nicht, tut mir leid.« Jack meinte, es ginge doch lediglich um ein nettes, entspanntes Wochenende, doch Peggy entgegnete: »Kann schon sein, aber wir beide wissen doch, wohin das letztendlich führen wird.« Jack versuchte, Peggy charmant zu überreden, bis Peggy ihn schließlich bat, im Wagen auf sie zu warten. Sie wollte es sich durch den Kopf gehen lassen.

»Ich dachte nach, und plötzlich überkam mich ein richtiger Ausraster-Moment«, erzählte Peggy. »Bevor ich es mir anders überlegen konnte, stopfte ich willkürlich einige Kleider in die erstbeste Tasche, die ich finden konnte – eine schwarze Mülltüte.«

Als Peggy wenig später aus dem Haus trat, fragte Jack verwundert, ob sie denn keine Reisetasche mitnehmen wolle. Hatte sie es sich tatsächlich anders überlegt?

Peggy erklärte ihm, warum sie eine Mülltüte hinter sich herzog, und Jack lachte. Peggys Spontaneität gefiel ihm, und als sie in ihrem exklusiven Hotel ankamen, überreichte er die Mülltüte grinsend dem Concierge. Mit leuchtenden Augen beobachtete er dann, wie Peggy leichtfüßig und mit der Eleganz einer Herzogin die Lobby betrat.

Kaum ein Jahr später willigte Peggy ein, Jack zu heiraten. Doch sie stellte eine Bedingung: Sie wollte weiterhin ihrem Beruf nachgehen, und jeder von ihnen sollte seine eigene Wohnung behalten. Wenig später begann Peggy, in ihrem Heimatort Seminare für Frauen zu geben, die sich hatten scheiden lassen, verlassen worden oder verwitwet waren und, so wie Peggy, ganz von vorn anfingen. In den folgenden acht Jahren bereisten Peggy und ihr wunderbarer neuer Mann fast alle Kontinente des Erdballs und erlebten zahllose aufregende Momente. Erst kürzlich sind sie gemeinsam die kroatische Küste entlang gesegelt – Jack als Kapitän und Peggy und ihre Kinder als Mannschaft.

Doch die wichtigste Veränderung fand in Peggy selbst statt: Sie erlebt nun einen Ausraster-Moment nach dem anderen und möchte dieses Lebensgefühl um nichts in der Welt missen.

2. Vor uns liegt eine aufregende Reise

Als ich Mitte der siebziger Jahre das Buch *Neue Wege wagen* schrieb, analysierte ich die verschiedenen Stadien unseres Erwachsenenlebens nur bis zum fünfzigsten Lebensjahr. Wie ignorant mir dies heute erscheint! Damals konnte ich mir einfach nicht vorstellen, was für wunderbare Veränderungen und Erlebnisse nach dem ernüchternden fünfzigsten Geburtstag noch möglich sind. Seinerzeit konnte sich allerdings auch noch niemand vorstellen, dass sich eine über vierzigjährige Hollywoodgöttin wie Demi Moore einen jungen Adonis wie Ashton Kutcher angelt, oder dass eine Frau wie die Trendsetterin Madonna mit zweiundvierzig einen Mann heiratet, der zehn Jahre jünger ist als sie.

Ob Sie es glauben oder nicht, in den siebziger Jahren zählten Frauen teilweise schon mit fünfunddreißig zum »mittleren Alter«. Die Jahre zwischen fünfunddreißig und fünfundvierzig galten als Übergangsphase, in der eine Frau zum letzten Mal die Chance hatte, unerfüllte Träume zu verwirklichen oder sich in dem Nest, das sie gebaut hat, auszuruhen. Vor dreißig Jahren ahnte noch niemand, dass eine historische Revolution die soziale Ordnung gründlich durcheinander wirbeln sollte: Da die Menschen immer älter werden, nehmen sie sich auch mehr Zeit, um erwachsen zu werden. Dadurch verschieben sich alle Lebensphasen um zirka zehn Jahre. Die so genannte Midlifecrisis, unter der noch immer viele Menschen leiden, findet nun sehr viel später statt, oft erst mit Mitte fünfzig.

Die amerikanische Behörde für Bevölkerungsstatistik kategorisiert Menschen über fünfundsechzig als »alt«. Doch in einer nationalen Untersuchung wurden die über Fünfundsechzigjährigen gefragt, ab wann sie sich selbst für alt halten, und die Antwort lautete durchschnittlich: »Neunundsiebzig«. »Wann werden Sie alt sein?« »Mit neunundsiebzig.« Diese Menschen betrachten sich als »mittleren Alters« und glauben, erst mit ungefähr achtzig Jahren wirklich alt zu sein.

Im Jahr 2006 werden beinahe eine Million amerikanische Frauen sechzig Jahre alt. »Sechzig ist das neue vierzig!«, bekommen diese Frauen von vielen Freundinnen gesagt, und genauso ist es!

Ich weiß noch, wie ich vor etlichen Jahren mit dem Fernsehstar Barbara Walters sprach, kurz nachdem ihre Tochter das College abgeschlossen hatte. Sie sagte damals: »Ich glaube, jetzt ist es mit meiner Karriere vorbei.« Sie ging nämlich davon aus, dass die Tage ihrer Fernsehkarriere nach ihrem fünfzigsten Geburtstag gezählt seien. Dem CBS-Veteran Walter Cronkite war es zwar vergönnt, im Fernsehen alt zu werden, doch Barbara glaubte nicht, dass man ihr dies ebenfalls gestatten würde. »Er ist unser geliebter Onkel Walter, aber ich werde wohl niemals Tante Barbara sein.« Doch ihre Ängste stellten sich als unbegründet heraus. Im Frühjahr 2005 begegnete ich Barbara auf einer Party wieder und erinnerte sie an ihre Ängste von damals und wie falsch sie damit lag – schließlich war sie noch immer viel beschäftigt und äußerst beliebt. Barbara lachte und sagte: »Ja, wer hätte gedacht, dass ich mit über siebzig noch immer auf Sendung gehen würde! Eins habe ich daraus gelernt: Wenn man seinen Job gut macht, spielt das Alter offenbar keine Rolle!«

Von Fügsamkeit zu Selbstbestimmung

Die größte Herausforderung für Frauen an der Schwelle zu ihrem zweiten Erwachsenenleben ist der Übergang von Fügsamkeit zu Selbstbestimmung. In unserem ersten Erwachsenenleben überleben wird dadurch, dass wir lernen, uns anzupassen und uns dem Willen übergeordneter Personen zu unterwerfen, die uns beschützen und uns für unser gehorsames Verhalten belohnen: Eltern, Lehrer, Freunde und Chefs. Mit Mitte vierzig wächst in uns jedoch der Wunsch nach emotionaler, physischer und beruflicher Selbstbestimmung. Mit Mitte fünfzig sind die meisten Frauen dann in der Lage, zu ihrer Meinung zu stehen und diese auch zu äußern. So wie eine meiner Interviewpartnerinnen: »Fünfzig Jahre meines Lebens habe ich damit verbracht, mich für andere aufzuopfern – für meine Lehrer, meine Vorgesetzten, meine Freunde, meinen Ehemann und für meine Kinder. Inzwischen überlege ich mir sehr genau, für wen ich mich aufopfere, und alle anderen sind mir völlig schnuppe!«

Mit fünfzig steht man auf dem Gipfel der vorangegangenen Lebensphase und hat einen atemberaubenden 360-Grad-Blick. Man spürt die vielen Möglichkeiten, die die kommenden Jahre noch bergen. Allein dieses Gefühl – die Ahnung dessen, was noch kommen kann – ist eine Art »Selffulfilling Prophecy«. Nach tausenden von Interviews, die ich bei meinen Recherchen mit Frauen um die fünfzig geführt habe, erscheint mir der Gesinnungswandel von Fügsamkeit zu Selbstbestimmung in diesem Alter eine universelle, natürliche Entwicklung zu sein. Erst kürzlich fand die MacArthur Foundation, die statistische Untersuchungen zum Älterwerden durchführt, heraus, dass »Menschen, die den Grad ihrer Selbstbestimmung erhöhen, auch den Grad ihrer produktiven Aktivität in die Höhe treiben«. Die Autoren dieser Studie, John Rowe und Robert Kahn, fanden eindeutige Beweise dafür, dass auch Menschen in der Lebensmitte den festen Glauben an sich selbst stärken können. Dazu bedarf es dreier wichtiger Elemente:

- Erstens die Gelegenheit, eine bestimmte Handlung zu vollbringen, die eine große Herausforderung darstellt (z. B. zum ersten Mal eine Rede zu halten).
- Zweitens die Unterstützung anderer (Partner, erwachsene Kinder, Freunde oder Coach).
- Drittens das Gefühl, eine neue Sache erfolgreich bewältigt zu haben und dafür von anderen gelobt worden zu sein.

Sogar bekannte Frauen, von denen man glaubte, sie seien schon immer selbstbestimmt und selbstsicher gewesen, haben die Entwicklung von Fügsamkeit zu Selbstbestimmung durchlebt. Wenn Tina Brown auf die Karriereentscheidungen zurückblickt, die sie zwischen zwanzig und fünfzig getroffen hat – die Zeitschrift *Vanity Fair* neu aufzumischen, die Leitung des *New Yorker* zu übernehmen, schließlich ihr eigenes Magazin *Talk* auf die Beine zu stellen und nebenbei zwei Kinder großzuziehen und eine gute Ehe zu führen –, weiß sie kaum noch, wie sie das alles geschafft hat. Wie Tina mir erzählte, war sie im Herzen immer Schriftstellerin, doch um ihre hohen Positionen bei den genannten Zeitschriften erreichen zu können, musste sie diesen Traum hintanstellen. Was sie am Älterwerden am meisten schätzt, ist die Tatsache, dass sie sich erst mit fortgeschrittenem Alter wirklich frei fühlt.

»Während man in dieser Mühle feststeckt und es nur um Arbeit, Kinder, Arbeit, Kinder geht, kann man sich kaum vorstellen, dass es jemals wieder anders sein könnte«, vertraute sie mir an. »Als Mutter steckt man für sehr lange Zeit in dieser

Mühle fest, und man glaubt, man käme nie wieder heraus – und falls doch, würde einen eh keiner mehr wollen.«

Was Tina erlebte, nachdem sie aus der »Mühle« herauskam, war das genaue Gegenteil! Erst seit sie fünfzig ist und ihre Kinder das späte Teenageralter erreicht haben, konnte sie sich wieder ihrem eigentlichen Traum, der Schriftstellerei, widmen – und das sehr erfolgreich! Tina schaffte es zudem im Alter von fünfzig Jahren, eine eigene Fernsehshow auf die Beine zu stellen, und bei ihren Live-Übertragungen wirkt sie stets clever, witzig, spontan und absolut im Reinen mit sich selbst – obwohl sie früher eine regelrechte Phobie vor Fernsehauftritten hatte!

In einem Interview überraschte mich Tina mit dem Geständnis: »Ich war als junge Frau äußerst zurückhaltend. Wenn man jung ist, achtet man noch viel mehr darauf, niemanden vor den Kopf zu stoßen, aber wenn man fünfzig wird, kümmert man sich nicht mehr so sehr darum. Mir ist aufgefallen, dass über fünfzigjährige Frauen, die etwas erreicht haben, keine Scheu zeigen, offen ihre Meinung zu sagen. Das ist das Geheimnis!«

Wohlhabende Frauen können sich Wellness-Wochenenden und teure Ärzte leisten und sehen deshalb länger jung aus als andere. Doch die wahre Jugend kommt von innen, so Tina. »Selbstsicherheit und ein kluger Kopf sind weitaus wichtiger als ein faltenloses Gesicht. Mit der richtigen Einstellung kann das Leben noch einmal von vorn losgehen!«

Zu der Party zum achtzehnten Geburtstag ihres Sohnes lud Tina einige seiner Lehrerinnen ein. »Ein paar Jahre lang hatte ich diese Lehrerinnen nicht gesehen, und ich erinnerte mich an sie als recht altbacken wirkende Damen zirka Mitte vierzig. Doch nun, ein paar Jahre später, waren sie alle modisch gekleidet, und sie sahen viel jünger aus als früher!« Zwei von ihnen ließen sich gerade scheiden, und als Tina ihr Mitgefühl ausdrückte, winkten die Lehrerinnen ab und sagten: »Das hätten wir schon viel eher tun sollen!«

Die Menschen rechnen heutzutage geradezu damit, irgendwann eine Midlifecrisis zu erleben. Nach einer Studie der MacArthur Foundation berichten mehr als zwei Drittel aller Frauen um die fünfzig von einer »turbulenten Veränderungsphase«. Offenbar ist der fünfzigste Geburtstag nachweislich ein dramatischer Wendepunkt im Leben der meisten Frauen. Die Frage, ob sie sich innerhalb der vergangenen fünf Jahre einen Traum erfüllt hätten, beantwortete nur ein Viertel der Frauen zwischen fünfunddreißig und neunundvierzig mit Ja. Überraschenderweise gab es in keiner anderen Altersklasse in Bezug auf Selbstverwirklichung solch einen niedrigen Prozentsatz.

Für Frauen um die fünfzig sieht es dagegen weitaus besser aus. Die Ergebnisse derselben Studie belegen, dass 36 % aller Frauen zwischen fünfzig und vierundsechzig innerhalb der vergangenen fünf Jahre ein Ziel verwirklicht oder sich einen Traum erfüllt haben (z. B. einen neuen Partner gefunden, geheiratet oder ein Haus gekauft haben). Dies zeigt, dass mehr als ein Drittel aller amerikanischen Frauen auf dem besten Wege sind, reife Frauen zu werden.

Für Männer sieht es weniger gut aus. Die MacArthur-Studie legt offen, dass die Selbstverwirklichungsrate der Männer nach dem fünfunddreißigsten Lebensjahr rapide nachlässt. Im Alter von fünfzig bis vierundsechzig gaben nur noch 28 % an, innerhalb der letzten fünf Jahre etwas Wichtiges erreicht zu haben.

Doch Sie haben noch Zeit, etwas zu verändern, und es besteht kein Grund, den Neuanfang nicht gleich jetzt zu wagen. Schon bald wird unsere Gesellschaft zu einem Großteil aus älteren Frauen bestehen, die hoffentlich ihre Träume verwirklichen und ein leidenschaftliches, erfülltes Leben führen. Wie es dazu kommt? Auf unsere Gesellschaft rollt ein demographischer Tsunami zu!

Die Zahl der über Fünfundsechzigjährigen in Amerika wird *noch in diesem Jahrzehnt* die Zahl der unter Fünfundzwanzigjährigen übersteigen.

Kleine Tode und Wiedergeburten

Psychologisch betrachtet muss unser altes Ich erst sterben, bevor ein neues Ich entstehen kann. Der Wettbewerbskampf und die zahllosen Anstrengungen, die unserem ersten Erwachsenenleben seine turbulente Intensität verleihen, erscheinen uns mit Anfang fünfzig eher wie das Leben eines Hamsters im Laufrad – eine ermüdende Jagd nach immer höheren Erfolgen. Männer und Frauen, die jahrelang ihre ganze Energie in ihre Karriere gesteckt haben, beschweren sich ab einem gewissen Alter über ihren Kräfte zehrenden Berufsalltag und fragen sich: »Warum arbeite ich eigentlich so hart? Wozu das Ganze?« Wenn wir in unser zweites Erwachsenenleben eintreten, hinterfragen wir die Dinge, die wir tun, weitaus kritischer als vorher. Dieses Phänomen nenne ich die *Sinnkrise.*

Wenn gesunde, gebildete, emanzipierte Frauen ihr erstes Erwachsenenleben beenden, können sie sich darauf freuen, in eine Lebensphase einzutreten, in der sie größere Freiheit genießen werden als jemals zuvor. Fast alles ist möglich – kreative Wiedergeburt, Firmengründung, Weiterbildung, eine politische Karriere, Beendigung einer unglücklichen Ehe, Flirts, eine neue Liebe – oder der Genuss einer gereiften Ehe, in der sich ein erfülltes Sexleben mit einer wahren Seelenverwandtschaft verbindet.

Doch nur, weil wir Menschen länger leben, wird unser zweites Erwachsenenleben natürlich nicht automatisch erfüllter und glücklicher sein. Die zusätzlichen Jahre sind ein ungeschriebenes Buch – erst das, was Sie dort hineinschreiben, macht die zweite Hälfte Ihres Lebens zu etwas ganz Besonderem!

Machen Sie Bestandsaufnahme!

Bevor wir in unserem zweiten Erwachsenenleben eine erfüllende Beziehung, guten Sex, Spiritualität und Leidenschaft genießen können, müssen wir uns über die verschiedenen Entwicklungsstufen klar werden, die eine Frau in ihrem Leben durchläuft.

Jede neue Entwicklungsstufe wird anfangs von einem gewissen Gefühl des Ungleichgewichts und der Unsicherheit begleitet – das ist ganz normal. Wir treten in eine Veränderungsphase ein, in der wir sowohl großes Potenzial für gesunde Wandlungen in uns spüren als auch Angst vor Neuerungen empfinden. In dieser Zeit stellen wir unsere vorherigen Lebensentscheidungen und alten Ziele in Frage, und neue Wünsche reifen heran. Auf den folgenden Seiten finden Sie eine überarbeitete und ergänzte Übersicht über die verschiedenen Stufen unseres zweiten Erwachsenenlebens (die ich in meinem Buch *Neue Wege wagen* zum ersten Mal vorgestellt habe). Versuchen Sie, den Stand Ihrer eigenen Entwicklung auf dieser Leiter festzulegen, das wird Sie darauf vorbereiten, den nächsten Schritt zu wagen, um eine reife Frau zu werden.

Entwicklungsstufen des zweiten Erwachsenenlebens

Vom Tief zum Hoch

An die relativ stabile Periode zwischen dreißig und Anfang vierzig schließt sich mit Mitte bis Ende vierzig eine Phase des zunehmenden Ungleichgewichts an. Männer und Frauen erleben in dieser Zeit, wie ihre Jugend unwiederbringlich schwindet, und stolpern in die Kindheit ihres zweiten Erwachsenenlebens hinein.

Wenn Frauen bemerken, dass ihre Jugend und Schönheit nachlassen, geraten sie oft in eine Eitelkeitskrise. Frauen mit Mitte vierzig durchleben aus diesem Grund oft ein enormes Tief, denn nicht nur die äußerliche Jugendlichkeit schwindet, auch die Wechseljahre stehen vor der Tür. In dieser Zeit stellen sich zudem die Kinder dieser Frauen auf eigene Füße (außer bei späten Müttern). Diese Frauen werden von Panik ergriffen, und sie fragen sich: »Werde ich womöglich über Nacht zu einer alten Frau?«

Doch meine Untersuchungen belegen ebenso wie die Studien vieler Forscher, dass ein Großteil der Frauen mit fünfzig mittlerweile angibt, auf dem Höhepunkt ihrer Kraft zu sein!

Die wilden Fünfziger

Je älter man wird, desto mehr traut man sich zu und desto mehr Ängste wirft man ab. Frauen um die fünfzig brauchen keinen Mann und keine vorgegebene Rolle, um sich darüber zu definieren. Sie definieren sich selbst!

Unsere euphorische Überzeugung, im Grunde seien wir noch immer junge Hüpfer, bekommt von den Männern auf der Straße, für die wir langsam regelrecht unsichtbar werden, allerdings einen herben Dämpfer. Dies sollten wir jedoch lediglich als Zeichen betrachten, unsere innere Anziehungskraft zu verstärken: unsere Schlagfertigkeit, unsere Begeisterungsfähigkeit, unentdeckte Talente und die Fähigkeit, andere anzufeuern und dazu zu inspirieren, ihre Träume zu verwirklichen – dies natürlich nur, wenn wir selbst dazu in der Lage sind! Ab fünfzig haben Frauen ihre Emotionen und ihre Umwelt im Griff, sie glauben an sich und sind mit sich im Reinen.

Gewöhnlich wird man in diesem Alter mit der Frage der Sterblichkeit konfrontiert, falls man zuvor noch nicht damit in Berührung gekommen ist. Aller Wahrscheinlichkeit nach verlieren Sie in dieser Lebensphase ein Elternteil, einen Altersgenossen, eine Freundin – oder Sie haben selbst einen Unfall oder eine schwere Krankheit, zum Beispiel Brustkrebs, oder Ihr Mann leidet an Prostatakrebs. Der unerwartete Tod eines Familienmitglieds, eines Freunds oder einer Kollegin, ein Krieg, der Ihr erwachsenes Kind in Gefahr bringt – all diese Dinge können uns Angst machen oder uns sogar depressiv werden lassen. Doch auch solchen Vorfällen liegt etwas Gutes zugrunde: Sie bereiten uns auf die unweigerliche Sinnkrise vor. Die Beschäftigung mit der eigenen Sterblichkeit ist also eine wertvolle Erfahrung, die jeden Einzelnen dazu drängt, das Bestmögliche aus dem eigenen Leben zu machen.

Der Wille, das eigene Potenzial voll auszuschöpfen, und die Suche nach dem Sinn sind die besten Antriebsmotoren für das zweite Erwachsenenleben. Die Sinnsuche, der spirituelle Imperativ, ist sogar die neue Grundlage unseres

Lebens: Obwohl wir vor allem nach individueller Authentizität streben, sehnen wir uns auch danach, an etwas Größeres glauben zu können.

Wenn Frauen älter werden, wächst ihre Zielstrebigkeit, sie werden tonangebender, aggressiver, politischer und haben das Gefühl, dies sei ihre Zeit. »Endlich bin ich mal dran! Endlich kann ich mich daranmachen, meinen Teil zur Welt beizusteuern.«

Auf dem Weg zur Selbstbestimmung

Die Jahre zwischen fünfzig und fünfundsechzig stellen den Gipfel des Erwachsenenlebens dar – die Phase der totalen Selbstbestimmung. Frauen müssen in dieser Zeit den Schritt von der Fügsamkeit zur Selbstbestimmung gehen, wobei die meisten feststellen, dass sie sich in ihrem ersten Erwachsenenleben über die Beziehungen zu anderen definiert haben – Eltern, Ehemänner, Kinder, Chefs und Mentoren. Doch jetzt ist die Zeit gekommen, um die eigene Identität neu zu erfinden!

Psychologisch betrachtet muss zuerst etwas sterben, bevor etwas Neues geboren werden kann. Auf den »kleinen Tod« der idealisierten Vorstellung unseres ersten Erwachsenenlebens folgt eine Art Trauerphase, aus der wir gestärkt hervorgehen und voller Überzeugung sagen: »Ich fange nun ein neues Leben an. Ich erlaube diesem neuen Teil von mir, zu wachsen und sich voll zu entfalten!«

Die wählerischen Sechziger

Für die Mehrheit amerikanischer und europäischer Frauen und Männer im Alter von sechzig Jahren beinhaltet diese Lebensphase ein Maximum an Freiheiten und ein Minimum an physischen Einschränkungen. Geist und Körper funktionieren noch immer einwandfrei, und man besitzt zudem einen reichen Erfahrungsschatz – zum ersten Mal im Leben verbinden sich diese beiden Dinge. Niemand kann einem mehr Vorschriften machen, und man übernimmt die volle Verantwortung für sein Leben. Die Möglichkeiten, die sich Ihnen nun bieten, sind mannigfaltig, doch wählen Sie Ihren Weg weise und konzentrieren Sie Ihre Energien allein darauf. Seien Sie wählerisch!

Eine neue Leichtigkeit hält Einzug in Ihren Alltag, und Sie verbringen Ihre Zeit nur noch mit den Menschen, die Ihnen wirklich wichtig sind.

Mit der Rente bietet sich Ihnen eine neue Chance, sich zu entwickeln, doch es besteht auch die Gefahr, in Trübsinn und Trägheit zu verfallen. Hüten Sie sich davor! Für all jene, die geistig fit bleiben wollen, ist Weiterentwicklung im späteren Leben ein absolutes Muss. Bezahlte Teilzeitarbeit ist in diesem Alter weit verbreitet und natürlich beliebter als unbezahlte Jobs, doch auch ehrenamtliche Tätigkeiten sind sinnvoll, denn persönliches Engagement ist für das erfolgreiche Älterwerden unabdingbar.

Auf dem Weg zu Ganzheit

Die späten Jahre des zweiten Erwachsenenlebens von fünfundsechzig bis fünfundachtzig und darüber hinaus bieten Ihnen im Gegensatz zu der Aufsplitterung Ihres Lebens in den vorangegangenen Phasen die Chance auf Ganzheit. In diesem hohen Lebensalter fügen Sie all Ihre Erfahrungen und Erlebnisse zu einer neuen Ganzheit zusammen, und Ihre Werte und Überzeugungen stehen fest wie ein Fels in der Brandung. Zufriedenheit resultiert schließlich aus der »Heiligkeit der persönlichen Integrität«, wie Ralph Waldo Emerson einst schrieb.

Die Chancen, die das Leben uns bietet, steigen, je mutiger wir sind, sie wahrzunehmen. Wenn wir uns auch in diesem hohen Alter noch weiterentwickeln und uns nicht kapitulierend und voller Selbstmitleid in uns selbst zurückziehen, öffnet sich unser Herz für die schönen Dinge, die die Welt zu bieten hat. Die Liebe findet ihren Weg, wenn man ihr die Tür öffnet, und wir werden als der Mensch geliebt, der wir im Laufe unseres Lebens geworden sind. Diese Lebensphase kann eine Periode der Liebe und Großzügigkeit sein. Erik Erikson, der Vater der Erwachsenenbildung, sieht zum Beispiel seine vornehmliche Aufgabe im Alter von siebzig darin, für andere da zu sein und sich um die Menschen zu kümmern, die ihm wichtig sind.

Die spontanen Siebziger

Die Jahre nach der Zeit des Geldverdienens und -ausgebens bieten Ihnen die Chance, ein »Pilger der Seele« zu werden, wie Yeats es ausdrückte. Die größte Herausforderung für uns ist es, ein Verständnis für die Komplexität des Lebens zu entwickeln, unsere Impulse unter Kontrolle zu halten, uns in einem Konflikt nicht zu schnell auf eine Seite zu schlagen und in Streitfällen ein weiser Vermittler zu werden. Wem es gelingt, sich zurückzulehnen und die Welt mit einem amüsierten Lächeln zu betrachten, der kann noch immer ein Leben voller Spontaneität und Freude führen.

Doch in diesen Jahren wird das Leben auch zunehmend zur Geduldsprobe, und körperliche Beschwerden stellen sich ein. Sie müssen sich mit ganzem Herzen dafür entscheiden, sich noch immer intellektuell und spirituell weiterentwickeln zu wollen, sonst kann es allzu leicht geschehen, dass Sie in Passivität verfallen. Beugen Sie dieser Gefahr dadurch vor, dass Sie täglich diszipliniert körperlichen Aktivitäten nachgehen! Ihr Körper wird sonst rasch schwächer werden. Neue Untersuchungen zum Thema »erfolgreiches Älterwerden« belegen, dass man vor dem siebzigsten Lebensjahr mit täglichem körperlichem und geistigem Training und sozialem Engagement beginnen sollte, um größtmöglichen Erfolg zu haben.

Auf dem Weg zu Kultivierung oder Isolation

Erik Erikson beschreibt die letzte Phase der Entwicklungsstufen eines Erwachsenenlebens als einen Kampf zwischen Integrität und Verzweiflung. Integrität, so schreibt er, zeichnet ältere Menschen aus, deren Leben bedeutungsvoll war, die die Fähigkeit zu post-narzisstischer Liebe besitzen und die mit Klarheit über die Fehler und Erfolge ihres Lebens sprechen können.

Ich möchte zu dieser Entwicklungsstufe noch den Aspekt der »Kultivierung« hinzufügen. Ich bediene mich dieses landwirtschaftlichen Begriffs, der die Urbarmachung der Erde beschreibt, um die vielen Möglichkeiten aufzuzeigen, die auch ältere Menschen haben, um die Erde, in der sie verwurzelt sind, umzugraben und neue Freunde und Aktivitäten zu säen. Schlechte Gewohnheiten oder negative Menschen, die unser Wachstum womöglich behindern, sollten kurzerhand wie Unkraut ausgerissen werden.

Dies ist zudem die Phase, in der wir Wissen und Weisheit weitergeben können. Wir haben nun die Gelegenheit, Jüngeren unser Wissen zu vermitteln, statt immer einsamer zu werden und die Freunde zu zählen, die einer nach dem anderen sterben und nicht ersetzt werden können.

Engagement in der Gemeinde ist darüber hinaus unabdinglich, um Kontakte zu anderen zu pflegen und unseren Wunsch nach Selbstbestimmung weiter ausleben zu können.

Es gibt nach dem siebzigsten Geburtstag nichts Schöneres, als Großmutter oder Großvater zu werden. Wir können unseren Enkeln nicht nur Geschenke und Überraschungen, Lachen und viel Liebe schenken, wir werden auch zu so etwas wie Polarsternen ihres Lebens und zeigen unseren Nachkommen auch nach unserem Tod noch die Richtung an.

Die beständige Zeit ab achtzig, die großzügige Zeit ab neunzig und das Erreichen der Einhundert-Jahre-Marke

Menschen, die enge Beziehungen zu anderen haben, leben länger. Witwen, die nach dem Tod ihres Mannes viele Freundschaften pflegen und sich im späteren Leben um neue Liebesbeziehungen bemühen, sind körperlich und geistig fitter als andere. Darüber hinaus wurde festgestellt, dass ein Großteil der Hundertjährigen enge Verbindung zur Familie hält.

Mut und Durchhaltevermögen, auch angesichts von Krankheiten und den Nebenwirkungen vieler Medikamente, fördern die innere Stärke. Um zu jenen zu gehören, die ein solch gesegnetes Alter erreichen, benötigen wir einen Grund, um jeden Morgen aufzustehen und uns durch den Tag zu kämpfen. Denn ohne den täglichen, innigen Wunsch, einen weiteren Sonnenuntergang zu sehen, ist ein solch hohes Alter kaum zu erreichen.

Wir haben in diesem Alter die Chance, unsere Vergangenheit und unsere Zukunft in ganz neuem Licht zu betrachten und auch über ein mögliches Leben nach dem Tode nachzudenken. Diese Entwicklungsstufe nennt man die Phase der geistigen Transzendenz, im Japanischen »satori«. Buddhisten sprechen davon, ein Bodhisattva zu werden – ein Mensch, der erleuchtet ist, seinen Aufbruch ins Nirwana jedoch aufschiebt, um andere zu lehren, wie man den Zustand der Erleuchtung erreichen kann.

Ein wichtiges Ziel dieses Buches ist es, die unzähligen Chancen darzustellen, die für Frauen in der zweiten Lebenshälfte liegen. In unserer modernen Unterhaltungsgesellschaft geschieht dies viel zu selten. Obgleich ich für die Recherchen meines Buchs auch eine große Zahl von Männern interviewt habe, stellte ich doch so viele gravierende Unterschiede im Leben von Männern und Frauen fest, dass es unmöglich war, beide Variationen des zweiten Erwachsenenlebens in einem Buch zu vereinen. Ich hoffe, das Recht der Männer auf eine leidenschaftliche zweite Lebenshälfte eines Tages ebenfalls in einem Buch behandeln zu können.

Ein weiterer Grund für mich, dieses Buch zu schreiben, ist der Wunsch, die aufregenden Möglichkeiten aufzuzeigen, die reife Frauen bei ihrer Partnerwahl und in ihrem Sexleben haben

– sowohl innerhalb als auch außerhalb der Ehe. Bei meinen Untersuchungen fand ich heraus, dass in der Geschlechterraute (der Überschneidung männlicher und weiblicher Charakteristika im späteren Leben) sogar die Chance liegt, in der zweiten Lebenshälfte neuartige gleichberechtigte Partnerschaften zu führen. Wie reagieren Männer und Frauen auf diese neue Übereinkunft? Sind wir so entwickelt, wie wir glauben?

Das dritte und wichtigste Ziel, das ich mit diesem Buch verfolge, ist es, Sie davon zu überzeugen, ein leidenschaftliches, erfülltes Leben anzustreben, ganz gleich, wie viele Fehler Sie in der Vergangenheit gemacht haben, wie groß Ihre Angst vor Zurückweisung oder Versagen ist und wie viele Rückschläge Sie erleben werden. Doch muss ich Sie auch warnen: Ich erzähle Ihnen keine Erfolgsgeschichten von Frauen, die mit fünfzig aus ihrem bisherigen Leben ausbrachen, mit ihrem fünfundzwanzigjährigen Fitnesstrainer davonliefen und für immer glücklich wurden. Ebenso wenig gebe ich Ihnen eine Fünf-Stufen-Anleitung an die Hand, mit der Sie eine langweilig gewordene Ehe wieder aufpeppen können und über Nacht zum Traumpaar schlechthin werden.

Die Geschichten in diesem Buch sollen Sie dazu inspirieren, Ihren eigenen Weg zu einem leidenschaftlicheren Leben zu finden. Ich stelle Ihnen zu diesem Zweck Frauen vor, die es geschafft haben, ihre Träume zu verwirklichen, doch ich berichte auch von Frauen, die Zurückweisungen und Enttäuschungen einstecken mussten, als sie versuchten, aus der Rolle der unsichtbaren, sexlosen alten Frau auszubrechen. Manche Frauen hatten hochtrabende Wünsche und sind tief gefallen, doch die meisten kamen wieder auf die Beine und empfanden ihren Misserfolg später sogar als wertvolle Erfahrung. Die Geschichten dieser Frauen sind noch nicht zu Ende erzählt, denn das Leben hält noch viel für sie bereit.

3. Auf den Spuren der reifen Frau

Ich begann meine Recherchen für dieses Buch damit, dass ich einen Fragebogen auf meine Website stellte, den ich mit einem Bild von Gustave Courbet (ein Maler aus dem neunzehnten Jahrhundert) illustrierte, auf dem eine lüsterne Frau nackt in einem Tal steht und auf dem ausgestreckten Arm einen Vogel trägt. Ich ließ das Bild jedoch dahingehend verändern, dass das Haar der Frau silbrig-grau war. Die Bildunterschrift lautete: »Zum Kuckuck mit Sex für Frauen über fünfzig?« Mit dieser provokativen Frage wollte ich das typische Klischee, das sexuelle Interesse einer Frau verschwände ab einem gewissen Alter, in Frage stellen.*

Mit dieser Frage hatte ich offenbar einen Nerv getroffen.

Viele Frauen, die mir antworteten oder den Fragebogen ausfüllten, erzählten, sie hätten das genaue Gegenteil erlebt – eine machtvolle Rückkehr des sexuellen Begehrens in den mittleren Jahren. Diese Frauen fantasieren nicht nur über Sex und Romantik, viele berichten, dass sie sich mit zunehmendem Alter immer größere sexuelle Freiheiten herausnahmen und diese voll auskosteten – denn sie waren nicht länger willens, sich in der »Stabilität« einer erkalteten Ehe zu verkriechen.

* Den Fragebogen finden Sie im Anhang dieses Buches. Wenn Sie dem Netzwerk der reifen Frauen beitreten möchten, in dem sich Frauen über fünfundvierzig offen über ihr Leben unterhalten, gehen Sie auf meine Website, www.gailsheehy.com, loggen Sie sich mit Ihrer E-Mail-Adresse ein und verfolgen Sie unsere Diskussionen. Auf der Website können Sie auch den Fragebogen ausfüllen und damit zu meinen Untersuchungen beitragen.

Alleinstehende hatten mit fortgeschrittenem Alter mehr Mut zu experimentieren und befreiten sich von alten Zwängen. Dies machte mir deutlich: Viele Frauen in der Mitte ihres Lebens leben ihr Leben intensiver denn je – und alle anderen haben viel nachzuholen!

Eine weitere wichtige Quelle für meine Nachforschungen war die Media-und-Marketing-Website ThirdAge, die mehr als eineinhalb Millionen Mitglieder zählt und sich mit den Bedürfnissen der Menschen mittleren Alters beschäftigt. ThirdAge bat mich, meine Theorien über diese Altersgruppe online zu veröffentlichen, und im Gegenzug konnte ich den riesigen Mitgliederpool dazu nutzen, Erhebungen über Liebe, Sex, Verabredungen und Leidenschaft über fünfzig zu sammeln. Ich erhielt unzählige E-Mails, sowohl von Menschen, die nach sexueller und spiritueller Erfüllung suchten, als auch von verheirateten Frauen, die mir erzählten, sie hätten noch immer »wunderbaren, leidenschaftlichen Sex« (einige Frauen spielten damit auf ihre Ehemänner an, andere nicht). Mir schrieben auch Singles, die zu schüchtern waren, um neue Partner kennen zu lernen, und viele E-Mails kamen von Menschen, die in einer unglücklichen Ehe steckten. Etliche dieser E-Mails führten zu persönlichen Nachfolgeinterviews mit hochinteressanten Menschen.

Im Herbst 2003 machte ich mich daran, meine Kontaktpersonen im ganzen Land zu fragen, ob sie mit Frauen ab fünfzig Gruppeninterviews zu den Themen Romantik, Sexualität und Liebe arrangieren könnten. Auf Rückmeldung brauchte ich nicht lange zu warten.

»O mein Gott, ich würde so gern mal mit anderen Frauen in meinem Alter Erfahrungen austauschen!«

»Meine Schwester ist geschieden und hat Wahnsinns-Sex mit einem jungen Kerl, und ich bin verheiratet und platze vor Neid!«

»Darf ich mitmachen, obwohl ich verheiratet bin?«

Eine aufschlussreiche Frage. Natürlich durfte sie mitmachen. Romantik und eine langjährige Ehe schließen sich nicht gegenseitig aus. Ich benutze den Begriff Sex in einem sehr weiten Sinne. Nachdem die leidenschaftliche Anziehungskraft verblasst ist, bleibt von einer Liebesaffäre nicht selten ein Gefühl von Wärme und Zuneigung, aus dem eine erfüllende Beziehung ohne Sex erwachsen kann. Und wie Sie noch sehen werden, entstehen manchmal gerade aus solchen Beziehungen tiefe Seelenverbindungen.

Dies ist mein fünfzehntes Buch, und noch nie ist es mir so leicht gefallen, Menschen zu finden, die mit mir reden wollten – obwohl es um sehr private Angelegenheiten ging. Ich konnte sie kaum bremsen! Frauen in dieser Lebensphase lechzen geradezu nach einem sicheren Rahmen, in dem sie offen über ihre Selbstfindung, die guten und schlechten Seiten des »Datens« (viele von ihnen hassen diesen Ausdruck), ihre innerehelichen Sehnsüchte oder ihre leidenschaftlichen außerehelichen Affären sprechen können. Sie genießen es, ihre Geschichten zu erzählen – Geschichten von der Angst und dem Herzklopfen bei sexuellen Begegnungen, von wiedergefundenen Jugendlieben, Fernbeziehungen, geretteten Ehen, Liebeskummer und neu erwachten Hoffnungen.

Obwohl meine Untersuchungen keine akademische Studie sind, waren die Resultate doch erstaunlich und provokativ. Manch einer hätte wohl erwartet, dass die Mehrheit der Befragten von sexueller Frustration und Einsamkeit erzählt, wie es Fernsehserien à la *Desperate Housewives* oder Filme über verbitterte geschiedene Frauen wie *Club der Teufelinnen* vermuten lassen. Überraschung! Meine Untersuchungen haben ergeben, dass sich Frauen in der zweiten Lebenshälfte in fünf Gruppen unterteilen lassen: Vollblutweiber, Suchende, Frustriert-Verheiratete, Resignierte und Lustschwache. Die allergrößte Gruppe ist jedoch bei weitem die der Vollblutweiber!

Vollblutweiber (40 % der Befragten)

Zu dieser Gruppe gehören gesunde, unabhängige, sexy Frauen zwischen Ende vierzig und achtzig, die berufstätig sind oder es waren und die finanziell auf eigenen Beinen stehen. Die Vollblutweiber setzen sich leidenschaftlich für ihren Beruf oder ihre Hobbys ein und verfolgen beharrlich ein bestimmtes Ziel, haben einen Traum oder befinden sich auf einer spirituellen Sinnsuche.

Etwa die Hälfte der Vollblutweiber ist geschieden und über fünfzig. Diese Frauen haben keinerlei Probleme, Männer zu finden, die sich mit ihnen verabreden wollen, und sie sind sexuell äußerst aktiv. Einer neuen Romanze gegenüber sind sie aufgeschlossen, doch meist haben sie es nicht eilig, (ein zweites Mal) zu heiraten. Viele von ihnen vertreten die Meinung, ein neuer Liebhaber sei ein wunderbares Gegenmittel gegen den Frust der Wechseljahre.

Vollblutweiber genießen oftmals die Freuden einer Liebschaft oder einer im mittleren Alter geschlossenen zweiten Ehe. Doch auch in langjährigen Ehen mit dem ersten Mann können Vollblutweiber ihr Glück finden, wenn echte Liebe sie und ihren Partner zusammenhält und das Sexleben noch immer Spaß macht. Viele von ihnen erzählen, dass die Liebe zwischen ihnen und ihrem Partner neu entflammte, als die Kinder das Elternhaus verließen. Einige von ihnen bemühen sich hingegen ganz konkret darum, ihr Sexleben durch Experimente und Neuerungen aufzupeppen.

Verwitwete Vollblutweiber hoffen meist, einen neuen Partner zu finden. Die meisten von ihnen haben die Kameradschaft und Intimität ihrer Ehe genossen und waren vom Tod ihres Mannes tief getroffen.

Nur eine Handvoll Vollblutweiber war niemals verheiratet.

Im Folgenden möchte ich Ihnen einige typische Erlebnisse von Vollblutweibern erzählen, die mir im Rahmen meiner Nachforschungen anvertraut wurden.

»Ich bin über fünfzig und stolz darauf!«, platzt Rachel heraus, noch bevor ich sie nach ihrem Alter fragen kann. Rachel, ein typisches geschiedenes Vollblutweib, hatte viel zu lange eine sexuell unbefriedigende Ehe geführt. Ihr Ehemann hat sie nach vielen Jahren wegen einer anderen verlassen, erzählt Rachel, und im ersten Jahr nach der Trennung war sie ausgebrannt und depressiv und hatte keinerlei Interesse an Sex. Mit Erschrecken stellte die Unternehmensberaterin damals fest: »Bei der Arbeit bildete ich mir selbst oft ein, ich sei noch dreißig, doch plötzlich ging mir auf, dass meine Kolleginnen und Kollegen tatsächlich dreißig waren, ich aber sogar älter war als der Chef!«

Freunde begannen schließlich damit, Blind Dates für sie zu organisieren, und Rachel fing an, sich im Internet nach einem neuen Partner umzusehen. »Um ehrlich zu sein, ging es mir vor allem darum, mir selbst und anderen zu beweisen, dass ich für Männer noch immer attraktiv war«, gibt Rachel zu. »Außerdem hatte sich in mir eine Menge sexueller Energie angestaut – und der Geschmack der Freiheit war verlockend.«

Zwei Jahre lang chattete Rachel mit mehr als hundert Männern im Internet und schrieb ihnen E-Mails. Einige traf sie auch persönlich, doch sie schildert die meisten als »einsame, sozial isolierte Männer – totale Langweiler!«. Zudem überraschte es sie, wie viele Männer unter dreißig ihr schrieben. »Offenbar mögen viele von diesen ›Küken‹ ältere Frauen, einige legten sich ordentlich ins Zeug, um mich zu einem Treffen zu überreden. Ich nehme an, es ging ihnen vor allem darum, mit mir ins Bett zu gehen. Wahrscheinlich sah ich in ihrer Fantasie aus wie Teri Hatcher!« (Die verrückte Susan aus *Desperate Housewives*, die sich in einer Folge der Serie – völlig nackt – aus ihrem Haus aussperrt.) Rachel ist zu pragmatisch veranlagt, um nicht auch mit verheirateten Männern E-Mail-Kontakt zu haben, denn diese Gruppe bezeichnet sie als »Qualitäts-Exemplare«, und mit manchen pflegt sie interessante platonische Freundschaften. Seit einiger Zeit trifft sie sich zudem mit einem Professor, einem Anwalt und einem Meeresbiologen. Ihre Erfahrungen mit dem Internet haben sie zur Expertin von Dating-Sites werden lassen, und mittlerweile weiß sie sehr genau, wie sie in dem schier erdrückenden Angebot des Webs einen Mann finden kann, mit dem eine Partnerschaft möglich wäre.

Als Rachel im Netz einen »Geistesakrobaten« kennen lernte, der in einer Ideenschmiede arbeitete und ihr erzählte, er liebe Frauen in den »göttlichen Jahren«, spürte sie gleich die sexuelle Energie zwischen ihnen. Wie viele Männer, die Rachel über das Internet kennen lernte, hatte dieser Mann Qualitäten, die bei ihrem ersten persönlichen Treffen nicht gleich zu erkennen waren. Er sah weder aus wie Harrison Ford noch hatte er ein dickes Bankkonto, doch dafür kannte er sich sehr gut mit tantrischem Sex aus. »Dein Vergnügen ist mein Vergnügen« war sein Wahlspruch, und er lehrte Rachel die Kunst multipler Orgasmen.

»Mein Liebesleben ist besser denn je!«, vertraut Rachel mir begeistert an. »Dieser Mann kann mich allein mit seinen Blicken auf Hochtouren bringen! Durch ihn weiß ich genau, was mir gefällt, und ich habe weder Scheu, ihn darum zu bitten, noch Angst, es nicht zu bekommen. Wenn man bedenkt, dass ich inzwischen fünfundfünfzig bin, ist das mehr als erstaunlich!«

Kaylie, eine geschiedene Frau, die mit Mitte fünfzig erneut geheiratet hat, vertraut mir ganz offen an, wie sich ihr Sexleben in den vergangenen Jahren entwickelt hat: »Obwohl meine Libido seit den Wechseljahren schwächer geworden ist – ich denke einfach nicht mehr so häufig an Sex wie vorher –, schlafe ich recht häufig mit meinem neuen Ehemann (mit dem ich seit fünf Jahren verheiratet bin). Mein Mann liebt mich mit einer gemächlichen Geschwindigkeit, die mir Orgasmen beschert, die intensiver sind als alles, was ich bisher in meinem Leben erlebt habe. Ich liebe den Körper meines Mannes und weiß den männlichen Körper an sich jetzt viel mehr zu schätzen als zuvor. Ich war schon zweimal verheiratet und habe mit vierzig eine Weile allein gelebt. Meine Lebenseinstellung verdanke ich zum größten Teil Ihrem Buch *Neue Wege wagen*.«

Rita Mae gewährt uns einen Einblick in das Leben eines Vollblutweibs: »Ich werde bald vierundfünfzig, und ich habe immer gern Sex gehabt – allerdings nicht mit meinem Ehemann. Er war zwar ein guter Liebhaber, aber er hat mich oft ausgenutzt, und nach zehn Jahren der Ausbeutung ist meine Liebe für ihn abgestorben. Wir leben nun schon seit zwei Jahren getrennt, und ich führe eine neue Beziehung mit einem Mann, der älter ist als ich. Als wir uns zum ersten Mal unterhalten haben, hat es sofort ›Klick‹ gemacht, und der Sex mit ihm ist einfach fantastisch! Ich hätte nie gedacht, dass mir so etwas in diesem Alter noch passieren könnte, aber das gegenseitige Umarmen, Küssen und Nebeneinander-Liegen ist eine wunderbare Erfahrung. Erst jetzt weiß ich, wie sehr ich das brauche!«

Ein verwitwetes Vollblutweib, Patricia aus Arkansas, schreibt in seiner E-Mail: »Erst in meinen mittleren Jahren habe ich Sex – und damit das Leben! – richtig kennen gelernt!« In einem Nachfolgeinterview wird offensichtlich, dass Patricia in ihrem Leben schwere depressive Phasen durchgemacht und dann den Weg zu mehr Selbstbestimmung gefunden hat.

Patricia hatte in jungen Jahren einen weitaus älteren Mann geheiratet, der kurz nach der Hochzeit einen Herzinfarkt erlitt. Ihr gemeinsames Sexleben ließ daraufhin stark nach, doch Patricia blieb ihrem Mann achtzehn Jahre lang treu – bis er an einem Schlaganfall starb. Nach seinem Tod verfiel sie aber nicht in Selbstmitleid, sondern versuchte, über Internet-Kontakte frischen Wind in ihr Leben zu bringen. »Diese Internetseiten haben mir geholfen, wieder auf die Beine zu kommen!«, erzählt Patricia. »Jetzt bin ich sechsundfünfzig und habe endlich das Selbstvertrauen, wirklich *ich* zu sein. Ich führe eine sehr gesunde, romantische und sexuell äußerst aktive Beziehung mit einem etwas älteren Mann. Wir haben beide im Leben viel durchgemacht und wissen daher, wie viel Mut es erfordert, nach heftigen Schicksalsschlägen nicht den Kopf in den Sand zu stecken. Wir sind dankbar für unsere jetzige Bindung und vertrauen darauf, dass wir uns noch immer weiterentwickeln und über uns hinauswachsen können.«

Diese Erfahrungen einiger Vollblutweiber sind der lebendige Beweis für eine interessante Tatsache, die auch von vielen wissenschaftlichen Studien belegt wird: Die wichtigste Komponente für eine aufregende Sexualität ist bei Frauen ein *neuer Partner.**

* Die umfangreichste Untersuchung – insgesamt 438 befragte Frauen – ist die *Melbourne Women's Study* von Lorraine Dennerstein, die 2005 an der Universität Melbourne veröffentlicht wurde: *Der relative Effekt von Hormonen und Beziehungsfaktoren auf die sexuellen Bedürfnisse von Frauen nach den Wechseljahren.*

Suchende (20 % der Befragten)

Dieser Gruppe gehören gesunde, allein stehende Frauen an, die angeben, »sexhungrig« zu sein und aktiv nach Sexualpartnern zu suchen, bisher aber noch keinen Erfolg hatten. Einige sind in der Rolle der Suchenden noch derart unerfahren, dass sie nicht genau wissen, wie sie überhaupt vorgehen sollen. Andere beschreiben sich selbst als »frustriert« oder »enttäuscht von Männern und der Gesellschaft« und glauben, sie hätten kaum Chancen auf dem »Markt«, da sich die meisten Männer über fünfzig doch sicherlich nach jüngeren Partnerinnen umsehen. Suchende sind, wie Vollblutweiber, meist berufstätig und finanziell unabhängig. Die meisten haben aber im Leben noch keine neue Aufgabe, keine Passion gefunden, und viele hegen noch alten Groll gegen einen Expartner. Sie haben oft unrealistisch hohe Erwartungen, besonders in Bezug auf neue Beziehungen.

Viele dieser Frauen nehmen Östrogene oder andere Hormone, um mit den sich in der Menopause einstellenden Veränderungen zurechtzukommen. Doch trotz ihrer allgemeinen Frustration suchen sie weiter, und dies unterscheidet sie von den Resignierten und Lustschwachen.

Verwitwete Suchende vermissen oftmals die Partnerschaftlichkeit ihres Ehelebens. Sie suchen häufig nicht nur nach einer neuen Beziehung, sondern nach einem neuen Ehemann.

Typisch für diese Gruppe ist die Geschichte von Andrea, einer früheren Bewährungshelferin, die sich in fortgeschrittenem Alter entschloss, den Traum, den sie als junge Frau geträumt hatte, endlich in die Tat umzusetzen: Sie wollte Dichterin werden – als Studentin war es ihr immerhin schon einmal gelungen, einige Gedichte zu veröffentlichen. Als Andrea mit vierzig ihr erstes Kind bekam, änderten sich jedoch ihre Prioritäten. Sie gab ihren Job als Bewährungshelferin auf und eröffnete eine private Psychotherapie-Praxis, um mehr Zeit für ihr Kind zu haben. Während ihre Praxis wuchs und gedieh, verschlechterte sich ihre Ehe jedoch zusehends. Andrea war Ende fünfzig und ihr Sohn war bereits erwachsen, als sie sich entschloss, sich scheiden zu lassen. Doch sie trennte sich nicht nur von ihrem Mann, sie musste auch die Tatsache verkraften, dass ihr Sohn, ihr einziges Kind, zu diesem Zeitpunkt aufs College ging und das Elternhaus verließ.

Doch Andrea begriff bald, dass für sie nun die Zeit gekommen war, endlich ihren Traum zu verwirklichen. Sie war entschlossen, sich der lokalen Poesie-Szene anzuschließen, und im Laufe von ein oder zwei Jahren wurde sie ein fester Bestandteil des örtlichen Poesie-Netzwerks, wo sie viele neue Freunde fand. Mittlerweile wird sie oft gebeten, Lesungen zu halten, und ihre Werke sind in über zwanzig Gedichtanthologien erschienen.

Obwohl es, wie Andrea findet, im mittleren Westen der USA schwierig ist, einen netten, allein stehenden Mann zu finden, begegnete sie schließlich einem älteren ehemaligen Anwalt. Andrea sah noch immer gut aus, und der Altersunterschied zwischen ihnen machte ihr nichts aus – es kam ihr sogar der Gedanke, dass sie sich womöglich wieder jung fühlen würde, wenn sie mit einem Mann von dreiundsiebzig zusammen war. Doch dies war leider nicht der Fall, denn der Energielevel des Mannes war nur halb so hoch wie ihrer, und zudem gab es ein sexuelles Problem. Obwohl der Mann Andrea Komplimente machte und ihr flüchtige Gute-Nacht-Küsse gab, lehnte er Andreas Angebote, auf einen Kaffee mit in ihre Wohnung zu kommen, immer ab. Seine ständigen sexuellen Anspielungen waren offensichtlich nichts weiter als reine Ablenkung – Andrea vermutete, er sei impotent. Nach einigen Monaten brach sie die Beziehung zu ihm ab.

Andrea vergleicht Sexualität ab fünfzig damit, in ein fremdes Land zu reisen, dessen Landessprache man nicht beherrscht. »Ich bin mir nie sicher, wie weit ich bei neuen Bekanntschaften gehen kann – wie viel darf ich fragen, wie viel darf ich preisgeben? Ich bin entschlossen, in den nächsten Jahren noch fleißiger zu arbeiten und zu schreiben. Ich fühle mich noch immer jung, in jeder Hinsicht! Eine Beziehung würde ich zwar gern wieder führen, aber es muss keine zweite Ehe sein. Ich sehne mich einfach danach, jemanden zu lieben, der meine Liebe erwidert. Außerdem habe ich starke sexuelle Bedürfnisse.«

Trotz ihres erfüllten sozialen und beruflichen Lebens, so erzählt Andrea, gibt es in ihrem Leben Zeiten – besonders im Winter, wenn sie ihren Sohn lange nicht sieht –, da fühlt sie sich schrecklich einsam. »Dann werde ich regelrecht depressiv. Ich hasse den Gedanken, langsam immer mehr zu verschrumpeln, und ich weiß, dass ich mich in diese Vorstellung nicht hineinsteigern darf. Meine Geschichte ist wahrscheinlich sehr typisch für die Frauen meiner Generation. Ich bereue meine Scheidung nicht, obwohl ich mich manchmal sehr allein fühle.«

Ist es, auch nach vielen einsamen, sexlosen Jahren noch möglich, den Traummann zu finden? Lassen Sie mich Ihnen eine der zahllosen Erfolgsgeschichten erzählen, die ich zusammentragen konnte.

Sie traf ihn im Einkaufszentrum

Susan war dreiundvierzig, als sie sich zum zweiten Mal scheiden ließ. Danach durchlebte sie in Sachen Liebe eine lange Trockenperiode, die sie heute ihre »schwer beschäftigte Phase« nennt. Sie wollte damals keine Verabredungen mit Männern mehr – »Das hatte ich alles schon!« – und konzentrierte sich darauf, ihr eigenes Designergeschäft aufzubauen. Ihre Freundinnen versuchten immer wieder, Susan zu verkuppeln, aber sie sagte ihnen stets, sie habe einfach keine Zeit für solche Mätzchen.

Doch im vergangenen Jahr überraschte Susan ihre beste Freundin mit der Aussage: »Ich glaube, ich hätte gern wieder einen Mann an meiner Seite.«

»Wieso dieser Gesinnungswandel?«, frage ich Susan während meines Interviews.

»Ich war gerade sechzig geworden und hatte mich entschieden, nur noch eine gewisse Anzahl von Jahren zu arbeiten. Aber was würde danach kommen? Ich konnte reisen, viel lesen, unterrichten, aber ich hatte niemanden, mit dem ich mein Leben teilen konnte. Das hat mich nachdenklich gemacht und einen Entscheidungsprozess in Gang gesetzt. Ich habe einfach losgelassen.«

Susan gab ihr Designergeschäft auf und entließ ihre Angestellten. Schon wenige Monate später passierte es. Es war Heiligabend, und Susan war morgens zum Einkaufen in einem Einkaufszentrum. Da sah sie einen großen, gut aussehenden, schick gekleideten Gentleman, der an einer Wand lehnte und mit dem Handy telefonierte. Susan ist eine kleingewachsene, schlanke Blondine. Sie lächelte den Mann an und ging an ihm vorüber, passierte ein weiteres Geschäft und drehte plötzlich um, weil sie etwas vergessen hatte. Da traf sie zufällig wieder auf den Mann und schenkte ihm ein weiteres Lächeln. Daraufhin folgte er ihr ins nächste Geschäft, trat schließlich auf sie zu und sprach sie lächelnd an.

»Ich bin alt genug, um zu wissen, dass man grundsätzlich seinen Instinkten folgen sollte – sonst verpasst man viele einmalige Chancen im Leben!«, sagte er. »Deshalb würde ich Sie nach den Feiertagen gern auf einen Kaffee einladen.« Der Gentleman war wortgewandt, charmant und ein wenig jünger als Susan. Früher, so sagt Susan, hätte sie sein Angebot sicher nicht angenommen und entgegnet: »Ich danke Ihnen, aber ich muss leider ablehnen.« Diesmal antwortete sie jedoch spontan: »Ja.«

Susan entwickelte sich von einer Frau, deren Grundsatz lautete »Ich brauche keinen Mann!«, zu einer zuweilen besitzergreifenden und ihrem neuen Partner gegenüber unsicheren Frau.

»Es war, als hätte ich eine Tür geöffnet«, sagt sie jetzt. »Sogar nach einem oder zwei männerlosen Jahrzehnten kann eine neue Einstellung eine unterbewusste Verhaltensänderung bewirken. Sobald ich innerlich offen für eine neue Beziehung war, habe ich offenbar ein bestimmtes Signal ausgesendet.«

Susan und ihr neuer Partner sind nun bereits seit siebzehn Monaten zusammen. Susan weiß noch immer nicht, wie alt er eigentlich ist, und er hat nur ein einziges Mal nach ihrem Alter gefragt. Sie hat ihm offen und ehrlich geantwortet, und er hat wiederum erwidert, dass ihm ihr Alter im Grunde gleichgültig sei.

Frustriert-Verheiratete (15 % der Befragten)

Diese Gruppe besteht aus Frauen, die innerhalb ihrer Ehe schon seit langer Zeit emotional und sexuell frustriert sind oder die sich von ihrem Partner missbraucht fühlen, da er zum Beispiel Alkoholiker, Ehebrecher, Spieler oder Ähnliches ist. Doch aus vielerlei Gründen sind diese Frauen nicht bereit, aus der Ehe auszubrechen. Zudem haben sie keine besondere Passion oder ein spirituelles Interesse, das ihr Leben bereichert.

Der Großteil der Frustriert-Verheirateten praktiziert keinen Sex mehr. Ihre Partner sind nicht länger attraktiv für sie, und auf Nachfrage antworten diese Frauen meist, sie seien einfach zu beschäftigt, um sich Gedanken über Sex zu machen. Eine typische Antwort in dieser Kategorie erhielt ich von einer sechzigjährigen Frau, die mir schrieb: »Mein Liebesleben langweilt mich einfach, und ich habe es satt, für meinen Mann nur die Unterlage zu sein. Ich wünsche mir eine Beziehung, in der Respekt und gegenseitiges Verständnis herrschen!«

Etwa ein Drittel der Frustriert-Verheirateten hatte oder hat Affären. Einige dieser Frauen sind regelrecht sexhungrig, doch sie empfinden kein Verlangen mehr nach ihren Ehemännern oder ihre Ehemänner empfinden kein Verlangen mehr nach ihnen. Das kann Paaren in jüngeren wie in späteren Jahren passieren.

Die E-Mails, die ich von Frustriert-Verheirateten erhalte, klingen häufig wie folgt:

»Ich habe noch immer genauso viel Lust auf Sex wie früher, aber mein Mann, der ein Jahr älter ist als ich, hat jegliches Interesse daran verloren, da er einige körperliche Probleme hat und außerdem unter Depressionen leidet.«

»Ich habe vor einem Jahr einen Mann geheiratet, der zehn Jahre jünger ist als ich, und inzwischen läuft im Bett überhaupt nichts mehr. Er sagt, er habe an einigen negativen sexuellen Erlebnissen aus seiner Vergangenheit zu knabbern, außerdem verspürte er keinerlei Bedürfnisse.«

»Ich bin seit achtundzwanzig Jahren verheiratet, und erst jetzt begreife ich, welch hohen Preis ich dafür gezahlt habe. Ich wünschte, ich würde Männer nicht so sehr lieben, dann würde ich mich nur noch mit Frauen abgeben. Ob ich verbittert bin? Ja.«

Es wurmt die Frustriert-Verheirateten, ihre geschiedenen oder verwitweten Freundinnen von romantischen oder auch sexuellen Abenteuern erzählen zu hören, die zu gut klingen, um wahr zu sein. Viele Frustriert-Verheiratete wünschen sich, sie könnten ebenfalls wieder einmal ein Rendezvous haben und flirten, doch da sie verheiratet sind, kommt so etwas nicht für sie in Frage. Einige Frustriert-Verheiratete können sich auch nichts Schlimmeres vorstellen, als wieder Single zu sein und Verabredungen treffen zu müssen. Eine andere typische Frustriert-Verheiratete erzählte mir: »Ich habe mich viele Jahre um meinen Mann gekümmert, und ich glaube nicht, dass ich noch einmal die Energie finden könnte, mich um einen zweiten zu sorgen.« Aussagen wie die folgende machen darüber hinaus deutlich, was sich Frauen in dieser Gruppe eigentlich wirklich wünschen: »Wenn ich wieder allein stehend wäre, hätte ich gern eine Beziehung zu einem Mann, der seine eigene Wohnung und sein eigenes Bankkonto hat, aber ein großartiger Mensch und ein hervorragende Liebhaber ist.«

Eine kleine Anzahl der Frustriert-Verheirateten hegt die leise Hoffnung, irgendwann eine neue Beziehung eingehen zu können. Als sich Marilou aus dem Süden der USA vor fünf Jahren von ihrem Mann trennte, glaubte sie, nie wieder einen Mann an sich heranlassen zu können. »Ich war überzeugt, meine Kinder seien alles, was ich noch bräuchte«, schrieb sie mir. »Doch dann traf ich meine erste große Liebe von der Highschool wieder und stellte fest, dass ich noch immer zu großen Gefühlen und Leidenschaft fähig war. Ich fühlte mich in seiner Gegenwart wieder wie ein junges Mädchen – ich weinte, wenn wir uns stritten, sehnte mich nach seiner Nähe, wenn er nicht da war, und hatte Schmetterlinge im Bauch, wenn ich ihn traf.« Nachdem Marilou auf diese Weise herausgefunden hat, dass sie noch immer eine lebendige Frau ist, hofft sie, mit ihrem alten Highschoolfreund wieder eine tiefere Beziehung aufbauen zu können.

Resignierte (12 % der Befragten)

Diese Frauen sind nicht unbedingt unglücklich, sie haben einfach nur resigniert. In ihrem Leben gibt es keinerlei Traum oder Ziel, keine neue Liebe. An diesem Punkt ihres Lebens glauben sie, der Status quo sei dem Risiko, Veränderungen einzugehen, vorzuziehen.

Viele Resignierte führen eine Ehe, in der Sex nur noch eine blasse Erinnerung ist. Doch das scheint diesen Frauen gleichgültig zu sein – solange sie ihre soziale Stellung und das gute Verhältnis zu ihren erwachsenen Kindern und Enkeln halten können, sind sie zufrieden. Manchmal schlafen ihre Ehemänner mit anderen – jüngeren und dünneren – Frauen, doch die Resignierten ignorieren dies.

Geschiedene oder verwitwete Resignierte geben an, im Grunde nichts gegen Flirts zu haben, doch meist sind sie dazu viel zu schüchtern. Sie wissen zudem nicht, wie sie neue Männer kennen lernen sollen. Andere Resignierte haben große Lust auf Sex, halten sich jedoch für zu alt dazu, wieder andere haben sich damit abgefunden, ihre restlichen Jahre ohne einen Partner zu verbringen, und führen ein beschäftigtes Leben, sind in der Gemeinde aktiv oder kümmern sich um einen pflegebedürftigen Elternteil. Manche Resignierte geben auch an, auf den »Richtigen« zu warten, doch sie unternehmen keinen Versuch, ihn zu finden, und untergraben damit unbewusst viele Gelegenheiten, ihm tatsächlich zu begegnen.

Eine Resignierte zu sein, erscheint alles in allem noch immer besser, als das Leben einer Frustriert-Verheirateten führen zu müssen, deren unterdrückte Unzufriedenheit und Wut womöglich nicht nur sie selbst vergiftet, sondern auch die Menschen um sie herum. Viele Frauen begnügen sich in ihrem ersten Erwachsenenleben damit, eine Resignierte zu sein, um ein stabiles Heim für ihre Kinder zu schaffen, und hoffen darauf, dass sich die Situation irgendwann wieder ändern wird. Doch wenn die Kinder eines Tages ausziehen und diesen Frauen bewusst wird, wie fremd ihre Männer ihnen geworden sind, resignieren viele noch mehr und ziehen sich in ihr Schneckenhaus zurück.

Andere Resignierte sind schon lange geschieden. Eine der Frauen, die ich über E-Mails kennen lernte, ist eine beinahe Sechzigjährige, die sich selbst als »hübsch« beschreibt und erzählt, sie habe keine Probleme, Männer kennen zu lernen. Doch meist lässt sie sie nicht an sich heran. »Ich betrachte Männer wohl lediglich als potenziellen Herzschmerz. Obwohl ich Liebe und Zärtlichkeit vermisse, weiß ich doch, dass ich mit den schrecklichen Gefühlen, die mit einer Trennung einhergehen, nicht zurechtkommen würde. Deshalb bleibe ich lieber allein.«

Dadurch, dass Sex und Intimität kein Teil ihres Lebens mehr sind, besitzen Resignierte viel Energie, die sie in andere Projekte oder ehrenamtliche Arbeit stecken. Eine Frau, die sich als Einzelgängerin beschreibt, erzählt mir in einer E-Mail, die Vorstellung von Rendezvous mit über fünfzig ließe sie kalt: »Ich bin vierundfünfzig, und ich habe etwas gefunden, was weitaus besser ist als Männer! Ich habe vor kurzem mit dem Fallschirmspringen begonnen, und ich bin völlig begeistert! Das ist zwar ein teures Hobby, aber noch immer billiger als eine neue Beziehung oder gar eine Ehe. Ich führe ein unabhängiges Leben – ich kann kommen und gehen, wann ich will, surfe nächtelang im Internet und gehe tagsüber Fallschirmspringen. Ich bin niemandem Rechenschaft schuldig. In meiner letzten Beziehung zu einem Mann, der dreizehn Jahre jünger war als ich, habe ich gemerkt, dass ich einfach keine Lust mehr habe, mich mit den Macken von irgendjemandem herumzuschlagen. Ich bleibe einfach in den Wolken. Warum? Weil ich es kann!«

Dass es bei den Resignierten nur einen geringen Prozentsatz an Frauen gibt, die nie verheiratet waren, macht deutlich, dass den Resignierten geordnete, traditionelle Lebensverhältnisse am allerwichtigsten sind und dass sie bereit sind, dafür auch eine Menge zu opfern.

Die E-Mail einer Frau fasst auf erschreckende Weise zusammen, welche Gründe einige ältere Resignierte davon abhalten, in ihrem Leben neue Leidenschaften zuzulassen: »Zu alt. Zu fett. Zu viel Schiss.«

Lustschwache (12 % der Befragten)

Diese Gruppe sind Frauen, die ihrer Sexualität völlig abgeschworen haben oder nur äußerst selten mit ihrem Partner schlafen. Die meisten sind verheiratet, die Übrigen sind geschieden, und einige wenige sind niemals verheiratet gewesen, doch alle geben an, nach dem Klimakterium einen Rückgang ihrer sexuellen Bedürfnisse verzeichnet zu haben. Traurig ist die Tatsache, dass fast alle Frauen in dieser Gruppe zugeben, nichts gegen ihre sexuelle Unlust zu unternehmen – sie nehmen weder luststeigernde Hormone noch bemühen sie sich um Selbststimulation oder darum, frischen Wind in ihr Liebesleben zu bringen.

Einige der geschiedenen Lustschwachen sagen sogar, sie würden gern eine asexuelle Beziehung mit einem Mann führen, der sie zu gesellschaftlichen Anlässen und auf Reisen begleitet, ihnen körperlich aber nicht zu nahe kommt – doch im Grunde bemühen sie sich nicht darum, einen solchen Partner zu finden. (Einige Vollblutweiber und Suchende sehnen sich ebenfalls nach einer asexuellen Beziehung, aber sie gehen aktiv auf die Suche und nehmen ihr Glück in die eigene Hand.)

Die hier beschriebenen fünf Kategorien sind jedoch nicht in Stein gemeißelt. Oftmals sind die Übergänge von einer Gruppe zur anderen fließend – viele von uns sind sicherlich gleichzeitig sowohl das eine als auch das andere. Jede verheiratete Frau kann wohl von Zeit zu Zeit als Frustriert-Verheiratete bezeichnet werden, wenn sie sich fragt, was sie alles verpasst, wenn sie bei ihrem wenig perfekten Ehemann bleibt. Natürlich ist keine Ehe perfekt, doch einige Ehepaare scheinen weitaus glücklicher zu sein als andere. Sicherlich empfinden wir uns alle auch manchmal als Resignierte, wenn wir uns im Kreise drehen oder vornehmlich damit beschäftigt sind, Geld zu verdienen, um die Miete zu bezahlen. Viele Suchende waren zuvor Resignierte, doch in ihren mittleren Jahren hat irgendetwas ein Feuer in ihnen entfacht. Hier ein typisches Beispiel:

»Die Frau, die ich war, als ich meinen Mann nach neununddreißig Jahren verließ, und der Mensch, der ich jetzt bin, haben im Grunde nichts gemeinsam«, erzählt Dani, eine Südkalifornierin, die viele Jahre lang Vollblutmutter war und nebenher einem Job nachging, der ihr keinen Spaß machte. »Ich liebte meinen Mann von ganzem Herzen, doch heute weiß ich, dass dieses Gefühl niemals auf Gegenseitigkeit beruhte«, sagt sie gleichmütig. »Ich sehnte mich nach mehr Zärtlichkeit, doch ich war im Status quo gefangen, und im Grunde bereue ich es nicht, dass ich so lange in dieser Situation ausgeharrt habe. Ich war einfach noch nicht so weit.« Dani ist, wie viele Frauen, mit geschiedenen Eltern aufgewachsen, die nach der Trennung zu erbitterten Feinden wurden. Dani hat sehr darunter gelitten, und sie hat sich vorgenommen, niemals so verbittert zu werden wie ihre Mutter. Viele Ehejahre mit ihrem Mann waren durchaus glücklich und erfüllt, doch irgendwann überschritten sie den Punkt, an dem aus Liebe Gewohnheit wurde.

Wie viele Verheiratete redete Dani sich allerdings ein, sich über nichts beschweren zu können.

Danis Entwicklung von passiver Resignation zu aktiver Suche ist typisch. »Eines Tages betrachtete ich meinen Mann, der neben mir im Bett schlief – den Mann, den ich geliebt hatte, seit ich ein Teenager war! –, und ich dachte: ›Es ist weg. Die Liebe war einfach verschwunden.‹« Die gemeinsamen Kinder waren bereits von zu Hause ausgezogen, und Dani hasste ihren Job. Ihr Mann hatte einige Zeit zuvor einen Herzinfarkt erlitten und klammerte sich nun ans Leben – er unternahm lange Bootsausflüge mit seinen Kumpeln und lebte regelrecht auf, zeigte jedoch seiner Frau gegenüber keinerlei Zuneigung mehr. Er sagte ihr sogar, er wisse nicht, ob er sie überhaupt noch liebe und mit ihr verheiratet sein wolle.

»Ich dachte damals: ›Es wäre besser, wenn du ihn zuerst verlässt‹, aber ich glaubte, dass ich das nicht übers Herz bringen würde«, erzählt Dani. Doch sie schaffte es. Zwei Monate vor ihrem sechzigsten Geburtstag setzte sie einen Schlussstrich unter ihre Ehe.

Ihre Seele hatte sich schon längere Zeit vorher auf die Suche begeben, und dies war die beste Voraussetzung dafür, eine neue Lebensphase zu beginnen. »Ich bin Jüdin, doch nicht besonders religiös«, verrät Dani. Sie suchte nach einem neuen Traum, einem neuen Ziel, und sie begann eine ehrenamtliche Tätigkeit in einer Lebensberatungsstelle für Frauen mittleren Alters. »Dort habe ich gelernt, das Atmen nicht zu vergessen!«, schildert Dani ihre damalige Situation. Mit einem Mal kam es ihr so vor, als sei sie jahrelang durch ihr Leben geschlafwandelt. Dani begann, Buddha-Figuren zu sammeln, und rieb regelmäßig ihre dicken Bäuche, um nicht zu vergessen zu atmen und zu lächeln.

Zudem war bereits ein kleiner Funke der Liebe geflogen.

»O du meine Güte, Jimmy hat mir gerade eine E-Mail geschickt!« Dani saß vor ihrem Computer, sprang auf und rannte durchs Haus. Sie suchte nach ihrem Mann und ihren erwachsenen Kindern, die zu Besuch waren, um ihnen von Jimmy zu erzählen – ihrer ersten großen Liebe, die sie als pubertierender Backfisch im Sommercamp kennen gelernt hatte. Sie hatten sich seit fünfundvierzig Jahren nicht mehr gesehen, doch irgendwie hatte Jimmy ihre E-Mail-Adresse herausbekommen. Nachdem sie sich einige Monate lang aufregende E-Mails geschickt hatten, wusste Dani: »Wenn ich diesem Mann jemals wieder persönlich begegne, werde ich mit ihm schlafen.« Diese Erkenntnis gab ihr die Kraft, sich von ihrem Mann zu trennen.

Danis Geschichte zeigt, wie aufregend es sein kann, eine alte Flamme wiederzubeleben. »Jimmy kennt mich besser als jeder andere, und ich kenne ihn ebenso gut. Damals, im Camp, waren wir zuerst die besten Freunde, dadurch habe ich noch heute größeres Vertrauen zu ihm als zu meinem Ehemann, mit dem ich doch so viele Jahre zusammengelebt habe.« Jimmy sagte Dani immer wieder, wie schön sie sei – etwas, wonach sich alle Frauen sehnen, besonders in der Menopause, wenn sie Angst haben, bald eine alte Frau zu sein. Als Dani Jimmy schließlich traf, stellte sie fest, dass er recht klein und untersetzt war – zudem war er körperlich weniger fit als ihr Ehemann. »Doch Jimmy muss nur meinen Arm berühren, und ich will augenblicklich mit ihm schlafen!«

Mit ihrem Ehemann konnte Dani nie über Sex sprechen. Sie liebten sich meist abends vor dem Einschlafen und schalteten dabei jedes Mal das Licht aus. Mit Jimmy dagegen kann Dani offen darüber reden, was sie sich wünscht und welche Bedürfnisse sie hat. »Jimmy geht es in erster Linie darum, mir Vergnügen zu verschaffen, und ich möchte im Gegenzug ihn befriedigen«, erklärt Dani. »Die Dinge, die ich mit Jimmy praktiziere, könnte ich niemals mit meinem Ehemann tun, denn zwischen uns hat sich über die Jahre hinweg ein gewisses Muster entwickelt, und wenn ich etwas völlig Neues vorgeschlagen hätte, wäre das für uns beide sehr peinlich gewesen.«

Doch wie sollte die Affäre mit Jimmy weitergehen? Danis alte Sommercampliebe war verheiratet und lebte auf der anderen Seite des Kontinents. Es gab keine Chance auf eine feste Bindung. Jimmy hatte Dani jedoch vor Augen geführt, dass es ein Leben nach der Ehe gab.

Nach dem Wiedersehen mit Jimmy konsultierte Dani einen Therapeuten, der ihr beibrachte, was Flugbegleiter den Passagieren in Flugzeugen erklären: »Setzen Sie zuerst Ihre eigene Sauerstoffmaske auf, kümmern Sie sich dann erst um andere.« Eine weitere Erinnerung daran, das Atmen nicht zu vergessen. Ihren ganzen Mut zusammennehmend, sagte Dani schließlich ihrem Mann: »Ich habe viel zu viele Jahre meines Lebens damit verschwendet, dein Leben zu leben. Ich kann das nicht mehr.« Ihr Mann war schockiert, doch darauf nahm Dani keine Rücksicht mehr. Sie zog aus.

»Ich erinnere mich noch genau an den Tag, an dem ich mit Freunden zu einer Hochzeit in Napa Valley fuhr und ganz allein in einer kleinen Pension übernachtete«, vertraut Dani mir mit einem breiten Grinsen an. »Am nächsten Morgen spazierte ich ins Dorf und bestellte mir in einem kleinen Restaurant einen Milchkaffee. Die Sonne schien, reife Trauben hingen an den Weinstöcken, und ich sagte mir: ›Du hast einen neuen besten Freund gefunden – dich selbst.‹«

Seither hat sich Dani nie wieder so einsam gefühlt wie in ihrer Ehe. Ihre Trennung hatte zudem einen weiteren positiven Nebeneffekt: Danis Kritik und Rigorosität gaben ihrem Mann den Anstoß dazu, seinen Kindern und Enkeln gegenüber mehr emotionale Wärme zu zeigen. Dani und ihr Exmann sind heute gute Freunde, die hin und wieder zusammen Essen gehen, gemeinsam Zeit mit den Enkeln verbringen und manchmal sogar miteinander in den Urlaub fahren oder ins Kino gehen. Eine ihrer Töchter sagte vor kurzem zu Dani: »Mom, ich bin furchtbar stolz auf dich. Du hättest dich schon vor Jahren von Dad trennen sollen!«

Dani ist noch immer keine aktiv Suchende, doch sie ist auf dem besten Weg dorthin. »Ich leide noch immer unter vielen Unsicherheiten, aber ich arbeite daran«, sagt sie optimistisch.

»Außerdem liebe ich Sex. Ich hätte niemals gedacht, dass ich mit zweiundsechzig dermaßen leidenschaftlich sein könnte!«

Im ganzen Land habe ich mich mit Frauen getroffen, die mir von sich erzählen wollten: Vorstadt-Hausfrauen von der Ostküste, geschiedene Geschäftsfrauen aus Stamford, Connecticut, Red Bank und New Jersey und eine Gruppe Therapeutinnen, die in Long Island eine Selbsthilfegruppe für Alleinstehende gegründet hatten. Im Süden der USA, in Arkansas, traf ich Frauen, die an der Armutsgrenze lebten, wenig später interviewte ich wohlhabende Frauen in Fort Worth, Texas, dann eine Clique geschiedener Krankenschwestern in Tulsa, Oklahoma. Ich sprach mit Akademikerinnen, Sexualtherapeutinnen, Künstlerinnen, politischen Aktivistinnen und einer Gruppe lesbischer Frauen. In Kalifornien interviewte ich drei verschiedene Gruppen von Frauen. In Berkeley traf ich aktive Nutzerinnen der Webseite match.com und verglich ihre Erfahrungen mit denen anderer Frauen, die Webseiten wie CheckMates ausprobiert hatten. In einem Schönheitssalon in San Francisco traf sich regelmäßig eine Vereinigung unverheirateter Frauen im Alter von fünfzig bis neunzig, und diese Damen gaben mir ebenso bereitwillig Antwort wie die Mitglieder des neuen Frauennetzwerkes »WomenSage« in Orange County. In Scottsdale, Arizona, sprach ich schließlich mit Männern und Frauen eines Senioren-Tanzvereins.

Drei Gruppen mit ausschließlich männlichen Mitgliedern durfte ich ebenfalls interviewen: eine Vereinigung von Frührentnern in Mineola, New York, die hauptsächlich Heimarbeit betreiben, eine Gruppe von berufstätigen Männern in Manhattan und zum Dritten eine Vereinigung von Männern in San Francisco Bay, die von ihren Frauen verlassen wurden, nachdem die Kinder erwachsen waren.

Während dieser intensiven Gespräche hörte ich hunderte hochinteressanter Geschichten, und zwei hartnäckige Vorurteile über ältere Frauen lösten sich dabei in Luft auf: zum einen die Ansicht, Frauen interessierten sich nach den Wechseljahren nicht mehr für Sex, und zweitens die Anschauung, allein stehende Männer mittleren Alters seien entweder Verlierertypen oder blickten sich ausschließlich nach jüngeren Frauen um.

Einen früheren Reporter Ende fünfzig, der sich damit fit hält, auf seinem Fahrrad rund um New York zu radeln, fragte ich, welche Vorteile es hätte, mit einer Frau über fünfzig auszugehen.

»Eine Frau über fünfzig würde mir keine Abfuhr erteilen!«, gab er ernsthaft zurück.

Bei unseren Gruppendiskussionen hörte ich unzählige faszinierende Geschichten, und danach führte ich mit den interessantesten Gesprächspartnern zahlreiche Folgeinterviews. Wenn die Erzählungen meines jeweiligen Gegenübers tiefer gehende Fragen aufwarfen, stellte ich diese meist kompetenten Profis vor: Psychologen und Psychiatern, Soziologen, Anthropologen, Gynäkologen, Sexualtherapeuten und Allgemeinmedizinern, die sich auf sexuelle Probleme spezialisiert haben. Immer wieder zog ich auch die Untersuchungsergebnisse der amerikanischen Behörde für Bevölkerungsstatistik, der *Mac Arthur Foundation, AARP, Unmarried America* (eine Untergruppe der *American Association for Single People*), die Ergebnisse des »National Marriage Project« an der Rutgers University, die New-England-Studie über Hundertjährige an der Boston University und viele andere heran.

Leider empfinden viele Menschen die Vorstellung, dass eine ältere Frau ein sexuelles Wesen ist, als widerwärtig oder sogar bedrohlich. Meine jungen Redaktionsassistentinnen rümpften die Nase, als ich sie bat, die ersten Interviews abzuschreiben, die ich mit älteren Frauen über Sex und Liebe geführt hatte. »Iieehhh!«, riefen sie kollektiv. Doch später kamen sie mit überraschter, regelrecht erleichterter Miene zu mir und sagten: »Zum Glück gibt es ein Leben nach dem fünfzigsten Geburtstag!« Miranda McLeod, eine bildhübsche Dreiundzwanzigjährige, fügte hinzu: »Man bringt uns bei, die Zwanziger als die besten Jahre unseres Lebens zu betrachten, in denen wir uns sowohl physisch als auch sexuell auf dem Höhepunkt unserer Kraft befinden. Aber es ist doch schrecklich, davon auszugehen, danach käme nichts mehr! Wenn man diese Interviews liest, begreift man, dass das, was man uns beigebracht hat, einfach nicht stimmt! Es ist Unsinn zu behaupten, die Zwanziger seien die besten Jahre, denn diese Interviews beweisen, dass Frauen über fünfzig offenbar den besten Sex ihres Lebens haben! Es ist toll, sich darauf freuen zu können!«

Anders als frühere Generationen erwachsener Töchter, denen es peinlich war, wenn sich ihre allein stehenden Mütter mit neuen Männern einließen, machen moderne Töchter ihren Müttern sogar Mut und ermuntern sie zu Verabredungen. Catherine Sweeny, ebenfalls eine meiner wunderbaren Redaktionsassistentinnen, wird regelmäßig von ihrer geschiedenen Mutter angerufen, die ihr von ihren neuesten Eroberungen erzählt. »Natürlich solltest du sein Angebot annehmen, eine Woche nach Thailand zu fliegen!«, sagt Catherine zum Beispiel bei einem solchen Gespräch. »Und mühe dich gar nicht erst damit ab, dir ein separates Zimmer zu reservieren!« Ihre Mutter rief sie auf dem Weg nach Thailand aus dem Flugzeug an und gestand ihr: »Ohne deine Unterstützung hätte ich das niemals gemacht!«

Mit all den Wandlungen, die sich in der Mitte des Lebens vollziehen, geht ein großer Luxus einher – zunehmende Freizeit. Die schlaflosen Nächte, die jede junge Mutter erlebt, und der Karrierestress berufstätiger Frauen werden allmählich weniger. Die Kinder sind nun erwachsen und können sich, falls sie nicht bereits ausgezogen sind, größtenteils um sich selbst kümmern. Frauen mit Mitte fünfzig haben meist sowohl Kontrolle über ihren Job als auch über ihre Arbeitszeiten, und viele sind selbstständig oder arbeiten zu Hause. Solche Frauen haben Zeit, ins Fitnessstudio zu gehen, auf eine Harley zu steigen, auf einem Floß den Colorado River herunterzusausen oder einen Spontantrip nach Paris zu unternehmen – falls sie ein Angebot von einem netten Herrn erhalten, ob vom eigenen Ehemann oder von einem neuen Bekannten, den sie zum Beispiel über match.com kennen gelernt haben.

In diesem Buch geht es nicht um berühmte Persönlichkeiten. Die zahllosen Geschichten ganz normaler Menschen werden Ihnen jedoch vor Augen führen, wie unendlich die Möglichkeiten sind, ein erfülltes, leidenschaftliches Leben zu führen, und welchen Stolpersteinen es aus dem Weg zu gehen gilt. Teil II bis IV dieses Buches beschäftigen sich mit den verschiedenen Phasen auf dem Weg zu einem glücklicheren Leben und veranschaulichen dies anhand etlicher Lebensberichte von Frauen zwischen fünfundvierzig und hundert. Die dargestellten Fallstudien beziehen sich auf persönliche Interviews, die ich mit mehr als zweihundert Frauen und einigen Männern geführt habe.

Die meisten Interviewten gehören der oberen Mittelklasse an, doch der soziale Status scheint keinen großen Einfluss darauf zu haben, ob eine Frau ein Vollblutweib, eine Suchende oder eine Frustriert-Verheiratete ist. Die Bandbreite der Vollblutweiber reicht von einer zweiundfünfzigjährigen, in Florida lebenden Frau, die einen jüngeren Liebhaber und einen Vollzeitjob hat, einen Ford fährt und sich im Urlaub lediglich billige Kurztrips leisten kann, bis hin zu einer kalifornischen siebenundfünfzigjährigen Witwe, die einen Lexus fährt, ihre Finanzen selbst überwacht und jedes Jahr Urlaub in Europa macht.

Unter den Suchenden gibt es etliche, die wirtschaftlich abhängig oder krank sind. Gladys, eine Einundfünfzigjährige aus dem Mittelwesten, die einen Minivan fährt, wünscht sich verzweifelt, sie könnte ihren Mann verlassen und ihr eigenes Leben führen.

»Ich wäre eine glücklich Geschiedene und hätte dann endlich die Chance, einen neuen Mann kennen zu lernen und womöglich eine bessere Beziehung zu führen«, überlegt Gladys laut. »Vielleicht klingt es kaltherzig, aber ich bleibe nur bei meinem Mann, weil er mich versorgt. Es gibt bestimmt viele Frauen, die ähnlich empfinden wie ich.« Mit Mitte vierzig bekam Gladys eine Spenderniere, nachdem sie vorher viele Jahre lang Dialysepatientin war. Die ganze Zeit über hat sie Vollzeit gearbeitet. Wenn sie von der Dialyse nach Hause kam, erwarteten sie Kinder im Teenageralter und ein Ehemann, der sich über die hohen Arztrechnungen beschwerte. »Meine Arbeit war wichtig für mich – nur so konnte ich einen klaren Kopf bewahren«, sagt Gladys, als sie mir erklärt, warum sie ihre Stelle, in der sie keinerlei krankheitsbedingte Vergünstigungen erhielt, nicht kündigte. Als ihr jüngstes Kind die Schule abschloss, entschloss sich Gladys dazu, sich mehr zu gönnen. »So viel ich mir eben gönnen konnte – ohne alle vor den Kopf zu stoßen.« Sie begann eine Affäre mit einem jüngeren Mann. »Ich weiß gar nicht, ob man es tatsächlich ›Affäre‹ nennen konnte, aber dieser Mann gab mir mein Selbstbewusstsein zurück, und wir haben furchtbar gern miteinander getanzt!« Danach suchte Gladys auch weiterhin nach Freundschaften mit anderen Männern, einfach »zum Spaß – nichts Ernstes!«. Obgleich

Gladys vermutet, dass sie bald ihren Job verlieren wird, strahlt sie großen Optimismus aus. »Ich bin jetzt einundfünfzig, und wer weiß, vielleicht gehe ich ja noch mal zur Uni und fange ganz von vorn an!«

Unter den Frustriert-Verheirateten, mit denen ich sprach, war eine pensionierte Flugbegleiterin, die sich jemanden wünschte, mit dem sie all ihre angesammelten Flugmeilen genießen könnte – jemanden, der ein wenig lebhafter war als ihr Partner. Eine andere Frustriert-Verheiratete erzählte mir, sie würde sich gern scheiden lassen, befürchte aber, dadurch ihr Haus zu verlieren, das sie nach der Scheidung gern zu einer Pension umgestalten würde.

Viele Frauen müssen sich schlicht mit Fragen des Überlebens beschäftigen, für Selbstverwirklichung ist in ihrem Alltag kaum Platz, denn sie müssen ihre Familien versorgen und dürfen deshalb unter keinen Umständen ihren Job verlieren. Dennoch schaffen es auch Frauen, die finanziell schlecht gestellt sind – sogar allein erziehende Mütter und Frauen, die jahrelang von ihren Männern abhängig waren –, im Alter von fünfzig aufwärts eine Weiterbildung zu machen und schließlich finanziell auf eigenen Beinen zu stehen. Ich will nicht darüber hinweggehen, dass es viele ältere Frauen gibt, die arm sind, krank oder allein. Ihre Situation böte genug Stoff für ein weiteres Buch, sie kann an dieser Stelle jedoch nicht im Detail analysiert werden.

Wenn wir in unseren mittleren Jahren das Beste aus uns und aus unserem Leben herausholen wollen – gleichgültig wie unsere partnerschaftliche Situation auch aussehen mag –, wenn wir sagen wollen: »Ja, jetzt ist der Zeitpunkt gekommen, nach mehr Leidenschaft und Erfüllung zu streben!«, dann müssen wir ein paar wichtige Entscheidungen treffen. Im Folgenden stelle ich Ihnen einige Fragen vor, anhand deren Sie einschätzen können, ob Sie bereit sind für Ihr zweites Erwachsenenleben.

1. Wer will ich nun, da ich vollständig erwachsen bin, sein?
2. Wann bin ich im mittleren Alter?
3. Wann bin ich alt?
4. Was macht mir am meisten Spaß?
5. Was kann ich tun, um diese Leidenschaft voll auszuleben?
6. Unterstützt mich mein Partner bei meinem Wunsch nach einem leidenschaftlichen Leben, oder stellt er sich mir in den Weg?
7. Bin ich noch immer ein sexuelles Wesen?
8. Falls nicht, wie kann ich wieder eines werden?
9. Wie lange möchte ich leben?
10. Wie lange muss ich noch arbeiten?
11. Möchte ich (weiterhin) verheiratet sein? Möchte ich ein zweites Mal heiraten?
12. Falls nicht, möchte ich trotzdem einen Liebhaber oder einen neuen Partner?
13. Wie kann ich mein Bedürfnis nach spiritueller Weiterentwicklung stillen?
14. Was wird meinem Leben in fünf Jahren Sinn verleihen?
15. Was hinterlasse ich nach meinem Tod?

4. Auf dem Weg zu einem leidenschaftlichen Leben

Leidenschaft ist die zentrale Motivation für alles menschliche Handeln. Der Wunsch nach einem leidenschaftlichen Leben braucht Zeit, um in uns zu reifen, doch sobald wir bereit sind, erste Schritte zu unternehmen, stehen uns alle Türen offen. Stellen Sie sich darauf ein, dass Sie diesen Prozess bewusster erleben werden als alle vorherigen Lebensphasen, denn bis jetzt haben Sie vornehmlich auf äußere Faktoren reagiert und kaum selbst Einfluss genommen. Das wird sich nun ändern! Die Wiederentdeckung der eigenen Sexualität ist nur einer von drei möglichen Wegen zu einem leidenschaftlicheren Leben.

Wie ich im vorherigen Kapitel bereits erwähnte, ist es an diesem Punkt Ihres Lebens unerlässlich, etwas zu finden, was Sie von ganzem Herzen lieben und was Ihre Leidenschaft weckt. Hierbei geht es um mehr als nur um die Suche nach einem neuen Hobby oder einer neuen Romanze, denn mit dem Beginn Ihres zweiten Erwachsenenlebens sehen Sie sich selbst und die Welt in einem völlig neuen Licht, und das macht Ihnen Lust auf die Zukunft und gibt Ihnen die Kraft, die Dinge anzupacken. Selbst die wenigen unter uns, die ein aufregendes berufliches Leben und eine scheinbar beneidenswerte Ehe führen, fühlen sich, sobald sie über fünfzig sind, oft plötzlich unzufrieden. Irgendetwas fehlt ihnen. Etwas Großes. Ein neues Ziel. Ein neuer Traum.

Doch woher kommt solch ein neues Ziel? Aus Ihnen selbst! Ein neuer Traum wird aus Ihrem neuen Ich erwachsen, einem

Ich, das entweder jahrelang geschlafen hat oder niemals Raum hatte, um sich voll zu entfalten. Um dieses Ich wiederzubeleben, müssen Sie sich in Ihre Jugend zurückversetzen. Überlegen Sie, ob es früher einmal irgendetwas gab, was Sie so sehr geliebt haben, dass sie dabei gar nicht bemerkten, wie die Zeit verging. Erinnern Sie sich daran, was für ein Mensch Sie damals werden wollten. Ihre damaligen Träume erscheinen Ihnen inzwischen vielleicht unrealistisch, besonders in finanzieller Sicht, doch womöglich könnten sie ein wenig Farbe und Herzblut in Ihren jetzigen Alltag bringen und verhindern, dass Sie im alten Trott gefangen bleiben.

Ich begegnete vor kurzem einer Frau, der genau dies geschehen war: Eine Nachbarin ging eines Abends vor mir über die Straße und sang dabei: »On the streets where you live.« Doch sie sang nicht einfach still vor sich hin, nein, sie schmetterte das Lied aus voller Brust! Madeline ist Ende fünfzig, eine attraktive, großstädtische Frau, Journalistin und Fotografin, und sie war mir bis zu diesem Zeitpunkt immer sehr ruhig, zeitweise sogar müde und ein wenig schlapp erschienen. »Kein Wunder, dass sie müde ist«, könnte man denken, »schließlich scheint diese Frau ein aufregendes Leben auf der Überholspur zu führen und viel Zeit mit ihrem beruflich sehr erfolgreichen Ehemann im Ausland zu verbringen.«

Was ich damals noch nicht wusste – ich erfuhr es erst später während eines Interviews mit ihr – war, dass Madeline schon lange unter Depressionen litt und fünf Jahre lang die Hölle durchgemacht hatte. So lange hatte sie nämlich gebraucht, um sich aus einer unglücklichen Ehe zu befreien, aus der sich Sexualität und emotionale Intimität mit den Jahren völlig zurückgezogen hatten. Madeline ging nach ihrer Scheidung eine Affäre mit einem jüngeren Liebhaber ein und lebte kurzzeitig auf, doch wenig später konfrontierte ihr Arzt sie mit einer niederschmetternden Diagnose: Brustkrebs. Madeline überlebte die schwere Erkrankung jedoch, und nachdem ihr Sohn aufs College gegangen war, suchte sie sich eine Wohnung in der Vorstadt – ganz in der Nähe ihrer Mutter. Mehrere Versuche, aus der wachsenden Einsamkeit auszubrechen und in Suffolk County einen neuen Partner zu finden, scheiterten, und Madeline wurde immer depressiver. Schließlich zog sie zurück nach Manhattan und gestand sich ein, dass sie ihre Situation durch einen neuen Liebhaber nicht verbessern würde. Sie brauchte etwas anderes.

»Ich nehme seit kurzem Gesangsunterricht«, flüstert sie mir verschwörerisch zu, als ich sie auf der Straße anspreche. Sie hatte gerade eine Gesangsstunde und ist auf dem Heimweg. »Ich singe dieses eine Lied immer wieder, und ich werde es einfach nicht leid!«, erklärt sie mir freudestrahlend. »Es ist, als könnte man einfach nicht aufhören, Schokolade zu essen. Ich habe mich schon gefragt, ob mit mir irgendetwas nicht stimmt, aber ich glaube, das Singen ist einfach ein ganz alter, unterdrückter Traum von mir. Ich habe schon immer gern gesungen, ob es nun Wiegenlieder für meinen Sohn waren, oder ob ich im Auto die Lieder im Radio mitgesungen habe.«

Doch immer, wenn Madeline im Auto sang, herrschten ihr Ehemann und ihr Sohn sie an, sie solle still sein, damit sie das Radio und die professionellen Sänger besser hören könnten. Dadurch verlor Madeline den Mut, unbeschwert und ohne Angst ihre Stimme zu erheben. Erst im Alter von achtundfünfzig gestattete sie sich, ihre Liebe zur Musik ohne Angst vor Häme auszuleben. Sie wird wahrscheinlich niemals ihren Mädchentraum verwirklichen und als Backgroundsängerin für Stevie Wonder arbeiten, doch darum geht es auch nicht. Wenn Madeline heutzutage nicht schlafen kann, steht sie einfach mitten in der Nacht auf und macht Gesangsübungen. Das

Singen bereitet ihr körperliches Vergnügen und hat darüber hinaus ihren Wunsch nach Intimität und physischer Berührung geweckt. Mittlerweile hat Madeline einen neuen Freund.

Wie wichtig es in den mittleren Jahren ist, ein Ziel vor Augen zu haben oder einen Traum zu leben, beschreibt Madeline abschließend während unseres Gesprächs: »Dein Traum verpasst dir eine ordentliche Dosis Adrenalin! Man kann das vielleicht mit dem Gefühl beschreiben, wenn man gerade jemand ganz Besonderen kennen gelernt hat. Ja, es fühlt sich wirklich an, als wäre ich ins Singen verknallt!«

Eine Passion zu finden, die die zweite Hälfte Ihres Lebens beseelt, und zugleich neue sexuelle Lust, Intimität und eine neue Partnerschaft zuzulassen, sind Faktoren, die unmittelbar miteinander verbunden sind, denn all dem liegt der Wunsch zugrunde, wirklich lebendig zu sein und einen Sinn im Leben zu finden, der nicht verschwindet, wenn zum Beispiel der Partner stirbt oder wenn man in Rente geht. Das eine führt oft zum anderen und/oder beschleunigt es.

C. G. Jung beschreibt den Traum, den jeder Mensch haben sollte, in metaphysischen Worten: »Der Traum ist die kleine versteckte Tür im Heiligtum der Seele, die zu der ursprünglichen kosmischen Nacht führt, die Seele war, lange bevor es ein bewusstes Ego gab, und die noch viel länger Seele sein wird als das bewusste Ego existiert.«* Es geht also darum, die Grenzen des Ich zu durchbrechen und sich auf das große Abenteuer Menschsein einzulassen.

* Quelle: Deutsch: »Erinnerungen, Träume, Gedanken von C. G. Jung von Carl G. Jung, Aniela Jaffe. Walter-Verlag (1997). Und diverse andere Ausgaben.

Wenn ein neuer Traum und bewusst erlebte Sexualität die ersten beiden Schritte zu einem leidenschaftlichen Leben sind, dann besteht der dritte Schritt darin, sich auf eine spirituelle Reise zu begeben. In Amerika und in den meisten westeuropäischen Gesellschaften glaubt man, dass die Seele des Menschen unabhängig von Geist und Körper betrachtet werden muss. Das führt dazu, dass viele Menschen das Wachstum ihrer Seele vernachlässigen, da es womöglich nicht in direktem Zusammenhang mit ihnen steht, oder dass Menschen ihre seelische Entwicklung nur an einem einzigen Tag der Woche beim Gottesdienst in den Mittelpunkt rücken. Andere hoffen darauf, dass eines Tages irgendetwas geschieht, was sie vom alltäglichen Bewusstsein in höhere Sphären führt und ihnen einen Blick auf die Unendlichkeit gewährt.

Es ist ganz natürlich, dass wir uns in unserem zweiten Erwachsenenleben nach spiritueller Weiterentwicklung sehnen. Der Beginn der zweiten Lebenshälfte ist sogar der ideale Zeitpunkt, um ein Programm zur spirituellen Verjüngung zu starten! Dazu gibt es viele Möglichkeiten: Meditieren Sie, beten Sie, praktizieren Sie Yoga oder Reiki, oder gehen Sie zweimal am Tag spazieren, um den Kopf »durchzulüften« und ein paar Endorphine zu produzieren. All das ist ein weitaus besserer Zeitvertreib als Zigaretten zu rauchen, Alkohol zu trinken oder sich mit dem Partner oder den Kollegen zu streiten. Und vergessen Sie nicht: Nur weil wir auf einer spirituellen Suche sind, sind wir noch lange nicht weniger sexy! Im Gegenteil, je entspannter wir mit unserer Sexualität umgehen, desto offener sind wir auch für alle anderen Freuden des Lebens – inklusive spiritueller Freuden.

Einige Menschen versuchen zu Beginn ihres zweiten Erwachsenenlebens, die starren religiösen Regeln ihrer Jugend zu durchbrechen und einen ganz eigenen spirituellen Pfad zu finden. Andere hingegen kehren zu einer orthodoxeren Weltanschauung zurück und sprechen von christlicher Wiedergeburt. Gleichgültig, wie Sie es handhaben, Sie sollten sich in jedem Fall die Frage stellen: Habe ich mir bisher ausreichend Gedanken über die großen metaphysischen Fragen des Lebens, über Glaube und Tod gemacht? Fragen Sie sich, ob Sie ein Leben nach dem Tod für möglich halten, und wenn dem so ist, worauf Sie sich im Jenseits freuen. Wenn Sie den Weg der spirituellen Weiterentwicklung gehen wollen, müssen Sie bereit sein, viel nachzudenken, viel zu lesen und womöglich zu beten – ohne automatisch Antworten auf Ihre Fragen zu erwarten. Denn es geht vor allem um *die Suche* nach Antworten!

Ich werde Ihnen in diesem Buch einige geschiedene Frauen vorstellen, denen ihr spiritueller Hunger den Mut verlieh, sich von Zensur und konservativen Kirchenvätern abzuwenden und ihre Sexualität zu ergründen. Ich berichte außerdem von einer Frau, die herausfand, dass man eine unglückliche Ehe dadurch retten kann, dass man dem Ruf Gottes folgt.

Wenn Sie sich einmal entschlossen haben, ein leidenschaftliches Leben anzustreben, kann Sie jeder der drei beschriebenen Schritte auf den richtigen Weg führen. Vielleicht erleben Sie zuerst das Wiederentfachen Ihrer sexuellen Lust, mit der eine regelrechte Welle neuer Hoffnungen und spiritueller Fragen einhergeht. Womöglich entscheiden Sie sich auch, endlich Ihren Traum zu verwirklichen, und die Kraft und das Herzblut, das Sie in den Verwirklichungsprozess stecken, verwandelt eine eher oberflächliche junge Frau nach und nach in eine aufblühende reife Frau. Eine spirituelle reife Frau, angetrieben durch ein höheres Ziel, besitzt eine unwiderstehliche Ausstrahlung. Sex und Leidenschaft spielen in ihrem Leben eine große Rolle, darüber hinaus lebt sie im Einklang mit ihrer Seele. Das ist unwiderstehlich!

Hier der Kommentar einer Frau Ende fünfzig, die in ihren mittleren Jahren eine neue Passion entdeckte und mittlerweile eine wunderbare Beziehung mit einem neuen Partner führt, den sie vor sechs Jahren über eine Heiratsagentur kennen gelernt hat: »Je mehr eine Frau das liebt, was sie tut, desto mehr Energie und Lebensfreude strahlt sie aus. Sie ist ein regelrechter Leuchtturm der Heiterkeit für Menschen, die ähnlich positiv eingestellt sind, und sie zieht eine Menge neuer Verehrer an!«

Tu das, was du liebst,
und die Liebe wird zu dir finden.

Durch die vielen Interviews, die ich während der Vorbereitungen zu diesem Buch führte, fiel es mir nicht schwer, den Weg zu einem leidenschaftlichen Leben herauszuarbeiten. Es gibt bestimmte Vorstufen, die zu einer persönlichen Renaissance führen, doch diese Vorstufen sind nicht fest an bestimmte Altersklassen gebunden. Das ist das Wunderbare an unserer Reise: Wir können zu jedem Zeitpunkt unseres Lebens, sei es irgendwann im ersten oder sogar spät im zweiten Erwachsenenleben, nach einem leidenschaftlichen Leben streben.

Idealerweise bereitet eine Frau den Aufbruch zu ihrer neuen Reise jedoch ab vierzig vor. Leider nehmen sich die meisten Frauen in diesem Alter nicht die Zeit, über ihre wahren Wünsche nachzudenken. Erst, wenn ihr letztes Kind das Elternhaus verlassen hat, beginnt der Gedankenprozess. Viele benötigen auch den Weckruf der Menopause, um aufzuwachen. Manche Frauen stecken auch so sehr in ihrem Trott fest, dass sie erst mit sechzig oder gar siebzig den Wunsch verspüren, aus dem Status quo auszubrechen. Dieser Wunsch kann durch eine schwere Krankheit ausgelöst werden, durch den

Tod eines nahe stehenden Menschen oder durch den Verlust des Lebenspartners.

Wenn man den Weg zu einem leidenschaftlichen Leben in eine musikalische Symphonie verwandeln würde, gäbe es fünf Strophen, die alle ineinander übergingen. Diese verschiedenen Strophen oder Phasen finden Sie als Diagramm am Ende dieses Kapitels. Der Bogen des Weges zu einem leidenschaftlichen Leben spannt sich über die altersgebundene Leiter der verschiedenen Entwicklungsstufen des zweiten Erwachsenenlebens.

Jeder Mensch durchschreitet diese einzelnen Phasen mit der ihm eigenen Geschwindigkeit. In den mittleren Jahren kennen wir uns bereits sehr gut und wissen, wie wir an Herausforderungen herangehen und wie wir Erfolge und Misserfolge verarbeiten. Manche von uns sind so mutig, den Schritt ins Ungewisse zu tun, andere hingegen müssen erst wissen, was auf sie zukommt, bevor sie sich in eine bestimmte Richtung bewegen.

Entwicklungsstufen des zweiten Erwachsenenlebens

Phase I: Romantische Renaissance

Wenn Sie offen sind für den Gedanken einer romantischen Renaissance in den mittleren Jahren, wird irgendetwas geschehen oder Sie werden irgendjemanden kennen lernen, der Ihre fünf Sinne gehörig durcheinander wirbelt. Die romantische Wiederbelebung einer langjährigen Ehe kann zum Beispiel beim ersten gemeinsamen Urlaub zu zweit nach vielen Jahren geschehen (zuvor haben Sie stets Ferien mit den Kindern gemacht, die nun aber eigene Wege gehen). Für eine geschiedene Frau mittleren Alters kann eine romantische Renaissance einsetzen, wenn sie erste aktive Schritte unternimmt, ihren Traum zu verwirklichen. Haben Sie den Mut, sich auf eine Affäre mit Ihrem Traum einzulassen!

Was auch immer Sie antreibt – eine neue spirituelle Weltsicht, ein neuer Traum oder eine neue Beziehung –, es wird Sie daran erinnern, dass Sie noch immer eine Frau sind und dass noch eine Menge Energie in Ihnen steckt! Dieser Gedanke wird Ihnen auf dem Weg zu einem leidenschaftlichen Leben behilflich sein. Romantische Leidenschaft für einen Menschen oder eine Sache ermöglicht es Ihnen, ganz in der Gegenwart zu leben und schlechten Erinnerungen oder Zukunftsängsten zu entkommen. Auch wenn Affären dieser Art meist nicht von Dauer sind, können sie ein wunderbarer Startschuss für das zweite Erwachsenenleben sein.

Die Phase der romantischen Renaissance birgt allerdings auch einige universelle Gefahren, die für uns heute bedrohlicher sind als in unserer Jugend, da inzwischen mehr auf dem Spiel steht. Wenn romantische Affären mit neuen Partnern in diesem Alter mit zu hohen Erwartungen – zum Beispiel auf ewige Liebe oder Heirat – belastet werden, endet dies leicht mit einer herben Enttäuschung. Wenn Sie eine Affäre mit Ihrem Traum beginnen, benötigen Sie ebenfalls viel Geduld, um diesen in Ihr alltägliches Leben zu integrieren.

Einige Frauen und Männer versuchen, diese romantische Renaissance zu verlängern, zuweilen um Jahre. Lassen Sie mich Ihnen im Laufe dieses Buches Sydney vorstellen, eine Witwe, die sich in ihren weitaus jüngeren Skilehrer verliebte und diesen tatsächlich durch finanzielle Unterstützung seiner beruflichen Laufbahn zwanzig Jahre lang an sich binden konnte. Doch als Sydney Ende sechzig war, verließ der Skilehrer sie schließlich. Darüber hinaus möchte ich Ihnen von Anna erzählen, einer ehemaligen Handwerkerin, die im Alter von vierundsiebzig noch immer Verabredungen mit jüngeren Männern hat und keine feste Bindung möchte. Ich nenne sie »Anna, den Vamp von Tarzana«.

Phase II: Lernen, allein zu sein

Sobald die erste Begeisterung der romantischen Phase abebbt und bevor Sie die Kraft einer voll ausgereiften Frau in sich spüren, ist es dringend notwendig, dass Sie Zeit allein mit sich verbringen. Frauen müssen lernen, allein zu sein, ohne sich vernachlässigt zu fühlen – und zwar *bevor* das letzte Kind das Elternhaus verlässt und bevor Ihre Ehe womöglich auseinander bricht.

In Phoenix interviewte ich eine zweimal geschiedene Journalistin, die einundfünfzig Jahre alt ist und die drei noch nicht volljährige Kinder zu Hause hat. Sie steht erst am Anfang der zweiten Phase des zweiten Erwachsenenlebens. »Ich hinterfrage momentan alles in meinem Leben: Wer bin ich? Wer war ich? Wie sehr kann ich augenblicklich eigentlich ich selbst sein?« Diese Frau hat noch nicht einmal damit begonnen, sich die Frage zu stellen, wer sie *in Zukunft* sein möchte.

Um diese Frage zu beantworten, müssen Sie altes Rollendenken und alte Verhaltensschemata aus Ihrem Kopf verbannen und sich darüber Gedanken machen, was Sie an sich selbst mögen und was Sie aus sich herausholen können.

Dies ist die Phase, in der Sie es genießen sollten, eine »Affäre« mit sich selbst zu haben! Sind Sie schon einmal allein in ein Restaurant gegangen, haben sich ein exquisites Abendessen bestellt und einen ganz wunderbaren Abend verlebt? Sind Sie schon mal allein verreist und haben dabei nette neue Bekannte kennen gelernt? Wissen Sie, wie man sich sexuell selbst befriedigt?

Frauen, die in den mittleren Jahren oder später Single werden, können sich nur dadurch vor Depressionen und Verzweiflung schützen, dass sie ihre eigene Gesellschaft genießen lernen!

Sobald sie dies verinnerlicht haben, werden sie auch die alte, überflüssige Überzeugung ablegen, sie bräuchten einen Mann, der sich um sie kümmert. Die reife Frau ist attraktiv, weil sie gelernt hat, sich um sich selbst zu kümmern. Einige Frauen erzählten mir beim Interview, sie hielten ihre Liebhaber oder neuen Ehemänner gern ein wenig auf Abstand. Manche hatten sogar eine besondere Vereinbarung mit ihren zweiten Ehemännern getroffen: Beide Ehepartner sollten ihre eigene Wohnung behalten, und trotzdem würde man bis zum Lebensende füreinander da sein.

Erst, wenn Sie lernen, allein zu sein, öffnet sich Ihr Geist für die unzähligen Möglichkeiten, die Ihnen das Leben zu bieten hat.

Phase III: Der Mut, zu träumen

Wie Carl Sandburg einst schrieb, »geschieht nichts, ohne dass dem ein Traum vorausgeht«. Ein schönes Zitat zu diesem Thema stammt von Johann Wolfgang von Goethe, dem deutschen Dichter aus dem achtzehnten Jahrhundert, der auch mit über achtzig noch äußerst kreativ war. Er beschreibt den Geist der dritten Phase mit folgenden Worten:

»Das Mögliche soll der Entschluss
Beherzt sogleich beim Schopfe fassen,
Er will es dann nicht fahren lassen
Und wirket weiter, weil er muss.«

In den Interviews habe ich Frauen kennen gelernt, die sich im mittleren Alter scheiden ließen und einen Traum verwirklichen wollten. Dabei fiel immer wieder ein Satz: »Ich will nichts mehr aufschieben.« Diese Frauen wollen sich nicht länger den Wünschen ihres Ehemannes unterordnen und stattdessen ihre eigenen Ziele verfolgen.

Ich werde Ihnen in diesem Buch jedoch auch Geschichten von Frauen erzählen, die ihren Traum innerhalb ihrer Ehe verwirklichen konnten. Der große Vorteil, innerhalb einer Ehe nach einem leidenschaftlichen Leben zu streben, liegt darin, den aufregenden Weg zur Verwirklichung Ihres Traums mit Ihrem Partner teilen zu können. Allein stehende Frauen und Männer mittleren Alters lernen in dieser Entwicklungsstufe hingegen oftmals »quer zu denken« und beginnen womöglich noch einmal von vorn. Ich stelle Ihnen außerdem geschiedene Frauen vor, die die Liebe zu einer anderen Frau entdeckt haben und die Verwirklichung Ihres Traums an der Seite dieser Frau vorantreiben.

Phase IV: Seelenverwandtschaft suchen

Wenn wir stramm auf die sechzig zugehen, werden sich unsere Anschauungen und Bedürfnisse wahrscheinlich dramatisch ändern. Der Schatten der eigenen Sterblichkeit verdunkelt das bis dahin farbenfrohe Leben. In dieser Phase finden viele Menschen zum Glauben. Eine wilde Seele wird alternative spirituelle Pfade beschreiten, während andere täglich zu beten beginnen oder sich verstärkt darum bemühen, der nächsten Generation etwas hinterlassen zu können.

In dieser Lebensphase ändern sich auch unsere Ansprüche an eine Liebesbeziehung, denn wir suchen nun vor allem nach Seelenverwandtschaft. Das größte Geschenk in dieser Entwicklungsstufe ist es, jemanden kennen zu lernen, der die Pilgerseele in Ihnen schätzt und respektiert. Womöglich ist dieser Jemand Ihr Seelengefährte – die andere Hälfte Ihrer Seele, die Ihnen von Leben zu Leben mit immer neuen Gesichtern und in immer neuen Körpern wieder begegnet. Die zufriedensten Frauen waren jene, die eine langjährige Ehe mit einem Mann führten, den sie als ihren Seelengefährten bezeichneten. Diese Frauen und ihre Männer kennen sich gegenseitig in- und auswendig, und beide Partner wissen, dass sie sich hundertprozentig aufeinander verlassen können, falls eine Krankheit oder ein schrecklicher Verlust über sie hereinbrechen sollte. Die meisten allein stehenden Frauen und Männer hingegen suchen gar nicht zwingend nach einem (neuen) Ehepartner, sondern vielmehr nach jemandem, der ihnen ein wahrer Freund und Lebensgefährte ist.

Die Menschen, die wir in diesem Abschnitt des Buches kennen lernen werden, empfinden wahre Seelenverwandtschaft zu ihrem Ehepartner, zu einem Liebhaber oder zu einem Menschen gleichen Geschlechts. Oftmals entdeckt man auch eine wahre Seelenverwandtschaft, wenn man eine alte Flamme nach langer Zeit wiedersieht. Doch nicht alle Erfahrungen, die Frauen in ihrem zweiten Erwachsenenleben machen, passen in eine Kategorie, und viele Frauen erleben Geschichten, neben denen jeder Hollywoodfilm blass aussieht. Ich habe Frauen kennen gelernt, die mir erzählten, sie hätten regelmäßig »leidenschaftlichen Sex«, obwohl sie sich ihrem Partner gar nicht mehr körperlich näherten, da zum Beispiel eine Krankheit physischen Kontakt unmöglich machte. In Wahrheit sprachen diese Frauen über die Leidenschaftlichkeit ihrer Beziehung, die sich nach einem Schicksalsschlag womöglich noch intensiviert hatte.

Phase V: Großliebe

Dies ist der Schatz am Ende des Regenbogens! Ihr Traum – das Ziel Ihres zweiten Erwachsenenlebens – ist nun völlig in den Alltag integriert. Sie erfreuen sich großer Zuversicht und Selbstkontrolle. Falls es Ihnen gelungen ist, eine langjährige Ehe wiederzubeleben, und Sie gelernt haben, die Macken des Partners zu akzeptieren, können Sie von nun an ein äußerst harmonisches Leben miteinander führen. Doch klammern Sie nicht! Die große Liebe ist ein solch tiefes Gefühl, dass Sie und Ihr Partner nicht notwendigerweise zusammenleben müssen, um sie zu genießen.

Geschiedene Frauen, die sich geschworen hatten, nie wieder einen Mann an sich heranzulassen, werden in dieser Entwicklungsstufe oft sanfter, und ihr Herz öffnet sich wieder. Sie werden von einer Witwe lesen, die eine aufregende politische Karriere hatte. Diese Frau konnte den Freund einer alten Kommilitonin von der Universität nie vergessen, und viele Jahre lang verlor sie ihn nicht aus den Augen. Sobald dieser Mann selbst Witwer wurde, stand sie vor seiner Tür. Mittlerweile sind die beiden Mitte sechzig und bemühen sich gemeinsam um ein leidenschaftliches Leben – und das äußerst erfolgreich!

Großelternschaft wird in dieser Phase Ihre spielerische Seite hervorbringen. Unsere Fähigkeit, wie ein Kind über die Welt zu staunen, wird durch die Begeisterung unserer Enkel für alltägliche Dinge wiederbelebt. Auch Sexualität kann neu entdeckt werden, da die häufige Gegenwart von Kindern zu mehr Spontaneität anregt, was sich positiv auf das Sexleben auswirkt. Außerdem verfügt man nun über mehr Freizeit. Bei der Großliebe, wie man sie beispielsweise als Oma oder als Opa empfindet, geht es weniger um das tägliche Einerlei als um die Freuden, die Beziehungen uns schenken können.

Größere Lebenserfahrung und eine geringere Lebenserwartung lassen uns in der fünften Phase auch die Nächstenliebe wiederentdecken. Wir geben gern und reichlich: auf kreative Weise, philosophische Weise, philanthropische Weise, oder sogar durch aktives Engagement. In der Phase der Großliebe denken wir immer daran, was wir nach unserem Tode hinterlassen wollen. Wir arrangieren unser Leben um eine neue Arbeit herum, eine neue Idee, ein Ziel, unseren wiederbelebten Glauben oder unsere tiefe Liebe zu unserem Partner.

Ich spreche hier jedoch nicht davon, dass Sie sich, um Gutes zu tun und sich zu entfalten, in eine keusche Kirchenvorstandsdame verwandeln müssen. Es gibt noch eine weitere Rolle für ältere Frauen, die Ihnen die Möglichkeit bietet, sich auszuleben: die der reifen Sirene. Sie ist in der Lage, sowohl ältere als auch jüngere Männer einzig und allein durch einen Blick oder ein Wort in sprachlose kleine Jungs zu verwandeln, denn die Sirene kennt das Geheimnis der Verführung. Dies ist die Königsdisziplin, die nicht von äußerer Schönheit oder Jugend abhängt, sondern von Vitalität, Geistesschärfe, Keckheit und der Fähigkeit, eine gute Anek-

Die fünf Phasen

Auf dem Weg zu einem leidenschaftlichen Leben

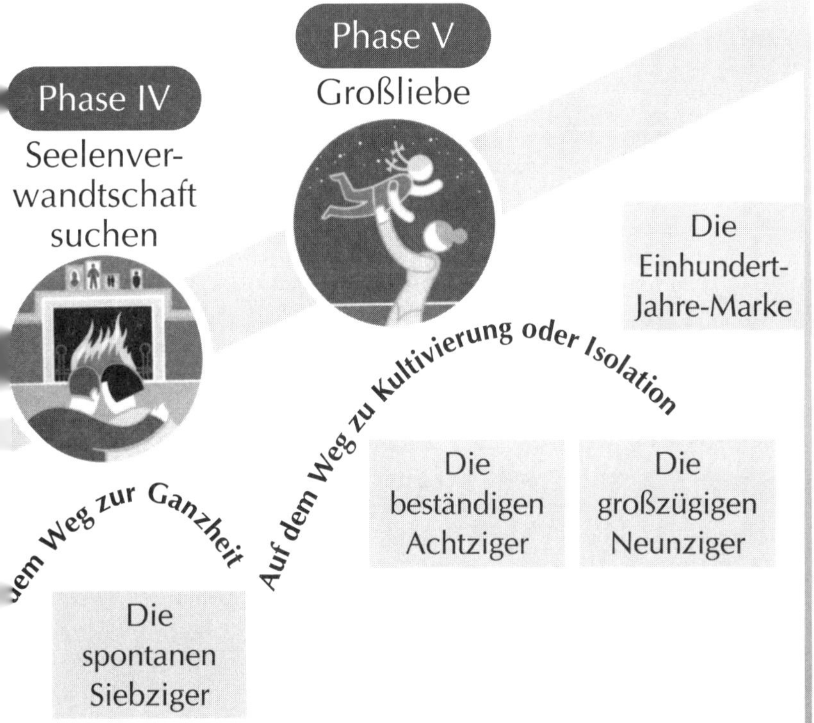

Entwicklungsstufen des zweiten Erwachsenenlebens

dote so zu erzählen, dass alle Anwesenden an Ihren Lippen hängen. Wenn Sie verstehen, das Ego eines Mannes zu stärken und sowohl mütterliche Wärme auszustrahlen als auch sexuellen Nervenkitzel zu verkörpern, dann sind Sie eine Sirene!

5. Der sexuelle Weg

Im Folgenden werden wir uns die Geschichten einiger Frauen näher ansehen, die die drei verschiedenen Wege zu einem leidenschaftlichen Leben ausprobiert haben. In den nächsten vier Kapiteln stelle ich Ihnen bodenständige, interessante Frauen vor, und Sie, liebe Leserin, sind eingeladen, an meinen lebensnahen Interviews persönlich teilzunehmen.

Übergewicht – na und?

Carole Smith ist weder jung noch dünn noch reich noch gut aussehend – dennoch ist sie eine der sinnlichsten und zufriedensten Frauen mittleren Alters, die ich während meiner Recherchen traf. »Verabredungen über fünfzig sind toll!«, begeistert sich Carole in einem der ersten Gruppeninterviews mit Frauen über fünfzig. Jenes Interview fand in einem Gesundheitszentrum in Red Bank, New Jersey, statt. »Ich suche vor allem nach Kameradschaft und Romantik. Ich möchte mit einem Mann Spaß haben!«

Bevor Carole weitersprechen kann, wird sie von einer anderen Frau unterbrochen. »Schlafen Sie denn auch mit den Männern, mit denen Sie sich verabreden?«

»Natürlich! Ich habe jede Menge Sex!«, erwidert Carole leichthin und lacht so laut, dass ihr großer Busen zu beben beginnt.

Auf den ersten Blick hätte man Carole ein solch erfülltes Sexleben gar nicht zugetraut – sie ist immerhin fünfzig Jahre alt, managt eine Arztpraxis und ist seit über zwanzig Jahren geschieden. Carole beschreibt sich selbst als »dickes, temperamentvolles, lebenslustiges Jersey-Mädchen«. Sie lächelt gern, und ihre rot gefärbte Kurzhaarfrisur schmeichelt ihren breiten Gesichtszügen. Wie Carole erzählt, legt sie gern Make-up auf, denn sie findet, ein wenig Farbe verwandelt sie von einer unscheinbaren grauen Maus in eine »flotte Biene« – auch wenn sie fünfzig Kilo Übergewicht hat. Carole ist trotz ihrer Pfunde eine wandelnde Reklame für die Freuden der Sexualität im mittleren Alter. Als ich sie frage, wie sich ihr Sexleben im Alter von vierzig bis fünfzig verändert hat, wirft sie keck den Kopf zurück und grinst. »Es ist besser geworden! Wollen Sie wissen, warum? Zum einen muss ich keine Angst mehr davor haben, schwanger zu werden. Zum anderen hatte ich, nachdem ich mein erstes Kind bekam, Probleme, mein ›sexuelles Ich‹ von meinem ›mütterlichen Ich‹ zu trennen. Das ist inzwischen kein Thema mehr. Wenn man ein sinnlicher Mensch ist, wird man in Sachen Sex mit zunehmendem Alter automatisch immer besser. Ich bringe einen Mann mittlerweile ohne weiteres dazu, mir aus der Hand zu fressen – da muss ich mich nicht mal anstrengen! Ich liebe es, mich mit Männern zu verabreden, besonders, seit ich fünfzig bin! Es geht nur noch um den Mann und mich.«

Carole hatte im Alter von neunzehn Jahren aus dem Wunsch heraus geheiratet, ein Kind zu bekommen, das sie lieben konnte und das sie im Gegenzug ebenfalls lieben würde. Ihr Ehemann, ein Polizist, war ein anständiger Mensch, doch emotional kalt und unzugänglich. Als Carole zweiundzwanzig war, ließ er sie mit ihrem zweijährigen Sohn sitzen. Die Mutterrolle und ihr Vollzeitjob raubten Carole in der Folgezeit schnell alle Kraft, zudem gab es Streitigkeiten mit ihrem Exmann. Ihre sexuellen Bedürfnisse traten nach und nach völlig in den Hintergrund, und das nicht nur zeitweilig, sondern fast zwanzig Jahre lang! Mit vierzig erkannte Carole, dass sich einige Freundinnen einzig und allein über ihre Männer definierten, und Carole bedauerte diese Frauen geradezu. Statt sich aber in ihre Arbeit zu stürzen und sich in ihrer Position unentbehrlich zu machen, verbrachte Carole viel Zeit allein und lernte sich selbst immer besser kennen. Zudem traf sie sich oft mit Freunden und genoss es, in fröhlicher Runde zu essen und zu trinken.

Und eines Tages, als Carole gerade mit ihrer Mutter in der Sonntagsmesse saß, änderte sich alles. Plötzlich konnte Carole den Blick nicht mehr von dem Priester abwenden, den sie, trotz seines weißen Kragens, viel zu sexy fand, um nicht auf unzüchtige Gedanken zu kommen. »Der ist wirklich niedlich«, flüsterte Carole ihrer Mutter zu. Diese verdrehte die Augen und zischte tadelnd: »Carole Ann!«

»O je!«, murmelte Carole, denn ihr zweiundvierzigjähriger Körper war vom Anblick des Priesters wie elektrisiert. »Scheint, als interessierte ich mich wieder für Männer.«

Carole beschloss, ab sofort wieder mit Männern auszugehen, doch wie sollte sie das anstellen? Sie zog los, kaufte sich einen Computer und ließ sich von ihrem Sohn erklären, wie man ins Internet kam. Dann loggte sie sich in einen Chatroom für Geschiedene ein. »Der erste Mann, den ich über das Internet kennen lernte, stellte die Weichen für mein weiteres Leben!«, sagt Carole. Doch anfangs war es nicht leicht: Als der Mann sie zum ersten Mal nach einem Foto fragte, antwortete sie ihm eine ganze Woche lang nicht. Er schrieb ihr jedoch weiterhin und drängte auf ein Rendezvous, bis Carole schließlich zugab, dass sie Angst habe vor einem Treffen, da sie übergewichtig sei.

»Ach, macht nichts!«, antwortete der Mann. »Ich bin auch nicht gerade schlank. Meine Exfrau war ebenfalls dick. Ich mag

Dicke!« Er war Polizist, wie Caroles erster Ehemann, außerdem einen Meter achtzig groß, und Carole erzählt mir, dass sie diesen Mann immer lieben wird. Leider, so sagt sie, hat sie ihn damals »vergrault«, denn sie bedrängte ihn mit ihren Heiratswünschen. All die aufgestauten und unterdrückten Gefühle, die sie zwanzig Jahre lang nicht ausleben konnte, waren aus ihr herausgebrochen, eine Last, die für die junge Bindung einfach zu viel war. »Obwohl es mit ihm nicht funktionierte, hat dieser Mann doch dafür gesorgt, dass ich mich wieder vor die Tür gewagt habe«, vertraut Carole mir an. »Dafür werde ich ihm ewig dankbar sein. Das Universum hat mir damals genau das geschickt, was ich gebraucht habe – keinen Ehemann, keinen Seelengefährten, sondern eine Ahnung davon, was alles möglich ist.«

Oben auf der Leiter

Unverheiratete Frauen über fünfzig sind heute nicht mehr das Ziel von Spott oder Mitleid, wie sie es früher oft waren. Einer *AARP*-Studie zufolge, die 2003 den Lebensstil und das Flirtverhalten von Singles mittleren Alters untersuchte, fühlen sich viele ältere Frauen, als stünden sie »oben auf der Leiter«. Ob fünfzig, sechzig oder siebzig, diese Frauen lassen sich nicht unterkriegen. Allein stehende Frauen lieben die Freiheit, die der Singlestatus ihnen beschert, genauso wie allein stehende Männer. Sie sind unabhängig, können den Haushalt führen, wie sie wollen, und müssen mit niemandem Kompromisse eingehen. Besonders Frauen empfinden es allerdings oft als Nachteil, dass niemand da ist, mit dem man sich unterhalten oder etwas unternehmen kann.

Doch eine Scheidung im mittleren Alter muss nicht zu Einsamkeit führen. Den Beweis tritt eine weitere Untersuchung der *AARP* an, die Folgendes offen legte:

75 % aller Frauen, die sich mit fünfzig oder später scheiden ließen, geben an, nach ihrer Scheidung eine neue feste Beziehung eingegangen zu sein, manchmal schon zwei Jahre nach der Trennung von ihrem Mann. 81 % aller Männer erleben das Gleiche.

Glücklicherweise muss eine allein stehende Frau über fünfzig heutzutage nicht in verrauchte Bars gehen, um jemanden kennen zu lernen. Sie kann einen passenden neuen Partner allein dadurch finden, dass sie sich zu Hause an einen Computer setzt.

»Die alte Ausrede – ›Ich finde einfach niemanden!‹ – zählt im Zeitalter des Onlinedating nicht mehr«, bemerkt Carole. »Das Internet ist wie ein Süßwarenladen. Wenn man in das große Bonbonglas greift und etwas herauszieht, was einem nicht schmeckt, holt man sich einfach das nächste Bonbon. Im Internet gibt es Millionen von allein stehenden Männern!«

Obwohl das öffentliche Interesse an Internetportalen dieser Art in den vergangenen Jahren nachgelassen hat, sind diese Websites nach wie vor eine wunderbare Spielwiese für Frauen und Männer mittleren Alters. Das Internet hat die Möglichkeiten, die eine Frau über fünfzig hat, um ein Vielfaches erhöht. Kein anderer Faktor hat solch einen großen Einfluss auf das Liebesleben älterer Frauen! Etliche derer, die Websites für Singles ausprobiert haben, vertreten die Auffassung, man finde durch zehn E-Mails mehr über einen Mann heraus als durch zehn gemeinsame Abendessen. Das Internet überlässt es jedem selbst, wie schnell er sich auf persönliche Treffen einlassen möchte, und wer noch Moralvorstellungen hat wie vor der sexuellen Revolution, kann diese durch Internetbekanntschaft ebenfalls ausleben und sich viel Zeit lassen, dem anderen näher zu kommen. Frauen haben durch das Internet mehr Kontrolle über den Ablauf des Kennenlernens und sind besser vor schwarzen Schafen geschützt. Im Netz bleibt man nämlich so lange anonym, wie man möchte, und wenn die Frau den ersten Schritt machen will, steht ihr auch dies frei. Falls Sie bei einer Internetbekanntschaft aus irgendeinem Grund ein ungutes Gefühl haben, können Sie sie schnell wieder loswerden – Sie müssen nur den »Absender blockieren«, und Sie werden nie wieder Post von diesem Mann erhalten.

Janet Lever, Soziologin an der California State University in Los Angeles, hat unter 1500 Mitgliedern der Seite Elle/MSNBC.com eine Studie zum Thema Onlinedating durchgeführt. Sie fand heraus, dass 50 % der Frauen durch die Nutzung der Seite mehr Rendezvous, mehr Sex und mehr neue Bindungen erlebt haben als gleichaltrige Singles, die keinen Computer nutzten. Überraschend war hingegen, dass nur 36 % der befragten Männer durch Internetportale in ihrem Leben eine positive soziale Wendung verzeichnen konnten. Levers Untersuchung deckte zudem auf, dass Frauen zwischen vierzig und sechzig – die nachweislich oft Probleme haben, jemanden kennen zu lernen –, diejenige Altersgruppe sind, die in der virtuellen Welt den größten Erfolg hat.

»Sogar noch vierzig Jahre nach der Frauenbewegung ist es alles andere als selbstverständlich, dass eine Frau einen Mann zuerst anspricht«, bedauert Lever. »In der virtuellen Welt ist das ganz anders. Dort sind es oft die Frauen, die die Initiative ergreifen. Das zeigt, dass sich – dank des Internets! – ein großer sozialer und sexueller Wandel vollzieht.«

Verabredungen können Ihr Selbstbewusstsein nachhaltig verbessern

Obwohl Frauen über fünfundvierzig von vielen Seiten eingeredet wird, sie verlören für Männer an Attraktivität, besitzen einige von ihnen doch das Selbstvertrauen, auf ihr Aussehen und ihren Körper stolz zu sein. Carole Smith schämt sich zum Beispiel nicht mehr für ihr Übergewicht. Sie weiß ganz genau um ihre Reize und wie sie auf Männer wirkt. »Wenn ein Mann begreift, welche Freuden auf ihn warten, und du ihm klar machst, dass er diese Freuden augenblicklich erleben kann, hält er sich nicht damit auf, deine Kilos zu zählen«, erklärt Carole offen. »Im Grunde sind Männer doch nur an deinen Brüsten und an deinem Hintern interessiert!«

Wie bei vielen Interviewpartnerinnen dauerte es auch bei Carole eine Weile, bis sie den Wunsch nach einem neuen Ehemann ad acta legte. Die beiden Männer, die sie unter all ihren Eroberungen wirklich liebte, wiesen ihre Heiratsanträge zurück und verließen sie kurz darauf. Carole musste hart daran arbeiten, ihre Einstellung zum Thema Zweitehe zu ändern, und dabei lernte sie auch, mit Zurückweisung umzugehen.

»Manchmal kann dir gar nichts Besseres passieren als eine romantische Liebelei, die schnell zu Ende geht«, sagt Carole. Sie führte kurz nach ihrer Scheidung eine zweijährige Beziehung, war anschließend vorübergehend mit einem anderen Mann verlobt und hat nun wieder einen festen Partner, mit dem sie schon seit zwei Jahren zusammen ist. Zwischendurch gab es zudem unzählige Liebhaber. »Männer sind super! Ich zelebriere die Unterschiede!« Carole hält es darüber hinaus für wichtig, nach einer Trennung mit dem Expartner befreundet zu bleiben. Sie stellt fest: »Beziehungen verändern sich. Nur weil man es als Paar nicht geschafft hat, heißt das noch lange nicht, dass man nichts gemeinsam hat.«

Vor einigen Jahren erlebte Carole das Schlimmste, was einem Menschen passieren kann: Ihr Sohn, ihr einziges Kind, starb an einem Herzfehler. Caroles Exmann hielt auf der Beerdigung eine wundervolle Grabrede, doch was Carole ebenfalls beeindruckte und überraschte, war, dass drei ihrer ehemaligen Liebhaber, mit denen sie noch immer befreundet war, ebenfalls zur Beerdigung kamen.

Caroles Lebensphilosophie ist die einer wahren reifen Frau. »Vielleicht treffe ich niemals meinen Seelengefährten, aber wissen Sie was?« Carole erhebt ihr Mineralwasserglas. »Ich habe vor, auf der Suche nach ihm verdammt viel Spaß zu haben!«

Nach den Schicksalsschlägen, die sie erleben musste, weiß Carole Kummer und wahres Leid zu unterscheiden. »Ich dramatisiere in Bezug auf neue Bekanntschaften nichts mehr«, sagt sie. »Ich heule nicht rum und frage: ›Warum mag er mich bloß nicht?‹« Carole unterscheidet ganz klar zwischen wirklich schlimmen Dingen und Begebenheiten, die man nicht überbewerten sollte. »Der 11. September war schlimm. Mein Kind zu verlieren war schlimm. Einen Liebhaber zu verlieren ist nicht schlimm. Das Wort ›schlimm‹ sollte man sich für Krebs aufsparen.«

Die Explosion der Singlezahlen mittleren Alters

Warum ist auf dem Singlemarkt mittleren Alters nur so reger Betrieb? Dies liegt zum einen an der Generation der geburtenstarken Jahrgänge. 1996 verzeichnete die amerikanische Behörde für Bevölkerungsstatistik einen scharfen Anstieg der Scheidungsrate unter Männern und Frauen der Jahrgänge 1945 bis 1954 – also genau jener Gruppe, die sich heute in ihren reifen Jahren befindet. 41 % der Männer und 39 % der Frauen, die jetzt über fünfzig sind, sind geschieden. Viele von ihnen haben während der sexuellen Revolution gelernt, dass es gesünder ist, sich scheiden zu lassen, als eine unglückliche Ehe weiterzuführen. (Glücklicherweise sind die Scheidungsraten in den USA seit 1980 rückläufig. Dies liegt vor allem daran, dass die Menschen später heiraten und sich immer später entschließen, Eltern zu werden.)

Eine weitere erstaunliche Veränderung ist darin festzustellen, welcher Ehepartner die Scheidung einreicht. Demographen konstatieren einen starken Anstieg der von Frauen Anfang bis Mitte vierzig eingereichten Scheidungen. An diesem Punkt im Leben spüren die meisten zum ersten Mal den Schatten des Alters und empfinden eine gewisse Torschlusspanik, die in diesem Stadium ganz normal ist. Fast drei Viertel der Frauen, die laut der *AARP*-Untersuchung ihre ersten Ehemänner zwischen vierzig und vierundsiebzig verließen, taten dies mit über vierzig. Viele von ihnen blieben Single und haben wechselnde Partner. Einige interessante Fakten über diesen erstaunlichen und äußerst regen Singlemarkt hielt die *AARP* 2004 über Scheidungen im mittleren Alter fest:

Zwei Drittel der Scheidungen von Paaren zwischen vierzig und fünfzig werden von Frauen eingereicht.

Ein Drittel der geschiedenen oder allein stehenden Frauen über vierzig hat Beziehungen zu jüngeren Männern – einige Jahre zuvor war es ein Drittel der Männer.

Bei einer allein stehenden Frau über fünfzig ist es heute wahrscheinlicher, dass sie geschieden ist oder nie verheiratet war, als dass sie Witwe ist.

Die lebenshungrigen Frauen der geburtenstarken Jahrgänge haben Lust auf Flirts, Romantik und Liebe, und sie betrachten diese Elemente als selbstverständlichen Teil der zweiten Lebenshälfte. In der Vergangenheit war dies nur mächtigen oder berühmten Frauen möglich.

Warum sind es heutzutage vornehmlich die Frauen, die im mittleren Alter die Scheidung einreichen?

Weil sie es können!

Eine weitere wichtige Änderung ist die Tatsache, dass Frauen heutzutage mit über fünfzig, sechzig und siebzig noch berufstätig sind. Dies liegt in erster Linie daran, dass die Berufskarrieren von Frauen oft durch Mutterschaft unterbrochen werden und viele Frauen sich erst zu Beginn ihres zweiten Erwachsenenlebens richtig auf ihre berufliche Karriere stürzen können. Hinzu kommt, dass Frauen in diesem Alter besonders zielstrebig und begeisterungsfähig sind. Ihre Ehemänner, die meist etwas älter sind, schalten hingegen in diesem Alter meist einen Gang zurück, da sie bereits viele Jahre beruflich aktiv waren und viele Unternehmen lieber junge Mitarbeiter in hohe Positionen befördern als hoch bezahlte Veteranen. Viele Männer Ende fünfzig und Anfang sechzig, körperlich und geistig noch absolut fit, verkommen deshalb zu Hause auf dem Sofa.

Warum dauert es so lange, bis sich Frauen von solchen Ehemännern trennen? Der Grund, den ich am häufigsten hörte, war: »Der Kinder wegen.« Ein weiterer Grund, der laut *AARP*-Studie auf ein Viertel aller Frauen über vierzig zutrifft, ist, dass sie Zeit benötigen, um sich finanziell auf die Trennung vorzubereiten und sich eine Scheidung überhaupt leisten zu können. Dies erklärt, weshalb so viele Frauen im Interview sagten: »Gefühlsmäßig hatte ich schon lange mit meiner Ehe abgeschlossen – ungefähr fünf Jahre, bevor ich tatsächlich die Scheidung einreichte.«

Ich kann mir vorstellen, was vielen Leserinnen nun durch den Kopf geht: »Ich werde niemals so eine Frau sein, die lauthals verkündet, wie viel Spaß Sex über fünfzig macht. Ich verlasse meinen Mann nie und nimmer!« Die Lebensgeschichten von Bebe oder Carole mögen Ihnen wagemutig erscheinen, doch wir werden in diesem Buch noch viele Frauen kennen lernen, die ihre eigenen, weniger dramatischen Wege fanden, zu reifen Frauen zu werden. Manche schaffen dies innerhalb ihrer Ehe, andere mussten erst den Mut aufbringen, sich scheiden zu lassen.

Wenn es hart auf hart kommt

Was Frauen in den mittleren Jahren wirklich dazu treibt, sich scheiden zu lassen, ist im Regelfall nicht irgendeine Marotte ihres Ehemannes, sondern ein grundsätzliches Problem, das über die Jahre intolerabel geworden ist. Pams Geschichte ist die einer Frau, die sich selbst in ihrem ersten Erwachsenenleben in einer typisch traditionellen, patriarchalischen Ehe aus den Augen verloren hat. Pam gehört zu einer Gruppe älterer, verheirateter Vorstadtfrauen aus Stamford, Connecticut, die sich spontan nach einer Autorenlesung mit mir in einer öffentlichen Bibliothek treffen und es kaum erwarten können, mir ihre Erlebnisse in Bezug auf Liebe, Sex, Scheidung und neue Verabredungen zu erzählen.

Pam hat einen breiten Mund, eine tiefe Stimme und ein großzügiges Wesen. Sie ist ein sehr extrovertierter Mensch. Als junge Frau hatte sie sich mit einer Reihe von Bürojobs über Wasser gehalten und interessierte sich viele Jahre lang nicht für die Ehe. Erst mit zweiundvierzig hat sie geheiratet, und sie gibt in unserem Interview zu, dass sie sich allein aus Angst vor Einsamkeit auf diese Ehe eingelassen hat – und es war ebenfalls Angst, die sie später davon abhielt, sich wieder scheiden zu lassen, obwohl ihre Ehe rasch unerträglich wurde.

»Mein Mann war ein typischer Italiener mit traditionellen Werten, und seine Parole lautete: ›Ich gehe arbeiten, ich komme nach Hause, und den Rest macht die Frau.‹ Ich hingegen wünschte mir jemanden, der sich um mich kümmert und für mich da ist«, gesteht Pam offen. »Letztlich war es jedoch so: Ich kam müde von der Arbeit nach Hause und erledigte die Hausarbeit allein.« Die anderen Frauen in der Gruppe stöhnen: »Das ist so typisch!« Pam zuckt die Achseln. »Bevor ich ihn geheiratet habe, war ich lebenslustig und extrovertiert. Doch in der Ehe habe ich meine Identität verloren. Meine beste Freundin fragte mich immer wieder: ›Wo ist nur die alte Pam?‹«

Dann gestand Pams Mann seiner Frau, dass er eine Affäre mit einer Kollegin aus dem Büro habe, die zehn Jahre jünger war als Pam. Doch er wollte nicht, dass diese Affäre ihre Ehe beendete, und er versprach, mit der anderen Frau Schluss zu machen.

»Na sicher doch!«, rufen die anderen Frauen im Chor. »Das sagen sie immer!«

Pam erzählt weiter, dass sie sich die Eskapaden ihres Mannes vier weitere Jahre lang gefallen ließ. Sie war entschlossen, ihre Ehe zu retten, so wie sie es bisher immer geschafft hatte, alles irgendwie »hinzubiegen«. Sie bemühte sich unter anderem, ihren Mann durch leidenschaftlichen Sex an sich zu binden. Dann sah ihre beste Freundin eine Folge von *Judge Judy* und sagte zu Pam: »Du bist eine Möglichmacherin!«

»Was ist denn das?«

»Du machst es deinem Mann erst möglich, sein Doppelleben aufrechtzuerhalten.« Da begriff Pam, dass ihr Mann es darauf anlegte, von ihr vor die Tür gesetzt zu werden, denn offenbar war er selbst zu schwach, sie zu verlassen. Als er wenig später ein Haus für seine Geliebte mietete, hatte Pam endgültig die Nase voll. Sie verließ ihren Mann und setzte einen Schlussstrich unter die Ehe.

Bei Scheidungen, die von den Ehefrauen eingereicht werden, ist in den meisten Fällen davon auszugehen, dass sich am Verhalten des Mannes nichts geändert hätte, wäre der Frau nicht der Kragen geplatzt. Laut der *AARP*-Studie ist der Hauptgrund für Frauen, die Scheidung einzureichen, entweder verbaler, physischer oder emotionaler Missbrauch (23 %), gefolgt von Alkoholismus oder Drogenmissbrauch (18 %) und Ehebruch (17 %). Keine Kleinigkeiten.

Sechs Monate nach der Trennung von ihrem Mann, so erzählt uns Pam, ging sie für eine Routineuntersuchung zu ihrer Gynäkologin.

»Sie zucken ja nicht einmal!«, bemerkte die Ärztin, als sie das Spekulum einführte.

»Es ist so lange her – selbst *das* fühlt sich schon gut an!« Die anderen Frauen in der Gruppe beginnen amüsiert zu johlen.

Während des Trennungsjahrs vor der Scheidung verlor Pam ihre Arbeitsstelle und musste in eine Einzimmerwohnung ziehen. Eines Abends stand ein ehemaliger Arbeitskollege, der sehr viel jünger war als Pam, vor ihrer Tür. Nachdem sie gemeinsam einige Drinks genommen hatten, bot sich der Mann ihr als »Freund mit besonderen Vorrechten« an. Anschließend gingen sie zusammen ins Bett, und – voilà! – Pam hatte weitaus mehr Spaß mit diesem Mann als mit dem Spekulum! »Es war guter Sex, und er weckte in mir den Wunsch nach mehr!«, erinnert sich Pam. Sie wollte noch viel mehr Sex haben, aber sie wollte vor allem noch etwas anderes: viel intensiver leben!

Als Pam uns diese Geschichte erzählt, ist sie erst seit einem

Jahr geschieden. Unwillig gibt sie zu, dass sie schon dreiundfünfzig ist. »Bin ich tatsächlich schon so alt? Ich fühle mich sehr viel jünger!« Sie schüttelt den Kopf. »Mein Freund mit besonderen Vorrechten hat mir eine Menge beigebracht, besonders in Sachen Oralsex. Früher habe ich mich davor geekelt, doch als ich es dann mit diesem Mann versuchte, sagte ich: ›Wow, das macht ja Spaß! Wer hätte das gedacht?‹ Mein Freund hat mich damals liebevoll ausgelacht.«

Für Pam war die wichtigste mit ihrer Scheidung einhergehende Veränderung nicht ihr sexuelles Erwachen, sondern die Wiederbelebung ihrer eigenen Identität.

»Pam ist zurück!«, ruft sie triumphierend. »Ich fühle mich zwar hin und wieder ein bisschen einsam, aber das ist noch immer besser als in einer schrecklichen Ehe gefangen zu sein und sich darüber selbst zu verlieren. Meine neue Maxime lautet: ›Geh überall dorthin, wo du eingeladen bist!‹ Ich gehe viel mit Freunden aus und bin auch in Sachen Internetdating aktiv. Ich hoffe, dadurch treffe ich jemanden, der zu mir passt!«

Ihr neues Freiheitsgefühl und ihr gestärktes Selbstbewusstsein halfen Pam dabei, ihre Ängste zu überwinden, was zur Folge hatte, dass sie bald eine neue Berufung für sich entdeckte: Sachbearbeiterin in einer großen Bibliothek. Pam grinst. »Die Leute in der Bibliothek sagten damals, sie wollten jemanden, der ein wenig verrückt und extrovertiert ist – und das ist mein wirkliches Ich!« In ihrer neuen Stellung hat Pam nicht nur mit ihren drei Vorgesetzten zu tun, sondern mit dem gesamten Bibliothekspersonal. Dies erlaubt ihr, ihre fürsorgliche Seite ebenso auszuleben wie ihre gesellige, ein wenig verrückte Seite.

»Ich liebe meinen Job!«, verkündet Pam glücklich. »Ich werde dort arbeiten, bis ich tot umfalle. Bibliotheken sind wunderbare Orte, und einen Beruf zu haben, den man wirklich liebt, ist unendlich viel wert! Besonders dann, wenn man schon etwas älter und allein stehend ist.«

Pams Entwicklung ist bemerkenswert. Nachdem ihre Toleranzgrenze erreicht war, fand sie sich nicht mehr mit der chronischen Untreue ihres Ehemannes ab und zog die Konsequenzen. Sie ließ sich scheiden, lernte, allein zu sein, und erlaubte sich dann größere sexuelle Spontaneität. Ihre sexuelle Wiedergeburt wiederum führte zu einer Wiederbelebung ihrer wirklichen Identität und schließlich zu einer neuen Berufung. In einer Bibliothek zu arbeiten mag manchen als wenig traumhaft erscheinen, doch für Pam ist dies ein absoluter Traumjob.

6. Der Weg des Traums

Wie im vorangegangenen Kapitel beschrieben, führt der zweite Weg zu einem leidenschaftlicheren Leben über die Entdeckung eines neuen Traums. Doch die eine Tätigkeit, die eine Sache, die sich in Ihrem zweiten Erwachsenenleben zu Ihrer neuen Passion entwickeln kann, ist nicht immer leicht auszumachen. Abgelenkt von Verantwortlichkeiten und Pflichten haben viele vergessen, was sie eigentlich am allerliebsten tun würden. Um dies herauszufinden, müssen wir fest entschlossen sein, unseren Jugendtraum wiederzuentdecken, und uns mit großer Begeisterung und Lebensfreude an seine Verwirklichung machen. Diesen Entdeckungsprozess müssen wir rigoros in den Mittelpunkt unseres Lebens rücken. Wir sollten jeden Tag darüber nachdenken, sprechen und meditieren. Argumentieren Sie auch mit Ihrem Partner und Ihren Freunden darüber! Eines Tages werden Sie dann einen erhellenden »Aha-Moment« erleben, und Sie werden denken: »Natürlich! Warum bin ich nicht gleich darauf gekommen?«

Nachdem wir einmal herausgefunden haben, wovon wir wirklich träumen, müssen wir uns dieser einen Sache mit Herz und Seele verschreiben. Dazu ist es manchmal unerlässlich, unser Leben völlig neu zu strukturieren.

Als ich mich mit einer Gruppe unkonventioneller Frauen in San Francisco treffe, wird mir bewusst, wie sehr ein neuer Traum das Leben eines Menschen verändern kann. Ich setze mich mit diesen Frauen in einem gemütlichen Schönheitssalon zusammen, der von Marlene Mendieta geführt wird, einer früheren Aktienhändlerin. Als Marlene vierzig war, brach der

Finanzmarkt zusammen, und sie verlor, wie viele ihrer Kollegen, ihren Job. Marlene ist eine sympathische Blondine mit wippendem Pferdeschwanz, die entfernt an Marilyn Monroe erinnert und die jugendliche Energie und Positivität ausstrahlt. Nur wenige Bekannte wissen, dass sie schon seit vielen Jahren Witwe ist.

Als sie ihren Job verlor, war Marlene am Boden zerstört und wusste nicht, was sie tun sollte. Sie spürte jedoch, dass das Finanzgeschäft seinen Reiz verloren hatte. Aber sie liebte es, anderen Leuten die Haare zu machen! Außerdem musste sie dringend neue Leute kennen lernen. Der Plan war schnell gefasst: Marlene wollte einen eigenen Friseursalon eröffnen. Es machte Marlene nichts aus, finanziell etwas kürzer zu treten, wenn sie im Gegenzug etwas tun konnte, wovon sie schon immer geträumt hatte. Sie ignorierte die abschätzigen Kommentare ihrer Bekannten und mietete einen gemütlichen Raum in einer Nebengasse der Haupteinkaufsstraße von San Francisco. Sie lud sämtliche Freundinnen ein, sich bei ihr die Haare schneiden zu lassen – und bei dieser Gelegenheit ihre Hunde mitzubringen!

In den vergangenen Jahren wurde Marlenes Traum Wirklichkeit, und ihr kleiner Friseursalon hat sich mittlerweile zu einer Art Treffpunkt für eine bestimmte soziale Gruppe entwickelt. »Ich bin nicht die beste Friseurin der Welt«, gesteht Marlene, »aber die Leute kommen trotzdem gern. Es ist das ganze Paket, das sie anzieht!« Die Atmosphäre in ihrem Salon ist sowohl gemütlich – überall stehen Körbchen für Hunde und Katzen herum – als auch nostalgisch, vor allem durch die übergroßen Fotos von James Dean und Marilyn Monroe überall an den Wänden. Viele Frauen kommen nach der Arbeit her, trinken mit Marlene und den anderen Kundinnen ein Glas Wein, erzählen sich gegenseitig von ihrem Tag und erfreuen sich der freundschaftlichen Atmosphäre.

Ich führe mein Gruppeninterview mit acht Frauen am Nachmittag, und gegen Abend stoßen weitere Frauen hinzu, die es sich auf den Sofas und Friseurstühlen bequem machen und während des Gesprächs ihre reinrassigen Lhasa Apsos und knuddeligen Cockerspaniel auf dem Schoß halten und streicheln. Die Erste, die in dieser Runde ihre Geschichte zum Besten gibt, ist Marlenes Schwester Carlene.

»Mit Walt zu schlafen ist wie Überschläge in einer Piper J-3 mit offenem Cockpit!«, verrät Carlene schelmisch und schüttelt lachend ihr frisch gewaschenes rotes Haar. »Wir haben uns in einer Kunstflugschule kennen gelernt und fliegen heute zusammen einen kleinen Doppeldecker.«

»Sie machen doch wohl keine Flugkunststücke mit offenem Cockpit, oder?«, fragt eine ältere verheiratete Frau ungläubig.

»Na klar doch!«, erwidert Carlene. »Einer von uns steuert das Flugzeug, und der andere hält lachend unseren Hund Rosey fest!«

Bernice applaudiert spontan. »Hört bloß niemals damit auf!«, ruft sie. »Das ist wie mit dem Tanzen: Es hält euch jung!«

Bernice' Stimme lässt mich aufhorchen. Mal ist sie weich und verführerisch, dann wieder kühl. Kurz darauf erklärt Bernice, dass sie zwei völlig gegensätzliche Seiten in sich vereint: Tagsüber geht sie dem Job einer akkuraten Bürokratin nach, und nachts verwandelt sie sich in eine verführerische Turniertänzerin. Mit stolzer Miene erzählt Bernice, dass sie einen jungen Liebhaber hat, der ihr bereits einen Antrag gemacht hat – Bernice hat jedoch abgelehnt. »Ich bin einfach noch nicht bereit für eine Ehe«, stellt sie klar. »Mein Freund hat sogar seine Mutter gebeten, mich zur Ehe zu überreden! Sie hat mich auf einen Kaffee eingeladen und mich inständig gebeten, ihn zu heiraten. Aber ich weiß genau, dass eine Heirat unserer Beziehung nicht gut tun würde. Ich bin einfach viel zu freiheitsliebend.«

Sam, eine lebenslustige Frau mit heiserer Stimme und scharfer Zunge, liebt es, ihre spießige, puritanische Familie zu schockieren. Während sie ihren Tibet Spaniel streichelt, erklärt sie den Unterschied zwischen Männern und Hunden. »Der beste Freund einer Frau ist ihr Hund. Hunde fällen keine vorschnellen Urteile über dich, sie lassen dich niemals im Stich, und außerdem hinterlassen sie keine feuchten Flecken auf der Bettwäsche!«

Diese Unterhaltung mag Sie an Gespräche zwischen Carrie, Samantha, Charlotte und Miranda aus *Sex and the City* erinnern. Doch der Unterschied zwischen der Serie und meinem Gruppeninterview besteht darin, dass bei unserer Gruppe alle Frauen über fünfzig waren – manche sogar weitaus älter. Carlene ist fünfzig, Sam siebenundsechzig und Bernice achtundachtzig! Die Träume dieser Frauen sind mit dem Alter nicht verblasst, ganz im Gegenteil: Erst ab einer gewissen Altersstufe waren die Frauen bereit, zuerst ihrer Fantasie und dann ihren Taten freien Lauf zu lassen und die üblichen weltlichen Grenzen hinter sich zu lassen.

Frei wie ein Vogel

Carlene, die – sowohl im Bett als auch in ihrem Doppeldecker – gern gewagte Überschläge mit ihrem Freund absolviert, ist von Beruf Zahnärztin, war dreimal verheiratet und hat vor kurzem ihren fünfzigsten Geburtstag gefeiert. Als junges Mädchen begeisterte sie sich für die Geschichte der amerikanischen Flugpionierin Amelia Earhart, doch in der Arbeiterstadt in Nevada, in der Carlene in armen Verhältnissen aufwuchs, war der Traum vom Fliegen ebenso fern wie ein Collegeabschluss. Doch Carlene brachte es fertig, beides zu erreichen! Um einer Midlifecrisis vorzubeugen, begann sie mit Mitte vierzig, Flugstunden zu nehmen. Damals arbeitete sie nur noch dreieinhalb Tage pro Woche in ihrer Zahnarztpraxis und dachte bei sich: »Ich habe genügend Geld und genügend Zeit – jetzt geht es erst richtig los!«

Ihr Fluglehrer Walt war beeindruckt, dass Carlene in einem Doppeldecker fliegen lernen wollte – dem Äquivalent zu einem Ford T. Walt und Carlene fanden schnell heraus, dass sie nicht nur die Liebe zu alten Flugzeugen teilen, sondern auch eine gewisse Abenteuerlust. Carlenes mikroskopische Welt, die bis dahin vor allem darin bestand, jeden Tag in die Mundhöhlen ihrer Patienten zu blicken, verwandelte sich durch Walt und das Fliegen in eine Welt, die ebenso grenzenlos war wie der Himmel über Sonoma, Kalifornien. Hundert Fuß unter sich sahen sie beim Fliegen San Francisco vorüberhuschen, tausend Fuß entfernt den Pazifik, und an klaren Tagen konnten sie am Horizont die High Sierras erkennen.

»Beim Fliegen fühle ich mich frei wie ein Vogel«, sagt Carlene glücklich.

Ihr fester Wille, ihren Traum zu verwirklichen, brachte sie an einen Punkt, den sie sich in ihrer wildesten Fantasie nicht hätte aufregender ausmalen können – sie hat eine Liebesaffäre mit ihrem zweiundzwanzigjährigen Fluglehrer. Walt ist ein Vierteljahrhundert jünger als Carlene, doch die gegenseitige Anziehung ist einfach überwältigend, vor allem deshalb, weil die beiden eine gemeinsame Passion teilen. Carlene war meist die einzige Frau auf dem gesamten Gelände des Sonoma Sky-Parks, wo es, wie Carlene lachend erzählt, »immer heiß, stickig und windig ist und man schnell wie ausgekotzt aussieht«. Doch Walt, ein jugendlicher Mann mit breitem Grinsen, fand Carlene in ihren ärmellosen Shirts, fleckigen Jeans und Motorradstiefeln unbeschreiblich sexy. Alle Männer auf dem Sonoma SkyPark hatten ein Auge auf sie geworfen. Am Boden war Walt ein eher verunsicherter Mann, der regelmäßig einen Therapeuten besuchte, um die Unsicherheiten seiner Jugend zu bewältigen. Doch in der Luft fielen alle Unsicherheiten von ihm ab, und er brachte der Frau, die er insgeheim sehr bewunderte, bei, einen Doppeldecker zu steuern.

Die Chemie zwischen Carlene und Walt stimmte, und deshalb setzten sie sich über die üblichen Altersnormen hinweg. »Manchmal rief Carlene mich um sechs Uhr morgens an und sagte, sie wolle bis sechs Uhr abends fliegen«, erzählt mir Walt in einem Nachfolgeinterview. »Ich kenne kaum jemanden, der so viel Energie besitzt wie Carlene!« Walt und Carlene waren regelrecht berauscht von ihrer Romanze – und ihrer Romanze mit dem Fliegen. Im Himmel gab es keine engen Regeln und keine Einschränkungen – man war frei wie ein Vogel. Walt brachte Carlene so viel bei, dass sie, kaum hatte sie ihren Flugschein gemacht, ausgewählt wurde, bei einer Flugschau eine Replik von Amelia Earharts legendärem 1927er Flugzeug mit offenem Cockpit zu fliegen. Schlank und langbeinig, das kupferfarbene Haar unter einem altmodischen Helm versteckt, flog Carlene allein von New York nach Los Angeles und zurück. Nach dreiundsiebzig Stunden Flug landete sie ein Flugzeug, das aussah, als würde es jeden Moment zusammenbrechen.

»Man muss schon ein verdammt guter Pilot sein, um das zu schaffen!«, verrät mir Walt stolz, und man sieht ihm an, wie sehr er Carlene liebt. Carlene ist für ihn die Verkörperung einer romantischen Fantasie. Und Walt stellt für Carlene das Gleiche dar.

Die Tatsache, dass Carlene ihren Traum mit einem wunderbaren jungen Mann teilen konnte, machte die ganze Sache unglaublich romantisch. Carlene lächelt, als Walt das Gefühl beschreibt, das man hat, wenn man mit dem Flugzeug kopfüber ins Nichts taucht. »Man kann entweder einfach mit dem Kopf nach unten im Gurt hängen oder ein paar Kunststücke vollführen«, sagt Walt. »Es ist ein bisschen wie Turniertanz in den dreißiger und vierziger Jahren.« Aussagen wie diese veranlassen Carlene dazu, ihren jungen Partner als »alte Seele« zu beschreiben.

Carlene ist sicher risikofreudiger als manch andere Frau, doch sie verkörpert einige wichtige Elemente, die eine reife Frau ausmachen: sie ist berufstätig, sie ist stolz auf ihre wirtschaftliche Unabhängigkeit, und sie lässt sich ihre hart erarbeitete Freiheit um nichts in der Welt wegnehmen oder madig machen.

Während ihrer drei Ehen hat Carlene hart daran gearbeitet, sich Schritt für Schritt eine unabhängige Identität zu erschaffen. So hat sie die Abendschule besucht, um sich weiterzubilden und einen Beruf ausüben zu können, der es ihr erlaubte, sich selbst zu versorgen. Carlene begann vor vielen Jahren als Arzthelferin und wurde schließlich durch harte Arbeit selbst zur Zahnärztin. Nun ist sie fünfzig und auf ihrem Gebiet äußerst erfolgreich. Beruflich hat sie alles erreicht, und aus diesem Grund kann sie sich ihrer romantischen Fantasie von einer Liebe zu einem jungen Mann und der Verwirklichung ihres Traums widmen. Zudem hat Carlene keine Angst. Wovor soll man sich noch fürchten, wenn man die schwierigen Phasen des ersten Erwachsenenlebens überlebt und die mittleren Jahre erreicht hat? Natürlich ängstigen wir uns alle vor Dingen wie Armut, Tod oder dem Älterwerden. Doch wenn es uns gelingt, diese Ängste zu bekämpfen, können wir jeden Tag bis zum Äußersten auskosten und haben keine Scheu mehr, Risiken einzugehen.

Die Zahnärztin und der Fluglehrer wurden Freunde, bevor

sie ein Liebespaar wurden. Das scheint eine wichtige Voraussetzung für eine gute Beziehung zu sein. Ihre Freundschaft entwickelte sich auf ganz natürliche Weise, und den beiden macht es Spaß, etwas zusammen zu unternehmen – und sei es nur, im Supermarkt einzukaufen. In ihrem gemeinsamen Freundeskreis finden sich sowohl andere Flugbegeisterte als auch Kunsthandwerker, die ihnen helfen, alte Flugzeuge zu finden und wieder aufzurüsten. Carlene und Walt sind seit fünf Jahren zusammen. »Manche Freunde hatten mir zu Beginn unserer Beziehung gesagt, wenn ich mit so einem jungen Mann zusammen wäre, würde ich bestimmt irgendwann einen Herzinfarkt bekommen«, erinnert sich Carlene. »Aber Walt und ich sind einfach total auf einer Wellenlänge – wir haben tiefes Verständnis füreinander.« Sie lächelt. »In meinem Leben läuft momentan alles anders als vorher. Früher war ich mit Männern verheiratet, die eigentlich gar nicht zu mir passten, und jetzt liebe ich einen Mann, der sehr gut zu mir passt – aber heiraten wollen wir nicht!«

Das gar nicht so ungewöhnliche Paar hat sich vor kurzem nicht nur zusammen ein Haus gekauft, sondern auch einen silbernen, altertümlichen Doppeldecker aus Aluminium. Walt und Carlene verbringen ihre Wochenenden gemeinsam in Carlenes privatem Hangar und basteln an dem Doppeldecker und an Carlenes anderen drei Flugzeugen herum. Sie übernachten auf dem Dachboden des Hangars – einem kleinen Loft mit Klimaanlage, das Walts Kollegen für sie gebaut haben. Carlene hat eine ganz einfache Erklärung dafür, warum ihre Beziehung so gut funktioniert. »Wir mögen uns wirklich sehr. Hinzu kommt, dass wir dieselben Hobbys haben. Wenn Sie mich fragen, ist das das Allerwichtigste überhaupt: Man muss etwas gemeinsam haben. Denn wenn die Phase der sexuellen Euphorie vorüber ist, braucht man etwas, worüber man reden kann.«

Als ich Carlenes Hangar an einem Sonntagnachmittag besuche, vertraut mir Walt an, dass er sich eine Zukunft ohne Carlene gar nicht mehr vorstellen könne. Er ist sich zudem sicher, dass er keine eigenen Kinder haben möchte. Ob das tatsächlich der Wahrheit entspricht, wird sich noch zeigen – immerhin war Walt derjenige, der Carlenes kleines Hundebaby in den Armen wiegte, als es krank war, und der sich Sorgen machte, ob sie auch das richtige Futter gekauft hatten. Während meines Besuchs erscheint plötzlich Walts Mutter und umarmt Carlene zur Begrüßung wie eine Schwester. Offenbar hat sie keinerlei Probleme mit dem unkonventionellen Paar.

Doch Carlene betrachtet ihre Romanze mit Walt realistisch. »Unsere Bindung wird wahrscheinlich nicht ewig halten. Wenn wir uns eines Tages trennen, werde ich verdammt traurig sein«, erzählt sie der Gruppe, die sich im Friseursalon ihrer Schwester zusammengefunden hat. Dann lächelt sie, zuckt die Achseln und wirft ihr kupferfarbenes Haar zurück. »Aber egal, wie lange es dauert – es ist einfach himmlisch!«

Und falls die Beziehung zu Walt tatsächlich irgendwann in die Brüche geht, bleibt Carlene noch immer ihr Traum. Carlenes Liebe zum Fliegen wird noch da sein, wenn Walt womöglich schon längst Vergangenheit ist. Wenn die Überschläge ihrer späten Affäre nachgelassen haben, findet Carlene vielleicht einen anderen Flugbegeisterten, der ihren Traum mit ihr teilt.

Den Sprung wagen oder nicht?

Eine Frau, die auf die fünfzig zugeht und in einer unglücklichen Ehe gefangen ist, stellt sich irgendwann insgeheim die Frage: »Soll ich mich mit dem zufrieden geben, was ich habe, oder soll ich mich scheiden lassen und herausfinden, was die Welt mir noch zu bieten hat?« Erstaunlich viele meiner Interviewpartnerinnen waren Frustriert-Verheiratete, deren Antworten auf die Frage »Was halten Sie von Liebe über fünfzig?« lauteten: »Das wäre mal was!« oder »Ich erinnere mich kaum noch an das Gefühl« oder »Man sollte nie die Hoffnung aufgeben.« Viele dieser Frauen würden sich gern wieder mit Männern verabreden oder sogar eine Affäre mit einem jüngeren Mann haben, doch bevor sie den ersten Schritt wagen, wollen sie genau wissen, was auf sie zukommt. *Werde ich nette Männer kennen lernen? Werden sich diese Männer überhaupt für eine Mittfünfzigerin mit Zellulitis und Hängebusen interessieren? Oder werde ich mir zu Hause auf dem Sofa, einen Glühwein in der Hand und Liebeskummer im Herzen, die Wiederholungen von* Sex and the City *ansehen?* Diese Frauen sind noch nicht bereit, die Sicherheit ihrer unbefriedigenden Ehe aufzugeben – zumindest nicht, solange sie nicht sicher sein können, dass das, was sie dafür bekommen, besser ist als das, was sie aufgeben. Doch diese Garantie kann ihnen niemand geben.

An dem Tag, an dem sich unsere Gruppe in Marlenes Friseursalon trifft, hole ich auf dem Weg zum Salon Yvette ab. »Ich bin verheiratet, aber ich spiele mit dem Gedanken, daran etwas zu ändern«, überfällt Yvette mich gleich. »Ich bin vierundfünfzig, und allmählich frage ich mich, ob mein weiteres Leben dieselbe Farbe haben soll wie mein bisheriges.« *Interessante Wortwahl*, geht es mir durch den Kopf. Schon als Yvette in den Wagen steigt, fällt mir ihre Haarfarbe auf. Yvette bemerkt meinen Blick und sagt: »Ich bemühe mich, es nicht allzu grau werden zu lassen.« Doch ihre Haarfarbe gleicht eher einem farblosen Ungrau. Ihre Haut ist zudem blass und kaum geschminkt – nur auf den Wangen trägt sie etwas Make-up. Sie erzählt, dass sie seit etwa sieben Jahren an Hitzewallungen leidet, bisher jedoch noch nichts dagegen unternommen hat. Obwohl sie viel Fahrrad fährt und durchtrainiert wirkt, bewegt sie sich ohne jede Vitalität. Alles an ihr erscheint mir farblos, bis auf zwei Dinge: Wenn Yvette von ihren beiden Töchtern spricht, die auf dem College sind, lebt sie regelrecht auf und ihre Stimme erhält verschiedene Farbnuancen. Das Gleiche geschieht, als Yvette von ihrem Haus an der Küste erzählt, das sie seit dem Auszug ihrer Töchter komplett umgebaut und mit zahllosen Glastüren und Gartenterrassen ausgestattet hat. Yvettes Augen leuchten auf, als sie die Details ihres Hauses beschreibt, und es ist nicht schwierig, herauszuhören, dass sie tief in ihrem Inneren davon träumt, als Innenarchitektin zu arbeiten.

Später erzählt Yvette uns, dass sie bereits im zarten Alter von zweiundzwanzig Jahren geheiratet hat. »Ich lebe nun schon so lange mit meinem Mann zusammen, dass ich mir gar nicht mehr vorstellen kann, allein zu leben. Mir ist körperlicher Kontakt sehr wichtig.«

Marlene, die Besitzerin des Friseursalons, hakt nach: »Fasst dich dein Ehemann denn überhaupt noch an?«

»Nein, leider nicht. Und dabei ist mir Körperkontakt wichtiger als alles andere! Ich habe mal den Film *Tom Jones* gesehen, und darin schläft Squire Weston mitten in einer Horde Beagles ein. Das würde mir gefallen! Ich würde gern mal zwischen einem ganzen Haufen Menschen oder Tieren schlafen.« Einige Frauen herzen ihre Schoßhunde und nicken verständnisvoll.

Sam, die kecke Siebenundsechzigjährige, die gern ihre puritanische Familie schockiert, bringt es auf den Punkt: »Yvette kämpft gegen sich selbst.«

Yvette stimmt ihr zu. »Es ist, als hätte man noch einmal seinen Collegeabschluss gemacht. Ein ganz neues Kapitel beginnt, und man fragt sich, wie es wohl weitergeht. Ist es das Beste, meinen Mann zu verlassen? Ich habe keine Ahnung.

Mein Mann ist meistens ziemlich depressiv und saugt mir eine Menge Energie ab. Trotzdem ist er kein schlechter Mensch! Wir streiten uns eigentlich nie. Ich habe im Grunde überhaupt keinen Anlass, mich scheiden zu lassen.«

»Dein Mann hat aber offenbar auch keinen Anlass, sich zu ändern«, bemerkt Sam.

»Hast du das Gefühl, es ist deine Lebensaufgabe, für ihn da zu sein?«, fragt Marlene.

»Er weiß mich durchaus zu schätzen!«, verteidigt Yvette ihren Mann. »Selbst, wenn er mal wieder mürrisch ist, weiß ich doch, dass ich ihm sehr wichtig bin.«

»So wichtig wie eine Krankenschwester für einen Kranken?«

Yvette hält inne. Dann lacht sie. »Ja, irgendwie schon!« Sie schüttelt den Kopf. »Ich bleibe vor allem deshalb bei ihm, weil ich weiterhin in dem tollen Haus leben möchte, das ich umgebaut habe. Und ich freue mich immer so, wenn die Mädchen in den Ferien nach Hause kommen. Wenn ich mich von meinem Mann trenne, sehe ich meine Kinder nur noch halb so oft.«

Sam stellt nun eine einfache Frage, die auf den Kern des Problems zielt: »Wenn du morgens aufwachst, Yvette, wie fühlst du dich dann? Halb voll? Leer?«

»Ich nehme es mir übel, dass ich nicht mutig genug bin, aus der Situation auszubrechen«, gesteht Yvette nach einer kleinen Pause.

»Jeden Morgen?«, fragt Sam.

»Ja. Tagsüber ist alles okay – ich habe viel zu tun und fahre mit dem Rad. Aber morgens fühle ich mich mir selbst gegenüber schuldig, dass ich mich noch nicht aus dieser Situation befreit habe.«

Melanie Horn, eine Psychologin aus San Francisco, fragt Yvette: »Bist du denn nicht auch manchmal stolz auf dich, dass du das alles so gut bewältigst und trotz allem weitermachst?«

Doch Yvette scheint diese Frage bezeichnenderweise nicht zu hören. Was sie wirklich will, ist eine Gewissheit, die ihr niemand geben kann. »Ich möchte sicher sein, dass es mir nach einer Trennung besser geht als vorher. Ich will sicher sein, dass es das Beste ist, einfach alles aufzugeben«, gesteht sie.

Inzwischen sind wir mitten in einem Amateur-Gruppentherapiegespräch, und an dieser Stelle mische ich mich ein. »Es scheint, als hätten Sie sich einen Grund konstruiert, um in Ihrer jetzigen Situation zu verharren. Ich gebe Ihnen weder den Rat, sich scheiden zu lassen, noch den, bei Ihrem Mann zu bleiben. Sie sollten sich für diese Entscheidung so viel Zeit nehmen, wie Sie benötigen. Was ich Ihnen rate, ist Folgendes: Experimentieren Sie ein wenig, schnuppern Sie einfach mal in die Singlewelt hinein! Sie können sich auch zeitweilig von Ihrem Mann trennen, ohne sich gleich scheiden zu lassen. Aber niemand kann Ihnen versprechen, dass Sie, wenn Sie den Absprung wagen, wieder sicher auf beiden Beinen landen und froh sein werden, dass Sie gesprungen sind. Dann wäre es ja kein Risiko.«

Carlene, die Pilotin, wirft ein: »Ich war zehn Jahre lang verheiratet. Wenn man sich dazu entschließt, seinen Mann zu verlassen, ist man danach ein Jahr lang ziemlich unglücklich. Man fragt sich ständig, ob es die richtige Entscheidung war, und das macht einen regelrecht verrückt. Doch wenn sich gegen Ende des Jahres der Nebel lichtet, kann man kaum noch nachvollziehen, warum man überhaupt gezögert hat, sich zu trennen. Vielmehr denkt man: ›Meine Güte, was für eine Last von meinen Schultern genommen wurde!‹«

Yvette nickt, und Carlene spricht weiter. »Wenn du ihn verlässt, ist das womöglich auch für deinen Mann der Weckruf, den er braucht! Vielleicht geht er endlich in Therapie oder zu einem guten Arzt. Möglicherweise verwandelt er sich sogar wieder in einen Menschen, mit dem du halbwegs leben könntest. Aber wenn du gar nichts tust, hat er keinerlei Anlass, irgendetwas zu ändern.« Carlene hat Recht. In einer mit chronischen Problemen belasteten Ehe ändert sich so lange nichts, bis ein Partner dem anderen die Pistole auf die Brust setzt und sagt: »Ich werde mich nicht länger damit abfinden. Du hast die Wahl – entweder änderst du etwas oder du verlierst mich und kannst sehen, wie du allein zurechtkommst.«

Inzwischen reden alle anwesenden Frauen auf Yvette ein. Die Argumente sind so schlüssig, dass Yvette kleinlaut auf ihrem Stuhl zusammensackt, und ich habe geradezu Mitleid mit ihr. Yvette hat ihr ganzes Leben lang nie an sich selbst gedacht. Als junges Mädchen hat sie ihre Mutter verloren, und seither leidet sie unter starken Verlustängsten. Ich bin mir sicher, es wäre das Beste für sie, mit einem Therapeuten zu sprechen. Doch das Allerwichtigste, was Yvette fehlt, ist noch gar nicht zur Sprache gekommen: ein neuer Traum. Selbst wenn sich ihr Mann plötzlich völlig verändern würde, hätte Yvette noch keine neue Passion, die ihrem Leben einen Sinn und neue Würze verleihen könnte. Yvettes Leben hat sich bisher einzig und allein um ihre Frustration gedreht. Unwillig gibt sie mir in diesem Punkt Recht.

»Ich muss irgendeinen Beruf finden, dem ich mich mit ganzem Herzen widmen kann«, sagt sie. »Es ist mir richtig peinlich, euch von meinem Leben zu erzählen. Ich sehe mich durch eure Augen, und es wird mir mehr als deutlich, dass ich etwas ändern muss. Solange man niemandem davon erzählt, kann man sich vormachen, alles wäre ganz normal.«

»In einer Gruppe wie dieser solltest du dich für nichts schämen«, beruhigt Sam Yvette. »Du stehst noch ganz am Anfang, du hast deinen Traum noch nicht entwickelt. Deshalb erscheint dir dein Leben jetzt schrecklich hohl.«

An diesem Punkt ihres Lebens könnte man Yvette als Resignierte bezeichnen. Sie findet es einfacher, sich mit ihrer Situation abzufinden, als etwas zu ändern und sich die Mühe zu machen, einen neuen Traum zu entwickeln. Doch während unserer Unterhaltung haben ihre Wangen ein wenig Farbe bekommen – vielleicht vom Wein, doch höchstwahrscheinlich von der wohlwollenden, regelrecht magischen Atmosphäre, die zwischen den Frauen dieser Gruppe herrscht. Später erzählt Yvette, diese Unterhaltung sei ebenso hilfreich gewesen wie eine Gruppentherapie. In ein paar Jahren könnte sich Yvette zu einem Vollblutweib entwickeln.

Nun trinken alle noch ein weiteres Glas Wein und beginnen, über ihre Haustiere zu sprechen. Doch der Abend ist noch lange nicht vorüber.

Der achtundachtzigjährige Plagegeist

Bernice zieht unsere Aufmerksamkeit auf sich, indem sie mit ihrem Stock kräftig auf den Boden schlägt. Amüsiert hat sie sich unsere Diskussion darüber angehört, ob man in einer unglücklichen Ehe verweilen sollte oder nicht, und nun möchte sie selbst etwas dazu sagen.

»Wozu ist eine Ehe gut?«, fragt sie. Bernice ist ihr gesamtes Leben lang – achtundachtzig Jahre! – Single gewesen und hatte stets absolute Kontrolle über ihre Entscheidungen und ihre Karriere. Ihre Wahl, ledig zu bleiben, hat sie jedoch nie daran gehindert, sich männlicher Gesellschaft zu erfreuen. Bernice hatte in ihrem Leben mehr Liebhaber, als sie aufzählen könnte. »Der einzige Mann, den ich wirklich heiraten wollte, ist bei einem Motorradunfall gestorben – wenige Monate nach unserer Verlobung.«

Wir sehen sie voller Mitgefühl an, doch Bernice schüttelt unwillig den Kopf. »Mit mir hätte es sowieso kein Mann lange ausgehalten. Ich habe für die Regierung gearbeitet und war zu 80 % meiner Zeit verreist.« In den dreißiger und vierziger Jahren war Bernice zudem als Turniertänzerin äußerst erfolgreich. Dies zeigt sich noch immer in der Grazie und Lebhaftigkeit, mit der sie sich bewegt. In ihrem schicken Hosenanzug wirkt Bernice sehr schlank, und ihr seidiges weißes Haar bildet einen wunderbaren Kontrast zu dem waldgrünen Blazer. Bernice ist seit über fünfzig Jahren mit dem hartnäckigsten ihrer Verehrer zusammen, der um viele Jahre jünger ist als sie. Vor fünfzehn Jahren, als die Mutter ihres Freundes sie bat, ihn zu heiraten, war Bernice dreiundsiebzig. Die Mutter des Mannes vertraute Bernice damals an, sie werde bald sterben und es wäre ihr ein großer Trost, wenn Bernice ihren Sohn heiratete.

»Nein, Thula!« Bernice stampft mit ihrem Stock auf den Boden und spielt die Szene für uns nach. »Ich bin noch nicht bereit für eine Ehe!«

Die Ladys im Friseursalon lächeln amüsiert. »Selbst seine sterbende Mutter konnte dich nicht überreden!«, sagt eine Frau kichernd. Wir sind uns einig: Bernice ist eine regelrechte Herzensbrecherin!

Vielleicht war es genau das, was die Romanze zwischen Bernice und ihrem Freund fünfzig Jahre lang jung gehalten hat. Die berühmtesten Verführerinnen und Kurtisanen der Weltgeschichte haben sich stets dagegen gewehrt, feste Bindungen einzugehen, was nicht unerheblich zu ihrem Zauber beigetragen hat.

Bernice und ihr Freund hatten bis zu Bernice' neunundsiebzigstem Lebensjahr ein erfülltes Sexleben. Doch auch die mittlerweile fehlende Sexualität hat ihren Freund nicht von ihr fortgetrieben. »Wir küssen uns noch immer«, verrät Bernice. »Und wenn ich auf Reisen bin, ruft er mich dreimal die Woche an. Wir spielen oft zusammen Golf, und er führt mich zum Essen aus – wir haben einfach viel Spaß zusammen.« Was sie einander bedeuten, geht weit über Sex hinaus. Bernice und ihr Freund sind Seelengefährten. »Ich bin für ihn da, und er für mich«, sagt Bernice. »Wir verstehen einander auf einer sehr tiefen Ebene.«

Der Abend in Marlenes Friseursalon erinnert mich auf lebhafte Weise daran, welch dramatische Veränderungen der Frauenrollen sich gerade in der Gesellschaft vollziehen – besonders für Frauen, die bereits erwachsene Kinder haben. Reife Frauen sind keine Übermütter oder Überehefrauen, die sich für ihre Kinder oder ihren Mann aufopfern. Reife Frauen definieren sich allein über das, was sie tun. Ihr zweites Erwachsenenleben ist ihre große Chance, ihr Potenzial voll auszuschöpfen – nicht um des Ehemanns oder der Familie willen, sondern allein für sich selbst und jene, die sie damit inspirieren und berühren können.

7. Frauen entdecken Sex und Träume neu

Wie weit verbreitet ist eigentlich der Wunsch, in der zweiten Hälfte des Lebens noch einmal ganz von vorn zu beginnen?, fragte ich mich nach den ersten Monaten meiner Nachforschungen und den ersten Interviews mit überraschend gesunden und lebenslustigen Frauen aus Kalifornien, New York und New Jersey. Vielleicht war das Phänomen der Frau über fünfzig, die aktiv nach Romantik und erfüllender Sexualität sucht, nur in den freizügigeren, toleranteren Landesteilen der USA zu finden. Waren die Frauen im bodenständigen Kernland der USA ebenso mutig und abenteuerlustig?

Nach weiteren Gruppendiskussionen und zahllosen ausführlichen persönlichen Interviews beschloss ich, eine Reise quer durchs Land zu machen. Viele Frauen, die per E-Mail mit mir korrespondiert hatten, konnten es gar nicht erwarten, ihre Freundinnen zu versammeln, um mit mir zu sprechen. Auf meiner Reise durch das Land interviewte ich reife Frauen aller Altersstufen. In Großstädten wie auf dem Land erzählten mir die Frauen immer wieder, dass sie Ende vierzig oder Anfang fünfzig einen »Aha-Moment« erlebt hatten, durch den ihnen klar geworden war, dass ihnen ein neuer Traum fehlte. Madeline aus dem vierten Kapitel, die im Alter von siebenundfünfzig begann, Gesangsunterricht zu nehmen, und Carlene Mendieta aus dem vorangegangenen Kapitel, die mit Ende vierzig einen Doppeldecker steuern lernte, haben solche »Aha-Momente« erlebt und ihr Leben danach völlig umgekrempelt.

Auch viele andere Frauen im Land begreifen nach und nach,

dass sie, wenn sie sich nicht daranmachen, ein neues Ventil für ihre wiedererwachten Energien zu finden, einen langen, steinigen, aber auch schrecklich öden Weg vor sich haben. Tatsächlich ist es so, dass der fünfzigste Geburtstag für eine Frau der ideale Zeitpunkt ist, ihre persönliche Revolution – sowohl in sexueller und emotionaler als auch spiritueller Hinsicht – zu erleben, und diese Revolution kann entweder innerhalb einer Ehe stattfinden oder außerhalb.

Unzählige Frauen sind in ihrer Ehe alles andere als glücklich, und doch sind sie nicht in der Lage, aus der Opferrolle auszubrechen. Andere sind geschieden und wollen nicht wieder heiraten, da sie womöglich nichts aus ihren Fehlern gelernt haben und es darüber hinaus leid sind, weiterhin Orgasmen vorzutäuschen. Diese Frauen vertreten die Meinung: »Ich würde nie wieder heiraten. Ich bin allein glücklicher!« Frauen, die wiederum keine Lust haben, sich auf Onlineportalen nach neuen Partnern umzusehen, erklären ihre Abneigung oft mit der Begründung: »Im Internet gibt es ja doch nur die Übriggebliebenen – und jede Menge Verlierertypen« oder »Welcher Mann sucht schon nach einer Frau meines Alters?« Wie veraltet diese Klischees sind, wurde in meinen Gruppeninterviews immer wieder deutlich.

Am meisten überraschte mich eine Gruppe tief im Süden der USA. Ich hatte nicht erwartet, in einer konservativen Stadt wie Fort Worth, Texas, geschiedene oder verwitwete Frauen mittleren Alters kennen zu lernen, die mutig mit dem Klischee der anständigen älteren Frau brechen.

Texanerinnen schlagen zurück

Eine Gruppe gut gelaunter Texanerinnen, die sich an einem Sonntagvormittag mit mir in Fort Worth zum Brunch treffen, ist der beste Beweis dafür, dass sich auch im Süden der USA das klassische Rollenverhalten von Frauen ändert. Alle acht anwesenden Frauen haben in ihrem bisherigen Leben äußerst konventionelle Pfade beschritten und in den mittleren Jahren eine persönliche Revolution erlebt.

Fort Worth, die ältere Schwesternstadt von Dallas, ist für mich das perfekte Fenster in die Lebenssituationen wohlhabender Frauen, die darum bemüht sind, das Beste aus den Bonusjahrzehnten herauszuholen, und sich dabei nicht scheuen, gegen den Strom zu schwimmen. Alle Frauen in dieser Gruppe haben am eigenen Leib erfahren, wie es sich anfühlt, ausgelacht und abgelehnt zu werden, weil man gegen althergebrachte soziale Regeln und das patriarchalische Kirchensystem verstoßen hat. Immer wieder wurde ich während dieses Gesprächs daran erinnert, dass man im Süden der USA nicht nur gegen die üblichen sozialen Vorurteile ankämpft, sondern zusätzlich noch gegen eine konservative Religiosität.

Historisch betrachtet gründet sich die Stadt Fort Worth auf Geld, das aus dem Ölgeschäft erwirtschaftet wurde, doch neuerdings kommen große Erlöse aus der Computerbranche hinzu. Obgleich Fort Worth eine wunderschöne und kulturell reiche Innenstadt besitzt, die vor allem mit dem Vermögen der Bass-Familie errichtet wurde, existiert in dieser Stadt eine scharf unterteilte Klassengesellschaft. Die reichen Weißen definieren ihren sozialen Status vor allem über ihre Mitgliedschaft in einem Countryclub, in den Vierteln der Schwarzen und der Latinos herrscht hingegen große Armut, und es kommt oft vor, dass Lehrer ihren Schülern von ihrem eigenen Geld Papier, Bleistifte und Bücher kaufen.

Sandy McCall, eine Psychotherapeutin mit silbergrauem Haar, schlägt mir vor, ihre Freundin Darlene zu unserem Gruppengespräch einzuladen. Sandy beschreibt ihre geschiedene Freundin voller Begeisterung, doch in ihrer Stimme schwingt auch ein wenig Neid mit. »Darlene war früher eine typische West-Side-Ehefrau – bis ihr Mann sie wegen einer Jüngeren sitzen ließ. Aber um Darlene muss man sich keine Sorgen machen. Sie ist bildhübsch, hat wunderschönes blondes Haar und lebt ihr Leben ohne Sicherheitsnetz. Die Männer umkreisen sie wie hungrige Haie.«

Doch wie ist es eigentlich, ohne Sicherheitsnetz zu leben? Das sollten wir noch herausfinden.

Darlenes blondes Haar ist noch feucht, als sie sich unserem Brunch anschließt. Sie hat eben noch im Swimmingpool ihrer Schwester ein paar Runden gedreht und sich danach rasch Shorts und einen Kapuzenpulli übergezogen. Sie sieht aus wie eine erwachsene Barbiepuppe, doch unter der hübschen Oberfläche versteckt sich eine starke Frau, die sich durchbeißen kann. In unserem kleinen sicheren Kreis erzählt uns Darlene Cozby nun ihre Geschichte.

Sie wurde mit siebzehn Jahren schwanger und verließ die Highschool ohne Abschluss. Um sich und ihre kleine Tochter durchzubringen, arbeitete Darlene in den folgenden Jahren in einem Vollzeitjob und besuchte zusätzlich die Abendschule. Fünf Jahre nachdem sie auf diese Weise ihren Highschoolabschluss nachgeholt hatte, heiratete sie einen Mann, den ihre Freundinnen als »gute Partie« bezeichneten. Zwanzig Jahre lang lebte Darlene daraufhin in der Welt der Reichen, in der West Side von Fort Worth, und brachte ihre drei Kinder jeden Morgen zu ihren teuren Privatschulen. Ihre wunderbare Welt fiel jäh in sich zusammen, als ihr Mann sie wegen eines jungen Mädchens vor die Tür setzte. Sie war damals Mitte vierzig und hatte nichts weiter vorzuweisen als einen Highschoolabschluss.

»Nach der Trennung von meinem Mann hatte ich das sexuelle Selbstbewusstsein einer Erdnuss«, erzählt Darlene ernst, denn sie erinnert sich an die Unsicherheiten und die Schamgefühle dieser Zeit. »Ich konnte mir nicht vorstellen, mich überhaupt vor jemand anderem als meinem Ehemann auszuziehen.« Darlenes angeknackstes Selbstbewusstsein musste erst wieder aufgebaut werden, doch in einem Milieu, in dem Scheidung als unverzeihlicher Makel gilt, war dies schwierig. Darlene erzählt: »In Fort Worth wird man durch eine Scheidung zum Niemand – da ist es noch besser, man wird Witwe. Zumindest stehen einem dann Bekannte und Freunde bei der Beerdigung bei. Doch wenn man sich scheiden lässt, haftet einem für immer ein Makel an. Es ist fast, als hätte man ein Verbrechen begangen. Ich musste mein Leben damals ganz neu aufbauen, und es half mir sehr, mich mit anderen allein stehenden oder geschiedenen Frauen zu unterhalten.«

Die anderen geschiedenen oder verwitweten Frauen nicken zustimmend. Sie alle haben in ihren späten Teenagerjahren oder mit Anfang zwanzig den typischen Pfad texanischer Frauen gewählt: Heirate früh und heirate die soziale Leiter hinauf, und dann klammere dich an den sozialen Status deines Mannes, als hinge dein Leben davon ab.

Ihrer Rolle als hübsches Accessoire eines wichtigen Mannes beraubt, wurde Darlene klar, dass sie lediglich eine fünfundvierzigjährige Frau ohne Universitätsausbildung war, die ganz von vorn beginnen musste, ohne sich in ihrem ersten Erwachsenenleben irgendeine Form von Unabhängigkeit aufgebaut zu haben.

Doch Darlene ließ sich nicht unterkriegen und machte sich daran, die ihr fehlende Bildung nachzuholen – allerdings wollte sie mehr als nur ein Diplom. Sie wusste, sie brauchte einen Traum, etwas, was ihrem Leben Sinn verlieh. Schließlich fand sie heraus, dass sie im Bereich Medizin eine gewisse Begabung besaß, und erarbeitete sich nach und nach eine wundervolle Karriere in diesem Bereich. Mittlerweile arbeitet sie mit Alzheimerpatienten in einer gemeinnützigen Gesundheitseinrichtung – in einer Welt, mit der sie in ihrem ersten Erwachsenenleben nie in Berührung gekommen war. Doch nun weiß Darlene, dass sie auch allein zurechtkommt und nicht mehr auf die finanzielle Unterstützung ihres Mannes angewiesen ist.

In der ersten Zeit des Wandels durchlebte Darlene, ähnlich wie ihre verwitweten Freundinnen, eine Phase der Trauer. Doch wie viele andere Frauen, die ich interviewt habe, machte auch Darlene eine faszinierende Entdeckung – eine Entdeckung, die dem Geheimnis ewiger Jugend näher kommt als die gesamte Schönheitsindustrie:

Sex und ein leidenschaftliches Leben passen sehr gut zusammen.

Darlene hat mit einem sozialen und religiösen Umfeld zu kämpfen, in der eine allein stehende ältere Frau, die Verabredungen mit verschiedenen Männern trifft, schnell als Flittchen abgestempelt wird. »Die meisten meiner religiösen Freunde ließen mich damals fallen wie eine heiße Kartoffel, und ich habe mir zu Beginn meines Singledaseins eingeredet, es sei falsch, mich mit Männern zu treffen. Aber es war wichtig, wieder Selbstbewusstsein zu gewinnen und mich als sinnliche Frau zu erleben.«

In der ersten Zeit wurde sie von schrecklichen Schuldgefühlen gequält. »Ich habe damals mit mehreren Männern geschlafen und auch neue Beziehungen ausprobiert. Doch die ganze Zeit über habe ich mich furchtbar schlecht gefühlt und gedacht: ›Das ist falsch. Du solltest das nicht tun.‹ Das liegt vor allem daran, dass ich in einem sehr religiösen Umfeld aufgewachsen bin.«

Darlene rechtfertigte ihr Verhalten dadurch, dass sie sich selbst einige Regeln setzte. »Ich hatte niemals Verhältnisse zu mehreren Männern gleichzeitig, und ich habe nur mit einem Mann geschlafen, wenn ich auch eine feste Beziehung mit ihm führte. Doch in den vergangenen elf Jahren haben sich diese Regeln gelockert – vor allem deshalb, weil mein sexuelles Selbstbewusstsein gewachsen ist!« Darlene hält inne. Die anderen Frauen wollen noch mehr hören.

»Ich gehe mittlerweile auch mit einem Mann ins Bett, wenn ich mir sicher bin, dass ich keine feste, längerfristige Beziehung mit ihm will.«

Als die Prüderie langsam von Darlene abfiel, entwickelte sie einen neuen privaten Ehrencodex. »Wenn mir der Mann gefällt und ich in der richtigen Stimmung bin, wenn wir beide es wollen und wir niemandem damit schaden, dann ist es in Ordnung.« Darlene schlägt ihre langen, sonnengebräunten Beine übereinander und sagt: »Manchmal fühle ich mich wie ein Mann.«

Während sie ihre Geschichte erzählt und das Interesse und die Unterstützung der Gruppe erfährt, geht Darlene immer mehr aus sich heraus. »Ich bin eine sechsundfünfzigjährige Frau. Ich habe einen kleinen Bauch und Zellulitis, aber ich bin so voller Energie und Lebensfreude, dass sich jeder, der mit mir zusammen ist, verdammt glücklich schätzen kann! Seht euch diesen Körper an!« Sie steht auf und dreht sich einmal um die eigene Achse. »Ich bin einfach ein Knaller!« Wir lachen zustimmend. »Ich weiß inzwischen sehr genau, wie man flirtet – mit voller Power oder nur durch einen Seitenblick, ich habe alle Methoden drauf. Flirten macht Spaß! Ich bin wirklich erwachsen geworden. Ich weiß, wer Darlene ist. Es war eine wunderbare Erfahrung, aus meinem Schneckenhaus hervorzukommen und einfach ich selbst zu sein.«

Nach dieser inspirierenden Veranschaulichung wahrer Unabhängigkeit ahne ich bereits, wie Darlene auf meine nächste Frage reagieren wird. »Wie denken Sie über eine zweite Ehe?«

Doch Darlene überrascht mich. Sie wirft ihr Haar zurück und sagt verschmitzt: »Ich habe vergangenen Freitag wieder geheiratet.«

Erstaunte Ausrufe, einige Frauen schnappen nach Luft.

»Wen?«

»Wer ist es?«

»Wen hast du geheiratet?«

Als Darlene den Namen »Wilson« fallen lässt, sind begeisterte Freudenausrufe zu hören. Wilson ist ein Mann, den Darlene in ihrem Wanderverein kennen gelernt hat und mit dem sie schon seit zehn Jahren – durch viele Pausen unterbrochen – zusammen ist.

»Wo ist dein Ring?«, ist die nächste Frage.

»Ich habe ihn abgenommen, weil ich befürchtet habe, wenn ihr ihn seht, werde ich sofort aus der Diskussionsgruppe ausgeschlossen«, gesteht Darlene und wirft mir einen Blick zu. »Wilson betet mich an, und zwischen uns herrscht echte Leidenschaft. Ich denke, bei der Liebe geht es darum, jemanden zu finden, der deinen Energielevel hat. Bei Wilson und mir stimmt der Level einfach!« Darlene räumt ein, an all den vorübergehenden Trennungen in den vergangenen zehn

Jahren schuld gewesen zu sein, und fügt hinzu: »Trotzdem habe ich Wilson immer das Gefühl gegeben, er sei schuld.« Sie lacht entschuldigend. »Ich habe viele Männer kennen gelernt und eine Menge Frösche geküsst. Vergangenes Jahr im Januar sind Wilson und ich wieder zusammengekommen, und jetzt, da ich sechsundfünfzig bin, fühle ich mich endlich bereit, wieder zu heiraten. Ich bin über die Brücke gegangen. Ich sehne mich nach Gemeinschaft. Und ich will Wilson noch viel besser kennen lernen.«

Darlenes persönliche Midlife-Revolution vollzog sich auf psychischer, physischer und sexueller Ebene. Darlene hat sowohl ihre Identität neu entdeckt als auch ihren Selbstrespekt, ihren Körper und ihren sexuellen Elan. Außerdem hat sie ihren Traum verwirklicht, im medizinischen Bereich tätig zu sein. Nachdem sie fünfzehn Jahre lang eine Suchende war, kann sie sich nun voller Leidenschaft auf eine neue Ehe einlassen.

So wie Darlene machen viele Frauen im reifen Alter Weiterbildungen und verwirklichen auf diese Weise ihre ganz persönlichen Träume. Dadurch erlangen sie neues Selbstbewusstsein, das ihnen wiederum hilft, sich weiterzuentwickeln.

Frauen wie Darlene, die als junge Menschen die frühen Jahre der sexuellen Revolution miterlebten, haben in ihrem ersten Erwachsenenleben trotzdem meist wenig sexuelle Freiheit genossen. Oft haben sich diese Frauen schon früh gebunden – in den sechziger Jahren haben Frauen gewöhnlich schon mit etwa zwanzig geheiratet (dagegen haben die meisten Frauen im Jahr 2000 durchschnittlich mit Mitte zwanzig zum ersten Mal geheiratet). Darüber hinaus fand die Pille erst in den siebziger Jahren wirklich Verbreitung. Die Frauen der Fort-Worth-Gruppe sind sich weitgehend einig, dass es zwei wichtige Gründe gibt, warum sie es in ihrem ersten Erwachsenenleben kaum erwarten konnten zu heiraten.

»Man hat damals mit neunzehn oder zwanzig geheiratet, weil man entweder ein Kind erwartete oder unbedingt Sex wollte.«

Deshalb wählten viele Frauen eine konventionelle Lebensweise, heirateten früh und wurden in der Mehrzahl von der Identität ihres Versorgers geradezu aufgesogen und lebten schon nach kurzer Zeit in *seiner* Welt. Anfang der siebziger Jahre kam der Feminismus auf, und viele Frauen überdachten ihre Lebensentscheidungen neu. Mit dem daraus entstandenen Konflikt leben viele von ihnen seit vielen Jahren. Diese Frauen bemühen sich, das traditionelle Familienmodell zu leben, indem sie sich mit all ihrer Kraft darauf konzentrieren und sich einbringen. Doch nicht selten bricht das ganze System irgendwann in sich zusammen, gleichgültig, wie sehr sich eine Frau zuvor angestrengt hat. Szenarien wie die folgenden sind weit verbreitet:

Nachdem die Kinder ausgezogen sind, besinnt sich die Frau wieder darauf, wer sie eigentlich ist, und blüht regelrecht auf. Immer mehr Frauen im reifen Alter erweitern ihre Bildung oder verwirklichen ihre lange aufgeschobenen künstlerischen Ambitionen. Diese Aktivitäten fördern das Selbstbewusstsein und bringen das innere Wachstum einen großen Schritt voran. Den Ehemännern gefällt das oft nicht, denn mit einem Mal sind sie nicht mehr der Star im Haus. Oder sie entdeckt auf der Kreditkartenabrechnung die Abbuchung für eine Reise auf die Bermudas – für zwei.

Die vielen Interviews haben mir klar gemacht, dass Männer ebenso viele Konflikte durchleben wie Frauen. Ein Mann, der einst eine hilfsbereite junge Frau geheiratet hat, deren Aufgabe es war, die Kinder aufzuziehen und ihn bei seiner Karriere zu unterstützen, verwandelt sich zwanzig Jahre später in eine clevere Geschäftsfrau oder brillante Künstlerin. Der Mann verliebt sich daraufhin Hals über Kopf in seine spanische Hausangestellte, wie Adam Sandlers Figur in dem Film *Spanglish* von 2004. Der Mann könnte sich auch in seine Sekretärin, Assistentin oder die süße kleine Büroangestellte seines Steuerberaters vergucken – solange die Frau nur zu ihm aufsieht und in ihm den weisen, wohlhabenden Mann erkennt.

Der Mann, der die graue Maus Jane geheiratet hat, die für lange Zeit die perfekte Mutter für seine Kinder war, fühlt sich ab einem gewissen Alter – in dem er ein wenig nachhelfen muss, um seinen sexuellen Heldenmut voll auszuleben – magisch angezogen von Silikonbrüsten, Stripperinnen und jungem Gemüse, das mit keckem Schritt die Straße hinunterwippt oder ihm in der Drehtür des Kaufhauses begegnet und dabei hautenge Jeans trägt, deren Bund weit unter dem Bauchnabel liegt. Junge Mädchen dieser Art tragen zudem oft Tätowierungen, die wie Hinweisschilder auf ihre privaten Körperteile wirken. Natürlich passen nicht alle Männer in dieses Klischee, doch moderne, langjährig verheiratete Paare brauchen große Geduld und Kraft, um die vielen Versuchungen unserer sexbesessenen Gesellschaft zu umschiffen.

Eine religiöse Revolution

Die texanischen Ladys unserer kleinen Gesprächsgruppe schenken mir zum zweiten Mal Kaffee nach. Wir unterhalten uns bereits seit über einer Stunde, und sechs der acht anwesenden Frauen haben ihre Geschichten noch immer nicht erzählt. Ein interessanter Nachmittag!

Carol H. stellt sich mit einem Augenzwinkern als »auf dem Weg der Besserung befindliche ehemalige christliche Fundamentalistin« vor. Sie ist dreiundfünfzig, geschieden, eine tolle

Frau, schlank und sexy. Sie hat grüne Augen, silbergraues Haar und lange, braun gebrannte Arme, die in ihrem ärmellosen Rollkragenpulli hervorragend zur Geltung kommen. Sie trägt Cargohosen und Sandalen. Bei dem Selbstvertrauen, das sie ausstrahlt, würde man nicht vermuten, dass ihre Scheidung ihr sehr zugesetzt hat. »In Fort Worth«, so beginnt Carol, »verliert man durch eine Scheidung nicht nur seinen Ehemann und seinen Lebensstandard – auch verheiratete Freunde und Bekannte wenden sich ab. Jegliche Unterstützung verschwindet von einem Moment auf den anderen, und man liegt am Boden, kann nicht mehr aufstehen, und es gibt niemanden, den man um Hilfe bitten könnte – denn in diesem Staat erschießt man die Verwundeten.«

Carols einzige Zuflucht war die evangelische Kirche, in der sie, im Gegensatz zur katholischen Kirche, der sie zuvor angehörte, noch immer willkommen war. Sie war nicht so streng wie die strenge katholische Kirche, in der sie aufgewachsen war. Damals hatte Carol eine zündende Idee: Sie wollte eine Selbsthilfegruppe für Singles ins Leben rufen.

Sie musste sich zuerst jedoch gegen die Kirchenältesten durchsetzen, die »vor allem Angst hatten, was neu war. Bestimmt dachten sie, wir veranstalteten bei jedem Treffen eine Orgie.« Carols Gruppe existierte nur zwei glückliche Jahre lang, bevor die Kirche durch ihre Unbeweglichkeit entzweigerissen wurde. Carols Meinung über die kirchlichen Autoritäten, die sie zuvor als eine Art Moralpolizei akzeptiert hatte, änderte sich dadurch nachhaltig. »Die meisten männlichen konservativen Christen versuchen, ihre eigenen sexuellen Triebe dadurch im Zaum zu halten, dass sie Frauen kontrollieren. Doch das funktioniert niemals lange!«

Carol hatte bereits ihre neue Berufung als Psychotherapeutin entdeckt, was ihrem Leben einen Sinn gab und ihr half, auch schwierige Phasen als Möglichkeiten zur Entwicklung zu betrachten. »Jedes Mal, wenn ich ein schweres emotionales Trauma erlitt, hat sich mein Bewusstsein dadurch geschärft«, erzählt Carol. »Im Grunde kann also auch aus der schlimmsten Zeit etwas Wunderbares erwachsen.« Sobald sie einmal begriffen hatte, wie sehr der religiöse Fundamentalismus sie einschränkte, beschritt Carol einen neuen spirituellen Pfad, der sie vor allem nach innen führte. »Mein ganzes Leben lang habe ich immer wieder den christlichen Leitspruch ›Das Königreich des Himmels liegt in dir selbst‹ gehört, doch nur wenige haben verstanden, was das wirklich bedeutet.« Carol brauchte gut zehn Jahre, um sich kennen zu lernen. Sie las zahllose Bücher und dachte viel nach, wodurch sich ihr Verständnis vertiefte und ihr Bewusstsein wuchs. »Ich brauchte keine vorgegebenen Glaubensgrundsätze mehr, ich entwickelte meine eigenen.« Deepak Chopra spricht von sieben Stufen der Spiritualität. Einige Menschen bleiben auf der dritten Stufe stehen, manche auf der vierten, und nur wenige erreichen die sechste oder siebte Stufe. Diese Unterteilung in verschiedene Stufen lässt sich auf viele Aspekte des Lebens anwenden, zum Beispiel auf die Bereiche Beziehungen und Sexualität.

Sobald sich eine Frau aus ihrem sicheren Schneckenhaus hervorwagt und nach spiritueller Entwicklung strebt, können die wunderbarsten Dinge geschehen. Plötzlich ist es so, als hätte ein Lebensberater oder Coach an der Tür geklingelt. So etwas widerfuhr Carol, als sie hörte, dass eine Schriftstellerin namens Caroline Myss, die sie sehr inspiriert hatte, einen Workshop in Mexiko geben wollte. Caroline Myss war eine Pionierin im Bereich der Energieheilung und Autorin des Buches *Chakren. Die sieben Zentren von Kraft und Heilung*. Carol nahm an dem einwöchigen Workshop teil. Sie erzählt uns, dass diese Woche ihr Leben grundlegend verändert hat, denn zum ersten Mal hatte sie die Möglichkeit, sich mit Gleichgesinnten zu unterhalten. »Ich hatte gelernt, allein zu sein, mich dem gestellt und mich dadurch selbst kennen gelernt.«

Carol hat jetzt mehr Freunde, die sie unterstützen, und trifft sich darüber hinaus mit verschiedenen Männern. Doch anders als früher, als sie sich besonders von Anzugträgern und Karrieretypen angezogen fühlte, sucht sie nun nach Männern, die einen offenen Geist haben, spirituell interessiert sind und ihre Kreativität ausleben.

»Es wird immer schwieriger«, gesteht Carol. »Es gibt zwar viele allein stehende Männer, aber nur wenige, die sich für spirituelle Dinge interessieren, und so gut wie niemanden in Fort Worth. Die meisten Männer, die hier leben, haben sich bisher kaum mit sich selbst beschäftigt. In Sedona oder Santa Fe wäre es vielleicht einfacher, jemanden kennen zu lernen. Ich empfinde es als große Herausforderung, Männer zu finden, die mit mir auf einer Wellenlänge sind. Eine tiefsinnige, warmherzige und anregende Unterhaltung zu führen ist für mich das Allerwichtigste in einer Beziehung, ob zu einem Mann oder zu einer Frau.«

Abschalten

Viele Frauen, die eine schmerzhafte Scheidung hinter sich haben, schwören danach der Sexualität völlig ab und versuchen, die dadurch entstandene Lücke durch Freundschaften oder eine aufregende Karriere auszufüllen. Die Soziologieprofessorin Jean Giles-Sims, die ebenfalls in unserer Gruppe in Fort Worth sitzt, erzählt, dass in ihrem Bekanntenkreis viele Akademikerinnen Probleme haben, Männer kennen zu lernen, die ihren Vorstellungen entsprechen. Als Ausgleich stürzen sie sich meist in ihre Arbeit.

Judy Altar ist ein typisches Beispiel. Judy ist Mitte sechzig und die Einzige in der Fort-Worth-Gruppe, die keinen neuen Partner sucht. Mit ihrem kurzgeschorenen grauen Haar und ihrem verschmitzten Blick wirkt sie, als habe sie keinerlei Probleme mit dem Älterwerden. Judy ist durch und durch Texanerin. Sie arbeitet als Schriftstellerin und schreibt Bücher und Zeitungsartikel. Darüber hinaus ist sie Leiterin der akademischen Presse an der *TCU*. Judy ist intelligent, wortgewandt und seit langem geschieden. Im Fragebogen gibt sie an, dass sie sich mit sechsundsechzig weitaus weniger für Sexualität interessiert als mit sechsundfünfzig. Zudem beschreibt sie sich als »viel zu schüchtern, um einen neuen Partner zu finden«.

Als Judy an der Reihe ist, ihre Geschichte zu erzählen, vertraut sie der Gruppe an, dass sie lange Zeit mit einem Arzt verheiratet war, der sie letztlich jedoch verließ. Seither ist Judy allein, und sie ist auch nicht daran interessiert, einen neuen Partner zu finden. Wie viele andere Lustschwache hat sie einen Rückgang ihrer sexuellen Bedürfnisse nach den Wechseljahren festgestellt. Judy hat den Sex aufgegeben. »Ich habe vier Kinder und drei Enkelkinder. Sie können mir glauben, dass ich damit genug um die Ohren habe, und auch genügend Liebe und Kameradschaft erfahre.« Um hin und wieder aus dem Haus zu kommen – ihren Beruf übt sie größtenteils zu Hause aus –, kassiert Judy samstagabends in einem Restaurant von Freunden. »Sie bezahlen mich in Form von Wein und Steaks.« Judy hat einen Beruf, in dem sie ihre Kreativität voll ausleben kann, und ihre Arbeit ist das Wichtigste in ihrem Leben. Erst vor kurzem erhielt sie von den *Western Writers of America* eine Auszeichnung für ihr Lebenswerk. »Ich glaube nicht, dass ich es beruflich so weit gebracht hätte, wenn ich ständig neue Beziehungen zu Männern gehabt hätte. Das hätte mich zu sehr abgelenkt.«

Die Frauen aus Fort Worth führen uns deutlich vor Augen, dass selbst diejenigen, die in ihrem ersten Erwachsenenleben konventionelle Pfade beschritten haben, später völlig andere Wege für sich entdecken können und ganz neue Richtungen einschlagen. Diese Wege können, wie bei Carol, zu einer religiösen/spirituellen Revolution führen oder, wie im Fall der frisch verheirateten Darlene, zu einer emotionalen/psychischen/sexuellen Revolution. Ebenso ist es möglich, Sexualität in den Hintergrund zu stellen und sich ganz auf seinen Beruf zu konzentrieren, wie bei Judy.

Doch was ist mit den Frauen, die sich nicht zu einer persönlichen Revolution entscheiden? Kann man etwas Ähnliches auch erleben, wenn man einfach abwartet?

8. Der spirituelle Weg

»Man muss sich nicht scheiden lassen, um sich weiterzuentwickeln.«

Ich habe mich bereits mehrere Stunden lang mit den lebenslustigen Frauen in Fort Worth unterhalten, als diese Bemerkung uns aufhorchen lässt. Sämtliche Köpfe drehen sich in Richtung von Sandy McCall, der silberhaarigen Psychotherapeutin, die sich als »Kleinstadtfrau mit Südstaatenüberzeugungen« bezeichnet und die seit fast vierzig Jahren verheiratet ist, zwei Enkel hat und uns erzählt, sie schlafe zwar nicht mehr oft mit ihrem Mann, doch ihr Sexleben sei äußerst befriedigend.

Während Sandy den Geschichten der anderen Frauen lauschte, ging ihr ihre eigene Situation durch den Kopf, und nun philosophiert sie: »In den mittleren Jahren wird uns allen klar, dass irgendetwas in unserem Leben fehlt, und es scheint, als ob sich die meisten von euch nach sexueller Befreiung sehnten.« Die anderen Frauen nicken. »Ich glaube, dass jede Frau zwischen vierzig und fünfzig eine Entscheidung treffen muss«, fährt Sandy fort. »Entweder verharrt sie in ihrer Situation, obwohl ihr etwas fehlt, oder sie revoltiert und befreit sich. In meinem Fall war es keine sexuelle Revolution. Bei meiner Revolution ging es um eine Befreiung des Geistes.« Sandy macht eine Pause, um ihre Gedanken zu sammeln. Dann fällt ihr eine religiöse Metapher ein. »Ich bin die Auferstehung und das Leben.« Viele Frauen nicken auch diesmal. Sandys Geschichte scheint ganz anders zu sein als die, die wir bisher gehört haben. Wie bringt man es fertig, innerhalb einer Ehe eine solche spirituelle Revolution zu vollziehen?

Sandy hat es geschafft. Sie hat ihre Ehe entzweigebrochen und sie anschließend völlig neu erfunden – mit dem Ergebnis, dass sie und ihr Mann weitaus mehr Respekt füreinander empfinden als zuvor.

Sandy schickt ihrer Geschichte die weise Bemerkung voraus, dass alle Ehen bestimmte Stadien durchlaufen, dann fügt sie hinzu: »Die meisten Verheirateten kommen irgendwann an einen Punkt, an dem sie von ihrem Partner und ihrer Ehe enttäuscht sind. Manche sind sogar völlig verzweifelt. Aber ich glaube, das ist ganz normal.«

Sandy hat Recht. Viele Menschen stehen in dieser Phase vor der Wahl, einfach zu resignieren oder die Ehe einmal kräftig durchzuschütteln, um eine Veränderung in Gang zu setzen. Die Gefahr, dass ihre Ehe dabei zerstört werden könnte, hat Sandy in Kauf genommen, um eine radikale Neuschreibung der stillschweigenden Übereinkunft zu erreichen, die sich zwischen ihr und ihrem Mann im Laufe der Jahre entwickelt hatte.

Der Kampf um die Macht

Sandy ist ein Kind der Sechziger, doch durch ihre frühe Heirat gingen Marihuana-und-Sex-Partys völlig an ihr vorüber. Sandy begann Mitte der sechziger Jahre damit, sich für Sex zu interessieren. Doch die Pille hatte sich in der breiten Bevölkerung noch nicht durchgesetzt, und Sandy konnte es – wie Millionen anderer Frauen – nicht erwarten, herauszufinden, was nach dem Petting kam. Also heiratete sie. Damals fragte niemand eine Frau, was sie eigentlich mit ihrem Leben anfangen wollte. Man ging einfach davon aus, dass sie sich das wünschte, was ihr Ehemann anstrebte. Sandys Mann Ron, den sie 1967 heiratete, wollte, dass seine Frau seinen Traum, Arzt zu werden, unterstützte. Und so unterrichtete Sandy an einer kleinen Schule, um ihrem Mann das Medizinstudium zu ermöglichen – bis sie schwanger wurde und sich in den folgenden fünfzehn Jahren ausschließlich um ihre vier Kinder kümmerte. Die Liebe zwischen Sandy und Ron erkaltete derweil immer mehr, denn das Paar hatte kaum noch Zeit für sich. Erst mit Ende dreißig begann sich Sandy die Frage zu stellen: »Was möchte ich eigentlich werden, wenn ich einmal groß bin?« Irgendetwas fehlte, und in den folgenden Jahren wuchs ihre innere Unruhe. Mit dreiundvierzig hatte sich Sandys anfängliche Unzufriedenheit in tiefe Frustration verwandelt.

»Es war eigentlich ganz typisch«, sagt Sandy und lächelt wissend. »Wenn man heiratet, unterzeichnet man einen ungeschriebenen Vertrag. Unser Vertrag griff schon während Rons Medizinstudium – ich habe Ron in dieser Zeit finanziell unterstützt, und später habe ich wieder gearbeitet, um unsere Darlehen zurückzuzahlen. Wenn man dann allerdings in die mittleren Jahre kommt, regt sich ein gewisser Unwille gegen die unfairen Konditionen, und man will den ungeschriebenen Vertrag entweder aufkündigen oder zumindest umschreiben.«

Sandy hat völlig Recht. Im Übergang zu den mittleren Jahren ist Unzufriedenheit mit den stillschweigenden Übereinkommen der Ehe weit verbreitet. Normalerweise beschwert sich ein Partner irgendwann über die bisherigen Bedingungen und fordert Veränderungen. Falls die Forderung von der Frau ausgeht, bemüht sie sich höchstwahrscheinlich darum, die Machtstrukturen innerhalb der Ehe neu zu formen, und verlangt nach mehr Gerechtigkeit. Wenn sich in so einem Fall der Mann jedoch an seine bisherige tonangebende Rolle klammert, fühlt er sich vermutlich von seiner Frau betrogen und sinnt auf Rache.

Die Balance solch einer Ehe gerät erwartungsgemäß völlig aus dem Gleichgewicht.

»Ich war unzufrieden«, erzählt Sandy der Gruppe. »Ich hatte das Gefühl, allmählich müsste ich auch mal an der Reihe sein! Ron und ich sind sogar zu einem Paartherapeuten gegangen, aber ich bin nicht zu Ron durchgedrungen.« Sandy wusste selbst nicht genau, welche Art von Veränderung sie eigentlich wollte, aber eines wusste sie gewiss: »Ich wollte mehr«, sagt sie. »Mehr Nähe, mehr Intimität.« Die anderen Frauen haken nach, und Sandy spricht weiter: »Ich wollte mehr Freiheit, mehr Gleichheit, mehr finanzielle Unabhängigkeit.« Das mag klingen wie ein Widerspruch, doch viele Paare haben die Erfahrung gemacht, dass die Freiheit, die sie sich gegenseitig gewähren, eine wichtige Voraussetzung für wechselseitigen Respekt und ein Gefühl der Zusammengehörigkeit ist. »Zu Beginn unserer Beziehung hatte Ron in allem das Sagen«, fährt Sandy fort. »Aber jetzt wollte ich unbedingt ein Mitspracherecht. Wie kann ich das erklären … Ron wollte, dass ich mich so verhalte, wie er es gern hatte, aber ich wollte mich nicht mehr verstellen. Es war wahrscheinlich nicht nur Ron – ich dachte einfach, ich müsste mich einem gewissen Rollenschema entsprechend verhalten. Das habe ich viele Jahre lang getan, und dabei habe ich mich derartig verbogen, dass ich fast zerbrochen wäre. Nachdem ich das erkannt hatte, verschlechterte sich meine Beziehung zu meinem Mann immer mehr, und wir steuerten auf eine Scheidung zu.«

Das klassische Dilemma für Frauen mittleren Alters, die sich stets und in erster Linie um Mann und Kinder gekümmert haben: Wie bricht man aus den alten Mustern aus und findet zu sich selbst, ohne die Familie auseinander zu reißen?

Die Widersprüche der Liebe spiegeln sich im Kampf unserer widerstreitenden Gefühle. Wir empfinden einerseits den

Wunsch, mit unserem Mann zu verschmelzen, uns ihm ganz hinzugeben und uns damit an einen stärkeren Menschen zu klammern, der all unsere Bedürfnisse stillt und uns liebt. Dies ist ein Urimpuls, der auf das enge Verhältnis zur Mutter zurückgeht. Doch wir spüren auch einen gegensätzlichen Impuls: Wir wollen unabhängig sein, individuell und unseres eigenen Glückes Schmied. Diese beiden Impulse kämpfen ebenso verbissen gegeneinander wie zwei Sportmannschaften, ein Wettstreit, der unser ganzes emotionales Leben bestimmt.

In unserem gesamten Leben müssen wir immer wieder den Wunsch nach Intimität einerseits und den Drang nach Individualität andererseits ausbalancieren. Gewöhnlich verursacht dieser innere Kampf besonders dann Probleme, wenn wir auf die Lebensmitte zugehen. Wir treten in dieser Phase in einen inneren Dialog mit uns selbst und verwandeln uns wieder in Egozentriker, wie in den Jahren unserer Jugend.

Sex war in Sandys Ehe nie ein Problem. Sie und ihr Mann genossen ein gesundes Sexleben – zumindest, was die Häufigkeit des Verkehrs und gemeinsame Orgasmen anging. Doch wie viele andere Frauen stellte Sandy im Laufe der Zeit fest, dass sie körperlich enger mit ihrem Mann verbunden war als emotional, und gerade nach seelischer Nähe sehnte sie sich besonders – genau wie unzählige andere Frauen, deren Männer sich, ohne es zu merken, emotional zurückziehen.

Mit Mitte vierzig ging sie auf die Universität, um ihren Magister zu machen. Ihr Mann Ron hatte nichts dagegen, solange Sandy nur weiterhin gewissenhaft ihre Aufgaben als Ehefrau wahrnahm und ihn in seiner Laufbahn als schwer beschäftigter, hoch angesehener Kardiologe unterstützte. Doch als Sandy ein paar Jahre später wirklich ihren Magister machte und sich als Psychotherapeutin selbstständig machte – ein typischer

Beruf für Frauen, die in den mittleren Jahren nach einer neuen Lebensaufgabe suchen –, änderte sich nichts an den Verhaltensmustern, die sich über die Jahre hinweg in ihre Ehe eingebrannt hatten.

Es schien, als bliebe Sandy keine andere Möglichkeit, als sich von ihrem Mann zu trennen. Doch vorher machte sie sich daran, ihren mittlerweile in den Hintergrund gerückten religiösen Glauben wiederzubeleben, und besuchte regelmäßig die konservative christliche Kirche in der Stadt. Das Evangelium bot ihr Trost und füllte in ihrem Herzen eine Lücke. Sandy erforschte ihre Seele, und der Pfad, der sich für sie auftat, versprach ihr nicht nur eine gänzlich neue Lebensweise, sondern auch die Versöhnung mit Gott. Sandy überdachte ihre moralischen Werte und ethischen Anschauungen und gewann unabhängig von ihrer Ehe ein ganz neues Selbstbewusstsein.

Ron konnte mit Sandys »Glaubenspfad«, wie Sandy ihre Entwicklung nannte, nichts anfangen und bemängelte, sie sei zu weich und zu verträumt für die reale Welt.

»Schwach. Er dachte, ich sei schwach.« In Sandys blauen Augen flackert Wut auf. Dann zuckt sie die Achseln. »Ich glaube, es gibt verdammt viele Leute wie mich – Kleinstädter, die hart arbeiten und traditionelle Werte haben. Doch in der Ehe gibt es häufig ein bestimmtes Muster – ein Ehepartner verhält sich dem anderen gegenüber, als sei er dessen Vater oder Mutter. Sobald es dem anderen Partner zu viel wird und er dieses Muster durchbricht, gerät das gesamte Gleichgewicht durcheinander.« Sandy seufzt. »Ich wollte einen neuen ungeschriebenen Ehevertrag, in dem sich beide Partner als gleichberechtigte Erwachsene gegenüberstehen.«

Ihr Sexleben und die Liebe zu ihren Kindern waren die einzigen Gemeinsamkeiten, die Sandy und Ron noch hatten. »Ich glaube, wir ahnten beide, dass es mit unserer Ehe aus wäre, sobald wir keinen Sex mehr miteinander hätten«, sagt Sandy. Die Streitereien zwischen ihnen wurden immer verbitterter, wiederholten sich ständig und laugten beide völlig aus. Sandy litt zudem unter schrecklichen Albträumen, und auch Ron wachte nachts oft schweißgebadet auf. Beide trauerten. »Ist irgendjemand gestorben?«, fragte Ron eines Nachts, als Sandy im Schlaf zu weinen begann. »Ja«, dachte Sandy damals. »Unsere Ehe liegt im Sterben.«

Das notwendige Ungleichgewicht

Mit Mitte vierzig entwickeln manchmal beide Ehepartner einen Unwillen dagegen, als Ersatzelternteil für den anderen herzuhalten. Doch die Angst vor dem Alleinsein ist allgegenwärtig und hält viele davon ab, etwas zu unternehmen. Wenn sich ein Partner tatsächlich verändern will, ist das meist sehr schwierig.

Frauen empfinden es oft als regelrechten Schock, wenn der Vater-Ehemann nicht mehr die allmächtige Beschützerrolle spielen will. Männer können nicht gut damit umgehen, wenn die Kind-Ehefrau plötzlich erwachsen wird und Widerworte gibt. Doch es kann auch andersherum geschehen: Der Ehemann ist es plötzlich leid, ständig von seiner Frau bemuttert zu werden, oder die Frau hat keine Lust mehr, die einzige Erwachsene in der Familie zu sein.

In der Liebe findet ein ständiger Machtkampf statt. Die Liebe verändert sich unweigerlich, wenn sich die Machtstrukturen in einer Ehe umkehren oder angleichen. Dr. Ethel Person, Professorin für klinische Psychiatrie an der Columbia University und wichtige Impulsgeberin im Bereich der psychiatrischen Literatur über Liebe und Macht, schreibt in ihrem neuesten Buch, *Feeling strong*: »Die Menschen erwarten von einer Ehe meist Stabilität. Womit sie allerdings rechnen sollten, ist Veränderung – besonders im Bereich der Machtstrukturen. Solche Veränderungen können dermaßen überraschend über ein Paar hereinbrechen, dass es ins Schleudern gerät, weil zum Beispiel ein Ehepartner lernen muss, dem anderen nicht mehr zu folgen, sondern seinen eigenen Weg einzuschlagen, was oft nicht einfach ist.«

Ein Partner stellt dem anderen womöglich ein Ultimatum: Entweder, es ändert sich etwas, oder es ist aus. Das kann eine sehr gesunde Entwicklung in Gang setzen, die womöglich dazu führt, dass sich die Partner wieder zusammenraufen, wie im Fall von Sandy und Ron. Es ist gewiss nicht immer leicht, die neuen Ziele des anderen zu akzeptieren, doch die Chance ist groß, dass sich die Ehepartner durch solch eine Veränderung völlig neu entdecken und im Folgenden auf einer tieferen Ebene kommunizieren als zuvor.

»Wir hatten unsere Ehe anfangs auf Sand gebaut«, erklärt Sandy. »Dann bewegte sich der Sand plötzlich, und wir gerieten ins Wanken. Wir mussten unsere Ehe auf ganz neuem, festem Grund aufbauen und von vorn beginnen.«

Sandy wollte sich nicht mehr von ihrem Mann kontrollieren lassen, und doch sehnte sie sich danach, ihm emotional wieder näher zu kommen. Die Lösung war eine spirituelle Neubelebung. Sandy hatte lange Zeit viel eher an ihren Mann geglaubt als an ein christliches Glaubensprinzip. Sie glaubte daran, dass Ron sie immer leiten und lieben würde, doch nun knüpfte sie ihren Glauben an eine höhere Macht. Von nun an sollte Gott sie leiten und lieben. »Nirgendwo kann man die Neigung, sich zu unterwerfen, besser ausleben als im Glauben«, stellt Dr. Person fest. Sandy richtete all ihre Wünsche nach

Führung nun an Gott. Dies gab ihr das Selbstvertrauen, ihre Ehe einen kleinen Tod sterben zu lassen.

Die McCalls einigten sich auf eine Trennung auf unbestimmte Zeit. Ron zog aus dem gemeinsamen Haus aus und richtete sich im Wochenendhaus der Familie häuslich ein. Beide begannen eine Therapie bei einem erfahrenen Psychologen und nahmen sich vor, es irgendwann wieder miteinander zu versuchen.

In dem Moment, als Ron aus dem gemeinsamen Haus auszog, drehte er sich abrupt zu Sandy um und fragte ein wenig hilflos: »Mit wem soll ich mich denn jetzt unterhalten?«

»Mit deinen Freunden.«

»Welchen Freunden? Ich habe keine Freunde, mit denen ich mich wirklich unterhalten könnte.«

»Dann wird es höchste Zeit, ein paar zu finden!«

Für Frauen ist es enorm wichtig, Freundinnen zu haben, denen sie sich anvertrauen, mit denen sie Rachepläne schmieden und Binsenweisheiten und Selbsthilfebücher austauschen können. Während Männer, besonders Männer in führenden Positionen, die Lebensmitte meist ohne einen einzigen Freund erreichen, dem sie sich anvertrauen könnten. Wenn sie einmal ihr Herz ausschütten wollen, sind sie auf ihre Frauen angewiesen. Wenn sich ihre Frauen von ihnen trennen, haben sie niemanden.

Ein paar Tage nach ihrer Trennung hatte Sandys Auto einen Motorschaden. Ohne lange nachzudenken, rief sie Ron an und fragte ihn: »Was soll ich denn jetzt machen?«

Ron verabreichte Sandy ein wenig von ihrer eigenen Medizin. »Das ist dein Problem. Finde selbst eine Lösung.«

Zähneknirschend musste Sandy Ron Recht geben. So ein Problem war nun allein ihre Sache. Wenn sie es nicht fertig brachten, aus den alten Mustern auszubrechen, würde ihre Ehe nie funktionieren. Ron war in sozialer Hinsicht völlig abhängig von ihr, und Sandy war ohne Ron in vielen praktischen Lebensbereichen – wie dem Auto oder den Finanzen – hilflos. »Wir hatten unsere Verantwortlichkeiten zu Beginn unserer Ehe auf traditionelle Weise aufgeteilt und auch nie im Territorium des anderen gewildert«, erzählt Sandy, und die anderen Frauen nicken wissend.

Fünf Monate nach ihrer Trennung waren Sandy und Ron sich einig, dass eine Scheidung das Beste für sie sei. Sie trafen sich mit einem Mediator, um ihren Besitz aufzuteilen. Von dort zog Sandy sich an einen Rückzugsort ihrer Kirche zurück. Ob zufällig oder weil sie innerlich zerbrach, sie erlitt einen Bandscheibenvorfall und musste viel Zeit im Bett verbringen. Eines Abends rief Ron bei ihr an und fragte sie, ob er ihr etwas zum Abendessen vorbeibringen solle, und Sandy ging gern darauf ein. Doch sobald Ron das Tablett mit dem Essen neben Sandys Bett gestellt hatte, verabschiedete er sich schon wieder. Sandy blickte ihn verwirrt an. »Ich dachte, du würdest den Abend mit mir verbringen«, sagte sie, und ihre Enttäuschung war kaum zu überhören.

Ron erkannte den kleinen Riss in Sandys neu gewonnenem Selbstbewusstsein und war erleichtert, dass auch Sandy nicht perfekt war. »Ich habe übrigens ein paar alte Kumpel von mir angerufen, wie du es mir empfohlen hast«, sagte Ron stolz. »Ich kann mich gut mit ihnen unterhalten, und sie sagen mir alle dasselbe: Deine Frau muss erst einmal erleben, wie hart es ohne dich ist.«

Sandys Antwort kam wie aus der Pistole geschossen. »Dann haben deine Kumpel offenbar keine Ahnung, wie es in unserer Ehe wirklich aussah! Ich weiß sehr genau, wie es ist, ohne dich zu leben. Ich habe allerdings nicht den blassesten Schimmer, wie es ist, *mit* dir zu leben!«

Wie wahr diese Bemerkung war, durchdrang die beiden wie ein gut gezielter Dartpfeil. Von diesem Augenblick an wurde ihre Beziehung plötzlich anders – interessant, unberechenbar.

Ron bestand darauf, wieder zu Sandy zu ziehen, damit sie mitbekam, wie sehr er sich verändert hatte. Sandy war nämlich der Meinung, er wäre immer noch ganz der Alte. Woher soll sie es auch wissen, wo wir doch nicht zusammen leben?, fragte sich Ron. Sie diskutierten lange darüber, und schließlich fragte Ron Sandy, was sie eigentlich von ihm erwarte.

»Ich weiß, ich habe irgendwann einfach dichtgemacht, aber das hast du auch«, erwiderte Sandy. »Ich bin bereit, dir mein Herz wieder ein wenig zu öffnen, um zu sehen, ob du dich geändert hast. Ich habe eine Idee: Vielleicht sollten wir uns einfach zu einem Rendezvous verabreden und uns ganz neu kennen lernen.«

Ein toller Kompromiss.

Sandy machte sich an diesem Abend besonders schick. Ron holte sie ab. Diesmal hatte er das Restaurant ausgesucht, beim nächsten Mal war Sandy dran. Sie sprachen nicht über ihre Probleme, sondern unterhielten sich über Themen, über die sich frisch Verliebte bei ihrem ersten Rendezvous unterhalten – Filme, Bücher, Hobbys und darüber, ob sie noch ein Glas Wein trinken sollten. Als Ron Sandy nach Hause fuhr und sie zur Tür brachte, ging er voran und griff nach der Türklinke. Sandy hielt ihn jedoch davon ab, die Tür zu öffnen.

»Du kannst nicht mit reinkommen. Ich bin nicht *so eine*.« Eigentlich fühlte Sandy sich durchaus zu Ron hingezogen, doch sie hatte nicht vor, gleich wieder mit ihm ins Bett zu gehen und ihm damit das Gefühl zu geben, es sei alles in Ordnung.

Nach der zweiten Verabredung rief Ron Sandy an. »Das war doch ein wunderbarer Abend, findest du nicht?«, fragte er. Sandy antwortete ihm in freundlichem Tonfall: »Es war nett, ja.

Aber wenn ich versuchen würde, meine Frau zurückzugewinnen, hätte ich mir im Krankenhaus eine Vertretung organisiert und keine Anrufe aus der Notaufnahme entgegengenommen.«

Bei einem späteren Rendezvous erklärte Ron Sandy, ihre Trennung sei eine »blutende Wunde in seinem Herzen«, und er wolle den Spaß und das Lachen wiederbeleben, das zu Anfang ihrer Ehe so wichtig gewesen sei. Sie vereinbarten, zur nächsten Verabredung sollte jeder eine Liste mit seinen Bedürfnissen und Wünschen mitbringen.

In der Zwischenzeit hatte Ron einigen beruflichen Ärger. Seine Sekretärin eröffnete ihm, dass sie eine bessere Stelle gefunden hätte, und Ron musste sich eingestehen, dass er nicht einmal wusste, wie man einen Computer hochfuhr. Sandy bot ihm an auszuhelfen und nutzte die Gelegenheit, den Umgang mit dem Computer zu trainieren und die administrativen Tätigkeiten einer Sekretärin zu erlernen. Nachdem sie einen Monat lang dort gearbeitet hatte, stellte sie fest, dass sie Gefallen fand an ihrer neu erworbenen Macht, und arbeitete fortan halbtags für ihren Mann. Ron und Sandy hatten schon früher zusammengearbeitet, als Ron noch Medizin studierte, doch dies war etwas anderes. Dadurch, dass Sandy für Ron die Buchführung übernahm, erlangte sie die Gleichberechtigung, nach der sie sich gesehnt hatte.

Doch auch ihrer neuen Berufung als Psychotherapeutin ging Sandy weiterhin nach, wodurch sie zum ersten Mal in ihrem Leben finanziell unabhängig war. Zudem lernte sie, allein zu sein, und sie war überrascht, dass es ihr dabei niemals langweilig wurde.

Trotzdem konnten Sandys Bedürfnisse nicht dadurch gestillt werden, dass ihr Ehemann ihr Komplimente über ihr Aussehen und ihre Kochkünste machte. Eine Frau, die sich ständig darüber beschwert, dass ihr Ehemann sie nicht achtet, sollte erst einmal herausfinden, wer sie eigentlich ist und wer sie sein möchte. Erst wenn sie sich mit neuen Augen betrachten kann, besteht die Chance, dass auch ihr Partner herausfindet, ob er seine neue, lebendigere und leidenschaftlichere Frau lieben und mit ihr Schritt halten kann.

Sandy war es wichtig, zu wissen, dass ihr Schöpfer sie liebte, und sie sah die Liebe Gottes in all ihren Beziehungen. Ihrem Mann sagte Sandy: »Ich finde es toll, herauszufinden, wer ich wirklich bin – dass ich ein Geschöpf Gottes bin! Wenn du meine Entwicklung nachvollziehen kannst, haben wir eine Chance. Falls nicht, können wir wohl nicht zusammen sein.«

Ron erkannte, dass sich die Frau, die er einst als seine Ehefrau gekannt hatte, völlig verändert hatte; sie war wiedergeboren worden. Er willigte ein, ihr einige Schritte auf dem Glaubenspfad zu folgen, und sie sprachen darüber, ihre Liebe auf einem neuen, festen Glaubensfundament aufzubauen.

Das Lachen kehrte zurück, ohne Zwang. Ron lud Sandy ein, das Wochenende des vierten Juli bei ihm im Wochenendhaus zu verbringen. Er informierte sie darüber, dass er an diesem Wochenende Bereitschaftsdienst hatte und dies leider nicht ändern konnte. »Okay«, sagte Sandy, »ich komme einfach mit meinem Wagen. Dann kann ich wieder nach Hause fahren, wenn du ins Krankenhaus musst.« Sandy verbrachte das gesamte Wochenende bei Ron, und er wurde nicht ins Krankenhaus gerufen. Sandy vermutete, er hatte jemanden bestochen und eine Vertretung für sich organisiert. Sie diskutierten nicht darüber, miteinander zu schlafen. Es passierte einfach. Im Mondlicht. Und es war aufregender als je zuvor. Sie blieb über Nacht.

Nachdem sie sich mehrere Monate lang regelmäßig verabredet hatten, verbrachten sie ein verlängertes Wochenende in Santa Fe, um herauszufinden, ob sie die Gegenwart des anderen wieder so sehr genießen konnten wie früher. Sie unternahmen lange Wanderungen, besuchten die besten Restaurants und unterhielten sich ausführlich. Zum ersten Mal erklärte Ron sich bereit, Sandy in die Oper zu begleiten, und war überrascht, dass ihm die Aufführung gefiel. Sandy erklärte sich im Gegenzug zum ersten Mal bereit, mit Ron eine Fahrt in einem Heißluftballon zu unternehmen, und war überrascht, als sie das Entzünden der Flamme äußerst aufregend fand. Das einzige Mal, dass sie Angst hatte, war, als der Ballon seine Fahrt nicht fortsetzte, weil er in der Thermik festhing.

Sandy kreischte: »Und was ist, wenn wir einfach vom Himmel fallen?« Sie antwortete sich selbst mit heiterer Gelassenheit: »Na, was soll's, unsere Kinder sind erwachsen, was macht es schon?«

Sich zusammenraufen

Sandy war Mitte vierzig, als sie sich entschloss, ihren Magisterabschluss nachzuholen und ihre Ehe einer radikalen Überholung zu unterziehen. Mittlerweile ist Sandy neunundfünfzig und freut sich schon auf die Gelassenheit der Sechziger. Als Sandy mich einlädt, im ehemaligen Zimmer eines ihrer erwachsenen Kinder zu übernachten, wird mir das Ausmaß ihres Erwachens erst richtig bewusst. Sie selbst hat sich auf dem Dachboden ein kleines Büro eingerichtet, und auf dem Schreibtisch liegt ein Nachschlagewerk für diagnostische Psychotherapie. Auf einem Zettel am Computer steht: »Guten Morgen. Hier spricht Gott. Ich werde mich heute um all deine Probleme kümmern.«

Ron steht am nächsten Morgen früh auf, um mir Frühstück zu machen. Er geht erst zur Arbeit, wenn Sandy aufgewacht ist und ihm einen Abschiedskuss gegeben hat. Ihr Heim strahlt Gemütlichkeit und eine ungezwungene Eleganz aus. Sandy erzählt mir wenig später, dass sie sich sehr auf ihren sechzigsten Geburtstag freut. Ron und sie wollen diesen besonderen Tag in ihrer Berghütte verbringen, die sie vor vielen Jahren zusammen gebaut haben. Die kleine Hütte ist, architektonisch betrachtet, sicherlich nichts Besonderes, doch sie steht auf solidem Fels.

Dieses Paar hat sich in mehr als nur einem wichtigen Bereich erfolgreich zusammengerauft. Ron akzeptiert nicht nur Sandys spirituelle Suche, er betet sogar jeden Tag mit ihr. Vor kurzem haben Ron und Sandy eine Kirche gefunden, in der sie sich beide wohl fühlen, und sie gehen gemeinsam zu den Gottesdiensten. »Teil des neuen ungeschriebenen Ehevertrags ist es, unsere Ehe auf einem soliden Fundament des Glaubens zu errichten«, sagt Sandy. Für ihre Ehe war es lebenswichtig, etwas zu finden, woran sie beide glauben konnten – etwas, was ihnen erlaubt, sich ständig weiterzuentwickeln –, nur so hat ihre Ehe tatsächlich eine Chance.

Was möchte Sandy in den kommenden Bonusjahren tun? Sie vertraut mir einige Träume an. »Ich möchte Französisch lernen. Ich möchte ein Kinderbuch schreiben. Wenn Ron beruflich etwas kürzer tritt, möchte ich mit ihm auf Missionsreise gehen, aber zusätzlich möchte ich mit ihm auch Abenteuerurlaub machen – beispielsweise auf einem Floß den Grand Canyon hinunterfahren. Hoffentlich sind wir körperlich noch dazu in der Lage, wenn wir siebzig sind.«

Sandy und ihre Ehe haben sich weiterentwickelt, doch es war ein langsamer, von einer spirituellen Evolution geleiteter Prozess. Sandy hat akzeptiert, wer sie ist, und sie ist unendlich glücklich darüber, dass sie nun weiß, dass ihr Ehemann sie tief in seinem Herzen dafür bewundert.

»Vergangene Nacht bin ich plötzlich aufgewacht und dachte, dass ich unbedingt noch etwas klarstellen muss«, schickt Sandy nach. »Ich habe als Lehrerin in einer Schule gearbeitet, ich war Therapeutin und Seminarleiterin und habe öffentliche Reden gehalten. Was noch? O ja, ich habe an Schulen Vorträge über Drogen- und Alkoholmissbrauch gehalten, außerdem einige Marketingseminare gegeben, und darüber hinaus schreibe ich Artikel für Zeitschriften. Das alles war wunderbar, und ich habe es sehr genossen. Einige dieser Tätigkeiten übe ich sogar immer noch aus.« Sie blickt nachdenklich aus dem Fenster. »Ich mag, wer ich bin, und wo ich im Leben stehe.«

Sie haben mich gefragt, was ich tun möchte. Das Wichtigste auf der Welt ist für mich, Ehefrau und Mutter zu sein – und jetzt auch Großmutter. Das ist einfach das Schönste! Das ist meiner Meinung nach die einzige Sache, die wirklich nicht überbewertet wird.

Meine große Hoffnung ist, innerhalb meines Wirkungskreises Menschen berühren zu können – mit meiner Freundlichkeit, mit einem weisen Wort oder einer heilenden Berührung. Die einzige Art und Weise, das zu erreichen, ist, an genau dem Ort zu verharren, an dem ich Wurzeln geschlagen habe – meine Wurzeln als Mutter, Großmutter, Ehefrau und Freundin. Ich bin dankbar dafür, in einem freien Land leben zu können, in dem ich die Möglichkeit habe, die Leben anderer Menschen positiv zu beeinflussen, und von jenen, die meinen Pfad kreuzen, positiv beeinflusst zu werden.«

Als sich unsere Unterhaltung leichteren Themen zuwendet, fragt mich Sandy, ob ich ihren Lieblingsfilm, *The Notebook*, kenne. Ich hatte den Film tatsächlich im Kino gesehen und war tief beeindruckt gewesen. In diesem Film geht es um eine intensive junge Liebe, die durch die Eltern der Liebenden auseinander gebracht wird. Die Liebe dieses Paares wird erst wiedererweckt, als die beiden schon im Seniorenalter sind und die Frau aufgrund ihrer Alzheimererkrankung in einem Heim lebt. Ihr früherer Liebhaber, der als älterer Mann von James Garner gespielt wird, findet heraus, in welchem Heim seine ehemalige große Liebe lebt, und besucht sie jeden Tag, um ihr aus seinem Notizbuch vorzulesen, in dem er die Geschichte ihrer Liebe und ihrer erzwungenen Trennung festgehalten hat. Die Frau, gespielt von Gena Rowlands, wird durch sein unermüdliches Bemühen, ihre Erinnerung an ihre einzigartige Liebe zu erwecken, vorübergehend aus ihrem gedanklichen Nebel gelockt. Die beiden erleben eine kurze, doch unendlich romantische Wiedervereinigung. Als der Mann erfährt, dass seine Geliebte bald sterben wird, klettert er zu ihr ins Krankenbett, und sie sterben gemeinsam.

Sandy erinnert dieser Film an die Eltern ihres Ehemannes, die im Alter von fast neunzig Jahren eine radikale Veränderung ihrer Beziehung durchmachten. »Ich hatte noch nie gesehen, dass er sie berührte, und er sagte ihr auch nie, dass er sie liebe«, vertraut Sandy mir an. »Doch nun leben sie zusammen in einem Heim für betreutes Wohnen, und das hat alles geändert. Erst in diesem Heim haben sie ihre Betten nach vielen Jahren wieder zusammengestellt, und er – der neunundachtzigjährige Mann! – starrt seine Frau ständig gedankenverloren an und sagt laut: ›Ich liebe diese Frau!‹ Für die beiden hat der Kreis sich geschlossen. Es scheint mir, als sei dies der Sinn des Lebens.«

9. Geschichten von unreifen Männern und Frauen

Er ist dreiundsechzig, Junggeselle und besitzt großen Charme und Sexappeal. Er kann es sich leisten, ausnahmslos mit Frauen unter dreißig zu flirten. Erst kürzlich hat er seine höchst erfolgreiche Hip-Hop-Plattenfirma verkauft, und nun hat er das Geld und die Zeit, tagsüber am Strand von Tahiti zu faulenzen und abends in seinem eigenen Jet zum Dinner nach Paris zu fliegen. Nach vielen Gläsern Champagner steht er an diesem Abend auf der Pont Neuf und starrt auf die Seine. Ein Partyboot fährt unter der Brücke hindurch, und einige Zeilen aus dem Lied »La Vie en Rose« dringen an sein Ohr.

Warum weint dieser Mann sich die Augen aus dem Kopf?

Er weint, weil ihm die Frau, die ihn zum ersten Mal im Leben spüren ließ, was Liebe wirklich ist, den Laufpass gegeben hat. Sie ist kultiviert, geistreich, ein wenig verschroben und sehr attraktiv – zumindest für Männer, die sich nicht davon abschrecken lassen, dass sie die Wechseljahre bereits hinter sich hat, sich die Haare färbt und im Sommer Rollkragenpullis trägt. Der dreiundsechzigjährige Junggeselle ließ sich von diesen Äußerlichkeiten jedoch abschrecken und bemerkte erst, als es zu spät war, was ihm entging. Die Frau, die er liebt, eine Fünfundfünfzigjährige, war ihm vor der Nase weggeschnappt worden – von einem umwerfend gut aussehenden Arzt Anfang dreißig.

Der Junggeselle steht mit tränenüberströmtem Gesicht auf der Brücke in Paris und murmelt: »Da siehst du, wer das Mädchen bekommen hat.«

Man geht allgemein davon aus, dass in den mittleren Jahren die Männer den Frauen den Laufpass geben – und das, obwohl wir bereits erfahren haben, dass es ab fünfundvierzig in Wahrheit meist die Frauen sind, die sich trennen wollen. Tatsache ist jedoch, dass Männer in diesem Alter weniger Probleme haben, neue Partnerinnen zu finden – zumindest geht es bei ihnen weitaus schneller als bei geschiedenen oder verwitweten Frauen. Der Psychiater und Schriftsteller Irvin Yalom, der in seiner Praxis schon mit vielen verwitweten Männern sprach, klagt: »Männer stürzen sich derart schnell in neue Bindungen, dass ihnen keine Zeit bleibt, vorherige Partnerschaften zu verarbeiten.«

Doch scheint es immer öfter Ausnahmen zu geben. Der eben erwähnte alternde Junggeselle, der in dem Film *Was das Herz begehrt* von Jack Nicholson gespielt wird, ist ein realistisches Abbild der Wirklichkeit. Viele Männer im Alter von fünfzig oder sechzig klagten mir ihr Leid und erzählten, die Welt spiele plötzlich verrückt. Das liegt daran, dass die Welt sich verändert hat. Ältere Männer können nicht mehr davon ausgehen, dass sie es sind, die über den Beginn oder das Ende einer Beziehung bestimmen, selbst dann nicht, wenn ihre Partnerin etwa gleichaltrig ist – besonders dann nicht! So eine Frau dreht den Spieß womöglich um und verlässt den Mann wegen eines jüngeren Liebhabers. Oder einer Liebhaberin. Oder sie verlässt ihn, um in die Welt hinauszuziehen und ihre Träume zu verwirklichen.

»Frauen wollen sich einfach nicht mehr binden«, bekomme ich von geschiedenen Männern häufig zu hören, die im Grunde ein toller Fang sind und durch das Rentenalter viel Zeit für eine neue Frau an ihrer Seite hätten. Doch es gibt ein Problem: Diese Männer wollen eine traditionelle Partnerin – eine Frau, die sich ihnen mit Haut und Haaren verschreibt, ihr gemeinsames Leben arrangiert, ihnen den Alltag so angenehm wie möglich macht, mit ihnen verreist und zu Hause sehnsüchtig auf sie wartet, wenn sie einmal fort sind. Doch gleichaltrige, attraktive Frauen sind heutzutage in erster Linie damit beschäftigt, ihre persönliche, sich ständig erweiternde Welt zu erforschen. Nur wenige Frauen sind noch bereit, ihre eigene spannende Entwicklung für einen Mann aufzugeben und sich unterzuordnen, ihre Freunde, Kinder und Enkel hintenanzustellen und als Vollzeitmanagerin, Reiseleiterin und Krankenschwester für einen älteren Mann da zu sein.

In diesem Kapitel wollen wir uns die Geschichten einiger allein stehender Männer und Frauen über fünfzig etwas genauer ansehen, die wie verrückt nach Liebe, neuer Partnerschaft und Sex suchen – selbst wenn es sich nur um Cybersex handelt –, aber einfach kein Glück haben. Was können wir aus ihren Fehlern lernen?

Auf der Suche nach dem Traumpartner

Nicht nur Männer begeben sich mit unrealistischen Vorstellungen auf den Singlemarkt. Bei einem Gruppeninterview lerne ich Claudia kennen, eine kultivierte, dreiundfünfzigjährige Jüdin mit bildschönen Gesichtszügen, grünen Augen und herrlich langem schwarzem Haar. Ihre schlanke, sexy Figur wird durch eine schwarze Spitzenbluse und eine enge Hose betont. Claudia ist geschieden, von liberaler politischer Gesinnung und hat große Probleme, im Internet Männer zu finden, die sich mit ihr treffen wollen. Hier ihr Profil bei match.com:

Wie ich bin und wen ich gerne kennen lernen würde:

Eigenschaften: intelligent, sexy, gebildet, schlank, gute Manieren, witzig, attraktiv, charmant, warmherzig.

Interessen: Oper, klassische Musik, Jazz, Blues, Kochen, Singen, Wandern, Fitness, Natur, Theater, Ballett, Reisen, Sprachen, Bücher.

Claudia erwähnt in ihrem Profil zudem, dass sie einen Universitätsabschluss besitzt, Russisch spricht und als stellvertretende Geschäftsführerin mehr als 150 000 Dollar im Jahr verdient. Als reichte dies nicht aus, Normalsterbliche abzuschrecken, weiß Claudia zudem sehr genau, was sie will:

Wie soll er sein?

Größe: 1,77 m

Bildung: Universitätsabschluss, Doktortitel

Beruf: Banker, Jurist, Arzt oder Zahnarzt

Einkommen: 150 000 Dollar +

Was ihn anmacht: Flirten, Tanzen, Macht, Geld, Superhirne, Mut, Kerzenlicht, Gewitter.

Dies klingt, als suchte Claudia nach ihrem eigenen Spiegelbild und interessierte sich einzig für Finanzmanager, Anwälte, Ärzte oder Zahnärzte – den Traum jeder Schwiegermutter. Doch Claudia hat mit diesem Eintrag keinen Erfolg. »Ich war noch kein einziges Mal verabredet!«, klagt sie. »Ich hatte zwar E-Mail-Kontakt mit verschiedenen Männern, aber wenn mir irgendeine Kleinigkeit nicht gefällt, sage ich einfach: ›Vergessen wir's.‹«

Ein Mann, den sie über ihren Interneteintrag kennen gelernt hat, konnte bei Claudia so viel Interesse wecken, dass sie immer wieder auf seine E-Mails antwortete. Schließlich hat dieser Mann auf ein persönliches Treffen gedrängt, doch Claudia ließ ihn zappeln und schrieb: »Ich möchte gern noch ein bisschen mehr mit dir chatten, bevor ich dich treffe.« Der Mann antwortete: »Ich habe keine Zeit für Spielchen.«

Claudia schrieb daraufhin: »Ich möchte zumindest herausfinden, wie du schreibst, denn das bedeutet mir sehr viel.« In Wahrheit wollte sie lediglich seine Grammatik- und Rechtschreibkenntnisse überprüfen, um sicher zu sein, dass seine Bildung ihren Vorstellungen entsprach. Der Mann fühlte sich jedoch angegriffen und war beleidigt.

»Wir haben uns in unseren E-Mails gestritten, bevor wir überhaupt zum ersten Mal miteinander telefoniert haben!«, erzählt Claudia lachend. Letztlich schrieb sie ihm: »Ich glaube nicht, dass es mit uns beiden klappt. Offenbar bist du nicht ganz mein Typ.«

Er antwortete: »Ich bin ein spitzfindiger New Yorker mit trockenem Humor.«

Claudia entgegnete: »Also ich bin weder spitzfindig noch habe ich trockenen Humor. Ich mag gebildete, intelligente, elegante, höfliche Menschen.«

Damit war ihr E-Mail-Kontakt beendet.

Bei unserem Interview gibt Claudia zu, dass ihr Profil bei match.com ein wenig veraltet ist und auch nicht hundertprozentig der Wahrheit entspricht. Tatsächlich ist Claudia momentan arbeitslos. »Ich suche nach neuen Aufgaben«, vertraut sie mir an. Das Wichtigste in ihrem Leben ist ihr einziges Kind, das noch zur Highschool geht. »Mein Exmann ist ein liebevoller Vater, und uns beiden ist nichts wichtiger als unsere Tochter.« Augenblicklich fährt Claudia ihre Tochter von einem College zum anderen, um zusammen mit ihr zu entscheiden, wohin sie nach der Highschool gehen soll. Claudia hat die Erfahrung eines leeren Nests noch vor sich, und es ist ihr noch nicht ernst damit, die nächste Entwicklungsstufe zu erklimmen.

CheckMates

Eine Lösung für Claudias Frustration mit Onlineportalen könnte Carole Shattil, Begründerin von CheckMates Inc., bieten, die seit fünfzehn Jahren als professionelle Vermittlerin tätig ist. In ihrer Datenbank befinden sich die Einträge von 2500 Männern und Frauen. Carole verlässt sich bei der Partnervermittlung auf ihre psychologische Ausbildung und ihr Gespür dafür, die richtigen Menschen zusammenzubringen. Ihre primäre Aufgabe ist darüber hinaus, ihre Kunden vor »Blendern« zu schützen, denn die Zunahme der Onlineportale für Singles hat gleichzeitig eine Epidemie von Übertreibungen ausgelöst. »Ich habe einen Mann, der von mir vermittelt werden wollte, nach seinem Alter gefragt, und er meinte: ›Möchten Sie mein Internetalter wissen oder mein richtiges Alter?‹«

Auch beim Körpergewicht und in Bezug auf den Beruf wird häufig geflunkert. Es ist Caroles Job, die gröbsten Falschangaben herauszufiltern. »Meine Aufgabe ist es, Menschen zu finden, die gut zusammenpassen würden, ihre Angaben zu überprüfen und sie anschließend einander vorzustellen.« Zu diesem Zweck unternimmt Carole intensive Hintergrundrecherchen und überprüft auch schon mal, ob ein Kunde auch wirklich in der im Profil angegebenen Firma arbeitet. Zudem erfragt sie, ob die Kandidaten schon einmal verheiratet waren, ihre Hobbys, ihre persönlichen Ziele und ihre Bedürfnisse und

Wünsche in Bezug auf eine Beziehung. Die Fotos von ihren Kunden macht sie selbst, um sicherzustellen, dass die Aufnahmen aktuell sind.

»Die Kunst, Menschen zusammenzubringen, besteht jedoch nicht darin, zwei passionierte Skifahrer in ein Restaurant zu setzen und auf das Beste zu hoffen.« Carole fungiert vielmehr als Beziehungscoach. »Die erfolgreichsten Männer – beispielsweise Harvard- oder Yale-Absolventen – sind völlig ahnungslos, wenn es um die Bedürfnisse einer Frau geht.« Viele dieser Männer haben sich vor kurzem scheiden lassen oder sind Witwer geworden und haben seit langer Zeit nicht mehr mit einer Frau geflirtet. Diese Männer benötigen so etwas wie ein Frauen-Update.

»Ich habe mich kürzlich mit einem Mann über den Unterschied zwischen Silikonbrüsten und echten Brüsten unterhalten«, sagt Carole. Als der Mann in jungen Jahren geheiratet hat, gab es nur echte Brüste. »Er wusste einfach gar nichts über Silikon!« Carole unterstreicht ihren Kundinnen gegenüber unermüdlich, wie wichtig es ist, Kondome zu benutzen. »Einige Frauen, die ich vermittle, hatten offenbar, seit sie zwanzig waren, kein Rendezvous mehr. Sie haben jahrzehntelang in einer monogamen Beziehung gelebt und ihren Männern vertraut. Wenn sie sich nun hinaus in die Welt wagen, erscheint ihnen alles wie von einem anderen Planeten, und man muss sie an die Hand nehmen.«

Wenn eine Bindung, die Carole in die Wege geleitet hat, nicht funktioniert, trifft sich Carole noch einmal einzeln mit dem Mann und der Frau und hört sich ihre Beschwerden an, spricht mit ihnen über mögliche Verbesserungen und gibt ihnen Tipps: X und Y hat nicht funktioniert, vielleicht sollten Sie es beim nächsten Mal mit Z versuchen.

Singles mittleren Alters, so Carole, haben extrem hohe Ansprüche. »Mit zunehmendem Alter wird man wählerischer«, stellt Carole fest. »Wenn man sich die Mühe macht, seine gesamte Energie in eine Beziehung zu stecken, muss der Partner sowohl intellektuell, sexuell und physisch als auch emotional hundertprozentig kompatibel sein. Niemand will den gleichen Fehler zweimal machen.«

CheckMates, Inc. eignet sich besonders für ältere, pingelige und unreife Singles. Statt sich in die Cyberwelt zu stürzen und darauf zu hoffen, den perfekten Partner zu finden, kann Carole den Alleinstehenden helfen, ihre Erwartungen der Realität anzupassen und sagt ihren Kunden im Zweifelsfall sogar, dass sie das Problem sind und nicht der neue Verehrer.

Carole gibt jedoch nicht auf, bevor ihre Kunden zufrieden sind. »Ich hatte einmal eine Kundin, die unbedingt einen Arzt kennen lernen wollte – und dieser musste im Umkreis von zehn Kilometern wohnen!« Ein Ding der Unmöglichkeit, oder?

»Nein, es hat vier oder fünf Monate gedauert, aber dann haben wir den Richtigen für sie gefunden!«

Bei geschiedenen Männern oder Frauen, die nach neuen Partnern suchen und jahrelang niemanden finden, liegt das Problem oft darin, dass sie einen Ersatz für den Exmann oder die Exfrau suchen. Solche Geschiedene sind noch nicht bereit, eine neuartige gleichberechtigte Beziehung zu führen, wie sie ab der Lebensmitte möglich ist.

Mineola-Männer-Lotto

Wir treffen uns bei Dennis in Mineola, New York, und bestellen Spagetti mit Fleischbällchen. Außer mir sind ausschließlich Männer anwesend, die sich über den Single-Tanzabend am vergangenen Samstag unterhalten, der offenbar ein totales Desaster war.

Paul stößt als Letzter zu uns. Mit seinen braun gebrannten Armen und dem lockigen grau-schwarzen Haar sieht er einfach umwerfend aus. In sachlicher Geschäftsmanier faltet er ein Blatt Papier auseinander, das mir nach einem Wettschein aussieht. Die anderen Männer versammeln sich eifrig um Paul und betrachten die Nummern, die Paul auf dem Zettel umkringelt hat. Doch diese Nummern beziehen sich nicht auf Pferde – sie beziehen sich auf Veranstaltungen für Singles, die in der Long-Island-Ausgabe der Zeitung *Newsday* aufgelistet sind. Paul hat alle eingekringelt, die ihm interessant erscheinen und bei denen der Eintritt nicht mehr als 18 Dollar kostet.

Die fünf Männer, die sich bei Dennis in Mineola zusammengefunden haben, betrachten sich sämtlich als »guten Fang«. Sie besitzen einen Universitätsabschluss und sind für ihr Alter erstaunlich gut in Form (»Wir achten darauf, was wir essen, und lassen den Nachtisch meist weg – dadurch haben wir bessere Chancen auf dem Markt!«), und fast alle suchen verzweifelt nach der passenden Frau. Sie gehen am Wochenende meist zu Tanzveranstaltungen für Singles, und unter der Woche treffen sie sich in ihrem Stammlokal oder in Dennis' Küche. Gekocht wird immer etwas anderes, doch die Gespräche sind fast immer die gleichen.

»Ist das zu glauben? Am Samstag waren siebzig Männer da und nur dreißig Frauen!«, beschwert sich Paul. Er hat mit neunundfünfzig seinen lukrativen Job als Marketingmanager verloren und arbeitet seither als unabhängiger Vermögensberater. »Ich bin zu einem Tisch gegangen, an dem sechs oder sieben Frauen zusammensaßen, die sich bis zum Äußersten aufgedonnert hatten, und habe gesagt: ›Meine Damen, erwarten Sie wirklich, dass ein Mann zu Ihnen herüberkommt und Sie anspricht? Möchte keine von Ihnen aus der Herde ausbrechen und riskieren, mit einem Mann zusammenzustoßen?‹«

Die Männer sind sich einig, dass es viel einfacher ist, eine Frau anzusprechen, die allein am Rande der Tanzfläche oder an der Bar steht und »Lebensfreude und Selbstbewusstsein« ausstrahlt. Alan, ein selbstständiger Grafikdesigner mit warmherzigem Lächeln und festem Händedruck, hat mittlerweile eine gewisse Strategie entwickelt, um Frauen anzusprechen. »Wenn ich eine Frau entdecke, die mir gefällt, lungere ich vor der Damentoilette herum. Es ist nur eine Frage der Zeit.«

Dennis, der Gastgeber, sieht aus wie ein Bücherwurm, er hat eine lange Nase, tief liegende Augen und graues, welliges Haar. Er erzählt: »Ich werde manchmal von übergewichtigen Frauen angesprochen. Sie kommen auf mich zu, und wenn ich ihnen zu verstehen gebe, dass ich kein Interesse habe, reagieren sie beleidigt. Begreifen die denn nicht, dass sie mir zu dick sind?« Er lacht. »Wenn ich das in einer gemischten Singles-Diskussionsrunde zur Sprache brächte, sollte ich dafür sorgen, dass ich in der Nähe der Tür sitze.«

Dennis fühlt sich besonders bei Tanzabenden und ähnlichen Veranstaltungen für Alleinstehende benachteiligt, da er einen ungewöhnlichen Beruf ausübt und diesen bei ersten Gesprächen mit Frauen als Handicap empfindet. »Ich bin Numismatiker.«

»Was ist das?«

»Ich verkaufe seltene Münzen.«

»Kann man denn davon leben?«

»Das fragen die Frauen auch immer, aber ich habe ein Buch darüber geschrieben«, erklärt Dennis stolz. Die von ihm illustrierte und im Selbstverlag veröffentlichte Broschüre genießt unter seinen Kollegen hohes Ansehen. Er findet es schade, dass die meisten Frauen, denen er dies erzählt – und dabei verschweigt, dass er vorher für eine große Firma an der Wall Street gearbeitet hat –, nicht besonders beeindruckt sind. Er findet,

Frauen versuchen stets als Erstes herauszufinden, ob ein Mann finanzielle Sicherheiten zu bieten hat, denn sie wollen ihre Zeit nicht mit einer »Niete« verschwenden.

Die Männer in Dennis' Küche haben zahllose Selbsthilfebücher für Singles gelesen. Sie haben an Weiterbildungsseminaren teilgenommen und Yoga-Lehrgänge und sogar Tanzkurse für Standardtänze besucht. »Ich habe die magische Formel trotzdem noch nicht gefunden«, sagt Paul seufzend.

»Welche Frauen finden Sie attraktiv?«, frage ich die Männer.

»Ich stehe auf hübsche Blondinen mit toller Figur und schickem Outfit!«, lautet eine Antwort, und die anderen Männer nicken einhellig. »Aber die Chemie muss auch stimmen.«

Dass ist natürlich reine Fantasie – ähnlich wie die Geschichte von Diane Keaton, die in dem Film *Was das Herz begehrt* einen Arzt kennen lernt, der aussieht wie Keanu Reeves und ihr bei ihrer ersten Verabredung sagt, sie sei »unglaublich sexy«. Dafür gehen wir ins Kino.

Auch nach vielen Jahren haben die Männer in Dennis' Küche ihre Traumfrau noch nicht gefunden – ihre hohen Erwartungen haben sie deswegen jedoch noch lange nicht heruntergeschraubt.

Der Two-Step der Frauen aus Tulsa

Cindy, Sue und Juanita, drei hübsche allein stehende Krankenschwestern aus Tulsa, Oklahoma, treffen sich, wie so oft, abends im Bobbiesox-Club. »Statt Manolo Blahniks zu tragen wie Sarah Jessica Parker, laufen wir in Stiefeln oder Sandalen herum, aber wir führen unser eigenes kleines *Sex-and-the-City*-Leben hier in Tulsa«, versichern sie mir. In Tulsa ticken die Uhren anders als in Long Island, keine Frage, doch der dringende Wunsch dieser Frauen, tolle Männer kennen zu lernen, ist ebenso tief empfunden wie der Wunsch der Männer in Mineola, ihrer Traumfrau zu begegnen.

Der Bobbiesox-Club ist eine Karaoke-Bar für geschiedene oder verwitwete Einheimische, die sich gern ein Mikrofon greifen und vorgeben, sie seien Elvis oder Bette Midler. Sue und Juanita sitzen an einem Hochtisch und trinken Bier aus großen Krügen. Juanita beschreibt ihren emotionalen Single-Entwicklungsstand: »Sue ist unsere Zweijährige. Ich bin fast ein Teenager. Cindy ist schon erwachsen. Wir unterstützen uns gegenseitig in allen Lebenslagen.« Juanita ist seit zehn Jahren Single, in dieser Zeit hat sie eine Menge gelernt. »Beziehungen zu Männern sind oft nur vorübergehend – die Typen kommen und gehen, aber Freundinnen bleiben.«

Cindy ist spät dran, sie sollte eigentlich schon längst da sein. An diesem Abend trifft sie sich zum ersten Mal mit einem Mann, den sie über das Internet kennen gelernt hat.

»Und hier kommen wir ins Spiel«, sagt Sue und lässt ihre Sandale kokett von ihrem schlanken Fuß baumeln. »Cindy braucht uns für die Nachbereitung solcher Rendezvous.« Sue flirtet gern. Wenn sie in der psychiatrischen Klinik, in der sie als Krankenschwester arbeitet, Feierabend hat, putzt sie sich heraus und besucht eine der vielen Karaoke-Bars der Stadt. Dazu legt sie ihre steife weiße Uniform ab und schlüpft in ein langes, fließendes, durchsichtiges Cocktailkleid, toupiert ihr rot gefärbtes Haar zu einer Löwenmähne auf, lackiert sich die Fingernägel feuerrot, legt ihre Brille ab und umrandet ihre Augen ebenso sorgfältig mit Kajal, wie sie tagsüber einen Krankenbericht ausfüllt.

»Ich erschaffe mich gerade selbst neu und beginne ein ganz neues Leben«, sagt Sue. Sie ist einundfünfzig, und wenn sie über ihren Mann spricht, den sie vor sieben Jahren verlor, treten ihr noch immer Tränen in die Augen. Er hat sie jedoch mit einer Lebensversicherung wohl versorgt hinterlassen. »Ich war damals wütend auf meinen Mann, dass er einfach starb und sich nicht mehr um mich gekümmert hat, und deshalb konnte ich das Geld gar nicht schnell genug loswerden.« Im Jahr zuvor wurde nicht nur Sues Haus gepfändet, sie wurde zudem als manisch-depressiv diagnostiziert. Nachdem sie dies erfahren hatte, traf Sue eine radikale Entscheidung. »Ich dachte immer, ich bräuchte unbedingt einen Mann. Aber nachdem ich in Therapie war und eine Menge schlauer Bücher gelesen habe, bin ich zu dem Schluss gekommen, dass ich vielleicht gar keinen Vollzeitpartner brauche. Deshalb habe ich momentan vier verschiedene lockere Beziehungen.«

Juanita mit ihren üppigen brünetten Locken schüttelt den Kopf. »Wann hast du das denn entschieden?«

»Vor ein paar Wochen«, antwortet Sue.

Juanita, die zwanzig Jahre lang »glücklich« verheiratet war, beschreibt die Offenbarung, die sie mit vierzig hatte: Sie war mit ihrer Schwester nach Galveston gereist, um eine Freundin zu trösten, die sich kurz vorher hatte scheiden lassen. Als die drei Frauen am ersten Tag zum Strand gingen, begann Juanita plötzlich zu weinen.

»Was ich an jenem Wochenende wiederfand, war ein Teil von mir, den ich verloren hatte – der Teil, der voller Freude und Lachen war. Ich kehrte nach Hause zurück und sagte zu meinem Mann: ›Irgendetwas muss sich ändern, auch wenn ich noch nicht genau weiß, was.‹«

Juanita bat ihren Mann, mit ihr zu einem Eheberater zu gehen, doch ihr Mann entgegnete: »Ich glaube nicht, dass es etwas bringt, alte Geschichten aus unserer Vergangenheit herauszukramen und durchzukauen.«

In den folgenden fünf Jahren ging Juanita allein zum Therapeuten und las viele Selbsthilfebücher. In einem Buch stieß sie auf eine Frage, die ihr im Gedächtnis blieb: »Möchtest du Recht behalten, oder möchtest du glücklich sein?«

»Da habe ich einfach aufgehört, ständig mit meinem Mann darum zu kämpfen, wer Recht hat. Trotzdem war die Scheidung auf lange Sicht unvermeidlich, und nach einem schmerzhaften Trennungsprozess sind wir schließlich getrennte Wege gegangen.«

Juanita stellt während unseres Gespräches nachdenklich fest, dass ihre Scheidung schon zehn Jahre zurückliegt. »Ich führe ein aktives Leben, und ich habe viele Freunde, aber als ich dieses Jahr fünfzig wurde, bin ich ins Grübeln geraten. Ich hatte gerade erst einen verantwortungsvollen Posten übernommen – den der Oberschwester in unserer psychiatrischen Klinik. Es war das erste Mal, dass ein Arbeitgeber erkannt hat, was in mir steckt, und darüber habe ich mich gefreut. Aber ich komme abends in ein leeres Haus und kann niemandem erzählen, wie wunderbar mein Tag war.«

Die Männer in der Karaoke-Bar in Tulsa schwirren wie Fliegen um die zwei attraktiven Krankenschwestern herum. Juanita und Sue kennen diese Männer und scherzen und tanzen gern mit ihnen, sie würden sie aber niemals – unter keinen Umständen! – mit nach Hause nehmen. Ein Mann um die sechzig zeigt sich besonders hartnäckig und lässt nicht von Sue ab. Sie erzählt mir: »Dieser Typ würde keine Sekunde zögern, mir einen Heiratsantrag zu machen, wenn ich ihm auch nur den kleinen Finger reichen würde, aber er würde mich nur verhätscheln und verwöhnen. Er ist einfach keine Herausforderung für mich!« Sue fügt hinzu, dass die Männer, die sich in Bars wie dieser herumtreiben, meist bereits mehrere Ehen hinter sich haben und oft nicht einmal mehr wissen, wo sich alle ihre Kinder aufhalten, da sie den Kontakt zu ihnen verloren haben. »Und wenn man jeden Tag in Clubs und Bars herumhängt, kann man sich außerdem nicht weiterbilden. Die meisten Männer hier sind verdammt langweilig!«

Juanita zuckt die Achseln. »Mir haben schon Männer gesagt, ich sei furchtbar egoistisch – vielleicht hatten sie sogar Recht. Aber ich habe jahrelang immer nur gegeben, jetzt bin ich richtig stolz darauf, auch mal egoistisch zu sein!«

Da betritt Cindy die Bar. Sie wirkt genervt. Cindy trägt ihr »kleines Schwarzes« und hochhackige Schuhe, die ihre schlanken Beine voll zur Geltung bringen. Ihre zierliche Gestalt, das blonde Haar und die weiche, hauchzarte Stimme erinnern mich an Mia Farrow. Doch das zarte Äußere täuscht – die Jahre auf dem Singlemarkt haben Cindy abgehärtet und wählerischer gemacht, und der heutige Abend hat ihren Frust auf die Männerwelt nur verstärkt.

Sue und Juanita begrüßen Cindy und bedrängen sie, ihnen von ihrer Verabredung zu erzählen.

Cindy seufzt. »Er hatte einen gelben Porsche und sah nett aus. Wenn ich ihm im Supermarkt begegnet wäre, hätte ich ihn auf jeden Fall attraktiv gefunden«, erzählt sie. »Wir gehen zu einem gemütlichen kleinen Restaurant, und ich beginne das Gespräch mit einer ganz einfachen Frage. Ohne mit der Wimper zu zucken erzählt mir der Typ, er habe seit dreizehn Jahren keine Steuern mehr gezahlt. Er glaubt, das Finanzamt hat es darauf angelegt, ihn zu ruinieren, und er fühlt sich vollkommen im Recht. Vor einiger Zeit hat er außerdem zu Gott gefunden und die vergangenen acht Jahre damit verbracht, die Bibel auf Griechisch zu lesen. Mittlerweile verdient er sein Geld damit, anderen Leuten beizubringen, wie man das Finanzamt betrügt. Und für so einen Loser habe ich eine vierstündige Autofahrt in Kauf genommen!«

Wie vorher schon Juanita sinniert Cindy daraufhin über die

Tatsache, dass sie bereits seit über zehn Jahren Single ist. »Als ich mich zum ersten Mal in die Singleszene gewagt habe und von einem Alleinstehenden hörte, er sei seit mehr als fünf Jahren allein, dachte ich: ›Mit dem stimmt doch irgendwas nicht!‹«, doch nachdem sie sieben Jahre lang verschiedene Onlineportale für Singles und verschiedcne Männer ausprobiert hat, beschließt auch Cindy ihren Abend mit ihren Freundinnen im Bobbiesox-Club.

Cindy arbeitet auf der Babystation eines Krankenhauses und kümmert sich dort vor allem um kranke Säuglinge und Frühgeborene. Ihr Leben lang hat sie sich um andere und deren Glück gekümmert, und jetzt möchte Cindy selbst glücklich sein. Doch das ist leichter gesagt als getan. Schlecht gelaunt brummt sie: »Ich suche jemanden, mit dem ich tanzen, schlafen und am Sonntag gemütlich zu Hause sein kann. Aber so einen Mann gibt es offenbar nicht!«

Auch Männer brauchen Liebe

In Mineola sagt Dennis nachdenklich: »Früher haben die Frauen versucht, Männer in eine feste Beziehung zu drängen, aber mittlerweile brauchen sie uns und unser Geld nicht mehr. Sie sorgen für sich selbst, und sie stellen die Regeln auf. Sexuell gesehen haben Frauen schon immer gesagt, wo es langging, aber jetzt verdienen sie selbst genug Geld, um in allen anderen Belangen ebenfalls das Sagen zu haben. Wozu brauchen sie uns überhaupt noch?«

Dennis ist gutmütig, aber er macht sich immer Sorgen und ist besessen pingelig. »Ich lebe allein und ich arbeite allein«, fährt Dennis fort. »Oft wache ich morgens um vier Uhr auf und denke: ›Schon wieder eine Nacht allein im Bett verbracht.‹«

Dennis ist ein liebenswerter Kerl, doch ein wenig schrullig – und er legt großen Wert aufs Detail. »Ich war dreizehn Jahre lang mit einer Frau zusammen – als wir zusammenkamen, war ich zweiundvierzig, und ich war fünfundfünfzig, als wir uns trennten. Danach wusste ich nichts mit mir anzufangen. Unsere Beziehung war wie eine Ehe gewesen, und ich verstand im Grunde nicht, warum wir auseinander gegangen waren. Und plötzlich fiel es mir wie Schuppen von den Augen. In den achtziger und neunziger Jahren hat sich die Welt verändert, und meine damalige Partnerin mit ihr! Sie ist viel selbstbewusster geworden. Heutzutage habe ich das Gefühl, wir Männer seien die Frauen. Wir haben die Rollen getauscht.«

Die anderen Männer nicken zustimmend.

»Ich hatte einmal eine wunderbare Affäre mit einer blonden Ärztin«, erzählt nun Paul. »Sie hat mich nach dem Essen in ihr Haus eingeladen, und ich habe mit einer Tasse Kaffee gerechnet, doch diese Frau ist ohne Umschweife mit mir in ihr Schlafzimmer gegangen. Sie hat die Initiative ergriffen. Das war toll.« Paul grinst verschmitzt von einem Ohr zum anderen.

Die anderen Männer murmeln ihre Zustimmung – auch Dennis. Sie lieben es, wenn eine Frau so selbstbewusst ist, sexuell die Führung zu übernehmen.

Paul fügt wehmütig hinzu: »Bei dieser Ärztin war es jedoch so, dass ihre Mutter und ihr Job an erster Stelle kamen. Außerdem war sie zur Zeit unserer Affäre noch verheiratet. Und zu allem Überfluss wollte sie unbedingt ein Kind. Ich kam also ganz unten auf ihrer Liste.«

Nach einer kurzen Pause erzählt Paul: »Ich hatte zwanzig Jahre lang eine wunderbare Frau. Sie war einfach der Knaller! Leider starb sie an einer Herzkrankheit. Die neue Frau an meiner Seite sollte keinesfalls zweite Wahl sein. Ich suche also nach einem neuen Knaller.«

Die Erinnerung an seine Frau ist für immer in Pauls Gedächtnis eingebrannt, und jede potenzielle neue Partnerin, die er seit dem Tod seiner Frau kennen gelernt hat, hat er mit dem Phantom der Verstorbenen verglichen. Pauls Frau starb jedoch mit Mitte vierzig, was bedeutet, dass Paul sie niemals altern sah. Aus diesem Grund hat keine neue Frau bei Paul wirklich eine Chance.

»Ich vergleiche Frauen, die ich kennen lerne, nicht mit meiner Frau!«, behauptet er allerdings.

»Aber Sie sagen doch, Sie würden sich nicht mit weniger als einem echten Knaller zufrieden geben. Ist das denn kein Vergleich?«, hake ich nach.

»Es wäre in Ordnung, wenn die neue Frau völlig anders aussähe! Ich treffe mich zum Beispiel häufig mit Blondinen, und meine Frau war brünett! Außerdem spreche ich oft große Frauen an, und meine Frau war kaum einen Meter sechzig groß. Meine letzten Freundinnen waren beide fast einen Meter achtzig groß!«

Frauen auf der Suche nach Gourmetsex

Die Krankenschwestern in Tulsa haben, wie viele andere Frauen, die nach dem vierzigsten Lebensjahr Single wurden, viel Zeit damit verbracht, die Waren im Supermarkt der Alleinstehenden zu inspizieren, und Cindy, Sue und Juanita wurden dabei zu Expertinnen sinnlicher Freuden. Natürlich suchen sie vor allem und in erster Linie Liebe, doch auch in Bezug auf Sex sind diese Frauen anspruchsvoll – anspruchsvoller als die meisten Männer, die ich interviewte.

»Ich hatte ja keine Ahnung, wie toll Sex sein kann!«, erzählt Cindy. »Ich dachte früher immer, Sex würde total überschätzt und Frauen hätten sowieso nichts davon. Nachdem ich aber mit verschiedenen Männern im Bett war, weiß ich, wie großartig Sex sein kann, und will nicht mehr darauf verzichten!« Cindy hat jedoch kein Interesse an One-Night-Stands. »Ich glaube, ich verdiene einen festen Sexpartner und die Romantik und Intimität, die zu einer Beziehung gehören.« Sie sieht sich unter den Männern im Club um und rümpft die Nase. »Ich bin sehr viel wählerischer als früher, denn ich musste die Erfahrung machen, dass viele Männer im Bett die totalen Nieten sind – sie küssen entweder schlecht, lassen sich nicht gern berühren und wollen direkt zur Sache kommen oder sie halten sich für tolle Hechte, und dabei sind sie alles andere als das! Die meisten Männer haben ihre schlechten Sexgewohnheiten über viele Jahrzehnte kultiviert – das ändert man nicht über Nacht. Außerdem habe ich keine Lust mehr, die Lehrerin oder Therapeutin zu spielen.«

Juanita hat am folgenden Morgen Frühschicht und muss sich verabschieden, doch bevor sie nach Hause geht, lässt sie noch einmal prüfend den Blick durch den Club schweifen. »Viele Männer hier wären gern mit mir zusammen«, überlegt sie laut, »aber viele sind durch frühere Beziehungen völlig traumatisiert. Einige erwarten von ihrer neuen Partnerin bestimmt, dass sie ihnen hilft, wieder ausgeglichener und entspannter zu werden. Ich habe aber keine Lust, die edle Samariterin zu spielen – das mache ich schon den ganzen Tag über im Krankenhaus!«

Cindy erzählt mir offen, warum sie so viele Abende und Nächte in diesem Club verbringt. »Wenn ich ausgehen will, muss ich nach Feierabend meine Schwesterntracht ausziehen und mich nett herrichten. Das hält mich jung und aktiv. Außerdem ist Tanzen eine ganz wundervolle Möglichkeit, in den Arm genommen zu werden, ohne mit jemandem schlafen zu müssen.«

Über ein Onlineportal hat Cindy vor einiger Zeit einen Mann namens Johnny kennen gelernt. Seine einfühlsamen E-Mails haben Schmetterlinge in ihren Bauch gezaubert. »Johnny konnte sich über anspruchsvolle Themen unterhalten«, erzählt Cindy. Doch jedes Mal, wenn sie sich persönlich treffen wollten, sagte Johnny in letzter Minute ab. Dies tritt im Umgang mit Internetportalen häufig auf und wird von beiden Geschlechtern beklagt. Wenn sich Frauen von einem Onlinekontakt zurückziehen, dann meist, weil ein Verehrer zudringlich wird. In diesem Fall blockiert die Frau einfach die eintreffenden E-Mails des Verehrers. Männer verfolgen weitaus brutalere Methoden. Sie gehen zum verabredeten Treffpunkt des ersten Rendezvous, spähen durchs Fenster des Cafés die Frau aus und machen sich aus dem Staub.

Schweren Herzens, aber auch verärgert über Johnnys Unentschlossenheit, schrieb Cindy ihrem Onlineverehrer letztlich, sie wolle keinen weiteren E-Mail-Kontakt.

Einer der besseren Tänzer aus dem großen Angebot des Bobbiesox-Clubs kommt nun zu unserem Tisch und bittet Cindy zum Tanz. Cindy akzeptiert gern. Kurz darauf schwebt sie in den Armen des Mannes glücklich über die Tanzfläche und genießt die Illusion prickelnder Romantik.

»Nur beim Tanzen dürfen wir Frauen uns führen lassen«, sagt Cindy, nachdem der Tanz vorüber ist. »Sexuell gesehen müssen wir die Führung übernehmen, denn in unserem Alter haben wir es mit vielen traumatisierten Männern zu tun. Die meisten Männer sind einfach zutiefst verunsichert, denn sie sind von ihren Frauen verlassen worden und ihr Ego ist stark angekratzt. Deshalb sehen sich auch so viele ältere Männer nach jüngeren Frauen um – damit die neue Partnerin zu ihnen aufblickt. Aber auch wir älteren Frauen wünschen uns, unsere Männer würden manchmal die Führung übernehmen, und das nicht nur auf der Tanzfläche. Wir brauchen auch manchmal einen weichen Platz, um uns fallen zu lassen. Ich will nicht nur mit einem Mann zusammen sein, um sein Ego aufzupolieren! Ich komme einem Mann zwar gern entgegen, aber ich fände es schön, wenn auch mal ein Mann *mein* Ego aufpolieren würde!«

Singles – sich selbst der schlimmste Feind

So oder ähnlich würde Alan sein Buch nennen – gesetzt den Fall, er würde seine schlimmen Erfahrungen auf dem Singlemarkt jemals in Form eines Buches niederschreiben. Alan hat vor fünf Jahren die Männergruppe in Mineola ins Leben gerufen. »Singles nehmen gern das Wort ›realistisch‹ in den Mund, doch die meisten sind alles andere als das!«, merkt er an. »Singles sind oft viel zu selbstbezogen.« Doch er gibt zu: »Es ist normal, dass man in Bezug auf Bildung, Einkommen und spirituellen Entwicklungsstand gewisse Erwartungen an eine neue Partnerin hat. Außerdem sollte sie altersmäßig ungefähr zu einem passen.« Er zieht einen Brief aus einem Stapel Unterlagen – einer von zahllosen Beschwerdebriefen, die Alan regelmäßig erhält. Dieser Brief stammt von einer Frau Anfang vierzig, die zu einer Tanzveranstaltung ging, die Alan und seine Gruppe als »Tanz für Singles in der Lebensmitte« beworben hatten. Die wütende Frau schreibt: »Viel zu viele Männer waren über fünfzig, manche sahen aus, als wären sie längst sechzig! Das waren alte Männer und keine Singles in der Lebensmitte! Bei der nächsten Veranstaltung sollten Sie am Eingang die Ausweise kontrollieren lassen.«

Alan kann ein Grinsen nicht unterdrücken. »Können Sie sich vorstellen, vom Türsteher nicht eingelassen zu werden, weil Sie zu alt sind?«

Als Alan die Singlegruppe vor fünf Jahren ins Leben rief, hoffte er, ein Netzwerk von sowohl weiblichen als auch männlichen Freunden und Bekannten zu etablieren. »Wenn ich das nicht getan hätte, wäre ich zu Hause auf dem Sofa versauert und hätte jeden Abend Eis gegessen, bis ich dreihundert Pfund gewogen hätte!«

Drei von den fünf Männern in Dennis' Küche verrichten Heimarbeit. Wie viele andere Männer in ihrer Altersklasse (Ende fünfzig, Anfang sechzig) haben sie keine Vollzeitjobs mehr. Durch meine Interviews mit dieser Altersgruppe erfuhr ich, dass das Selbstbewusstsein eines älteren Mannes meist einen herben Schlag erleidet, wenn er seine berufliche Identität verliert. Wenn er dann keinen neuen Traum und kein neues Ziel entwickelt, kann er selbst zum größten Hindernis auf dem Weg zu einer neuen Partnerschaft werden.

In einem wichtigen Punkt unterscheidet sich Alan jedoch von den anderen Männern in der Mineola-Gruppe. Alan ist ein glücklicher Single. Er gehört zu den Männern der *AARP*-Statistik über Scheidungen nach dem vierzigsten Lebensjahr; seine Ehe wurde auf Initiative der Frau hin geschieden – und Alan hatte bis zum Zeitpunkt der endgültigen Trennung keine Ahnung, dass ihm die Scheidung drohte. »Ich bin als junger Mann bei meinen Eltern aus- und sofort mit meiner frisch angetrauten Frau zusammengezogen. Ich kannte mich damals kaum selbst und hatte auch in unserer Ehe kaum eine Chance, mich kennen zu lernen. Für meine persönliche Entwicklung war die Scheidung das Beste, was mir passieren konnte. Erst, seit ich mich in der Welt der Singles bewege, habe ich gelernt, allein zurechtzukommen.«

»Die Frauen lieben Alan!«, wirft Paul mit neidischem Unterton ein. Warum? Alan kann gut zuhören. Er hat sich zu einem Mann entwickelt, der sogar zu zahlreichen »Mädchenabenden«

eingeladen wird, wo er von seinen Freundinnen das über Frauen erfährt, was er in all den Jahren seiner Ehe nicht gelernt hat. Während Paul eine Frau sucht, die ein absoluter »Knaller« ist, sucht Alan nach zehn verschiedenen Frauentypen. »Ich habe festgestellt, wie viele unterschiedliche Frauen es gibt – Frauen duften unterschiedlich, fühlen sich unterschiedlich an, sprechen unterschiedlich und denken unterschiedlich. Ich bin völlig fasziniert von Frauen – selbst wenn ich eine Beziehung führe, in der Sex überhaupt keine Rolle spielt. Ich lerne momentan einfach sehr viel über das Leben.«

Plan B

Cindy gehört nicht zu denen, die weinend herumsitzen und über das jammern, was ihnen im Leben fehlt. Cindy hat immer ein Ziel vor Augen. In den vergangenen Jahren hat sie ihre Passion für Pferde entdeckt. Gemeinsam mit ihrem Exmann hat sie vor einigen Jahren an einem malerischen See ein Stück brachliegendes Land gekauft und es in eine florierende Pferdefarm verwandelt. »Die Farm war mein Baby. Ich habe es einfach geliebt, dort draußen zu sein«, sagt Cindy mit Inbrunst und kramt Fotos von Pferden aus ihrer Handtasche. Ihr Exehemann lebt noch immer auf der Farm, und Cindy und ihre Töchter wohnen in seinem Stadthaus in der Nähe der Schule. »Mein Ex kommt fast jeden Tag im Stadthaus vorbei, holt seine Post ab und unterhält sich mit den Mädchen«, erzählt Cindy, die stolz ist auf dieses Arrangement. »Manchmal trifft er dabei einen meiner Liebhaber.« Mit Nachdruck fügt sie hinzu: »Er ist der Vater meiner Kinder, wodurch er immer auch ein Teil meines Lebens sein wird!«

Nachdem sie viele Jahre auf dem Singlemarkt herumexperimentiert hat, weiß Cindy sehr genau, was eine gute Ehe ausmacht – sie muss nur noch den richtigen Partner finden. Cindy will in den nächsten Jahren weder einen neuen Job annehmen noch sich anderweitig im Leben allzu sehr festlegen, damit sie Zeit und Muße hat, an einer neuen Beziehung zu arbeiten – falls sich etwas ergibt. »Wenn ich den Richtigen treffe, würde ich mit ihm auch nach Timbuktu ziehen!«

Hinter dieser Aussage verbirgt sich ein schwieriges Problem. Obwohl Cindy sich danach sehnt, sich endlich einmal nicht mehr ausschließlich um andere zu kümmern und immer nur zu geben, sondern auch einmal zu nehmen und eine starke emotionale und sexuelle Bindung zu einem neuen Partner aufzubauen, hängt sie noch sehr an ihrer ersten Familie. Sie ist daran gewöhnt, die volle mütterliche Kontrolle über ihre beiden Töchter zu haben, und hängt noch sehr an ihrem Exmann. Cindy mag es, wenn andere sie brauchen, und sie ist gern diejenige, die die Fäden in der Hand hält.

Intelligent, wie sie ist, hat Cindy einen Plan B – für den Fall, dass Plan A sich nicht realisieren lässt. »Wenn ich keinen Mann finde und nicht wieder heirate, habe ich einen Plan B: In Oklahoma gibt es eine wunderschöne Farm, und mein Plan ist – denn man sollte immer einen Plan haben! –, dass mein Ex das Stadthaus verkauft und auf diesem Farmgelände ein neues Haus baut. Wir könnten uns die Kosten teilen. Ich würde auf der einen Seite des Sees wohnen und mein Ex in dem neuen Haus auf der anderen Seite. Unsere Kinder könnten uns dort besuchen, und wir hätten insgesamt sechs Gästezimmer, in denen später unsere Enkel übernachten könnten.« Cindy legt die Stirn in Falten. »Wenn ich einen neuen Partner finde, müsste das jemand sein, der es sich leisten kann, mir dieses Haus zu bauen. Mein Exmann könnte trotzdem auf der anderen Seite des Sees wohnen – falls es meinen neuen Mann nicht stört. Jeder Mann, den ich kennen lerne, muss akzeptieren, wie wichtig mir mein Ex ist.«

Sicher, das klingt alles sehr ausgefeilt, doch was Cindy nicht bedacht hat, ist das starke Territorialverhalten von Männern. Um im Zoojargon zu bleiben, könnte man das Problem folgendermaßen umschreiben: Cindys neuer Hengst würde ein weiteres Männchen auf der Farm womöglich tolerieren, aber es ist mehr als unwahrscheinlich, dass zwei Männer friedlich miteinander auf einer Farm leben, wenn nur einer von ihnen die Stute begatten darf. Cindy ist sich ihrer unrealistischen Erwartungen durchaus bewusst. »Viele Männer fühlen sich von meinem Exmann bedroht. Außerdem habe ich fünf Kinder und muss am Wochenende Nachtschichtdienst leisten. Vielleicht bin ich deshalb noch immer Single.«

Ein halber Kuchen ist besser als nichts

All die Beschwerden über die Singleszene betreffen Dennis im Grunde nicht, denn Dennis ist der Einzige in der Mineola-Männergruppe, der eine Freundin hat – eine hübsche Frau, die um einiges jünger ist als er. Doch Dennis weiß, dass er im Leben seiner Freundin nicht die erste Geige spielt.

»Sie hat einen großen Freundeskreis, den sie sich aufgebaut hat, bevor wir uns kennen lernten, und sie legt Wert darauf, viel Zeit mit ihren Freundinnen zu verbringen.« Dennis schüttelt seufzend den Kopf. »Sie hat außerdem drei Kinder – einen Sohn, der noch bei ihr lebt, und zwei verheiratete Töchter, und obendrein Enkel! Sie teilt ihre Zeit zwischen ihren Kindern, Enkeln, Freundinnen und mir auf. Deswegen habe ich oft das Gefühl, erst an dritter oder vierter Stelle zu kommen.« Völlig vor den Kopf gestoßen war Dennis, als seine Freundin ihm irgendwann eröffnete, sie wolle ein Wochenende in einem Kurbad verbringen – allein.

Paul mischt sich ein. »Hey Dennis, deine Freundin kontrolliert dich doch total! Du solltest dir wirklich eine andere suchen, du verschwendest nur deine Zeit. Hak die ganze Sache ab!«

Dennis zuckt die Achseln. »Irgendwie hast du ja Recht. Ich lebe allein und arbeite allein. Meine Freundin dagegen geht oft aus und lernt auch in ihrem Job viele Leute kennen. Ich bin viel isolierter. Deswegen ist es mir natürlich wichtiger als ihr, die Beziehung zu intensivieren.« Seine Freundin hat Dennis jedoch klipp und klar gesagt, dass sie nicht wieder heiraten möchte. »Ich glaube, sie will nicht mal mit mir zusammenziehen.«

An dieser Stelle erzähle ich den Männern in Mineola von den Frauen aus Tulsa. »Die Frauen, über die wir hier sprechen – Frauen, die nicht wieder heiraten wollen, die familiäre und persönliche Belange über die neue Beziehung stellen und Zeit für sich und ihre Freundinnen fordern –, diese Frauen wollen eine gleichberechtigte Partnerschaft. Sie weigern sich, rund um die Uhr nur für einen Mann da zu sein.«

Paul ruft aufgebracht: »Aber so läuft das nicht! Um eine gute Ehe zu führen, müssen beide Partner Opfer bringen! Diese Frauen in Tulsa scheinen dazu nicht bereit zu sein – nur die Männer sollen zurückstecken.«

Ich erkläre ihm den Standpunkt von Cindy und den anderen. »Diese Frauen haben das Gefühl, zwanzig oder dreißig Jahre lang nichts anderes getan zu haben, als Opfer zu bringen. Und dann wurden sie entweder abserviert, oder ihre Männer begannen zu trinken. Sie haben sich weiterentwickelt und ihre Männer nicht. Sie hatten beruflichen Erfolg, und ihre Männer wollten nicht in ihrem Schatten stehen, oder sie wurden krank, und die Frauen haben sich bis zu ihrem Tod um sie gekümmert. Jetzt sagen diese Frauen: ›Ich habe so viel gegeben, ausgehalten und durchgemacht – wenn eine neue Beziehung nicht klappt, dann eben nicht. Daran gehe ich nicht zugrunde.‹ Diese Frauen haben gänzlich andere Erwartungen an Männer wie Sie als Ihre ersten Frauen. Diese Frauen brauchen weder einen Vater für ihre Kinder, noch jemanden, der sie beschützt und ihnen finanzielle Sicherheit bietet. Sie schleifen Sie nicht so schnell wie möglich zum Altar, sondern sagen sogar: ›Wenn wir ehrlich miteinander sind, könnten wir in einer offenen Beziehung leben und jeder von uns trifft auch seine eigenen Freunde und Bekannten.‹ Diese Art von Gleichberechtigung wünschen Frauen sich heutzutage. Und wie steht es mit den Männern?«

»Ich will eine traditionelle, gesunde Beziehung«, sagt Paul stur.

»Sie wollen genau das, was Sie in Ihrer ersten Ehe hatten«, gebe ich prompt zurück.

»Ja. Ich war damals glücklich. Warum kann ich denn nicht wieder glücklich sein? Meine Frau hat sich um mich gekümmert und war meinen Kindern eine gute Mutter. Sie hat unseren Sohn großgezogen und den Haushalt geführt. Außerdem konnte sie gut mit Geld umgehen und hat sich um unsere Kontoführung gekümmert. Wir haben viel Zeit miteinander verbracht, sind zusammen in Urlaub gefahren, haben unser Haus gemeinsam renoviert. An so einer Beziehung scheinen die meisten Frauen heutzutage kein Interesse mehr zu haben. Frauen wollen einfach kein Risiko mehr eingehen. Irgendetwas hält sie zurück.«

Ich erkläre Paul, dass so eine Beziehung eher zu den Jahren des Kinderkriegens und -aufziehens passt als zur Lebensmitte. In den späteren Jahren suchen Frauen vor allem einen gleichberechtigten Lebenspartner. Paul war in seiner ersten Ehe sehr glücklich – er war damals Leiter des Vertriebs einer großen Firma, hatte zahlreiche Aktienanteile an dem Unternehmen und verdiente viel Geld. Somit war auch Paul seinerzeit ein echter »Knaller«. Doch vor fünf Jahren ist seine Firma in Konkurs gegangen, und Paul hat seine Stelle und all seine inzwischen wertlosen Aktien verloren. Er war schon über fünfundfünfzig. Wie viele andere Männer, die durch Firmenpleiten kurz vor der Rente arbeitslos wurden, wird Paul in seinen eigenen Augen nie wieder ein echter Knaller sein.

Da erlebt Alan einen Aha-Moment. »Mir war bis heute nicht klar, dass du versuchst, deine erste Ehe wiederzubekommen, Paul! Das wird nicht klappen. Wie Gail sagt, Frauen, die heute vierzig oder fünfzig sind, interessieren sich nicht für so eine Beziehung. Das hatten sie alles schon. Vielleicht solltest du noch mal darüber nachdenken, ob du dir auch eine andere Form von Bindung vorstellen kannst. Sonst wirst du allein bleiben.«

Dennis erinnert die Männer in Mineola daran, dass Paul an diesem Tag Geburtstag hat. Nachdem unsere Spagetti-Mahlzeit schon ein paar Stunden zurückliegt, kommt Dennis mit einem halben Kuchen, in den er einige Kerzen gesteckt hat, und einer Schale voll Erdbeeren herein. Die Männer applaudieren lachend.

Die Freude und der Spaß, den diese Männer miteinander teilen, machen die Männergruppe zum seelischen Rettungsanker für ihre Mitglieder. Ein Vorteil, der sich für Männer mittleren Alters aus den Veränderungen ergibt, die das Sozialverhalten der Geschlechter in der Lebensmitte auf den Kopf stellen, ist die Bereitschaft und der Wunsch, engere Freundschaften mit anderen Männern zu schließen. In einer Atmosphäre wie in Dennis' Wohnung können sich diese Männer gegenseitig ihre Ängste, Sorgen, Hoffnungen und Träume anvertrauen. Sie werden toleranter und unterstützen sich gegenseitig. Studien belegen sogar, dass Männer, die vier oder mehr wahre Freunde haben, länger leben.

Der große Vorteil für Frauen mittleren Alters ist die zunehmende Selbstbestimmung ab der Lebensmitte. Diese Selbstbestimmung erlaubt es Cindy, Sue und Juanita aus Tulsa, Männern offen die Meinung zu sagen, und schenkt ihnen den Mut, sich mit einem Fremden, den sie im Internet kennen gelernt haben, zu einem Rendezvous zu treffen.

Cindy, die Säuglingsschwester, schrieb mir kürzlich eine E-Mail, die diesen Punkt veranschaulicht. Johnny – der einfühlsame E-Mail-Schreiber, der vor einem persönlichen Treffen zurückschreckte – hat sich wieder gemeldet. Er hat sich entschlossen, Cindy nun doch persönlich zu treffen. Es hat sich herausgestellt, dass er von Beruf Reitlehrer ist und etwa eine Stunde von Cindy entfernt auf einer Pferdefarm lebt. Johnny und Cindy haben bereits zwei wunderbare Verabredungen erlebt, und Cindy schreibt: »Ich glaube, ich habe mich in der Gegenwart eines Mannes noch nie so wohl gefühlt. Ich habe keine Ahnung, was auf lange Sicht aus uns wird, aber bis jetzt läuft alles ganz wunderbar!«

Hartnäckigkeit zahlt sich aus. Obwohl die Männer und Frauen in diesem Kapitel noch nicht den richtigen Weg gefunden haben, entwickeln sie sich doch weiter. Es gibt keine konkrete Wegbeschreibung zum Glück – jeder lernt auf seine eigene Weise, dorthin zu gelangen. Wichtig ist, dass wir unterwegs nicht den Mut verlieren.

Teil II

Die romantische Renaissance

Sie sind unkonzentriert. Sie haben das Meeting vergessen oder Ihr Handy verlegt – und doch ist selbst ein dunkler, regnerischer Tag romantisch und einfach wundervoll. Während Sie die Straße hinabeilen, um *ihn* zu treffen, scheinen Sie regelrecht über dem Boden zu schweben. Die Musik, die aus den Straßencafés an Ihr Ohr dringt, wurde ausschließlich für Sie geschrieben, und Ihr Herz vibriert im Takt des Geigers an der Straßenecke. Das sexuelle Kribbeln in Ihrem Bauch hört einfach nicht auf, und die Euphorie der neuen Liebe pulsiert stürmisch durch Ihre Adern und lässt Sie das Gesicht des Geliebten überall erkennen. *Ist er das nicht? Der Mann da drüben, der mit der Hand der hübschen Frau über den Rücken streicht? Der Mistkerl! Nein, da drüben ist er – er steigt gerade in ein Taxi. Wieso wartet er nicht auf mich?* In Ihrem Kopf überschlagen sich die Gedanken, Sie beginnen zu rennen und stolpern über den Bordstein. Man könnte fast behaupten, Sie hätten den Verstand verloren – aber schön ist das Ganze schon.

Erinnern Sie sich an solche Gefühle? Diese Empfindungen sind die Vorboten der romantischen Renaissance.

Eine Suchende durchläuft auf dem Weg zu einem leidenschaftlichen Leben viele Stadien, die gewöhnlich mit der romantischen Renaissance beginnen. An diese erste Etappe der Wiedergeburt schließt eine ruhigere, mehr nach innen gerichtete Zeit an, in der die Suchende lernt, allein zu sein. Gestärkt durch neue Einsichten entwickelt sie daraufhin den Mut zu träumen. Während wir mit den Jahren immer reifer werden, vertieft sich schließlich unser Wunsch nach einem bedeutungsvollen Leben. Wer nach einem leidenschaftlichen Leben strebt, wird in diesem Entwicklungsstadium aller Wahrscheinlichkeit nach eine Phase erleben, in der er Seelenverwandtschaft sucht – sowohl partnerschaftliche Seelenverwandtschaft als auch eine neue, tiefere Verbindung zur eigenen Seele. Letztlich erreichen Suchende den Status der Großliebe. Im Folgenden werden diese Phasen im Detail untersucht und zur Veranschaulichung mit einer Reihe von Graphiken und wahren Geschichten illustriert.

Die erste »neue« romantische Phase erlebt eine Frau gewöhnlich ab vierzig, womöglich als Folge einer Scheidung oder nach dem Auszug der Kinder aus dem Elternhaus. In letzterem Fall kann die romantische Phase beispielsweise dadurch eingeläutet werden, dass der Ehemann seine Frau auf eine romantische Reise entführt und sich die beiden während des Urlaubs erneut ineinander verlieben.

In dieser Lebensphase sind wir ebenso empfänglich für Romantik wie zwischen der Teenagerzeit und Ende zwanzig. Das Gefühl der »Schmetterlinge im Bauch« und die ständigen, beinahe besessenen Gedankenschleifen sind bei älteren Frauen dieselben wie bei jungen Mädchen: *Ob er anruft? Ist mir doch egal … nein, ist es nicht! Das ist doch lächerlich. Ich führe mich auf wie ein Teenager, dabei ich bin doch schon Großmutter!* Doch wir können nichts gegen unsere Nervosität und Unruhe tun. Der Wunsch, zu lieben und geliebt zu werden, ist geradezu übermächtig. Trotz unserer Lebenserfahrung und Reife können rationale Überlegungen nichts gegen die Macht der romantischen Verliebtheit ausrichten. Das besessene Denken, die unerschöpfliche Energie, Appetitverlust, Schlaflosigkeit und Stimmungsschwankungen – von himmelhochjauchzend bis zu Tode betrübt – sind stärker als Routine oder Verantwortungsgefühl.

Sie sind das süße Leiden romantischer Liebe.

Der Wunsch zu lieben

Die meisten der Suchenden, die ich interviewt habe, sehnen sich in erster Linie nach Liebe – ein Wunsch, der weitaus stärker ist als das Verlangen nach befriedigendem Sex. Mit ihrer These, eine neue Liebe bringe das Gehirn erst richtig in Schwung, geriet Dr. Fisher 2005 in die Schlagzeilen der *New York Times*. Sie hatte Hirnuntersuchungen an frisch verliebten Collegestudenten vorgenommen. Dr. Fisher ahnte bereits vor den Untersuchungen, wie die Ergebnisse ausfallen würden, und suchte nach wissenschaftlichen Beweisen.

»Ich wusstc, dass der Wunsch zu lieben eine der stärksten Kräfte auf Erden ist«, referiert Dr. Fisher. »Dieser Wunsch ist sogar um ein Vielfaches stärker als der sexuelle Drang. Wenn Sie jemanden fragen, ob er mit Ihnen ins Bett will, und er entgegnet: ›Nein, danke‹, begehen Sie nicht gleich Selbstmord. Aber leidenschaftlich liebende Menschen begehen, wenn sie abgewiesen werden, durchaus zuweilen Selbstmord – oder einen Mord –, verfallen in tiefe Depressionen oder steigen dem Objekt der Begierde nach. Der Drang zu lieben kann im Einzelfall sogar stärker sein als der Wille zu leben.«

Es sind die ewig gleichen Mechanismen, ob sich ein Sechsjähriger in das Mädchen aus der Parallelklasse verliebt, eine Fünfzehnjährige einen Rockstar anhimmelt oder eine Dreiundachtzigjährige Gefühle für den verwitweten Nachbarn entwickelt. Der einzige Unterschied zwischen jüngeren und älteren Verliebten ist, laut Dr. Fishers Untersuchung, die Tatsache, dass Verliebte über sechzig weitaus interessantere Dinge miteinander unternehmen. »Rentner haben meist genügend Geld, um übers Wochenende nach Paris zu fliegen, in die Oper zu gehen oder auf einem Floß den Colorado River zu befahren. Junge Leute haben zu so etwas einfach nicht die finanziellen Möglichkeiten.«

In der frühen Phase der romantischen Liebe geht es darum, den anderen für sich zu gewinnen, erklärt Dr. Fisher. Man ist völlig auf dieses eine Ziel fixiert, was starke Emotionen auslöst – Euphorie, Angst, Besessenheit. Diese Emotionen motivieren uns wiederum umso mehr, das Objekt unserer Begierde für uns zu gewinnen. Wir können uns in jedem Alter verlieben, die Intensität unserer Ängste, Freuden und Sorgen wird stets die gleiche sein. Dr. Fisher vermutet, die gelangweilten und verzweifelten älteren Hausfrauen, deren eheliches Sexleben lustlos und fad geworden ist, würden geradezu aufleben und sich in einen verknallten Backfisch verwandeln, käme ein charmanter Gentleman zur Tür hereinspaziert.

In diesem Punkt muss ich Dr. Fisher jedoch widersprechen, denn ein charmanter Gentleman spaziert nicht einfach so zur Tür hinein. Meiner Meinung nach muss eine Frau, die in der Lebensmitte nach einem neuen Partner sucht, sowohl hungrig sein als auch sehr mutig, um einen solchen Mann zu finden. Zumindest muss sie der Männerwelt signalisieren, dass sie zu haben ist.

Kann auch ein verheiratetes Paar in den mittleren Jahren eine romantische Renaissance erleben? Natürlich! Es gibt einige wertvolle Langzeitstudien darüber, dass sich die zentralen Themen einer Ehe in der Lebensmitte ändern, und in meinen Interviews mit langjährig Verheirateten hörte ich immer wieder, dass es in der Zeit, nachdem die Kinder das Elternhaus verlassen haben, zu einer regelrechten Renaissance der Liebe und sexuellen Intimität kommt. Ein von mir befragter Ehemann jauchzte beispielsweise voller Freude: »Jetzt geht es endlich wieder nur um uns beide!«

Dies ist eine der bemerkenswertesten und positivsten Beobachtungen, die ich immer wieder bei glücklich verheirateten reifen Paaren gemacht habe, und auch Psychologen, mit denen ich gesprochen habe, belegen diese Tatsache. Wenn ein Paar in den ersten Jahren seiner Beziehung leidenschaftlich ineinander verliebt war, kann diese Leidenschaft auch nach vielen Jahren wieder entfacht werden. Zahlreiche Paare geben zu, dass die Liebe im Laufe der Ehe mal stärker und mal schwächer war, und dass es auch immer wieder Phasen der Langeweile gibt – das gehört zum Rhythmus des Lebens. Doch wenn die Chemie zwischen einem Paar einmal gestimmt hat, kann die gegenseitige Anziehung immer wieder erneuert werden.

Dr. Ethel Person, Professorin für Psychiatrie an der Columbia University und Autorin des Klassikers *Lust auf Liebe. Die Wiederentdeckung des romantischen Gefühls,* befürwortet diese These. »Manche Paare leiden unter dem alltäglichen Trott oder sind sehr lange wütend aufeinander, doch dann geschieht plötzlich etwas, was sie nachgiebiger und weicher stimmt. Dies könnte zum Beispiel eine Krankheit sein, ein großer Erfolg oder auch ein Misserfolg, und mit einem Mal ist die Balance in der Ehe wiederhergestellt.« So etwas kann unerwartet an einem schönen Tag passieren, an dem Sie mit Ihrem Partner etwas unternehmen, was eine Erinnerung an wundervolle vergangene Tage und Ihre Liebe heraufbeschwört. Oder auch an einem Feiertag oder wenn beispielsweise Ihrem gemeinsamen Kind etwas Positives widerfährt. In einem solchen Moment blicken Sie Ihren Partner an und erinnern sich an all das, was sie zusammenschweißt. Es sind vor allem kleine Dinge, die die frühen leidenschaftlichen Gefühle wiederbeleben können.

Eine Frau, die schon über siebzig Jahre verheiratet ist, sagt im Interview zu mir: »Mein Geheimtipp sind gemeinsame Ferien. Befriedigender Sex dauert in unserem Alter so lange, dass wir nur im Urlaub ausreichend Zeit dafür haben!«

Ein neuer Liebhaber oder eine neu belebte Liebe können für eine Frau der notwendige Anstoß sein, ihrem Leben ein neues

Ziel zu geben. Die romantische Phase verleiht oft auch beiden Partnern den Mut zu träumen. »Die Gewissheit, dass man geliebt wird und den anderen ebenfalls aufrichtig liebt, verleiht einem so viel Kraft, dass man auch andere Dinge viel selbstbewusster anpackt«, hält Dr. Person in unserem Interview fest. Ehepartnern, die sich in ihrer Haut wohl und sicher fühlen, fällt es leichter, stolz auf ihren Partner und dessen Erfolge zu sein. Ein Ehemann, der fest daran glaubt, dass seine Frau mit jeder neuen Herausforderung fertig wird – gleichgültig, ob sie etwas Ähnliches schon einmal geschafft hat oder nicht –, und dessen Kritik ehrlich und angemessen ist, kann für eine Frau eine enorme Kraftquelle sein. So eine Unterstützung gibt der Ehepartnerin womöglich den kleinen Schubs, den sie noch brauchte, um ihre Pläne in die Tat umzusetzen.

Dr. Person philosophiert über die transformativen Möglichkeiten, die in der romantischen Phase stecken. »Diese Phase läutet Veränderungen ein und gibt den Verliebten die nötige Energie, um neue Herausforderungen anzunehmen«, sagt sie. »Im Grunde kann man es mit einem Moment religiöser Erleuchtung vergleichen. Durch die Identifikation mit dem geliebten Menschen fühlen wir uns praktisch wie wiedergeboren.«

Eine von Amerikas führenden Expertinnen zum Thema Ehe, die Psychologin Judith Wallerstein, stellt fest, ein befriedigendes und stabiles Sexleben sei keinesfalls nebensächlich. »Es ist, ganz im Gegenteil, die zentrale Aufgabe einer Ehe.« Dr. Wallerstein befragt seit dreißig Jahren regelmäßig verheiratete und geschiedene Paare in Kalifornien zum Thema Ehe. Sie ist zu dem Schluss gekommen, dass Sex in der Ehe eine sehr wichtige Funktion hat. »Sex sichert die Qualität und Stabilität der Beziehung, füllt emotionale Reserven auf und stärkt den Ehebund.« Für ihr Buch *The Good Marriage: How and Why Love Lasts* befragte Dr. Wallerstein fünfzig Paare, die bei ihrer vorherigen

Untersuchung angegeben hatten, eine glückliche Ehe zu führen. Ein aktives Sexleben, so Dr. Wallerstein, gibt einer Ehe in der Lebensmitte Kraft. Doch bevor sich ein Paar aktiv mit seinem Liebesleben auseinander setzt, müssen die übrigen Faktoren der Ehe stimmen. Zu guter Letzt hält Dr. Wallerstein etwas fest, was sie ebenfalls durch die Befragung der Paare in Kalifornien herausgefunden hat:

Der größte Unterschied zwischen glücklich verheirateten Paaren und solchen, die sich scheiden lassen, ist im Bereich der Sexualität zu suchen. Wenn sich ein Paar zur Scheidung entschließt, hatten die Partner meist schon viele Jahre lang keinen Sex mehr miteinander.

Kosten und Nutzen

Sich in den mittleren Jahren neu zu verlieben, bringt auch einige Kosten mit sich. Ihr Körper produziert große Mengen Energie, und Sie können kaum schlafen oder etwas essen. Sie nehmen höchstwahrscheinlich ab, was Sie sicher als netten Nebeneffekt betrachten werden, doch gleichzeitig fühlen sie sich körperlich ausgelaugt. Sie vernachlässigen darüber hinaus ihre täglichen Pflichten, denn viel lieber verbringen Sie Zeit mit Ihrem Liebsten, als der Hausarbeit oder dem Job nachzugehen. Immer wieder schieben Sie geschäftliche Anrufe oder Treffen mit den Enkeln vor sich her. Vieles bleibt unerledigt.

Doch Verliebtheit bringt auch positiven Stress mit sich. Sie gehen wieder regelmäßig ins Fitness-Studio, kaufen sich neue Kleider, geben sich mehr Mühe mit der Körperpflege und probieren womöglich einen neuen, modischen Haarschnitt aus. Plötzlich erscheinen Sie jedermann – und auch sich selbst! –

weitaus attraktiver als früher, und mit einem Mal haben Sie wieder Spaß an Sex. Guter Sex ist gut für Sie. Lachen ist gut für Sie. Sie gehen mit Ihrem neuen Liebhaber spazieren, statt zu Hause auf dem Sofa zu sitzen und fernzusehen. Bewegung ist gut für Sie. Der Reiz des Neuen ist gut, und wenn Sie sich verlieben, erscheint Ihnen plötzlich alles neu. Allein diese Tatsache bringt neuen Schwung in Ihr Leben.

Plötzlich haben Sie Spaß daran, im Supermarkt ein paar freundliche Worte mit der Kassiererin zu wechseln – früher waren Sie mürrisch und haben kein überflüssiges Wort verloren. Romantische Liebe geht zudem mit einer beachtlichen Stimulierung des Gehirns einher, denn durch Ihren neuen Partner werden Sie mit neuen Interessen und Wissensgebieten konfrontiert. Wahrscheinlich lesen Sie öfter und mehr als je zuvor, und ihr neuer Optimismus und Tatendrang äußert sich in einer Zunahme an Aktivität und neuen sozialen Kontakten.

Das wertvollste Element einer romantischen Liebe ist jedoch die Tatsache, dass wir eine ganz besondere Verbindung zu einem Menschen entwickeln, der uns versteht und uns im besten Lichte sieht. Plötzlich findet ein anderer Mensch uns witzig, intelligent, sexy und charmant.

Falls Ihre Kinder schockiert sind über Ihr verändertes Verhalten, erklären Sie ihnen, welch einen Segen Ihre Verliebtheit auch für sie bedeutet. Denn wenn Sie einen wundervollen Partner an Ihrer Seite haben, werden Sie umgänglicher. Ihre neue Genügsamkeit nimmt den Druck von den Schultern Ihrer erwachsenen Kinder, die sich normalerweise häufig fragen: »Geht es Mom gut?« oder: »Muss ich die Ferien wieder mit ihr verbringen?« Aus darwinistischer Sicht sollten Ihre erwachsenen Kinder ihre ganze Energie in die eigenen Kinder – Ihre Enkel – stecken, statt ihre Zeit mit Ihnen zu verbringen. Durch Ihre Verliebtheit sind Sie Ihren Kindern beim nächsten Weihnachtsfest plötzlich nicht mehr im Weg – denn Sie machen mit Ihrem Liebhaber Ferien auf Costa Rica.

Der wichtigste Anstoß, eine sterbende Beziehung wiederzubeleben oder dem Singledasein zu entkommen, ist gewöhnlich die Lust. Obwohl religiöse Konservative die Lust als Sünde bezeichnen, benutze ich diesen Begriff an dieser Stelle, um das natürliche menschliche Bedürfnis nach körperlicher Liebe zu beschreiben. Wir alle spüren dieses Bedürfnis. Das sexuelle Verlangen einer reifen Frau ist oftmals eine schlafende Sehnsucht, die erst durch ein unvorhergesehenes Ereignis geweckt wird. Maxines Geschichte veranschaulicht dies eindringlich. Ihr sexuelles Verlangen brach aus ihr hervor, just als sie es am wenigsten erwartete.

10. Der Pilot-Liebhaber

Die kleine Frau auf dem Sofa mir gegenüber hat eine zarte, ätherische Ausstrahlung. Platingraues, volles Haar umrahmt ihr Gesicht, und schwere Locken fallen auf ihre schmalen Schultern. Ihr Gesicht ist puderig weiß und wirkt zerbrechlich wie Porzellan, doch ihre tiefgrünen Augen lassen erahnen, wie stark diese Frau ist. Das champagnerfarbene Seidenjäckchen bringt ihr Dekolleté äußerst offenherzig zur Geltung.

Als Maxine fünfzig wurde, geriet ihr Sexleben immer mehr in Vergessenheit, wie eine Lesebrille, die man nachlässig irgendwo liegen lässt, weil man glaubt, sie nicht mehr zu brauchen. Die geborene Engländerin feierte in jungen Jahren eine glanzvolle Karriere als Opernsängerin in Wien. Ihr Liebesleben war zu jener Zeit jedoch alles andere als glanzvoll, denn Maxine machte immer wieder denselben Fehler. Sie heiratete ihre erste Liebe und fand später heraus, dass dieser Mann homosexuell war. Nach sechs Jahren ließen sie sich scheiden, und obgleich die beiden eine liebevolle Freundschaft verband, war er doch kaum der Partner, nach dem sie sich sehnte. Maxine heiratete einige Jahre später ein zweites Mal, doch diese Ehe dauerte »kaum ein Augenzwinkern lang«, wie Maxine erzählt.

Sie fragte sich immer wieder, warum ihre beiden Ehen fehlgeschlagen waren, denn sie hatte große Angst davor, allein alt zu werden. »Ich wollte auf keinen Fall eine vertrocknete alte Jungfer werden!«, gesteht Maxine der Gruppe, die sich zum Interview mit mir in den Hügeln von Berkeley, Kalifornien, zusammengefunden hat. »Dabei war ich damals ein schrecklich unreifes Ding – ich wusste lediglich, wie man Liebe und das Abendessen macht.«

Vor dreizehn Jahren zog Maxine von Wien in die San Francisco Bay Area und gab die Suche nach ihrem Seelengefährten auf. In den folgenden Jahren sang sie ebenso selten, wie sie Sex hatte, und mit dem Verlust ihrer beiden Ventile für sexuelle Gelüste – ihrer Stimme und ihrer Lenden – fühlte sich Maxine mit der Zeit wie ein Eisklotz.

Die Situation verbesserte sich, als Maxine zweiundfünfzig wurde und über das Onlineportal match.com die zweite große Liebe ihres Lebens kennen lernte. Zu ihrer zweiten Verabredung führte dieser Mann Maxine zu einem romantischen Dinner in ein französisches Restaurant aus, und Maxine erfuhr, dass er dort Chefkoch war. Er bestellte fachmännisch das Essen und hielt unter dem Tisch ihre Hand. Maxine schlug das Herz bis zum Halse, sie entschuldigte sich und ging zur Toilette.

»Neben ihm zu sitzen raubte mir den Atem – allein der Gedanke an ihn erregte mich!«, erzählt sie uns kichernd, und die anderen Frauen kichern mit ihr. »Ich habe mich diesem Mann völlig hingegeben, und von diesem Abend an waren wir rund um die Uhr zusammen. Ich hätte niemals gedacht, dass mir das mit zweiundfünfzig noch passieren könnte! Mein Freund war sechsundfünfzig und hätte es ebenfalls nicht für möglich gehalten. Wir haben uns sehr ineinander verliebt, und er war der Situation absolut gewachsen!« Maxine lacht schelmisch. »Wir waren erst drei Wochen zusammen, da entführte er mich nach Paris – ins Ritz! Die Stadt stöhnte gerade unter einer Hitzewelle, und wir mussten die ganze Zeit über im Hotel bleiben, dort war schließlich eine Klimaanlage. Damals hatte ich wohl zum ersten Mal im Leben einen Orgasmus!«

Die Gruppe findet dieses Geständnis zwar traurig, doch nicht wirklich ungewöhnlich. Viele Frauen geben zu, dass sie gar nicht wussten, was ihnen in ihrer Ehe fehlte, bis sie in den mittleren Jahren eine romantische Phase erlebten und es herausfanden.

Maxine kämpfte während ihrer Liebschaft mit dem Chefkoch mit den Symptomen der Wechseljahre und benutzte ein Hormongel. Ihr Küchenchef-Liebhaber nahm seinerseits Viagra. Eines Nachts standen sie auf dem Balkon ihres Hotelzimmers in Paris und warfen in einem zeremoniellen Akt ihre sexuellen Hilfsmittel weg.

Doch Maxines Geschichte nimmt eine unvorhergesehene Wendung. »Sechs Monate lang lebten wir in völliger Ekstase, und dann verließ er mich plötzlich.« Offenbar war Maxine ihrem Liebhaber zu anstrengend geworden.

Maxine gesteht, dass sie damals am Boden zerstört war und es geraume Zeit dauerte, bis sie begriff, welches Geschenk dieser Mann ihr trotzdem gemacht hatte.

Kopf hoch, wird schon wieder!

Maxines Chefkoch gehört zu jener Sorte Männer, die ich als Pilot-Liebhaber bezeichne – eine Vorreiterfigur des Übergangs, die in vielen Geschichten von Vollblutweibern auftaucht, die ich interviewt habe. Der Pilot-Liebhaber ist der Pionier, der die Liebes- und Sexfähigkeit einer Frau mittleren Alters wieder entfacht und neu belebt. Erinnern Sie sich an Carol, die übergewichtige Geschiedene, deren erster Internet-Flirtpartner ihr versicherte, er möge dicke Frauen? Er bestärkte damit nicht nur Carols Selbstbewusstsein, sondern auch ihr Vertrauen in Onlineportale für Singles, die sie mit einem Bonbonglas voller interessanter Männer verglich, die entweder zu Freunden oder Liebhabern wurden.

Wenn sich eine Frau nach ihrem fünfzigsten Geburtstag verliebt, fühlt sie sich oft verletzlich, und das hat einen guten Grund – der Pilot-Liebhaber verweilt nämlich nicht lange. Er ist womöglich ein verheirateter Mann, der nur vorgibt, allein stehend zu sein, oder er ist ein großartiger Liebhaber, der sich aber nicht als Lebenspartner eignet. Doch sobald der schlimmste Liebeskummer vorüber ist, erkennt eine angehende reife Frau, dass der Pilot-Liebhaber ihr ein wertvolles Geschenk gemacht hat. Obwohl wir eine romantische Renaissance auch in der Lebensmitte nicht weniger intensiv erleben als junge Menschen, haben wir doch ein halbes Leben lang Zeit gehabt, Erfahrungen zu sammeln, die uns helfen, die Turbulenzen der Verliebtheit besser zu verarbeiten. Sie sollten in der Phase der trunkenen Liebe jedoch keine wichtigen Lebensentscheidungen treffen! Wer dies tut, versperrt sich womöglich den Weg zur nächsten Entwicklungsstufe eines leidenschaftlichen Lebens und steckt in den üblichen Mustern von Freude und Begeisterung, gefolgt von Verzweiflung und Selbstzweifeln, fest.

Die Frau in den mittleren Jahren sollte ihre Macht kennen.

Maxines Blick verdunkelt sich, als sie erzählt, wie deprimiert sie nach der Trennung von ihrem Chefkoch war. Sie setzte damals ihre goldumrandete Lesebrille auf und las die erste Seite eines Selbsthilfebuchs, das ihr helfen sollte, ihren Schmerz zu überwinden. Das Buch war äußerst beeindruckend. Maxine nahm ihre Lesebrille schnell wieder ab und sagte sich: »Die Antwort liegt nicht in ihm. Die Antwort liegt in mir!« Maxine erkannte plötzlich, dass sie von keinem anderen Menschen erwarten konnte, das tiefe Loch in ihrem Inneren zu füllen. Sie musste sich sich selbst stellen und auch ihre dunklen Seiten akzeptieren lernen. »Ich fühle mich in meiner Haut mittlerweile sehr wohl«, sagt Maxine. »Das kann mir niemand wegnehmen. Aber es hat dreiundfünfzig Jahre gedauert, bis ich verstanden habe, dass ich den Segen eines Mannes nicht benötige!«

Es ist zwar ein Klischee, doch es steckt viel Wahrheit darin: Männer können es offenbar auf tausend Meter gegen den Wind riechen, wenn sich eine Frau allzu verzweifelt einen neuen Partner wünscht – besonders jene Männer, die sich gerade erst von einer »Klette« getrennt haben, der sie Alimente zahlen müssen. In einem Folgeinterview, eineinhalb Jahre nach unserer ersten Begegnung, sinniert Maxine: »Ich habe eingesehen, dass ich mich meinen bisherigen Partnern viel zu sehr aufgedrängt habe. Dem Chefkoch wurde ich einfach zu fordernd!«

Maxines neu gewonnener Lebenshunger brachte sie dazu, sich Ventile für die neuen Energien zu suchen. Sie singt mittlerweile wieder in einem professionellen Ensemble, wodurch sie viele neue Leute kennen gelernt hat. Daneben hat sie eine Ausbildung zur Lebensberaterin gemacht und hilft nun anderen Menschen durch schwierige Phasen ihres Berufs- und Liebeslebens. Maxines Traum ist es, ein Buch über Beziehungsprobleme zu schreiben, und sie glaubt noch immer fest daran, den richtigen Partner zu finden. Sie benutzt eine interessante Analogie, um die ruhigere Endstufe der romantischen Phase zu beschreiben. »Die Liebesbeziehung mit dem Küchenchef hat Sand in die Auster gestreut. Ich weiß nicht, ob sich der Sand schon in eine Perle verwandelt hat, aber er fühlt sich zumindest schon an wie eine Perle!«

In der Phase der romantischen Renaissance werden diejenigen, die risikofreudig, leidenschaftlich und auf der Suche sind und die keine Scheu haben, sich in den turbulenten Lebensstrom zu wagen, etwas Neues auszuprobieren und ihr Profil online zu stellen, erkennen, wie viele Möglichkeiten sich ihnen bieten, mehr über sich zu lernen, ihren Erfahrungsschatz zu vergrößern und sich mehr auf ihren Instinkt zu verlassen. Höchstwahrscheinlich erleben sie dabei einige Misserfolge, machen Fehler und leiden unter Herzschmerz, doch daraus lernen sie weitaus mehr als aus den einfachen kleinen Erfolgen. Stellen Sie sich bitte folgende Fragen: Wenn Sie einen Mann sehen, der Ihnen auf den ersten Blick gefällt, würden Sie zu ihm hingehen und ein Gespräch beginnen? Fragen Sie nach seiner Nummer, wenn Sie sich den ganzen Flug über nett mit ihm unterhalten haben? Würden Sie sich auf eine Romanze mit einem Mann einlassen, der zehn Jahre jünger ist als Sie? Lassen wir ein paar Frauen zu Wort kommen, die genau das getan haben.

11. Die Sehnsucht nach dem jüngeren Liebhaber

Janet Kiefer wurde zu früh geboren, um an der sexuellen Revolution teilnehmen zu können. Sie war Offizier des amerikanischen Militärs, hatte jung geheiratet und war nie aus dem Rahmen gefallen. Als ihr Mann sie wegen einer jüngeren Frau verließ, war Janet achtundvierzig. Sie gibt während unseres Interviews offen zu: »Ich wurde damals krank und dachte, ich müsse sterben.« Doch Janet starb nicht. Stattdessen trieb sie ihre Militärkarriere mit großem Erfolg voran und erreichte schließlich den Grad eines Leutnants. Ihr Selbstbewusstsein wuchs, und eines Tages, mit dreiundfünfzig, erklärte sie auf dem Militärübungsgelände einer benachbarten Kaserne Rekruten gerade den Umgang mit Handfeuerwaffen, als sie neben sich einen attraktiven jungen Offizier bemerkte. Sie stellte sich ihm vor, und während sie die Waffen nachluden, unterhielten sie sich. Der junge Mann ließ Janet ihren Job erledigen und wartete am Rande des Geländes. Nachdem Janet fertig war, ging sie zu ihm hinüber und berührte seinen Arm.

»Tut mir leid, wenn ich Ihnen zu nahe gekommen bin!«, sagte sie kess. Der junge Mann lachte und versicherte ihr, das sei kein Problem. Mehrere Wochen vergingen, bevor Janet erneut die Akademie besuchte, um zu unterrichten, und wieder tauchte plötzlich der junge Offizier auf. Wieder wechselten sie ein paar freundliche Worte. Wenige Tage später klingelte Janets Telefon, und der junge Offizier bat sie um ein Rendezvous.

Janet war sich des großen Altersunterschieds – zwanzig

Jahre – nur allzu deutlich bewusst, und deshalb lehnte sie die Einladung des jungen Mannes schweren Herzens ab. Ihr Herz schrie unterdessen jedoch »Ja, ja, ja!«. Zwei Tage verstrichen, und Janets Telefon klingelte abermals. Und abermals. Und noch einmal. Der Offizier rief sie insgesamt dreimal an und bat sie, ihre Meinung zu ändern. Schließlich gab Janet nach und sagte zu. Als sie sich in einem hübschen Restaurant trafen, wartete der Offizier mit zwei Bieren und einem Strauß Rosen am Tisch auf Janet. Sie war erstaunt, wie entspannt sie miteinander umgingen und wie wohl sie sich in seiner Gegenwart fühlte. »Ich hatte das Gefühl, diesen Mann schon ewig zu kennen – womöglich aus einem anderen Leben.« Als sie sich nach diesem Rendezvous einen Abschiedskuss gaben, wussten sie beide augenblicklich, worauf dieser Abend hinauslaufen würde.

»In jener Nacht habe ich Sex auf eine Weise erlebt, die ich nie für möglich gehalten hätte!«, erzählt Janet. »Ich fühlte mich mit diesem jungen Mann völlig frei, erlaubte ihm, mich zu befriedigen, und bat ihn, mir zu zeigen, wie ich ihn befriedigen konnte. Das ist nun fünf Jahre her, und wir sind immer noch zusammen. Dieser Mann hat mir beigebracht, mich sexuell völlig gehen zu lassen und ohne Scham neue Dinge auszuprobieren und zu experimentieren. Mittlerweile bin ich allerdings achtundfünfzig, und ich mache mir nichts vor. Ich weiß, dass meine Falten irgendwann tiefer werden, meine Brüste hängen herunter, mein Bauch wird schwabbelig, und mein Freund wird sich früher oder später eine andere suchen. Aber für den Augenblick genieße ich einfach den fantastischen Sex und die Tatsache, dass man an einem Tag oder in einer Nacht mehr als einen Höhepunkt erleben kann!«

Ein weltweiter Trend

Merkwürdig? Nein, nicht einmal ungewöhnlich. Auf der ganzen Welt gewinnen immer mehr reife Frauen das Selbstbewusstsein, sich jüngere Liebhaber zu suchen. Nach einer Untersuchung des *AARP*-Magazins im Jahre 2003 ist ein Drittel aller unverheirateten amerikanischen Frauen im Alter von vierzig bis fünfzig Jahren mit einem jüngeren Mann zusammen. Warum auch nicht? Mehr als zwei Drittel aller Männer in dieser Altersgruppe gaben ebenfalls an, jüngere Freundinnen zu haben. Es gibt inzwischen eine regelrechte Subkultur älterer Frauen, die jüngere Männer lieben, und zu diesem Thema entstand eine hervorragende Webseite: AgelessLove.com.

Nur wenige dieser Frauen sind verwitwet, die meisten sind geschieden und haben bereits Kinder großgezogen. Dadurch sind sie emotional und wirtschaftlich unabhängiger als junge Frauen – zum Beispiel risikofreudige Ladys wie Carlene, die moderne Amelia Earhart, die mit ihrem sehr viel jüngeren Fliegerliebhaber zusammenlebt. Doch auch konventioneller denkende Frauen wie Leutnant Janet Kiefer gehören zu dieser Gruppe. Ein lustvolles Zwischenspiel mit einem jungen Liebhaber kann eine Frau mittleren Alters dazu bringen, alte Hemmungen und Zweifel abzuschütteln und einen ganz neuen Weg einzuschlagen.

Zahllose Frauen, die in ihrer ersten Ehe intensiv von ihrem Mann umsorgt wurden, äußern eine wichtige Beschwerde: Es gab keinerlei emotionale Nähe. Diese Frauen suchen Spaß, Flirts, jemanden, der sie bemerkt, anerkennt oder sogar bewundert – jemanden, der ihre Interessen teilt oder ihnen neue Interessensgebiete aufzeigt, jemanden, der sich von ihren Erfolgen und Träumen nicht bedroht fühlt.

Viele Frauen verspüren darüber hinaus einen ungezügelten

Hunger nach Sex. Sie gehören zwar der Generation an, der wir die sexuelle Revolution verdanken, aber viele von ihnen hatten keinen Anteil daran. Warum sollten sie das jetzt nicht nachholen? Jene, die eine günstige Gelegenheit beim Schopfe packten und sich auf eine flüchtige Liebelei einließen, erkennen oft erst im Nachhinein, wie wertvoll diese kurzlebige »Übergangs-Affäre« mit einem jüngeren Mann für sie war, der die Erfahrung einer älteren Frau schätzt und sie daran erinnert, dass sie noch immer ein erotisches Wesen ist.

Das Internet hat es Frauen leichter gemacht, Männer kennen zu lernen. Die meisten Frauen fühlen sich nicht wohl, nachts von einer Bar in die nächste zu ziehen, um einen Partner zu finden. Im Internet hingegen haben sie die Möglichkeit, durch E-Mails mehr als ein Dutzend Männer in einer Nacht kennen zu lernen, und ersparen es sich, ein zweistündiges Abendessen mit einem Kerl durchzustehen, der sich schon nach fünf Minuten als Dummkopf herausstellt.

In einem Buch namens *Older Women, Younger Men*, das 2000 erschien, zählen die interviewten jungen Männer auf, was sie an älteren Frauen attraktiv finden: »Mit ihr über alles reden zu können.« »Sie schenkte mir Raum zum Atmen, Hingabe und sich selbst, und das hat eine Frau noch nie für mich getan. Sie sieht meinen guten Kern, und das gibt mir Selbstvertrauen und Zuversicht.« »Es gibt so viel über ältere Frauen herauszufinden, sie haben so viel Lebenserfahrung! Das bleibt immer spannend!« »Sie half mir, erwachsen zu werden.« »Emotionale Stabilität.« »Ruhe.« Nach Aussage der Autorinnen, Susan Winter und Felicia Brings, gaben alle interviewten Männer an, Sex mit älteren Frauen sei einfach besser. »Sie weiß, was sie will, und scheut sich nicht, es mir auch zu sagen.« Der junge Mann erlebt sich in einer solchen Beziehung als wunderbaren Liebhaber und hört dies auch immer wieder von seiner Partnerin.

Ein weiterer Vorteil einer solchen Bindung ist die Tatsache, dass man sich keine Gedanken über eine unerwünschte Schwangerschaft machen muss. Dennis Watlington – Theaterautor und Filmemacher und zu seiner Zeit ein regelrechter sexueller Athlet – betrachtet Sexualität heutzutage, mit fünfzig, mit gänzlich anderen Augen. »Bei mir braucht keine Frau an die Tür zu klopfen, die nicht eine schriftliche Bestätigung vorweisen kann, dass sie die Wechseljahre hinter sich hat. Das heißt, ihre Kinder müssen erwachsen sein oder sich zumindest bereit machen, auszuziehen. Dann ist alles kein Problem! Ich will nur die Frau und das, was wir uns gegenseitig geben können.«

Interessanterweise scheint die Beziehung zu einem jüngeren Mann dazu zu führen, dass Frauen länger leben. Untersuchungen der *University of Oklahoma,* die sich auf Daten der amerikanischen Behörde für Bevölkerungsstatistik und das U.S.-Center für Gesundheitsstatistik stützen, befassen sich mit Frauen zwischen fünfzig und fünfundsiebzig, die mit Männern zusammen waren, die zwischen sechs und vierzehn Jahre jünger waren als sie. 30 % dieser Frauen lebten überdurchschnittlich lange.

Hollywood greift den Trend auf

Es dauerte seine Zeit, bis die Filmindustrie in Hollywood den weltweiten Trend aufgriff und den weit verbreiteten Unwillen, älteren Frauen die Hauptrolle in einem romantischen Film zu geben, über Bord warfen. *Was das Herz begehrt* war ein großer Durchbruch. Diane Keaton, die eine Theaterautorin in der Lebensmitte spielt, ist in diesem Film noch nicht einmal außergewöhnlich verführerisch. Sie ist über fünfzig, dünn, reich, berühmt und beschreibt sich selbst als »stark, kontrollierend, besserwisserisch, neurotisch, aber irgendwie süß«. Jack Nicholson, der die Rolle eines dickbäuchigen Playboys mimt, der wiederum der zwanzigjährigen Tochter der Theaterautorin – gespielt von Amanda Peet – nachstellt, empfindet Diane zuerst als wahre Nervensäge, dann als Herausforderung. Keanu Reeves, der bildschöne junge Doktor, ignoriert hingegen die Tochter und verfolgt Diane wie ein liebeskranker Welpe.

Ist die Geschichte glaubwürdig?

Welche Faszination geht schon von einer älteren, allein stehenden Frau aus (Diane Keaton ist im wahren Leben übrigens bereits achtundfünfzig)? Was hat diese Frau – deren Falten nicht wegzudiskutieren sind und die ihre Rollkragenpullover stets bis zum Kinn hinaufzieht –, was hat diese Frau, was ihre hübsche, pfirsichhäutige Tochter nicht hat?

Die Antwort ist: Sie ist eine tolle Frau, witzig und scharfzüngig, und sie steckt ebenso gut ein, wie sie austeilt. Mit Vorliebe macht sie Scherze über die Ego-Blase, in der Männer stecken. »Ich bin keine Durchschnittsfrau«, erklärt sie Nicholson in einer Szene. »Und Männer wollen den Durchschnitt.« Aha, aber das ist die Faszination der reifen Frau. Die reife Frau wurde von den Ereignissen ihres Lebens auf einzigartige Weise geformt, und wie ein Strauch, der viele Jahreszeiten überdauern musste, um zu blühen, steht auch sie jetzt in voller Blüte.

Diese Frau *braucht* keinen Mann – zumindest nicht für das, wonach sich junge Frauen sehnen: Geld, Status, Kinder, Sicherheit. Männer im Alter von dreißig oder vierzig Jahren empfinden es als Erleichterung, mit einer Frau zusammen zu sein, deren Persönlichkeit bereits geformt ist und die weiß, was sie will und wer sie ist – anders als viele überreizte junge Frauen, die sich ihrer selbst und ihrer Identität noch nicht sicher sind und die sich, wenn ihre biologische Uhr allzu laut tickt, in regelrechte Spermajägerinnen verwandeln.

Als ich vor einiger Zeit auf einer Konferenz in Orange County, Kalifornien, vor 450 Frauen – sämtlich Mitglieder des Internet-Netzwerkes WomanSage – im Alter von fünfundvierzig und älter sprach, stellte ich dem Publikum die Frage, wer den Film *Was das Herz begehrt* gesehen habe. Zahllose Hände schossen in die Höhe, und im Saal verbreitete sich allgemeine Neugier. »Wie viele von Ihnen hätten den jungen Doktor, gespielt von Keanu Reeves, der Figur des gleichaltrigen Jack Nicholson vorgezogen?« Unzählige Hände erhoben sich für Keanu.

»Wie viele von Ihnen hätten sich für Jack entschieden?« Nur drei Hände gingen nach oben.

Der Charakter der Hauptfigur des Films, gespielt von Diane Keaton, basiert auf wahren Erlebnissen der Drehbuchschreiberin und Regisseurin Nancy Meyers. Als ich Nancy interviewe, erklärt sie mir, warum sich ältere Frauen von jüngeren Männern wie dem jungen Arzt in ihrem Film angezogen fühlen. »Der Arzt ist das genaue Gegenteil von Jack, er gehört einer völlig anderen Generation an. Er ist jünger, hat eine jüngere Mutter und wurde ganz anders erzogen als Jack. Er ist viel ausgeglichener.« Im wahren Leben, so vertraut Nancy mir an, bewundert Keanu Reeves Diane Keaton, doch Jack Nicholson betrachtet seine Filmpartnerin eher als so etwas wie einen Kumpel.

Junge Männer waren schon immer fasziniert von erfahrenen älteren Frauen. Der junge Arzt im Film ist regelrecht betört von der älteren Theaterautorin, was zum großen Teil an ihrer Berühmtheit liegt und an der Welt, in der sie sich bewegt, doch ebenso sehr faszinieren ihn ihre Schönheit und ihr Sexappeal. Ein jüngerer Mann konkurriert nicht mit so einer Frau. Er befindet sich noch in einer Selbstfindungsphase und bemüht sich, seine berufliche Karriere aufzubauen. Eine ältere Frau wird nicht von ihm erwarten, dass er in teuren Restaurants die Rechnung bezahlt.

»Er interessiert sich dafür, was in ihr vorgeht«, führt Nancy weiter aus. »Er sagt ihr immer wieder, wie brillant sie sei, denn ihre Erfolge sind keine Bedrohung für ihn – und dies war für mich der wichtigste Punkt an diesem Film. Gleichaltrige Männer fühlen sich auch nach Emanzipation und zunehmender Gleichberechtigung – nach all den Selbsthilfebüchern, den Therapien und Talkshows! – noch immer von unserem Erfolg bedroht.«

Nach der Eitelkeitskrise

Es ist nur eine kurze Phase der romantischen Renaissance, in der sich Frauen von jüngeren Männern sexuell angezogen fühlen. Sie führt womöglich zu einer Affäre mit einem Pilot-Liebhaber oder nur zu mehr sexuellen Fantasien und Flirts. Wenn diese Zeit aber dabei hilft, die unvermeidliche Eitelkeitskrise zu überwinden, die alle Frauen – und Männer! – irgendwann ereilt, dann hat sie ihren Zweck erfüllt. Wie Männer schon sehr viel früher herausgefunden haben als Frauen, kann eine Affäre mit einer jüngeren Frau oder einem jüngeren Mann die lindernde Salbe für die narzisstische Wunde des Älter- und Unsichtbarwerdens sein.

An dieser Stelle soll jedoch auch erwähnt werden, dass es nicht immer einfach ist, sexuelles Selbstbewusstsein aufzubauen, wenn man den fünfzigsten Geburtstag hinter sich hat. Wenn der magische Augenblick kommt, können viele ältere Frauen an nichts anderes mehr denken als an die Peinlichkeit, ihre hängenden Schätze und ausufernden Kostbarkeiten bloßlegen zu müssen. Doch eine Affäre kann eine Frau anspornen, abzunehmen und mehr auf ihr Aussehen zu achten, worüber sich ihr junger Liebhaber freuen wird, und damit beginnt der Kreis von vorn: Die Frau *ist* jünger, als sie aussieht, sowohl Körper als auch Geist scheinen regelrecht verjüngt zu sein.

Einen klärenden Aha-Moment erleben die meisten Frauen erst nach dieser Übergangs-Affäre, wenn sie einen Mann treffen, der ihnen in Alter und Interessen ähnlicher ist. Die Frau empfindet es als wunderbar, mit jemandem sprechen zu können, der denselben kulturellen Hintergrund hat, der sich ebenfalls daran erinnert, wie begeistert er seinerzeit von den Beatles war, und der ihr im Restaurant mit seiner Lesebrille aushilft. Ein jüngerer Liebhaber bewundert vielleicht Ihre Erfolge im Leben, doch seine eigenen Erfolge muss er erst noch erringen – er kann sie nicht über Osmose von Ihnen absorbieren.

Der jüngere Liebhaber als Ehemann

Terry McMillan kennt die Tücken, die eine Beziehung mit einem wunderbaren, jungenhaften Mann bergen kann. Terry war bereits Millionärin und gefeierte Autorin eines Bestsellers, der später Vorlage des Films *Waiting to exhale – Warten auf Mr. Right* wurde, als sie sich in einen zwanzigjährigen Jamaikaner verliebte, den sie im Urlaub auf Jamaika kennen gelernt hatte. Damals war sie zweiundvierzig. Der junge Mann überzeugte sie davon, dass er verrückt nach ihr sei, und Terry heiratete ihn drei Jahre später auf Maui. Gemeinsam bezogen sie Terrys Vier-Millionen-Dollar-Villa in einem Außenbezirk von San Francisco. Terry verwendete ihre Geschichte in ihrem nächsten Roman *How Stella got her Groove back* – eine nur oberflächlich fiktionalisierte Geschichte über eine allein stehende afroamerikanische Frau, die eine stürmische Romanze mit einem Jamaikaner beginnt, der ihr Sohn sein könnte.

Im wahren Leben endete die märchenhafte Romanze sechs Jahre später. Im Juni 2005 beschuldigte Terry McMillan ihren Ehemann öffentlich des Betrugs und warf ihm vor, ihre Ehe nur eingegangen zu sein, um die amerikanische Staatsbürgerschaft zu erlangen. Er hatte ihr verschwiegen, dass er homosexuell war. »Es war schrecklich, herausfinden zu müssen, dass die Beziehung, die ich in meinem Roman so begeistert als lebensbejahend und auf gegenseitiger Liebe basierend beschrieben hatte, in Wahrheit auf Betrug gründete«, hielt Terry in ihren Scheidungsunterlagen fest. »Es war erniedrigend.« Die berühmte Schriftstellerin musste ihrem Ehemann fortan einen monatlichen Unterhalt in Höhe von 2000 Dollar zahlen und zusätzlich die Summe von 25 000 Dollar für ihren Rechtsanwalt aufbringen, bis ein weiterer Prozess über die Gültigkeit eines einschränkenden Ehevertrags befunden haben würde.

Andere berühmte Frauen, die mit jüngeren Männern zusammen sind, scheinen mehr Glück mit ihren Partnern zu haben – von Demi Moore über Julianne Moore und Madonna bis hin zu Candace Bushnell, die Erfinderin der Fernsehserie *Sex and the City*, die Oprah Winfrey in einem Interview sagte, ein Grund, warum ihre Ehe funktioniere, sei die Tatsache, dass ihr Ehemann zehn Jahre jünger sei.

Natürlich besteht immer die Möglichkeit, dass sich zwischen einer älteren Frau und einem jüngeren Mann tiefe, echte Liebe entwickelt. Wie in allen guten Beziehungen sorgen gemeinsame Interessen oft für das nötige Quäntchen Harmonie. Ein gutes Beispiel ist Melodee Touma. Sie ist Mutter von vier Söhnen und befand sich gerade mitten in der Phase der Trennung von ihrem Mann, mit dem sie siebzehn Jahre lang verheiratet gewesen war, als sie sich entschloss, einem französischen *Yahoo!*-Chatroom beizutreten. Mit Anfang zwanzig hatte Melodee eine Weile in Frankreich gelebt, und sie hoffte, durch den Chatroom ihre Französischkenntnisse wieder aufzupolieren.

In diesem Chatroom lernte sie den einundzwanzigjährigen Franzosen Jeremy kennen. Er war verlobt, und Melodee hatte keinerlei romantisches Interesse an ihm, doch sie schrieb ihm sehr gern. Sie teilten den gleichen Musikgeschmack und schickten sich gegenseitig ihre Lieblingslieder zu. Jeremy verbesserte durch den Kontakt sein Englisch, und Melodee ihrerseits ihr Französisch. Gern erzählte sie ihm von ihrer Zeit in Frankreich, und trotz seiner Jugend fand Melodee in ihm einen interessanten Gesprächspartner. »Er hörte mir zu und ging auf mich ein. Die Männer, die ich bis dahin kennen gelernt hatte, waren alle ganz anders.«

Nach vier Monaten der Freundschaft entwickelten Jeremy und Melodee immer stärkere romantische Gefühle füreinander, doch sie gestanden sich diese Gefühle nicht ein. Als Jeremy in die USA reiste, um Familienangehörige zu besuchen und Englisch zu lernen, arrangierte er ein Treffen mit Melodee in Petaluma, Kalifornien.

Auf der Fahrt zum Flughafen war Melodee schrecklich nervös. Jeremy und sie waren zwar nur Freunde – zumindest sagte sie sich das immer wieder, denn er war schließlich viel zu jung für sie – dennoch hatte sie sich mit größter Sorgfalt angezogen und trug ihr langes, blondes Haar offen.

Als sie sich das erste Mal gegenüberstanden, war es ein Schock. Während der vier Monate des Chattens und Schreibens hatten sich in ihren Köpfen bestimmte Vorstellungen von dem anderen entwickelt. Der Jeremy, der aus dem Flugzeug stieg, hatte sehr kurzes Haar und eine sehr dicke Brille. »Er sah wie ein langweiliger Computerfreak aus!«, gesteht Melodee.

Sie trat auf Jeremy zu und nahm ihn steif in den Arm, unsicher, wie sie sich verhalten sollte. Jeremy stand derweil vor Staunen der Mund offen. »Oh«, ächzte er. »Ich hatte ja keine Ahnung, dass du so …«

Es entstand eine Pause. »Wolltest du ›fett‹ sagen?«, fragte Melodee.

»*Non. Maigre*«, erwiderte Jeremy schüchtern auf Französisch und meinte damit, sie sei sehr schlank.

Melodee fühlte sich geschmeichelt. Sie hatte eine gute Figur, doch sie war jahrelang mit einem Mann verheiratet gewesen, der ständig an ihr herumkritisiert hatte und sie gern noch schlanker gehabt hätte.

Die Stimmung wurde rasch romantisch – und das trotz Melodees erstem Eindruck, Jeremy sei nicht ihr Typ. Der Sex war fantastisch, womit Melodee nicht gerechnet hatte. »Als ich noch verheiratet war, dachte ich, ich sei frigide. Mit den Jahren hatte ich jedes Interesse an Sex verloren und unzählige Hormontests über mich ergehen lassen. Heute glaube ich, es lag allein an meinem Ehemann und seinen Gemeinheiten. Ich habe damals einfach dichtgemacht – nicht nur emotional, sondern auch physisch.« Jeremy schenkte Melodee die emotionale Intimität, die sie in ihrer Ehe vermisst hatte. Hals über Kopf verliebten sich die beiden ineinander.

Viele von Melodees Freunden rümpften die Nasen, als Melodee ihnen erzählte, dass sie einen Einundzwanzigjährigen heiraten wolle, und Melodees Mutter war strikt dagegen. »Dieser Junge sucht doch nur nach einer neuen Mama!«, war ihr unumstößlicher Einwand. Melodee und Jeremy sind nun schon seit vier Jahren verheiratet und noch immer sehr glücklich miteinander. Selbst Melodees Mutter hat mittlerweile ihre Meinung über das ungewöhnliche Paar geändert. »Er ist viel reifer, als ich gedacht hätte«, sagt sie. Melodee stimmt ihr zu und fügt an: »Ich bin inzwischen sehr viel spontaner und impulsiver als früher – das hat Jeremy mir beigebracht, und dabei bin ich sechsundzwanzig Jahre älter als er!«

Die wirtschaftlichen Aspekte, die für viele Paare mit großem Altersunterschied eine wichtige Rolle spielen, sind für Melodee und Jeremy nebensächlich. Jeremy arbeitet in einem Einzelhandelsgeschäft, und Melodee hat einige finanzielle Rücklagen. Verglichen mit dem Gehalt von Melodees erstem Ehemann, der über 200 000 Dollar im Jahr verdiente, ist ihr gemeinsames Einkommen nicht besonders hoch, doch die beiden sind zufrieden mit ihrer Situation. »Wir wünschen uns beide ein einfaches Leben, und hoch bezahlte Jobs interessieren uns nicht.«

Doch es gibt auch für dieses Paar ein paar Stolpersteine auf dem Weg zum Glück. Melodee macht sich Sorgen darüber, dass ihr junger Ehemann sie vielleicht eines Tages wegen einer jüngeren Frau verlassen könnte. Jeremy beteuert aber immer wieder, dass er Melodees Falten gar nicht sehe. »Außerdem kann ich mir nicht vorstellen, irgendjemand anderen zu lieben«, versichert er ihr. »Niemand sonst ist so wie du.« Jeremy spielt gern mit dem Gedanken, ihre kleine Familie eines Tages zu vergrößern. »Er hätte furchtbar gern ein Kind mit mir«, sagt Melodee. »Aber das liegt alles hinter mir.« Momentan diskutieren die beiden über die Möglichkeiten einer Adoption.

Solche Probleme können jedoch auch zwischen gleichaltrigen Partnern auftreten. Melodee und Jeremy glauben fest daran, dass sie gemeinsam alles meistern können, besonders, da ihre Ehe ein solides Fundament hat. Keiner der beiden spürt das neurotische Bedürfnis in sich, einen Partner zu haben, um eine innerliche Leere aufzufüllen, wie es bei vielen Menschen der Fall ist. Jeremy und Melodee haben sich als Freunde kennen gelernt, die die Liebe zu einer Sprache und einer Kultur teilten.

Ihren ersten, oberflächlichen und negativen Eindruck von Jeremy hat Melodee schnell überwunden, da sie gemeinsame Interessen hatten, die sie einander nahe gebracht haben.

12. Sex in den Wechseljahren – Lust oder Frust?

»Mit Ende vierzig litt ich unter schrecklichen Hitzewallungen, und so begann ich, mich gesund zu ernähren, nur noch Tofu zu essen und Soja-Shakes zu trinken. Trotzdem hat sich meine Libido stark verändert«, erzählt die zierliche Hypnotherapeutin und zieht damit die Aufmerksamkeit der Frauen mittleren Alters auf sich, die sich in Berkeley zum Interview zusammengefunden haben. Zwei Ehen liegen hinter Hilarity, und sie gesteht, seit vielen Jahren keinen Sex mehr gehabt zu haben.

»Nach einer langen Durststrecke ohne jeden Sex trat ein junger Latin-Lover in mein Leben«, erzählt Hilarity weiter. »Es war allerdings nicht ganz leicht, mit ihm zu schlafen. Ich war so eng, dass es zuerst richtig wehtat. Aber wir haben einfach so getan, als sei ich wieder Jungfrau!« Es ist erfrischend, dass eine Frau den sexuellen Beschwerden der Menopause lachend die Stirn bietet. Doch es ist natürlich alles andere als zum Lachen, wenn das Liebesleben so schmerzhaft wird, dass die Partner sich irgendwann nichts mehr vormachen können. Auch die Hypnotherapeutin gesteht im weiteren Gespräch, dass es ihr irgendwann nicht mehr gefiel, jedes Mal aufs Neue »entjungfert« zu werden, und es blieb ihr nichts anderes übrig, als die Affäre mit ihrem Latin-Lover zu beenden.

Rund fünfzig Millionen amerikanische Frauen befinden sich in den Wechseljahren oder in der anschließenden Postmenopause. Dies sollte Grund genug sein, die mit dem Klimakterium verbundenen Probleme näher zu untersuchen, doch die Studienergebnisse aus Medizin und Wissenschaft widersprechen sich leider allzu häufig – ungefähr alle zehn Jahre widerlegt eine Studie die andere. In diesem Kapitel will ich versuchen in diesem Punkt Klarheit zu schaffen, besonders da das Verständnis medizinischer Hintergründe der Wechseljahre für die Qualität des Sexlebens der Frau von großer Bedeutung ist.

Die meisten amerikanischen Frauen erleben ihre Menopause irgendwann zwischen vierzig und achtundfünfzig, wobei das Durchschnittsalter bei zweiundfünfzig Jahren liegt. Diese Zeit ist oft mit zahlreichen Beschwerden verbunden, doch die Wechseljahre können auch eine Brücke zu den lebendigsten und befreitesten Jahren im Leben einer Frau werden – diese Brücke führt allerdings gewöhnlich über einen äußerst turbulenten Wasserlauf.

Hormone haben einen starken Einfluss auf unser körperliches Befinden und unsere Stimmungen. Ein Großteil der Frauen leidet in der Menopause unter Hitzewallungen, Nachtschweiß, Trockenheit der Scheide und Schlafstörungen. Unterschiedliche Studien schätzen, dass bis zu ein Fünftel aller Frauen in der Perimenopause (der Phase vor der eigentlichen Menopause, in der der Menstruationszyklus unregelmäßig ist) unter Stimmungsschwankungen leiden, und in der Postmenopause leiden bis zu zwei Drittel aller Frauen darunter. Die meisten Beschwerden sind vorübergehend, doch besonders Schlafstörungen und Trockenheit der Scheide sind äußerst unangenehm.

»Schatz, ich hab dich furchtbar lieb, aber können wir es heute nicht mal ausfallen lassen?«

Dieses Zitat könnte von vielen Akademikerinnen stammen, die sich mit mir in der Universität einer mittelgroßen Stadt im mittleren Westen treffen. Toni ist die aufsehenerregendste Frau im Saal – groß, mit einer Figur wie eine Statue und einem mädchenhaften Haarschnitt, der ihr honigbraunes Haar hervorragend zur Geltung bringt. Toni ist die Ehefrau des Rektors der Uni, in der wir uns befinden. Die anderen Frauen äußern offen ihre Bewunderung für Toni und ihre Ehe, und dies hat einen einfachen Grund: Toni ist gesellig, sprüht nur so vor Lebensfreude, und es ist allgemein bekannt, wie eng sie ihrem Mann verbunden ist. Die Universität ist die einzige öffentliche Institution der Stadt, und deshalb steht der Rektor im sozialen Mittelpunkt des Gemeindelebens, und Toni genießt es, an seiner Seite zu stehen und Gastgeberin interessanter Partys zu sein. Ihre junge Assistentin macht ihr ein weiteres Kompliment: »Sie und Ihr Mann führen eine tolle Ehe. Sie sind ein wunderbares Team!«

Obwohl Toni nur sechs Jahre jünger ist als ihr zweiter Ehemann, gehört sie doch einer anderen kulturellen Generation an als er. Die Kinder ihres Mannes sagen oft zu ihrem Vater: »Hey Dad, wie kommt es, dass Toni unsere Musik mag, und du nicht?« Doch der größte Unterschied zwischen Toni und ihrem Mann liegt in den unterschiedlichen sexuellen Erfahrungen, die die beiden im Leben gesammelt haben. Toni und ihr erster Mann haben eine offene Beziehung geführt – was in den Zeiten, bevor die AIDS-Epidemie ausbrach, sehr *au courant* war –, doch wie viele Experimente endete Tonis erste Ehe in einer Scheidung. Als überzeugte Feministin arbeitete Toni mit großem Enthusiasmus daran, die Mechanismen des weiblichen Orgasmus zu ergründen und herauszufinden, wie man ihn sowohl mit als auch ohne Partner erreichen kann. Als sie ihren zweiten Ehemann kennen lernte, war sie als Doktorandin wieder an der Uni, und er war der ältere Professor. Der steife Akademiker war begeistert von ihrem sexuellen Know-how. Nachdem beide ihre Angst vor einer zweiten Ehe – und womöglich einer weiteren Scheidung überwunden hatten, heirateten sie. Mittlerweile ist Toni sechsundfünfzig und ihr Mann zweiundsechzig Jahre alt.

»Wir sind seit zweiundzwanzig Jahren zusammen«, erzählt Toni der Gruppe. »Unser Sexleben steht und fällt damit, ob wir Zeit dafür finden und nicht zu müde oder zu abgelenkt sind. Natürlich hat sich das Liebesleben im Laufe der Jahre verändert. Es geht mittlerweile nicht mehr in erster Linie um Orgasmen. Was ich an einer sexuellen Beziehung am meisten schätze, ist das Gefühl der Nähe.«

Eine der anderen Frauen fragt zweifelnd nach: »Aber genügt Ihrem Mann das denn?«

»Nun … es ist so … miteinander zu schlafen ist physisch etwas schwieriger als vor zwanzig Jahren«, gibt Toni zögernd zu. Dann fügt sie hastig an: »Das bedeutet nicht, dass es uns nicht mehr wichtig wäre, miteinander zu schlafen. Sex ist noch immer in dem Sinne wichtig, dass er unserer Liebe und unserer Verbundenheit Ausdruck verleiht. Aber wir unterhalten uns heutzutage eher, als dass wir miteinander ins Bett gehen. Wir reden über die schlechte Gesundheit meines Vaters oder darüber, ob wir den Hund einschläfern lassen sollen.«

Eine andere Frau hakt nach. »Genügt *Ihnen* das denn?«

Ich werfe einen Blick auf Tonis Fragebogen. Auf die Frage »Wie stehen Sie zu Sex ab fünfzig?« hat sie geantwortet: »Man darf niemals aufgeben.«

In einem Nachfolgeinterview, bei dem ich mit ihr allein bin, beschreibt Toni die Herausforderungen, die die Wechseljahre für sie bedeuten. »Es ist nicht einfach für mich, meinem Mann ständig einen Korb zu geben, wenn er mit mir schlafen möchte. Aber inzwischen ist es so, dass Hugh sexuell weitaus mehr Energie hat als ich – die Rollen sind vertauscht. Für ihn ist Sex ein Mittel, die Intimität zwischen uns aufrechtzuerhalten.

Außerdem braucht er wohl die Bestätigung, dass er noch aktiv und begehrenswert ist. Mein Problem ist jedoch, dass ich während der Wechseljahre unter starken körperlichen Veränderungen gelitten habe – Hitzewallungen, Rückgang meiner sexuellen Lust und Schmerzen beim Verkehr, die auf Trockenheit zurückzuführen sind. Mein Mann und ich haben sämtliche Gleitmittel der Welt ausprobiert, doch nichts hat geholfen. Mein Arzt weigert sich aber leider, mir Hormone zu verschreiben, da ich ein Leiomyom im Uterus habe.«

In den Wechseljahren litt nicht nur Tonis Körper, sondern auch ihr Selbstbewusstsein, was ein weiterer Dämpfer für ihr sexuelles Interesse ist. »Ich blicke in den Spiegel und denke: ›Früher warst du so viel hübscher!‹«, sagt Toni seufzend. »Mit dreißig, vierzig war ich außerdem leidenschaftliche Joggerin, doch jetzt leide ich unter einer frühen Form von Osteoporose, und das bedeutet, ich werde die Laufschuhe wohl endgültig an den Nagel hängen müssen. Wenn ich mich morgens im Spiegel betrachte, sehe ich jeden Tag, wie Teile meines Gesichts immer weiter hinunterhängen. Meine Gesichtsfarbe tendiert zudem immer mehr ins Graue. Ich versuche, mit Make-up dagegen anzugehen, doch ich muss aufpassen, dass ich nicht allzu überschminkt aussehe. Außerdem wiege ich jetzt mehr als früher. Hugh behauptet zwar, er findet mich erotischer als je zuvor, doch leider fühle *ich* mich alles andere als erotisch.«

»Ich ertappe mich immer öfter dabei, dass ich zu Hugh sage: ›Schatz, ich hab dich furchtbar lieb, aber können wir es heute nicht mal ausfallen lassen?‹ Dann lacht er und sagt, es sei in Ordnung.« Toni schüttelt den Kopf. Gegen Ende unseres Interviews vertraut Toni mir etwas an, was sie nicht einmal ihrem Ehemann sagen kann: »Manchmal schlafe ich mit ihm, obwohl ich eigentlich gar keine Lust habe. In Wahrheit – und er wäre sehr verletzt, wenn er das wüsste – könnte ich ohne weiteres ein ganzes Jahr lang keinen Sex haben, ohne etwas zu vermissen.«

Wir werden auch nicht jünger, was erwartet ihr denn?

Es ist eine weit verbreitete, doch völlig irrige Annahme, nach dem fünfzigsten Lebensjahr spiele Sex zwischen Eheleuten keine Rolle mehr. Es ist zwar nicht so leicht wie in einer kurzlebigen Affäre, die sexuelle Spannung aufrechtzuerhalten, doch auch in einer langjährigen Ehe benötigt man lediglich Fantasie, Experimentierfreude und großes gegenseitiges Vertrauen, um das Sexleben über viele Jahre hin interessant zu gestalten. Es geht dabei aber nicht darum, zweimal im Monat ohne Eigenantrieb auf Anfrage hin mit dem Ehemann zu schlafen, um den alten Jungen ruhig zu stellen. Es geht um bewusste, kreative Bemühungen, die Zeit und die Lust zu finden, wirkliche gemeinsame »Liebesmomente« zu kreieren.

Sex ist sicher nicht das Einzige, was eine Ehe zusammenhält, doch wenn kein Sex mehr stattfindet, kann sich der Bund umso leichter lösen. Wenn sexuelle Intimität auch in einer langjährigen Ehe ebenso sorgsam vorbereitet werden würde wie ein mehrgängiges Menü für einen neuen Geliebten, gäbe es viele unvergessliche Liebesmomente, an die sich ein Paar immer wieder erinnern könnte – und dies ist äußerst wichtig. Ein Paar sollte es sich zur Gewohnheit machen, wunderbare Liebesmomente immer wieder zusammen heraufzubeschwören – vor allem in Zeiten räumlicher Trennung oder während einer Krankheit. Wir dürfen die Augenblicke, in denen wir aus dem Käfig des eigenen Ichs heraustreten und mit der Seele unseres Partners verschmelzen, niemals vergessen.

Wer ab einem gewissen Alter keinen Sex hat, ist im Grunde

zu bedauern. Oftmals wird die fehlende Sexualität mit Plattitüden abgewiegelt: »*Wir werden auch nicht jünger, was erwartet ihr denn?*« Verschiedene Sexualtherapeuten, die ich interviewen durfte und die vornehmlich mit Frauen aus der Arbeiterklasse zu tun haben, stellten kollektiv eine gewisse Sex-Unwilligkeit bei Frauen über fünfzig fest: Wenn die Ehemänner Lust auf Sex haben, empfinden die Frauen dies meist als lästig. Viele entwickeln eine regelrechte Abneigung dagegen. Dies hängt oft damit zusammen, dass sie noch nie wirklich befriedigenden Sex hatten. Die Ehemänner werden letztlich zu sexuellen Bittstellern, die Frauen hingegen finden in ihrem sozialen Umfeld großen Rückhalt für ihre Verweigerung. »*Warum versteht er bloß nicht, dass wir langsam aus dem Alter heraus sind, in dem man ständig miteinander ins Bett hüpfen muss?*«, könnte eine typische Äußerung lauten, und gleichaltrige Freundinnen werden dieser Frau höchstwahrscheinlich Recht geben. Erfahrungsgemäß haben sie keine Ahnung, dass ihre sexuelle Unlust meist auf körperliche Veränderungen in den Wechseljahren zurückzuführen ist. Sie bringen ihren fehlenden sexuellen Appetit nicht mit den Veränderungen des Klimakteriums in Verbindung und unternehmen folglich auch nichts dagegen.

Doch es gibt auch das andere Extrem: Frauen, die immer viel Spaß an ihrer Sexualität hatten und die durch die Veränderungen in den Wechseljahren zutiefst verunsichert sind. Diese Frauen haben womöglich einen neuen Liebhaber oder führen eine zweite Ehe und möchten ebenso leicht erregt und befriedigt werden können wie mit Mitte zwanzig. Dabei ignorieren sie die Tatsache, dass sich ihr Körper verändert hat.

Die Frauen meiner Generation wurden *en masse* mit der *Hormon replacement therapy (HRT)* – der allgemein angewandten Hormonsubstitutionstherapie – behandelt. Im Jahr 2000 unterzogen sich sechs Millionen amerikanische Frauen in den

Wechseljahren der *HRT*, um damit Hitzewallungen, Nachtschweiß, Schlafstörungen, Stimmungsschwankungen und vaginale Trockenheit zu bekämpfen. Wir glaubten dem Versprechen der Ärzte, diese kleinen Pillen würden uns sexuell jung erhalten, und wir glaubten den Versicherungen, die *HRT*-Methode schütze uns nicht nur vor der Todesursache Nummer eins bei Frauen, Herzkreislaufbeschwerden, sondern zusätzlich auch vor dem zweiten großen Spukgespenst der Menopause, Osteoporose. Durch Erzählungen älterer Freundinnen wussten wir außerdem, dass jene, die mit *HRT* behandelt wurden, weichere Haut, kräftigeres Haar und vollere Lippen hatten – außerdem blitzte in ihren Augen sexuelle Vitalität.

Im Jahr 2002 wurden diese allgemein akzeptierten Weisheiten von der *Women's health initiative (WHI)*, einer Absplitterung des *National Heart, Lung and blood Institute* allerdings jäh zerschlagen. Man fand nicht nur heraus, dass diese Hormontherapie offenbar keinerlei Prävention gegen koronare Herzkrankheiten darstellte, sondern bei einem kleinen Prozentsatz der Probandinnen sogar kardiovaskuläre Risiken mit sich brachte und letztlich zum Schlaganfall oder Herzinfarkt führen konnte.

Die Untersuchung der *WHI* schien zu beweisen, dass die Hormontherapie für Frauen in den Wechseljahren große Nachteile mit sich bringt, doch diese alarmierenden Ergebnisse wurden vor kurzem wieder relativiert. Die *WHI*-Studie sollte ursprünglich ermitteln, ob die Hormonsubstitutionstherapie das Risiko von Herzkreislauferkrankungen, Schlaganfall, Brustkrebs und Thrombosen erhöht. Sie wurde an 16 000 Probandinnen durchgeführt, die im Durchschnitt sechzig Jahre alt waren und keinerlei menopausale Beschwerden mehr hatten. Diese Frauen begannen mit der Hormontherapie also lange, nachdem ihre Wechseljahre vorüber waren, und sie hatten zuvor niemals Hormone eingenommen. Wie übertragbar sind die Ergebnisse dieser Studie auf Frauen im Alter von Mitte vierzig bis Mitte fünfzig, die gerade erst in das Klimakterium kommen? Dies ist die Altersgruppe, die tatsächlich mit den Wechseljahren zu kämpfen hat – und die in der Studie nicht repräsentativ vertreten ist –, und in dieser Gruppe ist das Risiko für Herzinfarkt und Brustkrebs durch Hormonsubstitutionstherapie nachweislich relativ gering.

Dr. Wulf Utian, Leiter der *North American Menopause Society (NAMS)* und emeritierter Professor an der Western Reserve University, erklärt, dass die meisten der fünfzig- bis sechzigjährigen Frauen in der *WHI*-Studie tatsächlich eine Verbesserung eventueller Herzbeschwerden verzeichneten, während sie mit *HRT* behandelt wurden. Dieser Teil der Studie wurde aber nie veröffentlicht. Zudem wurde der Themenbereich der Lebensqualität während der Wechseljahre – Stimmung, Energie und Libido – in der Untersuchung der *WHI* sträflich vernachlässigt. Dr. Utian fasst zusammen: »Der Grund für die negativen Ergebnisse der *WHI*-Untersuchung liegt darin, dass die Probandinnen die Hormonbehandlung oft erst nach dem fünfundsechzigsten Lebensjahr begannen – also lange nach dem Klimakterium.«

Doch die meisten Menschen lesen nur die Schlagzeilen, und die negativen Schlagzeilen über Hormonbehandlungen haben in den vergangenen Jahren zu Panik und Überreaktionen geführt. Die militanteren Gegner der Hormonsubstitutionstherapie unter den Wissenschaftlern verteidigten sich dadurch, dass sie behaupteten, *HRT* könne, ähnlich wie einem Placebo, keine direkte Verbesserung im Hinblick auf emotionale Stabilität, kognitive Fähigkeiten, Schlaf oder sexuellen Drang nachgewiesen werden.

Dies ist falsch.

Zahllose Frauen protestierten laut. »Drei Wochen, nachdem ich *HRT* abgesetzt habe, war ich depressiv und wie benebelt«, lautete ein häufig vorgebrachter Einwand. Offensichtlich bemerken viele Frauen Veränderungen bezüglich Schlaf, Stimmungslage, Wahrnehmungsfunktionen und Scheidentrockenheit. Veränderungen, die durch ihren nach den Wechseljahren gesunkenen Östrogenspiegel bedingt sind.

Helen Fisher, die Anthropologin, deren Studie über die Auswirkungen der Verliebtheit auf das menschliche Gehirn zuvor bereits erwähnt wurde, spricht einen wichtigen Punkt an, der in dem Bericht der *WHI* und in den reißerischen Schlagzeilen außen vor gelassen worden war. »Eines ist im Zusammenhang mit dieser Studie nie gesagt worden: Östrogene verbessern nachweislich die Orgasmusfähigkeit.« Dr. Helen Fisher spricht hier sowohl als Wissenschaftlerin wie auch als Privatperson. Vor fünf Jahren verliebte sie sich in einen neuen Mann. Der Sex war fantastisch, und sie erreichte mit Leichtigkeit Orgasmen. Dr. Fisher unterzog sich selbst den Gehirnscans, die sie zuvor an Collegestudenten vorgenommen hatte, um die kortikale Aktivität des Hirns im Zustand romantischer Verliebtheit zu messen. Sie wollte herausfinden, wie sich ihre eigene Verliebtheit im Vergleich mit der junger Leute darstellte. »Meine Werte sprengten die Skala!«, erzählt Dr. Fisher. Der Sex mit ihrem neuen Liebhaber war derart belebend und befriedigend, dass sie das Experiment wagen wollte, ihre niedrig angesetzte Östrogenbehandlung um die Hälfte zu reduzieren (sie benutzte das 0,05-mg-Östrogenpflaster von Vivelle).

Statt das Pflaster zweimal in der Woche zu wechseln, wechselte sie es nur einmal. Alles andere blieb gleich – Dr. Fisher war noch immer schwer verliebt, ihr Liebhaber war nach wie vor wunderbar, und es gab keine unmäßige Stressbelastung. Doch nach drei oder vier Wochen stellte Dr. Fisher erschreckt fest, dass sie Schwierigkeiten hatte, einen Orgasmus zu bekommen – sowohl beim Liebesspiel mit ihrem neuen Liebhaber als auch beim Masturbieren. Daraus zog sie den Schluss: »Es sind die Östrogene, die die Orgasmusfähigkeit ausmachen!«

Ich fragte Dr. Utian, den Leiter der *NAMS*, was er von dieser Aussage hielte. »Es gibt Hinweise darauf, dass es tatsächlich die Östrogene sind, die die sexuellen Fähigkeiten einer Frau bestimmen«, gab er zur Antwort. »Bedenken Sie nur das Sexualverhalten in Relation zum weiblichen Zyklus: Der Östrogenspiegel ist etwa am vierzehnten Tag des Zyklus – zum Zeitpunkt des Eisprungs – am höchsten. Dann sind beispielsweise weibliche Tiere am empfänglichsten für die Paarung und werben um männliche Aufmerksamkeit. Doch wenn der Östrogenspiegel fällt und die Progesterone wieder zunehmen, geht auch die Libido zurück.«

Dr. Pat Allen, für tausende von New Yorker Frauen in den Wechseljahren *die* Autorität im Bereich Gynäkologie, berichtet von ihrer langjährigen Erfahrung zu diesem Thema. »Vaginale Östrogene sind absolut unabdingbar für angenehmen Sex nach der Menopause! Die Vagina muss unbedingt geschmeidig und feucht sein.« Doch sie gibt auch zu bedenken, dass Dr. Fishers Geschichte nicht so aufgefasst werden darf, dass Frauen in den Wechseljahren eine systematische Hormontherapie benötigen, um Orgasmen zu erleben und ein erfülltes Sexleben zu haben. »Falls eine Frau tatsächlich eine niedrig dosierte Östrogenbehandlung benötigt, um zum Orgasmus zu kommen oder schmerzfrei Verkehr zu haben, gibt es eine ganz einfache Möglichkeit, dieses Problem zu beheben. Geben Sie eine erbsengroße Menge Estradiol-Creme direkt auf ihre Klitoris, dann ist alles kein Problem mehr.«

Zusätzlich empfehlen viele Gynäkologen, Dr. Allen eingeschlossen, das immer beliebtere Vagifem, eine winzige Östrogentablette, die direkt in die Scheide eingeführt wird. Die Tablette wirkt lediglich auf die Vaginalschleimhaut und gelangt nur zu einem sehr geringen Prozentsatz in den Blutkreislauf. Dadurch werden die typischen Risiken einer systematischen Hormonbehandlung umgangen. Schon nach wenigen Wochen ist die Vaginalschleimhaut wieder voller Östrogen, und der Verkehr wird weitaus angenehmer – immer vorausgesetzt, die Benutzerin hat nicht allzu lange ohne Hormone oder sexuelle Aktivität gelebt.

»Dieses Vaginalöstrogen kann bedenkenlos zwei- bis dreimal pro Woche benutzt werden«, versichert Dr. Utian. »Meiner Meinung nach geht das Risiko gegen null.« Der Gebrauch eines Vibrators kann die Orgasmusfähigkeit einer Frau darüber hinaus äußerst positiv beeinflussen. Je mehr eine Frau allein mit dem Vibrator »übt« und ihrem Partner später erklärt, was ihr gefällt, desto leichter ist es für sie, einen Höhepunkt zu erreichen. Elegante neue Versionen dieses althergebrachten Hilfsmittels sind heutzutage derart verbreitet und akzeptiert, dass sie sogar in solch schicken Boutiquen wie *Myla* auf der Madison Avenue verkauft werden und Thema in der *New York Times* sind.

Dr. Utian äußert sich besorgt über die Tatsache, dass Frauen, die ihre Hormontherapie abbrechen und infolgedessen unter schweren Wechseljahr-Symptomen leiden, oftmals Antidepressiva als Allheilmittel verschrieben werden. »Das wirft uns um Jahre zurück, in eine Zeit vor Hormontherapien, als man Frauen noch sagte: ›Deine Beschwerden existieren einzig und allein in deinem Kopf!‹«, erklärt er. »Es gibt noch keine Langzeitstudien über die Wirkung von Antidepressiva auf Frauen, die überhaupt nicht depressiv sind. Wir wissen lediglich, dass Entzugserscheinungen auftreten, wenn man die Antidepressiva absetzt, und das bedeutet, diese Mittel verändern die Körperchemie vor allem im Bereich des Gehirns. Deshalb sollten wir uns die Frage stellen: Haben wir das Recht, die Hirnchemie einer Frau, die nicht depressiv ist, durch Antidepressiva zu verändern und sie abhängig zu machen?«

Beim Sexualleben der reifen Frau hängt viel davon ab, ob sie bereit ist, sich ohne Scheu mit ihren gesundheitlichen Problemen zu befassen. Es gibt keinen Grund, warum eine Frau wie Toni – Ehefrau eines Hochschulleiters, die ihren Mann liebt und bis kurz nach der Menopause auch Freude an Sex hatte – ihrem Mann und sich selbst mit den Worten »Spar's dir« das Vergnügen der körperlichen Liebe verweigern sollte. Nachdem Toni sich genötigt sah, sich einen neuen Arzt zu suchen, ging sie zu einer Internistin, die ihr eine Vaginalcreme mit niedriger Hormondosierung empfahl. »Ich habe bemerkt, dass sich meine Libido verbessert hat und dass der Verkehr für mich viel angenehmer ist«, schreibt Toni mir. »Mit dieser Ärztin kann man gut reden, und mein Verlangen hat zugenommen – es ist ein Riesenunterschied.«

Dagegen ankämpfen oder es akzeptieren?

Zurück zu den eigentlichen Beschwerden der Wechseljahre. Die wirklich schwierige Phase dauert meist nicht länger als einige Monate. Wann diese Phase genau stattfindet? Sie werden es merken! Und dann ist die Zeit gekommen, mit Ihrem Körper einen Pakt zu schließen. Sie werden in den folgenden Monaten unter verschiedenen Einschränkungen leiden, beispielsweise haben Sie ein größeres Schlafbedürfnis, denn Ihr gewöhnlicher Nachtschlaf wird immer wieder von Schweißausbrüchen unterbrochen. Akzeptieren Sie diese Einschränkungen, und verlangen Sie nicht zu viel von Ihrem Körper! Es ist zum Beispiel hilfreich, früher als gewöhnlich zu essen, denn dies belastet den Kreislauf weniger.

Gönnen Sie sich eine Pause.

Selbst wenn das bedeutet, beruflich kürzer zu treten, ist es doch ungeheuer wichtig für Sie, genau auf Ihren Körper zu hören – ähnlich wie bei einer Schwangerschaft. Machen Sie, falls möglich, ein wenig früher Feierabend als sonst, und halten Sie vor dem Abendessen lieber ein Nickerchen, als nach der Arbeit zu einer Cocktailparty der Firma zu gehen, dort von Hitzewallungen überfallen zu werden und hektisch zur Bar zu eilen und nach Eiswasser zu verlangen.

Vielleicht stellen Sie in dieser Zeit auch fest, dass Sie manchmal ohne ersichtlichen Anlass traurig werden. Es gibt allerdings einen Anlass, doch dieser ist so tief verborgen, dass Sie ihn nicht kennen: Sie trauern, denn Sie verlieren die wunderbare Fähigkeit, Leben zu schenken. Dieser Verlust ist allerdings nur eine Seite der Medaille, auf der anderen Seite stehen enorme neue Energien, die es Ihnen erlauben, sich in Zukunft auf die Dinge zu konzentrieren, die Sie schon immer tun wollten.

Die Wechseljahre sind ebenso individuell geprägt wie ein Fingerabdruck, und es erfordert Experimentierwillen und ein großes Lesepensum, um die mentalen, physischen und sexuellen Veränderungen, die in Ihrem Körper vorgehen, zu verstehen und zu akzeptieren. Frauen, die entschlossen sind, ein leidenschaftliches Leben zu führen, hören in dieser Zeit sehr genau auf ihren Körper und bemühen sich um eine gesunde Lebensweise. Greifen Sie auf die Hilfsmittel der Natur – Nahrungsergänzungsmittel, Obst und Gemüse – zurück, bewegen Sie sich, machen Sie Yoga und Pilates, um Ihre Knochen stark und flexibel zu erhalten, und meditieren Sie, um innere Klarheit zu erlangen. Wenn Sie sich an diese Ratschläge halten, erleben Sie nach dieser Phase den so genannten »postmenopausalen Lebenshunger«. Dieser Ausdruck wurde von der Anthropologin Margaret Mead geprägt und von vielen Millionen Frauen bestätigt, die nach den Wechseljahren eine neue Phase der Ausgeglichenheit und Lebenslust erlebten. Der Übergang von der Perimenopause über die Menopause – gekennzeichnet durch das Ausbleiben der Menstruation – zur späteren Postmenopause dauert im Schnitt sieben Jahre, genau wie die meisten wichtigen Phasen im Leben eines Menschen. Wenn Sie diese sieben Jahre überstanden haben, werden Sie mit einem leidenschaftlichen zweiten Erwachsenenleben belohnt.

Jedes Mittel hat seine Wirkung

Viele Frauen, mit denen ich überall im Land sprach, enthüllten mir dasselbe Geheimnis: Sie haben sich entschieden, wieder mit der systematischen Hormonsubstitutionstherapie zu beginnen. Eine attraktive Fernsehmoderatorin Anfang sechzig drückte es im Gespräch folgendermaßen aus: »Ich nasche hin und wieder Hormone – nur, um sexuell auf der Höhe zu bleiben.« Viele Ärzte bestätigten mir zudem, dass sie mit Anfragen von Frauen bombardiert wurden, die alle wissen wollen, ob es empfehlenswert sei, wieder mit HRT zu beginnen. Sie raten ihren Patientinnen im Regelfall zu einer niedrig dosierten Östrogentherapie, begleitet von regelmäßigeren ärztlichen Kontrollen als früher.

Um auf die Welle der Empörung zu reagieren, die auf die *WHI*-Studie zur Hormonersatztherapie folgte, haben einige nationale Gesundheitsorganisationen eine neuerliche Untersuchung zu diesem Thema angesetzt. Man will herausfinden, welche Risiken eine Hormonsubstitutionsbehandlung tatsächlich in sich birgt. Der *NIH*-Bericht, der im März 2005 veröffentlicht wurde, belegt, was die meisten Frauen sowieso bereits wussten: Gegen menopausale Beschwerden wirkt nichts effektiver als eine Östrogentherapie. 25 % der Probandinnen der *NIH*-Studie hatten jedoch trotz Östrogenbehandlung starke Symptome. Darüber hinaus wurde festgestellt, dass eine niedriger dosierte Therapie (nur noch ungefähr ein Viertel der bisherigen Menge Prempro) bei älteren Frauen gute Ergebnisse erzielte. Die *Nurses Health Study*, die seit 1976 die Gesundheit von 121 701 registrierten Krankenschwestern aufzeichnet, belegt, dass Frauen, die niedrige Östrogendosen einnahmen, seltener Herzinfarkte, Schlaganfälle oder Thrombosen erlitten als Frauen, die die höheren Standard-Dosen verschrieben bekamen.

»Niedrig dosiertes Östrogen« wurde von der Studie mit einem Wert von 0,3 mg Premarin beziffert (was im Blut einen leichten Hormonanstieg bewirkt, der innerhalb weniger Stunden von der Leber abgebaut wird) oder 0,5 mg Estradiol, das oral eingenommen wird, oder 0,025 mg transdermales Estradiol täglich (die niedrigste Dosierung findet sich im Vivelle- oder Climara-Pflaster). Die bisherige Standard-Dosis Premarin – 0,625 mg – erhöht hingegen nachweislich das Risiko schwerer Krankheiten.

Eine Frau muss die Risiken der gesundheitlichen Langzeitbelastung der Wechseljahre somit für sich persönlich gegen die kurzzeitige Anwendung einer niedrig dosierten Hormontherapie abwägen. Wer weit über fünfzig Jahre alt ist, Familienmitglieder hat, die schon in relativ jungem Alter einen Herzinfarkt, Thrombosen oder einen Schlaganfall erlitten, oder wer eine Mutter oder nahe Verwandte hat, die an premenopausalem Brustkrebs erkrankte, muss diese Risiken sorgfältig abwägen. Wenn andererseits eine Frau etwa achtundvierzig Jahre alt ist und in ihrer Familie weder Brustkrebs noch Herzkreislauferkrankungen vorkamen, wenn sie sich gesund ernährt, Sport treibt, kein Übergewicht hat und dennoch sehr unter den Beschwerden der Perimenopause leidet – unter emotionalen Stimmungsschwankungen, schlechtem Erinnerungsvermögen und dem Rückgang der sexuellen Lust –, dann sind sich sowohl Dr. Utian als auch Dr. Allen einig, dass ein paar Jahre Hormontherapie die Lebensqualität wahrscheinlich merklich erhöhen, aber nur geringe gesundheitliche Risiken bergen.

Hüten Sie sich vor den Verkäufern von »superneuem Schlangenöl« & Co!

Die Studie der *WHI* über die Gefahren der Hormonsubstitutionstherapie wurde veröffentlicht, ohne dass Ärzte und Therapeuten die Möglichkeit hatten, ihre Patientinnen auf die Ergebnisse vorzubereiten. Dadurch wurde auf Seiten der Patientinnen große Unsicherheit und Ärger gesät, und Ärzte verschrieben als Reaktion auf die allgemeine Stimmung im Lande immer seltener Hormone, doch auch homöopathische Mittel wurden aufgrund einiger zirkulierender Horrorgeschichten nicht empfohlen. Was war geschehen?

Als Folge der *WHI*-Untersuchung entwickelte sich eine regelrechte Industrie »alternativer Mediziner«, die auf das Bedürfnis der Frauen reagierte, natürliche und homöopathische Mittel und Wege zu finden, die Beschwerden der Wechseljahre zu bekämpfen. Frauen bezahlten im Folgenden viel Geld dafür, dass sich ein »Fachmann« die Zeit nahm, sich ihr Leiden am Telefon anzuhören. »Ich leide unter Hitzewallungen, ich kann nachts nicht schlafen, und ich verspüre keinerlei sexuelles Bedürfnis mehr!«

Einer solchen Patientin wird im Regelfall empfohlen, einen Hormonbluttest zu bestellen, um die Spezifikationen ihres

Hormonspiegels feststellen zu lassen. Anschließend stellt der »Fachmann« der Patientin im Regelfall einen »bioidentischen« Hormoncocktail zusammen und lässt ihn ihr durch eine spezielle Apotheke zukommen. Die Patientin erhält somit den Eindruck, die Creme, das Gel, die Lotion oder die Tablette, die ihr zugeschickt wird, beinhalte genau jene Stoffe, die ihr Körper nicht mehr selbst produzieren kann, und durch die Einnahme des Mittels erreiche ihr Hormonspiegel wieder einen Normalwert. Aus diesem Grund wird das Mittel von der Patientin als unbedenklich empfunden, und anders als die Hormone, die traditionelle Gynäkologen verschreiben würden, verursachen diese »bioidentischen« Mittel, so glaubt die Patientin, weder Brustkrebs noch Herzinfarkt oder Schlaganfall.

Die Gefahr dieser Methode liegt jedoch darin, dass der Hormonspiegel einer Frau täglich schwankt. Einen persönlichen Hormonspiegel-Standard gibt es nicht. Bluttests zur Feststellung des Hormonspiegels sind, nach wissenschaftlicher Expertenmeinung, völlig nutzlos. Der Begriff »bioidentisch« ist zwar ein wunderbarer Marketingslogan, doch im medizinischen Sinne absolut sinnlos.

Die neuen »Gesundheitsfachmänner«, die Frauen Östrogene und Testosteron in Form von privat zusammengestellten Cremes und Gels verkaufen, ziehen ihren Vorteil daraus, dass man solcherlei Mittel gemeinhin nicht als »echte« Medikamente ansieht. »Wenn es keine Pille ist, und wenn man es nicht schlucken muss, dann ist es auch kein Medikament«, fasst Dr. Allen den Trugschluss zusammen. »Doch diese Mittel sind durchaus Medikamente, und jedes hat seine ganz spezifische Wirkung.«

Estradiol ist das einzige Östrogen, das vom weiblichen Körper selbst hergestellt wird. Es wird von Gynäkologen gemeinhin in Mengen verschrieben, die von der *FDA (Food and Drug*

Administration) als unbedenklich befunden wurden. Zudem ist es in Form von Hormonpflastern (Vivelle), Lotionen (Estrasorb) und Gel (Estragel) erhältlich. Dr. Utian bestätigt, dass diese Produkte von der *FDA* eingehend geprüft und als unbedenklich klassifiziert wurden. »Die Mixturen, die hingegen in alternativen Apotheken zusammengemischt wurden, sind niemals professionell kontrolliert worden, das sollte man immer im Hinterkopf behalten, wenn man so etwas bestellt.«

Der Testosteron-Trick

Procter & Gamble fanden in einer wissenschaftlichen Untersuchung eines Testosteron-Pflasters heraus, dass dieses Mittel durchaus das sexuelle Bedürfnis einer Frau und ihre Orgasmusfähigkeit erhöht. Frauen, die ein Placebo-Pflaster trugen, zeigten jedoch ebenfalls einen starken Anstieg sexueller Lust – was wahrscheinlich daran liegt, dass sich die Probandinnen in der Zeit des Tests eingehender mit ihrem Körper beschäftigt haben. Ärzte wie Dr. Lila E. Nachtigall, erfahrene Gynäkologin und Endokrinologin von der *New York University School of Medicine,* leiteten diese Untersuchung. Sie waren schließlich von dem Pflaster überzeugt. Während ihrer zwanzigjährigen Praxis verschrieb Dr. Nachtigall vielen Patientinnen eine systematische Hormonsubstitutionstherapie, doch nun hofft sie, in dem Pflaster eine alternative Lösung für all die Frauen gefunden zu haben, die unter einem starken Rückgang der Libido leiden.

»Wir sind das einzige Säugetier auf der Erde, das seine reproduktive Phase lange überlebt«, gibt Dr. Nachtigall zu bedenken und führt weiterhin aus, der Mensch sei von Natur aus nur dazu geschaffen, rund fünfzig Jahre alt zu werden, doch die moderne Medizin verlängere sein Leben um viele Jahre, und nun müssen wir die Prioritäten neu überdenken. »Haben wir das Recht, mit achtzig Jahren noch die gleichen Wünsche an das Leben zu stellen wie mit vierzig?«, fragte Dr. Nachtigall. »Nun, ich habe keine Antwort, aber ich verstehe den Wunsch durchaus.«

Die *FDA* lehnte die Zulassung des ungeduldig erwarteten Hormonpflasters von *P & G* jedoch ab. Dadurch waren viele Frauen dazu gezwungen, die Dinge selbst in die Hand zu nehmen. Einige Mitarbeiterinnen von Gesundheitszentren, die ich interviewt habe, sind bereit, Patientinnen, die in einem anderen Staat leben, telefonisch Rat zu geben. Es gibt frei verkäufliche Testosteron-Pflaster, -Cremes, -Lotionen, -Gels und subkutane Pellets, allerdings gibt es keine Studien zu Langzeitwirkungen oder Effizienz von Testosteron bei Frauen. Der Gebrauch dieser Mittel stieg zwischen 1999 und 2004 dennoch um das Achtfache an.

»Ich kann kaum fassen, dass intelligente Frauen, die zuvor zu einem Gynäkologen gegangen sind und ihm jede Menge clevere Fragen über die Vor- und Nachteile der Hormonsubstitutionstherapie gestellt haben, sich der Gefahr eines experimentellen Östrogen- und Testosteroncocktails aussetzen – der ihnen übers Telefon angedreht wurde!«, sagt Dr. Utian kopfschüttelnd. »Was denken sich diese Frauen bloß? Wenn sie irgendwann doch Zweifel an der Mixtur bekommen – weil sie plötzlich einen Schnurrbart und eine tiefe Stimme haben – ist ihr kardiovaskuläres System wahrscheinlich längst irreparabel geschädigt.«

Kluge Frauen benutzen Testosteron nur in sehr kleinen Mengen. Leider gibt es auch viele weniger kluge Frauen, die beispielsweise das Testosteron-Pflaster ihres Mannes in der Mitte durchschneiden und sich eine Hälfte auf den Arm kleben.

»Selbstmedikation mit dem Testosteron-Pflaster des Ehemannes ist gefährlich und dumm!«, warnt Dr. Laurie Romanzi, Gynäkologin aus New York, die ebenfalls an der Überwachung der *G-&-P*-Studie zum weiblichen Testosteron-Pflaster beteiligt war. »Männliche Testosteron-Pflaster sind für Frauen völlig überdosiert! Eine solche Überdosis führt nicht nur zu Bartwuchs, einer permanent tieferen Stimme, einer permanenten, abnormalen Vergrößerung der Klitoris und einer Verkleinerung der Brüste, sondern auch zu Akne, Gewichtszunahme und unkontrollierbaren Stimmungsschwankungen!«

Dr. Utian zieht eine Parallele zu Athleten, die Steroide einnehmen, um den Muskelaufbau zu beschleunigen. Wenn ein Mann mehr Testosteron einnimmt, als er benötigt, blähen sich seine Muskeln auf, und er kann auf diese Weise ein paar Pokale gewinnen, doch gleichzeitig riskiert er einen plötzlichen Tod durch Herzversagen. »Frauen, die mehr Testosteron nehmen als nötig, verwandeln sich in Meerschweinchen! Zudem ist es wissenschaftlich nicht eindeutig geklärt, ob ein niedriger Testosteronspiegel überhaupt für den Rückgang der Libido verantwortlich gemacht werden kann.«

P & G setzen ihre Studie über das Testosteron-Pflaster fort, und es ist gut möglich, dass dieses Pflaster in Kanada oder Europa früher zu kaufen sein wird als in den USA.

Sexuelle Rehabilitation

Doch wie steht es mit Frauen, die viele Jahre lang ohne sexuelle Bindung gelebt haben und die starke Schmerzen haben, wenn sie mit ihrem neuen Partner schlafen? Dr. Allen, die weise und wortgewandte Gynäkologin aus New York, die auf Gesundheitsberatung von Frauen in den Wechseljahren spezialisiert ist, bezieht zu diesem Punkt klar Stellung. »Keine Frau muss sich zwischen schmerzhaftem Verkehr und gar keinem Sex entscheiden!«

Die meisten Frauen, die ich innerhalb meiner Studie als Lustschwache klassifiziert habe, haben Sex entweder komplett aufgegeben, unternehmen keinerlei Selbststimulation, benutzen kein Vaginalöstrogen und bemühen sich auch nicht um frischen Wind im ehelichen Schlafzimmer. Sobald eine Frau Sex jedoch in ihrem Leben keinen Raum mehr gibt, verändert sich auch ihr Körper.

»Wenn eine menopausale Frau viele Monate lang keinen Sex hatte und auch kein Östrogen einnimmt, schrumpft die Vagina. Die Scheide – gewöhnlich rosa, prall und gut durchblutet –, wirkt allein optisch weniger vital, und die Schleimhaut wird schließlich dünner«, erklärt Dr. Allen. Wenn die Scheidenhaut dünner wird, reißt sie beim Verkehr manchmal ein – winzige Risse, die mit bloßem Auge oft nicht zu erkennen sind.

»Es fühlt sich an wie Sandpapier, wenn er mit mir schläft«, sagen einige Frauen. Sie empfinden zudem ein Stechen, wenn der Penis eindringt oder wenn sie nach dem Verkehr urinieren. Dies bedeutet meist, dass ein vaginaler Riss entstanden ist. Wenn sich diese mikroskopisch kleinen Risse vertiefen, steigt die Gefahr einer bakteriellen Infektion.

Die Vaginalschleimhaut wird in den Wechseljahren nicht mehr so schnell feucht wie früher. Dr. Monica Peacocke, Wissenschaftlerin und Vaginalspezialistin aus New York, beschreibt den Unterschied zwischen »guter Schmierung« und »schlechter Schmierung«. Die Flüssigkeit der »guten« Variante ist dick und ähnelt einem Gleitfilm – vorausgesetzt, der Östrogenspiegel der Frau ist normal oder sie macht eine Hormonsubstitutionstherapie. Die »schlechte Schmierung« ist dünn und aufgrund niedriger Östrogenwerte wässrig. Auch wenn es sich oberflächlich wie normale vaginale Feuchtigkeit anfühlt, bereitet diese Flüssigkeit den Kanal nicht optimal für das Eindringen des Penis vor.

Falls die Vaginalschleimhaut geschwächt ist, kann einer Patientin schnell geholfen werden. Oftmals wissen Frauen aber nicht, dass ihre Probleme leicht zu beheben sind, haben jahrelang keinen Sex und befriedigen sich auch nicht selbst. In solch einem Fall sind die anatomischen Veränderungen, die sich durch die Abstinenz ergeben, nur mit großer Geduld wieder vollständig umzukehren. »Es ist ein Teufelskreis«, erläutert Dr. Allen. »Wenn eine Frau lange abstinent lebt, gehört mehr als nur ein wenig Östrogen dazu, die Vagina zu rehabilitieren.« Dieser Teufelskreis kann vermieden werden, wenn Frauen wissen, worauf sie achten müssen.

»Wenn eine ältere Frau nach langer Zeit wieder Sex haben will, muss sie Vorbereitungen treffen«, fährt Dr. Allen fort. »Denn wenn es um eine Vagina geht, die eher der Sahara als einer gesunden, rosa Scheide ähnelt, benötigen wir oft Monate, um die pH-Balance wieder zu normalisieren und« – Dr. Allen lächelt – »die Wüste wieder zum Blühen zu bringen.« Dr. Allen hatte kurz vor unserem Interview die Erlaubnis einer Patientin namens Judith erhalten, mir von deren Schicksal zu erzählen. Judith hatte den Sahara-Zustand erreicht, doch ein zweimonatiges Programm erweckte ihre Libido wieder zu neuem Leben.

Judith war fünfzig, und die Wechseljahre lagen schon zwei Jahre hinter ihr, als sie sich entschloss, ihren hoch bezahlten Job bei einer Finanzfirma aufzugeben und mit ihrer Familie von New York wegzuziehen. Sie und ihr Mann Robert bezogen gemeinsam mit ihren drei Teenagerkindern ein neues Zuhause in einem hübschen Vorstadtbezirk von Philadelphia. Als Judith im Jahr zuvor zur jährlichen gynäkologischen Kontrolluntersuchung bei Dr. Allen war, setzte Dr. Allen sie vor der Untersuchung auf ihr gemütliches Sofa und unterhielt sich mit Judith. Sie fragte ihre Patientin, so wie sie all ihre menopausalen Patientinnen fragt, wie oft sie Sex habe.

Judith blickte beschämt zur Seite und murmelte: »Wissen Sie, Robert steht morgens immer sehr früh auf und kommt abends spät nach Hause. Und an den Wochenenden spielen wir Fußball.«

»Es ist also so«, fasste Dr. Allen das Gespräch zusammen, »dass Robert morgens um fünf Uhr aufsteht, den Zug nach New York nimmt, den ganzen Tag im Büro schuftet und abends erst um acht Uhr nach Hause kommt, da er als Pendler lange unterwegs ist. Er ist der Alleinverdiener der Familie und sorgt für drei Kinder und für eine Frau, die früher ebenfalls berufstätig war. Sie wohnen in einem zweifellos wunderbaren, aber kostspieligen Haus. Sagen Sie mir: Was hat Robert von diesem Leben?«

Judith blickte Dr. Allen verwundert an, doch sie wusste bereits, dass es die Spezialität dieser Ärztin war, die Beschwerden ihrer Patientinnen vor dem Hintergrund der individuellen Lebensgeschichten zu behandeln.

Dr. Allen richtete ihre durchdringenden blauen Augen auf Judith. »Lieben Sie ihn noch?«

»Natürlich!«, antwortete Judith.

»Möchten Sie weiterhin mit ihm verheiratet bleiben?«

Judith war überrascht, dass die Ärztin ihr diese Frage stellte.

»Mochte er früher Sex?«

»Selbstverständlich!«, rief Judith. »Wir hatten beide gern Sex. Aber …« Sie hielt inne und suchte nach Worten. »Wir werden auch nicht jünger.«

Dr. Allen brachte die Sache auf den Punkt: »Sehen Sie, ich habe Ihre Kinder auf die Welt geholt. Ich kenne Robert. Er sieht sehr gut aus, und er verbringt jede Woche etwa sechzig Stunden in New York – und dort wimmelt es nur so von tollen Frauen. Früher oder später wird er sich etwas anderes suchen, Judith.«

Judith seufzte. Dann flüsterte sie: »Wissen Sie … es tut weh.«

»Daran kann ich etwas ändern!«, sagte Dr. Allen augenblicklich. »Ich musste lediglich von Ihnen hören, dass Sie unter vaginaler Trockenheit leiden.«

»Ich glaube, es ist mehr als nur Trockenheit. Manchmal könnte ich in Tränen ausbrechen.«

Als Dr. Allen Judith untersuchte, stellte sie fest, dass Judiths Vaginalschleimhaut dünn, blass und äußerst trocken war. Zudem war ihr Scheideneingang sehr eng. Während sie untersucht wurde, zeigte Judith zudem Anzeichen von sekundärem Vaginismus, einem Reflex, bei dem sich die Muskeln des Scheideneingangs zusammenziehen, um Schmerzen zu vermeiden.

»Machen Sie sich keine Sorgen«, versicherte Dr. Allen Judith. »Ich kann Ihre Vagina behandeln!«

Dr. Allen erklärte Judith die Anwendung von Vagifem, bei dem man lediglich mithilfe eines kleinen Applikators eine Tablette in die Scheide einführen muss. Viele Patientinnen, die unter Schmerzen beim Verkehr leiden, haben Probleme, etwas in ihre Vagina einzuführen, doch Dr. Allen fand heraus, dass der Umgang mit dem Applikator eine gute Methode ist, Ängste zu überwinden. Für Judith stellte Dr. Allen folgenden Plan auf: Um den Prozess der Östrogenisierung in Gang zu setzen, sollte Judith den Applikator in den ersten beiden Wochen jede zweite Nacht benutzen, ab der dritten Woche nur noch zweimal pro Woche. In einer weiteren Behandlungssitzung erklärte Dr. Allen Judith, wie sie die Muskeln ihrer Vagina durch Wärme und eine leichte Massage lockern könne. Sie zeigte ihr zudem, wie man mithilfe eines Vibrators den Scheideneingang auf sanfte Weise weiten kann.

Nach vier Wochen kam Judith wieder in Dr. Allens Praxis. Der Zustand ihrer Vagina hatte sich merklich gebessert. Doch es gab noch immer etwas Wichtiges zu tun: Judith musste die Intimität in ihrer Ehe wiederbeleben. Dr. Allen schlug Judith vor, mit Robert zu sprechen. »Sie müssen ihm erklären, dass Sie lange Zeit nicht wussten, dass Sie unter einer trockenen Scheide litten, und deswegen ein Unbehagen gegenüber dem Geschlechtsverkehr entwickelt haben. Sie hatten keine Ahnung, dass Sie etwas dagegen unternehmen konnten. Sie müssen ihm sagen, dass Sie bisher dachten, der Rückgang der Libido sei ein ganz normaler Prozess des Älterwerdens. Und anschließend« – Dr. Allen zwinkerte – »schlafen Sie mit Ihrem Mann. Und benutzen Sie dabei bitte ein Gleitmittel. Setzen Sie sich aber nicht unter Druck – Sie müssen nicht zum Orgasmus kommen. Ich möchte fürs Erste nur, dass Sie wieder Sex ohne Schmerzen haben können.«

Zwei Wochen später besuchte Judith Dr. Allen erneut und erzählte ihr, was geschehen war. »Robert gestand mir unter Tränen, in letzter Zeit habe er sich öfter gefragt, was er eigentlich vom Leben habe. Er sagte, er hatte das Gefühl, plötzlich das Leben seines Vaters zu führen – der hart arbeitete, um seine Familie zu ernähren, und nichts vom Leben hatte, außer am Samstagabend mit seinen Freunden in die Kneipe zu gehen und etwa einmal im Monat Sex zu haben.« In Judiths Augen sammelten sich ebenfalls Tränen, während sie sprach. »Das habe ich nicht gewusst!«

Dr. Allen lächelte. Die Rehabilitation der ehelichen Intimität war in vollem Gange. Doch Dr. Allen war noch nicht fertig. Sie ist Meisterin im Flirten und zudem die einzige Frau, die ich kenne, die im tiefen New-Yorker Winterschnee hochhackige

Sandaletten trägt, weil sie auf dem Weg zu einem Abendessen mit ihrem Mann ist. »Er hat mich seit drei Tagen nicht gesehen!«, sagte sie damals. Dr. Allens Appell an die visuelle Empfänglichkeit der Männer erlaubt es ihr, ihre medizinische Praxis zu führen, abends oft sehr spät nach Hause zu kommen, ein langweiliges Dinner mit Kollegen ihres Mannes abzusagen und stattdessen mit einer Freundin in die Oper zu gehen und trotzdem eine glückliche Ehe zu führen.

»Ich würde Ihnen Folgendes vorschlagen«, sagte Dr. Allen zu Judith. »Fragen Sie Robert, ob er sich samstagmorgens regelmäßig fünfzehn Minuten nur für Sie freimachen kann. Therapeuten raten Ihren Patienten sehr häufig: Nehmen Sie sich eine Viertelstunde, um an Ihrer Beziehung zu arbeiten. Denken Sie, Robert wird darauf eingehen?«

»Ja, klar!«, sagte Judith kichernd. »Jetzt, wo wir wieder Sex haben, wäre er sicherlich hoch erfreut!«

»Wo wir gerade beim Thema sind: Wie ist es gelaufen? Hatten Sie irgendwelche Schmerzen?«

Judith hatte keinerlei Schmerzen empfunden. Sie hatte beim Vorspiel sogar einen Orgasmus, und Dr. Allen war äußerst zufrieden, denn sie empfiehlt ihren Patientinnen oft, zu versuchen, schon während des Vorspiels zum Höhepunkt zu kommen, weil das die Scheidenmuskulatur entspannt. Judith und Robert hatten wunderbaren Sex miteinander, und Judith empfand wieder eine innige Verbundenheit zu ihrem Mann. Dieses Gefühl hatte in ihrer Ehe lange gefehlt.

»Dr. Allen«, sagte Judith während eines späteren Besuchs bei der Ärztin. »Sie haben meine Ehe gerettet!«

Besser als Sex

Gleichgültig, wie alt wir sind, wir verlieren niemals die Sehnsucht nach einer liebevollen Berührung und emotionaler Nähe. Ab einem gewissen Alter sind diese Aspekte für die meisten Frauen sogar wichtiger als Sex – oder zumindest die Voraussetzung für Sex.

In dem Film *Besser geht's nicht* stürzt Jack Nicholson als homophober Brummbär Melvin in ein Hotelzimmer und erwischt seine Freundin, die Kellnerin Carol, gespielt von Helen Hunt, im Bett mit ihrem schwulen Reisegefährten. »Hast du mit ihr geschlafen?«, will Melvin wissen.

Carol antwortet: »Zum Teufel mit Sex!« Sie blickt Melvin durchdringend an, bis er ihrem Blick schließlich ausweicht. Dann lächelt Carol ihren schwulen Freund an. »Wir haben uns einfach nur gehalten, das war besser als Sex. Es war genau das, was ich brauchte.«

Wenn wir älter werden, brauchen wir nicht mehr so häufig Sex, und der Verkehr wird immer öfter ohne Orgasmus stattfinden, doch das gegenseitige Streicheln, die intimen Gespräche, der Austausch von Ideen und das gemeinsame Einschlafen in der Löffelchen-Stellung können emotional mindestens ebenso befriedigend sein. Ein Mensch verliert niemals das Bedürfnis nach körperlicher Berührung. Letztlich sind wir auch nur Säugetiere, und wann haben Sie jemals einen Hund oder eine Katze erlebt, die nicht gern gestreichelt werden will? Falls Sie keinen Partner haben, sollten Sie sich einen guten Masseur suchen. Haustiere sind übrigens ebenfalls ein sehr guter Ersatz – und manche Tiere wissen sehr genau, wie Sie sich gerade fühlen, und sorgen auf diese Weise für emotionalen Rückhalt.

Lucy, eine Frau mit langem, schwarz gefärbtem Haar und einer verführerischen Figur war bis Mitte vierzig Single, doch sexuell stets äußerst aktiv. Im Alter von fünfundvierzig setzte bei ihr die Menopause ein, was einen scharfen Eingriff in ihren bisherigen Lebensstil und ihre Libido bedeutete.

Als nächtliche Schweißausbrüche ihr das Gefühl gaben, so sexy zu sein wie geschmolzenes Kerzenwachs, begann sie, sich hauptsächlich von Tofu und Sojaprodukten zu ernähren, was jedoch nicht gegen ihre Beschwerden half. Ihr Arzt, ein Präventivmediziner, sagte ihr sogar, Soja sei in solch großen Mengen ungesund. Ihre Schweißausbrüche ließen erst nach, als sich Lucy sportlich mehr betätigte und eine niedrig dosierte Behandlung mit Östrogenen und Progesteronen begann. Lucy liebte Sex nach wie vor, und ihr Liebesleben war noch immer sehr rege. Das Problem war, dass sich Lucy immer noch als dieselbe Frau betrachtete, die sie mit Mitte zwanzig gewesen war.

»Vor wenigen Jahren war ich mit einem wohlhabenden, weitaus jüngeren Mann zusammen«, erzählt Lucy. »Anfangs war alles wunderbar, mit der Zeit wurde der Verkehr aber ein wenig unangenehm, und als ich achtundvierzig war, dachte ich manchmal: ›Herrje, tut das weh!‹«

Wie viele andere Frauen wurde Lucy von dem Umstand getäuscht, dass sie bei sexueller Erregung recht feucht wurde. Sie war sich der Ausdünnung ihrer vaginalen Schleimhaut und der Konsistenzveränderung der Scheidenflüssigkeit gar nicht bewusst. »Ich habe oft gedacht, ich sollte mir besser einen anderen Gynäkologen suchen, aber irgendwie hab ich es immer wieder aufgeschoben. Letzten Endes wurde der Verkehr mit meinem Freund einfach zu schmerzhaft, und wir trennten uns.«

Lucy wollte sich nicht eingestehen, dass sie in den Wechseljahren war. Sobald sie dies jedoch einmal akzeptiert hatte und den krampfhaften Wunsch, auf Teufel komm raus jung zu erscheinen, aufgab, änderte sich ihre Situation. Lucy suchte einen anderen Gynäkologen auf, und dieser empfahl ihr ein zeitgemäßes Östrogenprodukt für die Vagina. Dadurch wurde es für Lucy wieder möglich, schmerzfrei mit einem Mann zu schlafen. Während sie sich auf die Phase der Postmenopause zubewegte, fand sie einen neuen Partner, der fünf Jahre älter ist als sie.

»Ich stehe bei ihm an erster Stelle«, sagt Lucy glücklich. »Wir sehen uns zwar nicht jeden Tag, damit ich Zeit für meinen Beruf und mein Hobby, das Tanzen, habe, aber das tut unserer Innigkeit keinen Abbruch! Ich würde trotzdem nicht sagen, dass mein Verlangen nach Sex so stark ist wie früher, aber Sexualität ist mittlerweile einfach viel besser in mein Leben eingebettet und macht deswegen auch mehr Spaß! Statt mich ständig verzweifelt nach einer Berührung und Sex zu sehnen, genieße ich nun häufig einfach die Intimität zwischen uns.«

13. Reifer Sex beginnt im Kopf

Der Sitz des Sexualzentrums befindet sich nicht in den Genitalien, sondern im Kopf – zumindest bei Frauen.

Frauen brauchen den richtigen Partner und die richtigen Umstände, um in Stimmung zu kommen. In einer langjährigen Partnerschaft muss sich die Frau daran erinnern können, was sie an ihrem Mann früher angezogen hat, dann kann leidenschaftliche Liebe erneut aufblühen. Wenn es sich um einen neuen Partner handelt, stehen die Chancen besonders gut, dass dieser die Frau zu Selbsterkenntnissen führt, die als Katalysator für den Beginn eines neuen Lebens fungieren. Wenn es sich um eine wiederbelebte Liebe innerhalb einer Ehe handelt, empfindet das Paar oft tiefere Befriedigung als je zuvor, denn die Partner entwickeln sich gemeinsam.

Der beste Beweis dafür, dass reifer Sex im Kopf beginnt, stammt von postmenopausalen Frauen selbst, die Monate oder sogar Jahre ohne sexuelle Intimität gelebt haben. Diese Frauen haben sich mit dem Gedanken abgefunden, dass Sex nur noch eine ferne Erinnerung ist. Doch dies kann sich rasch ändern: Bereits ein Bild oder ein Telefonanruf können dafür sorgen, dass die Säfte wieder zu fließen beginnen. Wenn eine Frau den Mut besitzt, näheren Kontakt zum Auslöser dieses plötzlichen Verlangens einzugehen, kann dies zu einem außergewöhnlichen sexuellen Feuerwerk führen.

Sexuelles Erwachen in der Lebensmitte

»Ich hatte das Gefühl, ich sei völlig ausgetrocknet – in jeder Hinsicht! Sogar meine Genitalien waren geschrumpft!«

So begann Sheila ihre Geschichte. Sheila, eine erfolgreiche Geschäftsfrau aus einem kleinen Ort, bat mich, für sie in meinem Buch ein Pseudonym zu verwenden, da in ihrem Heimatort viel geredet wird. Wie viele andere Frustriert-Verheiratete, führte Sheila viele Jahre lang eine von außen betrachtet sehr harmonische Ehe, doch tatsächlich sah es anders aus. Zu Beginn ihrer Ehe hatte Sheila beim Sex häufig multiple Orgasmen, was sich änderte, als sie in die mittleren Jahre kam. Ihre Ehe verschlechterte sich auch in anderen Bereichen. »Die emotionale Nähe ist in den späteren Jahren das Wichtigste«, sagt Sheila nachdenklich. »Selbst, wenn der Sex technisch gesehen befriedigend ist – wenn man also einen Orgasmus hat –, ist er nicht wirklich befriedigend, wenn keine tiefere Verbindung zwischen den Partnern besteht.«

Sheila ist kinderlos, und mit siebenundvierzig lagen die Wechseljahre schon hinter ihr. Von da an schlief sie nur noch gelegentlich mit ihrem Mann. »Er litt unter vorzeitigem Samenerguss und kritisierte mich ständig dafür, dass ich zu lange brauchte, um zu kommen«, gesteht sie mir im Interview. Die Selbstsucht ihres Mannes weckte in Sheila unterdrückte Aggressionen, die von einem sexuellen Missbrauch in ihrer Kindheit herrührten. Sie hatte plötzlich das Gefühl, von der Sexualität genauso ausgeschlossen zu sein wie von vielen anderen Dingen des Lebens. Es war wie ein kleiner Tod.

Doch offensichtlich ist seither etwas Wichtiges geschehen, denn als wir unser Interview führen, ist Sheila sechsundfünfzig Jahre alt und macht einen vitalen und glücklichen Eindruck.

»Es hat sechs oder sieben Jahre gedauert, bis ich den Mut fand, meinen Mann zu verlassen«, erzählt Sheila weiter. »Gleichzeitig hoffte ich aber irgendwie noch immer, wir könnten das Ganze wieder ›hinbiegen‹.« Sie seufzt. »Ich habe in dieser Zeit eine große persönliche Veränderung durchgemacht, aber mein Ehemann hat das nicht erkannt und behauptet, ich hätte mich kein bisschen verändert.«

Sheila setzte ihrem Mann schließlich ein Ultimatum: Wenn sich die Dinge nicht bis zum Ende des Jahres geändert hätten, würde sie ihn verlassen. Als Ende des Jahres alles noch beim Alten war, bestand Sheila auf getrennten Schlafzimmern. Gleichzeitig begann sie, regelmäßig mit einem Mann zu telefonieren, zu dem sie sich schon lange hingezogen fühlte. Dieser Mann und seine Frau waren zuvor mit Sheila und ihrem Mann befreundet gewesen, doch nun hatte sich auch dieses Paar getrennt und die Scheidung eingereicht. Sheila und der Mann hatten viel zu besprechen, denn sie befanden sich beide am Beginn einer neuen Lebensphase und unterstützten einander bei der Geburt eines neuen Ichs. Sheilas Telefonfreund unterstützte sie in jeder Hinsicht, und er und Sheila inspirierten sich gegenseitig.

»Eines Tages hatte ich während eines Telefonats mit ihm plötzlich Schmetterlinge im Bauch!« Ein breites Lächeln erhellt Sheilas Gesicht. »Und da habe ich mich geöffnet. Bevor wir uns überhaupt zum ersten Mal zu einem Rendezvous verabredet haben, hatte ich am Telefon mehrmals spontane Orgasmen.«

Sheilas Erfahrungen machen deutlich, dass die Libido einer Frau nicht allein von ihrem Alter oder ihrem Hormonspiegel abhängt. Ebenso wichtig sind die Umstände einer Beziehung – der emotionale und psychische Unterton des Miteinanders. Als Sheila bemerkte, dass sie – gegen Ende ihrer Ehe – »geschrumpft« war, lag dies vor allem an ihren vergeblichen Bemühungen, ganz von vorn zu beginnen. Ihr Mann stellte sich ihr in den Weg. Doch sobald ihre Bemühungen von einem anderen Mann anerkannt wurden, lebte Sheila – und ihre Libido – regelrecht auf.

Als ihre Scheidung rechtskräftig wurde und sich Sheila erlaubte, ihrem Telefonfreund auch körperlich näher zu kommen, war sie sehr überrascht über die Intensität ihrer Gefühle – ihre Empfindungen reichten von schierer Ekstase bis hin zu völliger Verzweiflung. »Ich hatte einen Orgasmus nach dem anderen, und es war nicht nur ein umwerfendes körperliches Erlebnis, sondern auch eine spirituelle, segensreiche Erfahrung. Es ist schwierig, das zu beschreiben – oftmals war ich auch sehr traurig, denn ich erinnerte mich daran, wie sehr ich mir so etwas in meiner Ehe gewünscht hatte. Ich musste erst eine Affäre beginnen, um dieses Gefühl kennen zu lernen. Früher habe ich Freundinnen, die Affären hatten, immer verurteilt. Zu manchen habe ich sogar komplett den Kontakt abgebrochen. Doch seit ich das Ganze am eigenen Leibe erfahren habe, verstehe ich meine Freundinnen viel besser. Ich weiß jetzt, was Liebe wirklich bedeutet. Die Liebe meines ehemaligen Telefonfreundes hat mich geheilt!«

Die Affäre dauerte zwar nicht lange, doch für Sheila war sie der Anstoß, sich professionelle Hilfe zu suchen, um den sexuellen Missbrauch ihrer Kindheit zu verarbeiten und ihr neues Lebensgefühl als begehrenswerte Frau ausleben zu können. Sie ahnte, dass ihr Liebhaber eine Phase des Übergangs eingeleitet hatte, und dafür war sie ihm sehr dankbar. Er kehrte schließlich zu seiner Frau zurück, da sie an einer chronischen Krankheit litt und er sie nicht im Stich lassen wollte. Wenn Sheila davon erzählt, klingt sie traurig, doch gleichzeitig auch entschlossen. »Es war sehr schwierig für mich, den tollen Sex aufzugeben«, sagt sie. »Mein Körper trauert geradezu. Ich hoffe jedoch, dass in dieser Trauerphase auch mein altes Ich stirbt und mein neues Ich endlich geboren werden kann!« Sheila strafft die Schultern. »Früher hätte mich die Trennung von einem so tollen Mann in eine tiefe Depression gestürzt, doch was ich durch diese Affäre gelernt habe, ist, dass ich nicht mit einem Mann zusammen sein muss, um mich stark zu fühlen.«

Finderlohn

Benutze es, oder du verlierst es. Gibt es eine Frau auf der Welt, die diese berühmten Worte der Sexualforscher Masters und Johnson nicht kennt? Die Wissenschaft hat die Wahrheit dieser Behauptung offen gelegt: Frauen, die regelmäßig und gern Sex haben, sind leichter erregbar und suchen nach dem Ende einer Beziehung schneller wieder nach einem neuen Partner. Oder anders ausgedrückt: Je mehr Sex Sie haben, desto mehr Sex wollen Sie auch.

Frustriert-Verheiratete oder Frauen ohne festen Partner äußern immer wieder die gleiche Beschwerde: »Ich finde einfach niemanden, mit dem ich *Sex haben* kann!«

Viele Frauen, die meinen Fragebogen ausgefüllt haben, geben an, einfach »zu schüchtern« zu sein, um auf die Jagd nach einem Mann zu gehen. Auf weitere Nachfrage hin erfuhr ich, dass viele Frauen in Wahrheit vor allem ihrem Körper gegenüber übermäßig kritisch sind oder die Falten in ihrem Gesicht als unattraktiv empfinden. Solche Frauen haben schreckliche Angst vor Peinlichkeit oder Zurückweisung. Es ist leichter für sie, Trost in übermäßigem Essen zu finden, sich gehen zu lassen und keinen Sport mehr zu treiben. Sie lassen sich nicht einmal mehr die Haare färben, benutzen keine Gesichtscreme und tragen nur noch weite Blusen und bequeme Hosen. Wenn sich dann unverhofft die Möglichkeit zu einer Affäre mit dem Postboten ergibt oder ein alter Freund aus Schulzeiten plötzlich wieder in ihr Leben tritt, haben sie den sexuellen Elan verloren, die Gelegenheit beim Schopfe zu packen.

Viele der Frauen, die ich interviewte, hatten schon monate- oder jahrelang keinen Sex mehr, doch dann trat ein Pilot-Liebhaber in ihr Leben oder sie machten sich bewusst daran, ihre eingeschlafene Ehe wiederzubeleben. Als sie die Liebe erst einmal wiedergefunden hatten, erlebten sie eine regelrechte Wiedergeburt. Dies bezeichne ich in Ergänzung zu Masters und Johnson als *Finderlohn*.

Es besteht ein direkter Zusammenhang zwischen der körperlichen Selbstwahrnehmung einer Frau und ihrem sexuellen Antrieb. Frauen, die darauf achten, in Form zu bleiben, die eher früher als später die Vorzüge eines guten Vibrators herausfinden und eine kleine Sammlung erotischer Hilfsmittel haben, um in Single-Zeiten über die Runden zu kommen – diesen Frauen fällt es sehr viel leichter, zuzugreifen, wenn sich ihnen eine Gelegenheit bietet.

Eine weitere Geschichte, die ich bei meinen Interviews gehört habe, handelt von einer siebzigjährigen Frau, die unter Depressionen und Arthritis litt und durch die Heilkraft der Sexualität ihre Lebensfreude wiederfand. Regina ist eine sinnliche, lebensbejahende Frau mit einer Vorliebe für Affären. Sie hat drei Ehemänner überlebt, und da sie es gewöhnt war, für ihren Sexappeal bewundert zu werden, traf ihr siebzigster Geburtstag sie hart. Sie lebte allein in einem Apartment in New York und konnte wegen ihrer schweren Arthritis kaum noch gehen oder schreiben. Im Laufe der Zeit entwickelte sie eine schwere Psychose und wandte sich an einen Psychiater.

»In meinem Badezimmer hängt gegenüber der Dusche ein großer Spiegel«, erzählte Regina ihrem Psychiater. »Es kommt mir vor, als wäre ich mit fünfundvierzig duschen gegangen, und als ich wieder aus der Dusche kam, blickte ich in den Spiegel und war plötzlich siebzig, und jeder Zentimeter meines Körpers hing eine Handbreit tiefer als zuvor.«

Mehrere Jahre vergingen. Eines Tages begegnete Regina einem früheren Liebhaber wieder, den sie seit Jahrzehnten nicht gesehen hatte. Sie war mittlerweile achtzig Jahre alt, und er war vierundsiebzig. Sie begannen eine leidenschaftliche Affäre. Regina besuchte ihren Psychiater ein letztes Mal und erklärte ihm: »Meine Depressionen sind verschwunden, und meine Arthritis ebenso!«

Dr. Judith Wallerstein, Autorin des Buches *The Good Marriage*, macht sich über einen Kommentar lustig, den viele unverheiratete Suchende während meiner Interviews vorgebracht haben: »Ich muss mich nicht über einen Mann definieren!« »Natürlich brauchen diese Frauen einen Mann!«, argumentiert die Psychologin. »Sexuelle Attraktivität ist ein zentrales Thema für das Selbstwertgefühl einer Frau, und niemand entwickelt ganz allein ein hervorragendes Selbstwertgefühl!« Einem jungen Mädchen werden die Veränderungen, die mit seinem Körper vor sich gehen, erst dann wirklich bewusst, wenn es bemerkt, dass die Jungen es mit ganz neuen Augen betrachten. Diese Erfahrung ist gleichzeitig aufregend und beängstigend. Dann wird das Mädchen zur Frau, und mit zwanzig, dreißig und Anfang vierzig beobachtet sie, wie ihre sexuelle Attraktivität zuerst stetig wächst und schließlich nach und nach ihre Wirkung auf Fremde verliert. Immer weniger Männer werfen ihr auf Partys oder auf der Straße bewundernde Blicke zu, und wenn sich jüngere Frauen im Raum aufhalten, muss sie eine gute Rednerin sein, um die Aufmerksamkeit auf sich zu ziehen.

Doch eine ältere Frau sollte ihre Anziehungskraft nicht so schnell abschreiben. »Die Bestätigung ihrer Attraktivität kann ebenfalls überzeugend von einem liebevollen Partner ausgehen.« Eine Patientin von Dr. Wallerstein beschrieb einen ganz besonderen Augenblick, der ihr Selbstwertgefühl wieder aufrichtete. Diese Patientin, Mitte fünfzig, legte eine »Ehepause« ein und verkroch sich für einige Tage mit ihrem Liebhaber in einem Hotel auf dem Land. Sobald sie dort ihre Suite betraten, umarmten sie sich stürmisch und begannen, ungeduldig ihre Kleidung auszuziehen. Als sie die Stufen zum Schlafzimmer eine Etage höher hinaufging, bemerkte sie einen großen Spiegel über dem Bett, und ein Schauer der Befangenheit überlief sie. Hätte sie sich selbst in diesem Spiegel betrachtet, wäre ihr Blick sicherlich an den Unvollkommenheiten ihres Körpers haften geblieben, und sie hätte gedacht: »Hilfe, ich sehe aus wie meine Mutter!«

Doch stattdessen sah sie im Spiegel das Gesicht ihres Liebhabers, und dieser blickte sie bewundernd und voller Begehren an. Sie erglühte förmlich.

Dies ist nur ein Grund, warum es so einfach ist, vergangene Liebesaffären wiederzubeleben. Dr. Wallerstein spricht in diesem Zusammenhang von dem Begriff »Doppelsicht« – man idealisiert die frühere Liebesgeschichte und ist sich gleichzeitig vollkommen bewusst, dass man älter und grauer wird und die Zeit einfach nicht zurückdrehen kann. Paare, die eine gute, langjährige Ehe führen, erzählten Dr. Wallerstein, dass sie sich noch sehr gut daran erinnerten, wie der Partner bei ihrer ersten Begegnung auf sie wirkte. Noch Jahrzehnte später kann der Ehemann genau beschreiben, wie zauberhaft das Haar seiner Frau damals im Sonnenlicht leuchtete, oder wie verführerisch sie seinerzeit in ihrem weißen Bikini aussah. Die Ehefrau erinnert sich im Gegenzug daran, wie verletzlich ihr Mann damals bei dem Gruppentreffen der geschiedenen Eltern aussah, oder dass er seinerzeit den strömenden Regen ignorierte, als sie sich nach einem Ehestreit in die Arme fielen. »Die Doppelsicht ist essentiell für den Erhalt des romantischen Funkens!«, unterstreicht Dr. Wallerstein abschließend.

Meinen Beobachtungen zufolge sind Frauen, die ein schlechtes körperliches Selbstwertgefühl haben, biologisch meist älter, als ihr Geburtsdatum aussagt. Wenn diese Frauen nicht daran glauben, sexy zu sein, fühlen sie sich auch nicht sexy und senden keinerlei Signale oder Gerüche aus, die Männer anziehen wie eine Blume die Bienen.

Die Botox-Generation

Doch wie steht es mit Frauen, die eine gestörte Selbstwahrnehmung der gegensätzlichen Art haben – Frauen in der Lebensmitte, die überzeugt sind, zwanzig Jahre jünger zu sein als das Bild in ihrem Ausweis? Wir alle haben einen ganz eigenen, subjektiven Eindruck davon, wie alt wir wirklich sind. Wenn ich meine Interviewpartnerinnen und -partner frage, wie alt sie sich fühlen, geben sie meist zur Antwort, sie fühlten sich weitaus jünger, als sie tatsächlich sind – außer denen, die unter Depressionen leiden. Vierzigjährige Männer und Frauen antworten auf eine solche Frage häufig: »Ich habe das Gefühl, ich sei erst achtundzwanzig!« Der Unterschied zwischen unserem wirklichen und unserem subjektiven Alter verändert sich mit der Zeit, doch Menschen mit einer gesunden Selbstwahrnehmung schätzen sich meist nur wenige Jahre jünger, als sie tatsächlich sind. Es ist angemessen und erfreulich, wenn sich eine fünfundsechzigjährige Frau fühlt, als sei sie fünfundfünfzig oder achtundfünfzig. Wenn diese Frau allerdings das Gefühl hat, sie sei noch immer dreißig, sind Probleme im Alltag vorprogrammiert.

Injizierbare Jugend hat die Welt in den vergangenen Jahren ein kleines Stück verändert. Seit die *FDA* im Jahr 2002 das Mittel Botox, das Stirnfalten reduziert, für den freien Markt zuließ, wurde Botox rasch zur meist angewandten kosmetischen Prozedur in den Vereinigten Staaten. Der Wunsch, die Zeichen des Alterns einfach auszuradieren, beginnt bereits in sehr jungen Jahren. Fast die Hälfte aller chirurgischen und nicht-chirurgischen kosmetischen Prozeduren im Jahre 2003 wurde an Menschen im Alter von fünfunddreißig bis fünfzig vorgenommen. Die Gruppe der Einundfünfzig- bis Vierundsechzigjährigen folgt mit beinahe einem Viertel aller Prozeduren, und auch hier ist die Botox-Spritze der beliebteste Eingriff. Dermatologen kaufen das Botulinumtoxin, Typ A, in rauen Mengen ein und laden Patientinnen und Patienten zu »Botox-Partys«. Wir alle haben schon einmal Frauen gesehen, deren Gesichter durch den exzessiven Gebrauch dieses Nervengiftes zu erstarrten Fratzen wurden.

Der Effekt kosmetischer Spritzen dieser Art hält nur ungefähr sechs Monate an. Eine Affäre mit einem jüngeren Mann kann dagegen sehr viel mehr für eine Frau tun als so eine Spritze: Ein neuer Liebhaber heilt das angeknackste Selbstbewusstsein und schenkt oft Lebensfreude und Selbstachtung. Doch seien Sie gewarnt: Eine Frau, die wie eine Klette an ihrem jungen Pilot-Liebhaber hängt, läuft Gefahr, tief verletzt zu werden und ihre Selbstachtung wieder einzubüßen. Das beste Beispiel dafür kommt von einer Frau, die ich im Folgenden Sydney nennen werde.

»Allein der Gedanke an dich ...«

Als ich Sydney kennen lerne, schätze ich ihr Alter auf »irgendwo in den mittleren Jahren«. Sie ist groß, durchtrainiert und noch immer in der Lage, ihre blaue Bluse in ihre enge Jeans zu stecken und dabei gut auszusehen. Sydney ist zudem das perfekte Beispiel einer alterslosen Sportlerin. Ihre tief liegenden blauen Augen blitzen lebenslustig. Ihr blondes Haar ist geschnitten wie das eines Schulmädchens.

»Ich werde nächstes Jahr siebzig«, eröffnet sie uns.

Die jüngeren reifen Frauen, die mit uns auf einer Bergterrasse im Südwesten um den Tisch sitzen, schnappen ungläubig nach Luft.

»Ich kann es kaum glauben.« Sydney lacht. »Ich fühle mich noch immer wie fünfundvierzig. Allerdings habe ich Enkelkinder zwischen zwei Monaten und zwanzig Jahren.«

Sydney wurde mit fünfundvierzig Jahren zur Witwe. Ihr Mann starb bei einem Autounfall, und sein Tod war ein schrecklicher Schock für sie. »Vor dem Unfall habe ich ein anderes Leben geführt«, sagt Sydney nachdenklich, und bevor wir nachhaken können, erzählt sie uns den fröhlicheren Teil ihrer Geschichte. Nach dem Tod ihres Mannes zog Sydney nach Washington, D. C., um auf den Skihängen über ihren Verlust hinwegzukommen. Dort verliebte sie sich in ihren zehn Jahre jüngeren Skilehrer. Dieser Mann, so erzählt Sydney mit leuchtenden Augen, brachte ihr bei, die wilde Seite des Lebens und ihre Sexualität zu genießen.

»Ach, herrje!«

Dies waren Sydneys Worte, als sie von ihrem Skilift aus ins Sun Valley blickte und dort ihren neuen Skilehrer entdeckte, der lässig an einer Wand lehnte und einfach umwerfend aussah. Sydney dachte damals: »Das ist der bestaussehende Mann, dem ich je begegnet bin!« Sydney war jedoch nicht allein auf der Piste, sie wurde von ihrer vierzehnjährigen Tochter und ihren erwachsenen Söhnen begleitet, mit denen sie nach Idaho geflogen war, um eine Familien-Weihnachtstradition aufrechtzuerhalten, auch wenn die Familie sich noch im Schockzustand befand, da der Tod von Sydneys Mann erst sechs Monate zurücklag.

Ihr Ausruf »Ach, herrje!« dient als Mantra, das ihre gesellschaftliche Klasse und ihre Generation trefflich charakterisiert. Sydney gehört eindeutig besseren Kreisen an – ihre hohen Wangenknochen und ihre eleganten Bewegungen deuten darauf hin, dass sie mit einem silbernen Löffel im Mund zur Welt kam. Ihre puritanische Erziehung trägt die Handschrift der Zeit vor dem Zweiten Weltkrieg, sie ließ keinen Platz für den Gedanken an ein unabhängiges Leben. Die junge Sydney tat, was von ihrem Geschlecht und ihrer Klasse erwartet wurde. »Ich war immer das perfekte Kind«, sagt sie rückblickend. »Ich habe alles richtig gemacht, habe das Vassar-College mit *cum laude* abgeschlossen und nie gegen irgendetwas rebelliert.« In den Folgejahren heiratete sie, produzierte vier wundervolle Kinder, führte ihren Haushalt ohne Fehl und Tadel und freute sich jedes Jahr auf ihren Weihnachts-Ski-Trip nach Idaho.

Sydney hatte niemals auf eigenen Beinen gestanden.

In dem Jahr vor dem Verlust ihres Ehemannes waren ihre Eltern gestorben. Die drei Schicksalsschläge, die so rasch aufeinander folgten, warfen Sydney völlig aus der Bahn. Doch in Gegenwart ihres gut aussehenden jungen Skilehrers erlebte sie so etwas wie eine Zeitreise – von der erstarrten Witwe zurück zum pubertären Mädchen, das sich albern, egoistisch und lüstern verhält und auf Teufel komm raus gegen alles und jeden rebelliert.

Wenige Monate später kehrte Sydney mit einer Freundin nach Sun Valley zurück. »Als ich im März wieder dort war, rief ich sogleich meinen Skilehrer an – und es ging um alles andere als um eine Skistunde! Erstaunlich, wenn man bedenkt, wie konservativ ich erzogen wurde. Doch durch ihn fühlte ich mich mit einem Mal sexuell wie befreit!« Sydney und ihr Liebhaber teilten zudem die Liebe zum Sport. »Er brachte mir bei, wie man *richtig* Ski läuft! Es war wie ein Wunder, und ich wollte keine Minute lang ohne ihn sein.«

Sydneys Liebhaber hatte hochfliegende Träume – er wollte von seiner Exfrau weg in ein anderes Skiressort ziehen und dort an seiner Schriftstellerkarriere arbeiten. Sydney hatte genügend Geld geerbt, um ihm seine Fantasie zu finanzieren, und so geschah es. Doch schnell stellten sich Probleme ein. Es war äußerst schwierig für Sydney, ihren jungen Liebhaber ihren vornehmen Freundinnen vorzustellen, und einige wandten sich sogar von ihr ab. Sydneys Ex-Schwiegermutter weigerte sich obendrein, Weihnachten mit ihr zu verbringen, wenn Sydney nicht aufhöre, »in Sünde zu leben«. Nach dem ersten gemeinsamen Jahr heiratete Sydney ihren Skilehrer gegen alle Widrigkeiten. Eine unbedachte Entscheidung, die sie bald bereuen sollte.

Als sie ihn heiratete, wusste Sydney, dass ihr junger Mann zwei kleine Kinder hatte und ein trockener Alkoholiker war. Sie wusste ebenfalls, dass er noch immer hin und wieder Marihuana rauchte. »Aber ich war so verliebt in diesen Mann, dass ich alle Alarmzeichen in den Wind schlug!«, gibt Sydney zu. Sie ermutigte ihren Mann, ein Buch zu schreiben, und finanzierte die Veröffentlichung. Als das Buch einen Preis erhielt, fühlte sie sich in ihrem Handeln gerechtfertigt. Ihr Leben war wundervoll – Sydney und ihr Mann unternahmen aufregende Abenteuerreisen zusammen und machten alle zwei Jahre eine

Rucksacktour im Himalaja. In den ersten zehn Jahren ihrer Ehe schwebte Sydney auf Wolke sieben, und sie konnte ihre Fantasie, sie sei noch immer jung, vollkommen ausleben.

Doch als sie das sechzigste Lebensjahr erreichte, wurde der Unterschied zwischen ihrer körperlichen Energie und der ihres jungen Ehemannes immer deutlicher. Viele ihrer mutigen Unternehmungen wurden für sie schwieriger oder gar unmöglich. Auch in ihrem Sexleben bemerkte Sydney eine starke Veränderung.

»Es begann, als ich achtundfünfzig oder sechzig war«, erzählt sie. »Mein Sexbedürfnis ließ plötzlich rapide nach. Ich ging damals zu drei verschiedenen Gynäkologinnen und fragte sie um Rat. Eine von ihnen sagte: ›Oh, das ist alles überhaupt kein Problem!‹, und verschrieb mir ein hoch dosiertes Hormonpräparat. Doch der erhoffte Erfolg blieb aus.« Ein Psychiater, den Sydney anschließend aufsuchte, diagnostizierte eine Depression und verordnete Prozac, was ihren sexuellen Antrieb nur noch mehr zu dämpfen schien. In ihrer Verzweiflung begann Sydney, Orgasmen vorzutäuschen. Der wahre Dämpfer für ihre Libido war die unbewusste Ahnung des im Grunde Offensichtlichen: Sie ließ sich finanziell und emotional ausnutzen und erlaubte ihrem Mann, sie schlecht zu behandeln.

Gemeinsam besuchten sie einen Paartherapeuten, und dieser sagte zu Sydneys Mann: »Wissen Sie, Sydney wird älter. Sie müssen Verständnis dafür haben, dass sie mit all den Dingen, die Sie gern tun möchten, einfach nicht mehr mithalten kann.« Das brachte Sydney auf die Palme, und sie bemühte sich daraufhin umso mehr darum, mit ihrem jungen Mann Schritt zu halten. Doch einige Jahre später reisten sie nach Katmandu, um den dritthöchsten Berg der Welt zu besteigen. Einige hundert Meter unterhalb des Basiscamps gab Sydney jedoch auf. Sie war fünfundsechzig Jahre alt.

Ihr Alter und die finanzielle Realität hatten Sydney schließlich eingeholt. Sydney war regelrecht abhängig von ihrem jungen Adonis, der nicht nur auf skrupellose Weise ihre finanziellen Ressourcen ausschöpfte, sondern Sydney auch ans Ende ihrer körperlichen und psychischen Kraftreserven brachte. Er begann wieder zu trinken, und im Sommer, wenn er nicht als Skilehrer tätig war, unternahm er Wander- und Fahrradausflüge mit seinen Freunden – während Sydney deprimiert zu Hause saß. Eines Tages schloss sich der Wandergruppe ihres Mannes eine junge Frau an, doch Sydney sah in ihr keine Gefahr, denn für sie war das Mädchen eine »graue Maus«. Obwohl ihre finanziellen Reserven merklich geschrumpft waren, unternahm Sydney einen letzten Versuch, ihre Ehe zu retten. Sie steckte 350 000 Dollar in den Bau einer idyllischen Zuflucht – ein Haus an der Küste Mexikos – und träumte davon, sie und ihr Skijunge würden nackt an ihrem privaten Strand spazieren gehen, wie Delfine im Meer schwimmen und die Leidenschaft ihrer ersten Jahre wiederbeleben. Ihr Mann dankte es Sydney, indem er eine Woche mit seiner Geliebten – der »grauen Maus« – in dem neuen Haus verbrachte.

»Es schockierte mich zutiefst, dass ein solch einfältiges, unattraktives Mädchen mir den Mann ausspannen konnte. Es war erniedrigend.« Sydneys Wut richtete sich offenbar allein gegen die Wunde, die ihrer Eitelkeit zugefügt worden war.

Die Thanksgiving-Feiertage verbrachte Sydney mit ihren Kindern in dem Haus in Mexiko. Sie blieben drei Wochen dort. In dieser Zeit verlor Sydney acht Kilo und brachte ihr Körpergewicht auf knackige sechzig Kilo. Zudem las sie diverse Ratgeber, die ihr helfen sollten, ihr Selbstbewusstsein zurückzugewinnen. Doch selbst nach der Lektüre all dieser guten Bücher weigerte sich Sydney innerlich noch immer, sich in irgendeiner anderen als der oberflächlichsten Weise zu verändern.

»Ich war achtundsechzig und nicht bereit, mein ganzes Leben über den Haufen zu werfen und ganz von vorn zu beginnen«, sagt Sydney.

Ihr Mann rief sie eines Tages an und gestand ihr, dass er sie noch immer liebe. Sydney fragte ihn, ob er die »graue Maus« liebe, und er bejahte. Sie warf ihm an den Kopf, ein Mann könne nicht zwei Frauen gleichzeitig lieben, doch in Wahrheit erregte die sexuelle Rivalität mit der Konkurrentin sie. Nach ihrem Gespräch ging Sydney zum Strand hinunter und machte einen Spaziergang. In ihrer Fantasie war alles so, wie sie es sich erträumt hatte. »Ich sah meinen Mann überall – am Strand, im Wasser. In meiner Fantasie hatten wir das Haus gerade erst fertig gestellt, und es gehörte nur uns beiden. Wir waren glücklich dort. Ich wusste zwar, dass dies nicht der Wirklichkeit entsprach, doch meine Fantasien erregten mich, und plötzlich verspürte ich wieder sexuellen Hunger in mir.«

Sydney lud ihren Mann ein, sie im Strandhaus zu besuchen, und bereitete sich gründlich auf seinen Besuch vor – und darauf, ihren Mann zurückzugewinnen. Sie bestellte Sexspielzeug im Internet und kaufte sich bei *Victoria's Secret* raffinierte Seidenunterwäsche – Seidenhöschen und sexy Büstenhalter. An ihrem ersten gemeinsamen Abend stiegen Sydney und ihr Mann in den Whirlpool, dann unter die Dusche, dann ins Bett und landeten schließlich auf dem Fußboden. Sydneys narzisstischer Wunsch, sich jung zu fühlen, wurde voll und ganz befriedigt – für den Augenblick. »Ich fühlte mich wunderbar in meinem Körper, ich fühlte mich sexy!«, schwärmt Sydney. »Das war der beste Sex, den wir jemals hatten, und das beweist doch, dass Sex vor allem im Kopf stattfindet!«

Doch ganz so einfach ist es nicht.

Der Verlust der Libido hatte in Sydneys Fall nichts mit den Hormonen zu tun. Es ging im Grunde auch nicht um ihren Mann – den ihre Fantasie von einem Frosch in einen Prinzen verwandelt hatte. Es ging allein um ihre Selbstwahrnehmung – das idealisierte Bild ihrer selbst, das sie einst in den Augen ihres Skijungen reflektiert gesehen hatte. Das Bild, das ihr zu glauben ermöglichte, sie sei noch immer fünfundvierzig. Solange sie sich in ihrer romantischen Liebschaft verlieren konnte, musste sich Sydney nicht weiterentwickeln oder sich mit dem Verlust ihres ersten Ehemannes beschäftigen. Oder doch?

»Wir können von unserem neuen Partner nicht erwarten, dass er die Arbeit für uns erledigt, die wir nicht für uns getan haben«, erläutert Dr. Melanie Horn, Psychologin aus San Francisco. »Wenn wir eine Beziehung benutzen, um schmerzhafte oder gar traumatische Empfindungen zu verdrängen, geraten wir leicht in eine Sackgasse.« Sydney entkam ihrer Trauer über den Verlust ihres Mannes dadurch, dass sie sich in eine Vorphase flüchtete, eine Phase, die sie niemals vollendet hatte, nämlich die des rebellischen Teenagers. Diese Flucht ermöglichte es ihr zwanzig Jahre lang vor der nächsten Entwicklungsstufe, der Phase des vollständigen Erwachsenwerdens, davonzurennen. Sie besaß genügend Geld, um sich eine Traumwelt zu erschaffen, doch letztlich musste sie teuer für die sexuelle Leidenschaft dieser Jahre bezahlen – sowohl in finanzieller als auch in sozialer Hinsicht, denn viele langjährige Freunde wandten sich von ihr ab. Als sie erkannte, dass sie von ihrem Mann ausgenutzt wurde, ließ ihre Libido schlagartig nach, und Sydney fiel in eine Depression. Ihr hartnäckiger Widerstand, ihr Leben neu aufzubauen, schob das Unvermeidliche nur auf: Je länger diese wichtige Phase verschoben wird, desto schwieriger wird es, wenn man letztlich unvermeidlich damit konfrontiert wird.

Nach der aufregenden Woche der sexuellen Wiedergeburt mit ihrem Ehemann wurde Sydney klar, dass sie und ihr Mann nur körperlich wieder zueinander gefunden hatten, dass emotional jedoch keine Bindung mehr bestand. Wenn sie zusammen ausgingen, erweckte es meist den Eindruck, als wollten sie zu verschiedenen Partys gehen – ihr Mann hatte eine Tätowierung und trug Ohrringe, kurze Shorts und Birkenstocks. Sydney hingegen trug zu ihrer Jeans gern elegante Oberteile und Ethno-Schmuck. Zusätzlich fand Sydney die finanzielle Situation belastend, und ihre ständig vorgebrachten Sorgen gingen wiederum ihrem Mann auf die Nerven. Irgendwann platzte der Knoten, und Sydney trennte sich von ihrem Mann. Sie fand ihren wahren Wert.

Langsam gewöhnt sich Sydney nun an das Leben mit Gleichaltrigen. Sie verbringt viel Zeit in ihrem Golfclub und mit ihrer Skigruppe, darüber hinaus sucht sie nach einer sinnvollen Möglichkeit, ihre Leidenschaft auf asexuelle Weise auszuleben und ihre Zeit und ihr Geld jenen in ihrer Gemeinde zur Verfügung zu stellen, die gesellschaftlich benachteiligt sind. Sydney war fast einundsiebzig, als sie sich eingestehen musste: »Letztlich ist Sex einfach nicht genug.«

14. Bringen Sie frischen Wind in Ihr Schlafzimmer!

Ein Hauptgrund, warum die Mehrheit der Scheidungen, die nach dem vierzigsten Lebensjahr eingereicht werden, von Frauen initiiert wird, ist sexuelle Frustration. Ich war mehr als erstaunt über die hohe Zahl der Frauen, die mir in den Interviews erzählt haben, dass ihnen erst nach der Scheidung klar wurde, dass sie mit ihrem Ehemann nie einen Orgasmus erlebt hatten. Warum ist das so? Weil viele Ehemänner noch immer nicht wissen – oder womöglich nicht wissen wollen –, was der Kinsey-Report eindeutig bewiesen hat: Eine Frau kann ohne klitorale Stimulation keinen Orgasmus bekommen.

Der Prediger Billy Graham verurteilte Dr. Kinseys »geheime Agenten« dafür, dass sie Frauen über intime Details ihres Lebens befragt hatten, und behauptete, die interviewten Frauen seien keine »typischen christlichen amerikanischen Bürgerinnen«. Ich konnte mich jedoch persönlich vom Gegenteil überzeugen, als ich in äußerst religiöse Gegenden reiste, um Interviews mit Frauen in der Lebensmitte zu führen. Obwohl in diesen Landesteilen auf den ersten Blick unter konservativen Eltern von Highschool-Kindern eine regelrechte Abstinenzbewegung im Gange zu sein scheint, finden heutzutage unzählige Sexpartys statt, auf denen moderne Erwachsene mehr über Sex lernen als je zuvor. Überraschenderweise sind es vor allem verheiratete Frauen, die diese Partys besuchen und dort Sexspielzeug kaufen. Frauen laden bei einer solchen Gelegenheit gewöhnlich ihre Freundinnen ein, man sitzt nett beisammen, und eine Verkäuferin oder auch Beraterin demonstriert, was für Sexspielzeug es gibt und wie man es benutzt. Ehemänner, die ihren Frauen keinen Cent mehr für Tupperware geben würden – »Wir brauchen kein weiteres Plastikzeug!« –, schicken ihre Frauen mit Kreditkarten zu diesen kleinen Sexlehrstunden.

Das östliche Arkansas lebt vor allem vom Baumwollanbau. Dort geht fast jeder sonntags in die Kirche, getrunken und gespielt wird heimlich. Bei meinen Interviews mit den dort heimischen Frauen stellte ich vor allem eines fest: Zwischen den allgemeinen Moralwerten und dem privaten Sexualverhalten der Leute besteht eine riesige Kluft.

Leidenschaft im christlich konservativen Bibelgürtel der USA

Linda Brewer wird schon wieder an die Seite gewinkt. Sie lenkt ihren Cadillac Escalade an den Straßenrand, kurbelt das Fenster herunter und wartet geduldig ab. So etwas passiert ihr andauernd, besonders hier in Sheridan, einer kleinen Stadt in Arkansas, die nur 3872 Einwohner zählt. Hier wuchs Linda auf, hier zog sie ihre Töchter groß, arbeitete als Softball-Trainerin und führte nebenher viele Jahre lang ein Sportgeschäft. Im Rückspiegel beobachtet Linda, wie sich der Polizist ihrem Wagen nähert. Sie kennt ihn nicht, offenbar ist er neu im Bezirk. Er tritt an ihr Fenster, nimmt seine Sonnenbrille ab und weist damit auf das Heck von Lindas Wagen. »Mam«, sagt er neugierig. »Was hat es mit dieser FUNLADY auf sich?«

»Also mit Tupperware hat das nichts zu tun«, erwidert Linda keck und zwinkert dem Polizisten zu.

Lindas Ehemann hat ihr das Autokennzeichen mit der Aufschrift FUNLADY geschenkt, als Linda vor fünf Jahren zur Initiatorin von Sexpartys wurde. Anders als die meisten Beraterinnen, die mit ihren Köfferchen voller Sexspielzeug und Hilfsmittelchen von Frauen eingeladen werden und diese daheim besuchen, führt Linda ein »offenes Haus«, wo die Partys stattfinden – nur einen Block von der größten Kirche des Staates entfernt. Doch Lindas Zuhause ist nicht vergleichbar mit einem üblichen Sexladen – in ihrem Haus schleichen keine Männer geduckt durch düstere Gänge, um sich den neuesten Porno für ihre Sammlung zu besorgen. Lindas Sexspielzeug verbirgt sich in diskret beschrifteten Schubladen, und ihre Klientel besteht ausschließlich aus Frauen – Frauen, die regelmäßig zur Kirche gehen.

Linda ist keine Kirchgängerin. Ein ortsansässiger Pfarrer bemüht sich immer wieder, Linda zu einem Kirchbesuch zu überreden. Linda lehnt sein Angebot stets ab. »Vater, Sie wissen doch, dass ich nicht kommen kann.«

»Aber der Pastor schickt die Frauen zu mir nach Hause«, sagt Linda stolz. »Sie kommen direkt nach dem Gottesdienst vorbei!« Linda schließt ihr »offenes Haus« sonntagabends um sieben Uhr, und um diese Zeit beginnt gewöhnlich das Telefon zu läuten. »Linda, kann ich um acht vorbeikommen, wenn alle anderen fort sind?« Die FUNLADY passt sich gern den Gegebenheiten an. Obgleich es in einer ländlichen Gegend wie dieser allgemein als schwierig gilt, Käuferinnen zu werben, rangiert Linda bei ihrem FUNLADY-Unternehmen auf Platz eins der besten Verkäuferinnen.

Wie viele andere gute Verkäuferinnen begann Linda ihren Job unter schwierigen Bedingungen – sie führte eine unglückliche Ehe und hatte keinerlei eigene Ersparnisse. Das FUNLADY-Unternehmen erregte Lindas Interesse, als sie andere Beraterinnen, die blitzenden Schmuck trugen und in tollen Schlitten herumfuhren, in ihrer Stadt sah. »Ich habe das noch nie jemandem anvertraut«, sagt Linda, »aber in den fünfundzwanzig Jahren meiner ersten Ehe hatte ich alles in allem vielleicht zwei Orgasmen. Ich dachte damals, ein Orgasmus sei etwas, wovon man nur in Büchern liest.« Linda erinnert sich. »Neun Jahre lang schlief ich auf der Couch. Nachts wachte ich oft tränenüberströmt auf. Ich war total deprimiert und ging zu einem Frauenarzt und fragte ihn, was mit mir nicht stimmte. Der Arzt sagte damals: ›Linda, ich glaube, Sie sind sexuell frustriert.‹ Er schlug mir vor, ich solle masturbieren, und ich war schockiert. Wissen Sie, hierzulande redet man den Mädchen ein, ihnen würden schwarze Haare auf dem Handrücken wachsen, wenn sie das tun.«

Nachdem Linda ihre erste Sexparty besucht hatte, war sie dermaßen begeistert von der Idee, selbst Beraterin zu werden, dass sie Produkte im Wert von 180 Dollar kaufte, die sie stolz ihrem Ehemann zeigte und sagte: »Ich weiß, dass ich das kann!«

Ihr Mann war alles andere als angetan. »Wem willst du diesen ganzen Scheiß denn verkaufen?«, schrie er. »Das weiß ich noch nicht«, antwortete Linda, »aber ich finde schon Käuferinnen.« Die findet sie immer noch. Das reguläre Starter-Paket für eine Verkäuferin kostet insgesamt 1200 Dollar. Linda kratzte 500 Dollar zusammen und lieh sich den Rest von ihrem Schwiegersohn. Kurz nachdem sie als Beraterin begonnen hatte, traf sie ihren absoluten Traummann – ihren jetzigen Ehemann –, der ihr, wie sie selbst sagt, die Tür zu einer ganz neuen Welt öffnete. Wie viele langjährige Beraterinnen predigt Linda seit vielen Jahren, welch großen Einfluss Sexualität auf uns hat. Sex kann das Leben einer Frau grundlegend verändern und eine eingeschlafene Ehe in pure Ekstase verwandeln – und pure Ekstase, so Linda, erlebt sie mit ihrem zweiten Ehemann. »Deswegen kann ich mich so gut in meine Kundinnen hineinversetzen – sie haben dieselben Probleme, die ich damals mit meinem ersten Mann hatte. Ich rede lange mit ihnen darüber, was in ihrer Ehe schief läuft, und dann ziehe ich die ›Silberkugel‹ aus dem Koffer (ein batteriebetriebener Taschenvibrator). Die Frauen sind meist völlig begeistert, und sie vertrauen sich mir vollkommen an – als sei ich ihr Arzt!«

Ich frage Linda: »Was ist das Wichtigste, was ältere Frauen über Sex wissen sollten?«

»Wie wunderbar es ist, einen Orgasmus zu haben – ob nun allein oder mit einem Partner. Sexuelle Befriedigung kann das Leben verändern!«

»Haben Sie das bei Ihren Kundinnen erlebt?«

»Ich habe es am eigenen Leibe erfahren!«

Die First Lady der Leidenschaft

Sexpartys sind die Tupperwarepartys des neuen Jahrtausends. Die Nase vorn hat in diesem Geschäft eine Privatgesellschaft, die einen Jahresumsatz von geschätzten zwanzig Millionen Dollar macht und deren Beraterinnenstab dreihundert Frauen umfasst, die entweder Teil- oder Vollzeit arbeiten und ständig neue Beraterinnen auf Provisionsbasis gewinnen.

Das Verkaufsgenie hinter diesem expandierenden Geschäft ist C. J. Haynes, auch bekannt als die First Lady der Leidenschaft. Sie ist Mitte sechzig, hat bereits Enkelkinder und ähnelt auch äußerlich einer Großmutter – obgleich sie sich relativ auffällig kleidet und eine äußerst scharfe Zunge besitzt. Sie ist selbst eine der Top-Verkäuferinnen des Unternehmens, und sie und ihre Gruppe machten allein im Jahre 2004 einen Umsatz von fünf Millionen Dollar mit ihren Produkten. C. J.s Territorium erstreckt sich von Arkansas über Mississippi bis Tennessee und umfasst somit die Staaten des tiefsten Südens. (Kürzlich explodierten die Verkaufszahlen auch in Kalifornien, im Staate Washington, Wisconsin, New York, Arizona, Texas, Missouri und Ohio.)

Die Hauptabnehmerinnen von Vibratoren sind, so C. J., nicht in erster Linie weibliche Singles aus der Großstadt, die von ihrem *Sex-and-the-City*-Leben frustriert sind, sondern verheiratete Frauen aus dem Süden. C. J. erklärt auf der Party die Biologie des weiblichen Körpers – vom genauen Sitz der Klitoris bis hin zum G-Punkt –, und zwar auf äußerst subtile und unterhaltsame Weise. C. J. bemüht sich um dieselben Ziele wie einst Alfred Kinsey. Ihr liegt daran, dass Sex in amerikanischen Ehen wieder mehr Spaß macht. Bisher wurde ich jedes Mal, wenn ich bei irgendeiner Gelegenheit C. J.s Geschichte erzählte, mit der Frage bestürmt: »Warum sind Sexpartys denn vor allem im Süden so erfolgreich?«

»Die Frauen in diesem Teil des Landes haben kaum eine andere Beschäftigungsmöglichkeit«, erklärt C. J. mit ihrer Whiskey-Stimme, die immer leicht verschwörerisch klingt. »Frauen werden hier im Süden noch immer unterdrückt. 90 % der Jobs, die Frauen hier ausüben können, sind Fabrik-Arbeiten, für die man fünf bis sieben Dollar pro Stunde bekommt. Es gibt keine Sexshops in Arkansas. Frauen kommen also zu meinen Partys, um die Sexspielzeuge zu sehen und zu lernen, wie man sie benutzt. Außerdem kommen sie wegen des Gemeinschaftsgefühls oder weil sie damit angeben möchten, wie viel ihr Vibrator gekostet hat.«

Als C. J. mich in einem ihrer drei Wagen der Marke Mercedes abholt, entdecke ich in ihrem Becherhalter erstaunt einen perlenbesetzten Revolver. C. J. bemerkt meinen Blick und lacht. »Schätzchen, ich fahre hier doch nicht ohne jeden Schutz herum!«

Als C. J. in dieser Branche begann, arbeitete sie hauptberuflich für eine Firma in Tennessee und pendelte zwischen Tennessee und Memphis, wo ihr Ehemann angestellt war. C. J. war damals Mitte vierzig und suchte nach einem Nebeneinkommen, dessen Erlöse sie von der Steuer absetzen konnte. Ihre Tochter, die eine Sexparty besucht hatte, brachte C. J. auf die Idee, in dieser Richtung tätig zu werden, sie wiederholte ihrer Mutter gegenüber immer wieder: »Mom, das ist was für dich!« C. J. bestellte das Starter-Paket. »Darin waren Sachen, die ich noch niemals gesehen hatte, und ich hatte keine Ahnung, was man damit tun musste. Ich war eine erwachsene Frau mit zwei erwachsenen Kindern, und diese zweiundzwanzigjährige Sekretärin sagt mir: ›Sie wissen nicht, was das ist? Das ist ein Penisring!‹« C. J. war ein wenig schockiert, doch ihre Neugierde war geweckt. »Ich dachte: ›Hmm … Tupperware … Sexspielzeug … probieren wir das mal ein Jahr lang.‹«

Sie organisierte ihre erste Party und stellte kurz darauf vier weitere auf die Beine. Nach einem halben Jahr brachten ihr die Partys bereits ein beachtliches Sümmchen ein. C. J. bewahrte sämtliche Quittungen sorgfältig auf und schickte sie schließlich an ihren Steuerberater. Dieser rief sie an und scherzte: »Wenn Sie Marihuana verkaufen, C. J., können wir das nicht von der Steuer absetzen.«

C. J. begann, andere Frauen als Beraterinnen zu akquirieren, vor allem allein erziehende Mütter, die mit ihrem mageren Gehalt kaum über die Runden kamen. Sie sagte diesen Frauen: »Ihr müsst keinen langweiligen Bürojob machen, ihr könnt Geld damit verdienen, Partys zu geben – und ihr teilt euch eure Zeit selbst ein.« Der Job, der einst lediglich dazu gedacht war, ein wenig Geld von der Steuer abzuschreiben, verwandelte sich für C. J. nach und nach in eine Mission. »Ich konnte Mädchen, die von der Sozialhilfe lebten, durch das Jobangebot aus ihrer Misere befreien!« C. J. war so gut, dass sie rasch in eine höhere Einkommensklasse aufstieg. Zu diesem Zeitpunkt kündigte sie ihren eigentlichen Hauptjob in Tennessee und zog nach Memphis. Innerhalb kürzester Zeit wurde sie zur ersten Beraterin, die dem Unternehmen monatlich 10 000 Dollar einbrachte.

Als C. J. in Memphis aber zu einer Bank ging, um ein Geschäftskonto zu eröffnen, wurde sie gefragt, welcher Art ihr Geschäft sei. Als sie wahrheitsgemäß antwortete, sagte man ihr: »Oh, nein, es tut uns leid, aber in diesem Fall können wir Ihnen nicht erlauben, hier ein Konto zu eröffnen.«

»Warum nicht?«, fragte C. J.

»Das tun wir hier einfach nicht.«

C. J. lachte dem Bankangestellten ins Gesicht. »Woher kommen dann all die kleinen Babys in Memphis? Importieren Sie die aus Mississippi?«

Das ist zwanzig Jahre her, und C. J. sagt, sie könne hunderte solcher Geschichten über ihren Kampf um Akzeptanz im konservativen Süden erzählen. Bevor sie beispielsweise in Mississippi überhaupt eine Arbeitserlaubnis erhielt, musste sie eine Party für einen Richter, seine Frau und deren Freundinnen geben. Im Memphis musste sie ihre Produkte vorab der Stadtverwaltung vorlegen. »Ich wurde aus Hotels und Ämtern geworfen, aber wissen Sie, was mir am meisten Angst gemacht hat?« C. J. lacht und schüttelt den Kopf. »Ich habe einmal beinahe den Ehemann einer Frau erschossen. Sie war die freundlichste Frau, die Sie sich vorstellen können, und sie hatte für meine Party fünfzehn Freundinnen eingeladen, die alle wie verrückt bei mir einkauften. Als ich gerade meine Sachen wieder einpacken wollte, hörte ich plötzlich von oben einen riesigen Tumult. Ich ging hinauf, und der Mann der Gastgeberin drängte seine Frau gerade brutal gegen die Wand. Er war betrunken. Er blaffte ein paar rassistische Bemerkungen in meine

Richtung und schrie: ›Verpiss dich!‹ Ich sah diesem Kerl fest in die Augen und erwiderte: ›Wenn Sie Ihre Frau nicht auf der Stelle loslassen, puste ich Ihnen das Gehirn weg!‹«

Deshalb verlässt C. J. das Haus niemals ohne ihren perlenbesetzten Revolver.

Von Memphis aus reisen C. J. und ich zu den sumpfigen früheren Reisplantagen im Osten von Arkansas, und es erscheint mir, als befänden wir uns mitten im Nirgendwo. C. J. hält vor einer schlichten Reihe Bungalows. Während sie den Kofferraum öffnet und ihr Equipment herausholt, kommt die Gastgeberin der heutigen Party in Jeans und mit einer Pall Mall im Mundwinkel auf uns zu. Hinter ihr tritt ihre Tochter im Teenageralter aus der Haustür. Die Gastgeberin ist Friseurin und kennt die Geheimnisse sämtlicher Frauen in der ganzen Stadt.

Im Wohnzimmer der Gastgeberin haben es sich fünfzehn Frauen in Shorts gemütlich gemacht. Die meisten tragen Flipflops, die zahllose pinkfarbene, pedikürte Zehennägel zur Schau stellen. Die Luft ist rauchgeschwängert. Alle bedienen sich ungeniert von ein paar kalten Platten mit frittiertem Essen und Dips. Die meisten Frauen haben bereits Enkelkinder, eine von ihnen ist erst seit drei Wochen verwitwet. Das Wohnzimmer ist überfüllt mit kleinen chinesischen Engelfiguren und Plastikblumen. In der Ecke steht eine antike Jukebox, gleich daneben ein überdimensionierter Fernseher, der fast die gesamte Ostwand des Zimmers einnimmt. Als C. J. bereit ist, mit ihrer Präsentation zu beginnen, fragt sie: »Könnten wir bitte den Fernseher ausschalten?« Irgendjemand antwortet: »Ich habe noch nie erlebt, dass er aus war.«

Mit dem Enthusiasmus einer Zeltpredigerin erklärt C. J. nun die Vorzüge von »Lickety Lube«, »Passion Powder« und dem »Little Beaver Finger Vibe«. Die Frauen strecken C. J. freiwillig ihre Arme entgegen, um angesprüht, eingerieben oder gekitzelt zu werden. Mit nahezu religiöser Konzentration befolgen sie C. J.s Anweisungen, und der Raum gleicht einem Klassenzimmer voller Musterschülerinnen.

»Viele Frauen aus dem Süden sind es leid, dass man ihnen die Religion vorgekaut vorsetzt«, hat C. J. mir erzählt. »Die Frauen hier setzen Sex meist als Mittel zum Zweck ein, denn alles, was mit Sexualität zu tun hat, wird von Männern dominiert. Die Frauen wollen endlich ihren eigenen Spaß.«

Als C. J. eine Stimulationscreme vorstellt, sagt eine traditionell wirkende Dame unschuldig: »Ich kann mir nicht vorstellen, dass Männer so etwas mögen.« Die verheiratete Gastgeberin antwortet: »Wen interessiert's? Hier geht's um uns!«

Gekicher breitet sich aus.

Als C. J. wenig später die Vorzüge eines wasserfesten Vibrators erklärt, ruft die Gastgeberin begeistert, dieses Gerät könne sie wunderbar im Swimmingpool benutzen. »Der Polizist, der nebenan wohnt, wird in diesem Sommer einiges zu sehen bekommen!«

»Typisch meine Mutter!«, stöhnt die Tochter peinlich berührt.

C. J. geht nun dazu über, Vibratoren in Form von Schmetterlingen, Kolibris, Delfinen und Kaninchen zu präsentieren. Als sie sich ins Nebenzimmer zurückzieht, um Privatgespräche mit den Gästen zu führen und ihre Bestellungen aufzunehmen, füllen die Frauen, die im Wohnzimmer zurückbleiben, schon einmal schamhaft die Bestellzettel aus. Die weniger Schüchternen rufen denjenigen, die ins Nebenzimmer gehen, nach: »Lasst uns auch noch was übrig!«

15. Sex und die reife Ehe

Sommer. Eine elegante Dinnerparty. Runde Tische. An jedem Tisch acht Gäste so nah beieinander, dass sie sich gut unterhalten können. Zwischen dem Paar, das mir und meinem Mann gegenübersitzt, entbrennt plötzlich ein kleiner Streit, der aus dem Stück *Wer hat Angst vor Virginia Woolf?* stammen könnte. Die anderen Paare bemühen sich, die unschönen Sticheleien zu ignorieren. Plötzlich übertönt die schrille Stimme der Frau jedoch das sanfte Partysummen.

»Mein Mann und ich hatten seit achtzehn Monaten keinen Sex mehr!«

Köpfe fahren herum. Staunende Stille. Nervöses Kramen in Taschen, peinlich berührtes Geklapper von Besteck und Gläsern. Der schreckliche Moment ist fast vorüber, da erwacht das Ego des Ehemanns, und er fragt seine Frau: »Was ist mit vergangenem Dienstag?«

»Das nennst du Sex?«, pfeffert die Frau ihm überheblich entgegen.

»Sämtliche Gäste murmelten eilig Entschuldigungen, und innerhalb von fünf Minuten waren alle geflohen«, erzählt mir die Gastgeberin am Tag nach der Dinnerparty. Die schockierten Blicke ihrer Gäste sagten ihr nur allzu deutlich, dass sich die Anwesenden nur allzu gut mit diesem Paar im mittleren Alter und ihrem offensichtlich toten Sexleben identifizieren konnten.

Was hält zwei Menschen im Sturm der Anforderungen und Enttäuschungen der Lebensmitte zusammen? Sobald die Kinder das Haus verlassen haben, macht eine Ehe eine gewaltige Transformation durch. Die Ehepartner müssen nun für sich herausfinden, ob sie verheiratet sind, weil sie es wirklich wollen, oder weil sie glauben, sie sollten verheiratet sein.

Womöglich sagen Sie nun, Sie möchten verheiratet sein, weil Ihr Mann ein wirklich guter Kerl ist – nicht perfekt, aber ein guter Kerl. Vielleicht war er Ihnen auch während der vergangenen Jahre ein verlässlicher Kamerad, oder Sie haben einen gemeinsamen Zukunftstraum. Womöglich haben Sie eine besondere gemeinsame Vergangenheit, und Sie hoffen, darauf aufbauend, neue Abenteuer zu erleben und Ihre Enkel zusammen aufwachsen zu sehen.

Dies sind die vier Säulen einer langjährigen, soliden Ehe:

- Zwischen Ihnen und Ihrem Mann besteht tiefe, echte Liebe, und der andere ist Ihnen ebenso wichtig wie Sie selbst.
- Die Machtstrukturen sind ausgeglichen – das bedeutet, dass Sie beide Kompromisse eingehen und auch einmal nachgeben können, doch wenn es wirklich wichtig ist, auch hart bleiben.
- Sie haben großes Interesse am anderen, an den Kindern und am Familienleben. Sie und Ihr Partner haben denselben Glauben oder die gleichen Moralvorstellungen, und Sie schätzen Ihre gemeinsame Vergangenheit. Wenn Sie stolz darauf sein können, was Sie gemeinsam erreicht haben und was Sie Ihren Kindern hinterlassen, trägt dies zu einem guten Selbstwertgefühl bei.
- Gemeinsamer Humor. Wenn Sie miteinander lachen können, erscheinen Ihnen die Tücken des Lebens oft gar nicht mehr so schlimm. Professionelle Partnervermittler vertreten ebenfalls die Ansicht, dass der Humor einer der wichtigsten Punkte in einer Beziehung ist.

Doch ebenso wichtig wie diese vier Säulen ist ein weiterer enorm kraftvoller »Entstresser«, der einem Paar hilft, das Leben besser zu meistern: Sex. Beim gemeinsamen Liebesspiel können viele Spannungen, über die man oft nicht reden kann, abgebaut werden.

Der beste Sex findet übrigens zwischen Paaren statt, die schon lange zusammen sind. Sind Sie überrascht? Natürlich sind Sie überrascht. Denn diese Erkenntnis wird in der Werbung oder in Filmen nicht propagiert, und doch entspricht sie der Wahrheit. Es ist ein allgemein verbreitetes Vorurteil, dass guter Sex nicht innerhalb einer langjährigen Ehe vorkommen kann. Doch tatsächlich ist Sex die Basis jeder guten Ehe.

Eine monogame, langjährige Beziehung verliert unweigerlich mit der Zeit sexuell an Schwung, wenn die Partner nicht daran arbeiten. Doch es geht nicht um »arbeiten« im Sinne von Fleiß und Pflichterfüllung. Sex in der Lebensmitte muss bewusst als Aktivität geplant werden. Sie sind nicht mehr »Opfer Ihrer Triebe«, wie Sie es womöglich mit fünfundzwanzig waren, also planen Sie Ihre sexuellen Begegnungen, denn spontaner Sex wird nicht mehr allzu oft vorkommen. Vielleicht entscheiden Sie sich vorab, eine Fantasie auszuleben oder dem Vorspiel besonders viel Zeit zu widmen, um die Säfte zum Fließen zu bringen, oder Sie mieten sich ein kleines Hotelzimmer, um einmal aus der gewohnten Umgebung herauszukommen und sich ein richtiges Liebesnest zu schaffen. Wenn beide Partner bereit sind, Fantasie und Zeit in das eheliche Sexleben zu investieren, wird die Liebe zur reinen Freude.

Doch viele von uns schaffen es nicht, das Feuer der Leidenschaft am Glühen zu halten. In solchen Fällen sollte man sich nicht scheuen, sich helfen zu lassen. Sextherapeuten unterstützen zahllose Paare dabei, ihre sexuelle Bindung bewusst zu erneuern. Wenn ein Paar zu Beginn seiner Beziehung guten Sex hatte, ist es generell immer möglich, die Glut neu zu entfachen.

Erotische Übungen

Der neueste Trend im Bereich Wellness sind Sex-Workshops. Das erste Programm dieser Art wurde auf einer Ranch in Tucson, Arizona, von Dr. Lana Holstein und ihrem Mann Dr. David Taylor ins Leben gerufen. Der Workshop, ein Vier-Tages-Seminar, steht lediglich verheirateten oder langjährig liierten Paaren offen. Für einen gesalzenen Preis werden die Kursteilnehmer im exklusiven Miraval Fitness Ressort, ebenfalls in Tucson, in die Geheimnisse der Sexualität eingeführt. Dieser einzigartige Workshop zieht vor allem Paare zwischen vierzig und siebzig an, die bereit sind, ihr Sexleben von Grund auf zu erneuern. Auch viele Paare, die in zweiter Ehe verheiratet sind und die erste Verliebtheit hinter sich haben, nehmen an diesem Workshop teil. (Für die, die es sich nicht leisten können, 6800 Dollar für ein langes Wochenende auszugeben, haben Dr. Holstein und Dr. Taylor das Buch *Your Long Erotic Weekend* geschrieben).

Dr. Holstein legt Wert darauf, den Seminarteilnehmern beizubringen, auf eine tiefe Seelenverbindung hinzuarbeiten. Überraschend war für mich, dass Dr. Holstein die Überzeugung äußert, solch eine Seelenverbindung würde am besten durch *beständigen, verlässlichen, wiederholbaren Sex* erreicht.

»Was ist mit der viel gerühmten Spontaneität und Experimentierfreude, dem Reiz des Neuen?«, frage ich, doch Dr. Holstein besteht darauf, dass Verlässlichkeit und gute Planung die Schlüssel zu lang andauernder Leidenschaft sind.

Das erotische Wochenende beginnt mit Gruppensessions, bei denen die Paare noch kein Wort sagen müssen. Man erklärt ihnen vielmehr die menschliche Biologie, und zudem stellen die Seminarleiter Techniken vor, mit denen sich die Partner gegenseitig Lust schenken können. Am Nachmittag erledigen die Paare in privaten Räumen ihre »Hausaufgaben«.

»Wichtig ist es, zu lernen, sexuelle Lust zu schenken und selbst vollständig genießen zu können«, erklärt Dr. Holstein. »Das bedeutet, man muss bereit sein, seine alten Wunden und Traumata hinter sich zu lassen und sich dem Partner völlig zu öffnen.«

Dr. Holstein hat während ihrer Workshops interessante Beobachtungen gemacht. »Viele Frauen können sehr gut geben, aber wenn sie die Hausaufgabe bekommen, einmal ausschließlich zu nehmen und sich befriedigen zu lassen, ohne dabei Verkehr zu haben, fühlen sie sich oftmals ängstlich und unsicher. Das liegt daran, dass beim Sex gewöhnlich die Lust des Mannes im Vordergrund steht. Wenn die Frau einmal nur nimmt und nichts gibt, verliert sie die Kontrolle.« Wenn Männer jedoch die Rolle des ausschließlich Gebenden übernehmen sollen, ist es nicht nur ihre Aufgabe, die Genitalien ihrer Frau zu stimulieren, sie sind zudem dafür verantwortlich, das Zimmer hübsch herzurichten, die richtige, stimmungsvolle Musik auszuwählen und das ganze Geschehen zu koordinieren. Dies befreit die Frau von der Aufgabe, sich um alles zu kümmern – beraubt sie gleichzeitig aber auch des Zepters der Planung, an das sie sich sonst gerne klammert und das sie womöglich daran hindert, den Sex in vollen Zügen zu genießen. Hin und wieder erfinden Frauen Entschuldigungen, um diese Hausaufgabe nicht erledigen zu müssen, und es kommt zum Streit. Wenn die Frau wütend davonstürmt, ist die spezifische Dynamik dieser Ehe eindeutig erkennbar.

Am folgenden Tag lassen sich die Männer von ihren Frauen verwöhnen. Nun werden andere verbreitete Verhaltensmuster offen gelegt. »Der Mann ist daran gewöhnt, der Frau genau vorzugeben, wie sie ihn zu berühren hat – tu dies, nein, etwas tiefer – und er weiß in der Regel nicht, wie man einfach nur genießt«, erklärt Dr. Holstein. »Wenn er onaniert, berührt er sich höchstwahrscheinlich anders, als wenn seine Frau dies tut, doch es geht nicht darum, innerhalb von sechs Sekunden zum Orgasmus zu kommen. Es geht darum, der Partnerin zu erlauben, etwas zu schenken, und dieses Erlebnis schafft eine tiefe Verbundenheit. Genau das ist es, was viele Paartherapeuten die ›Seelenverbindung‹ nennen.«

In diesem Workshop geht es nicht darum, neue Stellungen oder Sexspielzeug auszuprobieren, es geht darum, dass man in einer zunehmend hektischen Zeit, in der man meist ein Handy am Ohr und einen Terminplaner in der Hand hat, Entschlossenheit benötigt, um sich Zeit für Intimität zu nehmen. Wo finden wir wahre Intimität? Genau dort, wo die Herzen im Einklang schlagen, wo sich die Liebe durch ein liebevolles Flüstern oder eine zärtliche Berührung zeigt – dort, wo Sie sich auskennen und gekannt werden. Dies ist der Ort, an dem Sie zu Hause sind, der Ort, an den Sie mit ein wenig Übung immer wieder zurückkehren können – denn Sie kennen die Techniken, die Ihnen die Tür öffnen.

Darf ich bitten?

Dies soll nicht bedeuten, dass ein wenig Erfindungsreichtum und Experimentierfreude eine reife Ehe nicht bereichern können. Ich selbst lernte wahre Bereicherung an einem Ort kennen, an dem ich am wenigsten damit gerechnet hätte – auf einer Gesundheitsfarm, wo eine Frauen-Woche veranstaltet wurde.

Ich nehme an einer Tanzstunde teil. Frauen aller Altersklassen und Körperformen sind anwesend – zwanzigjährige Vamps, schlanke Dreißigjährige, Übergewichtige, die sich in einer gemischten Gruppe niemals getraut hätten, enge Sporthosen zu tragen, reife Frauen, von denen altersbedingt erwartet wird, sich asexuell zu verhalten. In diesem Umfeld, ohne männliche Beobachter, können wir uns entfalten, unser erhabenes oder verletztes oder wütendes oder erotisches Ich herauslassen.

Für die afrikanische Tanzstunde sollten wir ein Hüfttuch mitbringen, und ich fragte mich, wieso. Doch als ich Wellen von Frauen mit Sarongs in leuchtenden Farben sehe, die voller Begeisterung ihre Hüften kreisen lassen, geht auch mir der transformative Effekt eines simplen Hüfttuchs auf. Wir wirbeln durch den Raum, wedeln mit den Armen und stampfen mit den Fersen zum Rhythmus der afrikanischen Trommeln auf den Boden. Unsere Lehrerin ist ein kaum einen Meter fünfzig großes Energiebündel mit einem erstaunlich beweglichen Körper und wippendem Pferdeschwanz.

»Ich bin siebenundvierzig!«, erzählt Connie Bennett stolz. »Und ich freue mich auf die große Fünf!«

In der anschließenden Salsa-Stunde tanze ich mit einer fülligen, hübschen Frau, die bereits siebzehn Enkel hat. Sie bewegt sich mit großer Eleganz. Als Ruth Anderson mir anvertraut, dass sie vierundsiebzig Jahre alt ist, kann ich es kaum glauben.

»Tanzen ist meine große Leidenschaft!«, sagt sie. »Zu Hause habe ich allerdings nie die Gelegenheit zum Tanzen. Ich bin bereits zum zweiten Mal verheiratet, aber beide Ehemänner haben zwei linke Füße.« Ruth ist noch nie zuvor allein in den

Urlaub gefahren, und sie genießt ihre Auszeit in vollen Zügen. Ich kann mir gut vorstellen, dass ihr geliebter, linkischer Ehemann sehr von der neu erwachten Lebensfreude seiner Frau profitieren wird, wenn sie nach dieser Frauen-Woche wieder nach Hause kommt.

Eine weitere Unterrichtsstunde ist NIA. Der geheimnisvolle Name lässt mich fast vermuten, es handele sich um eine Art Sekte. Doch sobald ich herausfinde, dass sich hinter diesem Namen eine neue Form von Aerobic verbirgt, die multikulturelle Tanzschritte des Jazz Dance mit Bewegungen aus dem Kampfsport kombiniert, ist mein Interesse geweckt.

Doch NIA ist eine Erleuchtung. Von den fließenden Bewegungen eines Schwanentanzes wechseln wir zuerst zu den wilden Umdrehungen kubanischen Bauchtanzes, dann zu den Blocks und Kicks des Karate-Kampfsports – all dies, um sämtlichen Emotionen freien Lauf zu lassen. Nach der Stunde fällt mir auf, dass eine Teilnehmerin in Tränen aufgelöst ist.

»Ich führe normalerweise ein sehr reglementiertes, strukturiertes Leben, und dieser Tanz war für mich wie eine Befreiung«, schluchzt Meg Schuler, als ich sie auf ihre Tränen anspreche. Meg ist eine attraktive Brünette, die auf der Farm ihren fünfzigsten Geburtstag feiern möchte. »Eigentlich fühle ich mich wie fünfunddreißig«, sagt sie. »Ich bin ein fröhlicher Mensch. Ich habe einen wunderbaren Ehemann und führe ein wunderbares Leben. Allerdings bin ich durch meinen anstrengenden Job als Vizechefin eines großen Unternehmens manchmal sehr gestresst.« Meg arbeitet siebzig bis achtzig Stunden pro Woche. Sie hatte mehrere Fehlgeburten und hat keine Kinder.

»In dieser Tanzstunde habe ich mich völlig frei gefühlt«, erklärt sie mir. »Endlich konnte ich wieder die unbeschwerte Frau sein, die ich früher mal war und von der ich wusste, dass sie immer noch irgendwo existiert. Ich werde nach Hause fahren und meinem Ehemann sagen: ›Harry, ich muss etwas unternehmen, damit ich das Kind in mir am Leben erhalten kann.‹ Mein inneres Kind ist ein wichtiger Teil von mir! Wenn ich in Zukunft im Garten an unserem Pool vorübergehe und den Impuls verspüre hineinzuspringen, dann tue ich das einfach! Egal, ob ich vollständig angezogen bin oder nicht. Und wenn ich lauthals singen will, dann singe ich einfach!«

Megs Tränen überraschen die Tanzlehrerin der NIA-Stunde, Marilyn Tradewell, nicht. Sie hat zahllose Frauen ebenso stark auf die therapeutischen Bewegungen reagieren sehen und es auch selbst schon erlebt.

Marilyn ist eine feingliedrige Frau mit porzellanweißer Haut und dichtem rabenschwarzem Haar. Oft wird sie auf fünfundvierzig Jahre geschätzt. In Wahrheit ist sie schon sechzig. Schlank und biegsam, wie sie ist, leidet jedoch auch diese Frau von Zeit zu Zeit an Selbstzweifeln und Depressionen. Doch gerade der Kampf mit diesen Gefühlen während ihres zweiten Erwachsenenlebens hat Marilyn stärker und spiritueller werden lassen. Beim Mittagessen erzählt sie mir ihre Geschichte.

Als Marilyn Mitte vierzig war, ließ sie sich scheiden, und kurz darauf passierte etwas Schreckliches. Ihr einziges Kind, ihr zwanzigjähriger Sohn, wurde von einem Betrunkenen überfahren und erlitt dabei schwerste Hirnschäden. Die Ärzte sagten Marilyn damals, ihr Sohn sei praktisch tot. Kurz darauf wurde sie vom Krankenhaus angerufen und gebeten, die Organe ihres Sohnes zu spenden.

»Ich spende überhaupt nichts! Er wird nicht sterben!«

Die Kraft dieses einen Augenblicks veränderte ihre gesamte Lebenseinstellung. Man spürt es regelrecht, wenn Marilyn in ihrer Unterrichtsstunde Bewegungen aus den asiatischen Kampfsportarten demonstriert, die Teil der NIA-Choreographie sind. »Diese Bewegungen lehren Frauen, klare Grenzen zu ziehen.«

Nachdem Marilyn zwei Jahre lang bei ihrem Sohn im Krankenhaus gelebt hatte, beschloss sie, ihn nach Hause zu holen – und das, obwohl ihr die Ärzte sagten, ihr Sohn würde niemals wieder gehen, sprechen oder denken können. Ihre Liebe und ihre Intuition gaben Marilyn jedoch die Kraft, diese Voraussagen in den Wind zu schlagen und zudem gefährliche Operationen an ihrem Sohn zu untersagen. In den vergangenen siebzehn Jahren hat sie nach Mitteln und Wegen gesucht, um ihren Sohn durch natürliche Bewegungstherapie zurück ins Leben zu holen.

»Ich kann sehr hartnäckig sein«, sagt Marilyn zwinkernd. Doch mit den Jahren machten die alten Freunde ihres Sohnes ihren Collegeabschluss, einige heirateten und bekamen erst ein Kind und dann ein zweites. Marilyn traf sich mit den Müttern der alten Freunde ihres Sohnes und hörte zu, wie sie mit leuchtenden Augen über ihre Enkel sprachen. Sie selbst war Mitte fünfzig und hatte keinerlei Hoffnung mehr, selbst einmal Großmutter zu werden. »Da begriff ich endlich, was passiert war«, sagt sie traurig. »Ich würde mich in Zukunft nicht mit meinen Enkeln beschäftigen, sondern stattdessen ein Heim für meinen Sohn finden müssen, weil ich mich irgendwann nicht mehr um ihn werde kümmern können. Damals fiel ich in eine tiefe Depression. Ich entwickelte eine Allergie gegen Make-up, hatte Verdauungsprobleme und ständige Schmerzen in den Eierstöcken. Dann fielen mir die Haare aus. Ich nahm keine Medikamente – ich vergiftete mich regelrecht selbst.«

Nach dem Unfall ihres Sohnes heiratete Marilyn ein zweites Mal. Ihr zweiter Mann adoptierte den hirngeschädigten Jungen und unterstützte Marilyn in jeglicher Hinsicht. Aber weil sie nach außen hin so viel Stärke ausstrahlte, als Pilates-Lehrerin tätig war und sich stets rührend um andere kümmerte, bemerkte ihr Ehemann gar nicht, dass sich hinter der starken Fassade eine trauernde Mutter verbarg. Der aufgestaute Schmerz verwandelte sich schließlich in eine zerstörerische Kraft.

Ungefähr zur gleichen Zeit hörte Marilyn zum ersten Mal von NIA – Bewegungsabläufen, die einer Meditation gleichen. Durch sie soll man sich selbst und seine eigene Mitte wiederentdecken. Ihre chronische Müdigkeit verschwand. Die Spuren der Trauer ebenfalls. Marilyn hatte endlich verstanden, dass sie ein Recht auf ein eigenes Leben, auf eigene Gefühle und Wünsche hatte. Nachdem sie wieder in sich selbst ruhte, fand sie durch NIA zudem eine neue Passion – sie wurde NIA-Lehrerin.

»Statt mein Leben hinter mir zu lassen, tanze ich nun durch mein Leben!«

Eines Nachts spreche ich mit einigen Frauen auf der Farm über mein Buch *Sex und Frauen über 50*. Die begeisterten Reaktionen sind bezeichnend. Meg Schuler lehnt sich schließlich zu mir herüber und sagt: »Sie sind eine wahre Inspiration! Wenn ich nach Hause komme, werde ich meinem Ehemann sagen: ›Pass auf, Harry, wir fangen noch einmal ganz von vorn an!‹«

Am folgenden Morgen spricht mich beim Zirkeltraining die attraktivste Frau unter allen Gästen an – eine texanische Schönheit mit langem blondem Haar, zierlicher Nase und schlanken, sonnengebräunten Gliedern. Diese Frau sieht ganz und gar nicht aus, als müsse sie sich Sorgen um ihren Sexappeal machen. Ich schätze sie auf Anfang vierzig.

»Ich fürchte, ich bin eine Ihrer Lustschwachen«, gesteht sie mir. »Ich liebe meinen Mann, und er liebt mich. Früher hatten wir großartigen Sex, aber inzwischen …« Sie rümpft die hübsche Nase. »Unsere Libido ist viel schwächer als früher. Mein

Mann fühlt sich schuldig und denkt, es läge an seinen Herztabletten. Ich fühle mich aber auch schuldig und glaube, es sind meine Hormone. Ich bin sechsundfünfzig, er ist vierundfünfzig und …«

An dieser Stelle unterbreche ich sie. »Sie sind sechsundfünfzig?« Ich kann es kaum fassen, doch schnell fange ich mich wieder. »Es stimmt, die Libido lässt ab fünfzig nach, aber das ist nicht Ihre Schuld, oder die Ihres Mannes, und niemand muss sich dafür schämen. Die Lustschwachen, über die ich vergangene Nacht gesprochen habe, haben überhaupt kein Interesse mehr an Sex oder schlafen nur noch aus Pflichtgefühl mit ihrem Partner. Sie hingegen sind hier auf dieser Farm und bemühen sich offenbar darum, etwas zu verändern. Solange Sie und Ihr Ehemann sich lieben, können Sie Ihre eigene Liebeschoreographie entwickeln.«

Wenig später lerne ich eine weitere wunderbare Methode kennen, neuen Schwung ins Leben zu bringen. An einem stickigen Augustnachmittag mache ich zum ersten Mal Tai Chi. Während die Kursteilnehmerinnen mit geschlossenen Augen von einem Bein auf das andere pendeln, geht im Raum nebenan etwas weitaus Primitiveres vor sich. Die Frauen, die aus dem angrenzenden Raum auf den Flur heraustreten, lachen und tuscheln wie freche junge Mädchen und summen fröhlich vor sich hin.

»Was für einen Kurs haben Sie denn besucht?«, frage ich neugierig.

»Striptanz.«

Natürlich besuche ich am folgenden Tag ebenfalls diesen Kurs. Während sich die anderen Tai-Chi-Teilnehmerinnen erneut in höhere Sphären begeben, geselle ich mich zu den Mädchen, die strippen lernen.

Der Lehrer, Demetrius, ein junger Afroamerikaner mit verschmitztem Lächeln, sagt uns gleich zu Beginn: »Legen Sie Ihre alte Identität an der Tür ab. Werfen Sie sie augenblicklich fort und entscheiden Sie sich einfach, wer Sie heute sein möchten. Beyonce? Jennifer Lopez? Ganz gleich.« Er setzt eine Perücke auf. »Ich bin jedenfalls Ginger Spice.«

Nun sollen wir uns einen langen, durchsichtigen Schal in der einen oder anderen grellen Farbe aussuchen und eine extrem erotische Pose einnehmen. Jede von uns steht hinter einem Klappstuhl aus Metall. »Okay, stellen Sie sich vor, Sie sind im VIP-Raum. Auf dem Stuhl vor Ihnen sitzt ein attraktiver Mann. Für ihn werden Sie den heißesten Stuhltanz aller Zeiten aufs Parkett legen.« Demetrius legt Musik aus dem Film *Moulin Rouge* auf.

Bei einer Größe von einem Meter sechzig und genügend Jahren auf dem Buckel, um beim Theater einen Seniorenpass zu bekommen, kann niemand von mir erwarten, dass ich mich wie Nicole Kidman bewege. Was ich jedoch versuche, ist die Rolle der Roxie in *Chicago* zu spielen, und das klappt einigermaßen. Einige andere Teilnehmerinnen sind ebenfalls weit über das typische Stripperinnenalter hinaus, doch das ist egal. Wir fühlen uns unbeobachtet und haben ausschließlich Augen für Demetrius und uns selbst.

Demetrius beginnt zu zählen, während wir, eine Hand auf der Stuhllehne, hinter unseren Stühlen stehen. »Fünf, sechs, sieben, acht!«, ruft er, und wir beginnen unseren Janet-Jackson-Gang um den Stuhl herum. Anschließend setzen wir uns darauf, lassen den Kopf nach hinten fallen und die Hüften verführerisch kreisen. Die Frauen im Raum schwingen schon nach kurzer Zeit begeistert ihre Hintern, lassen die Glasplättchen auf den grellen Schals klingeln und werfen den Kopf lasziv in den Nacken. Währenddessen streicheln wir die ganze Zeit den Stuhl, als sei er Brad Bitt höchstpersönlich. Die Schals haben wir uns entweder um die Hüften gebunden oder wirbeln sie durch die Luft. Schamlos streicheln wir schließlich mit unseren Händen an der Innenseite unserer Oberschenkel hinauf und hinab, über unseren Bauch und unsere Brüste, wedeln mit den Armen durch die Luft und geben Laute von uns, die einer Marilyn Monroe würdig gewesen wären. Nach und nach verlieren wir alle Scheu und liegen bald auf dem Boden, räkeln uns und geben ein lang gezogenes erotisches Stöhnen von uns. »Aaaahhhhhmmmmmm …«

Selten hat man so viele Frauen mittleren Alters derartig außer Rand und Band erlebt. Neben mir windet sich die feingliedrige NIA-Lehrerin Marilyn. Sie lässt die Hüften kreisen und wirft ihr langes schwarzes Haar in einer sexy Bewegung zurück, die kaum noch etwas mit Schwanentanz zu tun hat. Auf der anderen Seite tanzt Meg, die lustvolle Laute von sich gibt. Hinter mir steht eine große, auffallend schlanke Frau, für die die Hüftbewegungen kein Problem zu sein scheinen. Später erfahre ich, dass Jennice Fuentes in Puerto Rico aufgewachsen ist und offensichtlich einen angeborenen Vorteil durch Latino-Hüften mitbringt. Doch Jennice ist eine Ausnahme. Die meisten Teilnehmerinnen haben sich noch nie so bewegt. Manche Frauen sind siebzig oder noch älter. Trotzdem lassen sich alle vollkommen gehen.

Ruth Anderson, meine Salsa-Partnerin mit den siebzehn Enkeln, wedelt ihren Schal sorglos durch die Luft. Neben ihr tanzt eine hübsche Afroamerikanerin, die sich mit der Geschmeidigkeit eines Jaguars bewegt. Auch sie ist nicht mehr jung.

»Was hat Sie bewogen, Striptanz zu lernen?«, frage ich Anne Patterson später.

»Nun, ich bin jetzt achtzig Jahre alt, und ich dachte mir, ich muss mal wieder was Neues ausprobieren.« Ihre Augen blitzen unternehmungslustig. »Wenn ich demnächst einem netten jungen Mann begegnen sollte, der mich interessiert, versuche ich es mal mit Striptanz.«

Das swingende Silicone Valley South

Im Südkalifornien vergöttert man schöne Körper, und alle Kalifornier arbeiten unermüdlich daran, ihren Körper auf Vordermann zu bringen. Wehe, man hat Tränensäcke oder ein Doppelkinn! »Hier ist es wie in Silicone Valley South – und ich meine nicht die Computerchips!«, bemerkt die schicke Seminarleiterin des »Business Management«-Workshops, den ich besuche. Die Seminarleiterin sieht aus, als sei sie Anfang fünfzig, sie ist schlank, hübsch und hat sorgfältig gefärbtes kastanienbraunes Haar. Diese Frau gehört zu den zehn erfolgreichsten Unternehmerinnen des Landes, ich werde sie hier einfach Betsey nennen. In der testosterongesteuerten Welt der Softwarefirmen hält sich diese Frau bereits seit vielen Jahren an der Spitze. Betsey ist von Kopf bis Fuß eine selbstbewusste, erfolgreiche, attraktive reife Frau. Mit großer Selbstverständlichkeit trägt sie Chanel – und darüber hinaus einen erstaunlich großen Diamanten am Finger, Zeugnis ihrer langjährigen Ehe.

Hinter der Maske der erfolgreichen Unternehmerin verbirgt sich jedoch eine Frau, die mit schweren inneren Konflikten zu kämpfen hat. Betsey ist einundsechzig Jahre alt, und ihr Ehemann ist noch ein paar Jahre älter. Seit sieben Jahren besuchen die beiden regelmäßig einen privaten Club in Hollywood. Zum Preis von 150 bis 200 Dollar pro Abend schlüpfen die Mitglieder in aufreizende Kleidung – die Männer gewöhnlich in knappe Unterhosen und die Frauen in sexy Reizwäsche. Dann tanzen die Anwesenden mit Fremden zu Hard-Rock-Rhythmen und ziehen sich danach in eine der zahlreichen Nischen des Saales zurück, um ihre sexuellen Fantasien auszuleben. Die Mitglieder – ausschließlich heterosexuelle Paare – benutzen Pseudonyme, bezahlen bar und werden von Sicherheitsleuten gut bewacht.

»Dieses ganze Szenario soll sexuell aufreizend wirken, doch auf mich hat es eher die gegenteilige Wirkung – seit wir regelmäßig dorthin gehen, interessiere ich mich immer weniger für Sex«, vertraut mir Betsey an.

Zum ersten Mal haben Betsey und ihr Mann von der geheimen, swingenden Subkultur in Hollywood gehört, als ihnen ein befreundetes Ehepaar aus erster Hand davon berichtete. Das Paar kam gerade von einer Swinger-Party und schwärmte in ekstatischer Weise von diesem Erlebnis. Betseys Mann war gleich Feuer und Flamme, Betsey hielt das Ganze dagegen für eine abstoßende Idee. Doch sie ist ein neugieriger Mensch und stets für alles offen – wollte sie nicht schon immer mal Fallschirm springen? Und wer hatte sie bisher immer davon abgehalten? Ihr Ehemann!

Sie ließ sich von ihrem Mann zur nächsten Swinger-Party schleifen. »Es war, als ginge ich mit ihm zu einem Fußballspiel«, beschreibt Betsey das Gefühl. »Alle schreien und singen und haben einen Riesenspaß, und du sitzt nur da und denkst: ›Himmel, ist das bescheuert – hier passiert doch nicht viel mehr, als dass ein paar Kerle einem kleinen Ball hinterherlaufen!‹« Betsey lacht. Dann schließen sich ihre Augen plötzlich, und ein paar Tränen rinnen über ihre Wangen.

»In Wahrheit war es schrecklich. Ich hatte furchtbare Angst, wieder zu diesem Swingerclub gehen zu müssen. Ich sagte zu meinem Mann: ›Ich gehe da nicht mehr hin. Ich ertrage es nicht. Warum gehst du nicht allein?‹ Aber er sagte, ohne mich würde es ihm keinen Spaß machen.« In Betseys Stimme klingt die Demütigung mit, die sie ertragen musste.

Betseys größte Angst ist die vor der Fünfzehn. Dies ist die Anzahl von Jahren, die ihre erste Ehe gedauert hat. Nach fünfzehn Jahren hat sich Betsey von ihrem ersten Mann getrennt, da er sie schamlos betrogen hatte. »Ich habe mir vorgenommen, meine zweite Ehe soll länger halten als meine erste«, sagt Betsey flüsternd. »Momentan befinden wir uns gerade in der kritischen Phase – dem fünfzehnten Jahr.« Sie sieht in ihrem jetzigen Mann ihren besten Freund und Seelengefährten. Sie sind beide sehr ehrgeizig, und er akzeptiert ihren beruflichen Erfolg, ohne ihr die hohe Position zu neiden.

Als ich vorsichtig nachfrage, warum sie sich offenbar von ihrem Mann hat drängen lassen, an den Swinger-Veranstaltungen teilzunehmen, vertraut Betsey mir an: »Er hat mich nicht wirklich gedrängt. Ich möchte ihn nur um jeden Preis zufrieden stellen.«

Viele verheiratete Frauen können sich mit dieser Geschichte identifizieren. Die Zufriedenheit des Ehemannes über die eigene stellen – das tun viele Frauen, mit denen ich gesprochen habe, oder zumindest haben sie das früher gemacht.

Die größte Gefahr auf dem Weg zu einer wahren Reife ist jedoch die Missachtung der eigenen Werte und Moralvorstellungen. Betseys Geschichte zeigt deutlich, welchen Preis eine Frau zahlt, wenn sie dem Mann zuliebe ihre Grenzen überschreitet. Ihr berufliches Selbstbewusstsein und all ihre Macht hatten keinerlei Einfluss auf die Machtbalance innerhalb ihrer Ehe, denn Betsey hat sich selbst verraten.

Meiner Ansicht nach sind Swingerclubs vor allem deshalb so erfolgreich, weil Menschen in den mittleren Jahren Angst haben, alt zu werden. Swingerclubs offerieren ihren Mitgliedern die Illusion einer Rückkehr zu fast jugendlichem Sex.

Doch für Frauen, die nur ihrem Mann zuliebe solche Clubs besuchen, bedeutet ein Abend dort oft den Verlust ihrer Würde und ihrer Selbstachtung.

Die transformative Affäre

Helen Gurley Browns Stimme ist noch immer tief und verführerisch heiser, und ihre Bemerkungen sind noch ebenso geradeheraus wie damals, als sie das Konzept für *Cosmo* überarbeitete. Helen ist mittlerweile dreiundachtzig und noch immer mit ihrem ersten Ehemann David Brown verheiratet, der neunundachtzig Jahre alt ist. Es ist mehr als offensichtlich, dass die beiden eine gute reife Ehe führen. Helen und ihr Mann gehen noch immer jeden Tag ins Büro und tun, was sie lieben – David dreht Filme und produziert Theaterstücke, und Helen schreibt für die ausländischen *Cosmo*-Ausgaben, die ihr Konzept in der ganzen Welt verbreiteten. Helen hat Mitgefühl mit Frauen, deren Ehe so am Ende ist, dass die Partner nur noch wie Zimmergenossen miteinander umgehen oder praktisch getrennt leben.

»Nach dem fünfzigsten Geburtstag allein zu sein, ist schwierig, doch es gibt viele Möglichkeiten, noch einmal von vorn zu beginnen«, sagt Helen. »Masturbation ist immer ein guter Tipp, doch es macht natürlich mehr Spaß, mit einem Partner zusammen zu sein. Besonders Frauen sehnen sich nach einem Gefährten. In meinem Buch *The Late Show* empfehle ich solchen Frauen, sich nötigenfalls den Ehemann einer anderen auszuborgen.«

Dieser Vorschlag stieß bei Helens verheirateten Freundinnen auf heftigen Widerstand. Hastig versicherte sie ihnen: »Nicht eure Männer, aber es gibt viele verheiratete Männer, die nicht mehr viel Sex bekommen. Warum sollte man nicht einen sexuell bedürftigen, verheirateten Mann in ein nettes Hotel einladen – einzig und allein, um mit ihm Sex zu haben?«

Da Helen eine alte Freundin von mir ist, frage ich sie, wie es bei ihr steht.

Helen lacht aus vollem Hals. »Mein Mann steht nicht zur Debatte! Selbst in unserem hohen Alter haben wir noch Sex. Ich leihe ihn niemandem aus, und ich muss mir nicht den Mann einer anderen Frau borgen. David war schon zweimal verheiratet, bevor er mich kennen lernte, und beim dritten Mal hat er endlich die Richtige gefunden. Als wir geheiratet haben, war ich schon Ende dreißig, also hat sich unser Sexleben erst spät entwickelt – dafür entwickelt es sich aber auch noch immer! Es schadet übrigens nicht, romantische Reisen zu unternehmen und Verabredungen mit dem eigenen Mann zu treffen – das macht man, wenn man jünger ist, doch auch.«

Helen nimmt ihren Mann stets mit, wenn sie in exotischen Teilen der Welt die Veröffentlichung einer neuen, ausländischen Ausgabe der *Cosmo* feiert. Im vergangenen Jahr waren sie in Russland, China, Serbien, Bulgarien und Bosnien. »Sich in einem fremden Land in einem luxuriösen Hotel aufzuhalten kommt dem Sexleben sehr zugute«, erklärt Helen. »Man denkt automatisch: ›Diese Chance sollten wir uns nicht entgehen lassen!‹« Helen ist mehr als offen. »Ein Orgasmus ist ein Orgasmus, gleichgültig, wie lange man braucht, um ihn zu erreichen.«

Obwohl Helens Vorschlag, sich bei Bedarf den Mann einer anderen Frau auszuleihen, nicht auf große Gegenliebe stößt, steckt in ihrem Vorschlag doch ein wichtiger Kern. Eine Affäre kann äußerst belebend auf eine tote Ehe wirken – denn sobald die Partner realisieren, was auf dem Spiel steht, gestehen sie sich womöglich wieder ein, wie viel sie einander bedeuten. Dr. Ethel Person, Psychiaterin an der Columbia University, hat festgestellt, dass die positivsten Liebesbeziehungen oftmals ehebrecherischer Natur sind.

»Einige unglücklich verheiratete Menschen benutzen den Selbstbewusstseinsschub, den sie durch einen Seitensprung erfahren, um endlich ihre eingeschlafene Ehe zu beenden oder mit dem Ehepartner ganz von vorn zu beginnen.« Dr. Person erzählt von Frauen, die, fast ohne es zu merken, in eine leidenschaftliche Affäre mit einem Mann schlitterten, der ihnen keine langfristige Lösung ihrer Eheprobleme anbieten konnte. Doch wenn sich diese Frauen, oft lange nach Beendigung der Affäre, von ihren Ehemännern trennen und einige Jahre später erneut heiraten, wird diese zweite Ehe in der Regel glücklicher und erfüllter sein als die erste. Und häufig ist der Grund hierfür der damalige Seitensprung, durch den diese Frauen selbstsicherer wurden. »Das mag moralisch verwerflich erscheinen«, schreibt Dr. Person. »Doch aus der Perspektive der Beteiligten bedeuten diese Affären oft Bewegung, Entwicklung und Entdeckung des eigenen Ichs – wichtige Voraussetzungen für eine gesunde, stabile Beziehung.«

Eine kluge Psychologin aus Berkeley, Kalifornien, Dr. Hilda Kessler, erzählt mir in einem Interview von einer Patientin. Diese Frau war Mitte fünfzig und glücklich verheiratet, als sie eine stürmische Affäre begann. »In der Therapie sprachen wir darüber, wie narzisstisch und unreif diese Affäre im Grunde war«, berichtet Dr. Kessler. »Eines Nachts hatte meine Patientin einen heftigen Albtraum, in dem ihr alles, war ihr wichtig war, genommen wurde. Da begriff sie, dass die Affäre ihre Ehe zerstören, dass sie ihren Mann, ihre Kinder und sich selbst verlieren konnte. Sie beschloss, die Affäre zu beenden. Nachdem sie diesen Entschluss in die Tat umgesetzt hatte, steckte sie die einmal geweckte und nun brachliegende Energie in ihre Kreativität und begann zu malen. Sie ist mittlerweile sehr erfolgreich auf diesem Gebiet!« Die Folge der Affäre war letztlich äußerst positiv: Die Patientin erfand ihre Ehe neu, und diesmal waren beide Partner gleichberechtigt.

Eine Frau, die sich in der Lebensmitte scheiden lässt, sollte sich die folgenden Fragen stellen: *Was will ich durch die Scheidung erreichen? Habe ich womöglich nur das Gefühl, langsam zum alten Eisen zu gehören? Will ich mir selbst oder meinem Mann nur beweisen, dass ich noch immer begehrenswert bin? Ist die Trennung nur eine Flucht vor der scheinbar unlösbaren Aufgabe, eine neue Passion, einen Traum zu finden, der das zweite Erwachsenenleben erfüllt?* Die meisten Psychotherapeuten unterscheiden klar zwischen einer sexuellen Affäre und einer Liebesaffäre. Die rein sexuelle Affäre bleibt gewöhnlich geheim, und falls die Frau ihren Ehemann noch immer liebt, kann solch ein lustvoller Seitensprung einer Ehe sehr gut tun. Doch eine Liebesaffäre bedeutet meist das Ende einer Ehe.

Es gibt außer Affären aber natürlich auch andere Möglichkeiten, frischen Wind in eine langjährige Ehe zu bringen. Eine fünfundfünfzigjährige Frau erzählt mir im Interview: »Ich bin seit einunddreißig Jahren verheiratet, und mein Mann und ich haben gerade eine schwierige Phase. Ich bin in den Wechseljahren, und er ging gerade in Rente und macht eine regelrechte Midlifecrisis durch. Aber wir werden es schaffen. Hier sind ein paar Dinge, die wir tun, um unsere Ehe in Schwung zu halten: Wir tanzen, und wir laden häufig Gäste ein, geben etwa einmal im Monat Dinnerpartys mit zirka acht Gästen. Wir laden Leute ein, die wir kennen, die sich aber nicht unbedingt untereinander kennen. Wir kochen und planen das Essen gemeinsam und genießen die interessanten Gespräche, die sich an solchen Abenden entwickeln. Oftmals reden wir noch tagelang über solche Partys.«

Teil III

Lernen, allein zu sein

Der Prozentsatz unserer Lebenszeit, den wir verheiratet sind, nimmt immer mehr ab. Warum? Wir leben länger, heiraten später, lassen uns schneller scheiden und leben immer häufiger vor der Ehe, zwischen zwei Ehen oder als Alternative zur Ehe mit einem Partner zusammen. Laut Forschungsergebnissen des National Marriage Project (Nationales Eheprojekt) der Rutgers University kann man sagen:

Die meisten Amerikaner leben als Erwachsene länger als Singles als in einer dauerhaften Ehe.

Dies gilt besonders für Frauen, deren Lebensdauer die von Männern um durchschnittlich fünfeinhalb Jahre überschreitet. Deshalb sollten wir eher früher als später lernen, wie wir allein leben und nicht nur überleben können. Wir müssen lernen, uns allein zu entwickeln.

»Ich habe Freunde, die ihr ganzes Leben als Singles verbracht haben, und mir fallen die Unterschiede zwischen ihnen und Frauen auf, die lange Zeit verheiratet waren oder sind«, sagt Barbara Dafoe Whitehead, eine der Leiterinnen des National Marriage Projects von Rutgers. »Die Frauen, die nie verheiratet waren, haben gelernt, allein ein erfülltes, interessantes Leben zu führen. Für Frauen, die verheiratet waren und jetzt Singles sind, kann es ausgesprochen schwer sein, Selbstsicherheit im sozialen Bereich zu gewinnen, besonders, wenn sie lange Zeit keine Übung darin hatten und jetzt in einem Alter sind, wo man kein soziales Netzwerk am Arbeitsplatz mehr aufbaut.«

Wenn Übung der Schlüssel ist, sollte man üben, bevor man die Fähigkeiten braucht. Die Ehefrau eines Hotelmanagers, die all ihre Liebe und Aufmerksamkeit auf ihre drei Kinder gelenkt hatte, gibt in einer Gesprächsrunde in Las Vegas zu, dass sie immer noch unter der Einsamkeit leidet, die aufkam, als die Kinder das Nest verließen. Diese Kinder sind schon weit über zwanzig. »Ich schaffe es mittlerweile, vier oder fünf Tage lang nicht mit ihnen zu telefonieren«, sagt sie stolz. Sie ist Anfang fünfzig. Ich frage sie: »Spürst du, dass du ein neues Ich, eine eigene Identität entwickelst?« Ihre Augen werden ausdruckslos, und sie antwortet: »Mir hat man immer beigebracht, dass ich mich meinem Mann anzupassen habe.«

Geschichten wie diese zeigen, warum verheiratete Frauen genau wie allein stehende Frauen – wenn nicht sogar noch mehr – lernen müssen, wie man allein sein und eine eigene Identität aufbauen kann. Die Single-Frau oder die geschiedene Frau ist gezwungen herauszufinden, wie sie ihr Leben anregend und sinnvoll gestaltet. Eine Frau mit einem anspruchsvollen Mann, Kindern und einem vollen Terminkalender verliert nur allzu leicht das Gespür dafür, warum sie sich einmal einzigartig fühlte.

Öffnen Sie Ihre Augen für Ihre wirklichen Gefühle, Ihre Träume, Wünsche und – ebenso wichtig – für das, was Sie nicht mögen. Holen Sie sich die Macht und die Autorität zurück, die Sie leichtfertig an andere übertragen haben, und suchen Sie nach Ihren eigenen Gaben. Lassen Sie die Träume los, die sich in einem früheren Stadium Ihres Lebens nicht verwirklicht haben, und lassen Sie frische Träume zu. Dann sind Sie bereit, eine neue oder auch eine erneuerte Leidenschaft zum Zentrum Ihres Leben zu machen. Das ist das ganze Geheimnis.

Als Frauen sind wir so daran gewöhnt zu organisieren, zu planen und Listen zu erstellen, die wir nie zu Ende bringen –

also all die Hebel dieses unglaublich komplexen Gebildes zu bedienen, das wir Familie nennen –, dass wir wenig oder gar keine Zeit für unsere eigene geistige Entwicklung einplanen. Wenn wir die übergeordnete Rolle als »Trägerinnen der Kultur« ausfüllen sollen, müssen wir in der Lebensmitte damit anfangen, uns regelmäßig um unsere eigene Seele zu kümmern. Dazu müssen wir wahrscheinlich eine klare Abgrenzung zu den alltäglichen Dingen des Lebens vollziehen.

»Ich habe aber keine Zeit!«, werden Sie sagen. Zu viele Menschen sind von Ihnen abhängig – ein Ehemann, der verzweifelt, wenn Sie nicht da sind; eine kranke Mutter oder ein gebrechlicher Vater in einer weit entfernten Stadt; ein Kind, das »ins Schwimmen kommt«, weil es in der Welt der Erwachsenen noch nicht Fuß fassen konnte; Ihre Mitarbeiter oder Patientinnen oder Studentinnen oder Kollegen und so weiter und so weiter. Viele von uns wehren sich dagegen, eine Auszeit zu nehmen, um das eigene Innere zu erforschen, bis wir uns mit etwas konfrontiert sehen, was uns zum Innehalten und zur Bestandsaufnahme zwingt. In solchen Phasen kommt es uns fast vor, als stünde die Zeit still, tatsächlich sind dies aber Phasen tief greifenden, inneren Wachstums. Wenn wir uns diesem Prozess hingeben und akzeptieren können, dass alles einen Sinn hat – selbst eine Scheidung oder der Tod eines geliebten Menschen –, und uns schwören, daraus zu lernen, dann haben wir den Weg gefunden, eine reife Frau zu werden. Wir haben etwas, worauf wir aufbauen können.

Eine Auszeit nehmen

»Ich bin mit einundfünfzig von zu Hause weggelaufen.«

Joan Anderson sagt dies, ohne sich zu schämen. Sie nahm eine Auszeit von einem Jahr von ihrer Ehe und verbrachte dieses Jahr allein auf Cape Cod. Joan hatte das Gefühl, Ihr Leben laufe völlig aus der Spur, und sie wollte über die wichtige Frage nachdenken: »Was fange ich jetzt mit meinem Leben an, wo meine traditionellen Rollen beendet sind?«

Sie nahm ein paar Terminkalender und alte Tagebücher mit und versuchte zu rekonstruieren, welche Übergangsphasen sie in den letzten Jahren begonnen oder durchlaufen hatte. Sie konnte sich an keine einzige erinnern. Als sie ihre Tagebücher und Terminkalender durchsah, fand sie nur Einträge, bei denen es ums Produzieren, Koordinieren und Organisieren ging. »Wir kümmern uns um alle Familienfeste in der Familie, wir sind Mütter und Großmütter«, sagt Joan. »Wir haben den Autopiloten eingeschaltet – wir müssen jedoch lernen, den einzelnen Augenblick als etwas Besonderes zu schätzen.«

Es kommt der Moment im Leben, an dem wir sagen müssen: »Es wird Zeit anzuhalten.« Zeit, die grundlegenden Charakterzüge wieder zu finden, die uns einmal ausgemacht haben.

Joan machte ausgedehnte Spaziergänge am Strand. Sie beobachtete die Küstenvögel, das Licht, die Farbe des Wassers. Ihr kam der Gedanke: »Wir sind alle genauso unfertig wie die Kontur eines Strandes.«

Eines Tages traf sie auf einem Spaziergang am winterlichnebligen Strand Joan Erikson, die Frau des berühmten Professors und Buchautors Erik Erikson. Joan nahm sich ebenfalls eine Auszeit auf Cape Cod.

Sie dachten beide über das Verhältnis von Autonomie und

Abhängigkeit nach: Was unternehmen Partner getrennt, was tun sie gemeinsam? Joan Erikson beklagte sich immer wieder, ihr Mann frage sie ständig: »Wohin gehst du?« Sie hatte nichts dagegen, es ihm zu sagen, aber es störte sie, dass er sie immer danach fragte.

Die beiden freiwilligen Professoren-Strohwitwen wurden gute Freundinnen und gaben sich gegenseitig Ratschläge, wie sie ihre Phase des Alleinseins nutzen konnten. Joan Anderson schrieb eine Trilogie über ihre Erfahrungen: *Ein Jahr am Meer. Aus dem Leben einer unvollendeten Frau, An Unfinished Marriage* und *Spaziergang am Meer. Einsichten einer unkonventionellen Frau.* Mittlerweile hält sie auch Vorlesungen zu diesem Thema. Sie ist sich bewusst, dass nicht jede Frau ein Jahr Pause machen kann oder möchte, aber wie wäre es mit einer Woche an einem abgeschiedenen Ort? Oder mit einem Wochenende über sechs Monate hinweg.

Zu lange allein zu sein ist natürlich nicht gesund. Die meisten Frauen, die in der Mitte ihres Lebens oder danach allein sind, vermissen einen Partner, der sie in schwierigen Situationen unterstützt und hält. Wir alle brauchen körperliche, liebevolle Berührungen, nicht nur als Säuglinge, sondern auch als Erwachsene und bis ins hohe Alter hinein – selbst wenn es nur der Kontakt mit einem Tier ist.

Bei einer Party in Santa Fe für Paare, die nach fünfzig Jahren immer noch mit demselben Partner verheiratet sind, erfahre ich zu meiner Überraschung, dass von den Frauen keine je allein gelebt hat – und das in fünfundsiebzig Jahren! Zu ihrer Zeit heirateten die Menschen früh und nur einmal, auf der Arche des Lebens verbrachte man die Zeit danach als Paar. Eine bezaubernde Frau, die ursprünglich aus Dänemark stammte, Anne-Lise Cohen, ist mit sechsundsiebzig immer noch schön und flirtet gern. Sie hat es gewagt, eine Woche getrennt von ihrem gut aussehenden Ehemann zu verbringen, als sie sich auf ihre Zulassungsprüfung als Psychoanalytikerin vorbereitete. Dieser kleine Vorgeschmack hat ihr Appetit auf eine weitere Periode des Alleinseins gemacht. Sie gesteht der Gruppe: »Letztes Jahr habe ich mir zu meinem fünfundsiebzigsten Geburtstag eine Woche Ferien auf einer Insel vor der Küste von Maine geschenkt – allein!«

»Wie war es?«, wollen die anderen Frauen ganz begierig wissen, als erkundigten sie sich nach einer exotischen Reise.

»Ich habe den Urlaub noch nicht gemacht.«

Lächelnde Singles

Bei dem Gedanken an ältere, allein stehende Frauen kam früher leicht das Bild von der verschrobenen, einsamen und gebrechlichen Alten auf, die nur eine Last für ihre erwachsenen Kinder ist. Heute ist es wesentlich einfacher als früher, lange fit und gesund zu bleiben. Durch Einnahme zusätzlicher Vitamine und Mineralien wird die Energie erhöht. Ein verlangsamter Stoffwechsel verursacht bei Personen über fünfzig oft Vitamin- und Mineralmangel und führt häufig zu Blutarmut. Wenn sie möchten, können ältere Frauen auch durch kosmetische Eingriffe die Uhr anhalten. Heutzutage steht eine ältere Frau eher vor der Herausforderung, ihren Horizont zu erweitern und zu lernen, *am Leben interessiert zu bleiben.*

Dies ist das wirklich neue Phänomen, auf das ich stieß: Allein stehende reife Frauen sind mit ihrem Los *nicht* unbedingt unzufrieden. In der Sprache gibt es keinen Begriff für solche Frauen, es gibt nur negativ besetzte Wörter wie »alte Jungfer, Fräulein, Junggesellin, allein stehende Frau«. Viele geschiedene Frauen über fünfzig suchen keinen neuen Ehemann, sie haben sich lange genug um einen Mann gekümmert. Sie sagen immer wieder das Gleiche: »Ich möchte keinem anderen Menschen mehr den Haushalt führen.« Ein Geliebter ist etwas anderes, viele dieser Frauen haben einen Geliebten. Oder sie gehen mit einem Lebenspartner eine Wohngemeinschaft ein, genießen von Zeit zu Zeit eine intime Freundschaft, haben Reisegefährten oder Sportpartner. Viele schätzen ihre hart erkämpfte Unabhängigkeit und haben gelernt (oder lernen es noch), außerhalb einer Ehe ein erfülltes Leben zu gestalten.

Sally Denton, Journalistin und Schriftstellerin aus Santa Fe in New Mexico, ist in diesem Punkt typisch. Sie ist zweimal geschieden und bringt gerade mit fünfzig ihr viertes Buch, *Faith and Betrayal*, heraus. Sally hat immer noch drei Kinder im Haus. »Seit meiner Scheidung ziehe ich, offen gesagt, die Gesellschaft meiner Söhne der eines Mannes vor«, sagt sie. »Meine ideale Beziehung wäre bindend, aber wir würden in getrennten Häusern wohnen, hätten getrennte Bankkonten, würden miteinander schlafen, wandern und im Kino Händchen halten – all die schönen Dinge –, aber wir würden nicht in die übliche Falle von Mann–Frau, Ehepaar und schmutzigen Socken tappen.«

Grace, eine aus Südamerika stammende Frau, die an dem Gruppeninterview in Berkeley teilnahm, musste, als sie das Alleinsein lernte, einen viel größeren kulturellen Graben überwinden als eine überzeugte Feministin wie Sally. Grace wuchs in einer streng katholisch-mexikanischen Kultur auf, die keine Scheidungen duldet. Sie hielt es in ihrer Ehe aus, bis ihre beiden Söhne aufs College gingen und sie durch eine gute Stelle in Nordkalifornien finanziell genügend abgesichert war. Mittlerweile ist sie Mitte fünfzig und beschreibt sich selbst lachend als »völlig amerikanisiert«. Die Scheidung war weniger traumatisch für sie, als sie befürchtet hatte. Aber sie war nicht darauf gefasst gewesen, wie schmerzlich das Alleinsein sein würde.

»Wenn Sie noch Ihre Kinder um sich haben, gehen Sie mit ihnen zum Training und zu Schulfeiern«, sagt sie. »Wenn sie zum College gehen, sind Sie plötzlich allein. Für eine Weile ist das ein wunderbares Gefühl. Als meine Jungen das Haus verließen, habe ich nicht sofort gefragt: ›Mein Gott, was soll ich am Samstag nur machen?‹«

Grace hat ihre Arbeit, die sie sehr liebt. Sie ist die gut bezahlte, angesehene Leiterin eines Krankenhauses, die bei der Arbeit in verschiedenen medizinischen Zentren viele interessante Menschen trifft. »Aber wenn ich nach Hause kam, dachte ich: ›Du kannst jetzt hier zu Hause sitzen, ein gutes Buch lesen und deine vier Wände nicht verlassen, oder du könntest das Restaurant ausprobieren, von dem dir die Leute erzählt haben. Warum solltest du das lassen, nur weil du allein bist?‹«

Alle hören ihr aufmerksam zu, als sie die »kleinen Schritte« beschreibt, mit denen sie lernte, sich gut zu fühlen, wenn sie etwas allein unternahm. Die anderen Frauen in der Gruppe murmeln, sie könnten sich gut vorstellen, wie sich Grace beim »ersten Mal« fühlte.

»Ich habe ein Buch mitgenommen und mich an einen Tisch gesetzt, gegenüber stand ein leerer Stuhl, und während des gesamten Essens habe ich das Gefühl gehabt, dass mich die Leute anstarrten und sich fragten, warum ich allein war und was mit mir wohl nicht stimmte. Dann erkannte ich: Nein, es liegt nicht an mir, mit ihnen stimmt etwas nicht. Ich habe das Essen tatsächlich genossen. Es war irgendwie cool, allein aus zu sein. Also machte ich es wieder. Kleine Schritte. Um acht Uhr abends ins Kino gehen. Du siehst viele Menschen, die Verabredungen haben, aber du bist dort, weil du den Film sehen möchtest. Und du bist froh, dass du gegangen bist. Dann habe ich gemerkt, dass man in den meisten Restaurants an der Bar sitzen kann. Wenn du früh genug dran bist, bist du vor der Zeit da, zu der sich die Leute verabreden. Die Leute reden mit dir, oder du fängst ein Gespräch an und du hast nicht mehr das Gefühl, allein zu essen. Eines Abends begann bei einem Gespräch über Essen eine nette freundschaftliche Beziehung. Ich hatte nicht das Gefühl, abgeschleppt zu werden. Es war alles ganz natürlich. Man muss also nicht ausgehen und verzweifelt einen Mann suchen. Es passiert einfach. Und gerade, wenn es einfach so passiert ist, waren die Beziehungen besonders befriedigend.«

Eine Reihe von Ehen – die neue Norm

Laut Statistiken ist die Wahrscheinlichkeit, dass Frauen zwischen vierzig und sechzig heute nach einer Scheidung wieder heiraten, größer als bei Frauen früherer Generationen.

»Der Anstieg von Ehescheidungen bedeutet auch, dass der Prozentsatz der Menschen wächst, die zweimal im Leben heiraten können«, stellt Martin O'Connell fest, leitender Mitarbeiter der Forschungsabteilung beim zentralen Amt für Statistik. Durchschnittlich dauern die ersten Ehen bei Frauen fast acht Jahre. (Das ist das verflixte siebte Jahr plus ein weiteres. Das letzte Jahr ist der Zeitraum, in dem die Frau die Ehe emotional schon verlassen, aber noch nicht die Tür hinter sich zugeschlagen hat.) Die zweiten Ehen sind, wenn sie mit einer Scheidung enden, bei Frauen noch kürzer – etwas über sechs Jahre. Zusammengenommen sind das nur vierzehn Jahre im Leben einer Frau, die zwei Partner in Folge hat und sich von beiden trennt.

Es ist kaum überraschend, dass Frauen nach einer oder mehreren Scheidungen in der Mitte ihres Lebens eher vor einer erneuten Heirat zurückschrecken als Männer in einer ähnlichen Lage. Über die Hälfte der Frauen im Alter von vierzig bis neunundsiebzig Jahren gaben laut einer Studie der AARP (American Association of Retired Persons, Amerikanische Vereinigung der Rentnerinnen und Rentner) an, dass sie nach der Scheidung sicher waren, sich nicht (43 %) oder nur ungern (13 %) wieder durch eine Heirat binden zu wollen. Die Männer dagegen wollten viel lieber erneut heiraten, wahrscheinlich, weil dieser Status ihnen mehr Vorteile bringt als Nachteile. Lediglich 33 % der geschiedenen Männer lehnten eine erneute Heirat ab.

Ich habe hunderte von E-Mails von Frauen über fünfzig zu diesem Thema bekommen, die belegen, dass viele Frauen das Alleinleben der Wiederverheiratung *bewusst* vorziehen. Hier ist ein Beispiel:

Ich habe meinen besten Freund geheiratet. Er ist fünfzehn Jahre älter als ich und hatte zwei Jahre nach der Heirat einen Herzinfarkt. Kein Sex mehr, aber ich war ihm treu, bis er weitere achtzehn Jahre später an einem Schlaganfall starb. Jetzt bin ich sechsundfünfzig und erlebe wie nie zuvor die Freiheit und das Selbstvertrauen, ich selbst zu sein. Ich habe eine sehr gesunde, romantische und sexuelle Beziehung mit einem etwas älteren Mann. Es ist egal, wie lange sie dauert, solange sie gut ist. »Gut« bedeutet eine offene und ehrliche Beziehung, gegenseitigen Respekt und die Bereitschaft, in jedem Sinne spontan zu leben. Jeder hat seinen eigenen verrückten Humor. Ich brauche keine »tiefe Bindung«, aber mit irgendeinem Menschen fantastischen Sex zu haben, nur um überhaupt Sex zu haben – egal wie gut er ist –, das reicht mir einfach nicht.

Der Grundtenor hier ist, dass Frauen heute freier sind als je zuvor, die Bedingungen ihres zweiten Erwachsenenlebens selbst festzulegen. So wie immer mehr Frauen an der Schwelle zum mittleren Alter eine Scheidung wählen oder beschließen, nicht noch einmal zu heiraten, so *entscheiden* sich immer mehr Frauen, die in einer langjährigen Ehe bleiben, ganz bewusst für diese Ehe. Sie engagieren sich erneut für die Beziehung, statt einfach darin zu verharren, weil sie keinen Ausweg sehen.

16. Das Leben als Single planen

Eine Phase des Alleinseins ist fast unabdingbar, wenn Sie Ihr eigenes neues Ich kennen lernen möchten. Es ist fast so, wie wenn wir nach einem langen Winter endlich wieder nach draußen kommen: wenn wir an den ersten milden Frühlingstagen beim Spazierengehen endlich ohne dicken Wintermantel, Handschuhe und Stiefel ein Gefühl von Freiheit verspüren, wenn die Sonne unsere Haut kitzelt und wir neu belebt fast wie in Trance herumlaufen.

Luisa zum Beispiel kannten ihre Freunde als ernste, schüchterne und zielgerichtete Frau. Ihre Stärken waren Planen und Organisieren, sie war zweimal verheiratet gewesen, zur Vizepräsidentin eines Unternehmens mit zwei Milliarden Dollar Umsatz aufgestiegen und hatte dafür gesorgt, dass ihre Töchter zum Studium nach Harvard gehen konnten. Aber in dieser begrenzten Welt hatte sie immer eine ganz bestimmte Sehnsucht verspürt.

Sie wollte tanzen.

Keiner ihrer Ehemänner hatte daran das geringste Interesse. Es war ihr kaum als Wunsch vorgekommen, der wichtig genug war, um ihn als Traum zu bezeichnen, aber die Sehnsucht verschwand selbst nach ihrer zweiten Scheidung nicht.

»Zuerst wollte ich Gesellschaftstänze lernen«, erzählt sie mir. »Ich hatte nie mit Partner getanzt. Als ich erwachsen wurde, tanzte man immer allein, so wie es einem gerade einfiel.«

Warum nicht? Es war wie ein Test, an dem sie ihre Lebensentscheidungen maß. Sie muss leise darüber lachen, wie absurd es ist, dass so viele Frauen so lange zögern, ihre Träume zu erforschen. Es war so einfach – in ein Tanzstudio gehen und tanzen lernen –, aber die Veränderungen, die dieser Gang für Luisas Stimmung und Lebensansichten nach sich zog, waren unglaublich. Die Musik brachte bei dieser introvertierten Frau etwas Sinnliches an die Oberfläche. Bevor sie wusste, wie ihr geschah, kreisten ihre Hüften im ansteckenden Rhythmus des Salsa. Ihre relativ große, breitschultrige Gestalt wurde leichter, als sie den Walzer lernte. Sie probierte den Swing aus und lachte über sich selbst, als sie wie ein Teenager über die Tanzfläche glitt. Freitagabends lud das Studio die Kursteilnehmer zu einem offenen Tanzabend ein, wo man sich fein machen und üben konnte, mit anderen zu tanzen. Sie ging nicht hin. Was wäre, wenn niemand sie zum Tanzen auffordern würde? Luisa brauchte sechs Monate, bis sie den Mut aufbrachte, allein hinzugehen und nicht nach einem Mann Ausschau zu halten, sondern einfach nur das Tanzen zu genießen.

»Aber ich hatte etwas Neues gelernt, ich fühlte mich gut, es stärkte mein Selbstvertrauen und gab mir Gelegenheit, Kontakte zu knüpfen«, wurde ihr im Nachhinein klar. Sie hat in den Tanzstunden einen neuen Mann kennen gelernt und ist mit ihm zusammengezogen. Ohne zu erkennen, wie sich das Muster wiederholte, schlüpfte sie in eine emotional abhängige Rolle und blieb dort, bis die Beziehung nach vier Jahren auseinander ging.

Erst mit sechsundfünfzig, als sie den großen Schritt in das zweite Erwachsenenleben längst getan hatte, erlebte Luisa das Alleinsein als Freiheit, ohne Mann zu leben. Monatelang beobachtete sie den Tangokurs wie ein Kind, das die Nase an einer Ladenscheibe platt drückt, bevor sie sich traute, den Standard-Tango zu erlernen. Sie kam schnell zu dem Schluss, dass Tangotänzer in einer eigenen Welt leben und dass sie nie als Jennifer Lopez in *Darf ich bitten?* durchgehen würde, was sie aber nicht davon abhielt, zur Klasse des Argentinischen Tangos zu wechseln. Sie bekam mit, wie sich die Leute dort über B. A. unterhielten (für die Nichteingeweihten: Buenos Aires), die Weltstadt, in die sie Pilgerreisen unternahmen, um dem Tango an seinem Ursprungsort zu huldigen. Irgendwann spürte sie, dass auch für sie die Zeit für eine solche Reise gekommen war. »Nun, da meine Eltern über achtzig waren, meine Tochter mit dem Studium angefangen und ich mich von meiner letzten Beziehung erholt hatte, war ich bereit, etwas für mich selbst zu tun.«

Sie nahm mehr Tangostunden und tat sich mit einer anderen Frau aus dem Tanzstudio zusammen. Sie lernten in der Sprachschule Spanisch und fanden eine Pension in B. A. mit dem Namen Tango House, die im Sommer, also dem argentinischen Winter, spottbillig war.

Eine Woche lang lebte und atmete sie nur für den Tango, und sie genoss die Zeit in vollen Zügen. Jeden Abend mischten sich Einheimische und Gäste und nahmen in der Pension Tangounterricht. So richtig los ging es in Buenos Aires nicht vor elf Uhr abends, und nach dem Abendessen wurden die Gäste zu dem besten *milonga* gebracht, einer der vielen Tanzkneipen, in denen eine Mischung aus Mambo, Standardtänzen und Tango angeboten wurde. Luisa rechnete nicht damit, einen Partner zu finden. Die Argentinier sind nicht gerade erpicht auf Möchtegern-Tangotänzer aus den USA. Es gibt ein Ritual: Der Mann stellt den Blickkontakt zu einer Frau her, mit der er es gerne als Partnerin versuchen würde. Erwidert sie seinen Blick, führt das zum Tanz. Es ist eine Art der Verführung, bei der der Mann im Vorteil ist. Wenn die Frau ihn abblitzen lässt, erfährt niemand davon.

Roberto stellte den Blickkontakt her. Er war nicht gerade ein hervorragender Tänzer, aber er war sehr charmant und intelligent, von Beruf Ingenieur, und er sprach perfekt Englisch. Er war außerdem geschieden und hatte Kinder, die zufällig in Atlanta lebten. Sie tanzte jede Nacht mit ihm. Sie war noch nie so nachgiebig mit sich selbst gewesen oder hatte sich erlaubt, so frei zu sein. »Ich habe es geliebt, und ich konnte es kaum erwarten, wieder hinzufahren.«

Sie und Roberto waren in jener Woche auch ein Liebespaar, aber letztlich kam sie zu dem Schluss, dass sie nicht in ihn verliebt war. »Das war nicht der Grund, warum ich dort war. Ich wollte nicht jeden Morgen neben einem anderen Menschen aufwachen, an den ich mich anpassen oder mit dem ich Pläne schmieden musste oder für den ich zu einer bestimmten Zeit abends zurück sein musste. Es ist so leicht, in ein Verhaltensmuster zu verfallen, das den Erwartungen eines anderen Menschen entspricht.« Roberto und sie waren aber gute Freunde geworden und er versprach, sie in Atlanta zu besuchen.

Als sie wieder Heimatboden unter den Füßen spürte, kam sich Luisa wie ein exotisches Stück Kunsthandwerk vor, wie es Touristen oft als Erinnerung an eine Reise mit nach Hause nehmen, die ihr Leben verändert hat. Luisa wollte die lustvolle Frau nicht wieder verlieren, die sie in Argentinien in sich selbst gefunden hatte.

Sie spielte mit dem Gedanken, ihren Job aufzugeben. Aus pragmatischen Gründen bat sie dann aber um unbezahlten Urlaub. »Ich war bereit, das Risiko einzugehen, dass mein Chef zu mir sagen könnte, ich brauche gar nicht mehr zurückzukommen. Ich merkte, dass ich meinen Freunden erklären musste, dass ich alles aus einer ausgesprochen positiven Grundhaltung heraus tat. Ich rannte nicht vor meinem Leben weg. Argentinien hat einen ganz eigentümlichen Einfluss auf die Menschen. Es liegt an dem milden Wetter, der Freundlichkeit der Menschen – selbst wenn man die Sprache nicht gut beherrscht –, an der Musik, den unglaublichen Farben der purpurfarbenen Jacarandabäume überall an den Straßenrändern. Und es kostet nicht viel.«

Als Luisa bereit war, ihr neues bikulturelles Leben auszuprobieren, half ihr Roberto, in B. A. eine kleine Mietwohnung zu finden. »Drei Monate lang führte ich ein Leben ohne Wecker. Ich stand morgens auf, ging auf den Balkon, streckte mich und trank dort meinen Kaffee. Ich ging mit meinem Hund in den Park, dann in die Stadt zum Spanischunterricht und anschließend zur Tangostunde.« Obwohl sie Roberto häufig sah, war sie mutig genug, abends allein in *milongas* zu gehen. »Ich habe häufiger mit Argentiniern getanzt, als irgendjemand für möglich gehalten hätte. Ich lernte, nur für den Augenblick zu leben.«

Sie fasste den Plan, im folgenden Frühjahr nach Argentinien zurückzukehren und sich nach einer kleinen Wohnung zum Kaufen umzuschauen. Sie wollte ihr Leben so einrichten, dass sie die Zeit zwischen der geregelten, zielorientierten Routine in Atlanta und dem fließenden, trägen Leben in Argentinien aufteilen konnte. »Endlich weiß ich, was ich für mein Leben will. Ich mag Städte, und ich mag Tanzen. Ich kann es mir nicht leisten, ganz aufzuhören zu arbeiten, und ich brauche die kulturelle Anregung, die Atlanta bietet. Aber warum nicht ein Leben, das zwischen den USA und Südamerika pendelt?«

Wie viele große Pläne war auch dieser nicht auf unerwartete Ereignisse eingestellt. Luisas Körperhaltung hatte sich verändert, ihre Figur war durch das Tanzen inzwischen muskulös und sehnig geworden, was durch die Kleidung, die sie nun abends trug – Lederröcke, hautenge Tops und Tangoschuhe – noch betont wurde. Es war also keine Überraschung, dass sie in Atlanta einen Mann traf, bei dem die Chemie stimmte. Er war auch gerade an der Schwelle zu der großen Freiheit ab sechzig, bereitete sich darauf vor, nicht mehr zu arbeiten, und war ganz wild darauf, sie auf seiner Harley für eine Woche in den Westen mitzunehmen.

Warum nicht?, fragte sie sich. Aber ohne Verpflichtungen.

»Das ist die Beziehung, die mich von allen Beziehungen bisher am wenigsten einengt«, erzählt sie mir nach der Reise. »Das ist etwas ganz Neues für mich, und es ist wunderbar. Statt mein Leben um eine neue Beziehung herum zu arrangieren, sehe ich ihn nur, wenn wir in derselben Stadt sind. Wir gehen manchmal an einem Freitagabend in verschiedene Clubs und treffen uns vielleicht danach.«

»Wie haben Sie ihn kennen gelernt?«, frage ich sie. Sie lächelt.

»Beim Tanzen.«

Gleichgeschlechtliche Lebensentwürfe

Santa Fe in New Mexico wirkt auf reife Frauen wie ein Magnet. Frauen, die malen, schreiben, Schmuck entwerfen oder am Canyon Drive eine der vielen Galerien haben, fühlen sich von der herben Schönheit und der spirituellen Energie erfasst, die schon seit über hundert Jahren Nonkonformisten anziehen. Der Ort hat eine weibliche Ausstrahlung: Sämtliche Gebäude haben die ausladenden Kurven weiblicher Hüften, da alle Häuser und Läden in der traditionellen mexikanischen Bauweise mit nur einem Stockwerk errichtet sind, ohne gerade Linien und rechte Winkel. Selbst außerhalb des historischen Zentrums, wo sich die neueren Ferienwohnungen und Altersruhesitze sanft an die Hügel schmiegen, finden sich überall die Farben, die man in Zimmern von Neugeborenen findet: Rosa, von Blau umrahmt. Der Grundriss der Stadt wird ebenfalls von krummen Linien bestimmt, wobei die Hauptlinie in ihrer verschlungenen Form einem Hufeisen ähnelt. Um sich in der Stadt zu orientieren, muss man sich auf seine Intuition und sein Gefühl verlassen.

Mai spürte die Anziehungskraft von Santa Fe das erste Mal, als sie Mitte der siebziger Jahre auf ihrem Weg zur Stanford University durch New Mexico fuhr. Aber für eine lebhafte Frau Mitte zwanzig war Santa Fe zu weit weg, zu einsam. Und als sie dann verheiratet war, ein Kind hatte und in New York lebte, ging der Glanz von Santa Fe in dem komplexen Geflecht von Liebe, Arbeit und Kindererziehung unter.

Erstaunliche Veränderungen überrollten Mai allerdings mit vierzig. Mit vierzig war sie geschieden. Einige Jahre später verliebte sie sich zu ihrer großen Überraschung, denn sie hatte nie eine sexuelle Neigung zu ihrem eigenen Geschlecht verspürt, in eine andere Frau. Sie leitete damals ihren eigenen erfolgreichen Schmuckgroßhandel. Kurz bevor sie fünfzig wurde, ging ihr einziges Kind aufs College. Es war jedoch die innere Wandlung, die sie mit vierzig vollzogen hatte, die sie auf dramatische Weise ihr ganzes altes Leben abwerfen und ein neues anfangen ließ.

Sie und ihre Partnerin fuhren zusammen nach Santa Fe. Mai merkte, dass sie in fast poetischen Worten davon schwärmte, wie die Erde dort zu einem spricht, egal, ob man zuhören möchte oder nicht: »Alles ist so präsent – der Himmel, die Wolken, der Regen, die Art der Trockenheit …« Sie musste über sich lachen, weil ihr die Worte fehlten, um die spirituelle Geborgenheit zu beschreiben, die sie an diesem Ort verspürte. Sie und ihre Partnerin stellten fest, dass Santa Fe voll von künstlerisch tätigen Frauen war, heterosexuellen wie lesbischen, die eine starke Gemeinschaft bilden. »An der Ostküste hatte ich das Gefühl, toleriert zu werden«, sagt sie, »hier fühlte ich mich wirklich geschätzt und akzeptiert.«

Am dritten Tag ihrer Ferien gingen Mai und ihre Partnerin, die Dokumentarfilmerin ist, nur aus Spaß zu einer Hausbesichtigung. Es war ein ausgedehntes Lehmhaus, von schneebedeckten Hügeln umgeben. Das Beste war ein großes Atelier mit Fenstern nach allen vier Seiten und einer Terrasse mit Blick auf einen hoch gelegenen Wüstengarten. Mai hörte sich ein Angebot machen. Es wurde akzeptiert. »Ach du meine Güte«, dachte sie, »ich ziehe wohl um.«

Beiden Frauen hat der Bruch mit der Ostküste und das Eintauchen in eine völlig andere Umgebung viel kreative Energie gegeben. Nach einigen Jahren ebbte die Begeisterung für die gemeinsame Arbeit ab, und sie trennten sich in aller Freundschaft.

»Uns hier zu etablieren war ein großer Teil der Beziehung«, stellt Mai rückblickend fest. »Als wir hier integriert waren, hatte sich dieser Zweck erledigt.«

Mai lebt schon sechs Monate allein, als sie mich nach Hause einlädt. Ich habe ihre Geschichte bei einer Gruppendiskussion gehört und erwarte, sie traurig, aber stoisch gelassen vorzufinden. Sie begrüßt mich mit einem strahlenden Lächeln, ihre graublonden Haare stehen ab wie die Stacheln einer Seeanemone. Ihr volles Gesicht ist gerötet – das Bild einer Künstlerin, die mitten in einer sehr angenehmen Arbeit unterbrochen wird. Sie führt mich direkt in ihr sonnendurchflutetes Atelier, den Raum, in dem sie zu vollem Leben erwacht ist. Während sie in ihrer locker sitzenden schwarzen Hose und einer gewebten Jacke über ihrem angenehm rundlichen Körper durch ihr Atelier geht, spricht sie fast ehrfurchtsvoll von den Halbedelsteinen und Glasperlen, die in hunderten von kleinen Kästen liegen. Jedes Stück hat seine eigene Geschichte. Es gibt antike chinesische Jadesteine, die sie auf ihren Reisen gefunden hat, und tibetische Reliquien, die Freunde ihr mitgebracht haben.

Einige Perlen sind so winzig, dass es unvorstellbar ist, wie jemand sie ohne Lupe auffädeln kann. Mai stellt mich der Mexikanerin vor, die ihr hilft. Beide empfinden das Auffädeln manchmal wie eine Meditation. Mais Tage bestehen allerdings keineswegs nur aus spontanen, kreativen Phasen. Sie ist ausgesprochen diszipliniert in ihrer Arbeit und nimmt ihre Gesundheit ernst. Während unseres Gesprächs wählt sie Einzelstücke aus, die sie am folgenden Tag mit nach New York nehmen will, um sie auf einer Verkaufsausstellung zu präsentieren. Sie wendet sich von dieser Miniaturwelt ab und richtet ihre Aufmerksamkeit auf den Berg, der direkt vor ihrem Fenster aufragt. »Da gehe ich jeden Morgen spazieren«, sagt sie.

Als wir uns zum Kaffee hinsetzen, frage ich sie, wie sie das Alleinleben empfindet.

»Ich genieße es«, überlegt sie. »Zum ersten Mal in meinem Leben lebe ich allein.« Ganz allein lebt sie nicht: Sie hat einen Teil ihres großen Hauses an eine Schriftstellerin vermietet, einen anderen an eine Künstlerin. Ihre Mieter haben jeweils eine eigene Küche, aber Mai befindet sich gern in ihrem künstlerischen Energiefeld und tauscht Ideen mit ihnen aus. »Ich lebe in einer Gemeinschaft«, sagt sie, »aber ich bin zur Zeit nicht an einer festen Beziehung interessiert.« Darüber ist sie selbst überrascht.

Einige Tage zuvor hat sich Mai ein ausführliches Horoskop erstellen lassen. Was als Analyse beruhigend wirken sollte, hat sie erschreckt. Die Astrologin erklärte ihr, dass sie eine neue enge Liebesbeziehung erleben würde. Normalerweise wäre man darüber erfreut, aber Mai dachte beim Weggehen nur: »Nein, ich bin noch nicht so weit. Ich bin gerade einmal so weit, dass ich eine Beziehung zu mir selbst haben kann.«

Ihre lesbische Partnerin hat in ihrem Liebesleben die Rolle der Pilot-Liebhaberin gespielt. Mais romantisches Wiedererwachen hat fast zehn Jahre gedauert, aber jetzt befindet sie sich bei ihrer Reise auf der Suche nach einem leidenschaftlichen Leben an der Schwelle zur nächsten Phase. Sie sagt nachdenklich: »Ich glaube, es geht um eine spirituelle Beziehung zu mir selbst und zu der Welt um mich herum. Obwohl mein Herz schwer ist, fühle ich mich, als könnte ich mich von einem Berggipfel in die Luft aufschwingen. Es hat etwas Aufregendes, nicht in einer Beziehung zu sein – mit all den Kompromissen, die dazugehören. Ich will herausfinden, was das für mich bedeutet. Das heißt nicht, dass nie wieder jemand mein Herz berühren kann. Aber wenn ich hier so sitze, empfinde ich das wie ein Geschenk, das ich nie vorher hatte. Und das liegt daran, dass ich jenseits der fünfzig bin, auf der anderen Seite des Berges.«

Das Beste an dem Lernprozess, allein zu sein und mit dem neuen Ich zufrieden zu sein, sind die vielen Überraschungen. Für Mai, eine Frau mit intensiven sexuellen Bedürfnissen, bestand die erste Überraschung darin, dass ihr sexuelles Verlangen mit Beginn des Klimakteriums nachließ, wofür sie ganz dankbar ist. »Ich könnte meine Einsamkeit wohl kaum so genießen, wenn ich ständig ein sexuelles Verlangen in meinen Adern verspürte«, gibt sie zu. »Ich empfinde das nicht als Verlust, sondern als Erleichterung. Es erlaubt mir, mich ganz anders in meiner Welt zu engagieren, als ich das bisher konnte.«

Eine weitere Überraschung ist die Feststellung, dass sie sich weiterhin auch von Männern angezogen fühlt. Vor ihrem Haus lag einige Monate lang ein Haufen Ziegelsteine, wie eine Last nicht abgetragener Schuld. Eines Tages rief sie einen Freund an. Sie wusste, dass er einen Grill im Freien bauen wollte, und dachte, er könnte die Steine vielleicht gebrauchen. Er kam sofort mit drei Freunden zu ihr. Mai beobachtete die Männer, wie sie sich mit nacktem Oberkörper bückten und drehten und in der Sonne schwitzten, und merkte, dass diese wilde männliche Energie sie erregte. Sie fand sich leicht damit ab, dass sie in Bezug auf ihre sexuelle Orientierung noch keine endgültige Entscheidung getroffen hatte.

»Ich bin kein radikaler Mensch, aber ich lasse mich auch nicht davon einengen, was die Gesellschaft oder die Familie als akzeptabel ansehen«, sagte sie. »Die Aufgabe eines Künstlers besteht auf einer Ebene darin, sich immer wieder neu vorzustellen, wie man Dinge miteinander verbinden kann. Wie kann ich zwei ›sich beißende‹ Farben auf einer Leinwand miteinander kombinieren? Oder wie kann ich diese seltsamen Steine zu etwas Schönem zusammenfügen? Und so, wie du auf dem Weg durch Zeit und Raum deine Realität neu erschaffst, so entwirfst du immer Neues.«

17. Ein netter Mann zum Besuchen, aber ich möchte nicht bei ihm einziehen

»Ich glaube, dass meine Eltern an der Ehe gestorben sind.«

Diese Bemerkung klingt zunächst vielleicht kaltherzig, aber immer mehr geschiedene und verwitwete Frauen über fünfzig vertreten eine solche Ansicht über die ältere Generation. In den USA ist die Quote der Wiederverheiratung bei Frauen nicht so hoch wie bei Männern. »Als Grund wird meistens vermutet, dass Frauen nicht genügend Männer zur Auswahl haben. Männer können jüngere Frauen wählen, Frauen haben nicht so viele Möglichkeiten«, sagt Barbara Dafoe Whitehead, eine der Leiterinnen des National Marriage Project. »Diese Ansicht ist überholt. Wenn eine Frau in der Mitte ihres Lebens eine Scheidung in die Wege leitet, fragt sie sich: ›Warum wieder heiraten, wenn ich vieles von dem, was in der Ehe schön war, auch ohne Ehe haben kann?‹ Das gilt besonders für Frauen, die berufstätig waren. Sie ziehen es eher vor, Single zu bleiben und romantische Abenteuer zu genießen. Auch wer Kinder hat, ist nicht wild darauf, eine neue Familie zu gründen und die Kinder darin zu integrieren.«

Diese Auffassung wird in vielen Interviews und E-Mails, die ich bekam, laut und deutlich geäußert. Wirklich reife Frauen – und viele reife Männer – ziehen es mit großer Wahrscheinlichkeit vor, jemanden zu lieben, aber in getrennten Wohnungen zu leben, da beide Parteien ihre eigene Umgebung schätzen. Die meisten Frauen haben in dieser Lebensphase erwachsene Kinder und ein oder mehrere Enkelkinder, meist über die ganzen USA oder die ganze Welt verstreut, was viel Reisen in den

Ferien bedeutet. Es ist auch kaum überraschend, dass der neue Liebhaber im Leben der reifen Frau nicht unbedingt erpicht darauf ist, im Dezember nach Buffalo zu fahren, um dort Weihnachten mit ihren Enkeln zu verbringen. Er muss wahrscheinlich sogar seine eigenen besuchen.

Zusammenzuziehen kann eine viel versprechende Beziehung verderben, denn je älter wir sind, desto stärker versuchen wir, unseren Freiraum und Lebensstil zu schützen. Was geschieht, wenn er mit seinem »Kram« einzieht und entsetzt ist über die Sammlung von Töpferwaren, die sämtliche freien Flächen im Haus besetzen? Oft wiederholt werden Geschichten wie diese: Sie sammelt antike Puppen, er ist ein Oldtimer-Fan. Als er einzog, wurde das Leben zur Hölle. Er kehrte in seine alte Wohnung zurück, und einige Monate später trafen sie sich wieder regelmäßig, lebten aber getrennt. Nun war das Leben süßer als je zuvor. Sie fand es romantisch, wenn er in seinem Porsche-Oldtimer mit röhrendem Motor vorfuhr. Und er war begeistert, wenn er diese zarte Dame überreden konnte, sich auf den engen Sitz neben ihm zu zwängen und mit ihm durch die Stadt zu rasen.

Caroline, eine fünfundfünfzigjährige Frau aus dem Nordwesten, brauchte ein wenig Überredung, die Freuden einer festen Beziehung ohne Trauschein zu genießen. Sie hätte nie gedacht, dass sie wieder einen Mann finden würde, der sie so erregen könnte wie ihr Ehemann. Als dessen Affären zu offensichtlich wurden, um sie zu ignorieren, musste sie die Ehe beenden. Mit fünfzig traf sie einen Mann, der nicht wieder heiraten wollte, kein Interesse hatte, ihre Freunde und ihre Familie kennen zu lernen, und behauptete, er glaube nicht an die Vorstellung von Seelenverwandtschaft. Er war offensichtlich ein Workaholic und warnte sie, dass er nicht zum festen Freund taugte. »Aber die Pheromone waren in der Luft, und er roch und schmeckte wunderbar«, sagt sie. »Wenn wir ins Bett gingen, war es so romantisch wie die Fantasien, die ich als Teenager gehabt hatte. Wir sprechen nicht über ›unsere Beziehung‹. Wir nehmen das Wort ›Liebe‹ nicht in den Mund, und wir reden nicht übers Zusammenziehen. Meine Freundinnen betonen immer, dass ich jemanden verdient habe, der mich anbetet, und sie sind überrascht, dass ich nicht mehr von ihm verlange. Aber mit ihm habe ich bisher fünf Jahre voll süßer Leidenschaft und Monogamie erlebt. Fünf Jahre im Leben und im Bett eines Mannes, den ich anbete. Ich habe viel Zeit für meine Freunde, meine Kinder, meine Arbeit und zum Alleinsein. Warum sollte ich das alles aufs Spiel setzen, indem ich Dinge von einem Mann fordere, die er nicht geben kann?«

Der offensichtliche Vorteil einer längerfristigen Beziehung auf Distanz besteht darin, dass ein Teil des Geheimnisses und der Spannung einer Affäre auf diese Weise erhalten werden kann. Da die Hauptattraktionen einer neuen Beziehung für die meisten Single-Frauen im mittleren Alter Romantik, Spaß, Freundschaft und leidenschaftlicher Sex sind, fragen sich viele, warum sie diesen Attraktionen einen Dämpfer aufsetzen sollten, indem sie in die »Lass uns zu Hause bleiben und einen Film ausleihen«-Routine zurückfallen, kein Make-up, keine Dusche oder Parfüm, aufgewärmtes Essen und gemütliches Sitzen auf dem Sofa vor dem Fernsehen. Warum die Zeit der Rendezvous beenden, den Spaß, Pläne für Freitagabend zu machen, zum Frisör zu gehen, sich in einem Restaurant zu treffen und sich zu fragen, wie der Abend wohl enden wird. Erinnern Sie sich daran, wie Sandys Ehe wieder zum Leben erwachte, als sie und ihr getrennt lebender Mann sich wieder zu Rendezvous trafen? Wenn jeder seine eigene Wohnung behält, müssen die Lebensgewohnheiten, die bei jedem Menschen in diesem Alter fast unveränderlich festgelegt sind, dem Partner nicht auf die Nerven gehen. Es ist vielleicht zu spät, ihm beizubringen, einen Untersetzer für sein Glas zu benutzen, und möglicherweise möchten Sie ja auch nicht Ihren Hund abgeben, nur weil Ihr Liebhaber allergisch auf Hundehaare reagiert.

Eine neue Form des Vertrags vor der Ehe

Reife Frauen und Männer finden neue, kreative Wege, um zu einer Balance zwischen Selbstständigkeit und Abhängigkeit zu gelangen. Wie viel Zeit möchten sie miteinander verbringen, was können sie erwarten und akzeptieren, was möchten sie getrennt unternehmen?

Eine der Sexpartys-Beraterinnen, die ich auf meinen Reisen kennen lernte, merkte, dass ihr Leben in dem Jahr, als sie fünfzig wurde, eine 180-Grad-Wende nahm. Ihre Geschichte klingt vielleicht so, als sei sie einem Liebesroman entnommen, aber am Schluss heißt es hier nicht, »und sie lebten zusammen glücklich bis ans Ende ihrer Tage«.

Nina Ward verließ die Highschool in Memphis 1971 und hatte kein anderes Jobangebot, als bei Burger King zu arbeiten. Die meiste Zeit ihres ersten Erwachsenenlebens war sie allein erziehende Mutter, die zwischen schlecht bezahlten Jobs und Arbeitslosengeld pendelte, immer nur einen Schritt vom Besuch des Gerichtsvollziehers entfernt. Das alles änderte sich schlagartig, als sie nach Fremont, Kalifornien, zog und in Teilzeit für die Vorläuferfirma von »Passion Partys« arbeitete. »Ich fand es toll, viel Geld zu verdienen und anderen Frauen zu helfen und ihnen etwas beizubringen, ihnen Möglichkeiten zu eröffnen, ihre Sexualität zu genießen«, erinnert sich Nina. »Das hat ihnen viel Selbstachtung und Selbstvertrauen gegeben.« Zwei Jahre lang organisierte sie Partys, dann kündigte sie und baute ihr eigenes Geschäft auf. Nur selten verabredete sie sich zu Rendezvous. 1999 gewann sie bei einem Verkaufswettbewerb des Unternehmens eine Silbermedaille. Zur Feier des Tages färbte sie sich die Haare rot und peppte sie mit einem falschen Zopf und Strähnchen auf. Ihr Sohn war gerade mit der Highschool fertig, ihre Mutter war vor kurzem gestorben, und sie lebte seit fünfzehn Jahren allein.

»Da stand ich nun, gerade fünfzig geworden, nicht mehr wirklich Mutter, Tochter oder Ehefrau«, sagt Nina. »Ich wollte herausfinden, wer Nina wirklich ist, als Person, ohne Etikett.« Nina brachte sich ins Spiel, indem sie anfing, Verabredungen über das Internet zu treffen. Freunden erklärte sie jedoch, sie habe kein Interesse daran, wieder zu heiraten. Sie genoss diese Entdeckungsreise in neues Territorium, bis ihr Leben plötzlich völlig umgekrempelt wurde.

Sie erkannte die gedehnte Sprechweise des unerwarteten Anrufers aus Memphis sofort. Das war keine ihrer Flirtbekanntschaften aus dem Internet. Das war Frank, ihre erste Liebe, der Junge, der sie entjungfert hatte, als sie sechzehn war, und mit dem sie ging, bis sie neunzehn war. Der Bruch mit ihm war mit all den Höllenqualen verbunden gewesen, die die erste Trennung in der Jugend mit sich bringt.

Es herrschte Stille in der Leitung, bis Frank seinen ersten vollständigen Satz sagte: »Nur für den Fall, dass einem von uns etwas passiert, möchte ich mich bei dir für all das entschuldigen, was zwischen uns geschehen ist«, sagte er. »Es war alles mein Fehler.« Wenn es jemals einen absolut sicheren Weg ins Herz einer Frau gegeben hat, dann den, dass der Mann alle Schuld auf sich nimmt. Frank klang genauso verliebt wie damals, als sie Teenager waren.

Ninas Blut pochte in ihren Adern, aber ihre ersten Worte zu ihm waren: »Ich weiß nicht, ob du mir heute gewachsen bist,

Frank, ich bin eine sehr unabhängige Frau.« Das war im Mai. Sie erklärte ihm, sie glaube nicht, vor Oktober nach Memphis fahren zu können, aber sie hielt es nur zwei Monate aus. »Als wir uns wiedersahen, fielen wir uns sofort in die Arme, drückten und küssten uns und fingen an zu heulen. Wir wussten sofort, dass die alte Anziehungskraft noch da war.« Nina wird rot, als sie dieses Treffen beschreibt. »Aber wir kannten uns nicht sehr gut. Also fuhren wir übers Wochenende in eine winzige Stadt in Arkansas, wo das einzig freie Zimmer die Hochzeitssuite im Best Western Hotel war.« Frank sah genauso aus wie damals in der Highschool, aber er hatte inzwischen eine erfolgreiche Elektrikerfirma aufgebaut. Nina, die an der gleichen Unzufriedenheit mit ihrem Körper leidet wie viele Frauen, entschuldigte sich für die Veränderungen ihres Körpers. »Ich weiß, ich war in der Highschool dünn und schön, heute bin ich das nicht mehr.« Dann aber konnte sie mit der Selbstsicherheit, die sie durch ihr neues Leben gewonnen hatte, sagen: »Ich bin aus dem Nichts gekommen und verdiene heute zehntausend Dollar im Monat.«

Frank war angenehm schockiert. Er sah zu, wie Nina den Whirlpool füllte. Sie ließ ihn die Augen schließen, bevor sie sich auszog und zu ihm ging. »Nina, mir ist es egal, wie sich dein Körper verändert hat«, sagte Frank immer wieder. »Ich liebe dich. Ich finde dich immer noch wunderschön. Ich mag es, dass du unabhängig bist. Das ist gut. Und ich verdiene mittlerweile selbst sehr gut.«

Der Ehevertrag war Ninas Idee. »Das war wirklich ungewöhnlich für mich«, sagt Nina mit dröhnendem Lachen. »Ich hätte nie gedacht, dass ich einmal in einer Lage sein würde, in der ich Gründe für einen Ehevertrag hätte.« Die Hochzeit fand zehn Monate nach ihrem Wiedersehen in Tennessee statt. Da dies sicher ihre letzte Heirat sein würde, wählte Nina für die

Hochzeit ein langes elfenbeinfarbenes Kleid mit Perlen und Kristallsteinchen und mit einer Satineinfassung. Und da man in ihrem Alter oft viele enge Freundinnen hat, wurde sie von acht Brautjungfern begleitet. Der bewegendste Moment war für Nina allerdings, als ihr Sohn sie zum Altar führte.

Mitten in der Trauungszeremonie ermahnte der Geistliche das Paar: »Versuchen Sie nicht, den anderen zu ändern.«

Nina hatte nicht vor, Franks Leben in Tennessee zu übernehmen. Ihr war auch klar, dass sie noch nicht bereit war, ihr florierendes Unternehmen, das sie selbst aufgebaut hatte, aufzugeben oder die vielen Freunde, die sie durch ihr Netzwerk unterstützt hatten, und ihren Sohn, der gerade mit dem Studium begann, zu verlassen. »Ich war bis dahin immer mit Männern zusammen, die alles dominieren und mir sagen wollten, was ich zu tun hatte«, erklärt Nina. »Sie sagen dann immer: ›Ich will es dir nur leichter machen‹, aber in Wirklichkeit wollen sie einen kontrollieren. Ich habe Angst, mich in dieser Schutzhülle zu verlieren.« Hinzu kam, dass die Einstellung zu Frauen mit starkem Willen, zu Frauen, die ihr Geschäft selbst aufgebaut haben, in Tennessee nicht so positiv ist, während Nina in Kalifornien stark bewundert wird und für viele Frauen, die wie sie mit nichts anfangen, als Mentorin fungiert. So sehr sie Frank auch liebte, würde es mit der Zeit nur zu Vorwürfen führen, falls sie das alles aufgeben würde.

Ihre Lösung besteht darin, zwischen Kalifornien und Tennessee zu pendeln, zwei Wochen im Monat verbringt sie bei Frank. Sie meint, dass sie das noch die nächsten drei oder vier Jahre so weitermachen wird, bis ihr Sohn mit dem College fertig ist. Dann sind ihr Mann und sie vielleicht beide in der Lage, sich aus dem Berufsleben zurückzuziehen.

»Frank versteht das«, sagt Nina, stolz auf ihren Kompromiss. »Wir glauben, dass unsere Beziehung so aufregend bleibt.

Und ich bin mir sicher, dass ich mich dadurch langsam wieder auf die Ehe einstellen kann.«

Ein Nach-Ehe-Vertrag

Hier ist eine weitere kreative Art, wie ein verheiratetes Paar es schafft, sein Versprechen einzuhalten, den anderen zu lieben, zu ehren und zu ihm zu stehen, ohne den Alltag miteinander zu teilen.

Mirjana ist jetzt in den heiteren Jahren ab sechzig, auf weiche Art hübsch, mit abstehenden schwarzen Haaren, die den eleganten Farben und Stoffen, die ihre Kleidung bestimmen, einen Funken jugendlicher Lebhaftigkeit verleihen. Ihr Mann ist vierzehn Jahre jünger. Als die beiden vor fünfundzwanzig Jahren geheiratet haben, war sie eine vierzigjährige Völkerrechtlerin, die sofort bereit war, mit ihrem Partner, einem feurigen griechischen Unternehmer, ein Zigeunerleben zu führen und überall auf der Welt kleine Unternehmen zu gründen. Der Altersunterschied wurde jedoch immer deutlicher, je älter sie wurden. Ihr Ehemann kämpft erst jetzt gegen den »kleinen Tod« am Ende seines ersten Erwachsenenlebens.

»Er geht auf die fünfzig zu – vielleicht befindet er sich in der Midlife-Crisis, aber das heißt ja nicht automatisch, dass mein Leben mit einem Ruck zum Stehen kommen muss«, erklärt mir Mirjana gelassen. »Wir führten ein Leben, von dem ich mir nicht vorstellen konnte, dass ich es auch noch führen würde, wenn ich älter würde. Er ist vierzehn Jahre jünger und steckt noch voller Energie und Abenteuerlust. Wir hatten Geschäfte auf der ganzen Welt, und wir haben auch heute noch einige gemeinsame Firmen. Aber ich bin nicht mehr bereit, einfach meine Sachen zu packen und um die ganze Welt zu reisen. Ich habe zwei wunderbare Kinder aus einer früheren Ehe, und ich bin Großmutter. Als Oma hat man noch einmal die Chance, jemanden zu verwöhnen. An dem jetzigen Punkt meines Lebens bin ich fester verwurzelt und wünsche mir, dort zu sein, wo meine Familie ist.«

Mirjanas Lösung bestand darin, einen Nach-Ehe-Vertrag zu schließen, als sich das Paar vor zwei Jahren trennte. »Es ist im übertragenen Sinne eine Erlaubnis für ihn und für mich, auch ein Leben allein zu führen. Es geht darum, wer ich als Person bin und was ich an ihm liebe – und auch weiter lieben werde. Und was ich an den Dingen respektiere und schätze, die wir gemeinsam erreicht haben. Es ist ein Versprechen, dass wir uns auch weiterhin lieben, ehren und füreinander da sind, bis dass der Tod uns scheidet.« Sie gestaltete den Vertrag sorgfältig, damit er wie eine Urkunde aussah, und rahmte ihn. Ihr Mann gestand ihr, dass er sehr angerührt war.

Zu ihrer großen Freude sind sie nicht nur weiterhin intim, sondern schlafen fast genauso oft miteinander wie vor der Trennung – und oft mit mehr Leidenschaft. »Nichts hat sich geändert, außer, dass wir nicht mehr zusammenleben«, sagt sie. »Wir sind weiter verheiratet, aber wir lassen uns gegenseitig die Freiheit, uns mit anderen zu verabreden. Ich habe eigentlich keine Rendezvous. Aber falls doch, würde ich mir jemanden wünschen, der über mein Alter hinaussehen kann. Ja, ich werde älter, aber mein Alter – das bin nicht wirklich ich. Ich stehe nicht morgens auf und überlege, was ich anziehen soll. Ich stehe morgens auf und ziehe das an, was meiner Stimmung entspricht.«

Es ist Mirjana nie in den Sinn gekommen, dass sie mit dreiundsechzig noch einmal eine neue eigene Firma gründen würde. Mit ihrem Hintergrundwissen in Psychologie fand sie eine Nische auf dem Immobilienmarkt: Sie »inszeniert« Häuser für den Verkauf und hilft Familien, den Übergang vom alten ins neue Heim zu bewältigen und das neue Haus oder die neue Wohnung einzurichten. Nach nur einem Jahr ist sie hoffnungslos überbucht und genießt jede Minute.

Mirjana meint, sie sei früher das klassische Opfer gewesen: »Ich schwöre, wenn Sie mich mitten in der Nacht aufgeweckt hätten, dann hätte ich geheult: ›Warum ich? Warum tun Sie mir das an?‹« Sie bricht in gespieltes Schluchzen aus. »Heute dagegen bin ich mir sicher, dass ich, wenn Sie mich mitten in der Nacht wachrütteln würden, einfach nur fragen würde: ›Hallo, was möchten Sie?‹ Ich habe gelernt, Dinge zu akzeptieren.«

Teil IV

Der Mut, zu träumen

In den USA kennt jeder die Starköchin Julia Child, auch wenn kaum einer weiß, dass sie erst mit sechsunddreißig eine Kochschule besucht hat. Und dann machte es ihr einfach Spaß, ihrem Mann nach dem Zweiten Weltkrieg nach Paris zu folgen. Ihre erste Koch-Show im Fernsehen hatte sie mit einundfünfzig. Die Julia Child, die der erste Kochstar wurde und Amerikas Ansichten über das Essen grundlegend veränderte, erlebte im zweiten Erwachsenenleben eine Wiedergeburt mit einem neuen Ich. Alles, wofür sie berühmt wurde – ein Dutzend Kochbücher und eine unglaublich erfolgreiche Fernsehshow –, nahm sie erst jenseits der fünfzig in Angriff. Später bekam sie in den USA und in Frankreich viele Ehrentitel und zuletzt wurde sie im Alter von siebenundachtzig Jahren mit der höchsten Fernsehauszeichnung geehrt.

In ihrem ersten Erwachsenenleben stellen Frauen oft einen halbfertigen Traum zurück. Diesen Traum wieder zum Leben zu erwecken, wenn man die fünfzig überschritten hat, kann das Leben aufregender machen als je zuvor. Lassen Sie sich nicht entmutigen, wenn Sie bis jetzt gewartet haben, um der Mensch zu werden, der Sie immer schon sein wollten.

Denken Sie an Julia Child.

Die meisten von uns kommen in der Lebensmitte an, ohne genau zu wissen, was sie mit dem Rest des Lebens anfangen sollen. Verschiedene Techniken können uns dabei helfen, unsere verborgenen Wünsche wiederzufinden. Stellen Sie sich folgende Frage: Was hat Sie in letzter Zeit überrascht? Wenn die Antwort lautet: »Nichts«, wird es Zeit, dass Sie sich in eine unbekannte Situation begeben. Eine neue Situation, besonders, wenn sie etwas gefährlich ist – möglicherweise auch die Gefahr birgt, sich zu blamieren –, regt das Gehirn an und stellt neue, fantasievolle Verbindungen her.

Denken Sie an Christos Tore, diese langen Segel aus orangefarbenem Stoff, mit denen der Künstler den Central Park in New York verwandelte. Selbst eine sehr vertraute Umgebung kann etwas wunderbar Anderes werden, frisch, überraschend – als sähen wir es zum ersten Mal. Ich ging an einem verschneiten Tag durch die Tore. Obwohl ich meinen üblichen Weg nehmen wollte, verlor ich die Orientierung, als ich nach oben sah und die orangefarbenen Vorhänge betrachtete, die sich vor dem stillen, blauen Himmel aufblähten. Sie lockten mich in eine andere Richtung, winkten mich vorwärts, und als ich wieder nach unten sah, wusste ich nicht mehr, wo ich war. Wunderbar! Ich fand mich auf einem Weg wieder, der mir noch nie aufgefallen war und der mich schließlich zur anderen Seite des Sees brachte. Ich wurde mit einem völlig neuen Blick belohnt. Das ist genau der Effekt, den Künstler im Theater zu schaffen versuchen. Egal, wie oft man *Carmen* oder das Musical *Carousel* gesehen hat, das Stück wirkt ganz neu, wenn man es in einer Inszenierung eines innovativen Regisseurs sieht.

Versuchen Sie es, wenn Sie das nächste Mal Ihre Schlüssel oder Ihre Brille verlegt haben, einmal mit folgender Übung: Statt wie ein aufgescheuchtes Huhn durch das ganze Haus zu laufen, wodurch sich die Blutgefäße im Gehirn zusammenziehen und Ihrem Denkzentrum folglich weniger Sauerstoff zur Verfügung steht, versuchen Sie, sich in eine dunkle, ruhige Ecke zurückzuziehen und fünf Minuten lang zu meditieren – über irgendetwas Positives, was nichts mit Schlüsseln oder Brillen zu tun hat. Die Antwort könnte dann einfach »kommen«. Der gleiche Prozess ist – in sehr viel ausgedehnterer

Form natürlich – die nützlichste Art, die ich kenne, um an die eigenen unbewussten Wünsche heranzukommen und der Fantasie zu erlauben, eine Leidenschaft aufzufangen, die genau richtig für einen ist: Geben Sie sich zehn Minuten am Tag Ruhe und konzentrieren Sie sich auf das, was Sie von Ihrem zweiten Erwachsenenleben erwarten.

Hier ist eine ernüchterndere Übung: Stellen Sie sich vor, Sie gehen zum Arzt und dieser teilt Ihnen mit, Sie hätten eine tödliche Krankheit und Sie hätten nur noch wenige Monate zu leben – bis zu Ihrem Tod würden Sie sich aber gesund fühlen. Fragen Sie sich Folgendes: Wenn Sie nur noch drei Monate zu leben hätten, würden Sie sie so verleben wie die letzten drei Monate? Wenn die Antwort »definitiv nicht« lautet, ist es Zeit, sich auf andere Dinge zu konzentrieren – Zeit, grenzenlos neugierig zu sein.

In der vorausgegangenen Phase – der Phase, in der Sie gelernt haben, mit Ihrem neuen Ich allein zu sein – standen als Belohnung am Ende wahrscheinlich die Umrisse eines neuen Traums. Inspiration ist der erste Schritt, und zwar einer, der seine Zeit braucht; er kann Monate oder sogar ein oder zwei Jahre dauern. Spielen Sie damit. Versuchen Sie nicht einfach, die Umrisse farbig auszumalen. Ziehen Sie in Erwägung, sich einen Trainer oder Betreuer zu suchen.

Wir sind alt genug, um als Mentoren für jüngere Berufsanfänger zu fungieren, aber egal, wie alt oder jung wir sind, wir brauchen alle eine neutrale Person zum Reden. Das kann ein älterer Mensch mit Erfahrung aus dem Umfeld sein, in das Sie sich begeben möchten. Das kann ein Akupunkteur oder Yogalehrer sein, der auch daran interessiert ist, aus der Arbeit mit Ihnen zu lernen. Es könnte ein Freund oder eine Freundin sein, die zehn oder fünfzehn Jahre älter ist als Sie, oder eine ehemalige Professorin, deren Lebenslust ansteckend wirkt – wenn Sie solch einen Menschen nur hin und wieder zum Mittagessen treffen, werden Sie schon etwas Lebensberatung bekommen. Diese Idee steckte hinter dem Bestseller *Dienstags bei Morrie* von Mitch Alborn. Ein Lebensberater kann Ihnen Fertigkeiten und Techniken beibringen, Ihnen über das demütigende Gefühl hinweghelfen, wieder eine Anfängerin zu sein, Ihr Selbstbewusstsein stärken und mit Ihnen feiern, wenn Sie Herrin Ihrer Leidenschaften werden.

Einmal im Jahr versuche ich, eine Woche auf der Rancho La Puerta zu verbringen, einer Gesundheitsfarm in Mexiko, wo die Fitnessrevolution 1940 begann. Wenn ich dort bin, treffe ich immer Frauen, die älter sind als ich und die mich ermuntern, den ganzen Weg zu gehen. Bei einem Aufenthalt dort vor kurzem bewunderte ich eine kompakte, siebzigjährige Frau mit silbernem Haar, die mich auf einer ausgedehnten Gebirgswanderung überholte, dabei ihre Wanderstöcke mit kecker Entschlossenheit auf die Erde setzte und mit fließenden Bewegungen den steinigen Pfad anstieg. Dieselbe Frau tauchte auch in der Pilates-Stunde auf, beim Zirkeltraining und beim Yoga. Schließlich konnte ich mit ihr reden, als sie ein paar Minuten Pause machte, um am Pool zu lesen. Ihr Name ist Thelma Trudgen.

»Was ist Ihr Geheimnis, Thelma?«

Ihr Lebensberater war ihre Mutter, die drei Ehemänner überlebt hatte und immer noch gut in Form war. »Mutter legt viel Wert auf Wettbewerb«, sagt sie. »Das hält sie aufrecht, sie will immer gewinnen.« Um das zu verdeutlichen, erzählt Thelma mir eine Geschichte. »Mutter gab in ihrem Haus in Florida gerade eine Bridge-Party, als ein Tornado heranbrauste. Ich sah das im Fernsehen und rief sie an, wirklich besorgt, aber ich konnte sie telefonisch erst abends erreichen. Sie sagte: ›O, der Tornado war schrecklich.‹ Ich rief: ›Mama, sag, was ist passiert?‹ Sie sagte: ›Nun, wir waren mitten in der Bridge-Party und ein Baum fiel direkt durchs Dach ins Haus.‹ Ich fragte: ›Und, was habt ihr gemacht?‹ Sie antwortete: ›Na ja, alle Lichter gingen aus, also haben wir die Tische näher an die Fenster gerückt, damit wir die Karten sehen konnten!‹ Ich sagte: ›Mama, so will ich auch durchs Leben gehen. Immer in Bewegung.‹«

Thelma hat diese Erkenntnis wörtlich genommen. Ihre Leidenschaft ist Wandern, aber nicht entlang der altbekannten, ausgetretenen Pfade. Sie hat den gesamten Fernwanderweg Appalachian Trail erwandert, einen Staat nach dem andern. Jedes Jahr nimmt sie sich mit vier anderen Frauen eine Woche Zeit, um über die Gipfel eines weiteren Staates zu wandern. »Wir übernachten in netten Pensionen«, gibt sie zu. »Wir lieben abends ein Glas Wein und ein bequemes Bett.« Thelma hat schon die Berge in Georgia, North Carolina, Tennessee und Virginia überquert und ist schon ganz aufgeregt bei der Aussicht, im nächsten Herbst den Gipfel des Mount Katadhin in Maine zu erwandern. Wenn ich meine, ich sitze fest, stelle ich mir Thelma vor – wie sie mit ihrem einem Meter fünfundsechzig ihre Stöcke schwingt und die ganze Welt durchwandert.

Den Traum mit jemandem teilen

Eine der besten Voraussetzungen für ein leidenschaftliches Leben besteht darin, die Verwirklichung eines Traums mit dem Partner zu teilen, besonders in der Phase, wenn die Kinder das Nest verlassen und maximale Freiheit mit maximalen Möglichkeiten verbunden ist. Es geht nicht mehr um Kindererziehung und vielleicht auch nicht darum, ein Geschäft zu führen. Sie haben das Recht auf einen Traum, der nicht den Zweck hat,

Rechnungen zu begleichen oder den Kindern zu gefallen. Menschen, die einen neuen Traum oder eine neue Leidenschaft finden, bleiben viel länger vital als Menschen, denen das nicht gelingt.

Alle glücklich verheirateten Paare in der Mitte ihres Lebens, die von Dr. Judith Wallerstein untersucht wurden, hatten einen neuen Traum gefunden. Das kann ein gemeinsamer Traum sein, in manchen Fällen findet jedoch jeder Partner eine eigene Richtung. Damit Ihre Ehe lebendig bleibt, müssen Sie darauf achten, wie sich Ihre Träume auf Ihren Partner auswirken, denn Träume haben auch unerwünschte Konsequenzen. Hat der Traum des einen keine positiven Effekte für beide Partner, dann führt das unweigerlich zu Ablehnung. Stellen Sie sich vor, er möchte in den afrikanischen Busch ziehen und sich dort ehrenamtlich der Tropenmedizin widmen: Wo bleibt sie, wenn sie gerade ganz begeistert von der Idee ist, Oberschwester am örtlichen Kinderkrankenhaus zu werden, und sehr an ihren Enkelkindern hängt?

Bei einem der Paare in Wallersteins Studie betätigte sich die Frau sehr intensiv als Künstlerin und der Mann engagierte sich stark für den Aufbau eines Zentrums für zeitgenössische Musik. Die beiden mussten ihren Haushalt und ihren Alltag völlig neu strukturieren. Sie bauten einen Raum so um, dass er als Atelier für sie und als Studio für seine Musiker genutzt werden konnte. Ihre Träume passten zueinander und verstärkten die Freuden, die sie in ihrer Kreativität fanden. Es kann sein, dass die beste Lösung für Sie ein Traum ist, der Ihren Mann mit einbezieht. Wir werden noch von einem Paar hören, das sich Sorgen machte, dass sie nicht gut zusammenarbeiten könnten, dann aber feststellten, dass ihre Ehe in Wirklichkeit bereichert wurde, als sie ihre Talente zusammenbrachten.

Manchmal werden unsere neuen Träume aus Katastrophen geboren. Dr. Linda Hawes Clever gibt zu, von Geburt an die typischen Charaktereigenschaften eines Arztes gehabt zu haben. Sie ist vorsichtig, fast besessen und versucht, alles perfekt zu machen. Aber sie musste auf harte Weise lernen, dass »die Richtung des Lebens sich ändern kann«. Bei ihr brach alles zusammen, als sie siebenundfünfzig war: Ihre Mutter starb, in ihr Haus wurde eingebrochen, sie verlor ihre »sichere« Arbeitsstelle im Krankenhaus und eine Arbeit als Herausgeberin aufgrund von Budgetkürzungen. Dann starb in den anderthalb Jahren, als dies alles geschah, auch noch ihr Vater und bei ihrem Mann wurde Prostatakrebs diagnostiziert. Sie wäre vielleicht abgestürzt, wenn ihre guten Freunde nicht gewesen wären, darunter auch John Gardner, der Gründer von Common Cause, einer Non-Profit-Organisation. Linda bat Gardner um Hilfe beim Aufbau einer Non-Profit-Organisation, die Mediziner anleiten sollte, wie man sich selbst hilft, bevor man »ausbrennt«.

»Ich war sicher selbst eine Kandidatin für meine Organisation«, meint Linda. »Es war die perfekte Gelegenheit, die Theorie in die Praxis umzusetzen. Mit oder ohne Katastrophe – wie können die Menschen dazu gebracht werden, wieder zu träumen, sich zu erholen und zu erneuern?«

Die Organisation heißt »Renew«. Dr. Clever hält für Ärzte und Ärztinnen, Krankenschwestern, Lehrer, Führungskräfte und andere Menschen, die in sozialen Berufen arbeiten, in San Francisco und im ganzen Land Workshops und Seminare ab. Sie bringt ihnen bei, wie man erkennt, dass der Blickwinkel verlagert werden kann, oder wie man auch unter widrigen Umständen Inspiration finden kann. Noch befriedigender sind für sie die informellen Gesprächskreise, die sich zum Beispiel in Krankenhäusern treffen.

Wenn »Renew« Rückzugsmöglichkeiten anbietet, wird das nicht »Rückzug« genannt, sondern »Vorrücken« oder »Vorwärtsgehen«.

18. *Seine* Midlife-Crisis überstehen

Was tun, wenn Sie Ihren Traum wie den Ball beim Fußball vorsichtig Richtung Ziel gedribbelt haben und die Midlife-Crisis Ihres Lebenspartners ihn plötzlich weit fortschießt? Wenn Frau und Mann sich gerade kurz nach dem Anpfiff der zweiten »Halbzeit« des Lebens befinden und den Zeitdruck einer immer schneller tickenden Uhr verspüren, wird eine Kollision der Ziele der beiden Partner in der Traumphase häufig zu einem Hindernis.

Solche Geschichten hört man oft in idyllischen Gemeinden wie Santa Fe, die Paare anlockt, die ganz neu anfangen wollen, wobei oft ein Partner den anderen hinter sich herzieht. Häufig trennen sie sich nach sechs Monaten oder einem Jahr. Wer einen gut bezahlten Job oder Status sucht, findet so etwas selten in einem kleinen Ort. »Man geht nicht nach Santa Fe, um Erfolg zu haben und Geld zu machen«, lautet eine dortige Weisheit. »Erst hat man Erfolg, und *dann* geht man nach Santa Fe.«

Eines Morgens im September bringt meine Freundin Marilyn Mason, Autorin und Hochschullehrerin über siebzig, die auch Wandersafaris nach Afrika und Tibet leitet, in Santa Fe eine Gruppe von zehn allein lebenden reifen Frauen zusammen, die alle bereit sind, über ihre Erfahrungen mit Liebe, Sex, Scheidung, Witwendasein, Alleinleben und dem, was danach kam, zu reden. Die Frauen sind von Anfang an sehr offen, und ihre Ehrlichkeit ist ansteckend. Manche ihrer Geschichten tauchen in anderen Kapiteln dieses Buches auf; hier möchte ich mich auf die Berichte konzentrieren, in denen es um die Bewältigung der Midlife-Crisis des Partners geht.

Unsere Gastgeberin Natalie Fitz-Gerald begrüßt unsere Gruppe recht formell: Sie ist in eine leuchtend rote Jacke gehüllt, dicke Ketten mit afrikanischen Perlen fallen darüber, und ihr bunt gefärbtes Haar ergießt sich in einem dichten Schwall bis auf die Schultern. Sie steht still wie ein Gemälde, umgeben vom nach oben offenen Raum ihres Wohnzimmers mit Lehmziegelwänden, das über zwei Etagen geht und von einem großen, frei stehenden Kamin und Regalen voll mit afrikanischer Kunst beherrscht wird. Natalie ist in Südafrika geboren und aufgewachsen, und sie war die erste Frau an der Börse in Johannesburg. Sie ist elegant und kosmopolitisch, hat eine samtige Stimme und einen unfehlbaren künstlerischen Blick. Schaut man aber genauer hin, kann man merken, dass etwas nicht stimmt. Eine tiefe, senkrechte Falte zerfurcht ihre Brauen. Ihre hellblauen Augen haben dunkle Ringe und sind etwas zu stark mit Mascara geschminkt, als wollte sie die Traurigkeit in ihren Augen unter den schweren Lidern verbergen. Ihre Jacke und die weite, schwarze Hose verhüllen einen Körper, der wirkt, als quelle er von extremen Emotionen über.

»Ich bin vierundfünfzig, ich komme gerade in die Wechseljahre, und ich sterbe!« Sie fächelt sich wütend Luft zu. »Ich kann mir nicht einmal vorstellen, mich vor jemandem auszuziehen«, vertraut sie uns an, als wir uns im sonnendurchfluteten Frühstückszimmer versammeln, wo sie ein üppiges Mahl für uns vorbereitet hat. Sie ist offensichtlich von Natur aus gesellig, liebt die Rolle der Gastgeberin und baut gerne Netzwerke auf. Ihre Küche ist so eingerichtet, dass sie dort große Büffets für große Gruppen veranstalten kann.

»Mein Mann hat mich hierher geschleppt«, erklärt Natalie. »Er hatte seine Midlife-Crisis und sagte zu mir: ›Nichts dauert länger als dreißig Jahre.‹« Sie glaubte zunächst, er spreche nur davon, aus seiner ersten Karriere als erfolgreicher Manager an der Wall

Street auszusteigen, in Sandalen zu schlüpfen und einen anderen Ort als New York zu finden, wo er mehr Lebensqualität haben könnte. Es kam ihr nicht in den Sinn, dass er sie ebenfalls aufgeben wollte. Natalie hatte ihre eigene Karriere in der Finanzwelt aufgegeben, um für den »bedeutenden Herrn« die Gastgeberin, Organisatorin des Soziallebens und kulturelle Muse zu sein. Nun hatte sie die Wahl, bei ihm zu bleiben oder ihr lebhaftes Leben in New York aufzugeben. Sie entschied sich für ihn.

In Santa Fe stürzte sie sich in die Arbeit für ehrenamtliche Organisationen, die sich für Frauen in der Kunst einsetzen, trat dem Vorstand eines Museums bei und sammelte hemmungslos Gelder für verschiedene Organisationen. Sie etablierte außerdem eine jährlich stattfindende Neujahrsparty für über hundert Menschen in Santa Fe. Die Einladungen zu dieser Party waren heiß begehrt. Aber eine Sehnsucht konnte nicht erfüllt werden: Sie hatte immer schon eine Galerie für die wunderbaren Kunstwerke und kunsthandwerklichen Objekte aus ihrer Heimat Südafrika eröffnen wollen.

Als sie ihrem Mann von der Idee mit der Galerie erzählte, reagierte er wegwerfend. »Das könntest du nicht gut«, sagte er. Es war weniger die fehlende finanzielle Unterstützung als die Verachtung in seiner Stimme, die ihren Traum hätte zerstören können. Stattdessen stellte sie die Idee zurück.

Bei ihren letzten, verzweifelten Versuchen, sich an ihre Ehe zu klammern, veränderte sich ihre gesellige Persönlichkeit. Ihr normalerweise robustes Selbstbewusstsein schrumpfte, während ihr Körper sich aufblähte. Und als ihr Mann gegangen war, empfand sie das Leben in dem großen Haus, das für Geselligkeit ausgelegt war, als recht beklemmend. Dennoch machte Natalie einen riesigen Schritt in Richtung Selbstbehauptung, als der Weg in die Scheidung unausweichlich schien: Sie wurde amerikanische Staatsbürgerin.

»Das war einer der stolzesten Tage in meinem Leben.«

Sie ist zur Zeit der Apartheid in Südafrika aufgewachsen. Als politisch aktive Studentin hat sie am eigenen Leib erfahren, was es heißt, die Macht eines Polizeistaates zu fürchten, der jeden, der den Mund aufmacht, einfach verhaftet und ohne Prozess und ohne Zugang zum Rechtssystem einsperrt. Besonders stolz ist sie darauf, dass sie kurz nach ihrer Einbürgerung in der Kampagne für die demokratischen Präsidentschaftskandidaten Kerry und Edwards tätig wurde. Sie hat Reden gehalten und im Radio Interviews gegeben. Sich selbst über ihre tiefsten Überzeugungen sprechen zu hören war, als würde ein Schalter umgelegt. Sie fing an, sich wieder wie eine selbstständig denkende Person zu fühlen, im Einklang mit ihren afrikanischen Wurzeln. Noch bevor die Scheidungsvereinbarungen getroffen waren, pachtete sie Räume für ihre Galerie und unternahm eine Einkaufsreise nach Afrika. Innerhalb einer Woche hatte sie genügend einzigartige Teppiche, Kissen, Töpferwaren und andere Kunstwerke gefunden, um den Traum ihres zweiten Erwachsenenlebens zu verwirklichen. Und sobald sie die Türen zu ihrer Galerie geöffnet hatte, kamen auch Kunden, bewunderten die Werke und kauften.

Natalies Traumgalerie ist kaum ein Jahr alt, als sie unsere Gruppe zu sich einlädt. Sie gibt zu, dass sie nach der Scheidung noch immer unter Schock steht und noch nicht bereit ist, sich mit jemandem zu verabreden. Aber sie versichert uns: »Ich überlebe alles.«

Sechs Monate später interviewe ich Natalie erneut. Dieses Mal treffe ich sie in ihrer Galerie, der Casa Nova. Sie hält in ihrem Büro Hof; Menschen kommen herein, um über Kunst zu diskutieren oder über eines der vielen sozialen Projekte zu sprechen, bei denen sie mit Natalie zusammenarbeiten. Manche wollen einfach nur ihre neueste Liebe bewundern – ein schwarzweißes Knäuel, einen Spitz-Welpen, der zusammengerollt in einem Hundekörbchen zu ihren Füßen liegt. Natalie ist wie verwandelt. Verschwunden ist die Falte zwischen ihren Augenbrauen. Sie ist schlanker. Strahlend. Theatralisch gekleidet in eine safrangelbe Bluse, der Kragen hochgestellt, und eine selbst gemachte Weste in loderndem Orange und Türkis – gewebt, erklärt sie stolz, von Frauen in Afghanistan. Und keine Hitzewallungen mehr.

Kurz nach dem Treffen unserer Gruppe in ihrem Haus hat Natalie Freunden erzählt, dass sie nun bereit sei, sich wieder zu verabreden. Tatsächlich verspürte sie unglaubliche Angst: »Wie fängt man wieder von vorne an? Wird es so sein wie früher bei Verabredungen?« Sie beantwortete sich die Frage selbst: »Natürlich nicht, denn wir sind jetzt alle reife Menschen. Wir haben mehr oder weniger das Gleiche erlebt, es gibt also viele Gemeinsamkeiten. Am besten nimmt man das alles mit Humor. Und mittlerweile ist es mir auch egal. Wenn ich spüre, dass sich jemand für mich interessiert, dann interessiert sich dieser Mensch für mich und für das, was ich bin.«

Sie hat es sogar mit Internetdating versucht. Sie erhielt unzählige interessierte Anfragen von Männern, die sich von ihrem »Profil« angezogen fühlten, und ist mit zwei Männern ausgegangen, die sich als wunderbar entpuppten. Das stärkte ihr Selbstbewusstsein derart, dass sie Mut genug hatte, die jährliche Neujahrsparty zu schmeißen – ganz allein. In einem gewissen Sinn war das ihre »Coming out«-Party.

Die Gästeliste war so eklektisch wie das großartige Büffet. Es waren Atomphysiker da, die sie in Los Alamos kennen gelernt hatte, Rabbis und Heiler, Zahnärztinnen und Ärzte; Richterinnen, Rechtsanwälte und Mediatorinnen und Ombudsleute, die sie von ihrer ehrenamtlichen Tätigkeit her kannte; Leute von der Oper, Kammermusikerinnen, Theaterleute und natürlich eine große Gruppe von Künstlerinnen und Designern. Ihr Rezept bestand darin, Männer und Frauen zu mischen, genau wie Hetero- und Homosexuelle, und das Ganze mit Menschen zu würzen, die nicht aus Santa Fe kamen – Freunde mit Zweitwohnsitz in Santa Fe kamen aus New York angereist, und sogar eine Freundin aus Südafrika war da. Sie hatte auch Ferienhausgäste anderer Leute eingeladen. Die Party stand unter dem Motto »Flash and Glow« und die Atmosphäre war wie elektrisiert. Das lag zum Teil auch daran, dass Natalie im Internet Ringe gefunden hatte, die blinkten, und Blumengirlanden und Haarbänder, die aufleuchteten. Jeder Gast, der hereinkam, wurde damit geschmückt und am Ende sah das Haus aus, als sei es im Juni von Glühwürmchen erleuchtet.

Zur Party waren 180 Menschen gekommen, die sich auf alle Räume verteilten. Ehrlich gesagt, war Natalie etwas nervös gewesen bei dem Gedanken, ganz allein Gastgeberin einer so großen Party zu sein, aber auf dem Höhepunkt der Feier durchfuhr sie plötzlich die Erkenntnis, dass keiner der vielen Menschen, die sie zusammengebracht hatte, sich auch nur im Geringsten über die Abwesenheit ihres Mannes wunderte. Sie hatte einige mit ihm oder durch ihn kennen gelernt, aber sie hatte mittlerweile eine eigene Beziehung zu ihnen aufgebaut. Sie hat so viele unterschiedliche Freunde, weil sie viele Menschen trifft und durch ihre unverschämte Neugier schnell Beziehungen aufbaut. »Ich lese viel, auf allen Gebieten«, sagt sie. »Und durch den Kontakt zu all diesen Leuten lerne ich. Ich schnappe genug auf, um eine intelligente Unterhaltung führen zu können. Ich glaube, mit etwas Intuition und Einfühlungsvermögen – und etwas Wissen – kann man sich eigentlich immer behaupten.«

Es war ein außergewöhnlicher Abend. Am nächsten Tag

klingelte ständig das Telefon, immer wieder sagten Gäste: »Ich habe mich unglaublich gut amüsiert – ich habe so viele interessante Leute kennen gelernt.« Natalie verrät mir mit einem verruchten Augenzwinkern, dass sie selbst einem ganz besonderen Mann vorgestellt worden war. Aber sie hat nicht vor, diese Phase, in der sie lernt, allein zu leben, im Eiltempo zu durchlaufen: »Ich genieße Verabredungen, weil ich so wählerisch bin – und ich bin nicht darauf angewiesen.«

Jetzt, da Natalie die Midlife-Crisis ihres Mannes überlebt hat und die Phase der romantischen Renaissance durchläuft, eilt ihre Fantasie voraus, zu einem Projekt, das nicht nur kommerziell lohnend, sondern auch emotional befriedigend sein könnte: Mit Unterstützung ihrer Kontakte in der Dritten Welt sucht sie ländliche Kooperativen, die aus Armutsbekämpfungsprogrammen hervorgegangen sind. Sie möchte ihnen helfen, ihre Produkte in der westlichen Welt zu vermarkten. »Ich fahre dort hin und arbeite mit ihnen an Ideen für die Designs, dann komme ich zurück, um die Produkte zu vermarkten. Weberinnen von hier, Nachkommen der Ureinwohner Amerikas, werden für uns nach Südafrika gehen, und südafrikanische Weberinnen sollen im Austausch hierher kommen …«

Sie kann gar nicht aufhören, über ihre Träume zu sprechen. So klingt eine Frau, die auf ihrem Weg weit genug gekommen ist, um Mut für große Träume zu haben.

19. Von der Geschlechterraute profitieren

Die Lebenslinien der beiden Geschlechter verändern sich beim Älterwerden massiv. In meinem Buch *Die neuen Lebensphasen. Wie man aus jedem Alter das Beste machen kann*, habe ich diese Veränderungen geometrisch in dem Diagramm der »Geschlechterraute« festgehalten. Auf diese Weise stelle ich die Formbarkeit der typischen Merkmale der Geschlechter im Laufe unseres Lebens bildlich dar.

In den ersten zehn Jahren ihres Lebens sind Männer und Frauen sich sehr ähnlich. Mit der Pubertät gehen die Linien unserer Merkmale radikal auseinander, am stärksten sind die Gegensätze zwischen Anfang dreißig und Mitte vierzig – das sind die äußersten Punkte der Geschlechterraute. Ab fünfzig nehmen Männer und Frauen immer stärker auch die typischen Merkmale des jeweils anderen Geschlechts an, jeder wird teilweise das, was der andere früher war.

Anthropologische Studien wie auch empirische Beobachtungen haben gezeigt, dass Männer über fünfzig sich oft stärker um andere kümmern und die ihnen entgegengebrachte Aufmerksamkeit annehmen können. Sie werden kreativer und uneigennütziger, nehmen ihre Umgebung bewusster wahr und wissen sie besser zu schätzen. Sie werden weiterhin als männlich wahrgenommen, aber sie verspüren nicht mehr so stark den Drang, sich durch sexuelle und aggressive Eroberungen zu beweisen. Sie werden gefühlsbetonter und emotional verletzlicher. Frauen altern, psychologisch gesehen, in vielen Kulturen in umgekehrter Richtung. Sie werden aggressiver, übernehmen führende Aufgaben und werden politischer. Sie werden weiter-

Die Geschlechterraute

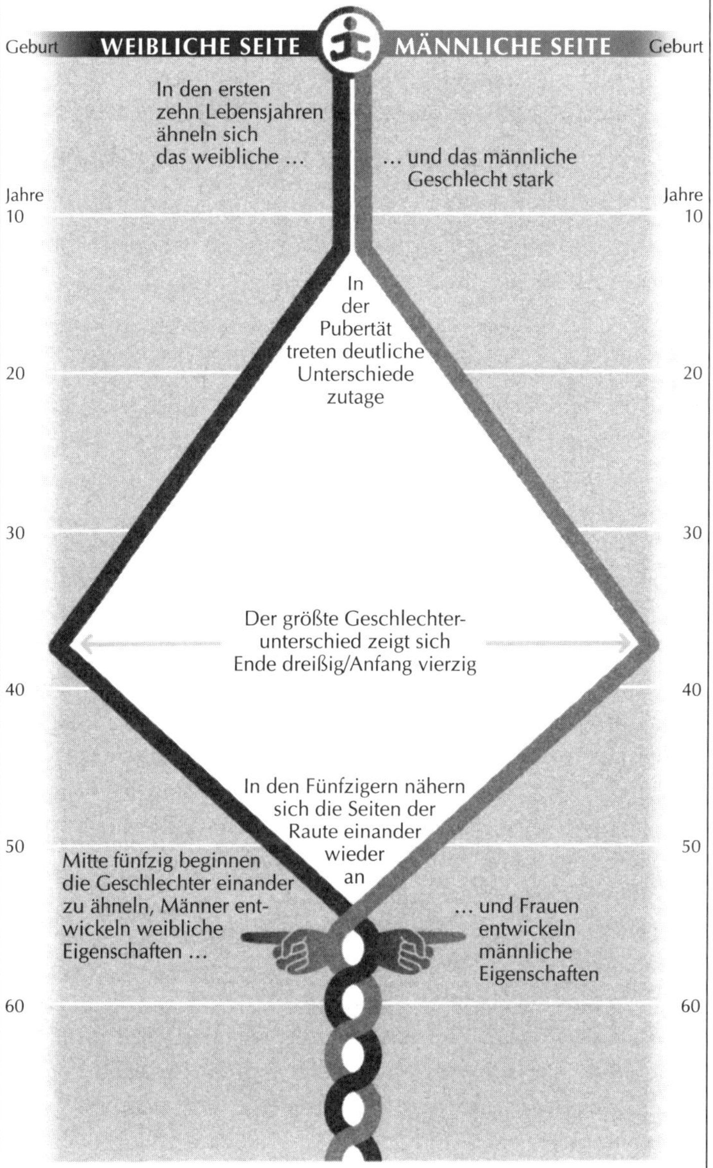

hin als Frauen wahrgenommen, aber das Versorgen von kleinen Kindern und der Konflikt zwischen Verführung und Karriere verstellt ihnen nicht mehr den Blick. Ihre Zärtlichkeit und das Sorgen für andere werden immer breiter gestreut.

Um die fünfzig kann die Entwicklung von Männern und Frauen aber deutlich asynchrone Züge aufweisen. Während die Karriere der Männer ihren Höhepunkt erreicht und sie langsam – freiwillig oder unfreiwillig – einen Gang herunterschalten, kommen die Wünsche von Frauen, die oft durch familiäre Verpflichtungen hintenangestellt wurden, wie wir schon gesehen haben, gerade erst auf Touren. Eine der dramatischsten Veränderungen in unserem sozialen Gleichgewicht ist die, dass so viele Frauen zwischen vierzig und sechzig heute gute berufliche Positionen innehaben. Es ist nichts Ungewöhnliches für eine Frau, sich in der Lebensmitte um einen Kredit zu bemühen, ein Geschäft oder ein ehrenamtliches Unternehmen aufzubauen oder ihre Ausbildung fortzusetzen. Es kommt auch nicht selten vor, dass eine erfolgreiche Karrierefrau mit vierzig noch Kinder bekommt oder adoptiert und ihre Karriere weiterführt. Diese Frauen sind normalerweise begeistert über die neuen Möglichkeiten im zweiten Erwachsenenleben, wogegen ihre Männer manchmal langsamer treten, ihre Karriere beenden oder einfach gelangweilt sind und mehr direkte Zuwendung möchten.

Paare sollten nicht überrascht sein über die Veränderung der Polarität in ihrer Ehe. Statt allerdings in der Lebensmitte einfach die Geschlechterrollen zu tauschen, haben Männer und Frauen nun die Freiheit, sowohl der männlichen als auch der weiblichen Seite ihrer Persönlichkeit Ausdruck zu verleihen. Wir haben die Chance, einen Punkt der Harmonie zu erreichen – den obersten Punkt der Geschlechterraute –, wo die Spannung der Unterschiede zwischen dem Männlichen und dem Weiblichen endlich nachlässt.

Die Frauen und Männer, die die bisherigen Lebensphasen mit Geschick und Würde gemeistert haben und akzeptieren, dass Veränderungen gut, natürlich und wichtig sind, können die neue Gerechtigkeit in Beziehungen, die jetzt möglich ist, für die nächsten dreißig oder vierzig Jahre genießen.

Das ist das Schöne an einer langen und gereiften Ehe: die Entwicklung des »wir«. Das ist die Phase, in der ein Paar von der Geschlechterraute profitieren kann. Der Lohn dafür, dass man es gemeinsam bis in die Midlife-Crisis geschafft hat, ist eine echte Gegenseitigkeit, wo Geben und Nehmen gleichermaßen angenehm sind. Sie bildet den Kern des mittleren und späteren Lebens und ist so wertvoll wie gutes Essen, körperliche Nähe, emotionale Empathie und hemmungsloser Sex. Gegenseitigkeit bedeutet, dass sich beide in den Partner hineinversetzen können, *fühlen*, wie es dem anderen geht, und instinktiv wissen, wie sie reagieren müssen.

Die Geschlechterraute kann besonders leicht bei einem reifen Paar Wirklichkeit werden, das gerne in einem Geschäft, einem Projekt, für eine gute Sache oder an einem gemeinsamen Lebensziel zusammen arbeitet. Der Wert dessen, was der andere einbringt, wird jeden Tag aufs Neue bestätigt. Wenn sich die Partner bei der Arbeit wirklich ergänzen, wird das auch zur natürlichen Basis für die Kompromisse im persönlichen Bereich.

Ein Paar, das sich gut ergänzt

Wie viele Frauen ihrer Generation begann Elaine Petrocelli als Lehrerin. Eine verträumte Weltverbesserin in den späten sechziger Jahren, die einen Zuschuss von einer Million Dollar für ihre Schule zum Kampf gegen Rassismus sichern konnte, nur um dann festzustellen, dass ein höherrangiger Angestellter zwei Buchführungen parallel laufen ließ. Sie wandte sich mit der Bitte um Rat an einen Anwalt, mit dem sie seit kurzem ausging, Bill Petrocelli, der auch zum Schulausschuss gehörte. Als Bill die Schule schließen lassen musste, hätte das Elaines Idealismus leicht den Todesstoß versetzen können. Stattdessen fragte Bill Elaine: »Was ist dir wirklich wichtig?«

»Bücher«, antwortete sie. »Vielleicht ist das ja eine dumme Idee, aber ich wollte schon immer Buchhändlerin sein.«

Er machte ihr nicht nur Mut, ihrer Leidenschaft zu folgen, sie heirateten auch. Neunundzwanzig Jahre später gehört Elaine zum wachsenden Heer der Besitzer kleiner Unternehmen und Geschäfte – die zum größten Teil in weiblicher Hand sind. Sie ist seit langem Besitzerin des Ladens Book Passage in den Hügeln von Marin County. Sie beschäftigt eine glückliche Schar von sechzig Buchhändlerinnen und Buchhändlern und besteht darauf, den Ruhm mit ihnen zu teilen.

Elaine scheint das Lächeln nie zu vergehen. Sie hat es nicht geschafft, die Welt zu verändern, aber sie hat das Nächstbeste getan. Man sieht die Leidenschaft, wenn Elaine auf ihren kleinen Füßen in Sandalen durch ihren Laden gleitet. Ihre Augen huschen nach links und rechts, übersehen nichts und nehmen alles aus der Sicht des Buchkäufers wahr. Ihr silbergraues Haar umrahmt ihr Gesicht in weichen Wellen, alles wirkt natürlich. Bill Petrocelli, groß und muskulös, unterstützt sie mit seiner kräftigen, maskulinen Präsenz. »Elaine ist mir immer drei Schritte voraus«, sagt er ohne die Spur eines angeknacksten Egos.

Aber das ist nicht ganz die Wahrheit. Es war Bill, der den Bau eines zweiten Gebäudes entwarf und überwachte, als ihr Geschäft expandierte. Book Passage ist mittlerweile weit mehr als ein Buchladen: Es ist ein kulturelles Zentrum. Autoren und Leser werden aufgefordert, sich hier zu treffen und Gedanken auszutauschen, die dann von Elaine an Verleger weitergegeben werden: »*Das* ist es, was Ihre Leser wirklich wollen.«

Früher war Bill Anwalt in San Francisco, und er war als knallhart bekannt. Er hörte Elaine zu, wenn sie beklagte, dass die Rabatte, die die Verlage den großen Ketten einräumten, sicher größer seien als die, die kleinere Läden wie ihrer bekämen. Warum sollte also irgendein vernünftiger Mensch Buchhändler sein wollen? Bill stellte Nachforschungen an. Das Paar wurde in der North California Book Sellers Association aktiv, der Vereinigung der Buchhändler in Nordkalifornien, und beteiligte sich schließlich an einer Klage gegen zwei große Verlage. Bill war der Anwalt in dem Verfahren. »Wir haben es geschafft, einige unfaire Praktiken zu unterbinden«, sagt Bill. »Es ist ein ständiger Kampf. Es ist wie der Hundertjährige Krieg. Aber wir haben den Verlagen klar gemacht, dass sie uns genauso brauchen wie wir sie.«

Je mehr Zeit Bill im Buchladen verbrachte, desto mehr stellte er fest, dass die Angestellten stets gut gelaunt zur Arbeit kamen. »Das war völlig anders, als wenn ich in meine Kanzlei kam und alle Leute dort wütend hereinplatzten.« In der Mitte seines Lebens verspürte er ein Verlangen nach einer Veränderung – warum sollte er nicht in die Firma seiner Frau wechseln?

»Ich hatte Angst, dass er käme und alles übernehmen würde«, gibt Elaine zu und ergänzt, wie üblich lachend, »oder dass wir uns streiten würden. Wenn man mit dem Ehepartner eine Meinungsverschiedenheit hat und ein Geschäft leitet, streitet man sich leicht mal vor sechzig Angestellten. Bill musste sich erst als wertvoll erweisen.« Ihr Mann erwies sich sehr schnell als nützlich: Er führte die Tabellenkalkulation ein und agierte als juristische Faust im Hintergrund von Elaines weicher öffentlicher Persönlichkeit. »Jetzt arbeitet Bill sieben Tage die Woche«, sagt sie. »Manchmal sage ich zu ihm: ›Geh nach Hause!‹« Sie kichert. »Ich glaube nicht, dass es viele Paare gibt, die zusammen arbeiten und damit glücklich sind. Aber für uns, für mich, ist es besser so, denn wir sind sehr involviert in die Arbeit. Wenn ich mit jemandem verheiratet wäre, der meine Leidenschaft nicht teilen könnte, gäbe es möglicherweise Unmut. Er würde sagen: ›Sie macht den ganzen Tag lang nichts als berühmte Autoren treffen!‹« Stattdessen liest Elaine fast jeden Abend ein neues Buch. »Bill und ich lesen gemeinsam«, stellt sie klar. »Das ist etwas, was wir abends zusammen genießen.«

Die Petrocellis sind nicht nur im Buchgeschäft, sondern auch im Showgeschäft tätig. Ihr Laden veranstaltet zwischen fünf- und siebenhundert Autoren-Events im Jahr, und da Elaine, Bill und ihr Event-Koordinator darauf bestehen, die Bücher vor dem Termin zu lesen, ist Book Passage ein besonders beliebter Ort für Autoren auf Präsentationsreise. Das ist wahrscheinlich der Grund, warum der Verlag Simon and Schuster Book Passage aus einer Liste von Dutzenden guter Buchläden in der San Francisco Bay Area als den Ort ausgewählt hat, an den sie Hillary Clinton zur ersten Lesung aus ihrem Bestseller *Gelebte Geschichte* schickten. Sie haben gleich am ersten Tag mehr als 2000 Exemplare des Buches verkauft – alle, deren sie habhaft werden konnten.

Um ihre Ehe jung zu halten, brauchten die Petrocellis allerdings einen Rückzugsort. Sie brauchten Zeit und einen Ort, an dem sie darüber nachdenken konnten, wie sie ihr Leben sinnvoller gestalten und dem anderen mehr zurückgeben konnten. An ihrem fünfzehnten Hochzeitstag überredete Elaine Bill dazu, ein kleines Haus in Italien zu kaufen, in das sie zum Träumen flüchten können. Als sie gemeinsam am heiteren Ufer des Gardasees in Norditalien entlangspazierten, fragte Bill Elaine, ob es etwas gäbe, was sie in ihrem Leben vermisse.

»Unterrichten«, gab sie zu. »Vielleicht ist das ja eine dumme Idee, aber warum bieten wir nicht eine Konferenz für Reiseschriftsteller an?«

Das war das Stichwort für Bill: Er holte den gelben Notizblock heraus und arbeitete aus, wie Elaines Idee in die Tat umgesetzt werden könnte. Elaine rief spontan Donald George an, den Redakteur der Reiseseiten des *San Francisco Examiner*. Dieser war so begeistert, dass er wiederum die bekannte Reiseschriftstellerin Jan Morris anrief, die das Gespräch in ihrer Badewanne in Wales annahm und spontan ihre Teilnahme zusagte. Die erste Konferenz war solch ein Erfolg, dass sie mittlerweile schon vierzehn Mal durchgeführt wurde und hunderte – wirklich hunderte – von Autoren hervorgebracht hat, die in diesem Bereich als Profis arbeiten und ihr Geld verdienen.

Elaines Enthusiasmus und Freundlichkeit haben Book Passage auch zu einem Hafen für Autoren ernster Literatur gemacht. In den späten achtziger Jahren, als Isabel Allende ihren Mann kennen lernte, brachte er sie zu Book Passage, um dort ein Buch zu kaufen. »Elaine und ich wurden Freunde«, erzählt Allende mir, »und Book Passage wurde für mich wie ein Refugium. Mein Mann hatte damals ein winziges Haus. Seine Kinder waren sehr klein, und das Leben zu Hause war chaotisch. Es gab keinen ruhigen Platz. Also kam ich hierher zum Lesen und Recherchieren. Ich gab alle meine Interviews hier im Café. Dies war mein Büro. Von 1987 bis 1990.«

Später, als Elaine mehrere Monate aus gesundheitlichen Gründen ausfiel, konnte Allende sich revanchieren. »Eines Morgens stolperte ich herein, um einen Kurs bei der Konferenz für Reiseschriftsteller zu leiten«, erinnert sich Don George, »und stutzte zweimal, als ich die winzige Frau in der Schürze ansah, die mir im Café hinter dem Tresen meinen Latte machte. Sind Sie nicht ... ?«

Ja, es war tatsächlich die Frau, deren Bild im Laden über dem »Schrein« mit ihren zwölf Büchern hängt: Isabel Allende.

Während Elaine in ihrem zweiten Erwachsenenleben aggressiver und geschäftsmäßiger wurde, wurde Bill nachdenklicher und kreativer. Seine Lieblingsbeschäftigung ist mittlerweile das Verfassen des eigenwilligen Newsletters des Ladens, der zweimal im Monat erscheint und an 40 000 Menschen verschickt wird. Elaine ist mittlerweile Mitte sechzig und hat ihre erste große Liebe – das Unterrichten – mit ihrer Liebe für das Buchgeschäft vereinen können. Ihre Begeisterung für ihre Berufung ist dermaßen ansteckend, dass ihre Tochter mittlerweile ebenfalls in das Familienunternehmen eingestiegen ist und der Sohn auch daran beteiligt ist. »Ich glaube, dass sie spüren, dass sie es können, weil sie gesehen haben, wie gut Bill und ich zusammenarbeiten.«

Die Petrocellis sorgen dafür, dass ihr Laden wie ein kleines College voller Leben steckt. Er wird liebevoll auch BPU genannt, Book Passage University. Sie halten auch viertägige Autorenseminare ab, die den Laden zu einem »Nährboden« machen: Das Paar zieht neue Autoren heran und baut lang anhaltende Kundenbindungen auf. »Das alles entstand nicht aus einer cleveren Geschäftsidee heraus«, gibt Elaine zu bedenken. Bei ihnen begann alles, wie die meisten gemeinsamen kreativen Ideen dieses reifen Paares, damit, dass Elaine zu Bill meinte: »Vielleicht ist das ja eine dumme Idee, aber …«

Die Petrocellis sind mehr als nur Bill und Elaine. Wie bei jedem Paar, das die Geschlechterraute gemeistert hat, führt die Entwicklung des »wir« zu etwas Größerem und Stärkerem, das weit mehr erreichen kann, als es der Einzelne vermöchte. Ihr Wachsen als Paar spiegelt sich im Wachstum ihres Unternehmens wider.

20. In der Mitte des Lebens sexuelle Grenzen überschreiten

Karan kommt geschäftig aus der Küche, wo sie gut gelaunt ein Büffet vorbereitet hat, leckt sich Karamell von den Fingern und schüttelt ihre honigblonden Locken. Sie ist eine üppige Frau, mit großem Busen und breitem Po, und als sie mich in ihrem Triangle Inn empfängt, platzt sie heraus: »Ich habe meine Haare durch eine medizinische Behandlung verloren und ich konnte es gar nicht erwarten, dass sie wieder nachwuchsen. Mein Schatz mochte sie kurz, aber schließlich« – sie schüttelt stolz ihre Mähne – »kann ich mit kurzen Haaren nicht Barbie sein!«

Barbie zu sein ist für Karan genau das Richtige. Sie bezeichnet sich selbst als »Girlie«, hat lange, lackierte Fingernägel, ist in ihrem Gasthof in Santa Fe die ganze Zeit mit irgendetwas beschäftigt, geht ans Telefon, bemuttert die Gäste und verschönert immer wieder etwas. Ihr »Ken« kümmert sich um alles andere – Sanitärarbeiten, Tischlerei, schwere Sachen heben –, was ihr gut passt. Das Paar bereitet sich gerade darauf vor, ein Gruppeninterview für mich auszurichten, mit allem Drum und Dran, einschließlich Margaritas am offenen Kamin. Als das Telefon klingelt, beugt sich Karan gerade über den Ofen und zieht die selbst gemachten Brownies heraus. »Ken« nimmt den Hörer ab und sagt: »Sie müssen einen Augenblick warten und mit Karan sprechen, sie ist für das Soziale zuständig.«

Karan liebt ihre traditionelle Rolle als Frau in einer Beziehung, die sie als »Ehe wie in den fünfziger Jahren« bezeichnet, und das nicht nur, weil sie dadurch in allen Bereichen des

Weiblichen schwelgen kann. »Wir sind seit fünfzehn Jahren zusammen, und natürlich geht es mal auf und ab. Aber wir nehmen unsere Beziehung sehr ernst. Wir haben uns versprochen zusammenzubleiben. Untreue ist verboten. Selbst wenn wir uns nach einem schlimmen Streit getrennt zum Schmollen zurückgezogen haben, sagen wir uns: ›Nun, ich lebe in einer Ehe wie in den fünfziger Jahren, ich denke, ich muss wohl bleiben.‹«

Man könnte sich Karan leicht im Schwarz-Weiß-Fernsehen der Fünfziger vorstellen, wie sie fröhlich in Schürze und Pumps staubsaugt, wären da nicht zwei auffällige Dinge, die überhaupt nicht ins Bild passen: Mit fünfzig ist sie zweimal geschieden. Und ihr »Ken« ist kein muskelbepackter Mann, sondern Sarah, eine feingliedrige Frau von zweiundvierzig.

Sarah, Enkelin eines Gouverneurs im Mittelwesten, kommt aus einer begüterten Familie. »Ich wurde so erzogen, dass ich ans Wellesley College gehen und dort herausragende Leistungen erbringen sollte, um dann einen Absolventen von Harvard oder dem Massachusetts Institute of Technology zu heiraten«, erzählte mir Sarah. »Aber ich wusste immer schon, was ich war, und es war sehr schwer, den Familientraum mit der Tatsache zu versöhnen, dass ich lesbisch bin.« Sarah wollte nicht auf ein Kind verzichten, aber in ihrer Gegend schien das ohne männlichen Partner unmöglich. Statt sich also auf ihr Liebesleben zu konzentrieren, widmete sie sich ihrer Karriere und stieg in einer Kanzlei in Washington, D. C., schon bald in eine hohe Führungsposition auf.

In Washington lernte sie Karan kennen und verliebte sich in sie. Karan war älter und stammte aus einer Familie der unteren Mittelschicht. Sie hatte als Sekretärin angefangen und sich mit Entschlossenheit und Talent zur stellvertretenden Entwicklungsleiterin emporgearbeitet, die Wohltätigkeitsveranstaltungen für bis zu fünfhundert Menschen organisierte. In den ersten drei Jahren ihrer Beziehung konnten die beiden Frauen die meisten größeren Beziehungsprobleme lösen und zogen zusammen in ein Traumhaus auf dem Capitol Hill. »Ich hatte eine sichere Stelle bei einer Top-Firma«, sagt Sarah. »Ich hatte eine Position als Spitzenmanagerin mit viel Geld, tollen Zulagen, fünf Wochen Urlaub – und ich war todunglücklich.«

»Wir sahen uns nie«, erklärt Karan. »Wir arbeiteten beide achtzig Stunden die Woche und waren völlig gestresst. Wir wollten unser Leben verändern, aus der Hetze der Großstadt ausbrechen und stattdessen an unserer Beziehung arbeiten und nicht nur im selben Haus wohnen.«

Schon bald geschah etwas, was sich, wie so manches Ereignis im Leben, als Chance erwies, eine neue Tür zu öffnen. Als Karan und Sarah sich als Paar outeten, wurde Karan gefeuert, trotz der sechs Jahre mit strahlenden Beurteilungen. Sie beschlossen, die Gelegenheit zu nutzen und ihren Lebensstil zu ändern. Karans Mutter, die in Santa Fe lebte, wurde älter und brauchte mehr Betreuung. Karan hatte überlegt, ihre Mutter an die Ostküste zu holen, aber sie wusste, dass diese dort unglücklich sein würde. Also fuhren Sarah und Karan nach Santa Fe, um sich Häuser anzusehen.

»Wir kamen eine Straße herunter und sahen diese Häuser – und hier sind wir immer noch, elf Jahre später«, sagte Karan. »Diese Häuser« sind eine bezaubernde – wenn auch damals baufällige – Ansammlung von *casitas*, kleinen Häusern im Pueblo-Stil, am Fuß der Gebirgsausläufer vor Santa Fe. Pappeln sprenkeln die Landschaft. Der Kauf und die umfassenden Renovierungsarbeiten, die notwendig waren, um das Anwesen in einen Gasthof zu verwandeln, verschlangen ihre ganzen Reserven und forderten ein so großes Engagement, wie man es von einem Paar überhaupt nur verlangen kann. »Bei dieser Erfahrung geht es nicht ums Geldverdienen«, erklärt Karan. »Einen Gasthof zu besitzen bedeutet einen finanziellen Abstieg, aber ...«

Sarah fügt hinzu: »In Washington hatten wir Geld, aber keine Zeit, es zu genießen. Hier haben wir viel Zeit und kein Geld.«

»Aber«, unterbricht Karan, »Sarah hat eine nette, große und wohlhabende Familie. Die Verwandten laden uns in fremde Länder ein, nehmen uns auf und verköstigen uns. Und sie kommen hierher und wohnen im Gasthaus. Sarahs Schwester hat hier geheiratet.«

Besitzerinnen eines Gasthofes zu sein war zunächst nur ein Ziel, aber durch die Liebe, die die beiden füreinander empfinden, und das Gefühl der Befreiung, das sie verspürten, entwickelte sich dieses Ziel zu einem viel größeren Traum: einen Ferien-Zufluchtsort für andere Frauen wie sie zu bieten. Die meisten Frauen, die im Gasthof wohnen, leben in einer Paarbeziehung. »Wir mögen den Austausch mit der lesbischen Gemeinschaft«, sagt Karan. »Vor kurzem hatten wir einen offensichtlich transsexuellen Gast. Kein anderer Gasthof in der Stadt hätte sie aufgenommen. Wir finden es wunderbar, solchen Menschen eine Zuflucht bieten zu können.«

Mit der größten Leichtigkeit

Obwohl Karan und Sarah keine konventionelle Beziehung führen, passt diese Verbindung doch zu Dr. Judith Wallersteins Thesen über eine gute Ehe. Sie haben die Notwendigkeit gesehen, ihr Leben zu verändern, und sind es mit dreißig angegangen. Sie haben einen mutigen (und finanziell riskanten) Schritt gewagt, um einen neuen Traum zu verwirklichen. Und ihre sexuelle Intimität erneuert ihre emotionale Bindung immer wieder.

Es ist verblüffend, dass sich die lesbischen Frauen, die sich für unser Gruppeninterview versammeln, bis auf Sarah zuerst alle als heterosexuell identifiziert haben. Sie hatten Männer geheiratet und schätzten diese Erfahrung, ohne Bitterkeit zu äußern. Und die meisten haben Kinder. Sie waren selbst überrascht, mit welcher Leichtigkeit sie die innere Wandlung vom Leben als Heterosexuelle zur lesbischen Liebe vollzogen haben. Alle haben diesen Schritt irgendwann zwischen Mitte dreißig und fünfzig vollzogen. Sie scheinen alle eine überzeugende Beziehung mit einer anderen Frau aufgebaut zu haben und ein erfolgreiches, sogar normales Leben ohne Rechtfertigungen zu führen.

Ich fragte mich, ob dieser Trend – dass ehemals heterosexuelle Frauen in der Mitte ihres Lebens leicht in ein lesbisches Leben schlüpfen – eine Besonderheit der etwas seltsamen, künstlerisch orientierten Gruppe in Santa Fe war oder ein größerer, bisher noch nicht öffentlich beschriebener Trend. Ich forschte nach und war überrascht, dass es zu diesem Phänomen praktisch keine Untersuchungen gab. Die einzige Studie, die ich finden konnte, war eine Doktorarbeit aus dem Jahr 2004 von Kristin Henry von der Victoria University mit dem Titel »Dancing Across Borders: Women Who Become Lesbians in Mid-Life« (Über Grenzen tanzen: Frauen, die in der Lebensmitte lesbisch werden). Das erstaunlichste Ergebnis war, dass viele der achtundzwanzig befragten Frauen klar machten, dass sie die sexuelle Grenze nicht hätten überschreiten können, bevor sie die Jugend verlassen hatten und ins mittlere Alter eingetreten waren. Die Mitte des Lebens erlaubt es einer Frau, nicht mehr ausschließlich nach sozialen Normen zu leben, sondern stattdessen ihren Lebensstil so zu verändern, dass er besser zu ihren eigenen Idealen passt.

Die Autorin war überrascht über die Leichtigkeit dieser Umstellung in der Lebensmitte: »Ich wollte, dass die Frauen, die an der Studie teilnahmen, mir erzählten: ›Ja, es war manchmal schwer.‹ Stattdessen stellte ich fest, dass viele Frauen den Wechsel so leicht und einfach fanden, dass sie nie wieder zurückblicken.« Die Gründe, warum sie lesbisch wurden, hatten nichts mit dem Angebot an Männern zu tun – Männer hatten überhaupt nur sehr wenig mit der Entscheidung zu tun.

Wie die Frauen in meinem Gruppeninterview im Triangle Inn hatten die meisten der achtundzwanzig Frauen aus Kristin Henrys Studie – in unterschiedlichem Maße – Zuneigung für ihre früheren, männlichen Partner verspürt. Viele hatten heterosexuellen Sex genossen, und manche meinten, dass sie das unter den richtigen Voraussetzungen auch jetzt noch könnten. Manche gaben an, relativ glückliche Ehefrauen gewesen zu sein. Die meisten von ihnen waren Mütter, und diese Frauen meinten, das Muttersein sei ein mindestens ebenso bestimmender Faktor für ihre Identität wie ihre Sexualität, wenn nicht sogar ein noch wichtigerer.

Sechs Monate nach dem Gruppeninterview im Triangle Inn treffe ich Karan und Sarah im Village Market, einem unkonventionellen Frühstücks-Café in Tesuque, einem Dorf in New Mexico am Rand von Santa Fe. Sie können es kaum erwarten, mir von dem Wiedersehen mit Sarahs Zimmergenossinnen aus dem Studentenwohnheim im Wellesley College zu erzählen, den »Pom 13«, die alle zusammen im Wohnheim Pomeroy Hall gewohnt haben. Die anderen zwölf Frauen haben die Erwartungen ihrer Familien erfüllt, sie haben geheiratet und sind mit ihren Ehemännern, allesamt Absolventen der bedeutenden Ivy-League-Universitäten an der Ostküste, verheiratet geblieben. Sarah hatte sie alle eingeladen, mit ihr und Karan zu feiern.

»Wir haben entdeckt, dass wir durch das langjährige Zusammenleben mit derselben Person viel mehr Gemeinsames haben als Trennendes aufgrund unserer unterschiedlichen sexuellen Orientierung«, sagt Sarah. Und Karan stimmt ein: »Wir sind viel mehr verheiratet als alle heterosexuellen Paare. Es gibt bei uns kein ›mein‹ und ›dein‹. Es gibt nur ›unseres‹.«

Die Nähe und die gute Kommunikation zwischen den beiden erlaubt es Karan und Sarah jetzt, mit fünfzig und zweiundvierzig, einen neuen Traum zu verfolgen: Sie werden versuchen, ein Kind zu bekommen. Sie haben sich nach unterschiedlichen technischen Möglichkeiten erkundigt, die lesbischen Frauen heute zur Verfügung stehen. Und sie haben beschlossen, dass Sarah das Kind austragen wird. Sie ist jünger und hat nicht die genetischen Vorbelastungen, die Karan durch ihre Erkrankungen hat. Trotz der Tatsache, dass ihr neuer Traum den traditionellen Rollen widerspricht, die sie bisher eingenommen haben, sind sie ganz aufgeregt bei dem Gedanken an diese neuen Aussichten.

»Ein Grund, warum es mir so schwer fiel, mich zu outen, war, dass ich wirklich Kinder wollte«, wiederholt Sarah. Zwischen den Fahrten zur Arztpraxis arbeitet Sarah daran, eine der *casitas* in einen Kinderbereich mit drei Zimmern umzugestalten. »Es *wird* hier Kinder geben«, erklärt sie. »Wenn man Kinderzimmer baut, kommen auch Kinder.«

Teil V

Seelenverwandtschaft suchen

Wenn wir älter werden, möchten wir auch weiser werden. In den Interviews erzählten Menschen, die sich in der romantischen Renaissance begeistert mitreißen ließen, von einem weiteren dramatischen Übergang mit Ende fünfzig, Anfang sechzig. Ein Hunger nach einer neuen Dimension von Erfahrung keimt auf: Wir wollen in den Aktivitäten des Alltags einen tieferen Sinn oder Wert finden. Wir suchen spirituelle Erweiterung.

Wir werden uns unseres Platzes im größeren Zusammenhang der Dinge stärker bewusst. Wir fühlen uns vom Aufblitzen des Heiligen in Menschen, Orten und in der Kunst, die die Seele nährt, angezogen. Manche Menschen verspüren den Wunsch, auf eine spirituelle Suche zu gehen, andere kehren zu der religiösen Tradition zurück, in der sie erzogen wurden, oder sie verstärken familiäre Rituale. Noch andere verbinden diesen Hunger nicht mit Religion oder Kirchenbesuchen, sondern fühlen, dass sie über das eigene Ich und sogar Beziehungen hinausgehen müssen, hin zu einem tieferen Verständnis einer kollektiven Intelligenz, die im Universum wirkt: einem größeren Zusammenhang für die Seele.

Die Seele bezeichnet ein Konzept, das nicht leicht zu definieren ist. Ich betrachte sie als Essenz, als grundlegende Substanz. Wir alle haben eine solche Essenz. Sie war da, als wir geboren wurden, vor allen Erfahrungen, die uns geprägt haben und die das Konstrukt unserer Persönlichkeit und unserer Verteidigungsanlagen bilden. Wir sehen diese Essenz in uns selbst oder in anderen nur selten, bis uns das Leben ein Bein stellt. Die Seele drängt aus der Tiefe nach oben, durch die Ritzen unserer alltäglichen Existenz, wenn die Dinge um uns auseinander fallen. Es bleibt nicht aus, dass die meisten von uns irgendwann zwischen fünfzig und siebzig eine gewaltige Krise erleben. Vielleicht trifft uns oder unseren Partner eine schwere Krankheit oder der eine oder andere wird von der Karriereleiter geschubst und verharrt nun in Bedeutungslosigkeit. Solche dramatischen Ereignisse legen das Konstrukt unseres gut verteidigten Lebens bloß. Wir sind gezwungen, nach innen zu sehen, Ausschau zu halten nach der Seele in uns selbst und die Natur der Seele in anderen zu erkennen.

Die Suche nach der Seele ist nicht das Gleiche wie die Suche nach Heilung. Einen Experten aufzusuchen, der einem helfen soll, eine schmerzliche Situation zu lösen, ist etwas anderes, als Platz zu machen für die langsame, ruhige und subjektive Beobachtung der eigenen Seele. In seinem nachdenklichen Buch *Die Seele lieben* meint der Theologe und ehemalige katholische Mönch Thomas Moore: »Die menschliche Seele ist nicht dafür bestimmt, verstanden zu werden. Wir sollten vielmehr etwas entspannter darüber nachdenken, wie unser Leben Gestalt angenommen hat. … Wenn die Fantasie Alltäglichkeiten eine leicht veränderte Form verleiht, erscheint die Seele oft plötzlich da, wo sie vorher nicht war.«

In Zeiten des Übergangs kann die Seele sich verlieren. Wir empfinden uns als in höchstem Maße fehlbar, der Boden schwankt unter unseren Füßen, und wir fragen uns, ob wir wirklich ein inneres Selbst besitzen. In solchen Zeiten versuche ich, den Rückweg zu finden, indem ich in die Natur gehe, durch Wälder laufe, auf Berge steige oder auf einem Felsen an der Meeresküste sitze, bis ich ein wildes Geschöpf in mir spüre, das auf die Wildheit des Lebens reagiert. Dieses Geschöpf kommt tief aus dem Kern meines Wesens und weiß, wie man überlebt, wenn der Wille allein nicht ausreicht.

Einen Seelengefährten suchen

Die meisten von uns hätten in den mittleren oder späteren Jahren liebend gern einen Seelengefährten, mit dem sie das Leben teilen könnten. Der Begriff »Seelengefährte« wird zu oft sehr oberflächlich gebraucht, gerade so, als könne man solch einen Menschen bei einem »Blind Date« finden oder als sei es ein Kriterium bei der Wahl des persönlichen Favoriten bei der Suche nach dem neuesten Superstar.

»Die Suche nach einem Seelengefährten bringt manche Menschen zu Fall«, sagt Dr. Melanie Horn, eine erfahrene Psychologin. Sie hat eine Praxis in San Francisco und viele Patienten mit hohen Erwartungen. »Viele Frauen kommen zu mir und sagen: ›Ich habe eine wirklich nette Beziehung, aber er ist kein Seelengefährte.‹ Sie erkennen vielleicht nicht, dass man einen Seelengefährten dann hat, wenn zwei Menschen mit der Zeit ihre Seele öffnen. Das kann geschehen, wenn man nach und nach Unterschiede akzeptiert. Wenn man den anderen so lassen kann, wie er ist, dann kann das zu Verständnis und wahrer Teilnahme führen.«

Jane Fonda gibt in ihrer Autobiografie zu, dass sie ihr ganzes Leben lang nach ihrer eigenen Essenz gesucht hat. Nach Jahren der Bulimie und Magersucht, nach drei Scheidungen und der Hinwendung zum Christentum ist Jane Fonda mittlerweile siebenundsechzig Jahre alt, lebt allein und seit einigen Jahren zölibatär. In einem Interview auf CNN erklärte sie Larry King, dass sie kurz zuvor ein Medium aufgesucht habe, das ihr erzählt habe, sie »treffe im nächsten Jahr ihren Seelengefährten«.

Wir *treffen* unseren Seelengefährten nicht. Wir *erschaffen* einen Seelengefährten. Wir alle wollen in unserer grundlegenden Essenz und Beschaffenheit gesehen und geliebt werden.

Dennoch sind die meisten von uns auf der Hut, besonders, wenn wir vom Leben heftige Schläge bekommen und eine Liebe oder sogar mehrere verloren haben. Wenn eine andere Person mit Ihrer Essenz in Verbindung treten kann und Sie mit der Essenz dieses Menschen, dann ist eine Seelenverwandtschaft geschmiedet. Sie müssen das Risiko einer so tiefen Bindung willentlich eingehen. Das bedeutet, dass Sie einen Teil der Kontrolle aufgeben, über den Narzissmus hinausgehen, einige Schlupfwinkel Ihrer Seele offenbaren und intime Vertrautheit zulassen. Das dauert in der Regel mindestens einige Jahre des Gebens und Empfangens von Liebe. Vertrauen muss getestet werden, und man muss zu dem Glauben kommen, dass man für das geliebt wird, was man ist. Alles andere spielt eine untergeordnete Rolle.

Die mittleren und späteren Jahre sind die beste Zeit, um mit einem Seelengefährten eine Verbindung auf einer tieferen Ebene einzugehen – mit einer Person, die den Suchenden in Ihnen erkennt und liebt. Der irische Dichter Yeats nannte es die »Pilgerseele«. Das kann Ihr Ehemann sein, wenn er zu würdigen weiß, dass Sie eine Identität entwickeln, die über äußerliche körperliche Veränderungen weit hinausgeht. Tatsächlich haben Paare, die seit langer Zeit zusammen sind, die große Chance, ihre Beziehung zu bereichern und fest zu verankern, wenn sie die Krisen der Seele gemeinsam überstehen. Ein Paar, das diese Ebene der Liebe erreicht – ein Verbundensein von Seele zu Seele –, schmiedet auf dem Weg zum Lebensalter der Ganzheit für seine Liebe und seine Bindung ein Gefäß, das so massiv ist wie reines Gold.

Viele allein stehende Frauen, die ich interviewt habe, stellen fest, dass sich ihre Prioritäten mit Ende fünfzig erheblich verlagern. Jetzt möchten sie, mehr als früher, einen wahren Freund

und Partner fürs Leben finden, jemanden, der an größeren Zusammenhängen interessiert und bereit ist, sich dafür zu engagieren, etwa Umweltschutz oder Hilfe für Kinder in Not. Oder sie suchen jemanden, der bereit ist, nach einem Platz in einer sonnigen Gegend zu suchen und später dorthin zu ziehen. Der Seelengefährte ist oft eine wiederentdeckte erste Liebe. Das kann ein früher verheirateter Freund sein oder jemand, den Sie irgendwo einmal getroffen haben und der sich auf einer parallel verlaufenden Reise befindet. Erstaunlich häufig findet sich die Seelenverwandtschaft in einer platonischen Beziehung mit einem Menschen, der auf der Suche nach einem seelenbetonten Leben vertrauter und inspirierender Begleiter ist.

Männer sind, wenn sie älter werden, besonders anfällig für sexuelle Ängste und Todesängste. Sie werden ständig mit Anzeigen für Viagra oder Steroide bombardiert, die aus Baseballspielern Mitte dreißig unnatürliche Superhelden und aus Söhnen im Teenageralter Testosterontrottel machen. Dieses ganze Palaver erinnert ältere Männer unweigerlich immer wieder daran, dass sie heutzutage bei all der Betonung von athletischem Körperbau und Sex vielleicht nicht mehr mithalten können, besonders, wenn sie Sex immer noch als wettbewerbsorientierten Sport betrachten. Todesängste kommen durch plötzlich auftretende, tödliche Herzinfarkte im Freundeskreis auf. Auf einer tieferen Ebene fühlen sich Männer mit zunehmendem Alter vielleicht belastet, weil ihrem Leben der Sinn fehlt. Depressionen bei Männern rücken immer stärker ins Blickfeld des National Institute of Mental Health (Nationales Institut für geistige Gesundheit). Die höchste Selbstmordrate findet sich bei Männern über fünfundsechzig, sie ist zehnmal höher als bei Frauen.

Eine Lebenskrise kann in diesem Stadium ein Geschenk sein, da sie den Einzelnen zwingt, die unabwendbaren Gegebenheiten des Lebens zu akzeptieren: Altern, Leiden, Tod, die Notwendigkeit zu lieben und geliebt zu werden, das Bedürfnis nach einem sinnvollen Leben. Wenn ein Mann anfängt, sich mit diesen ewigen Fragen auseinander zu setzen, sucht er einen spirituellen Rahmen, ob er das nun zugibt oder nicht.

Der Psychotherapeut Irvin Yalom, der über Existenzielle Therapie schreibt, erklärte mir, dass er Psychotherapie als Weg zum Lernen von Intimität sieht. Er betrachtet diesen Ansatz als besonders hilfreich bei der Arbeit mit älteren männlichen Topmanagern und Vorstandsvorsitzenden, die an ihrem Arbeitsplatz fast in die Isolation gezwungen werden. »Sie haben keine Kollegen auf der gleichen Ebene, sie können keine Freundschaften zu Mitarbeitern aufbauen, die ihnen unterstellt sind, sie haben weniger Freunde aus vergangenen Zeiten als Frauen«, hat er beobachtet. »Wenn sie sich also durch das Älterwerden, durch Krankheit oder durch die Reduzierung ihrer Arbeitsaufgaben verletzlich fühlen, leiden sie an innerer Isolation. Das kann zu übermäßiger Beschäftigung mit dem Tod oder mit Selbstmord führen. Was sie den Menschen, die sich Sorgen um sie machen, nicht sagen können, können sie in einer geschützten Situation wie einer Therapie aussprechen. Es kann sehr erleichternd sein, die Maske endlich fallen zu lassen.«

Während in Europa und Amerika immer mehr Menschen die strikten Lehren der Kirchen, in denen sie aufgewachsen sind, ablehnen, ist immer häufiger die Rede von spiritueller Suche und Seelenerforschung. Ich kenne viele Christen, die ein bisschen Jesus, ein bisschen Yoga, persönliches Gebet, etwas sozialen Aktivismus in der Öffentlichkeit und vielleicht ein wenig Inspiration vom Göttlich-Weiblichen vermischen. Frauen werden insgesamt angeregt, ihre religiösen Gefühle zu überdenken und Spiritualität neu zu definieren. Das hat verschiedene Gründe, etwa die feministische Forschung, die Tatsache, dass zum Beispiel Maria Magdalena freigesprochen und als Jesus' Geliebte in die Alltagskultur aufgenommen wurde, oder die Erinnerung daran, wie die Kirche im Mittelalter das Patriarchat brutal durchsetzte – beschrieben in den Büchern *Sakrileg* von Dan Brown und *Goddesses in Older Women* von Jean Shinoda Bolen. Jüdische Feministinnen, denen ihre persönlichen Reflexionen in den unzähligen religiösen Praktiken fehlen, bestimmen ihre eigene Spiritualität und ihre eigenen Rituale. Die jüdische feministische Organisation Ma'yan blickt auf eine dreißigjährige Tradition feministisch orientierter Sederabende zurück, wo sich vor dem Pessachfest etwa zwanzigtausend Frauen im ganzen Land und auch im Ausland versammeln, um zu singen, zu tanzen und die jüdische Befreiungsgeschichte auf traditionelle Weise zu erzählen. Dabei betonen sie die Erfahrungen der Frauen.

Es ist niemals zu spät, eine Seelenverbindung einzugehen. Wir werden die Geschichte einer Witwe und eines Witwers Mitte sechzig hören, die innerhalb von einem Jahr nach ihrer Begegnung geheiratet haben. Ein Jahrzehnt später sind sie sehr enge Seelengefährten. Es ist jedoch wichtig, ihre Geschichte zu erläutern, damit sie nicht wie ein Märchen klingt. Beide Partner haben elementare Charaktereigenschaften und Erfahrungen in diese späte Beziehung eingebracht. Beide sind mit einer positiven Sicht der Dinge gesegnet und haben Spaß am Leben. Beide haben selbstständig Karriere gemacht und waren bewundernswert erfolgreich. Ihre Arbeit wurde auch in der Öffentlichkeit anerkannt. Am wichtigsten ist vielleicht aber, dass beide glücklich verheiratet waren, bevor ihre ersten Partner starben. Sie wussten, was man für eine gute Beziehung braucht.

21. »Ich gebe jüngere Männer auf«

»Es tut mir leid, ich gehe nicht mehr mit Männern unter fünfundvierzig aus.«

Diese neue Regel hat Bebe festgelegt, eine Jazzsängerin, die ich in einem Restaurant in Oakland traf und von der ich am Anfang dieses Buchs erzählt habe. Nur eine reife Frau kann so einen Satz ganz locker zu einem verblüfften jungen Mann sagen.

Mit fünfzig hatte Bebe ihren emotional unbeweglichen Mann verlassen und sich in eine romantische Renaissance gestürzt. Sieben Jahre lang probierte sie Beziehungen mit Männern aller Altersgruppen und ganz verschiedenem sozialem Hintergrund aus. Sie neigte dazu, sehr viel jüngere Männer auszuwählen. Begonnen hat es mit einer Begegnung in der Kirche, als ein göttlich gut aussehender junger Kerl aus ihr herauskitzelte, dass sie getrennt lebte, und darauf bestand, mit ihr zum Essen auszugehen. Diese Romanze entwickelte sich schnell zu sechs Monaten voll sexueller Glückseligkeit, ein Gefühl, das aber, wie Bebe erwartet hatte, so schnell wieder abklang, wie es ausgebrochen war.

Sie lernte, allein zu sein, als sie sich einer Hysterektomie unterziehen musste. Seit dieser Zeit weiß sie, wie sie Ruhephasen zwischen intensiven Romanzen nutzen kann: Sie ruht sich aus, schreibt Tagebuch und vertieft ihre spirituellen Beziehungen. Sie hat dann außerdem mehr Zeit, um an einem neuen Traum zu arbeiten, einem Traum für ihre Zeit nach den Auftritten.

Zurzeit, mit siebenundfünfzig, verspürt Bebe eine wichtige

innere Veränderung. Etwas widerstrebend – denn schließlich fand sie ihre Affären wunderbar – gibt sie zu, dass sie in der jetzigen Phase weniger an kurzen Romanzen interessiert ist, sondern eher das Bedürfnis nach etwas hat, was auch die Seele befriedigt. »Wonach ich mit siebenundfünfzig suche, passt nicht zu dem, worüber ein Mann von siebenunddreißig nachdenkt – Männer zwischen dreißig und Anfang vierzig wollen immer noch ganz schnell nach oben kommen und denken daran, wie sie ihre Kinder auf die Uni schicken können«, erklärt sie mir in einem unserer Folgeinterviews. Wir treffen uns im Paragon, einem beliebten Club in den Hügeln von Berkeley, wohin freitagabends kultivierte Leute, überwiegend Schwarze mittleren Alters mit guten Jobs, strömen. Sie essen hier, trinken und lernen auf der Terrasse mit Blick auf die Bucht von San Francisco von Tisch zu Tisch neue Leute kennen.

Bebe mit ihrer bronzefarbenen Haut ist Afroamerikanerin. Sie kennt absolut keine Scheu, wenn es ums Flirten geht. Mit ihrem ansehnlichen Busen unter einem pinkfarbenen Pullover mit Reißverschluss schiebt sie sich zwischen den Männern und Frauen hindurch, die dicht gedrängt um die Bar stehen, hält hier und da für eine überschwängliche Begrüßung von lockeren Bekannten an und lässt dabei ihren Radarblick nach Anzeichen für potenzielle romantische Abenteuer Ausschau halten. Ihr Lachen ist so berauschend wie die tropischen Drinks. Immer die Mutigste unter ihren Freundinnen, zögert Bebe nicht, ein Gespräch anzufangen. Als sie »ihren Typ« an einem Tisch entdeckt – einen schlanken Mann mit starker Stirn, die von dem kurz geschorenen Haar noch betont wird, einem pfiffigen Schnauzbart und Mandelaugen –, hätte sie normalerweise keine Hemmungen, zu ihm hinüberzuschlendern und ihn und seine vier männlichen Tischgenossen anzusprechen.

Mit ihrem dicksten Südstaatenakzent würde sie sagen: »Meint ihr Männer nicht, dass ihr in diese Runde nicht wenigstens eine Frau aufnehmen solltet?«

Natürlich würden sie sie begeistert auffordern, sich zu ihnen zu setzen, und das Geplänkel könnte beginnen. An diesem Tag befindet sich Bebe jedoch in einer Ruhephase. Sie geht nicht auf den Tisch zu, denn wer einmal die Karten auf den Tisch gelegt hat, so sagt sie, der muss auch bereit sein zu spielen. An diesem Abend ist sie nicht bereit. Im Winter hatte sie zwei starke Beziehungen gleichzeitig, die beide aus unterschiedlichen Gründen zu Ende gingen. Sie ordnet gerade ihre Prioritäten neu. Wonach sie nun sucht, ist das, was die meisten von uns sich wünschen, wenn wir spüren, dass die Sonne jeden Tag etwas früher untergeht: einen Seelengefährten. Insbesondere sucht Bebe nach einem Gleichgesinnten, der ihren Hunger auf Abenteuer und Reisen teilt, ihre Träume von sozialem Aktivismus und einem zweiten Heim in der Sonne, wohin sie sich irgendwann zur Ruhe setzen will.

»Er muss ein leidenschaftlicher Mensch sein«, beharrt sie. »Ich meine nicht unbedingt auf sexuellem Gebiet, ich meine leidenschaftlich in Bezug auf das Leben. Er muss einfach gerne morgens aufstehen und das tun, was er eben tut.« Es sei nicht leicht, unter den Männern über fünfzig so jemanden zu finden, bedauert sie. »Sie machen sich Sorgen über das Älterwerden, sie machen sich Sorgen, weil sie nicht mehr produktiv sind, sie machen sich Sorgen, dass sie nicht mehr genug Geld haben könnten, sie machen sich Sorgen, weil sie vielleicht nicht mehr gut genug aussehen – sie machen sich immerzu Sorgen! Das macht keinen Spaß. Vielleicht geht es Männern so, wenn sie die fünfzig überschreiten, anders als Frauen. Ich glaube, wir blühen ab fünfzig richtig auf. Ich glaube, Männer bekommen Angst. Sie denken anscheinend, dass die Welt untergeht.«

»Kannst du für solche Männer die Magie wieder herzaubern?«, frage ich sie.

»Halt mal«, erwidert Bebe verdrossen. »Den Job will ich nicht. Den hatte ich schon bei meinem Mann. Ich will nicht für das Glück eines anderen Menschen zuständig sein. Ich will, dass er von sich aus glücklich sein kann.« Sie strahlt mich an. »Aber dann soll er noch glücklicher mit mir sein.«

Einige von Bebes größten Stärken wirken auf den ersten Blick anregend, letztlich aber auch einschüchternd. »Sie lieben es, dass mein Kopf so schnell arbeitet, aber irgendwann hassen sie es«, sagt sie mit einem Lachen. »Sie sagen: ›Immerzu denkst du!‹« Da sie Entertainerin ist, hat sie viele soziale Beziehungen und fühlt sich in allen möglichen Situationen wohl, wodurch sich manche ihrer Verabredungen in die Ecke gedrängt fühlen.

Vielleicht weil sie so vielseitig gebildet und selbstsicher ist, übertreiben die Männer, mit denen sie ausgeht, oft bei der Darstellung ihrer Vergangenheit. Sie ist mittlerweile ganz geschickt dabei, Hinweise auf eine Täuschung aufzunehmen. Beim zweiten Gespräch über seine Collegezeit klingelt es vielleicht bei ihr, wenn er den Namen seiner Studentenverbindung falsch ausspricht. »Wenn es zu oft ›klingelt‹, fange ich an nachzuforschen.« Mehr als einmal hat sie einen Privatdetektiv engagiert, der Männer überprüfen sollte, die einfach zu gut klangen, um wahr zu sein. Ihr Instinkt erwies sich meistens als richtig.

»Ich war nie verbittert, selbst wenn es mit einem Mann nicht geklappt hat, von dem ich gehofft hatte, dass er in meinem Leben bleiben würde«, sagt Bebe. Das Fehlen von Verbitterung ist ein wichtiger Teil ihrer anhaltenden Anziehungskraft. Ob es nun einen Mann in ihrem Leben gibt oder nicht, Bebe erneuert sich immer wieder durch neue Erfahrungen und durch neue Menschen. Das verschafft ihr eine nie versiegende

Quelle an Charisma. Zum gegenwärtigen Zeitpunkt ist Bebe bei ihrer Suche nach einem Leben voller Leidenschaft aber nicht mehr gewillt, so viele Risiken einzugehen wie früher. Sie ist wachsam in Bezug auf den Gesundheitszustand eines Mannes. Sie schätzt realistisch ein, dass in eine Beziehung von Menschen im mittleren Lebensalter leicht eine Krankheit einbrechen kann und dass sie eher den Mann als die Frau trifft. Bei einem Essen mit einem neuen Mann versucht sie, möglichst viel über seinen Lebensstil aus ihm herauszukitzeln und macht sich in Gedanken Notizen über seinen Gesundheitszustand. »Beim zweiten Treffen ›klingelt‹ es, wenn er zu viel trinkt – wie viel trinkt er wohl, wenn er allein zu Hause ist?«

Am meisten Angst macht ihr bei dem Gedanken an eine ernsthafte Beziehung zu einem älteren Mann die Vorstellung, er könnte krank werden und sie müsste sich um ihn kümmern. »Ich glaube, für diese Rolle bin ich nicht geschaffen.« Sie hat keine Kinder. Ihre mütterlichen Instinkte kann sie als Tante bei ihren Neffen ausleben, deren Vater auf tragische Weise verstarb, und bei den Söhnen und Töchtern von engen Freunden.

Hier erkennt man ein Paradox für die ältere, allein stehende Frau auf der Suche nach einem Seelengefährten. Die Bindung an einen älteren Mann birgt nicht nur das Risiko, als Betreuerin zu enden, es ist im Grunde klar, dass einer von beiden irgendwann krank und abhängig wird. Erträglich werden solche Phasen der Krankheit, in denen die normalen Abläufe und auch viele Freuden des Lebens unterbrochen werden, durch eine starke Seelenbindung. Die Verbindung wird durch das Teilen von Schmerz und Freude über viele Jahre hinweg immer tiefer. Wenn Liebe so weit reicht, umfasst sie Körper und Seele. Der Körper ist die Leinwand, auf die die Seele die Formen und Farben der Umrisse eines Menschen malt, die Tönung der Haut, die Lebhaftigkeit oder die Langeweile am Leben. Auf der

Leinwand werden Zufriedenheit und Übellaunigkeit in Haltung, Schmerz und Krankheitssymptomen aufgezeigt.

Es ist wohl kaum realistisch für eine Frau zu erwarten, dass sie solch eine Verbundenheit mit einer »wichtigen anderen« Person empfinden kann, wenn diese Person erst seit ein oder zwei Jahren in ihrem Leben ist. Und je älter sie ist, desto wahrscheinlicher ist es, dass die Beziehung Phasen der Krankheit umfasst. Aber es gibt, wie Bebe feststellt, andere Quellen, aus denen unser Bedürfnis nach Pflege und Fürsorge gespeist werden kann und die nicht an sexuelle Beziehungen gebunden sind.

Die eigene Seele offenbaren

Viele Menschen, die in dieser Phase ihres Lebens ohne Seelengefährten sind, bemühen sich stärker, ihre eigene Seele kennen zu lernen. Manche gehen auf eine spirituelle Suche. Andere streben nach Erleuchtung durch Psychotherapie. Bebe ist sich bewusst, dass nur ihre Essenz ihrem eigenen Ich Kraft geben kann, denn sie hat gegenwärtig keinen Partner, in dem sich diese Essenz spiegeln könnte. Es gibt jedoch ein göttliches Wesen in ihrem Leben. »Ich gehe nicht regelmäßig in die Kirche«, sagt sie. »Aber ich bin ein sehr spiritueller Mensch und das hält mich in schweren Zeiten aufrecht. Ich glaube, je älter man wird, desto stärker wird die Beziehung zu dem, was man als übergeordnetes Wesen betrachtet, ob man es nun Gott, Jahwe oder Allah nennt. Man sieht sein Wirken im eigenen Leben, man kultiviert es und man weiß, wie man darauf zugreift. Es ist eine stille Anwesenheit. Wenn ich nicht das haben kann, was ich möchte, dann mache ich meinen Frieden mit dem, was ich habe«, erklärt sie philosophisch. »Man kann so viel Energie darauf verschwenden, sich über das Gedanken zu machen, was man nicht hat. Das bedeutet nicht, dass man aufhört zu träumen oder auf das hinzuarbeiten, was man gerne hätte, und es bedeutet auch nicht, dass man es nicht beim nächsten Mal bekommt.«

So könnten Bebes Jahre im reiferen Alter aussehen. Da sie gegenwärtig nur wenig Bereitschaft für das Risiko einer engagierten Beziehung verspürt, ist sie damit zufrieden, weitere Erfahrungen zu sammeln, die ihr Leben bereichern, ohne auf einen Seelengefährten zu warten, der diese Erfahrungen mit ihr teilt. Sie erfindet eine neue Kategorie für Begleiter, die sie »romantische Freunde« nennt. Das sind Männer, heterosexuell oder homosexuell, die gern mit ihr ins Theater gehen, abends einen Drink vor dem Schlafengehen mit ihr einnehmen, denen sie zur Begrüßung und zum Abschied ein Küsschen gibt – und das war's. Sie baut außerdem ihr Netzwerk von Freundinnen aus. In der Woche, bevor wir uns unterhalten, war sie übers Wochenende in Chicago, ist ins Theater und einkaufen gegangen und hatte Verabredungen mit zwei »romantischen Freunden«. Am Sonntag gingen Bebe und einige Freundinnen mit Bebes Patenkind in den eleganten Teesalon des Hotel St. Regis, wo sie nach einem ausgiebigen Einkaufsbummel Jasmintee und Gebäck genossen. Bebe musste lachen, als sie hörte, wie sich ihr Patenkind Bebes Leben vorstellt.

»Tante Bebe«, sagte sie, »ich finde es toll, wie du und deine Freundinnen euch amüsiert. Ihr seht fantastisch aus, habt jüngere Freunde und ihr reist überall hin. Ich glaube, ich will so werden wie ihr, wenn ich alt werde.«

»Alt!« Bebe prustet vor Lachen. »Aber sie sieht, dass das Leben einer Frau nicht vom Entweder-oder bestimmt sein muss – entweder du bist mit einem Mann verheiratet, mit dem du bis ans Ende deiner Tage zusammenbleibst, oder du wirst eine alte Jungfer, die allein am Feuer sitzt. Ich bin froh, dass die Töchter meiner Generation sehen, dass wir unser Leben auch mit über fünfzig ganz anders leben. Sie werden erkennen, dass auch ihre Zukunft andere Wege ermöglicht.«

22. Überraschende Seelenverwandtschaften

Ein Seelengefährte ist besonders schwer zu finden, wenn man intensiv danach sucht. Es scheint immer durch einen glücklichen Zufall zu geschehen – gerade, wenn man beschlossen hat, dass man auch sehr gut unabhängig leben kann. Dieses Paradox bewahrheitete sich auch für zwei Frauen aus dem Mittleren Westen, Kalli und Elizabeth, deren Suche nach einem leidenschaftlichen Leben sie in entgegengesetzte Richtungen führte.

Die beiden Frauen aus Chicago sind durch ihr gemeinsames Interesse an griechischen Antiquitäten enge Freundinnen geworden, ein Interesse, das für beide zu einem erfolgreichen Berufsleben geführt hat. Beide Frauen waren gut verheiratet und von Zeit zu Zeit haben sie einander beneidet. Keine von ihnen hätte geahnt, dass das makellose Leben der anderen plötzlich auseinander fallen würde.

Kalli ist eine hübsche Frau mit großen, dunklen Augen und kurz geschnittenen, silbernen Haaren, die ihre glatte, mediterrane Gesichtshaut umrahmen. Ihre Lippen stehen leicht vor, so, als sei sie bereit zum Küssen. Man kann sich gut vorstellen, wie sie mit ihrem sanften Blick zu ihrem Mann aufschaut, ein Blick, der jeden Mann in seinen eigenen Augen in den Rang eines Weltklasseliebhabers erhebt.

Nur dass Kalli in den letzten fünfzehn Jahren ihrer vierzigjährigen Ehe keinen Sex mehr mit ihrem Mann hatte. Als das Feuer verglühte – es hatte eigentlich nie mehr als Zimmertemperatur gehabt –, versuchte sie, es wieder anzufachen. Sie kann sich noch ganz genau an den Abend erinnern, als sie ein Nachthemd aus roter Spitze anzog. Sie legte etwas Parfum auf und stolzierte an ihrem Mann vorbei, der im Bett saß und las. Er blickte kurz auf und meinte: »Das ist das Albernste, was ich je gesehen habe.«

Das erste Interview führe ich mit Kalli bei einem Brunch. Sie ist einen Meter siebenundfünfzig groß, sehr schlank und hat eine gute Figur mit Wespentaille, die sie durch eng anliegende Seidenblusen betont. Sie erzählt ausführlich von einer lange zurückliegenden Liebesbeziehung, die auf einer Fahrt von Chicago an die Ostküste begann, wo sie aufs College gehen wollte. Sie, ihr Bruder und Dylan, ein gut aussehender Ire, mit dem ihr Bruder das Zimmer im Wohnheim in Yale teilen sollte, hatten den Auftrag, einen Leichenwagen durchs Land zu fahren. Die drei zwängten sich auf die Vorderbank, lachten, rauchten Marlboros, rockten zur Musik von Chubby Checker und träumten zu Ray Charles' »I Can't Stop Loving You«. Natürlich verliebten sich Kalli und Dylan unsterblich ineinander.

Kalli landete in einem Mädchen-College, das ihr wie eine Besserungsanstalt vorkam, aber sie und Dylan schafften es mit viel Einfallsreichtum, ihre Romanze am Leben zu erhalten. Kalli fuhr, so oft es ging, am Wochenende nach Yale. Sie brachen die Hausregeln und verbrachten die Nächte zusammen auf seinem Zimmer. »Wir machten alles, außer dem eigentlichen Geschlechtsverkehr, denn wir hatten Angst, ich könnte schwanger werden«, erinnert sie sich. »Mein griechischer Vater hätte mich erschlagen, wenn ich schwanger nach Hause gekommen wäre.«

Aber die wenigen freudigen Regelübertretungen konnten nicht verhindern, dass Kalli eines Tages den Anruf nach Hause machte, den fast alle Studenten irgendwann einmal machen: »Ich halte es hier nicht mehr aus, ich will nach Hause!« Ihr Vater war erfreut. Sechs Monate, nachdem Kalli nach Chicago zurückgekehrt war, wo sie ohne College-Abschluss oder Aussicht auf einen guten Job herumhing, traf sie einen zehn Jahre älteren Mann, der ihr einen Heiratsantrag machte.

»Das löst alle meine Probleme«, war ihr einziger Gedanke. Kallis Mutter war daran zerbrochen, in der traditionellen Frauenrolle keine Möglichkeiten zur Entfaltung zu haben, war zur Alkoholikerin geworden und mit Mitte fünfzig an Leberzirrhose gestorben. Die Ehe bot Kalli Sicherheit und die Erlaubnis zum Sex. Sie stürzte sich in die Vollzeitaufgabe als Hausfrau, kümmerte sich um Haus, Garten, Kochen und Kindererziehung – »und gab nach«, erklärt sie pointiert. »Mein Instinkt ist immer, anderen zu gefallen.«

Was fehlte?

»Nun ja, ich denke, ich erfand eine Geschichte, die so klang, wie ich mein Leben gerne haben wollte«, erklärt sie stockend. »Wir hatten die perfekte Familie, wunderbare Kinder, wir hatten zusammen ein Geschäft, ein schönes Boot – und eine sehr leere Ehe. Unser Sexleben endete wohl, bevor ich vierzig wurde.«

Mit achtundfünfzig denkt Kalli ernsthaft darüber nach, ihre Ehe zu beenden. »Ich würde nicht wieder heiraten wollen«, lautet ihre Überzeugung zum jetzigen Zeitpunkt. »Ich habe mich daran gewöhnt, unabhängig zu leben.« Sie erklärt, dass sie gerne allein verreist, allein wandert und Ski fährt, allein isst. Schließlich hat sie auch immer ein kleines Unternehmen allein geleitet. »Weil ich in einer unglücklichen Ehe steckte, musste ich mein eigenes Glück schmieden.«

Kalli erwartet nicht, einen neuen Geliebten zu finden, wenn sie ihre unglückliche Ehe verlässt. Aber nur für den Fall, so sagt sie, »muss ich sexuell am Leben bleiben, mit Hilfe von BBF«.

»Wer oder was ist BBF?«, frage ich.

»Mein batteriebetriebener Freund.«

Nachdem wir herzlich darüber gelacht haben, frage ich Kalli, ob es ihr etwas ausmacht, ihre intimen Gedanken gedruckt zu sehen. Sie erklärt, sie erzähle ihre sexuelle Geschichte gern für das Buch, »denn ich weiß, dass es viele andere Frauen gibt, die leiden und die wissen sollen, dass es in Ordnung ist, einen Vibrator oder andere erotische Hilfsmittel zu benutzen, um sexuell aktiv zu bleiben, wenn man keinen Partner hat.«

Ihre Freundin Elizabeth war völlig verblüfft, als Kalli sie anrief und ihr gestand, dass sie überlege, aus ihrer Ehe auszubrechen, obwohl sie und ihr Mann – sozusagen als letzten Versuch – gerade einen umfassenden Umbau ihrer Wohnung begonnen hatten. Kalli versicherte ihrer Freundin ausdrücklich, dass sie keinen Schmerz empfinde. Wonach sie sich mehr als alles andere sehne, sei, allein zu leben.

Den Sprung in die Begierde wagen

Diese Einstellung war Elizabeth fremd. Nach der Scheidung hatte sie sich intensiv mit griechischen Antiquitäten beschäftigt und war dann eine glückliche zweite Ehe mit einem sportbegeisterten Mann eingegangen. Ihr Leben war sehr körperlich orientiert – sie waren immer unterwegs zum Skilaufen oder Segeln – bis ihr Mann plötzlich im Alter von siebenundfünfzig Jahren starb. Zwei Jahre lang war sie nach dem tödlichen Herzinfarkt ihres Mannes vor Trauer und Angst wie erstarrt gewesen. Sie war nun zum ersten Mal in ihrem Leben völlig unabhängig, »aber es war eine Unabhängigkeit wie im freien Fall«. Elizabeth gestand Kalli, dass sie das kalte Ticken der Lebensuhr hörte: »Ich wollte wirklich einen männlichen Partner finden, bevor ich ganz vertrocknet war!«

Im Haus ihres Bruders war Kalli einige Zeit zuvor über eine Zeitschrift der Ehemaligen von Yale gestolpert. Neugierig las sie über ihren früheren Freund Dylan, der verheiratet war und eine erfolgreiche Firma in London hatte. In aller Freundschaft schickte sie Dylan eine E-Mail, und einige Jahre lang schrieben sie sich von Zeit zu Zeit. In der Woche vor dem 11. September ließ Dylan Kalli überraschend wissen, dass seine Ehe beendet sei und er nach New York ziehen werde. Die Trennung und der Umzug hatten ihn sehr mitgenommen. Die Rauchwolke über dem Ground Zero gab ihm das Gefühl, das Zeitfenster zwischen Ruhestand und Tod werde sehr schnell geschlossen.

Elizabeth hatte gerade beschlossen, dass sie nun bereit sei, sich in die ungewissen Gewässer der Verabredungen mit Sechzigjährigen zu begeben, als Kalli die Idee hatte, zwischen den beiden einsamen Herzen einen E-Mail-Kontakt herzustellen. »Ich dachte, ich tue den beiden einen Gefallen«, erzählt mir Kalli.

»Aber Dylan war dein Freund, ich kann doch nichts mit ihm anfangen!«, protestierte Elizabeth.

»Elizabeth, bitte, ich habe ihn fast vierzig Jahre nicht gesehen. Aber ich habe Fotos gesehen, und daher weiß ich, dass er immer noch ziemlich gut aussieht. Hast du Interesse?«

»Aber sicher.«

Nach einem belanglosen Treffen gingen Elizabeth und Dylan in verschiedene Richtungen auseinander. Als sie aber eines Tages beide wieder in New York landeten und er in ihr Zimmer im Hotel kam, »genügte ein Blick und alle Glocken läuteten. Wir haben es kaum vom Sofa ins Schlafzimmer geschafft.« So beschrieb Elizabeth Kalli am Telefon das idyllische Wochenende, das sie und Dylan zusammen verbracht hatten. Die Begegnung gab Elizabeth den Anstoß zu einer ganz neuen Vorstellung von ihrem zukünftigen Leben. Sie war überrascht, wie schnell der Funke, der von Dylan übersprang, sie nach zwei Jahren ohne Sex entfachte. Nach einigen weiteren Verabredungen lud sie ihn ein, eine Woche bei ihr in Chicago zu verbringen.

Kalli war erstaunt, eine E-Mail von Dylan zu bekommen: »Elizabeth möchte mich mit nach Chicago nehmen. Sie hofft, wir könnten dich und deinen Mann auf einen Drink treffen. Bitte sag Ja, damit wir uns alle treffen können.« Kalli lud das Paar zu einem Drink ein, bei dem sie die Wohnung sehen konnten, die sie und ihr Mann gerade frisch renoviert hatten.

Nachdem der Abend etwas steif begonnen hatte, zündete Kallis Mann den Kamin an. Sie setzten sich alle in eine gemütlich Ecke und plauderten wie höfliche Fremde bei einer Cocktailparty über ihre Reisen. Dylan sah Kalli kaum an, obwohl er auch nicht richtig an Elizabeth interessiert schien. Da sie sich auf seine Teilnahmslosigkeit keinen Reim machen konnte, spielte sie die übliche Farce von ihrer perfekt gereiften Ehe vor.

Elizabeths lustvolle Affäre mit Dylan ging in den folgenden Monaten weiter und riss sie aus der Traurigkeit des Witwendaseins heraus. Gleichzeitig fühlte sie sich aber auch an ihre Teenagerzeit mit den Hochs und Tiefs erinnert, die eine sexuelle Beziehung mit sich bringen kann – selbst für eine Frau jenseits der Wechseljahre. »Ich spürte den Hormonrausch wie bei einem Teenager. Es war, als wäre ich wieder dreizehn, mit den gleichen Ängsten. Aber mein Verhalten war für eine Frau von sechzig Jahren völlig unangemessen. Ich kämpfte mit Fragen wie: ›Ist es das alles wert, wenn ich mit so viel Angst leben muss? Und will ich mich wirklich an den Zeitplan eines anderen Menschen anpassen?‹«

Während Elizabeth noch zögerte, erhielt sie einen Abschiedsbrief von Dylan: »Ich habe mich in meinem Alter wie durch ein Wunder noch einmal verliebt«, schrieb er. »Ich würde dir die Geschichte erzählen, aber sie klingt zu unglaubwürdig.«

Genau wie sie vorhergesehen hatte, durchlitt Elizabeth die gleichen überreizten Angstzustände wie ein sitzengelassener Teenager. Sie rief Kalli an, um sich bei ihr auszuweinen. »Ich habe Dylan an eine andere Frau verloren – ich glaube, er hat eine heiße und wilde Romanze mit einer Kellnerin in Big Sur.«

Zwei Monate später hielt Kalli die Schuldgefühle nicht mehr aus. »Elizabeth«, gestand sie. »*Ich* bin die andere Frau.«

Die alte Flamme wieder entfachen

Die Anziehungskraft zwischen zwei Menschen, die einmal ineinander verliebt waren oder auch nur jung und vernarrt, kann oft über Jahrzehnte Bestand haben, trotz großer Entfernungen, Ehen, Geburten, Scheidungen und dem Verblassen prosaischer Erinnerungen. Aus diesem Grund zuckt eine Ehefrau instinktiv zusammen, wenn die Flamme des Ehemannes aus Highschoolzeiten zufällig anruft.

Vermutlich war es nicht zu vermeiden. Als sie an jenem Abend in Chicago vor dem Feuer saßen, das Kallis Mann angezündet hatte, wurden sie und Dylan noch einmal von der süßen Krankheit des Verliebtseins befallen, die offensichtlich vierzig Jahre lang in ihrem System weitergelebt hatte. Als Kalli zuhörte, wie Elizabeth von ihren Liebesabenden mit Dylan berichtete, keimten in ihr Neid und lange unterdrücktes Verlangen auf. Endlich brachte sie den Mut auf, Dylan eine E-Mail zu schicken und ihm zu sagen, dass sie sich scheiden ließ. »Ich wusste, dass ich eine Tür öffnete, wenn ich das erwähnte. Aber dann beschloss ich: ›Was soll's! Vierzig Jahre lang war ich so ein braves Mädchen.‹«

Dylan arrangierte ein Treffen mit Kalli. In dem Moment, als

sie sich zur Begrüßung umarmten, war ihnen beiden klar, dass Dylan die Nacht bei ihr verbringen würde.

»Ich hatte solche Angst, als du und Elizabeth zu uns auf einen Drink kommen wolltet«, gestand Kalli. »Ich fühlte mich, als ob ich wieder sechzehn wäre und zu meiner ersten Verabredung ginge. Aber ich habe mich nach Kräften bemüht, nicht an dir interessiert zu wirken.«

»Bei mir ist dir das gelungen«, erklärte er ihr. »Ich konnte dich auch nicht ansehen, sonst hätte jeder gewusst, was ich denke.« Er gestand ihr, dass er sich fühlte wie der Sänger in der Ray-Charles-Ballade »I Can't Stop Loving You«.

Ab da pendelte Kalli immer nach New York und verbrachte wenn möglich die Wochenenden bei der lange verloren geglaubten großen Liebe ihres Lebens. »Als Erstes erweckte diese Beziehung meine Sexualität vollständig – und das in meinem Alter«, erzählt sie mir. »Ich wusste schon, dass ich viele Orgasmen hintereinander haben kann, aber nur mit ›BBF‹. Es ist viel befriedigender mit einem lebendigen Mann, den man liebt! Ich erkannte, wie wichtig der sexuelle Teil meiner Persönlichkeit ist. Ich denke die ganze Zeit an das Zusammensein mit Dylan und freue mich darauf. Ich stelle nun fest, dass Männer anders auf mich reagieren. Ich gehe nicht auf sie zu, ich weiß nicht, ob es die Pheromone sind, aber ich wirke offensichtlich auch auf andere Männer sexuell anziehend.«

Das geschieht häufig. Frauen, die sich aktiv verabreden oder in romantischer Verfassung sind, senden irgendein Signal aus, wie Kalli – oder Bebe, die Entertainerin aus Oakland, die, nachdem sie nach ihrer Scheidung angefangen hatte sich zu verabreden, das Gefühl hatte, auf ihrer Stirn leuchte in großen Buchstaben die Aufschrift »Wieder zu haben!«. Es sollte als Erinnerung für alle reifen, allein stehenden Frauen dienen, dass sie sich so oft wie möglich verabreden sollten, selbst wenn sie dafür einige langweilige Abende und ein paar Enttäuschungen in Kauf nehmen müssen.

Sechs Monate lang sagte sich Kalli immer wieder, sie sei absolut damit zufrieden, ihre Beziehung als Wochenendromanze zu führen. »Ich will wirklich nicht mit ihm zusammenleben«, erklärt sie mir mit etwas zu viel Nachdruck. »Ich will meine Unabhängigkeit bewahren.« Aber sie kann letztlich nicht leugnen, dass sie in Dylan ihren Seelengefährten gefunden hat. Je mehr Zeit sie miteinander verbrachten, desto enger wurde ihre emotionale Beziehung. Kalli fühlte, wie sie sich veränderte, weicher wurde. Da sie und ihr Ehemann schon eine gütliche Scheidung vereinbart hatten, arrangierte sie schnell den Verkauf ihrer Firma und der großen Wohnung am Lake Shore Drive mit all den Antiquitäten, legte ihren Anteil aus dem Verkauf an und mietete ein 75-Quadratmeter-Apartment einige Blocks von Dylans Wohnung in Manhattan entfernt.

»Ich könnte nicht glücklicher oder aufgeregter sein«, schreibt sie mir per E-Mail. »Ich finde es wunderbar, jederzeit mit Dylan zusammen zu sein, wenn wir es möchten, und dennoch meine Unabhängigkeit zu haben.«

Bei unserer letzten Unterhaltung wundern wir uns darüber, wie weit amerikanische Frauen unseres Alters in ihrer Entwicklung gekommen sind. Kallis Mutter, die in einer traditionellen, vom Mann dominierten Ehe lebte, hat sich selbst nie gefunden, zog sich in den Alkohol zurück und starb mit Anfang fünfzig. Und hier war Kalli, Anfang sechzig, ausgesprochen lebendig und begeistert von einem ganz neuen Kapitel in ihrem Leben.

Eine platonische Seelenverwandtschaft

Elizabeths Geschichte war auch noch nicht zu Ende. Bei einer Dinner-Party (nach dem Tod ihres Mannes, aber noch bevor sie Dylan kennen lernte) hatte sie einen Chirurgen im Ruhestand kennen gelernt, der auf der Suche nach guten Antiquitäten oder guten Reproduktionen an die gleichen Orte reiste wie sie. Graham hatte sie zum Essen eingeladen, und dann war er gleich mit der Tür ins Haus gefallen: »Was würdest du vom Zusammenleben halten, wenn du den richtigen Partner hättest?« Elizabeth war ebenso direkt: »Ich hatte eine außergewöhnlich wunderbare Partnerschaft und Ehe und ich glaube nicht, dass ich das noch einmal finden kann.«

Sie sahen sich ein Jahr lang nicht wieder.

Rückblickend hat Elizabeth erkannt, dass sie einfach noch nicht so weit war. Aber einige Monate, nachdem sie und Dylan sich getrennt hatten, schrieb sie Grahams Namen auf die Gästeliste für eine Cocktail-Party, die sie plante, um Kallis einsamem Ehemann zu helfen, eine neue Partnerin zu finden. Graham sagte begeistert zu. Danach fingen sie und Graham an, sich nachmittags heimlich zum Kino zu verabreden, eine wunderbare Freiheit, die sich nur ältere Menschen im Ruhestand ohne dringende Verpflichtungen erlauben können. »Es war mir klar, dass er in mir die Freundin suchte«, sagt Elizabeth, »aber ich wusste nicht, ob er an mir auch sexuelles Interesse hatte.« Später gestand er Elizabeth, er habe sie als unberührbar und auch als einschüchternd empfunden. Einmal im Kino griff Elizabeth jedoch während einer Gewaltszene nach seinem Arm. Er nahm ihre Hand, hielt sie fest und ließ sie erst am Ende des Films wieder los. Als sie sich an jenem Abend verabschiedeten, sagte er: »Als deine Hand meinen Arm berührte, ging ein elektrischer Stoß durch meinen ganzen Körper.« Er gab ihr einen langen, tiefen Kuss.

Sie planten eine Wochenendreise nach New York zur Eröffnung des renovierten Museum of Modern Art. Graham buchte getrennte Zimmer im Hotel Four Seasons. Einige Tage vor der Abfahrt rief Elizabeth ihn an und meinte: »Ich finde es dumm, dass du für zwei Zimmer bezahlst.«

Sie wurden ein Liebespaar und traten innerhalb ihrer gesellschaftlichen Kreise als Paar auf. Sie lebten nicht zusammen, aber sie übernachteten oft in einer Wohnung. Er sagte: »Ich verstehe das nicht. Das sieht mir gar nicht ähnlich. Ich habe seit vielen, vielen Jahren keinen so starken Wunsch verspürt, mit jemandem zusammen zu sein wie mit dir.«

Noch im selben Jahr gingen sie gemeinsam auf eine Kreuzfahrt. Sex gab es unregelmäßig, und nach einem weiteren Monat, den sie ganz zusammen verbracht hatten, kamen sie zu dem Schluss, ein Zusammensein rund um die Uhr sei zu viel. Ihre körperliche Beziehung endete, aber es öffnete sich eine andere Möglichkeit.

Sobald Elizabeth und Graham die sexuellen Erwartungen fallen gelassen hatten, konnten sie eine innige Freundschaft aufbauen und als Partner durchs Leben gehen. Das scheint für beide in ihrem Alter und in ihrer Lebenssituation das Richtige zu sein. Sie sind seither gemeinsam durch ganz Europa und Asien gereist. Und wenn sie reisen, schlafen sie im selben Zimmer, im selben Bett. Sie kuscheln miteinander. Sie erwarten einfach keinen Sex und verlangen ihn auch nicht. Graham scheint entspannter, und Elizabeth vermutet, dass er erleichtert darüber ist, keine romantische Verantwortung zu tragen.

»Ich bin glücklich mit der Beziehung, so wie sie jetzt ist, denn wir können zusammen reisen oder ins Kino gehen, wir genießen dieselben Dinge«, sagt Elizabeth. »Ich glaube, es ist in Ordnung, wenn man die Sexualität an einem bestimmten Punkt aufgibt. Ich empfinde unsere Beziehung als völlig einzigartig. Das bedeutet allerdings nicht, dass ich nicht irgendwann einmal gerne wieder einen Partner für eine sexuelle Beziehung hätte.«

Kalli und Elizabeth sind übrigens immer noch sehr enge Freundinnen. »Wir verstehen uns und das, was wir in dieser Phase unseres Lebens am meisten schätzen«, meint Elizabeth. »Ich bin froh, dass Kalli wieder mit dem Mann zusammen ist, für den sie wahrscheinlich bestimmt war, und sie weiß, was ich über mich selbst herausgefunden habe. Ich gebe meine Unabhängigkeit auf keinen Fall auf.«

Es klingt vielleicht überraschend, dass eine Frau in einer liebevollen Beziehung mit einem Seelengefährten zur Ruhe kommt – ohne Sex –, aber es kommt gar nicht so selten vor. Die Autorin und Psychiaterin Dr. Ethel Person beschreibt solche Beziehungen als »liebevolle Bindung«. Häufig ergibt sie sich aus dem, was nach einer Liebesbeziehung übrig bleibt, wenn die leidenschaftliche Anziehungskraft nachlässt. Eine solche Beziehung kann auch in einer Freundschaft aufkeimen, die nie eine sexuelle Komponente hatte, aber immer Wärme, Zuneigung, Zärtlichkeit und Sorge für den anderen bot. »Vergleichen wir Liebe ohne Sex mit der häufigeren und allgemein sanktionierten Alternative – der Aufrechterhaltung von oberflächlichem Sex in einer emotional leer gewordenen Verbindung –, dann schneidet die erste Form sehr gut ab«, schreibt Dr. Person. In Ehen, in denen der Wunsch oder die Möglichkeit einer sexuellen Beziehung wahrscheinlich nicht wieder auflebt – oft aufgrund von Medikamenten oder der Krankheit eines Partners –, kann die liebevolle Bindung eine befriedigende Lösung bieten.

Wie ich schon an früherer Stelle gesagt habe, ist das wichtigste Element der romantischen Liebe die Möglichkeit, eine echte Beziehung zu einem Menschen aufzubauen, der einem

»unter die Haut geht« und einen im besten Licht sieht. Kalli und Elizabeth haben seelenverwandte Partner gefunden, mit denen sie eine solche Verbindung teilen. Zu der einen gehört auch eine lebhafte sexuelle Anziehung. Indem sie Sex ausgeklammert haben, haben Elizabeth und Graham die Chance bekommen, eine Bindung einzugehen, in der die tiefgreifende Bedeutung und das Engagement füreinander dafür sorgen, dass die beiden Seelengefährten bleiben.

23. Im Feuer geschmiedet: durch Prüfungen gefestigte Liebe

»Wir haben Krebs.«

»Was für einen Krebs?«, fragte die Psychologin.

»Brustkrebs«, erklärte er.

»Gott sei Dank habe ich nicht gefragt, *wer* Krebs hat, denn das hätte die wunderbare gemeinsame Identität zerstört, die er mit seiner Frau entwickelt hat«, sagt Dr. Judith Wallerstein. Die Psychologin erkannte in diesem Paar eines jener Paare, die in der mittleren Lebensphase eine gute Ehe führen. Das war daran zu sehen, dass die beiden, mit einer schweren Krise konfrontiert, diese auf beeindruckende Weise bewältigten und sich dabei noch näher kamen.

Reife Frauen und Männer müssen damit rechnen, irgendwann im Alter zwischen fünfzig und Ende sechzig von einer schweren Krankheit oder dem Verlust eines identitätsgebenden Jobs betroffen zu sein. Wenn solch ein dramatisches Ereignis in unser als selbstverständlich angenommenes Leben einbricht, betrifft es den Ehepartner genauso stark wie den verletzten Partner. Die beiden müssen nicht nur mit den Unsicherheiten des Überlebens – körperlich, finanziell und beruflich – fertig werden, noch schrecklicher sind die emotionalen Zweifel. Wir hoffen und wünschen uns alle, dass der für uns wichtige andere Mensch uns »für das liebt, was wir sind«. *Aber was ist, wenn ich am Ende bin? Was ist, wenn ich meinen Job verloren habe – werde ich in einem heruntergekommenen, möblierten Apartment enden? Was ist, wenn ich Brustkrebs habe und die Chemotherapie mich dick macht und mir die Haare ausfallen? Was ist, wenn ich keine Lust auf*

Sex habe, weil ich so schwach bin – wirst du mich trotzdem noch lieben? Wie sonst ist die große Popularität des Beatles-Songs aus dem Jahr 1967 zu erklären, »When I'm Sixty-Four«? Als John Lennon und Paul McCartney diesen Song schrieben, waren sie gerade mal Mitte zwanzig, und trotzdem kann sich jeder damit identifizieren, denn jeder verspürt diese Ängste.

Die Chance, die gemeinsame Identität mit dem Partner zu vertiefen, wächst jedoch in Zeiten großer Not – vorausgesetzt, es gab schon vorher eine starke Bindung. Diese Gefühle wurden vielleicht von den kleinen Schicksalsschlägen des Alltags überschattet, aber wenn eine Krise zuschlägt, kann der gemeinsame Kampf gegen eine Krankheit oder Arbeitslosigkeit zu Augenblicken größter Seelenverbundenheit führen, solange es eine Quelle der Gefühle gibt, die nun angezapft werden kann. Ein Seelengefährte ist auf einzigartige Weise geeignet, die Zeichen zu lesen, die die Seele des Partners oder der Partnerin aussendet, und sich darum zu kümmern. Das ist das Geschenk einer wirklich gereiften Ehe oder langjährigen Partnerschaft.

Eine Psychotherapeutin, die ich interviewe, erklärt ganz offen, dass die Pflege eines anderen Menschen sonst eine bittere Pille sein kann. Ein Patient gab an, dass er große Schwierigkeiten hatte, auf seine Frau einzugehen, als sie große körperliche Probleme hatte. Er war ganz ehrlich. »Wissen Sie, das Problem ist, dass wir nie im siebten Himmel waren«, sagte er. »Wenn ich auf die Zeit vor unserer Hochzeit und auf den Anfang unserer Ehe zurückblicke, auf Zeiten, als wir im siebten Himmel hätten sein müssen, waren wir das einfach nicht. Es war eine Ehe zwischen zwei Kameraden und Freunden, aber wir hatten nie eine tiefere Bindung.« Als es seiner Frau wieder besser ging, ließ er sich scheiden und fand jemand anderes.

Wenn der Hammer fällt

Früher waren es die Jungen und Arroganten auf den unteren Stufen der Karriereleiter, die bei einer wirtschaftlichen Flaute als Erste entlassen wurden. Heute sind es die älteren, erfahrenen Mitarbeiter ab fünfzig, die mit ihren Notebooks und Handys im Café sitzen und »auf gut Glück« bei Unternehmen anrufen. Am stärksten gefährdet sind Männer und Frauen, die zu den führenden Köpfen der Babyboomer-Generation gehören und demnach im Jahr 2006 zwischen einundfünfzig und sechzig sind. Sie sind mit der grausamen Aussicht konfrontiert, unfreiwillig in den vorzeitigen Ruhestand gehen zu müssen. An ihren Stühlen sägen die Männer und Frauen der »Me Generation«, die zwischen 1956 und 1965 geboren wurden und oft über eine bessere Ausbildung und mehr Wissen im IT-Bereich verfügen als ihre älteren Kolleginnen und Kollegen. Ein Fünftel der Führungskräfte von Unternehmen, die in der Rating-Liste der 500 führenden Unternehmen von Standard and Poor aufgeführt sind, sind heutzutage unter fünfzig. Gleichzeitig nimmt der Prozentsatz der Führungskräfte über sechzig ab.

James Atlas schreibt in seinem Buch *My Life in the Middle Ages: A Survivor's Tale* (2005) ganz offen über das tiefe Loch, in das er fiel, als er mit fünfzig gefeuert wurde. Plötzlich sah er sich von seiner Spitzenposition als Senior-Editor einer Zeitschrift des Verlags Condé Nast (der Zeitschriften wie *Vogue, GQ* oder *Vanity Fair* produziert) verstoßen. Er beschreibt die unheimliche Stille im Büro seines Chefs und die Panik, die ihm die Kehle zuschnürte. Er musste aufstehen und den Raum verlassen. Alles, woran er denken konnte, war Willy Loman, der tragische Held von Arthur Millers Theaterstück *Tod eines Handlungsreisenden*. An dem Tag, als Willy entlassen wurde, wollte er das Büro des Chefs einfach nicht verlassen, bis dieser schließlich ging und sagte: »Willy, ich muss einige Leute sprechen. Reiß dich zusammen.«

James gibt zu, dass er bei dem Job, den er verlor, nicht mehr mit dem Herzen bei der Sache war und dass man das merken konnte. So geht es vielen Männern und Frauen, die es müde sind, immer wieder um Positionen konkurrieren zu müssen, und die die Inzucht und die politischen Spiele im Unternehmen leid sind. Dennoch ist es schmerzhaft und finanziell beängstigend, seinen Arbeitsplatz zu verlieren, wenn man glaubte, mühelos weitersegeln zu können. Viele unfreiwillige Ruheständler dieser Altersgruppe haben keine Chance, eine vergleichbare Position in ihrem Bereich zu finden, selbst wenn sie noch so erfolgreich waren. Sie müssen schon zehn bis fünfzehn Jahre früher von den Ersparnissen leben, die für den Ruhestand gedacht waren. Viele Männer in James' Alter sind entsetzt, wie früh die Axt sie und ihre Altersgenossen trifft – bevor sie überhaupt bewusst wahrgenommen haben, dass sie in der Mitte ihres Lebens angekommen sind und einen neuen Traum brauchen. Ich erkenne ein neues Gesetz der natürlichen Auslese unter den Männern der Babyboomer-Generation:

Männer leben länger, aber sie werden früher ersetzt.

Manche Männer, die vor der Zeit entlassen werden, scheinen einfach zum Stillstand zu kommen und an gebrochenem Herzen zu sterben. Ich habe festgestellt, dass dies ganz besonders für Männer gilt, die nicht in einer tiefen und liebevollen Beziehung mit einer Partnerin leben, sondern eher eine emotional distanzierte Zweckgemeinschaft mit einer Ehepartnerin und wahrscheinlich auch mit ihren erwachsenen Kindern unterhalten. Alle Leidenschaft und aller Ehrgeiz wurden in die Karriere gesteckt. Wenn dieses aufgeblähte Ego plötzlich von der gehobenen Position stürzt, aus der die Machtgefühle wie aus einer Quelle gespeist wurden – durch ehrerbietige Untergebene, Spesenkonten, rasch beantwortete Telefonanrufe, Erwähnungen in der Presse und (besonders wichtig) einen Ort außerhalb des eigenen Heims, an den man sich zurückziehen konnte –, bleibt als Lebensstütze nicht viel übrig. Selbst wenn die Ehefrau sensibel ist und ihren Mann unterstützt, hat der Mann das Gefühl, in ihren Augen nichts mehr wert zu sein. Eine kluge und erfahrene Psychologin in Berkeley, Dr. Hilda Kessler, hat aus ihrer Arbeit mit solchen Männern und ihren Ehefrauen den Schluss gezogen, dass »Männer den Teil des Eheversprechens, in dem von ›schlechten Tagen‹ die Rede ist, einfach nicht mitkriegen. Sie hören etwas von den ›guten Tagen‹, aber die schlechten Tage nehmen sie erst wahr, wenn sie da sind. So etwas gibt es recht häufig. Sie glauben: ›Du liebst mich, weil ich für dich sorge, weil ich das Geld verdiene, weil ich dies oder jenes tue, aber wenn ich diese Aufgaben nicht mehr erfüllen kann, dann habe ich Angst, dass du mich nicht mehr magst, denn ich werde dann ja wertlos für dich sein.‹ Erst wenn ein Mann sich in einer wirklich verletzlichen Lage befindet und die Ehefrau ihn unterstützt und ihn nicht verurteilt, versteht er die volle Bedeutung des Ehegelöbnisses. Da ist seine Frau nun, aufmerksam, hilfreich, und regt neue Ansätze an, über die Zukunft nachzudenken. Dann erkennt er vielleicht, dass es ihr nicht nur um seinen Nutzwert geht, denn dieser ist im Moment ja außer Kraft. An diesem Punkt entsteht eine kognitive Dissonanz. Hoffentlich begreift er dann: ›Es muss doch an mir liegen.‹«

Männer, die in einen vorzeitigen Ruhestand gezwungen werden, stellen vielleicht fest, dass dieser Rausschmiss sich als Chance erweist, wenn sie Talent und Tatkraft besitzen, dazu eine Ehefrau, die arbeitet und sie unterstützt, und etwas Geld –

und wenn sie in der Lage sind, sich nicht nur über eine Unternehmensidentität zu definieren. Es ist die Gelegenheit, unternehmerischer zu werden, eine eigene Firma zu gründen oder zu kaufen. James Atlas landete nicht nur auf seinen Füßen, er fand viele neue Wege für seine Talente als Zeitschriftenautor und Schriftsteller. Er fing darüber hinaus an, eine eigene, umfangreiche Sammlung von kurzen Biografien berühmter Persönlichkeiten in Auftrag zu geben und zu veröffentlichen.

In guten wie in schlechten Tagen

Ich selbst habe eine Bindung, die durch eine Lebenskrise entstehen kann, erleben können, als sich vor mehr als zehn Jahren ein Tumor, der zunächst als gutartig eingestuft wurde, plötzlich als Krebstumor erwies. Die ersten Worte meines Mannes, als wir von der Diagnose erfuhren, waren: »Mach dir keine Sorgen. Das stehen wir gemeinsam durch.« Er bestand darauf, dass wir unsere Pläne für den Abend nicht aufgaben. Wir genossen ein Galakonzert in der New Yorker Philharmonie. Am nächsten Morgen war die Diagnose aber immer noch dieselbe. Wir hatten Krebs. Er hatte sich im Körper meines Mannes festgesetzt, aber er bedrohte die Substanz unserer beider Leben. Gewappnet durch unsere lange und liebevolle Partnerschaft, duckten wir uns nebeneinander im Schützengraben und stellten uns wortlos einem verborgenen Feind entgegen, der nie sein Gesicht zeigt. Unsere Waffen waren Glaube, Hoffnung und Liebe. Die größte unter ihnen ist die Liebe.

Wir glaubten an Gott und an die Ärzte, die wir sorgfältig auswählten. Wir achteten dabei nicht nur auf anerkanntes Fachwissen, sondern auch darauf, ob wir intuitiv merkten, dass diese Ärzte einen persönlichen »Draht« zu uns hatten und menschlich wirkten. Solch ein Arzt war Dr. John Connolly, ein renommierter Chirurg in New York, der an der Entwicklung eines Verfahrens mitgearbeitet hatte, bei dem der Körper möglichst wenig entstellt wird. Er lehrte und arbeitete am St. Vincent's Hospital und am Columbia-Presbyterian Hospital und hatte eine ganze Schar von jungen Mitarbeitern. Immer wieder hörten wir aber, dass keiner so begnadete Hände hatte wie der Chef selbst. Wir baten um einen Termin bei Dr. Connolly.

Ein großer, weißhaariger Mann mit einem sanften Gesicht und wachen Augen begrüßte uns wie alte Freunde. Nachdem er eine gründliche Untersuchung durchgeführt und munter seine Zuversicht über den guten Ausgang der Behandlung ausgesprochen hatte, merkte er, dass wir noch zögerten zu gehen. Wir mussten nicht nach seinem Alter fragen – er sagte es uns selbst. Er saß dicht neben uns in seinem Sprechzimmer, seine altmodische Golf-Knickerbockerhose lugte unter seinem Kittel hervor. Dr. Connolly streckte seine langen, empfindlichen Finger aus. »Ich bin einundachtzig, aber ich mache hier immer noch drei solche Operationen in der Woche, die jeweils vier bis fünf Stunden dauern.« Er hielt seine Hand sicher eine ganze Minute lang absolut still. In dieser Minute spürten wir alle, dass die Menschen unter der oberflächlichen Verletzlichkeit des Alters oder der Gebrechlichkeit unermessliche Kraft haben können.

»Wenn Sie sich aber noch Sorgen machen, lassen Sie es mich wissen«, sagte der Chirurg mit ehrlicher Demut.

Wir antworteten fast gleichzeitig: »Wir haben großes Vertrauen in Sie, Herr Doktor.«

Daraufhin bat er uns, uns gegenseitig unsere Unterstützung zuzusichern: »Ich möchte Sie nur um eines bitten. Sagen Sie bitte am Morgen der Operation zu mir: ›Sie werden hervorragend operieren.‹«

Wir waren zu Dr. Connolly in die Sprechstunde gegangen, um seine Kompetenz einschätzen zu können, aber wir verließen sein Sprechzimmer mit einem Einblick in seine Seele. Auf dem Weg nach draußen erfuhren wir, dass er nicht nur ein Künstler mit dem Skalpell, sondern mit dem ganzen Herzen war. Er gab uns einen der acht Lyrikbände, die er an den Wochenenden geschrieben hatte.

Voller Hoffnung, die sich auf eine begründete zweite Meinung stützte, traten wir in die hell strahlende Aprilsonne und betrachteten die kräftig ausschlagenden Birnbäume. Die Welt schien plötzlich wie verwandelt. Mein Mann riss mich an sich und küsste mich dort auf der Straße leidenschaftlich auf den Mund. Er war erfüllt von den Säften des Lebens und dem Elixier der Hoffnung. Die Jahre fielen von uns ab.

Die Operation verlief hervorragend, aber der erste Blick auf einen geliebten Menschen, der gerade eine schwere Operation hinter sich hat, ist ein erschütternder Moment. Als ich in das Krankenzimmer meines Mannes trat und ihn an einer langen Reihe von Flaschen und Schläuchen hängen sah, das Gesicht ganz schlaff von den Medikamenten, mit einem Apparat, der aus seinem Mund kam und der ihm vorübergehend beim Atmen helfen sollte, fiel es mir schwer eine Stelle an seinem Körper zu finden, die noch menschlich und lebendig aussah. Ich fand seine Hand. Drückte sie. Und irgendwo in seinem Unterbewusstsein registrierte er meine Berührung. Seine Hand erwiderte den Druck. Es war ein wunderbarer Augenblick, nicht in Worte zu fassen. Nur die Berührung zweier Seelen. Eine Verschmelzung von Liebe und gemeinsamer Hoffnung. In dem Moment wusste ich, dass alles gut gehen würde.

Erst am Ende der Behandlung machte sich Angst breit. Das ist oft der Zeitpunkt, an dem ein Krebspatient depressiv wird. Das wirkt vielleicht paradox und verblüffend auf die Familie des Patienten, aber es ist absolut verständlich. Solange der Patient voll mit dem täglichen Kampf der Behandlung beschäftigt ist und ihn das medizinische Personal aufmuntert und weitertreibt, seine Familie ihn ganz aktiv unterstützt und Freunde ihm beistehen, läuft alles wie von selbst. Sobald aber die medizinischen Kämpfer alles getan haben, was in ihren Aufgabenbereich fällt, hängt der Patient in der Luft. Es gibt kein klares Ergebnis, man kann nichts anderes tun, als abzuwarten. Man muss die Zeit bis zur halbjährlichen Untersuchung überbrücken, den Test am Ende des Jahres und alle nachfolgenden Arztbesuche und Tests, die praktisch für immer weitergehen.

Wenn Leidenschaft die zentrale Antriebskraft aller menschlichen Handlungen ist, ist ihr Gegenteil Depression. Depression ist die Abwesenheit von Lebenskraft, der Zustand, in dem alle Gefühlsfarben des Lebens verblassen und in dem man in die Dunkelheit eintaucht – oder noch schlimmer, ins Nichts. Dort gibt es keine Seele. Kein Vertrauen. Keinen Gott. Eine Depression kann ansteckend sein. Sie kann die Pflegerin oder den Pfleger infizieren wie eine Grippe, die die Persönlichkeit befällt. Man fühlt sich hilflos und ist unfähig, den Leidenden aus dem Dunkel herauszuziehen. Instinktiv versucht man, ihn aufzumuntern und anzufeuern. »Hey, es ist ein wunderschöner Tag, warum machst du nicht einen Spaziergang und genießt den Sonnenschein?« Doch das stürzt den Kranken nur in noch tiefere Verzweiflung. Selbst wenn er spazieren ginge, würde er die Sonne nicht spüren und die Blumen nicht riechen, und dies würde sein Gefühl von Leere nur verstärken.

Meinem Mann tat es unglaublich gut, wenn ich ihm einfach nur die Füße massierte. Langsam, Zeh für Zeh. Ich lernte die Fußreflexzonenmassage, damit ich mir vormachen konnte, ich würde zu seinem körperlichen Wohlbefinden beitragen – und womöglich war dem auch so. Aber die eigentliche Wohltat bestand darin, während seines Leidens bei ihm zu sein. Meistens schweigend. Bei ihm zu sein, ihn zu berühren und durch diese einfache, taktile Handlung seine Verbindung mit der Welt der Lebenden aufrechtzuerhalten. Während der Massage schlief er irgendwann mit einem glückseligen Gesichtsausdruck ein.

Wenn ein Mensch aus seiner Depression erwacht, wieder in seine Seele einzieht und sein Leben zurückgewinnt, kann es sein, dass er einen neuen Kern des spirituellen Verstehens in sich findet. Dann fühlt er vielleicht endlich, dass er es wert ist, von Gott und anderen geliebt zu werden.

Fremde traten in unseren dunkelsten Stunden auf unseren Weg, um uns mit ihrem Licht in eine neue Richtung zu weisen. Ich habe sie als Engel empfunden. Der gemeinsame Glaube an göttliches Eingreifen und die anhaltende Hoffnung, die auch von unseren medizinischen Betreuern gestützt wurde, waren für die Heilung unverzichtbar. Aber es war die dritte Waffe in unserer Hand, die sich als entscheidend erwies. Geliebt zu werden – und in der Lage zu sein, Liebe anzunehmen – ist die beste Methode der Heilung. Zu meiner großen Überraschung entdeckte ich, als wir unseren Kampf gegen den Krebs aufnahmen, dass mein Mann gar nicht wusste, dass er diese Waffe besaß oder wie er sie einsetzen sollte.

In einer Behandlungspause gingen mein Mann und ich zu Dr. Lawrence LeShan, einem klinischen Psychologen, der auch forschend tätig ist und als einer der Väter einer psychotherapeutischen und ganzheitlichen Krebsbehandlung gilt. Er ist der Autor des richtungsweisenden Buches *Krebs. Wendepunkt und Neubeginn.* Er hat das Immunsystem studiert und nachgewiesen, wie das Immunsystem in der Abwehr gegen Krebs wieder aufgebaut werden kann, wenn ein Patient die Freude am Leben wiederentdeckt. Er riet meinem Mann, sich nicht mehr auf das zu konzentrieren, was bei ihm falsch lief, sondern auf das, »was bei Ihnen richtig läuft«.

Die Erkenntnis wurde besonders deutlich, als die Psychotherapeutin Dr. Ruth Bolletino, die bei Dr. LeShan gelernt und mit ihm zusammengearbeitet hat, entdeckte, dass mein Mann die Liebe nicht empfing, die von allen Seiten auf ihn einströmte. Er glaubte, die Menschen würden ihn nur für seinen Wert als Herausgeber schätzen, für das, was er für andere und ihre Karriere leisten könnte. Obwohl hunderte von Menschen ihm Karten geschickt und ihm versichert hatten, dass sie an ihn dachten, hatte er diese Karten nicht als Ausdruck ihrer Wertschätzung für ihn als Person gesehen, sondern nur als Ausdruck des Bedauerns, dass ihnen seine Unterstützung fehlte. Bei dieser Sitzung kam heraus, dass er auf die gleiche Art und Weise über mich dachte. Er hatte nie wirklich geglaubt, dass ich ihn um seiner selbst willen liebte und dass ich immer für ihn da sein würde, egal, was geschah. Das war ein Schock. Wir waren damals seit zehn Jahren verheiratet und vorher auch schon mit Unterbrechungen lange Zeit zusammen gewesen.

Als der Kampf gegen die Bestie wieder begann, arbeiteten wir Seite an Seite bei der Suche nach den richtigen Ärzten, der Wahl der besten postoperativen Verfahren und beim Aufbau eines großartigen Netzwerkes, das uns unterstützte. In jener Zeit wurde meinem Mann bewusst, dass ich tatsächlich bei ihm war, manchmal so nah, als steckten wir in derselben Haut – und zwar ganz einfach aus dem Grund, dass ich ihn um seiner selbst willen liebte.

Die Rolle des Ehepartners in einer solchen Situation ist die des Seel-Sorgers. Das medizinische Team sorgt sich um den Körper, der Ehepartner muss als Anwalt des Patienten fungieren, der die medizinische Seite beobachtet. Noch wichtiger ist allerdings, dass er oder sie dafür sorgt, dass auch die Seele Nahrung bekommt. Das geschieht, indem er oder sie einfach da ist, gutes und gesundes Essen anbietet, Musik, Lachen, Körper- und Fußmassage, Meditation unter Anleitung, dass er vorliest oder mit dem Patienten zusammen ein Hörbuch anhört. Und Zeit für lange und noch längere Spaziergänge und für Gespräche hat.

Fragen Sie einen Mann, der krank ist oder Angst hat: »Wie fühlst du dich?«, und Sie bekommen die stoische, einsilbige Antwort: »Gut.« oder »Okay.« Sie erfahren selten wirklich etwas. Wenn es Ihnen gelingt, seine Seele zu erreichen, werden Sie hypersensibel für die Signale, die der verwundete Partner aussendet. Es ist wie bei einem sehr musikalischen Menschen, der womöglich Töne wahrnimmt, die andere gar nicht hören. Da Sie so aufeinander abgestimmt sind, bemerken Sie auch nonverbale Signale. Die verbale Ebene ist die sekundäre Ebene – hier geht es um äußere Fakten. Wenn aber zwei Menschen auf der Ebene des »Ist« verbunden sind, dann befinden sie sich auf der primären Ebene, hier werden keine Worte gebraucht. Wenn Sie eine Seelenverbindung mit einem anderen Menschen spüren, dann spürt die andere Person das auch. Ich glaube, das ist es, wonach alle Menschen in einer ernsthaften Beziehung suchen. Es ist nicht nur Liebe, es ist mehr als Liebe – eine Liebe, die unter Druck stand, auf die Probe gestellt wurde und stark belastet wurde, die aber standhielt und stärker wurde als je zuvor.

Als wir uns nicht sicher waren, ob wir uns auf eine weitere Runde belastender Behandlung einlassen sollten – »nur, um ganz sicher zu gehen« –, hatten wir die Chance, ein hilfreiches Gespräch mit einem weiteren erfahrenen Arzt zu führen, der weltweit für seine Beiträge zur Krebstherapie bekannt ist, Dr.

Morton Coleman. Dr. Coleman befragte meinen Mann, nicht über seinen körperlichen Zustand, sondern über das, was seinen Geist lebendig hält. Dann gab er uns die beste Medizin, und sie war keine Medizin im herkömmlichen Sinn. Es handelte sich um ein Elixier aus Weisheit, das er über einen Zeitraum von fünfunddreißig Jahren bei der Beobachtung von Patienten, bei der Forschung und bei der Arbeit als Professor am New York Weill Cornell Medical Center und als Leiter des dortigen Zentrums für Lymphdrüsen- und Rückenmarkskrebs entwickelt und immer weiter verfeinert hatte.

»Gehen Sie und leben Sie Ihr Leben so ausgiebig, wie Sie nur können!«, befahl dieser überschwängliche Mann mit seiner selbstbewussten Stimme. »Verändern Sie Ihr Leben, machen Sie etwas Großartiges daraus, Sie beide zusammen. Das wird mehr zu Ihrer Heilung beitragen als jede weitere Behandlung.« Diesem Rat sind wir gefolgt, und er hatte Recht.

Mein Mann begriff mit der Zeit, dass er auch in verwundbarem Zustand geliebt werden kann. Er erkannte nicht nur, was er von anderen bekam, sondern auch, was er anderen geben konnte. Wenn ein Mann, der vom Leben verletzt ist, Freunden, die deprimiert sind, von der Karriereleiter gefallen sind oder durch eine verheerende Diagnose am Boden zerstört sind, seine Zuneigung vermitteln kann, dann kann er auch leichter begreifen, dass andere für ihn Liebe und Zuneigung empfinden.

Diese Kraft der Liebe, die sich unter extremen Bedingungen offenbart, kann, sobald sie einmal entdeckt ist, immer weiter wachsen. Sie wappnet beide Partner gegen zukünftige Krisen. Es gibt Ihnen eine enorme Sicherheit, wenn Sie gemeinsam schon eine Krise gemeistert haben und wissen, dass Sie es schaffen können. Sobald Sie eine Seelenverbindung mit Ihrem Partner aufgebaut haben, wissen Sie beide, dass Sie jederzeit zur tiefsten Stelle ihrer Verbindung vordringen können und dass Sie dort – selbst in größter Angst und in Krankheit – höchstes Glück empfinden können. Mein Mann sagte in einer solchen Phase zu mir: »Manchmal sind wir uns auf eine Art und Weise nah, die weit über das Alltägliche hinausgeht. Und solche Momente sind nicht unbedingt sexuell – es ist das, was wir zusammen gemacht haben, was wir gesagt haben und was wir gemeinsam entdeckt haben. In den Zeiten, als du mir das Leben gerettet hast, wurde ich von einer Welle der Liebe überrollt, die mich völlig umgeben hat.«

Die Seelenverbindung in Zeiten unaussprechlicher Trauer erhalten

Die Geschichte einer Frau aus dem mittleren Westen, die zu der Gesprächsrunde an der University of Minnesota gehört und die uns erzählt, wie sie mit einem tragischen Ereignis umgegangen ist, bewegt mich besonders. Die Gruppe besteht aus erfahrenen Frauen, die geschieden sind und ihre große Liebe mit über vierzig oder gar fünfzig jeweils bei älteren Männern gefunden haben, an die sich sehr gebunden fühlen. Als das Gespräch auf das Thema kommt, wie vergänglich sexuelles Verlangen sein kann und wie sich der körperliche Zustand der Männer über sechzig wandelt, meldet sich eine Frau mit singendem irischen Akzent zu Wort: »Ich hätte wirklich gerne leidenschaftlichen Sex mit einem Liebhaber, aber es gibt viele verschiedene Wege, eine sehr intime Beziehung ohne Sex zu haben.«

Alle wenden sich Carol Connolly zu, einer Dichterin, die in der örtlichen Zeitung eine Kolumne schreibt und in der Gemeinde bekannt und beliebt ist. Mit dem rotblonden Haar und ihrer überschäumenden Persönlichkeit würde man nicht vermuten, dass sie knapp über siebzig ist. Sie fühlt sich sichtbar wohl in ihrer Haut, was auch daran zu erkennen ist, dass sie trotz ihrer von Osteoporose gebeugten Figur in einer langen Strickjacke über einer Audrey-Hepburn-Hose und einem schwarzen Rollkragenpullover in den Raum gleitet.

Diese Frau hatte acht Kinder bekommen und ihren ersten Mann mehrmals fortgeschickt, bevor sie den Mut aufbrachte, die Scheidung durchzusetzen. So schwierig war ihre Lage. Sie bekämpfte ihre Verzweiflung, indem sie wunderbar komische Gedichte schrieb. Aber sie ist eine lustvolle Frau, und die geistigen Freuden reichten gerade aus, um das Chaos in ihrem Haushalt mit acht vaterlosen Kindern in Schach zu halten. Während die Scheidung lief, traf sie einen Komponisten und Musiker, der eine ähnlich schrullige und kreative Persönlichkeit hatte wie sie.

»Ich nenne ihn Freund Bill«, erklärt sie mit einem mädchenhaft verschmitzten Lächeln. »Ich bin absolut überzeugt, dass Gott ihn mir geschickt hat. Er war ein großartiger Freund für meine Kinder. Und er brachte mich sexuell voll auf Touren. Obwohl der Motor ohnehin nicht ganz ausgegangen war.«

Carol lebte mit Freund Bill zusammen, als zwei ihrer Kinder noch bei ihr zu Hause wohnten. Carol und Bill waren durch ihre Scheidungen beide zu sehr verletzt, als dass sie eine legale Bestätigung ihrer Beziehung riskieren wollten. »Aber wir waren mehr ›verheiratet‹, als ich es mit meinem eigentlichen Ehemann je war«, sagt sie. »Wir haben alles geteilt. Bill war brillant, kreativ, ein absolut charmanter Mann, mit einem großen Herzen und überhaupt sehr groß – einen Meter fünfundneunzig groß und einhundertfünfunddreißig Kilogramm schwer – er sah unverwundbar aus.« Eines Tages schrieb er ein Manuskript für ein Stück fertig und fuhr nach New York, um potenzielle Unterstützer für das Stück aufzusuchen. An der Ecke 59.

Straße raste ein Auto in ihn hinein. Sein Kopf krachte durch die Windschutzscheibe. Der Fahrer schob den blutenden Kopf einfach wieder hinaus und raste davon.

Den Rest der Geschichte erzählt Carol mit tonloser Beherrschung. »Er lag einen Monat im Koma. Wir flogen ihn mit einem Ambulanzflugzeug hierher zurück, und er war ein Jahr lang in verschiedenen Krankenhäusern, bevor ich ihn mit nach Hause nehmen konnte. Aber er hatte eine schwere Hirnverletzung, und ich konnte ihn nicht versorgen.«

Diese furchtbare Tragödie hat sich vor zehn Jahren ereignet. Carol war damals einundsechzig. »Ich habe lange gebraucht, um zu verstehen und zu akzeptieren, dass er wirklich für immer verletzt ist«, gibt sie zu. Es dauerte mehrere Jahre, bis sie sich eingestehen konnte, dass »dies nicht mehr dieselbe Person ist. Ich meine, im Innersten ist er derselbe, aber der Mann, den ich kannte, kommt nie mehr zurück.«

Sie schützte sich mit ihrem eigenwilligen Humor und fing an, von ihm als ihrem »gehirngeschädigten Freund Bill« zu sprechen. Sie ließ sich als gesetzlicher Vormund einsetzen und probierte einige Wohnmöglichkeiten für ihn aus. Letztlich entschied sie sich für ein Pflegeheim für Erwachsene. Obwohl Bill sein Kurzzeitgedächtnis verloren hat und die Grenzen zwischen Wachen und Träumen für ihn verwischt sind, können die beiden miteinander reden und lachen und ihre gemeinsame Vergangenheit bewahren.

»Das Schreiben hat mir geholfen, meinen Verstand zu behalten«, erzählt sie uns. Carol hat zwei Bücher mit komischen Gedichten veröffentlicht und ein drittes fast fertig. Sie ist allerdings noch nicht bereit, sich mit einundsiebzig emotional und sexuell aufs Abstellgleis schieben zu lassen. Ihre jüngeren Freunde treffen für sie Verabredungen mit ihren Vätern, die verwitwet und im gleichen Alter sind wie sie. »Ich hatte schon ein paar irrsinnig komische Rendezvous«, sagt sie und erzählt von einem Richter am Appellationsgericht, mit dem sie beim ersten Treffen viel Spaß hatte, der aber kaum für eine längerfristige Beziehung in Frage kam. »Er kam zu Hause an und zog sofort in ein Pflegeheim – und da ist er immer noch!« Ein weiteres »Blind Date« brachte sie mit einem bulligen Iren zusammen. Er kannte nur ein Gesprächsthema, seine fünf Jahre zuvor verstorbene Frau. Schließlich warf Carol ein: »Weißt du, ich habe auch manche Tragödien durchlebt.« Sie hat nie wieder etwas von ihm gehört.

»Aber ich muss sagen, mein gehirngeschädigter Freund Bill ist interessanter als die meisten Männer meiner Altersgruppe. Er hat nichts von seinem grundlegenden Scharfsinn verloren, von der Art, wie er ein Problem analysiert, und von der positiven Einstellung, die er zu allem hat. Er kann mir immer noch helfen, kleinere Probleme zu lösen. Ich erzähle ihm etwa: ›Heute habe ich eine Lesung meiner Gedichte gehabt, und bei der anschließenden Fragerunde habe ich völlig dumme Antworten gegeben.‹ Dann sagt er zu mir: ›Du bist immer sehr unterhaltsam. Ich bin sicher, den Leuten hat es gefallen.‹«

Carol hat vor kurzem zwei Wochen in einer Ferienanlage in Palm Desert in Kalifornien verbracht, wo sie eines Tages zu einem Cocktail eingeladen wurde, ein Ereignis, das sich als Party für über Fünfzigjährige entpuppte. Sie fand das sowohl ausgesprochen komisch als auch entmutigend und machte sich im Geist Notizen, um später Bill anzurufen und ihn mit ihren Beschreibungen zu unterhalten. »Im Raum gab es genug Silikon, um eine Raumfähre ins All zu schicken«, erzählte sie ihm. »Ich habe eine chirurgisch aufgepäppelte Frau kennen gelernt, die nach einem sechsten Ehemann Ausschau hielt und nach einer Hypothek mit niedrigeren Zinsen – egal, was zuerst kommt.« Freund Bill johlte vor Vergnügen.

»Ich denke, das alles bedeutet, dass ich keine Romanzen mehr erleben werde, jedenfalls nicht in nächster Zeit«, erklärt Carol uns. »Aber mein Bill ist der beste Freund, den ich je hatte. Ich liebe es, mit ihm zusammen zu sein, aber dann bringe ich ihn abends auch gern wieder in sein Pflegeheim zurück.«

Das Liebesleben der Dichterin ist alles andere als ausgefüllt, aber sie hat eine gute Beziehung zu einem Seelengefährten, die sie aufrecht hält. Diese Verbindung ist so tief, dass sie gegenwärtig kaum durch eine andere ersetzt werden könnte, und dank gelegentlichen Verabredungen hat sie doch auch die Möglichkeit, andere Männer zu treffen. Wichtiger ist allerdings für sie, dass Familie und Arbeit ihrem Leben Struktur geben und ein lebhaftes gesellschaftliches Leben bieten. »Ich habe elf Enkel, und da ich eine Klatschkolumne für eine Zeitschrift in Minnesota schreibe, werde ich überall hin eingeladen«, fuhr Carol fort. »Und ich habe meine Gedichte. Ich glaube, dass das Leben einer Frau wie ich, oder wie die meisten von euch, sehr ausgefüllt ist.« Die anderen Frauen murmeln zustimmend. »Wenn ich aber jemanden treffen würde, wäre ich offen dafür.«

Wonach würde sie zu diesem Zeitpunkt bei einem Mann suchen?

Sie meint nachdenklich: »Es wäre vielleicht schön, einen Fahrer zu haben.« Plötzlich taucht wieder ein schelmisches Glitzern in ihren Augen auf. Eine weitere Geschichte ist ihr eingefallen. »Vor kurzem traf ich eine alte Freundin meiner Mutter, die mittlerweile ungefähr fünfundachtzig ist. Ich fragte sie: ›Wie geht es Ihnen, Mrs. Bliss?‹ Und sie antwortete: ›Oh, ich bin nicht mehr Mrs. Bliss, meine Liebe. Ich habe wieder geheiratet.‹ Sie beugte sich zu mir und meinte trocken: ›Ich musste. Wissen Sie, meine Liebe, ich kann nicht Auto fahren.‹«

Teil VI

Reif für die Großliebe

Großliebe ist der Lohn für das Streben nach einem leidenschaftlichen Leben. Als ich Paare bat, die Ehen oder Liebesbeziehungen ihres zweiten Erwachsenenlebens mit denen ihres früheren Lebens zu vergleichen, zeigten ihre Antworten, dass Wut, Konflikte, Schuldzuweisungen, Sturheit und die Beschäftigung mit sich selbst an Schärfe verloren und Selbstvertrauen und Selbstbeherrschung zugenommen hatten. Hier einige typische Aussagen zur reifen Liebe von Sechzig- und Siebzigjährigen:

»Ich bin ruhiger, weniger gestresst und gereizt als in jüngeren Jahren, daher habe ich Zeit, eingehend über Dinge nachzudenken und sie ohne Streit zu klären.«

»Ich muss nicht mehr mit jemandem quitt sein, wie ich es brauchte, als ich noch jünger war.«

»Ich setze mich jetzt mehr durch, und das gilt für viele ältere Frauen, die ich kenne.«

»Ich bin heute toleranter, nicht mehr so ein fordernder, besserwisserischer Kerl wie in jüngeren Jahren.«

»Die Ehe wird einfacher, mein Mann und ich haben mehr Zeit, Missverständnisse auszuräumen, bevor es zum Streit kommt.«

»Meine Frau ist in den Dingen, die wir gemeinsam machen, spontaner geworden.«

»Mein Mann ist eher bereit, mit mir an Gruppenaktivitäten teilzunehmen, die mir immer Spaß gemacht haben.«

Eine ehemals adrenalinsüchtige New-Yorkerin aus der Werbebranche, die eine radikalfeministische Phase und zwei Ehen hinter sich hatte, bevor sie fünfzig wurde, erklärt: »Jetzt bin ich achtundfünfzig und um einiges toleranter. Ich bin eher bereit, die Dinge laufen zu lassen. Das ist eine solche Erleichterung. Ich muss ein Problem nicht mehr am selben Tag lösen.«

Solche Persönlichkeitsveränderungen sind kein bloßer Zufall. Experten für Alterungsprozesse haben mittlerweile erkannt, dass psychische Entwicklung und Wachstum das ganze Leben hindurch weitergehen. Die Wechselfälle des Lebens bieten uns reichlich Gelegenheit, uns auch in der Mitte des Lebens und in fortgeschrittenem Alter noch zu verändern.

Auch unsere Neurochemie ändert sich, wenn wir älter werden. Das Verhältnis von männlichen und weiblichen Hormonen verschiebt sich. Bei Frauen nach der Menopause kann das Mengenverhältnis des männlichen Sexualhormons Testosteron bis zu zwanzig Mal höher sein als bei Frauen, deren Eierstöcke noch Östrogen und einen Eisprung produzieren. Die Tatsache, dass bei Frauen das zweite Erwachsenenleben von einer Testosteron-Dominanz geprägt ist, fällt mit dem Wiederaufleben von Abenteuerlust, Unabhängigkeit und Selbstsicherheit zusammen. Bei Männern verschieben sich diese Hormone in umgekehrter Richtung, da ihr Testosteronspiegel mit zunehmendem Alter sinkt. Zudem wandeln sie mehr »männliche« Sexualhormone in Östrogen um. Diese Veränderung erfolgt nicht abrupt. Männer werden immer mindestens zehn Mal so viel Testosteron haben wie Frauen. Manche Neurobiologen vermuten, dass sich unser Gehirn, das in unseren Hormonen förmlich schwimmt, mit fortschreitendem Alter tatsächlich *strukturell* verändert. Das könnte mit ein Grund dafür sein, dass Männer im zweiten Erwachsenenleben ihre »feminine« und Frauen ihre »maskuline« Seite entdecken.

Wer einen geliebten Partner, einen Liebhaber oder einen platonischen Freund hat, muss in dieser Phase des leidenschaftlichen Lebensbogens nicht ständig mit ihm zusammen sein. Die Liebe mag ebenso tief und sogar fürsorglicher sein, aber die Beziehung ist wahrscheinlich gereift. Einer oder beide sind vielleicht gesundheitlich eingeschränkt, einer ist bereits im Ruhestand und hat mehr Freizeit, während der andere noch beruflich aktiv ist oder eine selbstständige Existenz aufbaut. Großliebe bedeutet, eine Liebesbeziehung zu haben, die über das Bedürfnis hinausgehen kann, ständig zusammen zu leben oder zu reisen.

Die spielerische Seite der Großliebe

In den Jahren nach der Menopause erleben viele Frauen noch eine Wiedergeburt anderer Art. Wenn unsere Tochter oder unsere Schwiegertochter uns anruft und mitteilt, dass das erste Enkelkind unterwegs ist, lebt die Urerregung der Fruchtbarkeit wieder auf. (Als meine Tochter ihr erstes Kind erwartete, ging ich »schwanger« mit meinem ersten Theaterstück.) Stellvertretend bekommen wir Frauen eine zweite Chance auf Mutterschaft. Und dieses Mal haben wir keine Nachtschichten, jonglieren nicht mit den Spannungen einer jungen Ehe herum und geraten nicht in Konflikt mit unserer Karriere. Wir sind nur für den Spaß zuständig. Wenn gegen Abend das Gequengel anfängt, können wir einfach gehen.

Die Liebe der Großeltern zu ihren Enkeln bereichert das Leben in den mittleren und späteren Jahren um eine ganze Dimension. Enkelkinder sind ein Karussell: einen Tag mitzufahren ist wie eine Rückkehr zu völliger Spontaneität und Naivität; wir leben für den Moment, genießen es mit allen Sinnen und sind wach und offen für Überraschungen. Sie erlauben es uns, eine spielerische Seite wiederzuentdecken und in den

Freuden jeder Altersstufe zu schwelgen. Aus dem »Ich krieg dich«-Kriechstadium entwickelt sich allmählich eine gemeinsame Privatsprache, wenn wir zusammen aus Babygebrabbel Worte formen. Zweijährige leben so intensiv in der Gegenwart, dass sie jedes Mal, wenn man das Zimmer verlässt und wiederkommt, »Hi!« kreischen, als sei ein brandneuer Tag angebrochen. Schließlich bleibt das Enkelkind zum ersten Mal über Nacht. Oma und ihr kleiner Komplize lassen alle Tischmanieren sausen und trommeln zu einer CD mit Löffeln auf Gläsern und Tellern ihren eigenen Rhythmus. Ist es nicht toll, sich von einer Dreijährigen das Kicken beibringen zu lassen? Oder ihr zu helfen, ihren ersten Baseball-Fanghandschuh kaputtzuspielen? Mit einem Vierjährigen Sahne zu schlagen, dabei sich und die Küche mit Spritzern einzusauen und sich an dem begeisterten Gekreisch des Kindes zu freuen?

Großelternschaft ist eine Wiedergeburt, die das Zwicken der enger werdenden Grenzen unseres eigenen Daseins mildert. Sie bietet uns erneut die Chance, einen Abdruck der Liebe in der Zeit nach uns zu hinterlassen. Selbst Norman Thayer, der verbitterte »alte Trottel« in dem Theater- und Filmklassiker *Am goldenen See,* ist kurz vor seinem achtzigsten Geburtstag zwar vom Gedanken an den Tod besessen und steht nicht mehr so ganz im Leben, lässt sich aber von einem Dreizehnjährigen wieder auf Trab bringen, der in sein geschlossenes System platzt und seinen Bluff durchschaut: »Willst du mich verarschen?« Als Norman den Jungen zum Angeln mitnimmt, entwickelt sich zwischen ihnen allmählich jene besondere Beziehung, die eine Generation überspringt. Am Ende des Stückes hat Norman wieder einen Grund zu leben: den Jungen, der nun sein Stiefenkel ist, in Kalifornien zu besuchen.

Frauen ohne Partner können den Liebesaspekt vielleicht aufrechterhalten, indem sie sich enger an die Familie anschließen, sicher aber, indem sie stärkende Freundschaften mit anderen Frauen pflegen. Menschen ohne eigene Enkel können sich ersatzweise um Großnichten und -neffen, Studenten oder jüngere Kollegen kümmern, in ihrer Gemeinde »Großelternaufgaben« übernehmen, Sportgruppen trainieren oder Schreib- und Leselerngruppen unterstützen. Auf jeden Fall ist es meiner Ansicht nach wichtig, dass wir durch Beziehungen mit jungen Menschen, die uns folgen werden, die Verbindung zur Zukunft halten.

Der Übergang zur weisen Frau

Frauen, die ein leidenschaftlicheres Leben anstreben und weiterhin nach Möglichkeiten für Kameradschaft und Intimität suchen, erwerben den Zauber und die Kräfte vollreifer Frauen. Sie lernen zu akzeptieren, was sie nicht ändern können, werden toleranter für die Unterschiede und Eigenheiten anderer und sind sich ihrer eigenen Einzigartigkeit stärker bewusst und sicherer.

Wenn Frauen ihr Potenzial voll ausschöpfen, um mit fünfzig und sechzig größere Stärken auszubilden, erlangen sie die Reife weiser Frauen. Stellen sie es falsch an, dann machen sie sich zu Närrinnen. Das sind Frauen, die sich das Gesicht liften lassen, bis sie mit versteinerter Miene herumlaufen, die sich an ihre erwachsenen Kinder klammern, weil sie kein eigenes Leben haben, oder die ständig betonen, was sie mit fünfunddreißig alles geleistet haben, weil danach nicht mehr viel Neues passiert ist.

Einen Partner für eine sexuelle oder platonische Beziehung im dritten Lebensalter zu finden, kann jederzeit passieren. Wahre Freundschaft mag die dauerhafteste Form der Liebe sein, vor allem, wenn die Partner gemeinsam auf ein Ziel hinarbeiten, sich für eine Sache engagieren oder stolz sind auf die Beiträge, die sie beide für die Familie oder die Gesellschaft leisten.

Wenn wir ein reifes Alter erreichen, suchen die meisten von uns nach Tiefe, Sinn und Werten. Wir streben sie in unserem Sexleben, in unseren Freundschaften und bei allen Orten und Menschen an, bei denen wir bleibende Spuren hinterlassen können. Wenn wir schließlich das letzte Erwachsenenstadium erreichen – das Erik Erikson als Kampf zwischen Integrität oder Verzweiflung bezeichnet –, können wir zurückblicken und sagen: Ja, dieses Leben war von Wert, es war nicht bloß ein leerer Windbeutel, »vergänglich wie die Erinnerung an einen Gast, der nur einen Tag bleibt«.

Transzendenz

Im Stadium der Großliebe entwickelt sich zudem »Gemeinsinn«. Es gelingt uns besser, unser Eigeninteresse hintanzustellen, unsere Liebe nach außen zu wenden und auf die Gemeinschaft auszudehnen. Wenn unsere Kinder erwachsen sind und das Elternhaus verlassen haben, stellt sich erneut ein Bedürfnis ein, Kontakt zu anderen suchen. Dieser Drang, die Hand auszustrecken und etwas zurückzugeben, zeigt sich deutlich an den Beziehungsnetzen, die Frauen mittleren und höheren Alters knüpfen, um sich umeinander zu kümmern.

Früher oder später müssen wir alle uns der Realität stellen, dass es ein Ende gibt. Wir sind sterblich, wie uns der Tod von Freunden, die vor uns sterben, schmerzlich klar macht. Die Phase der Großliebe fällt auf der Stufenleiter des Erwachsenenlebens zeitlich mit dem Übergang zum Alter der Ganzheit zusammen. Es ist überaus wichtig, eine Leidenschaft, ein Ziel, einen Sinn oder einen Traum zu finden, von denen wir hoffen, dass sie unser Scheiden aus diesem Leben überdauern. Unsere Ziele mit Blick auf das neu zu bestimmen, was wir hinterlassen werden, kann uns auf unterschiedliche Weise zur Transzendenz führen:

Durch aufrichtige, inspirierende Beziehungen zu unseren Kindern und Enkeln schaffen wir ein Gefühl der Kontinuität. Das ist der Weg der Liebe.

Wir schaffen oder fördern ein Werk, das symbolische Unsterblichkeit erlangt. Das ist der Weg des Traums, den wir uns vornehmen und praktisch umsetzen.

Wir tragen mit unserem Handeln dazu bei, in der Welt das Gute zu fördern oder das Schlechte auszurotten, und stellen damit unseren eigenen Wert unter Beweis. Das ist der Weg der tätigen Spiritualität.

24. Liebe und Heirat in fortgeschrittenem Alter

Tiefe Zuneigung und Respekt wachsen wie reife Weine zwischen Paaren, die sich in ihren wählerischen Sechzigern, spontanen Siebzigern und später finden. Seniorenheime berichten, dass das Feuer der Liebe zwischen ihren betagten Bewohnern immer noch brennt. In ihren heißen, heftigen Romanzen und Trennungen benehmen sie sich zuweilen sogar wie Teenager.

Aufgeklärte amerikanische Senioreneinrichtungen bilden ihre Mitarbeiter mittlerweile dazu aus, vorurteilsfrei und gelassen zu bleiben, wenn sie Bewohner zusammen im Bett erwischen. Dass Menschen in einem Seniorenheim leben, bedeutet schließlich nicht, dass sie keine romantischen oder sexuellen Gefühle für einen anderen Menschen haben können.

In der jüngsten Vergangenheit gingen Frauen über fünfzig Jahren nur selten eine neue Ehe ein. Nach Erhebungen des U. S. Census Bureau machten von 1925 bis 1975 Eheschließungen von Frauen zwischen fünfzig und fünfundsiebzig Jahren nur 0,5 % aller Heiraten aus. Bereits 1996 spiegelte sich der Boom in Midlife-Romanzen und der Anstieg reifer Liebesbeziehungen in den Statistiken wider: An nahezu 10 % aller Eheschließungen waren Frauen zwischen fünfundvierzig und vierundsechzig Jahren beteiligt. Bei Frauen ab fünfundsechzig sinkt allerdings die Heiratslust: Nur an 1 % der Eheschließungen des Jahres 1996 waren Frauen über fünfundsechzig Jahren beteiligt.

Wie kommt es, dass zwei gestandene, verwitwete Menschen, die bereits ein ganzes erstes Leben hinter sich haben, einander mit Mitte sechzig finden und fast nahtlos eine Seelenverwandtschaft knüpfen? Emily Annes Geschichte illustriert, dass es nie zu spät ist, ein leidenschaftliches Leben anzustreben.

Die Suche nach Mr. Wonderful

»Ich freue mich ja so, dass du und Gedney euch gefunden habt«, sprudelt eine Freundin heraus. Es hat sich herumgesprochen, dass die Witwe Emily Anne Staples bald einen der begehrtesten Witwer von Minneapolis heiraten wird.

»Haben wir gar nicht«, erklärt Emily Anne. »Ich habe ihn mir geangelt.«

Als ich Gedney frage, wie alt er war, als er Emily Anne einen Heiratsantrag gemacht hat, stöhnt er abschätzig: »Mein Gott, über sechzig.«

»Er war siebenundsechzig«, posaunt Emily Anne stolz heraus. »Und ich war fünfundsechzig.«

»Hätte einer von Ihnen beiden früher je gedacht, dass Sie in diesem Alter eine leidenschaftliche Liebe erleben und noch einmal heiraten würden?«

»Natürlich nicht!«, antwortet Gedney.

»Das ist mir nie in den Sinn gekommen!«, bestätigt Emily Anne.

Sie war fünfunddreißig Jahre verheiratet, hat vier Kinder aufgezogen und sich ab vierzig aktiv in der Politik ihres Bundesstaates engagiert. Mit ihrem ersten Mann hat sie nahezu alle Stadien eines leidenschaftlichen Lebens durchlaufen. Sie hat ihren neuen Karrieretraum verfolgt, gelernt, allein zu leben, als sie in einer anderen Stadt ihr Studium fortsetzte, und sich die nötigen Fähigkeiten und Umstellungen angeeignet, die das Altern erleichtern. Dieser reiche Erfahrungsschatz gab ihr die nötige Lust und das Selbstvertrauen, sich mit Mitte sechzig nicht in ihren Witwenstand zurückzuziehen und ihre Leidenschaften aufzugeben. Im Gegenteil: Als sich die Chance einer neuen Liebe bot, war sie bereit, die Gelegenheit beim Schopf zu packen.

Emily Anne hat sich nie ohne einen lieben Mann an ihrer Seite gesehen. Wie sie zugibt, hat sie während ihrer ersten, mehr als dreißigjährigen – und glücklichen – Ehe »Gedney immer im Auge behalten«. Verlegen gesteht Gedney: »Ich glaube, das gilt für uns beide.« Auch Gedney hat Emily Anne während seiner beiden früheren Ehen nie aus den Augen verloren. Schüchtern war sie nie, und als sie mit Ende fünfzig Witwe wurde, bewahrte sie sich ihr Selbstvertrauen als sexuelles Wesen; das fiel ihm auf. Wenn sie durch ein voll besetztes Restaurant ging, konnte man sie gar nicht übersehen. Ihr Strahlen und ihr leicht spitzbübischer Unterton zeugten von Humor, und ständig sprachen Politiker sie an, um mit ihr lokal- und landespolitische Themen durchzukauen. Ab und an hatte sie Gedney bei Fund-raising-Veranstaltungen angesprochen, und er hatte jedes Mal eine kleine Spende gegeben.

Emily Anne bezeichnet ihn scherzhaft als »Gurkenstopfer«, was durchaus den Tatsachen entspricht. Aber Gedney Tuttle gehört zur Spitze der Gurkenstopfer: Die Sauerkonservenfabrik Gedney Pickles ist seit 1880 ein wichtiges Unternehmen im oberen Mittelwesten und bereits seit sechs Generationen in Familienbesitz. Mit Mitte sechzig ist Gedney mit seinen klassischen Gesichtszügen, der Wintersportbräune und dem silbergrauen Haarschopf immer noch eine umwerfende Erscheinung.

Emily Anne ist in der Politik des Bundesstaates Minnesota ebenfalls ein Star. Sie hatte politische Ämter auf verschiedenen Ebenen inne. Die politische Veranlagung ihrer irischen Gene bekam den Feinschliff durch die Zusammenarbeit mit ihrem Vater, einem Pionier im Public-relations-Bereich und stellvertretenden Bürgermeister von Minneapolis. Hätte Emily Anne mit einer späteren Frauengeneration an der University of Minnesota studiert, sie hätte sich dem familiären und gesellschaftlichen Druck, mit fünfundzwanzig zu heiraten, wahrscheinlich widersetzt. Dazu gefiel es ihr viel zu gut, in New York zu arbeiten, durch Europa zu reisen und sich von diversen Verehrern den Hof machen zu lassen. Aber es waren die fünfziger Jahre. Ihre Eltern arrangierten für sie eine gute Partie: einen Sprössling aus einer angesehenen alten Familie aus Minneapolis. Als Frau und katholische Demokratin, die mit einem protestantisch-republikanischen Mann verheiratet war, ordnete Emily Anne sich auch politisch unter und arbeitete unermüdlich für die Republican Party, auch als sie ihre vier Kinder bekam.

Mit Anfang vierzig scherte sie 1974 aus der Parteilinie aus und engagierte sich von ganzem Herzen für die Gleichberechtigung der Frauen, die Equal Rights Amendment (ERA). Als die Führungsspitze der Republikaner in Minnesota sich gegen die ERA und das Frauenwahlrecht stellte und die Partei nach dem Rücktritt Präsident Nixons in die Krise geriet, besann Emily Anne sich auf ihre politischen Wurzeln. Die Demokraten erkannten ihr Talent auf Anhieb und boten ihr an, für ein öffentliches Amt zu kandidieren. Im ersten Anlauf scheiterte ihre Kandidatur. Aber 1976 errang sie als erste weibliche Abgeordnete der Demokraten einen Sitz im Senat des Bundesstaates Minnesota.

»Meinen fünfzigsten Geburtstag habe ich in der Garderobe des Senats gefeiert«, erinnert sie sich. »Es war fabelhaft!«

Emily Anne liegt es nicht, lange über Verluste im Leben zu grübeln. Als sie nicht wiedergewählt wurde, beschloss sie, ihr

Studium fortzusetzen. Ihr jüngstes Kind war gerade mit der Highschool fertig. So ging sie nach Cambridge, Massachusetts, und studierte mit zweiundfünfzig Jahren an der John F. Kennedy School of Government. Dass sie lernte, allein zu leben, kam ihr später gut zustatten.

Als sie neunundfünfzig Jahre alt war, starb ihr Mann an einem Herzinfarkt. Die unmittelbaren Anforderungen eines Wahlkampfs milderten den Schock. Damals leitete sie eine Ortsgruppe der Wohlfahrtsorganisation United Way. Ihr politisches Engagement half ihr, mit ihrem Schmerz umzugehen. »Ich war beschäftigt und fühlte mich ausgefüllt. Ich brauchte mir keine Gedanken darüber zu machen, ob ich auch zeitig nach Hause kam, um das Abendessen zu richten. Die Kinder waren natürlich schon eigenständig, es ging mir also nicht schlecht.« Nachdem sie in das County Board gewählt wurde, war sie ständig auf Reisen. »Ich saß also eindeutig nicht zu Hause herum und versank in Gram.«

Am Valentinstag laden die beiden mich zu einem Abendessen ein, um den Jahrestag zu feiern, an dem Gedney vor elf Jahren Emily Anne einen Heiratsantrag gemacht hat. Ich will erfahren, wie diese beiden höchst unabhängigen Senioren ihre Liebe entdeckt haben und wie sie ihre Entwicklung zu spontanen Siebzigern geprägt hat.

Gedney hat ein romantisches Winterambiente ausgesucht: ein Separée in einem schicken Café mit Blick auf den leicht verschneiten Loring Park, in dem altmodische Straßenlaternen goldene Glanzlichter setzten. Gedney bestellt einen Martini für sich und zieht Emily Anne bei der Weinauswahl zu Rate. Sie überlässt ihm die Entscheidung. Sie ist eine Frau, die es instinktiv versteht, einem Mann in unwichtigen Dingen seinen Willen zu lassen. Gedney bestellt eine Flasche Pinot Noir und als Vorspeise Gänseleber für uns alle. Auf meine Frage: »Sind Sie immer noch County Commissioner?«, antwortet Emily Anne ohne Umschweife:

»O nein, ich habe das Amt niedergelegt, als Mr. Wonderful in mein Leben trat.«

Das ist ein erster Hinweis: Abgesehen von prominenten Workaholics, denen Ruhm, Geld und Macht mehr bedeuten als persönliche Beziehungen, scheuen viele Frauen, die es in Wirtschaft, Rechtswesen, Medizin oder Politik in prestigeträchtige Positionen geschafft haben, vor dem letzten Schritt an die Führungsspitze zurück. Sie erkennen, welche Opfer eine Führungsposition an der Spitze eines Unternehmens, einer Kanzlei, Arztpraxis, Behörde oder, wie in Emily Annes Fall, der Bezirksverwaltung verlangt. Ihnen ist klar, dass diese Position sie weitgehend isolieren würde. Eine Chefin kann mit Untergebenen oder Konkurrenten keine echte Freundschaft pflegen, und ihr bleibt nicht viel Freizeit, um einer Ehe in den mittleren Jahren neuen Schwung zu verleihen, einen Freundeskreis aufzubauen oder eine Seelenverwandtschaft zu kultivieren, falls sich die Chance dazu bieten sollte.

Ich bin überzeugt, dass Frauen intuitiv weniger von äußerer Macht besessen sind, wenn sie älter werden, weil ihnen, nüchtern betrachtet, völlig klar ist, dass sie eines Tages ersetzt werden. An diesem Punkt entschließen sich viele Frauen, sich selbstständig zu machen und, gestützt auf ihr Know-how und ihre Kontakte, etwas Eigenes aufzubauen. Sie genießen es, selbst zu entscheiden, wann und wie viel Zeit sie ihrer Arbeit widmen. Was bliebe ihnen schon übrig, wenn Machtbesessenheit und das Kleben an einer bestimmten Position ihre Ehe untergraben, sie ihren erwachsenen Kindern entfremden und sie daran hindern würden, eine enge Beziehung zu ihren Enkeln aufzubauen? Oder wenn sie aus dem Kreis der Freundinnen ausgeschlossen würden, die sich immer enger zusammenschließen, während die Managerin den Umsatz eines Unternehmens ankurbelte, das ihr Fehlen kaum bemerken würde?

Sobald Emily Anne klar wurde, dass Gedney und sie das Potenzial besaßen, eine Seelenbeziehung zu entwickeln, überraschte sie ihre politischen Freunde und Kollegen. Diese drängten sie, erneut für das County Board zu kandidieren, und versprachen ihr, sie zur Vorsitzenden zu ernennen. Gedney unterstützte sie voll und ganz.

»Ich habe dir doch gesagt, dass ich damit umgehen kann, oder?« Er schaute Emily Anne an.

»Das hast du gesagt, aber ich weiß auch, dass Toleranz ihre Grenzen hat«, erklärte sie. »Mir war es viel wichtiger, unser Zusammenleben gemeinsam anzufangen und nicht ständig frühmorgens und spätabends zu Sitzungen unterwegs zu sein. Das hätte mich zerrissen.«

Mit sechzig müssen wir wählerisch sein. Ist die Zerrissenheit in früheren Jahren unvermeidlich, wenn Karriere und Familie ständig miteinander konkurrieren, so ist sie nun nicht mehr zwingend erforderlich. Emily Anne hat eine klare Entscheidung getroffen. Ich frage sie, ob es ihr schwer gefallen sei, diesen wichtigen Teil ihres Lebens aufzugeben.

»Nein, gar nicht«, antwortet sie mit einem heiteren Lächeln. »Ich habe einen fantastischen Tausch gemacht.« Auch weiterhin engagiert sie sich ehrenamtlich aktiv auf lokaler und bundesstaatlicher Ebene in der Gesundheitspolitik.

Gedney unterbricht unser Gespräch und fragte Emily Anne: »Schmeckt dir die Gänseleberpastete?« Murmelnd spitzt sie die Lippen und lässt sich von ihm einen Bissen in den Mund schieben.

Ich erkundige mich bei Gedney, ob er Emily Anne schon gekannt hat, als sie noch jünger waren. »Ich war im College einer ihrer zahlreichen Verehrer.« Er schaut sie fragend an. »Haben wir uns nicht auf dem Rasen vor dem Psi-U getroffen?« Sie nickt, und er fügt hinzu: »Es war nie was Ernstes.«

»Ich ging damals mit Hank«, wirft Emily Anne ein.

»Ich fand sie sehr attraktiv«, erzählt Gedney. Auf meine Frage, wie sie damals ausgesehen habe, blendet seine Erinnerung die dazwischenliegenden fünfzig Jahre aus. »Sie sah etwa genauso aus wie heute. Ein umwerfendes Lächeln, das einen glatt umhaut.«

Emily Anne schiebt Details nach: »Ich hatte Blumen im Haar. Damals ging ich mit jemandem, der mir jeden Montag Blumen schickte.«

Sofort flackerte bei Gedney die Rivalität wieder auf. »Er war ein richtiger Blödmann.«

»Aber bei Blumen hatte er einen guten Geschmack«, entgegnet Emily Anne geziert.

»Bei Frauen ebenfalls.«

Das liebevolle Geplänkel dieser beiden Siebzigjährigen bezeugt, dass es für romantische Liebe nie zu spät ist. Ein weiterer Schlüssel zum Erfolg ihrer späten Liebe liegt in der Chemie. Sie ist vor über fünfzig Jahren entflammt, glomm während ihrer Ehen mit anderen Partnern weiter, um wesentlich heißer aufzulodern, als beide verwitwet waren. Wenn zu Beginn einer Beziehung die Chemie stimmt, schützt sie, wie bereits gesagt, vor den Übergriffen des Alterns, der Langeweile und unvorhersehbarer Lebenskrisen. Dieses Paar besitzt zudem räumliche und zeitliche Gemeinsamkeiten in seiner Geschichte. Und da sie altersmäßig zueinander passen, haben sie auch gemeinsame Visionen, was sie von der Zukunft erwarten.

Als der Kellner den saftigen Lammrücken serviert, erkundige ich mich bei dem Paar, wie es seine Freundschaft wieder aufleben ließ. Unumwunden gibt Emily Anne zu: »Ich hatte drei Männer, bei denen ich dachte: ›Wenn ihren Frauen je was zustößt, mache ich einen Vorstoß.‹«

Gedney beugt sich vor. »Wer die beiden anderen sind, will ich gar nicht wissen.«

»Das wirst du nie erfahren.«

Als Emily Anne die Todesanzeige von Gedneys Frau in der Zeitung las, schrieb sie ihm umgehend eine Beileidskarte. »Ich sagte mir, sich zu beschäftigen ist Teil des Trauerprozesses, also beantwortete ich sämtliche Kondolenzbriefe, und einer davon war von Emily Anne«, erzählt er.

Das nahm sie zum Anlass, ihm einen Antwortbrief zu schreiben. Sie äußerte ihr Verständnis für seine Situation, da sie das Gleiche erlebt hatte, und schlug beiläufig vor, sie könnten bei Gelegenheit gemeinsam ins Kino gehen. Auf meine Frage, ob er viele solcher Briefe erhalten habe, antwortet er, er könne sich nur an den von Emily Anne erinnern.

Sechs Wochen nach ihrem zweiten Brief rief Gedney sie an einem Sonntagnachmittag an, um mit ihr ins Kino zu gehen. Wieder erklärt er diesen Schritt als Teil seiner Bemühungen, seine Trauer zu verarbeiten: »Ich hatte gehört, dass es gut ist, nicht allein zu bleiben.« Emily Anne revanchierte sich mit Einladungen zu einer Radtour, einem Football-Spiel mit Sitzplätzen an der Fünfzig-Yard-Linie und einem Mittagessen vor dem Spiel. Die Erinnerung, wie sie ihm den Hof gemacht hat, lässt Gedney rot werden. »Sie ist ganz schön rangegangen.«

»Ich war ein freches Gör!«, platzt Emily Anne heraus, erinnert ihn dann aber daran, dass er schließlich mitgemacht hat. Nachdem sie sich ein paar Monate lang regelmäßig getroffen hatten, lud Emily Anne Gedney ein, sie zur Amtseinführung des neuen Bürgermeisters von Minneapolis zu begleiten. Beim Abschied drängte Gedney sich in ihre Diele und küsste sie leidenschaftlich. Ein paar Tage später kam er, um sie zum Abendessen abzuholen, schlug aber stattdessen vor, frischen Fisch zu holen und lieber zu Hause zu essen.

Emily Anne lacht. »Der Fisch war alt und grauenhaft.« Aber Gedney zündete in der Bibliothek ein gemütliches Feuer an, und Emily Anne holte einen Quilt aus dem Schlafzimmer und legte ihn auf den Boden.

»Und dann haben wir geknutscht.«

»Da ging in meinem Leben die Sonne auf«, erklärt Gedney.

Einige Wochen später sprachen sie beim Mittagessen in einem Kaufhausrestaurant über die Möglichkeit, zusammenzuleben. Um ihre Absicht zu besiegeln, kauften sie einen Quilt. »Ein scheußliches Ding.« Dieses Mal lacht Gedney. »Aber ich wollte wirklich, dass wir den Rest unseres Lebens zusammenbleiben, und diesen Quilt zu kaufen war, glaube ich, ein Zeichen der Verbundenheit.«

Wie sah er sich selbst damals, mit Ende sechzig, frage ich ihn.

»Wie mit fünfunddreißig. Ich hatte nie ein Problem mit meinem Alter.«

»Ich finde ihn sehr sexy«, wirft Emily Anne ein.

»O Gott, *darauf* brauchst du jetzt aber nicht näher einzugehen.«

»Ich will nur sagen, dass du mir wieder sehr stark das Gefühl gegeben hast, eine Frau zu sein.«

Einen Monat später, am Valentinstag, machte Gedney ihr in aller Form einen Heiratsantrag. Er leitete weiter das Familienunternehmen, aber vier Jahre später dachte er über die Prioritäten in seinem Leben nach. »Ich fand, zweiundsiebzig sei ein gutes Alter, um sich zur Ruhe zu setzen. In der Firma standen Veränderungen an, und ich hatte kein sonderliches Interesse, sie vorzunehmen. Ich hatte zwei Söhne, die interessiert waren, die Leitung zu übernehmen. Heute habe ich noch genauso viel zu tun wie damals, nur werde ich nicht mehr dafür bezahlt.«

Erst rückblickend rechne ich nach und stelle fest, dass die beiden mittlerweile Ende siebzig sind. Aber keiner von ihnen trägt eine Brille, ist schwerhörig oder gehbehindert. Für ihr neues gemeinsames Leben haben sie ein Haus am Lake Minnetonka umgebaut. Oft fahren sie mit ihrem Boot vor Sonnenuntergang auf den See hinaus und trinken auf dem Wasser einen Cocktail. Sie legen Wert darauf, jeden Abend gemeinsam zu essen. Am liebsten ist ihnen die Zeit morgens vor dem gemeinsamen Frühstück, wenn sie sich aneinander kuscheln, hinausschauen und darauf warten, dass die Sonne über dem See aufgeht. Aber sie sind durchaus keine Stubenhocker. Am Tag nach unserem gemeinsamen Abendessen fliegen sie nach New York, um im Central Park durch Christos Tore zu schlendern, sich ein oder zwei Theaterstücke anzusehen und anschließend zum Skilaufen nach Big Sky, Montana, weiterzureisen.

Es ist nie zu spät

Selbst die harten Fälle unter den Geschiedenen, die in den mittleren Jahren voll und ganz in ihrer Karriere aufgehen, können mit sechzig von einem plötzlichen Sinneswandel aufgerüttelt werden. Rollene Saal ist dafür ein gutes Beispiel. Sie war in der New Yorker Verlagswelt als smarte, selbstbewusste Redakteurin verschiedener großer Verlage bekannt und geachtet und arbeitete jahrelang als Cheflektorin eines großen Buchclubs. Bei ihrer Scheidung hatte sie drei noch recht kleine Kinder und ihre einflussreiche Position. Sie ging völlig in ihrem Beruf auf und blieb über weite Teile ihres Erwachsenenlebens Single. Rollene trug immer schicke Bürokostüme und hohe

Absätze und tat alles, was das New Yorker Protokoll verlangt. Sie war freundlich, aber ein bisschen spröde. Wenn Freundinnen sagten: »Ich weiß genau, dass du wieder heiraten wirst«, tat sie das mit der abschließenden Bemerkung ab: »O nein, das habe ich hinter mir.«

Als die reizende junge CNN-Korrespondentin Kelly Wallace mir vorschlägt, Rollene zu interviewen, bin ich überrascht, denn Kelly ist Rollenes neue Schwiegertochter.

Die Rollene Saal – mittlerweile Mrs. Forma und Mitte sechzig –, mit der ich mich zum Kaffee treffe, ist durch und durch sanft und weich. Sie trägt einen Hauch malvenfarbenen Lippenstifts und Lidschatten, einen pinkfarbenen Rollkragenpullover und einen Diamantring, eine Antiquität, die ihr neuer Mann ihr geschenkt hat. »Heute kommt es mir so hartgesotten vor, aber ich war mir sicher, dass ich mich nie wieder auf eine Ehe einlassen würde«, erzählt sie mir. »Ich war mit einem von der ›üblen Sorte‹ verheiratet, der nie über das Junggesellendasein hinausgekommen ist. Nach unserer Scheidung verabredete ich mich ab und zu mit Männern. Ich suchte keinen Märchenprinzen, nur einen Nicht-ganz-so-Üblen. Aber diesen Nicht-ganz-so-Üblen wollte ich bestimmt nicht heiraten.«

Was hat diese toughe Karrierefrau nun in eine hübsche Ehefrau in Pink verwandelt? Sie zwinkert, beugt sich vor und nimmt meine Hand. »Das ist wirklich eine Frage der inneren Offenheit. Ich habe gerade vor einem Jahr geheiratet, und es ist erstaunlich, wie gern ich verheiratet bin! Es wundert mich.« Ich kann es kaum abwarten, zu erfahren, was sie innerlich geöffnet hatte. Wieder beugt Rollene sich vor und grinst schief wie ein junges Mädchen, das darauf brennt, seiner Freundin von den Wundern ihrer neuen Liebe zu erzählen.

Eine gemeinsame Freundin erklärte Rollene, sie wolle sie mit einem Mann bekannt machen, der seit dem Tod seiner Frau sehr einsam sei. Die Freundin schlug vor, sie sollten zu viert an einem Freitagabend essen gehen. Die Idee gefiel Rollene. Am nächsten Tag klingelte ihr Telefon. Eine Stimme meldete sich: »Hallo? Hier ist Warren.«

»Welcher Warren?«

»Wir sollen am Freitagabend zusammen essen gehen«, erklärte er. »Ich finde die Idee nicht gut. Wenn wir zu viert, als zwei Paare, essen gehen, kann ich Sie nicht kennen lernen. Soll ich Sie nicht lieber morgen früh abholen und wir fahren zusammen für einen Tag in mein Haus auf dem Land?«

Im Stillen dachte Rollene: »Der Mann versteht es, sein Leben in die Hand zu nehmen.« Sobald sie den Hörer aufgelegt hatte, rief sie ihre Tochter an und jammerte: »Was mache ich bloß? Ich fahre für einen ganzen Tag mit einem Kerl aufs Land, den ich noch nie gesehen habe? Da sitze ich doch in der Falle!«

»Mom, morgen ist der Jahrestag des 11. September«, erinnerte ihre Tochter sie. »Ihr sitzt bestimmt den ganzen Tag vor dem Fernseher und lasst das Grauen Revue passieren.«

»Du hast Recht.«

Als Warren am nächsten Morgen aus dem Wagen stieg, um Rollene an ihrer Haustür zu begrüßen, dachte er insgeheim: »Mit dieser Frau will ich den Rest meines Lebens verbringen.«

Sie fuhren aufs Land. Es war kühl und nebelverhangen. Und so unterhielten sie sich, saßen in seinem Haus auf dem Bett und schauten sich zwei der romantischsten Spielfilme an, die Rollene je gesehen hatte: *Gefundene Jahre* mit Ronald Colman und Greer Garson und *Zeit der Liebe, Zeit des Abschieds* mit Mary Astor und Walter Huston. Sie erfuhr, dass Warren bereits zwei Mal verheiratet war und beide Frauen an Krebs gestorben waren. Ihr wurde klar: »Er kennt nur glückliche Ehen. Seine gesamte Lebenseinstellung fasste er in dem Scherz zusammen: ›Ich verabrede mich nicht. Ich heirate.‹«

Das jagte Rollene Angst ein. Sie konnte nicht damit umgehen, dass jemand ihr so viel herzliche Zuwendung zeigte und ihr das Gefühl vermittelte, sie sei der Mittelpunkt seines Universums. Sie rief ihre gemeinsame Freundin an, damit sie Warren zu verstehen gab, er solle sich zurückziehen. Andererseits faszinierte sie ein Mann, der eine so schlichte Sicht der männlichen/weiblichen Welt hatte. »Er war einfach ein sehr offener, umgänglicher, liebevoller Mensch ohne den Sturm und Drang, den ich gewöhnt war. Etwas in mir erkannte, dass er emotional zugänglich war. Ich glaube, das hat mir das Herz geöffnet.«

Viele Frauen fragen sich zwischen fünfzig und siebzig, ob sie den Sprung wagen oder zumindest versuchen sollen, einen Seelengefährten zu finden. Was würde Rollene Saal Forma ihnen nach ihrer Entwicklung heute sagen?

»Seit ich mich auf ein Rendezvous eingelassen und wieder geheiratet habe, ist mir klar, dass ich sechs Mal hätte heiraten können! Da draußen gibt es so viele Männer. Ständig kommen neue auf den Markt, und alle wollen heiraten. Welcher Mann hätte nicht gern eine Frau, die sein Leben für ihn organisiert? Heute ist mir klar, dass es möglich ist, im Leben mehr als einen Mann zu lieben. Mehr als zwei. Vielleicht sogar noch mehr.«

25. Sex und die ältere Frau

Bei älteren Ehepaaren, die schon länger zusammenleben, ist sexuelle Lust wahrscheinlich weitaus weniger von der fieberhaften libidogetriebenen Dringlichkeit geprägt als in früheren Lebensphasen. Viele Paare begrüßen die Metamorphose von Leidenschaft zu einer ruhigeren Liebe im Kontext ihrer anhaltend ausgeglichenen Kameradschaft und der Sicherheit, die sie erlangt haben. Sie sind zu einer realistischen Einschätzung ihrer gegenseitigen Stärken und Schwächen gekommen und machen sich weniger Sorgen um plötzliche Gefühlsumschwünge.

Vor einiger Zeit hielt ich einen Vortrag an der University of Minnesota. Anschließend fragte ich, ob unter den Anwesenden noch jemand bleiben wolle, um über Liebe, Sex, Dates und Heirat bei Frauen über fünfzig zu sprechen. Sieben blieben und brannten darauf, zu reden. Eine der Frauen in der Minneapolis-Gruppe, die mein besonderes Interesse weckte, war eine ehemalige Journalistin von Mitte sechzig mit seidig weißem Haar und stämmiger Figur in einem hochgeschlossenen Hosenanzug. Auf ihrem Fragebogen hatte sie angegeben, dass sie »leidenschaftlichen Sex mit einem Liebhaber genießt«. Wie sich herausstellte, meinte Dorothea damit ihren zweiten Mann.

Sie erzählt der Gruppe, dass sie mit neunzehn zum ersten Mal geheiratet hat. In dieser Ehe ging es in den sechziger Jahren drunter und drüber, als »die Welt sich veränderte und wir alle freie Menschen wurden«, wie sie sich augenzwinkernd erinnert. Sie engagierte sich in der Bürgerrechts- und Antikriegsbewegung und beschloss, sich aus ihrer Ehe zu befreien. Zwischen dreißig und fünfunddreißig genoss sie das Singledasein in einer Zeit vor Aids. Inzwischen ist Dorothea schon seit dreißig Jahren mit einem Mann verheiratet, der ihr ein wahrer Seelengefährte ist.

»Wir sind stark eingebunden«, erklärt sie. »Morgens frühstücken wir zusammen mit Leuten, die sich mit uns politisch und sozial engagieren. Dann treiben wir mit demselben Trainer Sport. Wir gehen sogar zum selben Frisör.« Alles klingt nach einem Rentnerehepaar mit einer gemütlichen Gewohnheitsbeziehung wie ein Paar bequemer alter Schuhe. Aber nein. Ihr Mann ist viel beschäftigter Teilhaber einer Anwaltskanzlei, und beide sind in diversen lokalen Gremien aktiv. Das »leidenschaftliche Sexleben«, das sie im Fragebogen angegeben hat, erwächst offenbar aus ihrem gemeinsamen Engagement auf sozialem Gebiet und für eine progressive Politik. In einem Folgeinterview äußert Dorothea sich offener über ihr Sexleben: »Der Unterschied zwischen Männern und Frauen beim Sex, wenn sie älter werden, ist, glaube ich, dass es für Männer eine Sache des Egos ist. Frauen führen nicht Buch. Mein Mann ist sehr zärtlich, und der Sex ist gut, aber wir haben abends oft Veranstaltungen, und wenn wir nach Hause kommen, lesen wir noch sechs Zeitungen und schlafen ein.«

Dieses abendliche Szenario ist auch den anderen Frauen der Gruppe vertraut und ist sicher bei vielen älteren Paaren verbreitet. Das heißt allerdings nicht, dass sie damit zufrieden wären, auf Sex zu verzichten. Ganz im Gegenteil. Einer der stärksten bindenden Faktoren ist auch bei älteren Paaren nach wie vor die körperliche Intimität. Nach einer Umfrage des National Council on Aging sind nahezu die Hälfte aller Amerikaner ab sechzig mindestens einmal im Monat sexuell aktiv und intim. So weit die gute Nachricht. Eine ernüchterndere Statistik zeigt, dass von diesem großen Bevölkerungsanteil der Männer und Frauen über sechzig, die noch Spaß an körperlicher Liebe oder zumindest am Küssen und Kuscheln haben, 40 % sich nach *mehr* Sex sehnen.

Das größte Hindernis, die sexuelle Vitalität in höherem Alter aufrechtzuerhalten, liegt natürlich im Tod eines Ehepartners. Von den Amerikanern zwischen fünfundfünfzig und vierundsechzig Jahren sind nur 10 % der Frauen und 2 % der Männer verwitwet. Nach den Erhebungen des U. S. Census Bureau steigt der Anteil der Witwen nach dem fünfundsechzigsten Lebensjahr drastisch an: Fast 30 % der Frauen zwischen fünfundsechzig und vierundsiebzig haben ihren Partner verloren; in der Altersgruppe von fünfundsiebzig bis vierundachtzig sind 50 % verwitwet; und ab fünfundachtzig sind über drei Viertel der Frauen allein.

Viele weigern sich jedoch, in ihren späteren Lebensjahren wie Nonnen zu leben. Ausnahmsweise sind Frauen und Männer sich über die Bedeutung von Sex so einig wie in keinem anderen Lebensalter. Rund 45 % der Frauen und Männer ab fünfundsiebzig sind der Meinung, dass sexuelle Aktivität wichtiger Bestandteil einer guten Beziehung ist; und laut der AARP-Sexualstudie haben 25 % von ihnen weiterhin mindestens einmal wöchentlich sexuelle Beziehungen. Allerdings erklären in dieser Altersgruppe wesentlich mehr Frauen als Männer, dass ihnen Sex in diesem Alter keinen sonderlichen Spaß macht (24 %) oder dass sie ganz zufrieden wären, nie mehr mit einem Mann zu schlafen (37 %). Viele Frauen dieser letzten Gruppe sind verwitwet und haben entweder keinen neuen Partner gefunden oder sind entmutigt, weil ältere Männer in der überwiegenden Mehrzahl nicht mehr zu haben sind oder aussehen, als würden sie in naher Zukunft zum Pflegefall.

Dennoch sehen reife Frauen in allen Altersgruppen ab fünfundvierzig ihr gegenwärtiges Leben und ihre Zukunft optimistischer. Ein besonders bemerkenswertes Ergebnis der AARP-Sexualstudie war, dass 61 % der Frauen zwischen sechzig und fünfundsiebzig ihre Lebenszufriedenheit nahe der obersten Stufe einordneten und damit erheblich höher, als sie es zwischen fünfundvierzig und neunundfünfzig getan hatten.

Die reife Witwe

Eine Witwe, die bei einem Gruppeninterview nur steif dabeigesessen hat, überrascht mich angenehm, indem sie mir einen Zettel zusteckt. Darauf steht, dass sie »leidenschaftlichen Sex mit einem Liebhaber« genießt. Diese Lebensentscheidung will sie nicht vor Menschen ausbreiten, die in ihrer konservativen Stadt leben, aber sie findet es wichtig, dass andere Witwen von ihrer Verwandlung erfahren, damit sie wissen, dass so etwas möglich ist.

Alicia hat ein behütetes Leben geführt, ist als Jungfrau in die Ehe gegangen und ihrem langjährigen Ehemann treu geblieben. Sie ist nahtlos vom Elternhaus in das Haus ihres Mannes gewechselt und in seiner Aura völlig untergegangen. Der einzige winzige Teil ihres Lebens, den sie ihr Eigen nennen konnte, war ihre Mitgliedschaft im örtlichen Heimatverein. Als der plötzliche Tod ihres Mannes – er starb nach wenigen Monaten der Krankheit – ein Identitätsvakuum hinterließ, belebte sie ihr Interesse am Heimatverein wieder und pflegte diesen Keim ihres Selbstwertgefühls. Sie stellte fest, dass sie dort mit ihrer künstlerischen Bildung durchaus etwas beizutragen hatte. So fand sie sich mit Mitte sechzig am Beginn ihres Übergangs in die Lebensphase der Selbstbestimmung.

Sobald sie sich entschieden hatte, ein neues Leben anzufangen, durchlief sie die nächsten Phasen mit unglaublichem

Schwung: Sie baute sich einen neuen Traum auf, erkundete die romantische Renaissance und entdeckte das völlig unerwartete Vergnügen, im Hier und Jetzt zu leben. Auf ihrem bisherigen Weg hatte nichts sie auf ein solches Leben vorbereitet oder es ihr erlaubt. Als Alicia die spontanen Siebziger erreichte, konnte sie endlich aus den alten Bahnen ausbrechen.

»Es erfordert viel Mut von mir, etwas Neues auszuprobieren«, beginnt sie. »Ich bin in einer sehr reservierten Umgebung aufgewachsen, wo die Familienregel galt, alles richtig zu machen. Mein Leben lang hatte ich damit zu kämpfen.« So schlimm der Verlust ihres Mannes war, der ihre Welt definiert hatte, empfand sie doch eine Spur Erregung über die Möglichkeiten, die sich ihr eröffneten. Wer war sie eigentlich? Konnte sie versuchen, eine eigene Persönlichkeit zu werden, sogar Fehler zu machen und weiter an sich zu arbeiten?

»Ich beschloss, ein neues Leben anzufangen«, erzählt sie, »und zwar zuerst durch Arbeit.« Sie nahm eine Stelle beim Heimatverein an und bot sich an, ehrenamtlich Spenden für die Ortsgruppe von Habitat for Humanity zu sammeln. »Ich brannte darauf, völlig andere Menschen kennen zu lernen. Mein Mann war hier aufgewachsen, daher lebte ich in seiner Welt, in der sehr enge gesellschaftliche Strukturen herrschten, alle miteinander verwandt waren und dazugehörten.«

Im Heimatverein fand Alicia Gleichgesinnte, die stolz auf ihre Eigenarten waren. Wie erfrischend! Noch aufregender waren die engagierten Idealisten von Habitat. Sie erwachte allmählich zu neuem Leben. Ein halbes Jahr nach dem Tod ihres Mannes bekam sie allmählich Anrufe von verschiedenen Männern, die sie alle schon vorher gekannt hatte, teils sogar schon seit Jahrzehnten. »Sie hatten nie ihre Fühler ausgestreckt, aber ich natürlich auch nicht.« Ab und an ging sie abends mit ihnen aus; körperliche Kontakte gab es nicht, nur ein Küsschen zur

Begrüßung und zum Abschied, aber es waren nette, sehr aufmerksame Begleiter. »Sie waren alle geschieden oder verwitwet und sehr einsam«, erklärt sie. »Sie haben kein richtiges soziales Netz.«

Ich erinnere sie, dass sie einen leidenschaftlichen Liebhaber erwähnt hatte.

»Sie sind die Einzige, die weiß, dass er mein Liebhaber ist«, sagt sie, leicht errötend. »Alle anderen denken, wir sind nur Freunde. Meine Kinder leben im Ausland, wer weiß, was sie denken würden.«

Ich frage, ob das eine Rolle spiele.

»Nein.«

Der geschiedene Mann, den sie durch Habitat kennen gelernt hat, war völlig anders als ihr Ehemann. Er »engagiert sich als überzeugter Naturschützer für eine neue Vision von Städten«, erklärt sie mir, und es ist offensichtlich, dass sie seine Einstellung teilt. Sie kannten sich schon einige Jahre flüchtig, waren sich aber durch die gemeinsame soziale Arbeit näher gekommen und hatten sich gegenseitig bei ihren Gesundheitsprojekten geholfen. Es folgt ein erstaunliches Geständnis: »Nachdem wir anfingen, miteinander auszugehen, hat es sechs Jahre gedauert, bis wir etwas miteinander hatten.«

Warum so lange?

»Es hat einfach so lange gedauert, bis ich mir diese Beziehung endlich gönnen konnte.«

Wahrscheinlich war es das erste eigennützige Vergnügen, das Alicia sich je gegönnt hat. Aber das konnte sie sich erst erlauben, nachdem sie mühevoll das größte Hindernis überwunden hatte, mit dem Witwen sich konfrontiert sehen. »Ich musste überzeugt sein, dass nichts, was ich in meinem gegenwärtigen Leben tue, die Beziehung, die ich zu meinem Mann hatte, ändern, entehren oder beeinträchtigen kann.« Außerdem musste sie sich aus dem Korsett religiöser Gebote befreien, mit dem sie aufgewachsen war. »Mein Glaube sieht Intimität außerhalb der Ehe nicht vor. Aber ich kann mir nicht vorstellen, dass der Gott, an den ich glaube, in einer so wohltuenden und beglückenden Beziehung eine Sünde sieht.«

Es war eine Offenbarung, dass Sex in ihrem Alter noch so aufregend sein kann. »Ich hatte die Klischeevorstellung im Kopf, dass Sex etwas ist, was alte Leute nicht mehr machen. Ich glaube, dieses Klischee herrscht auf der ganzen Welt. Mein Sexleben mit meinem Mann war befriedigend, und vor seinem Tod war er nur kurze Zeit krank. Hinterher konnte ich zwei Jahre kaum schlafen. Das Fehlen von Intimität ist das Schlimmste am Witwenstand. Und ich war in den Wechseljahren. Meine Osteoporose wurde schlimmer.« Im Rahmen ihrer Vorbereitungen darauf, sich die neue Beziehung zu gönnen, entschloss sie sich zu einer Hormonsubstitutionstherapie und fand einen Endokrinologen, der ihr ein Östrogenimplantat einpflanzte. Es wirkte Wunder.

Unter der Flut neuer Erfahrungen, die die Zeit ab siebzig in eine der lebendigsten Phasen ihres Lebens verwandelten, war jedoch keine überraschender als ihre neu erworbene Fähigkeit, in der Gegenwart zu leben.

»Für mich ist es ein ständiger Kampf, nicht zu versuchen, meine Zukunft zu planen, wie es immer meine Art war«, gibt sie zu. »Bis heute weiß ich nicht, ob daraus jemals eine eheähnliche Situation wird.« Aber darüber macht Alicia sich keine Sorgen. Ihre Arbeit nimmt sie stark in Anspruch, und ihr Liebhaber ist ihr emotional eine große Hilfe. Gelegentlich gehen die beiden zusammen essen, aber meist treffen sie sich bei einem von ihnen zu Hause. »Die Beziehung ist immer noch nicht öffentlich bekannt«, gesteht sie. Man kann sich des Eindrucks nicht erwehren, dass sie dadurch nur umso spannender ist.

»Ich bin fest entschlossen, ein bisschen zu leben«, haucht sie mit einem unterdrückten Lachen. »Es ist Zeit!«

Großliebe kann also von liebevoller Nähe in einer vertrauensvollen Kameradschaft bis hin zu unerwartet überschwänglichem reifem Sex reichen.

Das Geschenk der Großliebe

Die selbstlose Seite der Großliebe beleuchtet die kanadische Schriftstellerin Alice Munro voller Zartheit in der Erzählung *Der Bär kletterte über den Berg* aus der Sammlung *Himmel und Hölle* anhand einer Beziehung, die von fortschreitender Demenz überschattet wird. Grants Frau ist siebzig Jahre alt, aber noch schlank und aufrecht. »Ihre Haare, fein wie Löwenzahnflaum, ursprünglich hellblond, waren irgendwann weiß geworden, ohne dass Grant es so recht aufgefallen war, und sie trug sie immer noch schulterlang.«

Fünfzig Jahre lang hatten sie fast jede Nacht das Bett geteilt. Am liebsten waren ihnen »die fünf oder zehn Minuten Zärtlichkeit gleich nach dem Zubettgehen … etwas, das nicht oft mit Sex endete, ihnen aber bestätigte, dass Sex noch nicht vorbei war«.

Aber immer öfter geht die Frau aus dem Haus und findet den Heimweg nicht mehr oder vergisst, wann sie in das Haus gezogen sind, in dem sie schon seit zwölf Jahren wohnen. Als der Zeitpunkt kommt, an dem er sie in eine Einrichtung bringen muss, in die nur wenige alte Menschen freiwillig gehen, kann er nur daran denken, wie sie als junges Mädchen war, als sie ihm einen Heiratsantrag gemacht hat, und an die pubertäre Lust, »die sie erstaunt und durch alle Nerven ihres zarten jungen Körpers zuckt«.

In dem Pflegeheim gilt die Regel, dass neue Bewohner im ersten Monat keinen Besuch bekommen dürfen. Die Abwesenheit seiner Seelengefährtin quält den Ehemann. Wird sie, wenn er sie wiedersieht, zu jenen gehören, die mit leerem Blick vor sich hinstieren oder verzweifelt vor sich hinbrabbeln und in ihren Köpfen ein anderes Leben führen? Ihn erwartet jedoch ein Wandel völlig anderer Art. Seine Frau behandelt ihn höflich, aber zerstreut. Sie ist in eine Bridgepartie vertieft. Aber sie spielt gar nicht. Sie sitzt dicht neben ihrem »neuen« Freund, einem Mann, den sie schon als junges Mädchen gekannt hat.

Nach einigen Besuchen merkt Grant, dass er sie nicht fragen kann, ob sie sich erinnert, dass er seit fast fünfzig Jahren ihr Ehemann ist. Sie geht völlig in ihrem neuen Freund auf und hat etwas Strahlendes. Eines Tages bleibt sie plötzlich vor Kummer im Bett. Die Ehefrau ihres neuen Freundes hat ihn wieder nach Hause geholt. Grants Frau verweigert das Essen, läuft nicht mehr und kann nicht aufhören zu weinen. Er sieht die drohende Gefahr, dass sie auf die Etage der Brabbelnden mit dem leeren Blick verbannt wird.

Also sucht er die Ehefrau des anderen auf, eine derbe, auf Geld bedachte Frau mit »einem nussbraunen Make-up«, und bittet sie, ihren Mann wieder in das Altenheim zu bringen. Sie lehnt rundweg ab: zu teuer. Grant geht sogar so weit, dieser Frau den Hof zu machen, um sie umzustimmen. Am Ende schafft er es, seiner Seelengefährtin wieder zu dem einzigen Glück zu verhelfen, das sie noch empfinden kann – mit ihrem neuen Liebhaber unter einem Dach zu leben.

26. Der Schritt in den (Un-)Ruhestand

Frauen über sechzig gehören heute zur ersten Generation berufstätiger Frauen, die in männliche Reservate einbrachen und ihre Erwachsenenidentität auf Beruf und Titeln aufbauten. Es kann daher nicht überraschen, dass viele von ihnen ähnliche Schwierigkeiten mit einem Rückzug aus dem Arbeitsleben haben, wie Männer sie vor dem Schritt in den Ruhestand beklagen. Männer und Frauen der geburtenstarken Jahrgänge weigern sich, die herkömmlichen Vorstellungen vom Ruhestand zu akzeptieren. Zu ewigem Spiel, Ruhe und Rentnerreisen verdammt zu sein kommt für sie nicht in Frage. Sie sind keineswegs versessen darauf, den ganzen Tag auf den Golfplatz abgeschoben und aller Strukturen, beruflichen Kontakte und des Gefühls ihres produktiven Wertes beraubt zu werden, über die sie sich bis dahin definiert haben.

Marlene Sanders' Lösung

Marlene Sanders war eine der ersten Frauen, die es als Nachrichtenkorrespondentinnen ins Fernsehen geschafft haben. Ihre Fernsehkarriere begann 1955, als sie Mike Wallace als Assistentin half, eine der ersten allabendlichen Nachrichtensendungen aufzubauen: *Mike Wallace and the News* bei WABD in New York. Neun Jahre später bekam die gut aussehende Frau mit der sachlichen Art und der beruhigend tiefen Stimme bei ABC ihre eigene Nachrichtensendung. Sie stand vor der Kamera, bis sie Anfang sechzig war, und dehnte damit für eine dankbare Klasse von Nachrichtenjournalistinnen, die nach der Einführung der Antidiskriminierungsgesetze in den siebziger Jahren eingestellt worden waren, die Ruhestandsgrenze nach hinten aus.

Marlenes letzter Fernsehauftritt war Anfang der neunziger Jahre. »Ich war nicht mehr jung und hatte das seit den fünfziger Jahren gemacht«, erzählt sie mir. »Ich war es einfach leid. Und ich ärgerte mich über den Qualitätsverlust der Fernsehnachrichten.«

Mit Mitte siebzig blieb Marlene nach wie vor als Sprecherin bei Synchronisationen und Dokumentationen für das Fernsehen aktiv. »Ich bin ein sehr tatkräftiger Mensch«, erzählt sie mir, als wir uns in einem Café neben der New York Public Library treffen. Ihre immer noch imposante Präsenz lässt daran keinen Zweifel: eine rotblonde Frau in schmalem, schwarzem Hosenanzug, die durch ihr Engagement in Journalismus und Kunst eine anregende Gesprächspartnerin ist. »Aber ich bin nicht mehr so ehrgeizig wie früher. Ich will weiter etwas Nützliches tun, mein Wissen nutzen und eine Struktur haben.«

Wie viele tatkräftige berufstätige Frauen ihres Alters ist Marlene durchaus noch nicht bereit für den Ruhestand, aber sie will sich auch nicht in einem Vollzeitjob umbringen. Wenn sie keine Aufnahmen macht, besucht sie nun in ihrer Freizeit wöchentlich einen Malkurs, geht ins Fitnesscenter und unterstützt ihre Mitaktivistinnen mit Beiträgen für Women's eNews, eine Internetseite, die für Frauen besonders relevante Informationen verbreitet. Als gewähltes Mitglied des Council on Foreign Relations hält sie sich über das Weltgeschehen auf dem Laufenden und lehrt als außerordentliche Professorin an der New York University.

Ihr Privatleben geriet aus den Fugen, als ihr langjähriger Ehemann, Jerry Toobin, 1984 starb. Er hatte früher das Rundfunksymphonieorchester des NBC gemanagt und war lange Pressechef des New Yorker Senders PBS. In den ersten zehn Jahren nach diesem Verlust ging sie in der Hoffnung, irgendwann wieder zu heiraten, häufig mit Männern aus. »Aber als die Jahre verflossen, wurde mir klar, dass es mir gut ging«, erzählt sie. »Ich gehe jeden Abend aus. Ich gehe mit Freunden in die Oper. Ich gehe oft allein ins Theater. Ich besuche Philharmoniekonzerte. Ich bin über siebzig und habe noch immer Dates – das ist das Lebenstonikum. Aber was machst du, wenn du verwitwet oder geschieden bist und dein bis dahin erfülltes Berufsleben endet?« Eine rhetorische Frage. Im Transition Network hat sie eine Gruppe von Frauen gefunden, die alle mit denselben Fragen zu kämpfen haben. Ziel dieses Netzwerks ist es, Frauen beim Übergang von einer familien- und berufszentrierten Lebensphase in ein neues Wachstums- und Erneuerungsstadium zu helfen. »Anders als vor fünfzig Jahren überlegen sich alle noch immer, was sie als Nächstes vorhaben. Es ist schön, das in Gesellschaft zu klären.«

Frauen knüpfen Netze

Die meisten Amerikaner wollen mit Ende fünfzig, Anfang sechzig weniger arbeiten und in eine flexiblere, sinnvollere und weniger belastende Tätigkeit wechseln. Dennoch ermuntern oder zwingen private wie öffentliche Arbeitgeber viele Angestellte, früher in den Ruhestand zu gehen, indem sie sie vor die Entscheidung stellen, weiter das ganze Jahr über einer Vollzeitbeschäftigung nachzugehen oder ihren Beruf ganz an den Nagel zu hängen.

Viele können es sich nicht leisten, ihre Erwerbstätigkeit mit Ende fünfzig oder Anfang sechzig aufzugeben, und sei es auch nur, weil sie ihren erwachsenen Kindern helfen wollen, ein Haus zu kaufen, oder weil sie für die astronomisch hohen Studiengebühren ihrer Enkel sparen. In den neunziger Jahren erlebte die Mehrzahl der amerikanischen Bevölkerung, dass ihre zu erwartende Altersversorgung sank. Herkömmliche festverzinsliche Rentensparpläne verloren an Wert, die Gesundheitskosten stiegen, und die Konservativen drängten Arbeitnehmer, eine weitere Privatisierung ihrer Pensionskassen hinzunehmen, die diese den Schwankungen des Aktienmarktes aussetzte. Alle diese Faktoren stellten das gesamte Konzept einer »sicheren« Altersversorgung auf den Kopf. Während reiche Amerikaner von großzügigen Steuersenkungen profitierten, wurde den mittleren und unteren Einkommensschichten eine chronische Unsicherheit ihrer »goldenen Jahre« aufgebürdet.

Frauen haben einen großen Vorteil, wenn sie sich mit dem erzwungenen Ausscheiden aus einer Vollzeitbeschäftigung konfrontiert sehen: Sie sind unglaublich aktiv und einfallsreich, wenn es darum geht, Netzwerke zu knüpfen, die sie auffangen. Denn ihnen ist die statistisch belegbare Realität klar, dass die meisten von ihnen ihr fortgeschrittenes Alter wahrscheinlich ohne Lebensgefährten verbringen werden. Ein Beispiel für die Anpassungsfähigkeit von Frauen ist die Red Hat Society: Sie entstand 1998, als fünf reife Damen sich von Jenny Josephs Gedicht *Warning* inspirieren ließen, den roten Hut und das purpurne Kleid der Protagonistin anzogen und zum Tee ausgingen: »Wenn ich alt bin, werde ich Purpur tragen mit einem roten Hut, der nicht dazu passt und mir nicht steht.« Alle Mitglieder der Gruppe hatten Freundinnen, die mitmachen wollten, und so entwickelte sich schon bald ein eingetragener Verein. Heute hat er über eine Million Mitglieder, die Mehrzahl über fünfzig (Mitglieder unter fünfzig tragen lavendelfarbene Kleider und pinkfarbene Hüte), und 40 000 Ortsgruppen in sechsundzwanzig Ländern.

Hauptziel der Red Hat Society ist, die Spontaneität und den Spaß zu bewahren, den man gewöhnlich mit Jugend assoziiert. Einzelne Ortsgruppen organisieren Spendenveranstaltungen für karitative Zwecke ihrer Wahl, aber das Vereinsziel an sich hat nichts mit guten Taten am Hut. Es geht vielmehr darum, dass jede Einzelne dem Leben für sich und ihre »Schwestern« so viel Spaß abgewinnt wie möglich. Entsprechend deutlich heißt es im Mottolied der Red Hat Society: »Mein ganzes Leben habe ich etwas für dich getan. Jetzt bin ich an der Reihe, was für mich zu tun.«

Der Erfolg dieses Vereins beruht darauf, dass er ein riesiges Netzwerk von Frauen schafft. Gemeinsam organisieren sie Zusammenkünfte und Reisen. Außerdem stehen sie über die offizielle Internetseite der Red Hat Society (www.redhatsociety.com) und wöchentliche Post- oder E-Mail-Mitteilungen miteinander in Kontakt. Das Erfreulichste sind jedoch die persönlichen Begegnungen. Wenn eine Red-Hatterin verreist, teilt sie es dem Verein mit. Andere Red-Hatterinnen – selbst im größten Gedränge am Flughafen gut zu erkennen – sammeln sich am Gate, um ihre Vereinsschwester zum Tee und zu einer großen Tour durch ihre Heimatstadt abzuholen. Muss eine Red-Hatterin sich einer beängstigenden oder schmerzhaften medizinischen Behandlung unterziehen, verbreitet sich die Nachricht im Verein, und sie wird mit Besuchen, Blumen und mitfühlenden, aufmunternden Briefen überschwemmt. Das Wichtigste ist vielleicht, dass eine Red-Hatterin in jeder schwierigen Lebenslage weiß: Irgendwo da draußen ist mindestens eine andere Red-Hatterin, mit der sie Kontakt aufnehmen und die ihr Leid teilen kann. Dieses immense Netzwerk ermöglicht Frauen in der Mitte und im Herbst des Lebens, das zu tun, was sie am besten können, sich gegenseitig zu helfen.

The Transition Network (www.thetransitionnetwork.com)

ist ein lokaleres Beispiel für die Stärke von Frauennetzwerken. Die gemeinnützige Organisation mit Sitz in New York (vielleicht breitet sie sich bald landesweit aus) hat über 800 Mitglieder, meist Karrierefrauen ab fünfzig und sechzig aus unterschiedlichen Berufen. Sie organisieren Gruppen Gleichgesinnter nach spezifischen Interessen, Lebensphasen oder Orten. Außerdem gibt es spezielle Interessengruppen wie Bücherclubs oder Investitionsgruppen und Vorträge von Spitzenkräften in den relevanten Bereichen. Die Treffen sollen Frauen helfen, sich gegenseitig bei den oft schwierigen Entscheidungen in ihrer jeweiligen Lebensphase zu unterstützen. Ob es darum geht, in den Ruhestand zu treten, den Ruhestand zu vermeiden, gesund zu altern, sich beruflich selbstständig zu machen oder mit einem Todesfall oder einer Scheidung fertig zu werden, eine TTN-Gruppe kann mit Rat, Erfahrungsaustausch und vor allem mit Einfühlungsvermögen helfen.

Das Women's Forum Inc. in New York ist eine etabliertere Gruppe von herausragenden Frauen in unterschiedlichen Spitzenpositionen. Die Mitgliedschaft ist auf 300 Frauen aus freien Berufen, Kunst und Wirtschaft begrenzt, die sich treffen, um etwas füreinander zu tun und in für sie wichtigen Fragen etwas zu bewegen: also ein beispielhaftes Alte-Mädchen-Netzwerk. Bei der Jahresversammlung des International Women's Forum unterhielt ich mich mit einigen Mitgliedern über ihre Lösungen für den heiklen Übergang von der Hochspannungs-Berufstätigkeit zum Halbruhestand.

Stehvermögen

Berufstätige Frauen, die jünger sind als ihre Ehemänner und daher ihre Karriere später starten, sind aller Wahrscheinlichkeit nach noch lange im Beruf, wenn ihre Männer sich bereits zur Ruhe gesetzt haben, und verdienen bis zu ihrem Ruhestand den größeren Teil des gemeinsamen Einkommens. Ein illustres Mitglied des Women's Forum, Bettie Alexander Steiger, erzählt, dass sie und ihr Mann, mit dem sie seit neunundvierzig Jahren verheiratet ist, das glücklichste und harmonischste Stadium ihrer Beziehung mit Mitte sechzig bis Anfang siebzig erlebt haben. Ihr Übergang in das Stadium der Großliebe hat allerdings durch mehrere äußerst bewegte Jahre geführt, die nur mit viel Mühe und Anstrengung in ruhigeres Fahrwasser zu bringen waren.

Bettie hat ihren Beruf aufgegeben, um die Kinder großzuziehen. Da ihr Mann Don Offizier bei der Armee war, zogen sie häufig um. Betty erklärt, sie möchte nicht einen Tag mit ihren Kindern missen. Sie war zuversichtlich, dass sie kompetent und fähig genug war, die verlorene Zeit wettzumachen, sobald sie bereit wäre, den Sprung zurück in die berufliche Tretmühle zu wagen. Das tat sie mit zweiundvierzig. »Das war nur, weil ich die Steiger-Theorie des Raus und Rauf erfand: Ich blieb bei einer Firma nur so lange, bis ich merkte, dass sie weder meine Fähigkeiten anerkennen noch mich befördern würde, weil ich nicht die entsprechende ›Dienstzeit und den entsprechenden Dienstgrad‹ aufzuweisen hatte, wie man bei der Armee sagt. Dann habe ich mir eine andere Firma gesucht, die mich in einer höheren Position eingestellt hat.« Im Laufe von zehn Jahren wechselte Bettie sechs Mal die Firma. »Die meisten Frauen haben Angst, ein solches Risiko einzugehen.«

Mit zweiundfünfzig war Bettie bereit, einen neuen Traum zu verfolgen. Ihr Arbeitgeber, die Firma Xerox, erkannte, dass sie kurz davor war, das Unternehmen zu verlassen, und bot ihr an, eine interessante Position für sie zu schaffen. Man schickte sie von der Ostküste nach PARC, dem früheren Forschungszentrum in Palo Alto, Kalifornien, wo sie eine höchst testosteronlastige Rolle spielte: Sie leitete die Technologie- und Innovationsgruppe des Unternehmens, arbeitete mit den klügsten Köpfen aus Stanford und anderen Hightech-Institutionen zusammen und stellte feuereifrige Betriebswirte ein. Gemeinsam mit ihnen konzentrierte sie ihr Marketingwissen darauf, die technologische Forschung der Firma kommerziell zu nutzen.

Ich lerne Bettie kennen, als sie zum Women's Forum West kommt, das ein integriertes Netzwerk von Freundinnen und beruflichen Kontakten bietet. Sie hat eine warme Altstimme, eine rasche Auffassungsgabe und eine extrovertierte Art. Es fällt ihr leicht, mit neuen Menschen in Kontakt zu kommen und deren Selbstbewusstsein zu stärken. Sie ist zwar nicht ausgesprochen attraktiv, tritt aber mit dem Selbstvertrauen einer Frau auf, die weiß, dass sie begehrt wird. Als wir uns besser kennen lernen, erklärt sie mir unumwunden den Grund:

»Don und ich haben ein wundervolles Sexleben, es ist aktiv und äußerst innovativ. Vor sieben Jahren bekam er einen dreifachen Bypass. Er ist toll in Form, aber er hat ein angeborenes Cholesterinproblem. Er kann zwar noch Sex haben, aber sein Bedürfnis danach ist nicht so ausgeprägt, wie er es gern hätte. Wir reden darüber. Er kann mich immer noch auf andere Weise befriedigen, und ich habe entdeckt, dass ich ihn befriedigen kann, indem ich Geduld habe.«

Bettie vertraut mir ein Geheimnis an. Ihr Mann ist Frühaufsteher. Bettie kommt erst zwei Stunden später zum Frühstück, aber sie verlässt nie das Schlafzimmer, ohne vorher ihre Dehnübungen zu absolvieren und Make-up aufzulegen. »Wenn ich nach oben komme, sehe ich toll aus. Ich glaube, mein Mann ist einer der Gründe, weshalb ich weiter attraktiv bleiben möchte. Er sagt mir: ›Du bist schön.‹ Ich fand mich immer hässlich. Aber mittlerweile empfinde ich das nicht mehr so. Ich habe ihm gesagt, das liege daran, dass er mich immer noch begehrt.«

Die Steigers haben die Idee der Geschlechterraute in die Praxis umgesetzt. »Wir hatten eine Abmachung«, erklärt Bettie. »Wenn ich die Chance bekäme, auf der Leiter aufzusteigen, und wir dafür umziehen müssten, würde er für meine Karriere umziehen. Ich war für seine Karriere schon neunzehn Mal umgezogen.« Don hielt sein Versprechen und gab seine gewohnte Umgebung im Pentagon auf. An ihrem neuen Wohnort in Kalifornien wartete keine fertige soziale Infrastruktur auf sie. Nicht lange nach ihrem Umzug musste Bettie sich mit Don hinsetzen und ihm sagen: »Wir müssen darüber reden. Deine Vorstellungen von deinem Leben gehen den Bach hinunter. Du musst dich irgendwo einbringen.« Don begann, sich für ihren Hausbesitzerverein zu interessieren, regelte dessen Finanzen und übernahm schließlich das Management einer Weizenfarm.

Es gab allerdings Zeiten, in denen sie zu viel Zeit füreinander hatten, erzählt Bettie. Als ihre Firma ihr eine attraktive Abfindung anbot, beschloss sie, es mit dem Ruhestand zu versuchen. »Ständig waren wir miteinander konfrontiert – es war die schlimmste Zeit unserer Ehe.«

Bettie erkannte, dass sie eindeutig noch nicht reif war, einen Gang zurückzuschalten. So gründete sie eine eigene Beratungsfirma, Steiger Associates, wo sie Geschäftsstrategien für Unternehmensgründer entwickelte. Heute ist sie einundsiebzig Jahre alt und baut gerade wieder eine neue Firma auf. »Don hat verstehen gelernt, dass ich absolute Unabhängigkeit in meinen Entscheidungen brauche, was ich tun möchte und wohin ich gehen will. Das war für ihn ein Umdenken, denn als Militär war er an Hierarchie gewöhnt.« Das Schöne an ihrer selbstständigen Tätigkeit ist, dass sie bestimmen kann, wann sie Urlaub macht. Wie die meisten älteren Paare finden auch Bettie und Don einen Urlaub stimulierend für ihre Beziehung. Vier Wochen im Jahr verbringen sie auf Hawaii und hoffen, eines Tages auf zwei Monate zu verlängern.

»Dass ich im späteren Teil unseres Lebens erfolgreich bin, hat unsere finanzielle Situation wirklich verbessert«, sagt Bettie. »Dons Ego hat unter meinem Erfolg nicht gelitten. Das war nie so. Er war immer sehr stolz auf das, was ich tue. Es ist die abgeklärteste und schönste Zeit unserer Ehe, weil wir uns endlich gegenseitig verstehen und akzeptieren.«

Wie lange möchten Sie leben?

Wenn die Gesundheit nicht mitspielt, hat die Zeit des Ruhestands allerdings nicht viel Abgeklärtes und Schönes. Frage ich meine Interviewpartner: »Wie lange möchten Sie leben?«, antworten die meisten: »Solange ich so gesund bin, dass ich das Leben genießen kann«, »Solange ich für mich selbst sorgen kann« oder »Solange ich geistig klar bin.«

Das Problem ist: Wenn wir Mitte sechzig sind, haben wir gar keine Wahl. Angesichts der schnellen Fortschritte der Medizin werden die meisten von uns länger leben, als wir erwartet haben, ob es uns nun gefällt oder nicht. Wir alle kennen die Klagen zu vieler Prominenter, die nach einem wüsten Leben im Elend ihrer späteren Jahre lamentieren: »Hätte ich doch bloß gewusst, dass ich so lange leben würde, dann hätte ich mehr auf meinen Körper geachtet.«

Mittlerweile wissen wir, dass ab Mitte fünfzig, wenn die meisten Frauen die Menopause hinter sich haben, 70 % des Alterungsprozesses von unserem Lebensstil bestimmt werden: Wie viel wir uns bewegen, wie viel wir trinken oder rauchen, wie gut wir schlafen, wie viele enge Freundschaften wir pflegen und wie engagiert wir weiterhin am Leben und an der Gesellschaft teilnehmen.

Noch beeindruckender ist eine neuere wissenschaftliche Einschätzung: Die Hälfte aller Krankheiten und schweren Unfälle, auf die wir uns angeblich ab dem fünfzigsten Lebensjahr einstellen müssen, lassen sich praktisch vollständig vermeiden, wenn wir lernen, jünger zu leben.

Wer möchte nicht gern mit siebzig noch einen Berg besteigen können? Mit achtzig die ganze Nacht durchtanzen? (Na gut, die halbe Nacht.) Mit neunzig noch in der eigenen Wohnung Gäste bewirten? Und von fünfundvierzig bis zum Tod sexuelle Intimität genießen?

Meine Freundinnen haben mich immer als Sportverrückte ausgelacht. Das Komische daran ist: Mir macht Sport einfach Spaß, besonders wenn ich spüre, wie meine Muskeln sich straffen und die herrlichen Endorphine die schlechte Laune aus meinem Gehirn spülen. Nun liefern uns Biologen neue Informationen, wonach die meisten Körperzellen so angelegt sind, dass sie nach kurzer Lebensdauer absterben. Unsere Blutzellen werden alle drei Monate ersetzt. Unsere Muskeln erneuern sich alle vier Monate. Unsere Knochen zersetzen sich alle paar Jahre und bauen sich neu auf. Mit diesem programmierten Verfall ermöglicht die Natur uns vermutlich, uns an veränderte Lebensbedingungen anzupassen und der Tatsache entgegenzuwirken, dass ältere Zellen weniger resistent gegen Giftstoffe sind.

Tägliche sportliche Betätigung dient dem Ziel, lange zu leben und kurz zu sterben. Das ist keineswegs der simple Slogan, nach dem es klingt.

Wissenschaftliche Studien zur Körper- und Hirnchemie bestätigen dieses Konzept. Dr. Harry Lodge und Chris Crowley führen es detailliert in ihrem Buch *Younger Next Year: Women's*

Edition: A Guide to Living like 50 until you're 80 (2005) aus. Dr. Lodge, Internist und Gerontologe an der Columbia Medical School, beschreibt klar und deutlich das Wechselspiel von Wachstum und Verfall. Die Grundidee ist folgende: Bewegung ist der Hauptauslöser für Kräftigungs- und Reparaturzyklen in den Muskeln und Gelenken. Um den Körperzellen zu signalisieren, dass sie sich neu bilden sollen, muss man seine Muskeln betätigen. Sport trägt außerdem zu positiven chemischen Veränderungen im Gehirn bei. Tägliche sportliche Betätigung führt laut Dr. Lodge unmittelbar zu einer Verjüngung mit einer entsprechenden Stärkung des Immunsystems, besserem Schlaf, Resistenz gegen Herzinfarkt, Schlaganfall, Bluthochdruck, Arthritis und Alzheimer. Sie verbessert zudem die Sexualität. »Lässt man seine Muskeln untätig, nimmt der Verfall wieder überhand«, warnt er.

Sicher, man kann sich zurücklehnen, mit siebzig anfangen sich auszuruhen – das hat man sich schließlich verdient, oder? – und sich so in aller Ruhe ins Altersheim bringen. Oder man fängt sofort an, regt seinen Körper jeden Tag ein bisschen zu neuem Wachstum an und verhindert den Verfall. Gut, angenommen, man möchte dem Verfall entgegenwirken, was lässt sich dagegen tun? Wie Dr. Lodge erklärt, müssen wir sechs Tage in der Woche Sport treiben, bis sie uns zu Grabe tragen. Richtig: *sechs Tage*. Vier davon müssen wir ernsthaften aerobischen Übungen widmen. Die beiden übrigen gehören dem Krafttraining. Man mag diesen Rat nicht hören wollen, aber jeder weiß, dass er stimmt. Manche brauchen ihn mehr als andere.

Kinder, ihr kennt euch doch.

Viele unangenehme Veränderungen, die für Frauen über fünfzig oft überraschend kommen, werden der Menopause angelastet: Gewichtszunahme, Energiemangel, Gelenk- und

Muskelschmerzen. Es ärgert uns, wenn man uns diese Ausrede wegnimmt, aber die wissenschaftlichen Fakten sind nun mal, wie sie sind. Frauen über fünfzig nehmen schneller zu, weil ihr Stoffwechsel sich verlangsamt; die einzige Möglichkeit, dieser Auswirkung des Alterns zu begegnen, ist, weniger zu essen und sich mehr zu bewegen. Pro Jahrzehnt unseres Lebens bewegen wir uns etwa 10 % weniger. Je weniger wir uns bewegen, umso weniger Energie haben wir. Und die Schmerzen und Wehwehchen des Alterns werden umso schlimmer, je schlaffer wir unsere Muskeln werden lassen und je seltener wir unsere Gelenke dehnen und schmieren.

Bis zur Menopause schreitet der körperliche Abbau bei Frauen langsamer voran als bei Männern. Um die Menopause setzt der Verfallsprozess mit Macht ein, und während der Wechseljahre geht es wie auf einem ungebremsten Schlitten trudelnd bergab über beschleunigten Knochenabbau, beginnende Arthritis und verringerten Schutz gegen Herzerkrankungen, Krebs und Depressionen. Dem chemischen Stoff, der den Verfallsprozess durch Entzündungen auslöst, wirkt eine Chemikalie namens C-10 entgegen, die Wachstum und Reparaturprozesse anregt. Alle aerobischen Übungen stimulieren den C-10-Wachstumsstoff in den Muskelzellen und im Blut. Wenn wir uns nicht bewegen, entsteht in unseren Muskeln und Organen allmählich eine chronische Entzündung, auch wenn wir es nicht merken. Machen wir aber täglich mindestens 20 Minuten aerobischen Sport, der uns ins Schwitzen bringt, sorgen wir damit für eine starke Durchblutung von Muskeln, Herz, Knochen, Organen und Gehirn und baden sie in der verjüngenden Wachstums- und Reparaturchemikalie C-10.

Ich spreche hier von altersgerechtem, effektivem Sport und nicht davon, sich mit Zehn-Kilometer-Läufen umzubringen oder den Kilimandscharo zu besteigen. Es geht um Radfahren,

Schwimmen, Walken, Skilanglauf und Rudern, also um heilende Sportarten. Das Soll lässt sich auch im Fitnesscenter auf dem Laufband, dem Crosstrainer oder der Rudermaschine erfüllen. Leider gehören zu den lebensverlängernden Sportarten weder Tennisdoppel noch Golf. Beide sind zwar wunderbar für die Muskeln und die Einstellung, aber nicht aerobisch. Tenniseinzel sind gut, solange man aus der Puste kommt. Aber ein Tennisprofi erklärte mir mal, dass bei einem Tennisdoppel von einer Stunde der Ball nur viereinhalb Minuten tatsächlich im Spiel ist. Und beim Herumfahren in einem Golfcart hat noch niemand ein C-10-Bad erlebt.

Wenn wir also diszipliniert an vier Tagen wöchentlich ernsthaft Sport und an zwei Tagen Krafttraining treiben, garantiert der Gerontologe, dass wir unser Brustkrebsrisiko um die Hälfte reduzieren und gute Chancen haben, noch mit achtzig die Schuhsohlen durchzutanzen.

Ein neuer Traum für jedes neue Jahrzehnt

Ich habe die Ehre, die Mitbegründerin der Rancho la Puerta meine Freundin und meinen Coach nennen zu können. Deborah Szekely, eine echte Pionierin der Fitnessrevolution, hat ihr ganzes Leben dem Bestreben gewidmet, in einer zunehmend künstlichen Welt natürlich zu leben. Eines ihrer Geheimnisse lautet, sich ab sechzig für jedes zusätzliche Jahrzehnt einen neuen Traum zu suchen.

»Ich glaube wirklich, dass ich so bin, wie ich bin, weil ich mich radikal verändert habe, als ich sechzig wurde«, erklärte sie. Sie liebte die Ranch und ihre andere Schöpfung, The Golden Door. Sie mag das Personal und so gut wie alles, was sie tut. »Aber das hatte ich lange genug gemacht, seit ich achtzehn war.« Deborah überließ das Unternehmen ihrem Sohn Alex und zog nach Washington, wo sie als Leiterin einer Behörde einen neuen Traum fand. Sie stellte fest, dass die zupackenden Managementkenntnisse sich nicht nur auf die staatliche Bürokratie übertragen ließen, sondern für gemeinnützige Organisationen in Lateinamerika und der Karibik ebenso wertvoll waren. Nach sechs Jahren, in denen sie viel an der Basisarbeit verändert hatte, wurde Deborah erneut rastlos.

»Ich suche nach etwas, was mir wieder den Schlaf raubt«, erzählte sie allen.

Sie fand es, indem sie eine eigene gemeinnützige Organisation gründete, die Führungskräfte für gemeinnützige Vereine in den Innenstädten sucht und ausbildet. In den folgenden zehn Jahren war sie ständig unterwegs und flog zwischen vier Städten hin und her, um ihr Programm zu beaufsichtigen. Wenn sie Zeit hatte, auf der Ranch vorbeizuschauen, sagte sie den Gästen: »Jedes Mal, wenn Sie Ihre berufliche Stellung wechseln, jedes Mal, wenn Sie eine Veränderung vornehmen, bringt das Ihr Adrenalin in Fluss und gibt Ihnen neue Energien.« Sie selbst war der lebende Beweis.

Mit Ende siebzig kehrte sie zurück auf die Ranch, um ihrem Sohn zu helfen, der an Hautkrebs litt. Deborah frischte ihren alten Traum auf, indem sie neuere Heilmethoden wie Pilates, Feldenkrais und NIA erschloss und einführte. Sie entwickelte auch Methoden, ihre Tage von sinnlosen Zwängen und langweiligen Menschen zu befreien.

»Schauen Sie sich Ihren Terminkalender der vergangenen Woche an«, riet sie ihren Gästen. »Wir sind alle ständig damit beschäftigt, für morgen und nächste Woche zu planen, dabei können wir viel lernen, wenn wir uns anschauen, wie wir die letzte Woche verbracht haben.« Sie empfahl, mit unterschiedlichen Farbstiften zu markieren, wie man seine Zeit verbracht hat: *Wie gehe ich mit mir um? Was lerne ich? Hatte ich viel Spaß? Was habe ich für die vergangene Woche vorzuweisen? Und was war völlige Zeitverschwendung?*

Im Jahr 2005 wurde Deborah dreiundachtzig Jahre alt. Sie hat ihren Sohn begraben, getrauert und ein neues Konzept für die Ranch entwickelt: Frauenwochen für die Nebensaison im August. Sie locken viele neue Gäste auf die Ranch, vor allem Frauen, die sich »zu alt« oder »zu dick« finden und sich in Gegenwart von Männern in hautenger Sportkleidung nicht wohl fühlen. Das Angebot ist ein Riesenerfolg. Deborah selbst steigt immer noch auf den Berg hinter der Ranch. »Es wäre mir vor meinen Gästen peinlich, das nicht zu tun. Das heißt nicht, dass ich bis zum Gipfel klettere wie in meinen besten Zeiten, aber es heißt, dass ich nach wie vor eine Wanderung von einer guten Stunde schaffe.« Deborah meint, dass sie wahrscheinlich noch weitere zwanzig Jahre Lebensreise vor sich hat. Und wieder ist sie rastlos. Zeit für einen neuen Traum.

Sie hat wieder etwas gefunden, was ihr den Schlaf raubt: Sie will auf die Notwendigkeit aufmerksam machen, Einwanderer – aus ihrer wie aus unserer Sicht – zu partizipierenden, verantwortungsbewussten neuen Amerikanern zu machen. Zu diesem Zweck hat sie das New Americans Immigration Museum and Learning Center gegründet.

27. Reife Sirenen

Wer hätte je gedacht, dass eine geschiedene Frau mit teigigem Körper und verwittertem Gesicht, die achtundfünfzig Jahre auf ihren Prinzen gewartet hat, die Hauptrolle in der Liebesgeschichte spielen würde, die 2005 die Welt bewegte. Um es zu glauben, brauchte man nur das strahlende Lächeln von Camilla Parker-Bowles zu sehen, als sie den liebevollen Blick von Prinz Charles erwiderte. Mittlerweile ist er ein zur Glatze neigender Herr, der temperamentvolle Reden hält und sich dem missbilligenden Blick seiner strengen Mutter entzieht, der Königin von England, die Camilla einmal als »recht verbraucht« bezeichnet hat.

Wie sich herausstellt, ist dieses »recht Verbrauchtsein« eine von Camillas anziehenden Eigenschaften. Jahrelang hat das Leben die Geliebte des Prinzen gebeutelt und ihre Liebe und Loyalität mit Skandalen, Verunglimpfung seitens Diana-Fans und Spott der erbarmungslosen britischen Presse auf eine harte Probe gestellt. Das jahrelange Versteckspiel, als Prinzessin Diana noch lebte und als sie nach ihrem tragischen Tod praktisch zur Heiligen erhoben wurde, verstärkte Camillas Reiz in den Augen des Prinzen sicher noch, der in ein enges Verhaltenskorsett geschnürt war. Camilla vereint die tröstliche Wärme der mütterlichen Brust mit dem strafenden Bariton einer britischen Nanny. Aber in ihren Augen und ihrem Partydekolleté liegt die Verheißung hemmungsloser Hingabe, eine Rolle, auf die ihre Urgroßmutter, Alice Keppel, die ehebrecherische Geliebte König Edwards VII., sie vorbereitet hat. Mit ihren über fünfzig Jahren kann Camilla in unglamourösem

Tweed einherstapfen, weil sie sich in ihrer Haut wohl fühlt. Mit der Weisheit, die sie durch ihre unmittelbare Nähe zur Praxis der Staatskunst erworben hat, ist sie zur engsten Beraterin ihres Mannes geworden. Offensichtlich sind die beiden einander so vertraut wie ein Paar abgetragene Gummistiefel. An ihnen ist das zu spüren, was ich unter der stillen Freude der Großliebe verstehe.

Ich kann es nicht oft genug wiederholen: Frauenleben sind lang und haben viele Jahreszeiten. Späte Verführerinnen haben Männer wie Frauen schon immer in ihren Bann gezogen. In ihrem Zauber verbinden sich eine voll ausgeprägte Persönlichkeit, ein scharfer Verstand, unendlich erneuerbare Vitalität, gesellschaftliche Stellung, Glamour und ein ansteckender Geist. Sie arbeiten mit zwei Stromstärken und können hin- und herschalten zwischen mütterlicher Wärme und sexueller Hochspannung. Solche Frauen nenne ich reife Sirenen.

Oprah und Tina

Im gegenwärtigen amerikanischen Pantheon reifer Sirenen muss Oprah Winfrey als Superstar gelten. Seit sie fünfzig ist, trägt sie ihr Haar lang und lockig, ihr Gesicht wirkt, durch welche geheimen Mittel auch immer, schöner denn je, und sie hat eine schlanke, aber immer noch kurvenreiche Figur. Sie strahlt die selbstbewusste Spontaneität der vollkommenen älteren Sirene aus.

Wie viele ältere Verführerinnen sieht auch Oprah keine Notwendigkeit zu heiraten. Sie hat ihr eigenes Imperium und in Steadman einen anspruchslosen Begleiter, mit dem sie nicht zusammenlebt. Das gibt ihr die Freiheit, unverhohlen mit umschwärmten jüngeren Männern zu flirten wie dem Schauspieler und Oscar-Preisträger Jamie Foxx, der ihr in der *Oprah-Show* seine Liebe erklärt hat. Offenbar schwenkt sie bei öffentlichen Auftritten gern stolz ihr Hinterteil, wie Tina Brown in ihrer Zeitungskolumne über die Grandes Dames anmerkte, die die New York Women in Communications bei ihrem Essen anlässlich der Matrix-Verleihung 2005 im Waldorf-Astoria geehrt hat. »Die selbstbewusste Rolle, die Oprahs Hinterteil in seinem engen Couture-Kostüm spielte, als sie auf das Podium stürmte, um einen Preis zu überreichen, hatte etwas Glorreiches ...«

Wir bauen auf dem Mut der reifen Schwestern auf, die uns vorausgehen. Oprah hat ihren mittleren Jahren keineswegs freudig entgegengesehen. In einem Interview, das sie für ihre Zeitschrift mit Tina Turner geführt hat, legte Amerikas Beichtmutter selbst eine Beichte ab. Sie sagte zu Tina Turner: »Es lag an dir, dass ich beschlossen habe, weiter durch die Fünfziger zu rocken. Es lag an dir, dass ich mir gesagt habe: ›Ich bleibe nicht stehen. Ich werde noch besser.‹« Seit diesem Entschluss hat Oprah nicht nur die Verbreitung ihrer Fernsehshow auf 111 Länder ausgedehnt, sondern streut in *O, the Oprah Magazine*, das 2005 seinen fünften Geburtstag feiern konnte, auch weiterhin anregende Ideen. Außerdem entdeckt sie immer neue Möglichkeiten, ihre Berühmtheit für soziales Engagement zu nutzen.

Wer wäre nicht von Tina Turner inspiriert, einer Seniorsirene, die mittlerweile über fünfundsechzig, aber immer noch umwerfend ist? Sie überstand eine brutale Ehe, brach mit 36 Cent in der Tasche aus und stürmte die Altersbarriere als internationale Rock- und Soullegende, deren sexy Konzerte zu den Topsellern der Geschichte gehörten. Ihre mittleren Jahre verbrachte sie zufrieden in Zürich mit einem sechzehn Jahre jüngeren Liebhaber.

Anna, der Vamp von Tarzana

Anna Boyce versteht etwas davon, alt zu werden und ihren Groove zu behalten. Sie ist nicht berühmt, außer bei ihren früheren Wählern in Orange County, die sie als Abgeordnete vertreten hat. Sie ist eine vierundsiebzigjährige, moderne Kalifornierin, zwei Mal verwitwet, zierlich, mit karottenrot gefärbter Igelfrisur, scharfer Zunge und spitzbübischen Augen. Sie hat gern zwei bis drei Männer gleichzeitig am Bändel, darunter mindestens einen jüngeren.

»Jüngere Männer haben viel mehr Energie«, erzählt sie den Mitgliedern von WomanSage in unserem Gruppeninterview, »und sie kommen nicht ständig mit dem Viagra-Trick wie ältere Männer.«

Bei ihrer dritten Verabredung zum Abendessen mit einem älteren Mann lag auf ihrem Dessertteller eine blaue Pille, als sie von der Toilette zurückkam. »Wofür ist die?«, fragte sie. »Das ist unser Nachtisch«, antwortete er.

»Selbstverständlich kam er nicht mit zu mir nach Hause«, erklärt sie aufgebracht.

Ich nenne sie Anna, den Vamp von Tarzana, weil sie seit über acht Jahren allein lebt, ihren gehörigen Anteil an Rendezvous mit Witwern hatte und einen narrensicheren Schutz vor ihren lüsternen Annäherungsversuchen entwickelt hat. »Ich erkläre ihnen von Anfang an, dass ich sexuell nicht zu haben bin, wenn die Chemie nicht stimmt. Nach vier bis fünf Verabredungen fängt meistens der Druck an. Zuerst sage ich ihnen, dass es bei mir zu Hause nicht geht: Ich habe nur ein Einzelbett. Und ich bin nicht diejenige, die mitten in der Nacht aufsteht und geht. Dann sage ich ihnen, dass ich einen Bluttest verlange. Sie schwören immer, dass sie seit Jahren mit niemandem zusammen waren, ich sei die Erste. Darauf sage ich, schön, aber ich verlange einen Bluttest und mache selbst auch einen, das schafft klare Verhältnisse. Bis jetzt hat mir noch keiner einen Bluttest gebracht, kein Einziger.«

Sie stockt. »Werde ich etwa rot?«

Wir fragen, ob ihr der Sex in ihrer Ehe Spaß gemacht habe. O ja, antwortet sie, sehr sogar. Und sie vermisst es. Aber sie hat festgestellt, dass ältere Männer erleichtert sind, wenn sie ihnen den sexuellen Leistungsdruck nimmt, und immer wieder zum nächsten Date kommen. »Ich habe noch keinen verloren, den ich mag«, erklärt sie und flattert bescheiden mit den Wimpern. »Sie suchen im Grunde dasselbe wie Frauen in diesem Alter: Kameradschaft, Freundschaft. Ach, und jemanden, der sich ihre Geschichten von früher anhört. Ich habe so viele Kriegsgeschichten gehört, dass ich das Gefühl habe, mit ihnen im Zweiten Weltkrieg im Schützengraben gelegen zu haben!«

Am meisten genießt sie bei diesen Verabredungen das Flirten, die Spielerei. »Es ist eine Herausforderung, ihr Interesse an dir wach zu halten – das gefällt mir.« Mit einem leicht habgierigen Kichern fügte sie hinzu: »Und die kleinen Geschenke – Parfüm, Schmuck, Theaterkarten, sich abholen und in richtig nette Lokale einladen zu lassen, von männlichen Aufmerksamkeiten überhäuft zu werden –, das ist entschieden etwas anderes als mit meinen Kindern und Enkeln.«

Reife Sirenen der Geschichte

Im Laufe der Geschichte gab es immer wieder reife Sirenen, die ihre gefährliche Unabhängigkeit nach der Menopause nutzten, um dem häuslichen Leben zu entfliehen, zu flirten, von einem Bewunderer zum nächsten zu flattern oder intime Beraterinnen mächtiger Männer zu werden. In ihrem wunderbaren Buch *Seductress* weist die Historikerin Betsy Prioleau darauf hin, dass einige der berühmtesten Seniorgöttinnen der Geschichte durchaus keine Schönheiten waren. Manche waren sogar ausgesprochen unscheinbar, dennoch fesselten sie mit ihren übrigen Reizen mächtige Männer und künstlerische Genies und wurden oft zu den engsten Vertrauten der Könige und Fürsten Europas und von Präsidenten und Staatsmännern. Denn für Männer ist die ältere Frau einerseits immer »Mutter«, »eine Quelle erschreckender Abhängigkeit, Autorität und Inzesttabus, zugleich aber natürlich auch eine Quelle enormer Reize. Die geheimnisvollen Silberfüchse handhabten dieses starke Aphrodisiakum mit Finesse und vermischten gekonnt die Nährmutter mit der Sex-Queen, um die ödipalen Ängste zu neutralisieren und den Schuss Mütterlichkeit zu maximieren.« Wenn diese historischen Verführerinnen älter wurden, entwickelten sie eine noch lustvollere Spontaneität mit einer »Was-soll's-Endzeit-Lebensfreude«, wie Prioleau es nennt.

Diane de Poitiers

Im 16. Jahrhundert gab es in Frankreich eine dominante reife Sirene: Diane de Poitiers (1499–1566). Ihre Mentorin war eine der mutigsten Bilderstürmerinnen Europas, Anne de Beaujeu. Sie besorgte der fünfzehnjährigen Diane einen reichen Ehemann, der vierzig Jahre älter war als sie, und rechnete damit, dass er dem Mädchen die Vorzüge eines frühen Witwenstandes bescheren würde. Nach seinem erwartungsgemäß frühen Tod übernahm Diane die für sie vorgesehene Rolle als Herrin der Besitzungen im Burgund. Neben den Reizen einer reifen Sirene und mütterlichen Tutorin besaß sie nun auch noch Wohlstand und gesellschaftliche Stellung. Der zukünftige König von Frankreich, der damals siebzehnjährige Henri, verliebte sich wahnsinnig in sie. Prioleau schreibt: »Sie führte den zukünftigen König in die Sexualität ein, als er erst siebzehn war, und verdarb ihn für andere Frauen.«

Unter Diane de Poitiers' Anleitung wuchs der Prinz aus seiner schwierigen Adoleszenz heraus, las viel und genoss die Feste, die seine Geliebte gab. Prioleau zeichnet ein lebendiges Bild: »Henri spielte Gitarre, während Diane auf seinem Schoß saß, streichelte zwischendurch ihre Brüste und fragte die Anwesenden, ob sie je eine schönere Frau gesehen hätten.«

Ihre Schönheit bestand allerdings nur im Auge des vernarrten Betrachters. Objektive Beobachter fanden Diane mit ihrem ausdruckslosen Gesicht, den schmalen Lippen und spärlichen Wimpern durchweg unscheinbar. Aber wie alle reifen Sirenen praktizierte sie geradezu futuristische Anti-Aging-Maßnahmen, die sie anziehender machten. Für eine Europäerin des 16. Jahrhunderts war sie ausnehmend angenehm zu küssen, weil sie sich die Zähne mit einem essiggetränkten Lappen reinigte. Sie hatte keine Pockennarben, was für eine Frau in der damaligen Zeit eine Seltenheit war, und badete täglich in eiskaltem Wasser. Sie ritt, behielt ihre schlanke, geschmeidige Figur bis weit über vierzig und wirkte mindestens zwanzig Jahre jünger.

Aber nicht nur ihre engen Reitkleider und tiefen Dekolletés hielten das Interesse des Königs wach, denn sie entwickelte sich auch zu einer Meisterin der Staatskunst. Er berief sie als erste Frau der französischen Geschichte in seinen privaten Kronrat, wo sie als seine Hauptberaterin Allianzen schmiedete und Friedensverträge aushandelte. Ihr Credo sollten sich alle angehenden reifen Sirenen merken:

»Du musst sprühen.«

Minette Helvetius

Auch Benjamin Franklin zog ältere Frauen jüngeren noch vor, als er bereits der anerkannteste und meistbewunderte Amerikaner des ausgehenden 18. Jahrhunderts war. Als temperamentvoller Siebzigjähriger, der den Selfmademan der Neuen Welt verkörperte, reiste er 1776 nach Paris, um sich die französische Unterstützung für die amerikanische Revolution zu sichern. Sofort avancierte er zum Liebling der radikalen Schickeria und war umschwärmt von jungen Pariser Schönheiten, doch eine Witwe über sechzig eroberte sein Herz.

Minette Helvetius hatte sich nach dem Tod ihres Mannes 1771 neu erschaffen. Sie hatte sich ein behagliches Haus im Pariser Vorort Auteuil gekauft und empfing einmal wöchentlich die geistige und politische Elite jener Zeit in ihrem gefragten Salon mit Freudenjuchzern und schwungvollem Rascheln ihrer mädchenhaft kurzen Unterröcke. Selbstverständlich waren ihre Gäste überwiegend Männer, ein erlesener Zirkel, den sie mit komischen Anekdoten und derben Trinkliedern bis tief in die Nacht unterhielt.

Minette verführte Franklin mit ihrer verjüngenden Wirkung. In ihrer Gegenwart fühlte der stattliche Siebzigjährige sich »wie ein kleiner Junge«, gestand er. Der berühmte amerikanische Erfinder und Diplomat war von der schamlosen reifen Sirene so bezaubert, dass er Freunden seine Absicht verriet, »sie zu erobern und lebenslang bei sich zu behalten«. Nach Prioleaus Recherchen verliebte sich auch Minette sehr in Franklin, weigerte sich aber standhaft, ihn zu heiraten, und hielt ihrem Salon und ihrer persönlichen Freiheit die Treue. Sie und Franklin blieben jedoch feurige Liebhaber, schrieben und besuchten sich regelmäßig, küssten sich öffentlich und priesen sich gegenseitig auf beiden Seiten des Atlantiks.

Auch diese reife französische Sirene wurde offenbar mit zunehmendem Alter immer jünger. Sie stand früh auf, lief mit den Kindern des Haushälterehepaars in ihrem Park herum und hatte einen Kreis von Bewunderern, bis sie mit einundachtzig Jahren starb – einem erstaunlich hohen Alter für eine Frau des 18. Jahrhunderts.

Seniorgöttinnen von heute

Die reifen Sirenen von heute brauchen keine Männer mehr zu verführen, um ihre Stellung zu wahren. Wenn sie in ihrer jeweiligen Karriere bewiesen haben, dass sie intelligent, schlagfertig, superehrgeizig, energiegeladen und leistungsfähig sind, können sie ihr Leben in die eigene Hand nehmen. Und das zählt auf Dauer wesentlich mehr, um in den Rang einer reifen Sirene aufzusteigen, als ein junges, blondes Fernsehgesicht, dessen äußere Reize vergehen und das letztlich dahinter Leere offenbart.

Die Gruppe reifer Sirenen, die heute vielleicht am stärksten im Blickfeld der Öffentlichkeit stehen, sind die Moderatorinnen der Fernsehnachrichten. Nachdem Barbara Walters die Altersbarriere durchbrochen hatte, brachte ein kleiner Boom ehrgeizige Journalistinnen in begehrte Spitzenpositionen vor der Kamera, die sie bis weit in die sechzig hielten und noch halten – ein weiterer Beleg für die grundlegende Veränderung in der allgemeinen Einstellung zu reifen Frauen. Sie alle brachen als Einzelgängerinnen mit den präfeministischen Verhaltensregeln, ließen ihrem Ehrgeiz freien Lauf, eroberten männlich privilegiertes Terrain und boten den Konventionen die Stirn. Sie bekamen erst spät Kinder oder blieben kinderlos. Sie arbeiteten doppelt so hart wie ihre männlichen Kollegen. Die Schlauesten heirateten Männer, die ihre große Karriere stolz unterstützten oder in manchen Fällen auch förderten, oder sie blieben gleich ledig oder nach einer Scheidung unverheiratet und ackerten weiter. Und sie alle können großartige Geschichten erzählen.

Dieser Aspekt ist eine wichtige Komponente des Charmes reifer Sirenen. Ein Beispiel ist Natalie, die Südafrikanerin, die aufblühte, nachdem ihr Mann sie in Santa Fe verlassen hatte. Sie nahm sich vor, durch Lesen und Kontakte mit allen möglichen Leuten genug Wissen zu sammeln, um mit jedem der über hundert Gäste ihrer Sylvesterparty ein angeregtes Gespräch führen zu können. Der französische Romancier und Essayist André Maurois schrieb einmal: »Eine glückliche Ehe ist ein langes Gespräch, das immer zu kurz scheint.«

Zuschauer der Frühstücksfernsehsendung *Good Morning America* mögen die Co-Moderatorin Diane Sawyer. Diane hat sich ihr strahlendes Golden-Girl-Aussehen und die knisternde Intelligenz bewahrt, die ihr 1967 den Durchbruch ins Fernsehen ermöglicht haben. Ob sie nun die aktuellen Nachrichten liest oder Wortgeplänkel mit ihrem männlichen Co-Moderator, Charles Gibson, führt, immer gehen sexuelle Anziehungskraft und selbstbewusste Autorität bei ihr Hand in Hand.

Es ist interessant, sich rückblickend noch einmal die Prognosen in Erinnerung zu rufen, die einige der heutigen Seniorgöttinnen vor über zehn Jahren zu der Frage abgaben, wie lange sie sich ihrer Ansicht nach als Frauen vor der Kamera in einem Bereich würden halten können, in dem die Chefs immer noch Männer sind.

Lesley Stahl, die mit Mitte vierzig in den exklusiven Club der Millionäre unter den Nachrichtenstars gelangte, schaffte es mit dem »Abschlussjahrgang '72« ins Fernsehgeschäft, als Antidiskriminierungsgesetze demonstrierten, dass in Rundfunk und Fernsehen Sexismus an der Tagesordnung war. CBS News stellte Lesley 1972 als Reporterin in Washington ein. Wie die übrigen frühen TV-Verführerinnen war sie nicht nur schön, sondern auch ein cleverer Workaholic. Sie war bereit, mitten in der Nacht aufzustehen, um zu arbeiten, und hatte ständig einen gepackten Koffer bereitstehen, um von jetzt auf gleich auf Reisen gehen zu können. Erst mit Mitte dreißig heiratete sie den gut aussehenden jüngeren Schriftsteller Aaron Latham und bekam ihr einziges Kind, Taylor Latham, mit Ende dreißig. Diese Entscheidungen für ein solides Privatleben traf sie in der – wie sich herausstellte irrigen – Annahme, dass sie ihre Karriere beeinträchtigen würden. Marlene Sanders erzählte sie 1988 für ihr Buch *Waiting for Prime Time*: »Ich kann mich nicht um Sendungen wie *60 Minutes* bemühen, weil ich ein Kind habe, und es wäre ein Opfer, aber ich habe nun mal ein Kind, und es ist wunderbar, es ist mein Leben.«

Voilà! 1991 stieg Lesley Stahl von ihrer achtbaren Position als Moderatorin der CBS-Sendung *Face the Nation* zur Nachfolgerin von Diane Sawyer als einziger Anchorwoman von *60 Minutes* auf. Diese Position hat sie nun seit über fünfzehn Jahren inne und kommentiert kulturelle Trends als scheinbar alterslose, immer noch attraktive Frau ansprechender denn je.

Das unterstreicht meine These: Frauen leben länger und haben viele Jahreszeiten.

Kitty Carlisle Hart

Ich konnte es kaum erwarten, eine der größten lebenden reifen Sirenen Amerikas zu interviewen. Allerdings musste ich warten, bis sie aus Palm Beach zurückkam, wo sie Abend für Abend gegen eine Gage von 20 000 Dollar auf einen Tisch stieg und sang.

Kitty Carlisle Hart ist mit fünfundneunzig immer noch ein Hit.

Sie ist wohl die einzige Frau ihres Alters, die nach wie vor als Sängerin in Clubs auftritt. Ihr Nachtclub-Debüt in New York City hatte sie an ihrem vierundneunzigsten Geburtstag im Feinstein's Club des Regency-Hotels auf der Park Avenue: Ihre Vorstellungen waren an allen drei Abenden ausverkauft. Der Erfolg sorgte nach fünfzig Jahren für einen Karriereschub, heute ist sie im ganzen Land gefragt.

Seit fast einem Jahrhundert gibt Kitty nun Vorstellungen: Zuerst lernte sie als aufgewecktes Kind, fesselnde Geschichten zu erzählen, um die Wutausbrüche ihrer Mutter zu besänftigen, dann sang sie in den zwanziger Jahren in Paris und London, weil ihre Mutter vorhatte, sie »sicher in die Arme von Wohlstand und Anstand« zu bugsieren wie die unglückliche Heldin in Edith Whartons berühmtem Roman *Haus Bellomont: die verborgene Leidenschaft der Lily Bart*. Doch anders als Lily Bart, die in der Blüte ihrer Jahre stirbt, reiften Kittys Talente als Bezauberin der Männer, erfolgreiche Entertainerin, legendäre Kulturzarin und wichtiger Spendenmagnet bei kulturellen Wohltätigkeitsveranstaltungen erst zu ihrer vollendeten Form heran, als sie Anfang fünfzig war.

In ihrem ersten Erwachsenenleben schaffte Kitty es mit ihrer Gesangs- und Schauspielkarriere nicht über die zweite Reihe hinaus, obwohl sie mit den Marx Brothers in dem Film *Eine Nacht in der Oper* auftrat. Sie war von Natur aus keine Schönheit. Aber sie war hartnäckig. Sie war fünfzehn Jahre mit dem brillanten, aber manisch-depressiven Bühnenautor Moss Hart verheiratet, der ihr half, eine neue Persönlichkeit zu entfalten, und sie in lange Samtgewänder kleidete. Mrs. Hart spielte ihren Part als hingebungsvolle Ehefrau und glamouröse Dame von Welt und sorgte dafür, dass sie mit den Kulturgrößen ihrer Zeit auf Du und Du standen. Als ihr Mann starb, war sie einundfünfzig. »Moss war alles für mich«, sagt sie. Aber in den folgenden fast fünfzig Jahren, in denen Kitty allein lebte, trieb sie Jahr für Jahr mehr leuchtende Blüten wie eine Gewächshaus-Orchidee.

Bevor ich für unser Interview ihr Apartment in der East Side Manhattan betrete, erzählt mir der Aufzugführer, Kitty sei erst vor zwei Tagen aus dem Krankenhaus nach Hause gekommen. »Aber sie geht jeden Tag spazieren, sie ist unglaublich.«

Mrs. Hart sorgt normalerweise immer für einen dramatischen Auftritt, aber an diesem Nachmittag trägt sie kein Makeup. Ihr dunkles Haar mit Silbersträhnen sieht aus, als käme sie frisch aus dem Bett. Aber kaum stelle ich ihr die erste Frage, tritt ihr unermüdlicher Elan zutage.

»Ich schreibe über Frauen, die einen Verlust überstanden und gelernt haben, allein zu leben, die neue Träume entwickelt und es geschafft haben, unabhängig von ihrem Alter ihre Anziehungskraft auf Männer und Frauen zu bewahren. Wie machen Sie das?«

Ein Lächeln öffnet ihr Gesicht und breitet sich aus. »Ich sprühe Funken.«

Ich frage sie, was ältere Männer brauchen.

»Dasselbe wie jüngere Männer. Dasselbe, was alle Männer brauchen: Jemanden, der ihnen zuhört. Und ich bin eine sehr gute Zuhörerin.«

Sie beherrscht die Kunst, Männerherzen zu erobern, und hat ihren gehörigen Teil umwerfender Männer verschiedener Generationen bezaubert. »Ich kannte George, Ira, Cole, Dick und Irving«, nennt sie einige in einem Atemzug. Sie meint die Gershwin-Brüder, Cole Porter, Richard Rodgers und Irving Berlin. George Gershwin hat ihr einen Heiratsantrag gemacht. »Aber er hat mich nicht geliebt, er hielt mich nur für passend.«

Sinclair Lewis, das Gewissen Amerikas in den zwanziger Jahren und der erste Literaturnobelpreisträger des Landes, wollte Kitty ebenfalls heiraten. Aber als er ihr erklärte, er wolle es seiner Frau, der beängstigend geistreichen Schriftstellerin Dorothy Thompson, sagen, »jagte es mir eine Todesangst ein«. In den dreißiger Jahren eroberte ein brasilianischer Frauenheld, Decio de Moura, Kittys Herz im Sturm, aber dann ließ sie ihn in Rio praktisch vor dem Altar stehen. Die ganze Zeit hatte sie ein Auge auf den talentierten, prominenten Bühnenautor Moss Hart geworfen, den »Broadwaystar«, der gemeinsam mit George S. Kaufman an Stücken wie *You Can't Take It with You, The Man Who Came to Dinner* arbeitete und später bei *My Fair Lady* und *Camelot* Regie führte.

Sosehr Kitty sich auch bemühte, gelang es ihr doch nicht, die Aufmerksamkeit des einzigen Mannes zu erregen, den sie heiraten wollte. »Ich habe neun Jahre auf Moss gewartet!«, erklärt sie. Die Wege der beiden haben sich auf Partys gekreuzt, aber Hart würdigte sie keines Blickes. Als sie mit Mitte dreißig immer noch unverheiratet war, beklagte sie sich bei ihrer Mutter: »Ich bin nicht verheiratet. Ich habe keine Kinder. Ich werde noch so enden wie Sophie Tucker und in einem Café in Montana *Some of these Days* singen.«

Und wie gelang es ihr schließlich, Moss Hart auf sich aufmerksam zu machen?

»Es war auf einer Party bei Lillian Hellman«, erzählt sie begeistert eine ihrer Geschichten, die sie im Laufe der Jahre poliert hat. »Moss saß auf der Sofalehne. Ich wollte, dass er mich einmal richtig anschaute. Also sagte ich: ›Moss, erzählen Sie mir von Ihrer Reise in den Südpazifik.‹« Sie hörte ihm mit der gebannten Aufmerksamkeit und den verständigen Antworten zu, auf die reife Sirenen sich verstehen. »Und zum ersten Mal schaute er mich an.« Am nächsten Tag rief er sie an und lud sie ein, mit ihm auszugehen. »Er fragte: ›Sind Sie überrascht?‹ Ich antwortete: ›Nein, ich wusste, dass Sie anrufen würden.‹« Es dauerte nicht lange, bis sie unzertrennlich waren.

Geheimnisse der Verführung

Um die künstlerischen Qualen ihres Mannes zu lindern, erweiterte Kitty ihr Arsenal um ein weiteres Zaubermittel. »Ich erzähle gute Geschichten. Und ich bin sehr amüsant.« Die Schlaflosigkeit ihres Mannes war berüchtigt. »Wir schliefen in einem Doppelbett, und er ließ mich nicht mal aus dem Bett, um bei den Kindern zu schlafen, wenn sie krank waren. Er sagte immer: ›Erzähl mir noch mal deine Lebensgeschichte.‹« Wie Scheherazade erzählte sie, bis sie ihn in den Schlaf gelullt hatte.

»Haben Sie daraus geschlossen, dass Verführung hauptsächlich im Kopf passiert?«, frage ich.

»Ja, ich glaube schon.« Sie überlegt ein Weilchen. »Also, ich weiß nicht, wie das bei den ganz jungen Mädchen mit großem Busen ist. Aber für mich liegt echter Sexappeal in der Fantasie.«

Sie brauchte einige Jahre, um ihre Hemmungen zu überwinden und in Gesellschaft Geschichten zu erzählen. Anfangs beklagte sie sich nach einer von Harts Dinnerpartys, dass sie wie versteinert dagesessen hatte, während ihre illustren Gäste miteinander gewetteifert hatten, wer die besten Geschichten zum Besten geben konnte. Ihr Mann verriet ihr das Geheimnis: »Erwarte nicht, dass alle sich nach dir umdrehen und sagen: ›Und, Kitty?‹ Du musst dich *dazwischendrängen.*« Einmal überraschte sie Moss Hart dabei, wie er vor Partys seine Monologe im Spiegel probte, und tat es ihm nach. Wenn sie zu sehr ins

Detail ging, mahnte ihr Mann sie: »Erzähl uns nicht die Südstaaten-Roadshow-Version. Mach's kurz und schwungvoll.«

Wie allen reifen Sirenen ist auch Kitty Hart ihr Aussehen sehr wichtig. »Disziplin ist das Wichtigste. Du darfst dich nie mit dem Altwerden abfinden.« Sie praktiziert ihre eigenen Anti-Aging-Techniken. »Ich lege mich auf den Boden, strecke die Beine über den Kopf und berühre zehn Mal den Boden hinter mir – probieren Sie das ja nicht aus, wenn Sie es noch nie gemacht haben. Dann hebe ich dreißig Mal die Beine an. Ich trainiere auf dem Laufband und gehe jeden Tag spazieren.« Außerdem übt sie täglich Tonleitern auf dem Klavier. Um das Ergebnis vorzuzeigen, streckt sie ihre langen, anmutigen Hände mit den schönen, geraden Fingern und leuchtend rot lackierten Fingernägeln vor.

Und was tut sie zur geistigen Anregung? Sie liest jeden Tag mehrere Tageszeitungen, hat aber keine Zeit für Bücher. Wieso, fragt die gekränkte Autorin in mir.

»Ich gehe immer noch jeden Abend aus«, trällert sie. »Ich bin vielleicht einen Abend in drei Monaten zu Hause. Ich gehe *liebend gerne* aus. Dinners, Partys, Wohltätigkeitsveranstaltungen, Theater. Ich habe eine Loge in der Oper – einer meiner Verehrer liebt die Oper. Und ich lade sie zu kleinen Abendessen zu zweit nach Hause ein.«

Kocht sie? Ein leicht verächtliches Zucken. »Ich bin nicht häuslich. Ich bin Künstlerin.«

Es drängt sich die Frage auf, wieso sie nach Moss Harts Tod nie wieder geheiratet hat.

»Ich liebte meine Unabhängigkeit und Freiheit«, erklärt sie ohne Zögern. Und diese Unabhängigkeit nutzte sie ausgiebig, um sich in den über vierzig Jahren ihrer Witwenschaft von Verehrern umschwärmen zu lassen. War das wichtig, um ihre Vitalität zu erhalten, frage ich.

»Wieso nicht? Im Augenblick habe ich drei Verehrer.«

Ihr jüngster Schwarm ist neunundachtzig, ein anderer mittlerweile einhundertzwei, ein Mr. Neuberger. »Er hat eine große Broker-Firma, es heißt, er sei sehr reich.« Aber Geld reizt sie nicht. Ihren Kick bezieht sie aus dem Bewusstsein, dass sie mit ihrer Lebenslust und -liebe das Publikum dazu bringt, ihr zu Füßen zu liegen. Und dass sie einen Mann im Rollstuhl dazu bringen kann, bis in die frühen Morgenstunden wach zu bleiben, um mit ihr in einem Nachtclub zu singen und seinen einhundertzweiten Geburtstag zu feiern.

Kitty Carlisle Harts Leben ist natürlich Welten von dem der meisten Frauen entfernt. Aber ihre Geschichte gehört in dieses Buch, weil sie so inspirierend ist: Die langbeinige Dame mit dem dunklen Haarschopf ist mit Mitte neunzig immer noch unterwegs, arbeitet, sprüht vor Leben, wird von Verehrern umschwärmt und sieht Jahre jünger aus als viele in ihrem Publikum, die zwanzig Jahre jünger sind als sie.

28. Liebe der vierten Dimension

Das Letzte, was Donna Brower wollte, als sie sich mit fünfundvierzig abstrampelte, um dem Älterwerden zu entgehen, war, mit Senioren zu arbeiten. Ihr Berufspraktikum als Sozialarbeiterin musste sie aber ausgerechnet in einem Seniorenzentrum absolvieren.

Als sie zum ersten Mal den Tanztee am Donnerstagnachmittag beobachtete, war sie völlig verblüfft. Das war kein hinkendes, lahmes Geschiebe über das Linoleum einer Cafeteria. Die Frauen zwischen fünfzig und hundert Jahren trugen alle Tanzschuhe mit hohen Absätzen und schwingende Kleider, schnappten sich, sobald die Live-Musik einsetzte, ihre Tanzpartner und wirbelten über das glatte Parkett. Bei einem schnellen Jitterbug flogen die Knie, nach einem Partnerwechsel glitten die Paare gemessen beim langsamen Walzer dahin, und als die Pfeife ertönte, gab es ein Gerangel um die besten Partner für die langsamen Schmusetänze: Männer, die ihr Parkinson-Zittern verbergen können, indem sie die Frau fest an ihre Brust pressen.

Plötzlich spürte Donna, dass ihr jemand in den Hintern kniff. Mit empörter Miene sagte sie zur Rezeptionistin: »Ich bin schockiert! Einer der Herren hat mich gerade gekniffen.«

Unbeeindruckt erklärte die Rezeptionistin: »Regen Sie sich nicht auf, Schätzchen. Sex vergeht als Letztes.«

Die Tanzpüppchen von Scottsdale

Wenn jüngere Menschen alle über Siebzigjährigen über einen Kamm scheren und als irrelevante, unsichtbare Masse in einen Topf werfen, dann waren sie noch nicht in den heutigen Seniorenzentren der amerikanischen Hauptstadt des Tanzes. Jeden Winter flüchten tausende Frauen und Männer in ihren vollreifen Jahren über die kalten Monate aus den Nordstaaten und treffen sich in Phoenix und ähnlichen Orten. Sie kommen alle aus demselben Grund, den ein Stammgast der Donnerstagstanztees, Essie Brown, bei einem Interview im Scottsdale Senior Center an ihrem einhundertsechsten Geburtstag nennt. Sie hat drei Ehemänner überlebt, aber immer einen neuen Tanzpartner gefunden. An diesem Geburtstag sucht sie gerade einen neuen, weil ihr letzter Tanzpartner gestorben ist.

»Muss er gut aussehen?«, fragt die Interviewerin.

»Nein, Schätzchen, er muss nur wissen, wie er seine Füße zu bewegen hat.«

»Wieso tanzen Sie so gern?«

»Weil es mich lebendig hält.«

Tatsächlich wurde sie einhundertacht Jahre alt.

»Wir betreiben eine Highschool für Senioren«, scherzt Tim Miluk, der das Zentrum leitet. »Unsere Senioren haben dieselben Probleme wie Teenager: Autofahren, Dates und Sex.« Sie betrachten sich nicht als »Senioren«, auch wenn sie locker über achtzig sind, und sie ärgern sich, dass die Behörden sich Sorgen machen, ob sie sicher nach Hause fahren können. Über Sex reden sie selten offen, einen besonders engen Freund bezeichnen sie als »mein Tanzpartner«. Aber Donna zweifelt nicht daran, dass so manches Pärchen nach dem Tanzen zusammen loszieht. »Es ist schon einige Male vorgekommen, dass Leute auf dem Parkplatz beim horizontalen Mambo gesehen wurden.« Sie lacht tolerant. (Seit dem Kniff in den Hintern bei ihrem ersten Donnerstagstanztee ist sie mittlerweile seit zehn Jahren Koordinatorin des sozialen Dienstes und hat sich von dem lebendigen Geist dieser alternden Energiebündel anstecken lassen.) Unweigerlich erklären alle Männer, dass sie früher nie tanzen mochten und erst am Lebensabend begriffen haben, was Frauen wirklich wollen: »Frauen wollen tanzen gehen!«

Männer, die sich die Mühe machen, zu lernen, sind überaus gefragt, denn im Seniorenzentrum kommt ein Mann auf sechs Frauen, von denen die meisten Singles sind. Dee Williams betreibt in Mesa einen Tanzclub und erklärt, dass die Mitglieder die Aktivsten ihrer Altersgruppe sind. »Wir wollen nicht nur herumsitzen und fernsehen, wir wollen aktiv sein und etwas unternehmen. Stellen Sie sich vor, drei Stunden tanzen ist wie gut zehn Meilen laufen, und das mache ich sechs bis sieben Mal wöchentlich.«

Dee stammt aus dem Hilbilly-Land Ohio, war eine Einzelgängerin und ging früh weg, um Fernsehproduzentin zu werden. Später moderierte sie eine Familiensendung über aktive ältere Menschen. Als ihr Mann am Thanksgiving-Tag 1986 starb, arbeitete sie sich ihre Trauer von der Seele, indem sie im folgenden Jahr hundertsiebenundachtzig Tanzveranstaltungen besuchte. Mit Ende sechzig hatte sie genug von den dunklen Wintern in Michigan, verkaufte ihr Haus und ging mitsamt ihren Ersparnissen nach Mesa, wo fast immer die Sonne scheint. Hier besuchte sie die Ballsäle der Wüste.

Auf dem Papier ist Dee zweiundsiebzig, nach den Angaben ihres Arztes aber erst neunundzwanzig. Sie hat schönes, silbernes Haar, ein breites Lachen, ist zierlich und trägt zart wirkende, zehenfreie Tanzschuhe. Niemand käme auf die Idee, dass sie mit anomal kleinen, schmerzhaft verkrümmten Füßen geboren wurde. Ein Arzt prognostizierte ihr, dass sie mit fünfzig im Rollstuhl sitzen würde. Sie widerstand dem Drängen, sich operieren zu lassen, und überwand die Schmerzen mit Akupunktur, Massagen und dem Glauben an ihren neuen Traum: eine große Tänzerin zu werden. Tatsächlich sind ihre Tanzschuhe mit Stahl verstärkt. »Ich tanze fast jeden Tanz«, erklärt sie stolz.

In einem der großen Ballsäle lernte sie einen neuen Tanzpartner kennen. Sie harmonierten gut miteinander und fühlten sich in der Gesellschaft des anderen wohl. Dee erzählte ihm, dass sie eine Weltreise plant. »Ich möchte auf der chinesischen Mauer Walzer tanzen.« Auf seine Frage, ob sie allein reise, antwortete sie: »Ja.« Daraufhin erklärte er ihr, er würde sie gern begleiten.

»Wir taten uns also zusammen und fuhren gemeinsam«, erzählt sie, »wie Bruder und Schwester. Wir hatten getrennte Betten. Das geht, wenn man die Nestbauphase hinter sich hat. Man wird wieder zum Menschen – männlich, weiblich, das ist kein Unterschied mehr. Das gilt auch für viele Männer; weil der Druck von ihnen genommen ist, können sie einfach sie selbst sein. Wir haben uns durch einen Großteil der neununddreißig Länder getanzt, die wir besucht haben.«

Zahlreiche Fitnessverbände liefern den Beleg dafür, dass Männer, die Symphonieorchester dirigieren, zu den langlebigsten und gesündesten gehören. Das liegt an der aerobischen Bewegung des Oberkörpers, der Macht, den Ton anzugeben, und der Liebe zur Musik. Meine anekdotischen Erkenntnisse zeigen, dass Frauen, die Paartanz treiben, zu den langlebigsten und gesündesten gehören. Das ist vielleicht kein Zufall. Das Tanzen motiviert sie, sich weitaus mehr zu bewegen als die meisten Gleichaltrigen, und befriedigt darüber hinaus Grundbedürfnisse von Frauen – nach Geselligkeit, Berührung, Lachen und Kontakt zu Männern –, auch wenn sie verwitwet sind und kein Interesse oder keine Gelegenheit zu einer neuen Paarbeziehung haben. Dee Williams erklärt: »Man geht eine Partnerschaft ein, um etwas so gut zu machen, wie man nur kann. Diese Interaktion erlaubt es Männern und Frauen, sich zu entspannen und sie selbst zu sein.«

Die hundert schaffen

Die am schnellsten wachsende Altersgruppe der amerikanischen Bevölkerung sind die über Hundertjährigen. Am zweitschnellsten wächst die Gruppe der über Fünfundachtzigjährigen. Diese wahre Flutwelle reifer Frauen und Männer in fortgeschrittenem Alter wird durch die geburtenstarken Jahrgänge noch stärker anwachsen, die das Glück haben, dass sie über einen beispiellosen Bildungs- und Einkommensstand, ein geschärftes Bewusstsein für eine gesunde Lebensweise und Zugang zu guter medizinischer Versorgung verfügen. Studien der MacArthur Foundation prognostizieren, dass von den 70 Millionen Babyboomern, die zwischen 1946 und 1964 geboren wurden, schätzungsweise 3 Millionen ein Alter von hundert Jahren und mehr erreichen werden.

Werden Sie dazugehören?

Hundertjährige leben in einer anderen Dimension als wir Übrigen. Jüngere Menschen erklären stolz: »Ich brauche Platz für mich.« Sie konzentrieren sich darauf, wie viel Quadratmeter Wohnraum sie sich leisten können, wie hoch sie auf der Karriereleiter klettern, wie groß ihr Bekanntenkreis ist und welche Ausmaße ihr Körper hat.

Diese Maße – Länge, Höhe, Breite – definieren die drei Dimensionen. Was sie auslassen, ist die vierte Dimension: Zeit.

Dinge existieren nicht nur im Raum, sondern auch in der Zeit. (Darum ging es Einstein in seiner Relativitätstheorie.) Auch Menschen bewegen sich nicht nur im Raum, sondern auch in der Zeit. Mai, die Juwelierin aus Santa Fe, erklärt: »Du schaffst deine Realität neu, wenn du durch Zeit und Raum fortschreitest – ständig entwirfst du neu.«

Frauen und Männer, die die Übergänge des Lebens erfolgreich gemeistert haben, erwerben mit der Zeit persönliche Stärken, die sie über ihre erwarteten Grenzen körperlicher Kraft und Ausdauer hinaustragen können. Wir sehen nur das Endergebnis, die letzten Auswirkungen, nicht die Ursachen, die zu ihrer verlängerten Lebensdauer geführt haben.

Wer die achtzig überschritten hat, existiert in einem Reich, das wahrscheinlich das Begriffsvermögen jüngerer Menschen übersteigt: Ich nenne das die vierte Dimension. Ihr Raum mag begrenzt sein, da die meisten in Senioren- oder Pflegeheimen oder in betreuten Wohnanlagen leben. Sie kommen nicht mehr viel herum. Der Höhepunkt ihrer Karriere liegt weit hinter ihnen. Ihr Bekanntenkreis ist kleiner geworden, und ihr Körper ist geschrumpft. Aber die zeitliche Dimension ist bei ihnen weiter ausgedehnt als bei uns Restlichen.

Hundertjährige konzentrieren sich stärker auf die Gegenwart. Sie haben nicht so viel Stress wie der Durchschnittsmensch, sie grübeln nicht über Fehler der Vergangenheit nach oder über zukünftige Probleme, das Alter eingeschlossen. »Sie bewältigen Stress sehr effizient«, schreibt D. Thomas Perl, Medizinprofessor an der Harvard Medical School und Leiter der New England Centenarian Study (NECS). An dieser Studie über Hundertjährige nahmen bislang fünfhundert Familien teil. Bei einem Persönlichkeitstest stellte Dr. Perl fest, dass die Hundertjährigen erstaunlich niedrige Punktwerte für negative Emotionen erreichten, vor allem für Depressionen, Ängste, Feindseligkeit und soziales Unbehagen. Wie er erklärt, wirken sich starke Ängste auf Puls, Immunfunktion und Blutgerinnung so nachteilig aus, dass sie das Herzinfarktrisiko erhöhen. Manche Forscher nehmen an, dass diese »Altersbeschleuniger« tatsächlich dazu beitragen, den für das Gedächtnis zuständigen Gehirnteil schrumpfen zu lassen, was eine Demenz fördern könnte.

Dagegen neigen Hundertjährige eher zu Optimismus und können im Augenblick leben. Eine verbreitete Einstellung ist: »Ich akzeptiere mein Leben einfach von einem Tag auf den anderen.« Aber sie lehnen sich keineswegs nur zurück und akzeptieren passiv, dass sie an Aktivität und Zuneigung verlieren. Sie sind vielmehr aktive Suchende. Die überwiegende Mehrheit der 330 Hundertjährigen, die an der NECS-Studie 2005 teilnahmen, hatte ihren Ehepartner verloren und war allein stehend, aber 95 % hielten engen Kontakt zu ihrer Familie. Nach Ansicht der Forscher ist die familiäre Einbindung ein wichtiger Faktor für ein erfolgreiches Altern.

Sarah Weintraub spricht für viele Suchende, die in der vierten Dimension leben: »Ich habe schon viel gemacht, bin in der Welt herumgekommen und habe viele Männer geliebt«, erklärte die Zweiundneunzigjährige in einem CNN-Interview. Auf die Frage, worauf sie ihr langes Leben zurückführe, antwortete sie: »Ich gehe zu Festen, Hochzeiten, Bar-Mizwas – meine Familie weiß genau, sie braucht mich nur einzuladen, und ich komme. Manchmal braucht sie mich nicht einmal einzuladen!«

Genau das meine ich mit einer aktiven Suche nach Engagement und Aufmerksamkeit. Lynn Adler, Anwältin aus Arizona, die sich in den vergangenen zwanzig Jahren viel mit Hundertjährigen befasst hat, stellt fest: »Je älter Menschen werden, umso mehr werden sie von der Gesellschaft gemieden.

Wir alle möchten Aufmerksamkeit, Frauen wie Männer, darüber wächst man nie hinaus. Wenn es mit sechzig schon schwierig ist, Komplimente zu bekommen, so ist es mit hundert fast unmöglich. Es ist nicht einfach, sich jeden Tag hübsch zu machen; es erfordert viel Zeit, Mühe und Motivation. Woher nehmen manche diese innere Motivation?«

Eine mögliche Antwort könnte in einer wichtigen Eigenschaft Hundertjähriger liegen: Sie kommen schnell mit anderen in emotionalen Kontakt. Das zeigen Beispiele wie Emily Anne und Gedney Tuttle, die Witwe und der Witwer, die sich mit Ende sechzig noch verlieben und eine Beziehung eingehen konnten; Anna, der Vamp von Tarzana, die es mit siebzig schafft, dass mehrere männliche Freunde gern mit ihr zusammen sind; und Kitty Hart, die mit über neunzig noch drei Verehrer fesselt.

Die Gabe der Kontaktfreude

Alle Menschen werden mit der Fähigkeit zur »limbischen Resonanz« geboren, wie Mediziner das Gespür für Emotionen anderer Menschen nennen. Bei Frauen ist diese Fähigkeit besonders ausgeprägt, vermutlich weil eine Mutter in der Lage sein muss, die innere Verfassung eines hilflosen Kindes einzuschätzen, um entsprechend zu reagieren. In dem Maße, wie wir uns von der Mutter-Kind-Bindung lösen und Verhaltensregeln folgen, die unsere Gesellschaft gutheißt, lassen viele Männer und Frauen diese Fähigkeit jedoch verkümmern. Obwohl bei vielen Frauen das Bedürfnis nach emotionalem Kontakt in späteren Jahren wieder zutage tritt und sie veranlasst, Bedürftigen zu helfen, ziehen andere sich in sich zurück und verschließen sich vor ihren Gefühlen, vielleicht als Schutz vor ihrer Trauer über den Verlust eines geliebten Menschen und vor ihrem Eindruck, unsichtbar zu werden.

Die »Funkensprühenden« unter den reifen Sirenen lassen nicht zu, dass sie unsichtbar werden: sie *erregen* Aufmerksamkeit.

Ich hatte gehofft, Frauen, die auf die hundert zugehen, zu dem Bedürfnis nach Intimität im fortgeschrittenen Alter und dem Umgang damit befragen zu können. Daher wandte ich mich an das Forschungsprojekt New England Centenarian Study mit der Bitte, ob ich einige ihrer Studienteilnehmerinnen interviewen könne. Leicht verlegen erklärte mir JaeMi Pennington, der für Öffentlichkeitsarbeit zuständige Mitarbeiter, ihre Untersuchung stelle keine Fragen nach Liebe und Sex. Als Privatmensch vermittele er mir jedoch einen Kontakt.

Vor einigen Jahren hatte er von seinem Vater erfahren: »Oma hat einen Freund.« Als die Familie sich in Florida traf, um den neunzigsten Geburtstag der Oma zu feiern, sah er es mit eigenen Augen. »Sie konnte es nicht länger geheim halten«, erzählt er mir beifällig. »Die beiden haben lange glücklich mit ihren Familien gelebt und sind sehr konservativ. Das Schöne ist, er versucht nicht, den Opa oder Stiefvater zu spielen, er ist einfach nur der Freund meiner Oma. Sie tauschen keine Zärtlichkeiten in der Öffentlichkeit aus, aber man sieht deutlich, dass sie sich lieben.« Ich verabrede ein Treffen mit Mrs. Pennington.

Reife Liebe ist blind

Der Fahrer von Freedom Village wartet an der Gepäckausgabe des Flughafens Tama auf mich. Er ist es gewohnt, die Bewohner des Seniorendorfes nach Sarasota ins Theater oder ins

Restaurant zu fahren. Ihr Durchschnittsalter liegt seiner Schätzung nach bei fünfundachtzig.

»Besuchen Sie jemanden?«, erkundigte er sich.

»Ja, eine Vierundneunzigjährige und ihren neunundachtzigjährigen Freund.«

Er kichert. »Genau: Frauen mögen jüngere Männer.«

»Wir treffen uns in der Lobby, ich trage Schwarz und Weiß.« Aus dem Haustelefon dringt die muntere Stimme von Catherine Pennington. »Kann ich einen Freund zum Mittagessen mitbringen?«

Als sie mit ihrem »Freund« kommt, haben die beiden sich untergehakt und schieben gemeinsam einen Rollator, ihre Hand liegt auf seiner. Der Duft von Chanel Nr. 5 weht Catherine voraus. Sie ist klein, hält sich gerade und hat einen schneeweißen Haarschopf. Sie trägt eine bedruckte Bluse über einem eng anliegenden weißen Shirt, dazu eine weiße Hose und weiße Ballerinaschuhe. Ihr Gesicht ist ausdrucksvoll.

Sie macht mich mit ihrem Freund bekannt, einem Gentleman alter Schule namens Ward Luther. Auf einer verglasten Brücke überqueren wir einen Weiher und gehen in ein Restaurant des Dorfes. Freedom Village ist eine sechs Hektar große Anlage mit 600 Einwohnern in drei unabhängigen Wohnblocks, aber offenbar kennt jeder Catherine und bleibt stehen, um mit ihr zu plaudern.

»K-K-K-Katie, hallo!«, trällert ein Mann im Vorbeigehen.

Catherine erkennt sie alle an ihrer Stimme, ihrer Silhouette oder an ihrer Haltung. Fast immer umspielt ein Lächeln ihre Lippen, die sie mit leuchtend rotem Lippenstift betont. Ab und an greift sie auf das Tablett auf dem Rollator und zieht sich die Lippen mit drei raschen, präzisen Strichen nach. »Ich sehe meine Haare immer noch als rotbraun.« Sie lacht über sich.

Niemand käme auf die Idee, dass Catherine fast nichts mehr sieht. Als sie sich vor einigen Jahren einer Augenoperation unterziehen musste, übersah der Chirurg, dass sie blutverdünnende Medikamente nahm. Während der Operation kam es zu einer Blutung, die sie praktisch blind machte. Catherine dachte nie daran, den Arzt zu verklagen, und ließ sich von diesem Unglück nicht unterkriegen.

»Ich kann meine Hand sehen, aber meine Uhr sehe ich nicht«, erklärt sie und demonstriert mir ihre »sprechende« Uhr. Als sie ans Telefon gerufen wird, lässt sie den Rollator stehen und geht geschmeidig an den Apparat im Speisesaal.

»Sie haben Ihren Rollator gar nicht mitgenommen«, sage ich, als sie zurückkommt.

Catherine schüttelt die Fäuste und fletscht die Zähne wie ein Terrier, um die Willenskraft zu demonstrieren, die sie umtreibt.

Ich mache ihr ein Kompliment zu ihren Ohrringen, langen filigranen Goldhieroglyphen. »Das sind meine Kleopatra-Ohrringe«, erklärt sie stolz. »Mein Sohn hat sie mir aus Ägypten mitgebracht. Er hatte keine Zeit, sie mit meinem Namen anfertigen zu lassen, aber Kleopatra passt auch gut.«

Allmählich merke ich, dass Catherine so etwas wie ein drittes Auge oder zweites Gesicht besitzt, und lerne diese Frau besser kennen, die menschliche Gebrechen überwinden und darüber hinaussehen kann. Catherine erkennt Freunde. Sie schaut Ward oder mich an, als sähe sie uns, und in gewissem Sinne ist es auch so. Sie sieht auch sich selbst als Kleopatra mit rotbraunem Haar, und das ist kein schlechtes Selbstbild.

Aus Catherines Erzählungen erfahre ich, dass sie viel Ähnlichkeit mit ihrer eigenen Großmutter besitzt, die ebenfalls eine sprühende Dame war und eine riesige Diamantbrosche an ihrem hoch geschlossenen Spitzenkragen trug. Auch sie führte mehrere Leben und reiste im geschlossenen Pferdewagen von Mississippi nach Illinois, um den Heiratsantrag eines Witwers mit vier erwachsenen Söhnen anzunehmen. Sie wurde fünfundneunzig Jahre alt.

Catherine leidet weder an Osteoporose noch an Arthritis und hat noch fast alle Zähne. Weder sie noch Ward braucht ein Hörgerät. Ich habe den Eindruck, mich mit Menschen um die siebzig zu unterhalten. Da Catherines jüngerer Freund ein gut aussehender Mann von über einem Meter achtzig und für seine neunzig Jahre noch erstaunlich fit ist, werfe ich ein, dass sicher manch eine Dame im Seniorendorf, wo zehnmal mehr Frauen leben als Männer, ein Auge auf ihn geworfen habe. Ich frage ihn, warum er sich zu Catherine hingezogen gefühlt habe, einer Witwe, die fünf Jahre älter ist als er.

»Sie ist anders«, sagt Ward. »Catherine hat Pfeffer. Und Humor. Sie denkt. Und sie redet viel, dann brauche ich nichts zu sagen.«

Catherine erzählt gern von ihren lebhaften Kindheitserinnerungen aus Arcola, Illinois, einem Bauernstädtchen mit gepflasterten Straßen, drei Banken, einem Eisenwarenladen, einer Eisdiele, einer Post und einer Oper, ob man es glaubt oder nicht. Catherine wurde 1911 geboren, als es weder Fernsehen noch Psychotherapie noch Autobahnen gab. Sie lernte, selbst für Unterhaltung zu sorgen, auf sich selbst zu vertrauen und ihre Wunden zu lecken. Ihre Schwester, sie und ihre beiden Brüder heckten viel Unsinn aus.

»Wir waren die reinsten Teufel«, erklärt sie stolz.

Mit zwölf Jahren übte sie heimlich, den Ford ihres Vaters zu fahren; statt Zündschlüssel benutzte sie eine Haarnadel und lenkte den Wagen durch die engste Gasse. Als ihr Vater sie schließlich erwischte, machte er den Sitz niedriger, damit sie die Pedale erreichte. Auch ihr Vater war anders als die meisten seiner Zeit. Er war ein wilder Spekulant und ständig auf der Suche nach Öl im Westen unterwegs. Ihre Mutter war Putzmacherin, nähte sämtliche Kleider für Catherine und brachte ihr das Nähen bei.

Sie schwelgt in glücklichen Erinnerungen. In den Highschool-Sommerferien tanzte sie mit ihren Freundinnen auf ländlichen Volksfesten, wo bekannte Bands wie die von Benny Goodman und Ozzie Nelson spielten. Ihr Vater fuhr mit ihr und ihrer Schwester mit dem Zug bis nach Chicago, um ihnen die Haare schneiden und eine erstklassige Maniküre machen zu lassen. »Mein Vater sagte immer, eine Frau ist es sich schuldig, so gut auszusehen, wie sie kann«, erzählt sie und streckt die Hände mit den frisch lackierten Nägeln und den erstaunlich knotenfreien Fingern aus. Selbst die Erinnerungen an Rückschläge sind bei Catherine vergoldet. Sie bekam einen Studienplatz am College, hatte aber das Pech, mit der Highschool 1929 fertig zu werden, als ihr Vater gerade seine gesamten Ersparnisse beim Börsenkrach verloren hatte. »Tut mir leid, ich kann es mir nicht leisten, dich wegzuschicken«, erklärte er ihr. Er wollte sie jedoch auf das nahe Lehrerkolleg schicken.

»Ich will nicht Lehrerin werden!«, sträubte sie sich.

»Dann kannst du einfach deinen jetzigen Job weitermachen«, erklärte er.

Sie beklagte sich nicht. Sie war stolz, als Kassiererin im örtlichen Kino eigenes Geld zu verdienen: 15 Dollar in der Woche. Vormittags hatte sie Zeit, Golf zu spielen, und abends konnte sie nach der letzten Vorführung tanzen gehen. Als Wanderschausteller mit einem Flugzeug durch den Ort zogen, ließ sie sich begeistert über Zäune und Hecken fliegen.

Schließlich eroberte ein Collegestudent namens Bower Pennington sie im Sturm. Er nahm sie mit zum Autorennen in Indianapolis und heiratete sie am Wahltag 1933, als die Prohibition aufgehoben und Fiorelleo La Guardia zum Bürgermeister von New York gewählt wurde, also rundum ein Tag zum Feiern. Ihr Hochzeitsessen fand im einzigen Esslokal des Ortes statt, in der Bucklermore-Cafeteria. Ihre Flitterwochen verbrachten sie auf der Fahrt nach New Jersey, wo Bower eine Stelle bekommen hatte. Mit zweiundzwanzig bekam Catherine ihren Führerschein, eine Formalität, die sie bis dahin nie gebraucht hatte, obwohl sie bereits seit zehn Jahren Auto fuhr. Sie meldete sich freiwillig als Fahrerin für das Rote Kreuz und fuhr insgesamt fast siebzig Jahre lang Auto, bis ihr Mann in den Ruhestand ging, sie nach Florida zogen und ihre Augen schlechter wurden.

Als ihr Mann 1990 starb, war Catherine neunundsiebzig. Sie blieb noch ein Jahr in ihrem Haus in Florida, bevor sie Entscheidungen traf. Angebote ihrer vier Kinder, zu einem von ihnen zu ziehen, lehnte sie ab und ließ sich stattdessen auf der Warteliste von Freedom Village eintragen. Eines Freitags erhielt sie einen Anruf, es sei unversehens eine Wohnung frei geworden, aber sie müsse sich bis Montag entscheiden. Am Wochenende fand sie einen Käufer für ihr Haus und begann ein neues Leben. Ohne Blick zurück.

»Ich rede viel über die Vergangenheit«, erzählt sie mir, »aber ich konzentriere mich auf die Gegenwart.«

Catherine und Ward brauchen nicht zu diskutieren, was sie zum Mittagessen nehmen. Sie wissen schon, dass sie sich ein Reuben-Sandwich teilen wollen. Als ich sie frage, wie lange sie schon zusammen seien, entsteht eine lange Pause.

»Ich weiß nicht mal mehr, wie es angefangen hat«, sagte Catherine, bewusst vage.

Ward erklärt: »Mir kommt es vor, als wären wir schon ewig zusammen.«

Sie einigen sich schließlich, dass sie seit rund dreizehn oder vierzehn Jahren zusammen sind. Ward erzählt mir, er sei ein Nachfahre von Martin Luthers Bruder. Er war Ingenieur, zwei Mal verheiratet und hat drei Urenkel, für die er eine Familiengeschichte schreibt. Seine zweite Frau starb zwei Jahre, nachdem sie nach Freedom Village gezogen waren. Er suchte verzweifelt jemanden, mit dem er reden und etwas unternehmen konnte, aber die männlichen Bewohner, die ohnehin in der Wohnanlage stark in der Minderheit waren, starben nach und nach. Da Ward und einige Freunde befürchteten, das ökologische Gleichgewicht sei kurz vor dem Umkippen und die weibliche Spezies würde bald völlig dominieren, gründeten sie einen Dinnerclub namens Yellow Jackets. »Es war als Zeichen gedacht: Wir mögen zwar in der Minderheit sein, aber wir können trotzdem unabhängig sein.« Am Jahresende veranstalteten die Yellow Jackets eine Party für die Damen. Damals entdeckte Ward, dass Catherine »eine Dame guter Konversation« war.

Wie er sagt, war sie auch ein hohes Tier: Präsidentin des Bewohnerrates und Bingo-Moderatorin in Freedom Village. Ward trat also dem Bewohnerrat und der Bingo-Gruppe bei. Catherine verleitete ihn, sich in ihrer Seniorengemeinschaft zu engagieren, indem sie ihn bat, sie zu ihren wöchentlichen Besuchen bei pflegebedürftigen Bewohnern ohne Angehörige zu begleiten. Das bot ihm Gelegenheit, Catherine zu einem Ausflug nach Sarasota einzuladen.

»Es fing mit ein paar Verabredungen an und wurde immer mehr, und schon bald mochte ich sie sehr«, erzählt er und gibt sich große Mühe, mir den Eindruck zu vermitteln, dass ihre Romanze nichts »Fleischliches« hat.

Catherine erinnert sich an ihr romantischstes Rendezvous, als sie Weihnachten gemeinsam die Mette besuchen wollten. »Ich hielt seinen Arm. Er setzte seinen Stock auf, fiel auf den

Rasen und ich auf ihn!«, trällert sie. »Wir purzelten übereinander und kamen nicht mehr hoch. Da lagen wir und lachten.«

»Es ist einfach gewachsen«, erklärte Ward.

»Die Leute rechneten schon damit, uns zusammen zu sehen«, fügt Catherine hinzu.

»Aber diesen Eindruck haben wir auch erweckt.«

Er begeisterte sie dafür, sich für die monatlichen Bistro-Abende ausgefallen zu kostümieren. Im Orientalischen Bistro erschien Ward in einem strengen japanischen Kimono und Catherine majestätisch in einem weißen koreanischen Seidengewand, das ihre koreanische Schwiegertochter ihr geschenkt hatte. Im Western-Bistro tauchten sie aufgetakelt auf, Ward als »Cowboy«, Catherine als »Madam« mit roter Federboa. Zur Halloween-Party drehten sie vollends durch und verkleideten sich als Punk-Skelette mit purpurroten Haaren.

Sie waren als Paar so beliebt, dass die Bewohner sie am Valentinstag 2002 zu »König« und »Königin« wählten.

Sie verbringen zwar jede Minute des Tages zusammen, haben aber getrennte Wohnungen behalten. Sie waren klug genug, zu wissen, dass sie einen sehr unterschiedlichen Geschmack haben. Catherines Wohnung steht voller liebgewonnener Stücke aus ihrem früheren Familienleben: das alte Silberservice, die Kristallkaraffen, ihre selbst gemachten Lampen und bestickten Kissen und Fotos ihrer Enkel und Urenkel an den Wänden. Ward nennt seine Wohnung »meine Junggesellenbude«. Sie ist spärlich möbliert und geradlinig wie die Blaupause eines Ingenieurs mit dunklen Ledersesseln und einem Computer im Schlafzimmer.

»Wir könnten es uns gar nicht leisten, zu heiraten«, erklärt Catherine. »Ich würde die Pension meines Mannes und meine Krankenversicherung verlieren. Und ohne Heirat ist kein Sex im Spiel«, bekennt sie freimütig.

»Sex kommt nicht in Frage«, bestätigt Ward.

»Wenn er sich abends von mir verabschiedet, umarmt er mich und gibt mir einen Kuss. Aber das tut er auch erst in den letzten Jahren, stimmt's, Ward?«

»Mhm.«

Lachend beugt Catherine sich zu mir. »Ehrlich gesagt: Ich habe in meinem ganzen Leben nur mit einem einzigen Mann geschlafen: mit meinem Ehemann. So bin ich erzogen.«

»Meine Erziehung war ganz ähnlich«, wirft Ward ein.

Unterschwellig zeigt dieses Gespräch, dass die beiden nach wie vor von den gesellschaftlichen Zwängen ihrer Generation geprägt sind, obwohl sie zugeben: »Unsere Kinder haben nie gefragt.«

»Wir hängen sehr aneinander«, sagt Ward bewegt.

»Ohne Ward wäre ich verloren.« Catherine lächelt schüchtern. »Und ich mag ihn. Ich hoffe, er mag mich auch.«

»Was glaubst du wohl, weshalb ich ständig mit dir herumhänge?«

Während Catherine eine kleine Cocktailparty vorbereitet, bietet Ward mir an, mir seine Wohnung zu zeigen. Er führt mir das ausgiebige Interview vor, das er mit Catherine über ihre Erinnerungen aufgezeichnet hat. Dabei betont er einen wichtigen Unterschied, mit dem er Catherines Stolz auf ihre Unabhängigkeit anerkennt. »Ich bin nicht ihr Betreuer. Ich *mag* sie.«

Wie es der Theorie der Geschlechterraute entspricht, ist er jetzt der Fürsorgliche und sie die Umsorgte. Ward weiß genau, wie sie ihr Canadian Club mit Soda trinkt. Die Hälfte ihres Drinks heben sie sich bis nach dem Abendessen auf und trinken ihn etwas gesüßt, während sie sich die Nachrichten im Fernsehen anschauen. Anschließend liest Ward Catherine die Tageszeitung vor. Sie kocht nicht, das hat sie ihr Leben lang genug gemacht. Ward kocht mehr schlecht als recht, oft essen sie eine Kleinigkeit in seiner Wohnung, während er zusieht und sie zuhört, wie ihre favorisierte Baseball-Mannschaft, die Tampa Bey Devil Rays, mal wieder ein Spiel verliert. Sollte Catherine fallen, wenn sie ins Bett geht, braucht sie Ward nur anzurufen. Er zieht sich dann seine Hose über den Schlafanzug, fährt mit dem Aufzug hinauf, hilft ihr ins Bett und verbringt die Nacht auf ihrer Liege.

An dem Tag, an dem wir uns unterhalten, sind die Nachrichtensendungen voller Vorwarnungen vor dem heranziehenden Hurrikan Dennis, der in achtundvierzig Stunden über Florida hereinbrechen soll. »Machen Sie sich Sorgen?«, fragte ich Catherine.

Sie dreht den Kopf zum Fenster. »Man kann sich nicht über etwas Sorgen machen, was man nicht ändern kann – so war ich schon immer.« Sie schaut Ward lachend an und erzählt fröhlich, wie sie sich auf den vorigen Wirbelsturm vorbereitet hat, auf den schlimmen Hurrikan Ivan.

»Ich habe mir ein hellblaues Nachthemd mit passendem Negligé gekauft und dachte mir, ich könnte Ward schockieren, wenn er über Nacht bliebe!« Sie kichert. »Aber der Strom fiel aus, und wir sind gar nicht aus den Kleidern gekommen.«

Nach einem ausgiebigen Abendessen frage ich Catherine: »Macht Liebe Sie stärker?«

»Ohne Frage«, antwortet sie.

Wards Liebe, die sich nicht in Worten, sondern ausschließlich in Hingabe äußert, hat Catherine über die Schwelle vom Sehen zur Dunkelheit geholfen, ohne dass sie auch nur einen Tag ihr Lachen oder ihren Drink nach dem Abendessen versäumt hätte. Und sich um sie zu kümmern hat Ward eindeutig einen neuen Lebenssinn gegeben. Das bestätigt er: »Ich glaube, es ist sehr wichtig, dass man, wenn man abends ins Bett geht, etwas Besonderes hat, worauf man sich am nächsten Morgen freuen kann.«

Catherine Pennington verkörpert meine Vision der voll ausgereiften Frau. Voller Pfeffer und doch süß. Kleopatra und Oma. Liebevoll und geliebt. Sie hat der Isolation etwas entgegengesetzt, den Boden bestellt, auf dem sie mit ihrem Mann gelebt hat, und schon bald nach seinem Tod neue Freundschaften und sinnvolle Beschäftigungen kultiviert. Und weil sie das getan hat, was sie liebte, hat die Liebe sie wiedergefunden. Sie hält enge Verbindungen zu ihrer Familie und fühlt sich von Wards Kindern akzeptiert, die in der Nähe wohnen.

Der Mut und die Lebendigkeit, mit der sie ihre Blindheit kompensiert hat, haben es ihr ermöglicht, eine höhere Bewusstseinsstufe zu erreichen. Aus ihrem körperlichen Gebrechen heraus hat sie ein zweites Gesicht entwickelt, den Scharfblick, Vergangenheit, Gegenwart und Zukunft umfassender zu sehen und ihre eigene Lebensgeschichte als glücklich und lohnend einzustufen. Sie hat »nur ein bisschen« Angst vor dem Tod. Hauptsächlich hat sie das Gefühl, dass es immer noch wunderbar ist, morgens aufzuwachen. Wenn ihre Zeit kommt, wird sie das vermissen.

Als ihre sprechende Uhr verkündet, dass es 20 Uhr ist, erkläre ich, es sei Zeit, mich zu verabschieden. Catherine und Ward lassen mich nur ungern gehen – aber offen gestanden: Im Gegensatz zu ihnen bin ich mit meiner Energie am Ende. Sie begleiten mich zum Aufzug. Ich warte und schaue ihnen nach, als sie sich umdrehen und untergehakt mit ihrem gemeinsamen Rollator zurückgehen. Ihre Hand liegt auf seiner: Zwei Seelen in harmonischem Einklang.

Es mag sein, dass Sex als Letztes vergeht. Aber eines vergeht *nie*, der einzige Sinn, der alles überdauert: Liebe.

Anhang

Im Folgenden finden Sie den Originalfragebogen meiner Studien.

Herzlich willkommen …

Ich erforsche die Einstellung von Frauen zu Liebe, Sexualität, Partnerschaft und zu den neuen Träumen der Generation über fünfzig. Fast achthundert Frauen haben schon auf diese Umfrage geantwortet. Auf der Seite des »Seasoned Women's Network« können Sie unsere aktuellen Blogs lesen und sich an den Gesprächen im Forum beteiligen.

Vielen Dank für Ihre Mitwirkung.

Mit den besten Wünschen,
Gail Sheehy

Altersgruppe:

- ☐ 45–50
- ☐ 50–55
- ☐ 55–60
- ☐ 60–70
- ☐ 70–80
- ☐ 80+

Gegenwärtiger Familienstand:

- ☐ Verheiratet
- ☐ Geschieden oder getrennt lebend
- ☐ Zusammenlebend
- ☐ Verwitwet

- ☐ Ich gehe oft aus
- ☐ Liebhaber/in
- ☐ Lesbe mit Partnerin
- ☐ Lesbe ohne Partnerin
- ☐ Nie verheiratet gewesen

Wo wohnen Sie?

Was für ein Auto fahren Sie?

Wo verbringen Sie Ihren Sommerurlaub?

Arbeiten Sie?

- ☐ Vollzeit
- ☐ Teilzeit
- ☐ Selbstständig
- ☐ Ehrenamtlich

Welche Einstellung haben Sie zu SEX über 50?

- ☐ Ich sehne mich danach
- ☐ Ich genieße ihn leidenschaftlich mit einem/mehreren Liebhabern
- ☐ Ja, ich erinnere mich noch daran
- ☐ Man soll nie aufgeben
- ☐ Das habe ich hinter mir, jetzt habe ich andere Interessen

Wie stehen Sie zu Rendezvous mit über 50?

- ☐ Ich genieße sie
- ☐ Ich suche aktiv Gesellschaft
- ☐ Ich wünsche sie mir, bin aber zu schüchtern
- ☐ Ich wünschte, ich könnte, aber ich bin verheiratet
- ☐ Ich finde den Gedanken abstoßend

Was suchen Sie bei Rendezvous mit über 50?

☐ Spaß und Kameradschaft
☐ Guten Sex
☐ Einen möglichen Partner
☐ Praktischen Austausch
☐ Einen Wanderer

Welchen Mann finden Sie reizvoller:

☐ Er ist jünger, gut im Bett und Sie bewahren Ihre Unabhängigkeit
oder
☐ Er ist älter, langsamer, aber er »versteht sie« mit allen Schwächen

Reizt Sie eine Liebesaffäre mit einem jüngeren Mann?

☐ Ja
☐ Hatte ich schon, und es hat mir gefallen
☐ Hatte ich schon, und ich bereue es
☐ Reizt mich nicht

Haben Sie seit der Menopause Veränderungen Ihrer sexuellen Wünsche oder Reaktionen bemerkt?

- ☐ Keine Veränderungen
- ☐ Überraschende Veränderungen
- ☐ Schwächere Libido
- ☐ Weniger Energie
- ☐ Schmerzen beim Geschlechtsverkehr

Ihr Mittel gegen Veränderungen seit der Menopause ist:

- ☐ Neuer Liebhaber oder neue Ehe
- ☐ Neue Impulse für die bestehende Ehe
- ☐ Hormonsubstitutionstherapie oder Östrogen-Vaginalcreme
- ☐ Selbststimulation
- ☐ Lächelnd ertragen
- ☐ Sex aufgeben

Und was denken Sie WIRKLICH:

Dank

Das Schreiben ist gezwungenermaßen eine einsame Tätigkeit. Doch bei diesem Buch war ich von einem dermaßen hingebungsvollen und vielseitig begabten »Team Sheehy« umringt, dass ich mich niemals einsam fühlte. Eine namentliche Nennung der Mitglieder würde weder dem Elan dieser Menschen gerecht, noch könnte sie zeigen, wie viele Altersstufen sich für das Thema begeistert haben – von Anfang zwanzig bis über sechzig.

Monika Bauerlein, meine unermüdliche Lektorin, hat sich sogar während ihrer Schwangerschaft und danach meinen Entwürfen gewidmet, wie Sie aus dem Foto ersehen können, das Monika am Computer und die kleine Tonia an der Tastatur zeigt. Miranda McCloud und Kate Sweeney, meine beiden Lektoratsassistentinnen, haben mich tagtäglich – und manchmal auch nächtens – mit ihren vielfältigen Fähigkeiten und ihrem grenzenlosen Enthusiasmus unterstützt.

Meine liebe Freundin Pat Allen, eine visionäre Gynäkologin, hat ihre große Erfahrung in der medizinischen Behandlung der betreffenden Altersgruppe beigesteuert. Isatou Sawaneh hat den Blickwinkel einer Afrikanerin eingebracht und hat sich um die Organisation gekümmert. Meine hervorragenden Webdesigner, Dave Campbell und Patrick Curran von 3 Rings Media, haben für die willkommene männliche Perspektive gesorgt, genau wie der Kreativchef und Fotograf Vic Losick.

Auf dem Gruppenfoto fehlen einige Menschen, die für die Verwirklichung dieses Projektes ebenfalls von elementarer Bedeutung waren. Das Team von Random House: Jennifer Hershey und Laura Ford – Lektorinnen, Carol Schneider – Leiterin der Abteilung Öffentlichkeitsarbeit, Sanyu Dillon – Vertriebsleiterin, Gina Centrello – Verlegerin, und Libby McGuire – stellvertretende Verlegerin. Dr. Melanie Horn, eine weitere liebe Freundin und überaus kluge Psychologin von der Westküste, hat bei einigen Gruppeninterviews mit mir zusammengearbeitet. Sarah Broom half bei der Logistik und der Vorbereitung der Interviews.

Dank für ihre unermüdliche Unterstützung gebührt auch meiner Agentin Amanda Urban, meinem Rechtsberater Theodore Kheel, und außerdem Surrendra Patel, Lai Chao, Yolanda Ormanza und wie immer meinem Ehemann und hauseigenen Lektor, Clay Felker.

Die Originalausgabe erschien 2006 unter dem Titel »Sex and the Seasoned Woman« bei Random House, einem Imprint von The Random House Publishing Group, New York.

Einige Namen und Details wurden aus persönlichkeitsrechtlichen Gründen verändert.

1. Auflage 2007

Umschlaggestaltung: Hauptmann & Kompanie Werbeagentur, München-Zürich
Gesetzt aus der Albertina und der Optima
Satz: Fuldaer Verlagsanstalt, Fulda
Druck und Bindung: GGP Media GmbH, Pößneck
Printed in Germany
ISBN 978-3-86612-118-8

Esther Perel

Wild Life

Die Rückkehr der Erotik
in die Liebe

320 Seiten. Gebunden.
€ 19,90 / sFr 36,–
ISBN: 978-3-86612-098-3

Für viele Menschen sind Liebe und Leidenschaft auf Dauer schwer vereinbar. Während eine feste Beziehung auf Vertrautheit und Sicherheit basiert, braucht Erotik Freiraum. Und während im Alltag Partnerschaftlichkeit das oberste Gesetz ist, gelten für »guten Sex« andere Regeln. Die erfahrene Psychotherapeutin Esther Perel zeigt, wie Leidenschaft auch in langjährigen Beziehungen lebendig bleibt.

»Esther Perel bietet dem modernen Paar eine einzigartige Fülle an Erfahrungen.« *Publishers Weekly*

»Perels Ruf nach mehr erotischer Intelligenz vermittelt Lust auf unkonventionelles Verhalten im konventionellen Rahmen.« *Neue Zürcher Zeitung*

Pendo

Pendo Verlag GmbH & Co. KG
Goethestr. 43 | D-80336 München
Fon +49 (0)89 - 7 00 76 88-0
Fax +49 (0)89 - 7 00 76 88-9
www.pendo.de | www.pendo.ch